Die Garde des Kaisers

Als Waräger in Byzanz

Anschrift:
Martin Ostheim
Ulmenstraße 8 d
22299 Hamburg
E-Mail: m.ostheim@gmx.de

Covergestaltung: Antje Panniger
Titelbild: © Nejron Photo/stock.adobe.com

Veröffentlichung im Oktober 2019

ISBN: 978-1076125477
Imprint: Independently published

Von Martin Ostheim bereits erschienen:

Unter Gottes Kriegern
Auf Kreuzzug mit Richard Löwenherz
ISBN 978-1521169469

Bis zum letzten Mann
Wiens Verteidiger im Würgegriff der Türken
ISBN: 978-198056705

Personenregister

Thoralf – junger Nordmann aus Götaland
Harald – alter Kämpe und Steuermann
Folke und Ivar – Thoralfs Freunde
Jarl Olaf – Anführer der Nordmänner
Hjalmar – Thoralfs Kampfgefährte
Thanos – byzantinischer Offizier und Thoralfs Freund
Delia – Schwester von Thanos
Stavros – Beamter in Konstantinopel
Kaiser Michael IV. – Herrscher über das Byzantinische Reich
Johannes – Bruder des Kaisers
General Maniakes – byzantinischer Feldherr
Sigvald und Thorkel – Waräger im Dienst des Kaisers
Harald Hardrade – auch Harald der Harte genannt. Norwegischer Königssohn und Anführer einer Truppe von fünfhundert norwegischen Warägern

Inhaltsverzeichnis

Der Aufbruch

Götaland, im Jahre 1036

Thoralf lag ausgestreckt unter einem Haufen dicker Felle in seiner Kammer. Für einen Moment blinzelte er verschlafen. Dann richtete er sich auf, lauschte in die Stille und versuchte, in der Dunkelheit etwas zu erkennen. Es musste noch mitten in der Nacht sein.

Gestern Abend hatte er mit seinen Freunden lange am Feuer in der Halle gesessen und von ihren gemeinsamen Unternehmungen im Frühjahr geträumt. Der Winter war hartnäckig in diesem Jahr. Es wurde Zeit, dass der Eispanzer die Bucht freigab, damit sie wieder hinaus aufs Meer fahren konnten.

Angestrengt horchte er nun nach draußen. Doch das Wetter hatte sich nicht geändert. Noch immer trieb ein eisiger Sturm den Schnee vor sich her. Er lauschte dem heulenden Wind, der auf die Holzwand traf und die Balken ächzen und knacken ließ. Benommen strich er sich über den Kopf und ließ sich langsam wieder auf sein Nachtlager sinken. Er würde morgen früh einen ordentlichen Brummschädel haben, denn er hatte dem Bier am Abend zuvor kräftig zugesprochen. Ächzend drehte er sich herum und rollte sich unter den dicken Fellen zusammen. Für einen Augenblick war alles ruhig. Doch dann fuhr er in die Höhe. Da war es wieder!

Hufe knallten gegen eine Bretterwand. Es klang wie ein Donnerschlag. Das Geräusch wurde vom Brüllen eines Ochsen begleitet. Schlagartig war Thoralf hellwach. Er warf die Felle von sich und sprang auf. Mit einer gezielten Handbewegung griff er nach seinem Schwert und tastete sich zu der Tür vor, die seine Kammer von der großen Halle abtrennte.

„Harald, Folke, Ivar!“, schrie er mit zornbebender Stimme nach seinen Gefolgsleuten. Sie hatten gestern bestimmt genauso viel getrunken als er. Vielleicht sollte er sie etwas kürzer halten. Schließlich war er ihr Brotgeber.

„Hoch mit euch! Es gibt Ärger.“

Er lief weiter, während sich die verschlafenen Gestalten noch unter ihren Fellen hervorkämpften. Auch in der Halle war es stockfinster. Er prallte mit der Schulter gegen die Tür, bevor er den Riegel greifen konnte. Thoralf trug nur ein dünnes Leinenhemd. Als er die Tür aufriss und hinauseilte, erwischte ihn der eisige Wind mit aller Kraft. Kurz blieb ihm die Luft weg, doch dann warf er sich nach vorn und rannte hinüber zu den Ställen.

Der Schnee knirschte unter seinen bloßen Füßen. Es kam ihm vor, als stießen tausend Nadeln nach ihm. Sein Atem bildete Dampfwolken in der frostigen Luft. Doch jetzt, wo das Blut ihn wie Feuer

durchpeitschte, hielt ihn nichts auf. Mit langen Sätzen erreichte er den Stall. Das Tor war verschlossen und so stieß er es mit einem gewaltigen Tritt auf.
Sechs Kühe hatten sich ängstlich in der Ecke des langgestreckten Schuppens zusammengedrängt. Die beiden Ochsen hatten den Kampf mit einem Rudel von fünf Wölfen aufgenommen und sich ihnen in den Weg gestellt. Sie hielten die Köpfe gesenkt und trieben die Wölfe mit ihren Hörnern immer wieder zurück. Doch die Bestien wichen tänzelnd aus und lauerten auf eine weitere Gelegenheit zum Angriff. Der Geruch von Blut hing schwer in der Luft. Zwei Kälber lagen mit durchgebissenen Kehlen und aufgerissenen Flanken am Boden. Thoralfs Augen wurden dunkel vor Zorn.
Die Wölfe mussten ausgehungert sein, denn sie befanden sich wie im Blutrausch. Endlich gab es frisches Fleisch für sie. Die Ersten hatten sich bereits große Bissen aus den Leibern der Kälber herausgerissen und gierig verschlungen.
Ein riesiger Wolf reckte seine blutverschmierte Schnauze kampfbereit vor und wartete offenbar auf den richtigen Zeitpunkt, um einen der Ochsen an der Kehle zu packen. Doch dann sah er lauernd zu dem Eindringling hinüber und erkannte ihn als den gefährlicheren Gegner.
Thoralf sah die gewaltigen Fänge des grauen Wolfs aufblitzen. Das Tier hatte eine Schulterhöhe von mehr als drei Fuß und legte den Kopf schief. Der Kehle des Rudelführers entstieg ein tiefes Knurren. Sofort wendeten sich Thoralf zwei weitere Wölfe zu.
„Kommt ruhig näher, ihr Mistviecher! Eure Felle werden meine Hände wärmen, wenn ich mit euch fertig bin."
Die Wölfe hatten bei dem rauen Klang seiner Stimme die Haare aufgestellt und ihre messerscharfen Zähne gebleckt. Sie pressten sich dicht an den Boden und knurrten immer lauter. Einer von ihnen setzte zum Sprung an. Während er auf ihn zuschoss, schnappten die gewaltigen Kiefer nach ihm. Im letzten Moment warf Thoralf sich zur Seite. Die Zähne und Klauen verfehlten ihn knapp.
Er roch den stinkenden Atem der Bestie, als sich auch der zweite Wolf auf ihn warf. Thoralf wirbelte herum und ließ sein Schwert herabfahren. Die Klinge drang tief in den Körper des Raubtiers ein. Es heulte auf, begann unkontrolliert zu zittern und verdrehte die Augen. Dann fiel der Körper auf die Erde und erschlaffte. Jetzt machte sich der Leitwolf bereit zum Angriff und drückte sich an den Boden.
Endlich schlug das Tor ganz auf und Harald, Ivar und Folke drängten sich neben Thoralf. „Wie sind diese verdammten Bestien hier hereingekommen?", stieß Ivar mit wutverzerrter Stimme hervor.
Thoralf blickte ihn an. Daran hatte er noch gar keinen Gedanken

verschwendet. Mitten in seine Überlegungen ließ der Leitwolf erneut ein drohendes Knurren hören. Dann lief er an den Ochsen vorbei. Sofort folgte das Rudel seinem Anführer. Innerhalb weniger Augenblicke hörten die Männer nur noch die raschelnden Geräusche von Wolfspfoten, die sich geschmeidig über den mit Stroh bedeckten Boden bewegten.

Thoralf lief ihnen hinterher, enttäuscht, dass die Wölfe einem weiteren Kampf auswichen. Er wollte diese Raubtiere nicht einfach davonkommen lassen. Doch die Wölfe zwängten sich bereits durch eine Lücke in der Bretterwand ins Freie. Eine zerbrochene Planke lag am Boden. Er nahm sie in die Hand, während er den Wölfen noch einen hasserfüllten Blick hinterhersandte.

Folke stand neben ihm und betrachtete das Brett genauer. Er bemerkte die Kratzspuren, die sich tief in das Holz gegraben hatten, so dass es schließlich brach.

„Das Rudel muss ausgehungert sein. Wir müssen das Holz des Schuppens mit Verstrebungen verstärken. Hungrige Wölfe finden jede Schwachstelle."

Harald näherte sich und starrte auf die geborstene Planke.

„Wenn du uns nicht geweckt hättest, hätte dieses Rudel unser ganzes Vieh getötet. Dann wäre der Rest des Winters noch härter geworden."

Thoralf blickte auf den toten Wolf hinab, während er seine Klinge mit Stroh abrieb.

„Der große, graue Wolf hat Blut geleckt. Sie werden wiederkommen!"

Früh am nächsten Morgen brachen sie auf, um Jagd auf das Rudel zu machen. Thoralf bat Harald, während seiner Abwesenheit auf den Hof aufzupassen und das Holz des Schuppens verstärken zu lassen. Er wollte nicht noch mehr Vieh verlieren. Statt einer Antwort ließ Harald seine Axt kreisen, so dass die Schneide in der eisigen Luft zu singen begann. Dann winkte er zwei Knechte heran und machte sich gemeinsam mit ihnen an die Arbeit.

Thoralf suchte gemeinsam mit Folke und Ivar nach erkennbaren Spuren des Rudels. Ihr Weg führte sie über das Eis eines langgestreckten Sees, das bläulich-weiß durch den Schnee schimmerte.

Alles Leben schien wie erstarrt. Es war so frostig, dass sich kein Vogel in die Lüfte erhob. Einzig die drei Männer bewegten sich in einer Reihe durch die verschneite Landschaft. Dabei bemühten sich Folke und Ivar in Thoralfs Fußstapfen zu treten.

Sie waren in dicke Felle gehüllt, so dass von ihren Gesichtern kaum etwas zu erkennen war. Ein scharfer Wind strich über das Eis des Sees und trieb Schneewirbel vor sich her. Die Männer kniffen ihre tränenden

Augen zusammen.
Die Schneeverwehungen wurden immer höher und gleich darauf verloren sie auch die letzte Spur. Thoralf ließ die Schultern sinken. Trotzdem lief er weiter in die Richtung, in der sie die Spuren zuletzt gesehen hatten. Dann rief er seinem Hintermann zu:
„Kaum zu glauben, dass wir den See noch vor wenigen Monaten kreuz und quer durchschwommen haben, was Folke?"
Statt Folke meldete sich Ivar zu Wort.
„Also ich finde es mutig, dass du das schwimmen nennst, was du da versucht hast. Sei mal froh, dass wir uns immer in deiner Nähe aufgehalten haben. Du schwimmst wie ein Hund. Mir fiel jedes Mal ein Stein vom Herzen, wenn wir dich wieder heil ans Ufer gebracht hatten."
Sie lachten auf. Schließlich war Thoralf mit Abstand der beste Schwimmer der ganzen Bucht. Schon als Halbwüchsiger hatte er die Älteren im Wettkampf besiegt und den See durchpflügt, als hätte Thor persönlich ihn mit seinen Kräften ausgestattet.
Doch ihr Lachen erstarrte zu einer schmerzverzerrten Grimasse. Die Kälte hatte ihre Gesichtszüge längst eingefroren.
Folke winkte ab.
„Allein bei dem Gedanken an den See springt mich die Kälte an, Thoralf. Lass uns umkehren und am Feuer in der großen Halle Met trinken. Hier gibt es weit und breit keine Wolfsspuren mehr. Der große Graue ist zu schlau für uns. Wir werden uns hier nur die Eier abfrieren."
Er rieb sich die Hände, um der gnadenlosen Kälte Einhalt zu gebieten. Die Halle mochte voller Rauch sein, vom Tag und Nacht brennenden Lagerfeuer, denn der Abzug über der Feuerstätte war längst nicht groß genug. Doch dort war es warm und es gab jede Menge Met. Was allemal verlockender war, als bei dieser Kälte durch die Schneelandschaft zu stapfen.
Aus Ivars Stimme war das Lachen verschwunden, als er seinem Freund antwortete.
„Hör doch endlich mal auf, ständig nur an Met zu denken, Folke! Wir dürfen nicht umkehren. Die Wölfe sind hungrig und verzweifelt. Sonst würden sie sich nämlich nicht bis in unsere Ställe und damit in die Reichweite unserer Äxte heranwagen. Wir müssen sie töten, sonst versuchen sie es wieder. Und der Winter ist noch lang."
Folke brummte missmutig in seinen mächtigen Bart. Er wusste, dass Ivar Recht hatte. Aber die Verlockung, sich der drallen Sklavin zu widmen, die er im letzten Sommer von ihrer Fahrt aus den Weiten Nordrusslands mitgebracht hatte, war einfach zu reizvoll. Er verstand nur wenig von dem, was sie ihm ins Ohr flüsterte. Es war mehr die Art, wie sie es sagte, die ihn rasend machte. Außerdem entsprach ihre üppige

Figur genau seinem Geschmack und so pflügte er sie jede Nacht unter dicken Schichten von wärmenden Fellen.
Bei dem Gedanken seufzte er laut und lief weiter.
„Was willst du unternehmen, falls wir ihren Bau finden?“, fragte er Thoralf.
Dieser setzte weiterhin einen Fuß vor den anderen, als er antwortete.
„Dann markieren wir die Stelle und kehren bei besserem Wetter mit mehr Männern, Speeren und Fallen zurück.“
Er ließ die Umgebung bei seiner Antwort nicht aus den Augen. Auf einmal blieb er stehen. Direkt vor ihnen sah er Blutspritzer im Schnee. Daneben fand er die Abdrücke mehrerer Wolfspfoten.
„Endlich“, raunte er und ging in die Hocke, um sie genauer zu betrachten.
„Wir haben ihre Spuren wiedergefunden“, wandte er sich seinen Begleitern zu. „Sie führen direkt in den Wald.“
Er packte seine Axt fester und lief weiter. Über ihnen verdunkelte sich der Himmel und ließ das karge Licht des Tages noch düsterer wirken.
„Verdammt, es wird Schnee geben. Ich kann es riechen“, sagte Ivar, der den Blick ebenfalls gen Himmel gerichtet hatte.
„Und zwar viel davon. Die Spuren werden innerhalb kurzer Zeit zugeschneit sein“, rief er seinen Freunden zu. Thoralf nickte zerknirscht. So gern er die Jagd auch fortgesetzt hätte, sah er doch ein, dass dies nicht der richtige Zeitpunkt dafür war. Der Wind nahm bereits an Schärfe zu und Thoralf fluchte still in sich hinein.
„Zurück zur Halle!“, befahl er schließlich. „Wir holen sie uns an einem anderen Tag.“
Folke atmete auf. Diese Jagd hätte sich noch über viele Stunden hinziehen können. Er kannte Thoralf und wusste, dass dieser sich schwer damit tat, aufzugeben, wenn er sich erst in ein Vorhaben verbissen hatte. So schickte er zum Dank ein Stoßgebet an die Götter.
Sie hatten kaum die Hälfte des Weges zurückgelegt, als erneut dicke Flocken vom Himmel fielen. Schon bald konnten sie ihre eigenen Spuren nicht mehr erkennen. Wenig später wurde der Schneefall so dicht, dass sie kaum noch die Hand vor Augen sahen.
Folke erinnerte sich nur zu gut daran, dass im vorigen Winter zwei Jäger aus dieser Gegend von einem Schneesturm überrascht worden waren und in dem wilden Treiben die Orientierung verloren hatten. Sie hatten die beiden Männer nur wenige hundert Schritte von ihren Hütten entfernt steifgefroren und mit Neuschnee bedeckt gefunden. Diese Gefahr drohte nun auch ihnen. Doch er machte sich keine Sorgen. Ihrer aller Zukunft lag in den Händen der Götter. Schließlich kam niemand gegen sein Schicksal an.

Thoralf lief voraus, als würde er keinen Moment zweifeln. Auch wenn ihr Weg durch das erbarmungslose Weiß lange dauerte und ihre Schritte immer schwerer wurden, waren sie kaum überrascht, als endlich die Umrisse der Langhäuser im dichten Schneetreiben vor ihnen aufragten. Sie zogen die schwere Eichenbohlentür auf und betraten die geräumige Halle. Dabei fauchte ein eisiger Wind mit ihnen hinein und ließ vereinzelte Schneeflocken vor ihren Augen tanzen. Kurz darauf streiften sie die Kapuzen von ihren Köpfen und sahen zum hell lodernden Feuer hinüber. Ihre Wimpern waren mit Raureif bedeckt und erst langsam spürten sie, wie Leben in ihre Körper zurückkehrte. Die Hitze umschlang sie und bald stand jeder von ihnen in einer Pfütze aus Tauwasser.

Sklaven eilten auf sie zu und nahmen ihnen die schweren Fellmäntel ab. Thoralf ging näher an das Feuer, an dem bereits ein Dutzend Männer beisammensaß und ihn lautstark begrüßte. Er streckte seine rotgefrorenen Hände in Richtung der Flammen aus. Erst jetzt spürte er so richtig, wie sehr ihm die Kälte zugesetzt hatte. Die wohlige Wärme des Feuers ließ seine Hände prickeln. Schnell kehrte wieder Gefühl in die Finger zurück.

Eine Magd reichte ihm einen Krug Met. Als er sich umdrehte, sah er, dass Folke und Ivar ebenfalls einen Krug in den Händen hielten und ihm zuprosteten.

Torben stemmte sich von der Bank hoch. Er war einige Jahre älter als Thoralf und trug an jedem Oberarm Armreifen aus massivem Silber, die ihn als Krieger auszeichneten. Er zeigte mit seiner Hand in den hinteren Teil der Halle.

„Dort hinten sitzt ein Bote von Jarl Olaf. Wir haben ihm Fleisch und Met gegeben. Aber seine Botschaft wollte er nur dir selbst übermitteln."

Thoralfs Augen blickten suchend ins Halbdunkel der großen Halle. Dann entdeckte er den Boten. Mit langen Schritten ging er auf ihn zu, während der Bote sich erhob.

„Sei willkommen in meiner Halle. Du hast dir gutes Wetter für deinen Besuch ausgesucht. Was will Jarl Olaf von uns?"

Der Bote deutete eine Verbeugung an.

„Der Jarl bittet darum, dass du dich morgen Abend zu ihm begibst und ihn in seiner Halle besuchst. Er möchte mit den wichtigsten Gefolgsleuten seine Pläne für das nächste Frühjahr besprechen."

Thoralf musterte ihn mit festem Blick. „Warum jetzt? Morgen früh reicht uns der Neuschnee bis zu den Knien."

Der Bote ließ ein Schmunzeln erkennen.

„Jarl Olaf weiß, dass die Wege im Winter beschwerlich sind. Doch es ist ein zweistündiger Marsch an der Küste entlang. Ich soll dir

ausrichten, dass der Weg sich lohnt. Er hat eine Überraschung für dich."
Thoralf legte die Stirn in Falten. Dann nickte er dem Boten zu.
„Ich werde da sein."
Der Bote zog bereits seinen dicken Fellmantel über die Schultern.
„Willst du nicht hierbleiben und morgen früh gemeinsam mit uns aufbrechen?", fragte Thoralf, während der Wind eisig durch die Ritzen der Halle pfiff.
Der Bote zögerte einen Augenblick.
„Ich muss die Botschaft noch bis in die Dörfer in der nächsten Bucht nördlich von hier bringen." Er lauschte auf das Heulen des Windes.
„Ich werde noch heute Abend den Rückmarsch antreten, um dem Jarl Bericht zu erstatten."
Sie verabschiedeten sich. Dann machte sich der Kurier auf den Weg. Obwohl die Tür sich hinter ihm sofort wieder krachend schloss, trieb der Wind Schneeböen bis in die Halle hinein und ließ das Feuer wild aufflackern. Thoralf winkte Harald, Folke und Ivar näher zu sich heran.
„Wir vier werden morgen früh aufbrechen. Der Jarl schickt nach mir. Haltet euch heute beim Met zurück", schärfte er den Männern ein, was ihm einen enttäuschten Blick von Folke einbrachte.
Sie setzten sich zu ihren Gefährten und starrten ins Feuer.
„Kein Glück gehabt?", wandte sich Orm an Thoralf. Orm war ein breitschultriger, bereits etwas älterer Mann. Quer über seinen Hals lief eine feuerrote Narbe.
Thoralf winkte missmutig ab.
„Bei dem Schneetreiben erwischen wir die Wölfe nicht. Wir müssen auf besseres Wetter warten."
Er griff sich ein Stück fetttriefendes Ochsenfleisch und schlug hungrig die Zähne hinein. Auch die anderen Männer langten tüchtig zu.
„Ich habe in meiner Kindheit von einer Wolfsjagd gehört", meldete sich Orm wieder zu Wort.
Die anderen Männer rückten dichter heran. Sie liebten gute Geschichten am Lagerfeuer.
„In dem Winter soll es so kalt gewesen sein, dass die Wölfe bis in die Siedlungen kamen, weil sie nicht genug Beute fanden. Sie haben damals sogar Holzfäller angefallen, so verzweifelt waren sie. Die Männer haben das Rudel schließlich entdeckt und ihren Bau umzingelt. Dann haben sie einen nach dem anderen erschlagen. Stundenlang ging das so. Selbst die Jungwölfe haben sie getötet. Einer der Männer hatte das letzte Jungtier am Hals gepackt und in die Höhe gehalten. Der Winzling verlor sich fast in seiner gewaltigen Faust. Die Zähne des jungen Tiers waren noch klein, trotzdem versuchte es, sie in die Faust des Mannes zu bohren."

Orm sah, dass alle Männer gebannt in seine Richtung starrten. Er grinste und sprach weiter:
„Daraufhin lachte der Mann schallend und sah sich das Wolfsjunge genauer an. Die Augen des Fellknäuels funkelten voller Trotz. Der Welpe wollte einfach nicht aufgeben. Da beschloss der Mann, das Tier zu behalten und selbst aufzuziehen."
Die Männer am Feuer brummten vor sich hin.
„Was ist aus dem Wolf geworden?", fragte Ivar.
Orm sah andächtig in die Flammen.
„Die beiden wurden unzertrennlich. Der Wolf passte besser aufs Vieh auf als unsere eigenen Hunde. Er wurde ein echter Rudelführer und hat den Hunden eine Menge Angst eingejagt. Eines Tages kam der Mann von einer seiner Fahrten nicht zurück. An diesem Tag hat der Wolf einfach aufgehört zu fressen, egal was wir ihm für Leckereien hingestellt haben. Irgendwann im Winter ist er dann verhungert."
Orm strich sich über die Unterlippe. Es gab keine Worte, um diese Treue zu beschreiben. Eine Zeitlang sprachen niemand. Jeder hing seinen Gedanken nach. Schließlich hatten sie ihr Mahl beendet und wischten sich die fettigen Hände an ihren Hosen ab.
„Das war genau das richtige Essen nach dem Schneesturm da draußen", brummte Folke zufrieden. Vor ihnen ragten Berge von Knochen auf, die von Sklaven weggeräumt wurden.
„Was habt ihr eigentlich den ganzen Vormittag gemacht, während wir durch die Kälte liefen?"
Orm straffte seine hünenhafte Figur und rückte dabei noch ein Stück näher an das Feuer heran. Auf seinen Armen zeichneten sich dicke Muskelstränge ab. Sein Bart reichte ihm fast bis auf die Brust. Er hatte silberne Ringe hineingeflochten, die leise klimperten.
„Die Knechte haben Holz gehackt. Wenn es noch kälter wird, werden wir jeden Zweig verfeuern müssen, der hier herumliegt."
Ein hämisches Grinsen lief über Orms Gesicht, als er sich zu Folke umdrehte.
„Ich war kurz davor, deine Schlafstatt mit zu verfeuern, in der du die meiste Zeit des Tages verbringst."
Folke verzog kaum die Mundwinkel.
„Ich muss dir wohl mal wieder mit dem Schwert die Rippen kitzeln, was? Kannst du haben, alter Mann!"
Sie legten Holz nach und lauschten dem Heulen des Windes. Schon bald brach die Dämmerung herein. Die Männer erzählten sich Geschichten und lachten immer wieder laut. Der Lauteste war wieder mal Broder. Leider klang sein Lachen wie das Meckern einer Ziege und gab oft Anlass für Spott und Häme. Mehr als einmal hatte es deshalb schon

Streit gegeben. Doch Broder hatte auch die größten blauen Augen, die Thoralf jemals gesehen hatte. Dieser Umstand wirkte auf die Mägde sehr anziehend. So rückte sein Lachen in den Hintergrund.
Torben gab mal wieder die Erzählung zum Besten, als Folke vor zwei Jahren zu betrunken war, um den Weg von draußen zurück in die Halle zu finden. Sie fanden ihn morgens eng an die Schafe gekuschelt. Und egal wie oft er beteuerte, die Tiere nicht angerührt zu haben, fingen sofort einige der Männer an zu blöken. Folke hatte es längst aufgegeben dagegen anzureden. Er hatte gelernt damit umzugehen. So rief er nach seiner drallen Sklavin und schon bald erstarb das Gelächter. Nach und nach zogen sich die Männer unter ihre Felle zurück.
Während Harald Thoralf einen weiteren Krug Met reichte, musterte er ihn nachdenklich. Erst vor gut einem halben Jahr war Thoralfs Vater bei seiner letzten Beutefahrt in den Weiten Russlands ums Leben gekommen. Harald erinnerte sich, als wäre es erst heute Morgen passiert. Es war eigentlich nur ein Scharmützel mit den Männern eines selbst ernannten regionalen Fürsten gewesen. Die Nordmänner hatten schnell den Sieg davongetragen und gute Beute gemacht. Doch einem der russischen Streiter gelang es noch, Knuth ein Schwert in den Bauch zu rammen. Thoralfs Vater trug zwar ein gutes Kettenhemd, doch der gewaltige Stoß hatte die Kettenglieder gesprengt und ihn tödlich verletzt.
Harald wusste, dass Thoralf diese Bilder nicht vergessen konnte. In den folgenden Nächten war er einige Male schweißgebadet aufgewacht. Doch schließlich schien er den Verlust seines Vaters überwunden zu haben. Harald selbst war Knuths bester Freund gewesen. Er war zwanzig Jahre älter als Thoralf und sein Bart war bereits grau. Doch in seinen Armen lag immer noch Kraft. Nun war es Thoralfs Aufgabe, den Hof zu führen. Seinem Lehnsherrn, Jarl Olaf, hatte Thoralf bereits im letzten Herbst den Treueschwur geleistet.
Harald sah viel von Knuth in Thoralf. Er hatte dieselbe zupackende Art. Doch im Gegensatz zu seinem Vater nahm Thoralf sich Zeit, Dinge zu durchdenken, bevor er handelte. In früheren Jahren hatte sein Vater dazu geneigt, ihm diesen Wesenszug als Schwäche auszulegen. Doch Harald hatte Knuths Bedenken zerstreuen können. Vor ihrer letzten Fahrt in den Norden Russlands hatte er seinen Freund beiseite genommen und ihm ins Gewissen geredet.
„Verlange nicht zu viel von ihm. Er ist kein Hitzkopf, der sich unüberlegt in den Kampf stürzt. Er versucht erst, die Gefahr einzuschätzen. Dies entspringt aber nicht der Angst, sondern dem Willen, jeder Herausforderung gewachsen zu sein. Sei dir sicher, dass Thoralf aus dem richtigen Holz geschnitzt ist. Er ist längst zum Manne

gereift. Heute Morgen ist er auf dem Übungsplatz mit dem Schwert auf mich losgegangen, als wollte er mich in Stücke hauen. Auch mit der Streitaxt kann er umgehen wie kein Zweiter. Der schwere Stahl wirbelt zwischen seinen Händen – ich habe etliche blaue Flecken davongetragen, die mich schmerzhaft daran erinnern."

Harald hatte bei diesen Worten gelächelt. Seine Augen wurden dabei von einem Netz aus kleinen Fältchen umgeben.

„Allerdings erzähle ich das Thoralf nicht. Sonst glaubt er noch, er könnte mich eines Tages besiegen. Ich vermute, der Tag ist nicht mehr fern", hatte er Knuth zugeraunt, der ihn nachdenklich ansah.

Harald wusste noch, dass sie daraufhin ihre Becher zusammengestoßen hatten und tranken, bis ihnen der Met von den Bärten tropfte.

Harald brummte vor sich hin. Er kannte Thoralf schon sein ganzes Leben. Thoralf war mit seinen zwanzig Jahren alt genug, um der Verantwortung für den Hof gerecht zu werden. Sein hoher Wuchs, die breiten Schultern, vor allem aber sein markant geschnittenes Gesicht waren dafür verantwortlich, dass die Mägde sich viel Zeit ließen, wenn sie seinen Becher füllten. Dann belohnte er sie mit einem warmen Lächeln und es war offensichtlich, dass sie nur zu gern sein blondes Haar zerzaust hätten.

Seine Gewandtheit im Umgang mit Waffen hatte ihm den Respekt seiner Männer eingebracht. Sie wussten Stärke zu schätzen. Jeden Tag trainierte er mit ihnen. Selbst Orm und Torben, die schon in einigen Kämpfen ihren Mann gestanden und seinem Vater treu gedient hatten, konnten nach den harten Übungskämpfen kaum noch ihre Waffen heben.

Vielleicht fehlte es ihm noch an Erfahrung. Doch bisher hatte er die richtigen Entscheidungen getroffen und Harald zweifelte nicht daran, dass dies auch in Zukunft so sein würde. Trotzdem hatte er ein Auge auf ihn und war bereit, ihm jederzeit beizuspringen.

„Was will der Jarl von uns?", raunte Harald Thoralf zu.

Dieser drehte nachdenklich den Becher in seinen Händen.

„Er plant die Fahrten seiner Langschiffe fürs Frühjahr und will wissen, was seine Gefolgsleute davon halten."

Harald hatte die Stirn in Falten gelegt.

„Aber wir Götaländer fahren doch immer nach Osten und treiben Handel auf den großen Umschlagplätzen in Ladoga und Birka, tief in den russischen Landen. Und wenn man sie mit dem Stahl in der Hand gewinnen kann, schlagen wir auch eine Beute nicht aus."

Thoralf hatte die Augen zusammengekniffen. Irgendwo in diesen Weiten war sein Vater erschlagen worden.

„Der Bote sprach von einer Überraschung und dass es sich lohnen

würde, sich auf den Weg zu machen."
Die beiden Männer zerbrachen sich den Kopf.
„Vielleicht will der Jarl etwas Neues wagen?", fragte Harald nachdenklich.
„Vielleicht will er nach England, wie so viele andere Nordmänner vor ihm. Oder noch weiter nach Irland?"
Sie schwiegen eine Weile und dachten darüber nach.
„Irland soll wunderschön sein, habe ich oft gehört", unterbrach Harald schließlich die Stille und hob warnend den Zeigefinger.
„Doch die Iren sollen gnadenlose Kämpfer sein. Es gibt auf der Insel unzählige Könige. Und die meisten herrschen über kaum mehr als einige Dörfer. Sie bekriegen sich unaufhörlich. Solche Gelegenheiten sind in der Regel günstig. Doch das Land ist schwer zu erobern. Und oft ist die Beute erbärmlich. Das Risiko ist einfach zu groß."
Er machte eine verächtliche Handbewegung.
„Dann lassen wir uns überraschen", meinte Thoralf, während er gebannt ins Feuer sah und den Flug eines Funkens verfolgte, der in der Luft verglühte.
Harald murmelte leise vor sich hin. Er hasste Überraschungen!

Am nächsten Morgen brach Thoralf mit seinen drei Freunden auf, noch bevor das trübe Winterlicht die Schwärze der Nacht vertreiben konnte. Gemeinsam stemmten sie sich gegen die schwere Eichentür. Sie knarrte ächzend und ließ sich nur mühsam öffnen. Harald rollte mit den Augen, als er sah, dass der Neuschnee ihm bis zu den Knien reichte. Folke verzog bei dem Anblick der schneebedeckten Landschaft missmutig das Gesicht.
„Wir hätten in der Nähe des Feuers oder unter unseren Fellen bleiben sollen."
Thoralf ignorierte seine schlechte Laune. Er hatte Spaß daran, durch den tiefen Schnee zu stapfen und die klare Winterluft einzuatmen. In der verräucherten Halle fühlte er sich wie eingesperrt. Hier draußen dagegen spürte er, wie das Leben seinen Körper durchströmte und er wieder klar denken konnte.
Harald betrachtete den Himmel. Es klarte langsam auf. Damit blieben sie vor weiterem Schneefall erst einmal verschont. Sie suchten sich einen Weg zum Wasser hinunter und folgten der Küste. Die Schneedecke ließ alles friedlich und sauber aussehen. Eine Zeitlang marschierten sie schweigend voran. Nur das heftige Atmen der Männer war in der Stille zu vernehmen.
Es war Ivar, der das Schweigen brach.
„Wenn wir vom Jarl zurückkehren, könnten wir unser Glück beim

Eisangeln versuchen. Es wird Zeit, dass wir mal was anderes zu essen bekommen als altes Brot und gepökeltes Fleisch. Unsere Vorräte schmelzen dahin, da kommt mir jede Abwechslung recht."
Haralds Augen funkelten neckisch.
„Dann solltest du Folke unbedingt mitnehmen. Er kommt sonst nicht freiwillig aus seinem Lager hervor. Die arme Sklavin hat auch mal eine Pause verdient."
Folke lächelte stumm, während sie unverdrossen weiterstapften. Der Schnee knirschte unter ihren schweren Schritten. Markierungen, die sonst der Orientierung dienten, waren unter den Schneemassen verschwunden. Als sie an einem Wäldchen mit vom Sturm gebeugten Bäumen vorbeiliefen, deutete Ivar auf eine gut sichtbare Spur im Schnee zu seinen Füßen. Harald hatte sie auch gesehen und Jagdlust blitzte in seinen Augen auf.
„Eine Elchfährte. Schade, dass wir keine Zeit für die Jagd haben. Das wäre ein Braten nach meinem Geschmack."
Ivar nickte und hob bedauernd die Schultern. Doch Thoralf beachtete sie nicht. Er blickte zur Bucht hinaus. Dort hatten sich dicke Eisschichten übereinander geschoben und machten sie unpassierbar. Es würde noch Monate dauern, bis sie endlich wieder aufs Meer hinausfahren konnten. Thoralf konnte es kaum erwarten, wieder die Planken eines Bootes unter sich zu spüren. Das sanfte Rollen in der Dünung war ihm längst zur Heimat geworden. Schon als Heranwachsender hatte er gefühlt, dass er das unruhige Blut eines Nordmanns besaß. Ihn zog es mit dem endlosen Meer in die Ferne.
Trotz der eisigen Kälte war ihm unter dem dicken Fell längst warm geworden. Seine Gedanken kreisten um Jarl Olaf. Sein Vater hatte dem Jarl viele Jahre lang treu gedient und ihm auf seinen Fahrten immer zur Seite gestanden. Jarl Olaf herrschte über ein Dutzend kleinerer Ansiedlungen, die verstreut entlang der Bucht lagen. Beinahe einhundert Männer hörten auf sein Wort. Bisher hatte er in jedem Frühjahr die sechzig kräftigsten unter ihnen ausgewählt, um seine beiden Langschiffe zu bemannen und nach Osten ins Reich der Russ aufzubrechen. Thoralf zweifelte nicht daran, dass der Jarl an dieser Vorgehensweise festhalten würde. Er war kein Mann, der viel Zeit in seiner Halle verbrachte, um dort endlose Reden zu halten. Schon immer war der Jarl am glücklichsten, wenn er bei guter Fahrt am Bug seines stolzen Drachenbootes stand und sein Gesicht in den Wind hielt. Das hatte er mit Thoralf gemeinsam, wie dieser feststellte.
Die Fahrten hatten den Jarl reich gemacht. Er war ein umsichtiger Schiffsführer. Thoralf war immer stolz gewesen, wenn seinem Vater die Ehre zuteilwurde, das zweite Schiff des Jarls zu steuern. Sie hatten in

den Weiten des Ostens Felle, Bernstein und Wachs gekauft und auf dem Markt in Visby mit ordentlichem Aufschlag weiterverkauft.
Der Jarl sorgte gut für seine Männer. Jeder hatte am Ende der langen Fahrten einen gutgefüllten Beutel mit Hacksilber an seinem Gürtel hängen. In den Seekisten der Männer fanden sich noch viele weitere Gegenstände, die nach einem guten Handel oder auch einem blitzschnellen Überfall den Besitzer gewechselt hatten.
Einzig Folke stand schon bald wieder mit leeren Händen da. Er spielte für sein Leben gern und es verging kein Augenblick, in dem er nicht einen Kameraden zum Würfelspiel herausforderte. Leider war ihm das Glück selten hold, was seine Leidenschaft fürs Spiel allerdings nicht schmälerte.
Thoralf war mit seinem Anteil achtsamer umgegangen. Einen Teil davon hatte er vergraben. Schließlich lag sein Hof direkt an der Bucht. Sie hatten schon oft fremde Schiffe am Horizont gesehen, deren Besatzungen lauernd die Küste hinauffuhren. Er war für die Menschen verantwortlich und ihn trieb die Sorge um, dass sein Besitz verlorenging, falls der Hof überfallen wurde, während er im Osten auf großer Fahrt war. Den Rest des Silbers hatte er für Vieh und Vorräte ausgegeben. Die Winter hier oben waren lang und hart. Nur ein gutgefüllter Speicher sicherte ihr Überleben.
Hinter Thoralf atmete Folke erleichtert auf und riss ihn aus seinen Gedanken. Vor ihnen zeichneten sich die dunklen Umrisse einiger Langhäuser ab. Direkt am Wasser stand ein Schuppen, in dem die beiden Langboote des Jarls untergebracht waren.
Sie hielten direkt auf das Haupthaus zu. Die Halle ließ schon durch ihre Abmessungen erkennen, dass hier ein einflussreicher Mann wohnte. Noch bevor sie das langgestreckte Gebäude erreicht hatten, öffnete sich die schwere Balkentür und zwei blonde Jungs starrten ihnen entgegen.
„Es ist Thoralf!“, riefen sie, während sie in die Halle zurückliefen.
Ein Hüne von Mann trat heraus und schützte mit einer Hand seine Augen vor der gleißenden Sonne. Er trug ein blaues Hemd, das ihm bis zu den Knien reichte. Über seinen Schultern lag ein mit Pelz verzierter Umhang, den eine Nadel aus Silber zusammenhielt. Darunter zeichnete sich eine schwarze Hose aus feinem Tuch ab. Die Stiefel waren aus teurem Ziegenleder, beide mit Riemen umwickelt. Vor der breiten Brust baumelte ein schwerer silberner Thorshammer. Es war Jarl Olaf, der sie mit ausgestreckten Armen und einem zufriedenen Lächeln willkommen hieß.
„Ihr seid die Küste entlangmarschiert? Eine gute Wahl. Im Landesinnern sind die Schneeverwehungen viel höher. Sven ist mit zwei Männern gerade erst eingetroffen, obwohl sein Weg nur halb so lang ist

wie eurer. Sie haben sich den direkten Weg ausgesucht und mussten sich durch mannshohe Schneeberge kämpfen. Sie japsen immer noch nach Luft.“

Er lachte und wies dann in die Halle hinein.

„Kommt endlich rein und nehmt Platz an meinem Feuer.“

Sie duckten sich durch die kleine Tür, froh darüber, dem eisigen Wind zu entkommen. In der Halle erwarteten sie Dienerinnen, die jedem eine Schale Wasser und ein Tuch reichten, damit sie sich erfrischen konnten. In der Mitte standen Tische und Bänke, Teppiche hingen an den Wänden des fensterlosen Raumes. Die Wände bestanden aus Holzplanken, die von außen mit Erde und Grassoden gedämmt waren, um sie vor der eisigen Kälte zu schützen. Lampen, die mit Seehundtran gefüllt waren, warfen ihr flackerndes Licht in die Halle. Im hinteren Teil des Raumes loderte ein Herdfeuer und zog sie magisch an. Der Rauch zog nur langsam durch die Ritzen im schindelbedeckten Dach und die Öffnungen über den Giebeln ab.

Thoralf atmete die warme, stickige Luft ein. Allmählich konnte er sein Gesicht wieder spüren. Es duftete nach gebratenem Fleisch und den Männern lief das Wasser im Mund zusammen.

Der Jarl thronte bereits wieder auf seinem Sitz gegenüber dem Eingang. Eigentlich war es in der Halle zu warm für einen Umhang, doch er liebte es, seine Gefolgsleute mit seinem Reichtum zu beeindrucken. Außerdem unterstrich die kostbare Kleidung seine hohe Stellung.

Die anderen Gefolgsleute des Jarls begrüßten sie stürmisch. Mehr als dreißig Nordmänner saßen um grob gezimmerte Tische und unterhielten sich lautstark. Viele wandten sich ihnen zu und hoben ihre gutgefüllten Trinkbecher. Folke versuchte trotz seiner erstarrten Gesichtszüge ein vorsichtiges Grinsen, was ihm aber völlig misslang. Sie nestelten mit eiskalten Händen an ihren dicken Fellumhängen herum und warfen diese achtlos zur Seite.

Knechte brachten ihnen Becher, die bis zum Rand mit Bier gefüllt waren. Die vier Neuankömmlinge griffen dankbar zu. Harald blies die Schaumkrone weg und nahm einen großen Schluck. Als er die belebende Wirkung spürte, grunzte er zufrieden. Dann nahmen sie auf den Bänken in der Nähe des Feuers Platz.

Einer der Männer, der auf den Namen Einar hörte, musterte sie abschätzend, bevor er sich an Thoralf wandte.

„Jarl Olafs Bote hat berichtet, dass euer Hof von Wölfen angegriffen wurde?“

Für einen kurzen Augenblick verfinsterte sich Thoralfs Miene.

„Es war ein ausgehungertes Rudel mit einem schlauen Leitwolf. Sie haben zwei Kälber gerissen, noch bevor wir wussten, was los war.“

Einar nahm einen kräftigen Schluck von seinem Bier.
„Rottet das Rudel beizeiten aus, sonst macht euch diese Brut noch viel mehr Ärger."
Thoralf nickte knapp.
„Sobald sich das Wetter bessert, schmücken die Wolfsfelle unsere Bänke. Nach diesem langen und harten Winter ist das auch nötig, sonst sitzen wir uns noch unsere Ärsche wund."
Sie grinsten sich zu und stießen krachend ihre Becher aneinander. Dann kamen Sklaven und trugen das Essen auf. Es gab in der Pfanne gebackenes Fladenbrot, Schüsseln mit Eintopf und gut gewürztes Fleisch von zwei Ochsen.
Eine Zeit lang verstummten die Gespräche, alle Männer griffen gierig nach dem Essen. Die Fleischberge schwanden dahin wie Schnee in der Frühlingssonne. Bald war der gröbste Hunger gestillt und die Gespräche kamen wieder in Gang. Sie scherzten fröhlich miteinander und ließen Begebenheiten der letzten Fahrt wiederaufleben. Thoralfs Blick glitt über Einar, den er seit sechs Monaten nicht gesehen hatte.
Einar kam aus einem winzigen Dorf ein Stück südlich von Jarl Olafs Halle. Er trug ein rotes Hemd und blaue umschnürte Hosen. Um seinen Hals hing eine Kette aus dicken Silbergliedern. Einar war im letzten Jahr auf dem Boot des Jarls mitgefahren. Für einen Moment blieb Thoralfs Blick an der dicken Kette hängen. Mit dem Silber könnte er seinen Hof einen Monat lang ernähren.
„Wie alt sind deine beiden Söhne jetzt, Einar?", fragte er seinen Sitznachbarn.
Dieser setzte sich aufrecht hin und rülpste laut.
„Sie entwickeln sich zu Männern, auf die ich zu Recht stolz sein kann. Im Schwertkampf mache ich alter Knochen ihnen nichts mehr vor. Aber sie sind oft zu unbeherrscht, um ihren Vorteil auszunutzen. Ich war genauso in ihrem Alter", fügte er schmunzelnd hinzu. Er blickte versonnen auf die Tischplatte und ergriff dann seinen Becher.
„Vielleicht werden sie im nächsten Jahr schon mit uns auf große Fahrt gehen."
Thoralf klopfte ihm auf den Rücken.
„Da können einem die Russ ja beinahe leidtun."
Sie lachten schallend.
Neben ihnen saß Harald und musterte aufmerksam die versammelten Gestalten. Viele nickten ihm anerkennend zu und er erwiderte ihren Gruß. Dann wandte er sich Thoralf zu.
„Hier sind die wichtigsten Gefolgsleute des Jarls versammelt. Aber am Kopf der Tafel sitzen drei Männer, die ich nicht kenne. Es müssen wichtige Männer sein, denn der Jarl hat ihnen die Ehrenplätze direkt

neben sich zugewiesen."
Thoralf musterte die drei Gäste. Sie trugen sorgfältig gestutzte Bärte, ihre Haare waren bereits von silbernen Fäden durchzogen. Der Linke von ihnen hatte einen silbrig glänzenden Schopf und war von ehrfurchtgebietender Statur.
Auch den Frauen in der Halle, die sich ein wenig zurückgezogen hatten, um die Männer nicht zu stören, war die teure Kleidung dieser drei Gäste nicht entgangen. Die golddurchwirkten Stoffe sowie ihre kostbaren Waffen funkelten im Licht des Feuers. Aufgeregt tuschelten sie miteinander und ließen ihre neugierigen Blicke immer wieder hinüberwandern.
Die drei Gäste wirkten wie Männer, die es gewohnt waren Befehle zu geben. Ihre Kleidung war erlesen und von bester Qualität. Während zwei von ihnen kostbare Mäntel aus Elchfell trugen, war der Mittlere in einen purpurfarbenen Mantel aus Samt gehüllt. Thoralf fragte sich, warum ihm diese Erscheinung nicht schon eher aufgefallen war.
„Der linke Mann ähnelt deinem Onkel", rief Folke belustigt.
Dieser war vor vielen Jahren auf Beutefahrt in ferne Länder aufgebrochen und nie wieder zurückgekehrt. Thoralf hatte nur noch ein verschwommenes Bild von ihm vor Augen. Er hatte bereits die Hand gehoben, um abzuwinken, brach die Bewegung dann aber ab. Mit einem lauten Knall stellte er seinen Becher wieder auf den Tisch.
„Das ist mein Onkel Thorstein!", stieß er staunend hervor.
Er sprang auf und stürzte ihm entgegen. Seine Tischnachbarn und Freunde beobachteten ihn gespannt. Auch sein Onkel hatte sich jetzt mit einem Ruck von seinem Platz erhoben. Einen Moment lang musterte er den jungen Kerl, der sich in großen Sätzen näherte. Dann blitzten seine Augen auf und er breitete die Arme aus.
„Du bist es wirklich!", stieß Thorstein mit grollender Stimme hervor. Er klang wie ein Bär, der aus dem Winterschlaf erwacht war.
„Thoralf, Sohn meines Bruders Knuth. Du bist ein Mann geworden! Ich hätte dich fast nicht wiedererkannt."
Thorstein riss seinen Neffen in die Arme und klopfte ihm kraftvoll auf den Rücken.
„Du ähnelst deinem Vater, mein Junge. Aber in dir steckt auch viel von deiner Mutter. Und darüber solltest du glücklich sein, denn sie war eine Schönheit, ganz im Gegensatz zu Knuth."
Thoralf zögerte kurz und fragte sich, ob sein Onkel schon vom Tod seines Vaters wusste. Doch es schien ihm nicht der richtige Augenblick zu sein, um damit herauszurücken. Also lachten sie sich an und hielten sich fest an den Armen gepackt, als trauten sie dem unverhofften Aufeinandertreffen noch nicht so recht. Thoralf fuhr sich über das

Gesicht, bis er seine Fassung wiedergewonnen hatte.
„Onkel Thorstein, vierzehn Sommer sind vergangen, seit du nach Süden aufgebrochen bist. Da war ich noch ein kleiner Junge. Ich hätte niemals gedacht, dich noch einmal wiederzusehen. Viele hielten dich längst für tot."
Er schüttelte ungläubig den Kopf. Sein Onkel hob beruhigend die Hand.
„Wir sind vor zwei Tagen hier angekommen. Meine Gefährten und ich haben uns erst einmal bei Jarl Olaf melden wollen, bevor jeder seiner Wege geht. Sei unbesorgt. Nach dieser Zusammenkunft komme ich mit dir und werde alles berichten, was du zu wissen wünschst."
Thoralf nickte. Noch bevor er etwas erwidern konnte, erhob sich Jarl Olaf. Sofort erstarb das Gemurmel und Gelächter der Männer.
Thoralf ging wie betäubt an seinen Platz zurück und ließ sich auf die Bank fallen. Seine Freunde hätten ihn gern mit Fragen überschüttet, doch der Jarl hob die Hände. Dann stützte er sich mit beiden Armen auf dem Tisch ab und ließ seinen Blick über die versammelten Nordmänner schweifen.
„Ich danke euch, meine treuen Gefolgsleute, dass ihr meinem Aufruf so schnell gefolgt seid. Der Weg war mühsam. Aber glaubt mir, der Anlass rechtfertigt diese Anstrengung."
Er tauschte einen Blick mit den drei Männern, die rechts von ihm Platz genommen hatten.
„Auch wenn es nicht danach aussieht, so weiß ich doch, dass auch dieser Winter irgendwann vorüber gehen wird. Wenn er sich kraftlos gen Norden zurückzieht, beginnt endlich wieder die Zeit, in der wir uns aufmachen werden, um in der Fremde unser Glück zu suchen. In den letzten Jahren sind wir gen Osten gesegelt. Haben auf dem Ladogasee und in den verschneiten Weiten des Wolchow mit einigen Kaufleuten Handel getrieben. Es waren lohnende Fahrten, die uns Silber und Felle einbrachten. Jeder Mann konnte seine Familie ernähren und musste im Winter nicht Hunger leiden."
Der Jarl nahm sich Zeit, um nacheinander seine wichtigsten Gefolgsleute anzusehen. Er genoss ihre Aufmerksamkeit, bevor er fortfuhr.
„Doch diesmal habe ich größere Pläne."
Gemurmel wurde laut. Einige Nordmänner richteten sich in gespannter Erwartung auf, um kein Wort zu verpassen. Einige vergaßen sogar zu trinken und tauschten verblüffte Blicke mit ihren Sitznachbarn aus.
Der Jarl ließ erneut einen Moment verstreichen. Dann beugte er sich ein Stück vor und raunte den Männern zu:
„Miklagard."

Er ließ das Wort in der Luft hängen. Es klang verheißungsvoll.
Die bärtigen Gestalten hielten die Luft an. Dann riefen alle durcheinander. Folke fiel beinahe der Becher aus der Hand, während Ivar sich immer wieder aufgeregt über den Bart strich. Thoralf sah unsicher zu Harald hinüber, der der Erfahrenste von ihnen war. Auf ihrer Fahrt gen Osten hatten sie immer wieder vom sagenhaften Reichtum Miklagards gehört. Der sagenumwobenen Stadt, die die Griechen Konstantinopel nannten. Er hatte Geschichten von Händlern gehört. Über Festungswälle, die endlos erschienen, Kleidung aus Seide und Unmengen von Gold und Silber. Vieles davon hatte er als Übertreibung abgetan.
„Habe ich richtig gehört? Meint der Jarl wirklich die Hauptstadt des byzantinischen Reiches, irgendwo im Süden?"
Harald nickte bestätigend. Dann blickte er unter seinen buschigen Augenbrauen hinüber zum Jarl.
„Ich wette, dieser Entschluss hat etwas mit den drei unerwarteten Gästen an seiner Tafel zu tun."
Thoralf blickte wieder zu seinem Onkel. Dieser strahlte eine kraftvolle Ruhe aus. Der Jarl war vom Tisch zurückgetreten und hatte einem dieser drei Männer kurz die Hand auf die Schulter gelegt. Dieser erhob sich und das Gemurmel der übrigen Männer erstarb. Sein Gesicht wirkte offen und einnehmend. Ihm fehlte das linke Ohrläppchen. Der Anflug eines Lächelns glitt über sein Gesicht.
„Man nennt mich Tormod. Einige von euch mögen sich an mich erinnern, denn ich habe vor vielen Jahren als freier Bauer nicht weit entfernt von hier gelebt. Auf einer Fahrt gen Osten hatte ich mich zusammen mit meinen beiden Gefährten einer Gruppe von Nordmännern angeschlossen. Unser Ziel war Konstantinopel, die Hauptstadt des byzantinischen Reiches. Wir wollten dort Handel treiben und mit eigenen Augen sehen, wovon wir vorher aus Erzählungen gehört hatten."
Er blickte den Männern in die Augen, während sie ihn mit kaum verhohlener Spannung anblickten. Jeder Nordmann liebte gute Geschichten. Hier erzählte ihnen einer der ihren, was es wirklich mit dieser geheimnisvollen Stadt auf sich hatte. Was für Gefahren musste dieser Mann überwunden haben!
Thoralf rutschte ungeduldig auf der Bank umher und ließ sich seinen Becher von einem der Knechte auffüllen.
„Erzähle uns von deiner Reise, Tormod!", riefen erste Stimmen.
Tormod nahm einen großen Schluck aus seinem Becher und setzte erneut zum Sprechen an.
„Es war eine lange Fahrt mit unserem Drachenboot bis hinein ins große

Meer der Griechen. Über die Ostsee, die Newa entlang zum Ladogasee sind viele von euch bereits selbst gesegelt."
Zustimmendes Gemurmel setzte ein.
„Auch über den Wolchow zum Ilmensee und dann weiter über den Lowat mögt ihr gekommen sein. Aber wer von euch war schon in Kiew, der Stadt, die von Nordmännern gegründet worden ist?"
Er sah suchend umher. Doch auf diese Frage erwiderten nur wenige Männer seinen Blick.
„Die Reise ist dort aber noch lange nicht zu Ende", fuhr er mit seiner tiefen Stimme fort.
„Noch wochenlang sind wir stromaufwärts gefahren. Fremde Völker leben dort, die uns Nordmännern nicht alle wohlgesonnen sind. Reitervölker haben uns immer wieder mit Pfeilen überschüttet und wollten unsere Handelsgüter und Waffen stehlen. Wir hatten viele Kämpfe auszufechten, doch so etwas schreckt einen Nordmann nicht. Wochen später erreichten wir das Schwarze Meer und gelangten durch die Meerenge des Bosporus ins große Meer, das die Griechen Mittelmeer nennen. Oft wurden wir misstrauisch beobachtet, denn wir Nordmänner haben in der Vergangenheit immer wieder versucht, uns die Schätze der Griechen mit Gewalt zu nehmen. Doch der byzantinische Kaiser schätzt unsere Kampfkraft und traut seinen eigenen Truppen nicht. Er hat zu seinem persönlichen Schutz eine Leibgarde aus unseren besten Kämpfern rekrutiert. Sie werden Waräger genannt. Wir drei haben viele Jahre dort gedient und unser Leben eingesetzt, um den Kaiser vor Gefahren zu schützen. In der Waräger-Garde genießt man hohes Ansehen und wird reich belohnt."
Die Nordmänner tauschten stumme Blicke.
„Was waren eure Aufgaben in dieser Garde?", rief Einar neugierig.
„Wir haben ein Leben geführt, das sich Odin selbst nicht besser hätte ausmalen können. Wir übten uns jeden Tag an den Waffen. Bei kaiserlichen Zeremonien standen wir hinter dem Kaiser, um ihn vor Attentätern zu schützen oder auch um Abgesandte anderer Länder durch unser bedrohliches Aussehen einzuschüchtern. Wenn Feinde es wagten, ins byzantinische Reich einzufallen, dauerte es meist nicht lange und die Generäle des Kaisers drangen darauf, uns gegen sie einzusetzen. Wir haben viele Siege errungen und standen hoch in der Gunst des Kaisers."
Einen Moment lang schwieg er versonnen.
„Haben sich die Dienste für den Kaiser für euch bezahlt gemacht?", fragte Hakon, der ein harter Kämpfer war und schon bei einigen Fahrten zur Schiffsmannschaft des Jarls gehört hatte.
Sofort richteten sich alle Blicke auf Tormod. Statt einer Antwort öffnete

Tormod seinen Mantel. Darunter verbargen sich dicke Goldketten, die von schweren Anhängern nach unten gezogen wurden. Eine solche Pracht hatten die Männer noch nie gesehen. Gleichzeitig gab er damit den Blick frei auf einen prunkvoll mit Smaragden verzierten Gürtel. An seiner Seite hing ein Schwert, dessen Griff in Gold eingelegt und mit Rubinen besetzt war. Mit einer geschmeidigen Geste zog er die Klinge und streckte sie in die Höhe.

„Das ist mein ruhmreiches Schwert „Fußbeißer". Es hat das Blut von hundert Feinden gefordert und mich nie im Stich gelassen."

Die Flammen des Feuers spiegelten sich auf der Klinge. Selbst die Scheide war mit Gold eingelegt und funkelte so sehr, dass einige Männer den Blick abwenden mussten. Die ersten sprangen vor Verblüffung von ihren Sitzen auf. Die Frauen in der hinteren Ecke plapperten aufgeregt durcheinander, während sie gleichzeitig versuchten, sich keine Einzelheit entgehen zu lassen.

Tormod fuhr ungerührt fort.

„Als Mitglied der Waräger-Garde stand uns ein Anteil der Beute zu. Außerdem beschenkte der Kaiser uns regelmäßig mit kostbaren Waffen, verziertem Geschmeide oder Barren aus reinem Gold. So wurde jeder Nordmann, der in seinen Diensten stand, über die Jahre ein reicher Mann."

Folke schüttelte den Kopf.

„Warum hast du diesem Ort den Rücken gekehrt? Besser kann es selbst in Walhalla nicht sein, wenn Odin uns an seine Festtafel bittet."

Tormod hatte das Schwert wieder in die Scheide gesteckt und den Mantel darübergelegt. Nachdenklich musterte er den Fragesteller.

„Du bist jung und willst dir deinen Platz im Leben erkämpfen. Das ist gute Sitte bei uns Nordmännern. Ich war genau wie du. Doch irgendwann erkannte ich, dass mir noch mehr Gold keine Befriedigung mehr verschaffte. Wer von uns nicht mit der Streitaxt in der Hand in einem der Kriege des Kaisers fiel, hatte irgendwann genug vom nie endenden Trubel dieser riesigen Stadt. Etliche meiner Kameraden, die zeitgleich mit uns in die Garde des Kaisers eingetreten waren, hatten den Wunsch, den eigenen Lebensabend in der Heimat zu verbringen. Wir träumten davon, so lange durch den Schnee zu laufen, bis die Kälte uns wie ein Wolf ansprang, so dass man sein Gesicht nicht mehr spürte. In der Weite unseres Landes gibt es so wenige Menschen, dass man tagelang in der Wildnis herumlaufen kann, ohne auf jemanden zu treffen. Wir wollten abends heimkehren können und unsere Geschichten am Lagerfeuer erzählen."

Er sah Folke mit offenem Blick an, um sich davon zu überzeugen, dass seine Worte den jungen Mann erreicht hatten. Folkes Augen leuchteten.

Stille breitete sich in der Halle aus. Nur das Knacken der Holzscheite in der Feuerstelle war zu hören.
„Jedes meiner Worte ist wahr. Und ebenso wahr ist auch, dass der Kaiser immer neue junge Krieger braucht, die für ihn kämpfen und auf die er bedingungslos zählen kann“, raunte Tormod.
„Die Griechen sind allesamt in Intrigen verstrickt und schmieden fortwährend Ränke. Jeder verfolgt seine eigenen Interessen. Am Kaiserhof dienen viele mehreren Herren gleichzeitig, die sie mit Gold bestechen. Wir Nordmänner aber dienen nur dem Kaiser. Er ist unser Goldgeber, also dienen wir ihm treu bis in den Tod. Auf uns ist Verlass, deshalb schwört er auf die Waräger und versucht, so viele Nordmänner wie möglich anzuwerben.“
Dann setzte er sich wieder auf die Bank. Nun erhob sich Jarl Olaf von seinem Sitz.
„Ich wollte, dass ihr alle mit eigenen Ohren hört, was diese Männer in Miklagard erlebt haben. Vielleicht versteht ihr jetzt, warum ihr hier seid.“
Voller Tatendrang sah er in die Augen seiner wichtigsten Getreuen.
„Im nächsten Frühjahr will ich nach Miklagard aufbrechen und in die Waräger-Garde des Kaisers eintreten. Das wird kein leichter Weg. Doch wir alle können dort unser Glück finden und als reiche Männer zurückkehren.“
Seine Worte wurden leiser und eindringlicher, als er fortfuhr.
„Alles, wovon ich jemals geträumt habe, erwartet uns an diesem geheimnisvollen Ort. Ich will nicht ein Leben lang von fernen Ländern träumen. Wir sind Nordmänner! Der Aufbruch in neue Abenteuer liegt uns im Blut. Darum frage ich euch heute: Wer will mich begleiten?“
Erneut setzte Geraune ein, doch sogleich hob der Jarl mahnend eine Hand.
„Diese Fahrt kann viele Jahre dauern. Niemand weiß, ob wir jemals in die Heimat zurückkehren. Wer von euch Familie hat und seinen Hof bewirtschaften muss, hat gute Gründe hierzubleiben. Ihr seid freie Männer. Wägt also gut ab, bevor ihr eure Entscheidung trefft.“
Thoralf hatte mit gerunzelter Stirn zugehört. Jetzt drehte er sich zu Harald um und legte ihm die Hand auf den Arm.
„Wie denkst du darüber, Harald? Du hast mehr von dieser Welt gesehen als jeder andere von uns.“
Harald hob die buschigen Augenbrauen und erwiderte Thoralfs Blick.
„Es klingt fast zu schön, um wahr zu sein“, murmelte er.
„Die Zeiten, in denen wir Nordmänner nach England oder ins Reich der Franken gesegelt sind, nähern sich dem Ende. Die Sachsen haben gelernt zu kämpfen und sie kämpfen hart. Dort empfängt man uns

mittlerweile mit blankem Stahl. Viele unserer Männer liegen in fremder Erde, ohne ihr Glück gefunden zu haben. Auch unsere Fahrten gen Osten sind beschwerlich geworden und werden mit jedem Jahr waghalsiger. Denk an deinen Vater."
Er richtete sich auf, bevor er weitersprach.
„Wenn wir dieses Wagnis eingehen, dann für ein Ziel, für das es sich zu sterben lohnt. Ich würde diese Wunder gern sehen, von denen Tormod gesprochen hat."
Folke tauschte einen raschen Blick mit seinen Freunden. Dann stieß er sich von der Bank ab und war einer der ersten Männer, die zum Zeichen ihrer Teilnahme dem Jarl ihren Becher entgegenstreckten. Gleich darauf taten es ihm dreißig weitere Nordmänner gleich.
Der Jarl nahm die Zustimmung seiner Gefährten mit einem erfreuten Lächeln entgegen. Er hatte gespürt, dass Tormods Erzählungen alle in seinen Bann gezogen hatten.
„Lasst uns heute Abend feiern! Morgen kehrt ihr auf eure Höfe zurück und trefft die nötigen Vorkehrungen für unsere lange Reise. Sobald der Schnee geschmolzen ist, versammeln wir uns wieder hier und brechen gen Osten auf. Von unseren Taten soll man noch in hundert Jahren sprechen!"
Seine Männer jubelten ihm zu und trommelten mit den Fäusten so fest auf die Tischplatte, dass einige Becher umkippten und sich ihr Inhalt in die Binsen ergoss. Alle brannten darauf, sich in dieses Abenteuer zu stürzen. Die Aussicht auf eine Fahrt bis ans Ende der ihnen bekannten Welt jagte ihnen keinen Schrecken ein. Sie waren Wikinger!
Mittlerweile hatten sich die Männer von ihren Bänken erhoben und standen in Gruppen zusammen. Um die drei Gäste hatte sich eine dichtgedrängte Menschenschar gebildet und bestürmte sie mit Fragen.
„Wie groß ist Konstantinopel überhaupt?", fragte Folke.
„Größer als Haithabu?"
Tormod hatte Mühe, ein Grinsen zu unterdrücken.
„Ich habe Haithabu nie mit eigenen Augen gesehen. Doch auf unserer Heimreise haben wir viele Händler getroffen, die jedes Jahr dort Halt machten, um auf diesem Handelsmarkt ihren Geschäften nachzugehen. Sie berichteten uns, dass die Stadt mehr als fünfhundert Einwohner zählen soll."
Einige der Umstehenden waren selbst in Haithabu gewesen und nickten zustimmend.
„Konstantinopel hat bestimmt fünfhundertmal so viele Einwohner wie Haithabu. Dazu ist die Stadt von mächtigen Mauern umgeben, die sich endlos erstrecken. Viel weiter, als das Auge reicht. Ihr müsst es selbst sehen, um meinen Worten Glauben zu schenken."

Die Nordmänner tauschten ungläubige Blicke aus. Tormods Worte sprengten ihre Vorstellungskraft. Weitere Fragen prasselten auf Tormod ein. Er bemühte sich, jede zu beantworten. Irgendwann ebbte der Ansturm der Fragenden ab. Viele Männer starrten in ihre Becher, um über das Gehörte nachzudenken. Ivar leerte seinen Becher und wischte sich den Schaum aus seinem struppigen Bart.

„Ich kann mir nicht vorstellen, dass so viele Menschen an einem Ort leben können. Ihr Dreck muss doch zum Himmel stinken. Und dann der Lärm, den sie machen. Das wäre nichts für mich."

Abwehrend schüttelte er den Kopf. Thoralf schlug ihm kräftig auf die Schulter.

„Wir werden uns selbst ein Bild davon machen, mein Freund."

Aus seiner Stimme sprach die Sehnsucht, nach fremden Ländern. Also stießen sie schwungvoll ihre Becher aneinander, so dass deren Inhalt überschwappte und ihre Hosen benetzte. Lachend tranken sie die Krüge leer und donnerten sie auf die Tischplatte. Sofort eilten Diener heran und füllten die Becher erneut. Der Jarl war ein guter Gastgeber.

„Niemand versteht es, so gutes Bier zu brauen wie Jarl Olaf", meinte Harald anerkennend.

„Seine Gerste ist nicht anders als die unsrige", bezweifelte Thoralf.

Ivar grinste.

„Aber es schmeckt wirklich besser als unsere Plörre. Vielleicht pisst er ins Fass, bevor er es in sein Lager rollt?"

Folke, der gerade einen Schluck aus seinem Becher nahm, verschluckte sich fast. Harald lachte dröhnend und wäre beinahe von der Bank gefallen. Folke schüttelte sich, als würde ihm die Tragweite ihrer Entscheidung erst jetzt bewusst werden.

„Also steht es fest? Wir fahren im Frühjahr mit dem Jarl nach Konstantinopel?"

Harald und Thoralf nickten gleichzeitig.

„Was können wir uns vom Leben mehr wünschen als eine solche Fahrt? Längst nicht alle Männer werden sich freiwillig melden. Uns vier hingegen hält hier nichts. Wenn wir eines Tages zurückkehren, sollen sich die Planken unseres Bootes biegen unter all den Reichtümern, die wir erbeutet haben."

Thoralfs Augen funkelten. Jeder spürte die Energie, die von ihm ausging.

Beschwichtigend hob Harald die Hand.

„Bis zum Aufbruch liegen noch lange Wochen eisigen Winters vor uns. Trotzdem sollten wir rechtzeitig mit den Vorbereitungen beginnen."

Doch die Vorfreude auf eine solch gewagte Unternehmung war überall zu spüren. Immer wieder stießen sie mit ihren Gefährten auf den großen

Plan an.
„Mögen die Götter uns auf dem Weg in die Fremde begleiten!“
Thorstein ließ sich neben seinem Neffen auf die Bank fallen, dass das Holz unter seinem Gewicht bedenklich knackte. Sie stießen ihre Becher aneinander und leerten diese in einem langen Zug. Nach einem Moment des Zögerns gab Thorstein sich einen Ruck.
„Der Jarl hat mir von Knuths Tod erzählt. Dein Vater ist mit dem Schwert in der Hand gefallen. Es war ein Tod, der einem Nordmann zur Ehre gereicht. Wir werden ihn in Walhalla wiedersehen.“
Thoralf sah seinem Onkel fest in die Augen und nickte knapp. Thorstein hatte seinen prächtigen Mantel abgelegt und er bemerkte, dass sein Onkel viele Narben am Körper trug, die Zeugnis ablegten vom Ruhm siegreicher Kämpfe. Thorstein bemerkte seinen Blick. Er konnte sich denken, welche Gefühle in seinem Neffen aufwallten.
„Geduld, mein Junge. Du wirst deinen eigenen Weg gehen. Auf dich warten Kämpfe, Gold und Schlachtenruhm.“
Er schmunzelte leicht.
„Natürlich nur, wenn du dich geschickt anstellst. Sonst bist du ganz schnell Fischfutter. Oder irgendein stinkender Steppenbewohner wird seine gegorene Stutenmilch aus deinem Schädel trinken, wer weiß das schon?“
Er ließ ein wölfisches Lachen folgen.
Thoralf verzog das Gesicht.
„Gegorene Stutenmilch?“
Sein Onkel nickte.
„Die Welt ist voller Überraschungen. Du wirst schon sehen!“
Jarl Olaf warf ihnen über den Tisch hinweg einen nachdenklichen Blick zu und Thorstein verzog leicht die Mundwinkel.
„Der Jarl hält große Stücke auf dich. Du kannst viel lernen auf dieser Fahrt. Halte immer die Augen offen und sammle deine eigenen Erfahrungen.“
Thoralf brummte zustimmend, doch Thorstein war noch nicht fertig.
„Er hat gute Männer in seinem Gefolge und besitzt viel Erfahrung. Außerdem hat er einen ausgezeichneten Ruf, wie ich hörte. Aber mein Rat an eure Fahrtgemeinschaft ist folgender:
Wir Nordmänner sind im Süden gefürchtet, weil wir unseren Feinden an Körperkraft überlegen sind. Doch das ist kein Garant dafür, aus jedem Kampf als Sieger vom Schlachtfeld zu gehen. Verlasst euch nicht nur auf die Stärke eurer Arme, sondern handelt klug und versucht, euch auf eure Gegner einzustellen. Dann ist schon viel gewonnen.“
Auch Folke, Harald und Ivar hatten jedes Wort gehört und nickten knapp. Immer wieder musterten sie die eindrucksvollen Gäste.

Thorstein sah aus wie ein Kriegsherr. Eine Schwertklinge hatte ihn im Gesicht getroffen und seine linke Augenbraue in zwei Hälften zerteilt. Seinem Nebenmann fehlten zwei Finger der linken Hand.

Weitere Nordmänner rückten näher heran, um ihren Erzählungen zu lauschen. Thorstein sah schweigend in die jungen Gesichter, die ihn erwartungsvoll anblickten. Kurz überkam ihn die Wehmut. Was gäbe er darum, noch einmal so jung zu sein wie diese Männer, die voller Tatendrang waren und es kaum abwarten konnten, bis es endlich Frühling wurde. Er wusste noch genau, wie er sich vor vielen Jahren gefühlt hatte, als sie endlich in unbekannte Gefilde aufbrachen und jeder Tag voller Überraschungen steckte.

Wie oft hatte er selbst guten Geschichtenerzählern gelauscht, die es verstanden hatten, ihre Zuhörer in ihren Bann zu ziehen. So ließ er noch einen Moment verstreichen, bevor er mit kräftiger Stimme zu sprechen begann.

„Der Kaiser ist ein mächtiger Mann und herrscht über ein riesiges Reich. Doch er hat auch viele Feinde, die begehren, was ihm gehört. Wir Nordmänner wissen, dass man nur besitzt, was man auch verteidigen kann. So liegt der Kaiser oft im Krieg mit fremden Völkerscharen, die seine Grenzen bedrohen. Jeder Feind kämpft anders und wer die Eigenheiten dieser Völker nicht kennt, bezahlt für diese Unwissenheit mit seinem Blut. Ihr dürft eure Feinde niemals unterschätzen. Es gibt Barbarenstämme, die sich auf ihre große Zahl verlassen, aber ohne Disziplin angreifen. Solche Gegner zu besiegen, ist leicht."

Er trank einen Schluck, um seinen Gaumen zu befeuchten. Ihn packte die Erinnerung und seine Gesichtszüge verhärteten sich.

„Am gefährlichsten waren die Kämpfe gegen die arabischen Reitervölker im Osten. Ihre berittenen Bogenschützen umschwärmten uns wie Bienen. Tagelang überschütteten sie unsere Truppen mit Pfeilsalven, ohne dabei einen direkten Angriff zu wagen. Wir konnten sie einfach nicht in die Finger kriegen. Also mussten wir die Zähne zusammenbeißen und uns hinter unseren Schilden verstecken, in die immer wieder Pfeile einschlugen. Einige Einheiten des Kaisers zerfielen und wurden von den Angreifern niedergemacht. Sobald es zu Auflösungserscheinungen kam, griffen die Araber mit ihren Krummschwertern an und wüteten wie die Teufel."

Wieder trank er einen Schluck und wischte einen Tropfen Wein auf dem Tisch weg. Um ihn herum herrschte absolute Stille. Jeder Mann lauschte ihm.

„Die Hitze setzte uns unerbittlich zu und irgendwann ging uns das Wasser aus. Jeden Tag stürmten die Feinde auf uns zu, doch wir

konnten wenig ausrichten. Unsere wenigen Bogenschützen hatten bald keine Pfeile mehr oder fielen im Kampf. So blieb uns nichts anderes übrig, als uns mit unseren Schilden zu decken und unsere Wut herunterzuschlucken. Einige unserer jungen Männer verloren die Geduld und griffen an. Sie wurden mit Pfeilen gespickt und starben ohne Sinn. Der Sand begrub ihre Körper. Unsere Feinde lachten nur. Viele Männer gaben den Kampf verloren und flohen in der Nacht. Doch die Reiter holten sie am nächsten Morgen ein. Sie töteten die Männer in der Wüste und in Schluchten. Niemand entkam ihren Pfeilen. Am vierten Tag glaubten die Angreifer uns mürbe gemacht zu haben. Sie jagten die Einheit neben uns mühelos auseinander. Es schien, als wären sie von ihrem eigenen Erfolg überrascht. Dann prallten sie auf uns. Endlich konnten wir uns wehren!“
Das Ächzen und Schnaufen vieler Nordmänner begleitete seine Worte. Andere litten stumm mit ihm. Sie hatten die Fäuste geballt und sahen sich in Gedanken selbst in dieser beschwerlichen Lage.
„Wir waren ihnen an Zahl deutlich unterlegen. Zu unserer Linken klaffte eine tiefe Lücke, so dass sie uns von zwei Seiten angreifen konnten. Aber wir wichen nicht zurück. Unser Schildwall war kampferprobt. Jeder Krieger konnte sich auf seine Nebenmänner verlassen. Ihre Angriffe prallten mit großer Wucht auf unseren Schildwall und wir tauchten unsere Schwerter und Äxte in Blut. Es war ein Gemetzel. Ihre Bogenschützen hatten den Beschuss eingestellt, um ihre eigenen Männer nicht zu gefährden. Nun kämpften wir Mann gegen Mann und zerhackten sie wie Schlachtvieh. Unser Schlachtruf übertönte ihr gellendes Kriegsgeschrei. Bald umgaben uns ganze Berge von blutigen Leichen. Ihre überlebenden Kämpfer wollten panisch zurückweichen, doch die nachdrängenden Truppen schoben sie auf uns zu. Wir töteten wie im Rausch!“
Erst jetzt bemerkte er, dass alle Augen auf ihn gerichtet waren. Er war von seiner Erzählung sichtlich aufgewühlt und fuhr sich mit den Händen durch den Bart.
„An diesem Tag gewannen wir die Schlacht gegen den gefährlichsten Gegner des Kaisers. Wir erschlugen Tausende, während sich die restlichen Truppen neu formieren konnten und weiter vorstießen. Seit diesem Tag zählt der Kaiser auf uns. Wir stehen in dem Ruf unerschütterlich zu sein und werden immer dort eingesetzt, wo der Kampf am härtesten tobt. Oft genug war es unser Ansturm, der die Reihen des Gegners zerschmetterte.“
Gunne, ein Mann, der nur selten das Wort ergriff, schaltete sich ein.
„Gab es genug Frauen für all die Nordmänner, die dem Kaiser dienten?“

Thorstein schmunzelte und nickte.
„Der Kaiser war immer bemüht, unseren Wünschen entgegenzukommen. Jeder Nordmann bekam eine Sklavin zugeteilt. Sie waren anschmiegsam und von gutem Wuchs. Wir waren sehr zufrieden mit der Auswahl. Nicht einer von uns wäre zu einem Tausch bereit gewesen."
Dröhnendes Gelächter durchdrang die Halle. Die Männer fanden sich zu kleinen Gesprächsrunden zusammen. Das Bier floss in Strömen. Ihr Gelage endete erst bei Anbruch der Morgendämmerung. Die meisten Männer kippten irgendwann einfach zur Seite und begannen zu schnarchen, dass die Wände bebten.

Am nächsten Tag verabschiedete der Jarl seine Männer, die in alle Himmelsrichtungen aufbrachen. Auch Thoralf und seinen Freunden wünschte er eine gute Heimreise. Sie wurden von Thorstein begleitet, der es kaum abwarten konnte, Thoralfs Hof wiederzusehen.
„Wir sehen uns im Frühjahr!", rief der Jarl ihnen voller Tatendrang zu.
„Sobald die Bucht ein paar Tage eisfrei ist, finden wir uns hier wieder ein", versprach Thoralf.
Auf ihrem Rückweg schien die Sonne verschwenderisch und glitzerte auf dem Schnee. Der Marsch half ihnen, wieder einen klaren Kopf zu bekommen. Dabei wurden sie nicht müde, den Jarl dafür zu loben, dass er etliche Fässer von seinem besten Bier für die Gäste bereitgestellt hatte.
Thorsteins Augen leuchteten, als er die langgestreckte Bucht vor sich liegen sah. Eisschollen hatten sich zu unförmigen Gebilden übereinander geschoben. Die klirrende Kälte ließ das Eis knacken.
„Was habe ich diesen Anblick vermisst", murmelte er halblaut vor sich hin.
Folke und Ivar sahen sich verständnislos an.
„Das ist ein Winter wie jeder andere", rief Ivar abwinkend.
„Wer beim Scheißen nicht aufpasst, dem frieren bei dieser Kälte die Eier auf dem Eis fest. Also lasst uns zusehen, dass wir bald in die warme Halle kommen."
Thoralf grinste seinem Onkel kurz zu. Er hatte genug Fantasie, um sich vorstellen zu können, dass ein Mann, der diesen Anblick zwanzig Jahre lang entbehrt hatte, diesen nun umso mehr genoss. Zum wiederholten Male fragte er sich, was Thorstein in all diesen Jahren wohl gesehen haben mochte. Bei diesem Gedanken durchströmte ihn erneut das Fernweh.
Endlich tauchte der Hof mit seiner großen Halle und den zahlreichen Nebengebäuden vor ihnen auf. Thorstein nahm sich Zeit, diesen

Anblick auf sich wirken zu lassen. Man konnte sehen, wie er das Bild seiner Erinnerung mit der Wirklichkeit abglich. Dann schlug er Thoralf gutgelaunt auf den Rücken und lief das restliche Wegstück voran.
Torben hatte sie bereits gesehen und begrüßte sie vor der Halle. Als Thorstein die Kapuze seines Mantels abnahm, sahen die Freunde, wie es hinter Torbens Stirn zu arbeiten begann. Dann lief ein breites Grinsen über sein Gesicht. Sein Bart hob und senkte sich, als er dröhnend zu lachen begann.
„Bei allen Göttern! Dass wir uns noch einmal wiedersehen, hätte ich nicht für möglich gehalten. Willkommen zu Hause, Thorstein!"
Sie hatten sich an den Unterarmen gepackt und musterten sich neugierig. Torben konnte sich noch daran erinnern, als Thorstein damals auf große Fahrt ging. Er selbst war noch zu jung gewesen und hatte sich oft gefragt, was für Abenteuer ihm entgangen sein mochten.
Kurz nachdem die Männer die Halle betreten hatten, sprach sich die Neuigkeit auf dem ganzen Hof herum.
Von diesem Abend an wurde es zur Gewohnheit, dass sich alle Männer ums Feuer versammelten und Thorsteins Erzählungen lauschten. Vielen erschien es, als würde er diese unglaublichen Geschichten erfinden. Doch er wusste auf jede Frage eine Antwort und brachte so viele Einzelheiten vor, dass irgendwann auch der letzte Mann ihm bereitwillig Glauben schenkte. Vielen Nordmännern blieb vor Staunen der Mund offenstehen.
Thoralf kamen die Winter immer eisig und endlos vor. Monatelang saßen sie tatenlos herum, tranken Bier in der zugigen Halle und hatten entzündete Augen von den Rauchschwaden des Herdfeuers. Trotzdem reichte dieses niemals aus, um den ganzen Raum zu wärmen. Doch jetzt hatten sie ein Ziel, dem sie entgegenfieberten. Damit hatten die Wintermonate viel von ihrem Schrecken verloren und die vor ihnen liegenden Tage würden schnell vergehen. Schon bald konnten sie mit den Vorbereitungen für ihre Unternehmung im Frühjahr beginnen. Es gab so viel zu tun! Kühe mussten geschlachtet und das Fleisch so lange geräuchert werden, bis es monatelang haltbar war. Die Männer packten ihre Seekisten und schärften die Waffen.
Als das Eis in der Bucht zu brechen begann, unternahm Thoralf mit seinem Onkel einen Rundgang um den Hof. An der Bucht blieben sie stehen und blickten aufs Meer hinaus.
„Und du willst uns wirklich nicht auf unserem Raubzug begleiten?", fragte Thoralf.
Thorstein horchte kurz in sich hinein, schüttelte dann aber den Kopf.
„Ich liebe den Anblick des Meeres noch immer. Mir wird jedes Mal die Brust weit, wenn ich nach einem Tag in der stickigen Halle die Weite

des Meeres sehe und die frische salzige Luft rieche. Das Gefühl, die Planken eines Bootes unter mir zu spüren, ist unbeschreiblich. Doch für mich sind die Abenteuer vorbei."

Thorstein drehte sich um und ließ seinen Blick über den Hof wandern. „Dein Vater hat es zu etwas gebracht, mein Junge."

Thoralf nickte stolz.

„Was sind deine Pläne?", fragte er seinen Onkel. „Du bist reich und könntest dir einen Hof bauen, der größer ist als der unseres Jarls."

Thorstein schüttelte entschieden den Kopf.

„Mehr als du hier besitzt, braucht kein Mann. Soviel habe ich gelernt."

Thoralf zögerte einen Moment.

„Thorstein, was würdest du sagen, wenn ich dich darum bitte, während meiner Abwesenheit die Verantwortung über die Menschen und unseren Besitz zu übernehmen?"

Thorstein blickte ihn überrascht an, doch Thoralf ließ ihm keine Zeit für eine Antwort.

„Ich zähle auf dich, Onkel. Nur dann kann ich mit gutem Gewissen aufbrechen und meinem Weg folgen. Folke, Ivar, Harald und auch Torben werden mich begleiten. Doch ich lasse dir einige Männer hier, um den Hof zu schützen. Solltet ihr doch einmal in Not geraten, wendet euch an Jarl Olafs Verwalter. Er wird euch helfen und auch Krieger schicken, falls es zu einem Überfall kommen sollte."

Thorstein warf seinem Neffen einen spöttischen Blick zu. Er konnte sich keinen Grund vorstellen, warum er Hilfe in Anspruch nehmen sollte. Er war schon mit ganz anderen Sachen fertiggeworden.

„Dein Angebot ehrt mich, Thoralf. Ich will hier Frieden finden und sorge gern für deinen Hof. Mach dir um deinen Besitz keine Sorgen."

Thoralf war erleichtert. Er wusste sein Land in guten Händen.

Zwei Tage später hatte der Wind die Eisschollen aus der Bucht gedrängt. Harald und Thoralf war die innere Unruhe deutlich anzusehen. Ihre Vorbereitungen waren abgeschlossen, also fieberten sie dem Aufbruch entgegen.

Sie hatten ihre Kettenhemden immer wieder mit Sand poliert, bis der Rost des Winters gewichen war. Jetzt glitzerten die ineinander verflochtenen Metallringe im Feuerschein. Tagelang hatten sie ihre schweren Streitäxte geschliffen, so dass sie sich mit dem breiten Axtblatt auch die Bärte hätten abschaben können.

Wenige Tage nachdem die Bucht eisfrei geworden war, brachen sie nach Sonnenaufgang auf. Die Zurückbleibenden riefen ihnen gute Wünsche nach und hörten nicht auf ihnen hinterherzuwinken. Thoralf ließ sechs erfahrene Krieger auf dem Hof zurück. Die meisten von ihnen waren graubärtige Recken, die bereits seinem Vater gedient hatten.

Im hellen Sonnenlicht kniff er die Augen zusammen. Die Luft roch nach Frühling. Sie drehten sich noch einmal um, als der Hof schon fast außer Sicht geraten war. Harald stieß seine riesige Doppelaxt in den Himmel. Die Strahlen der Sonne brachen sich auf dem blankpolierten Stahl. Dann drehten sie sich schweigend um und liefen zur Küste hinunter, während ihre Heimat hinter ihnen zurückblieb. Voller Tatendrang liefen sie weiter und Thoralf war sich sicher, dass am Weltenbaum die drei Schicksalsgöttinnen saßen und an seinem Schicksalsfaden webten.

Als sie den Hof des Jarls erreichten, wurden sie freudig empfangen. Scherzworte flogen umher und das Lachen der Männer dröhnte bis weit in die Bucht hinaus. Allen Nordmännern war es leicht ums Herz, nun, da der lange Winter vorüber war. Die meisten ihrer Kameraden hatten sich bereits versammelt und packten kräftig mit an, um bei den Vorbereitungen für die Reise zu helfen. Sie konnten es kaum erwarten, endlich wieder Bootsplanken unter den Füßen zu haben und das Auf und Ab der Wellen zu spüren.
Thoralf und seine Männer traten näher und sahen schon aus der Ferne, dass der Bootsschuppen, der im Winter verschlossen gewesen war, nun sperrangelweit offenstand.
Die beiden Langboote des Jarls, *Wellenjäger* und *Orkanbrecher*, lagen von Eichenstämmen gestützt auf einer Wiese. Ein Stück entfernt lag ein drittes Schiff bereits an der Anlegestelle vertäut, was die Männer in Erstaunen versetzte. Die ersten beiden Schiffe kannten sie von der letzten Fahrt. Sie hatten ihnen in der rauen See gute Dienste geleistet. Das dritte Schiff war neu. Aufgeregt näherten sie sich diesem Boot.
Der Jarl stand am Bug auf dem Steg und hatte seine Hände in die Hüften gestemmt. Nie hatte er mehr als zwei Schiffe sein Eigen genannt. Schließlich kostete ein Boot ein Vermögen. Die Männer warfen ihm neugierige Blicke zu und er genoss den Moment der Überraschung.
„Meine neueste Erwerbung“, berichtete er stolz.
„Von den besten Bootsbauern in diesem Winter gebaut. Ich habe sie in Auftrag gegeben, lange bevor ich von unserer Fahrt wusste. Sie ist größer als meine bisherigen Schiffe und bietet vierzig Kriegern Platz.“
Thoralf hatte kurz die anderen beiden Schiffe gemustert.
„Dann stechen wir mit einhundert Männern in See?“, rief er überrascht aus.
Jarl Olaf nickte stolz.
„Viele Männer aus weiter entfernten Höfen und Buchten haben von unseren Plänen gehört und werden sich uns anschließen. Ich konnte mir die besten von ihnen aussuchen.“

Feierlich glitt sein Blick über den glatten Rumpf und den hochgezogenen Bug. Allein der Drachenkopf, der in schillernden Farben leuchtete, war ein Kunstwerk, das ihn eine gute Handvoll Hacksilber gekostet hatte. Er sah beinahe lebendig aus. Die Zunge war blutrot und die Augen schienen zu leuchten.
Die Männer gingen an Bord und spürten das leichte Schwingen, mit dem die Decksplanken auf das Gewicht der Männer ansprachen. Harald strich beinahe liebevoll über das glatte Holz der Bordwand.
„Als wenn man eine Jungfrau streichelt", raunte er ehrfürchtig.
„Hat es schon einen Namen?", fragte Thoralf den Jarl.
Dieser musterte sein neues Schiff stolz.
„Ich habe es *Sturmreiter* genannt. Der Bootsbauer hat mir versprochen, dass es jedem Sturm davonjagen wird und seine Planken niemals brechen werden."
Eine wilde Vorfreude erfasste die Männer. Ihnen steckte der lange eisige Winter in den Knochen. Ihre Augen waren gerötet von den Rauchschwaden der Feuer, mit denen sie an den endlosen Winterabenden ihre Halle gewärmt hatten. Abende, an denen es nichts zu tun gab, als an längst vergangene Erlebnisse zurückzudenken und sich auszumalen, wie man durch mannhafte Taten die Aufmerksamkeit der Götter auf sich lenken könnte. Jeder von ihnen spürte Unruhe in sich. Am liebsten wären sie sofort losgesegelt. Doch es gab noch viel zu tun.
Um sie herum herrschte hektische Betriebsamkeit. Männer kalfaterten die beiden älteren Langschiffe. Sie waren in gutem Zustand. Trotzdem mussten die Plankenfugen mit einer Mischung aus Wollfasern, Kiefernharz, Pferdehaar und Moos abgedichtet werden. Neben ihnen rauchten Harzpfannen vor sich hin. Der beißende Gestank legte sich in dichten Schwaden über die ganze Bucht. Diese Arbeit dauerte lange und musste sorgfältig ausgeführt werden. Schließlich wollte niemand im ersten Sturm im eisigen Meer versinken.
„Packt bei den Vorräten mit an!", rief der Jarl ihnen zu.
Ächzend rollten sie große Fässer mit Wasser und Bier auf den Steg. Dazu kamen weitere Fässer mit Trockenfisch, doppelt gebackenem Brot, mit ganzen Speckseiten und großen steinharten Käselaiben an Bord, die in Leinen eingeschlagen waren.
In den nächsten Tagen waren alle Arbeiten erledigt und die drei Langschiffe lagen endlich einträchtig am Steg vertäut.
Der Jarl hatte Thoralf am letzten Tag vor ihrem Aufbruch beiseite genommen.
„Den *Orkanbrecher* wird wieder Hasten steuern", teilte er ihm mit.
Thoralf nickte knapp. Er hatte nichts anderes erwartet. Hasten war ein

erfahrener Mann, der von seiner Mannschaft aufgrund seiner Umsichtigkeit geachtet wurde. Er führte das Schiff seit einigen Jahren und hatte sich bewährt.

„Dir gebe ich *Wellenjäger*, ließ der Jarl ihn wissen. „Du kommst nach deinem Vater und wirst das Schiff mit der gleichen Sorgfalt führen, wie er es getan hat."

Thoralf hatte es für einen Moment die Sprache verschlagen. Dann bedankte er sich für das Vertrauen. Doch der Jarl wollte davon nichts wissen.

„Du bist bereit für diese Aufgabe. Außerdem hast du Harald an Bord, der schon so manchen Sturm hat kommen sehen. Er wird dir als Steuermann eine große Hilfe sein."

Thoralf fühlte sich von den Göttern begünstigt. Er hatte schon als kleiner Junge davon geträumt, einmal ein Langboot zu führen, das wie ein Pfeil über die Wellen schoss. Nun sollte dieser Traum endlich Wirklichkeit wahr. Er dachte an seinen Vater, der ihn oft ans Ruder gelassen hatte.

„Vater, wenn du mich hörst", murmelte er leise vor sich hin, „dein Sohn wird ein Drachenboot bis ans Ende der Welt führen. Wache über mich, damit ich dieser Verantwortung gerecht werde."

Er blickte zum blauen Himmel hinauf, konnte jedoch weder eine Wolke noch einen Vogel entdecken. Er hatte so sehr auf ein Zeichen der Götter gehofft, doch sie schienen anderweitig beschäftigt. Also machte er sich wieder an die Arbeit.

Sie schleppten ihren ganzen Besitz in schweren Seekisten, die ihnen als Ruderbänke dienen würden, an Bord. Da sie keine Handelsfahrt unternehmen wollten, nahmen sie weder Felle, Eisen noch Walrosszähne mit. Stattdessen schichteten sie Speere am Bug und am Heck auf. Mittschiffs lagerten sie ihre Schilde. In den kleinen offenen Frachtraum hatten sie Fässer gestellt. Außerdem Umhänge, Werkzeuge, Nietnägel und Taue sowie jede Menge geräucherten Fisch und Fleisch.

Thoralf sog tief die Luft ein. Die neuen Riemen, mit denen sein Schiff ausgerüstet worden war, waren noch hell und rochen nach Fichtenholz. In den nächsten Wochen würden sich ihre Griffe dunkel färben und glänzen.

Nachdem sie alle Vorräte auf den Schiffen verteilt hatten, brach ihr letzter Abend an Land an. Der Jarl gab noch einmal ein großes Fest, um sich standesgemäß von den Menschen zu verabschieden, die er in der Heimat zurücklassen würde. Niemand vermochte zu sagen, ob dies ein Abschied für immer war. Doch an diesem Abend dachte niemand an die Gefahren, die vor ihnen lagen. Stattdessen war ungetrübte Vorfreude zu spüren. Diejenigen, die morgen aufbrechen würden,

stießen ihre Becher immer wieder mit denen an, die dazu ausersehen waren, auf den Hof des Jarls aufzupassen.
Es war ein großer Hof, der weit ins Land hineinreichte. Es gab so viele verschiedene Gebäude, dass Thoralf schnell den Überblick verlor. Ein Lagerhaus für Getreide hatte er selbst auch, wenngleich es viel kleiner war als das des Jarls. Auch der Rinderstall war riesig. Vierzig fette Tiere fanden darin Platz. Der Jarl verfügte außerdem über eine kleine Schmiede, um Reparaturen an Waffen und sonstigem Gerät durchführen zu können. Nah an der Bucht gab es ein Räucherhaus, in dem der Fisch haltbar gemacht wurde, damit er sie bis weit in den Winter hinein ernährte.
Auch die Halle war riesig und trotzdem warm und gemütlich, wie selbst Harald zugeben musste, der sonst wenig Wert auf solche Dinge legte. Eiserne Öllampen hingen an Ketten von den Dachbalken und verbreiteten ein trübes Licht. Zwischen den Dachpfeilern waren Schlafbänke mit Matratzen und Fellen ausgestattet. Die Wände waren mit Teppichen behangen und warfen die Wärme des Feuers zurück. Es war ein Ort, an dem es sich gut leben ließ.
Der Jarl hatte einen älteren Mann namens Lasse zu seinem Verwalter bestimmt. Die beiden waren viele Male zusammen auf See gewesen. Doch auf der letzten Fahrt war Lasse bei einem Überfall am Bein verwundet worden. Seitdem humpelte er und war nicht mehr schnell genug, um mit den anderen Männern hinauszufahren. Doch an Land machte er seine Sache gut. Zum Abschied umfassten sie einander an den Unterarmen und drückten sie fest. Jarl Olaf spürte, wie schwer es seinem alten Kampfgefährten fiel zurückbleiben zu müssen.
Deshalb legte er ihm die rechte Hand auf die Schulter und blickte ihm eindringlich in die Augen. Lasse trug einen langen Spitzbart, dessen Enden bereits grau wurden. Nun zitterte die Spitze leicht. Doch bevor er von seinen Gefühlen übermannt wurde, wandten sie sich voneinander ab und ließen sich ihre Becher nachfüllen.
Es war ein Fest ganz nach dem Geschmack der meist jungen Nordmänner. Die nächsten Monate würden sie auf kalten, nassen Ruderbänken sitzen und Schwerstarbeit an den Riemen leisten müssen. Sie würden kaltes, schimmliges Essen bekommen, das sie an Land keines Blickes gewürdigt hätten. Und doch leuchteten ihre Augen, als hätte Odin sie soeben persönlich in seine Halle eingeladen.
Noch einmal ließen sie sich fettes Hammelfleisch schmecken und aßen so viel davon, bis ihnen die Bäuche wehtaten. Das Fett lief ihnen über die Bärte und tropfte auf den grobbehauenen, mit Bierlachen übersäten Holztisch. Immer wieder ertönte dröhnendes Gelächter, wenn jemand eine Geschichte zum Besten gab. Selbst alte Witze wurden belacht, als

hätten die Männer diese noch nie gehört. Der Abend verging wie im Flug. Irgendwann sackten die Männer auf den Bänken zusammen. Einige schliefen noch am Tisch ein, während ihr Kopf in einer Bierpfütze lag.
Thoralf wankte näher zum Feuer, wo er sich in einer Wandnische unter einem Fell zusammenkauerte. Kurz dachte er an ihren bevorstehenden Aufbruch. Er hoffte, dass er sich der großen Verantwortung als würdig erweisen würde. Doch in seinem Kopf drehte sich alles. Noch ehe er den Gedanken zu Ende gedacht hatte, war er schon eingeschlafen. Er träumte von goldenen Bechern und anderen Reichtümern, die sich zu immer größeren Bergen auftürmten und drohten, ihn unter sich zu begraben. Verzweifelt rang er nach Luft und versuchte vergeblich, sich aus dem Haufen zu befreien. Zur rechten Zeit wurde er von der befehlsgewohnten Stimme des Jarls aus seinem unruhigen Schlaf gerissen.
„Hoch mit euch, ihr versoffenen Faulpelze! Die Sonne geht schon auf und ihr liegt hier untätig herum und träumt von Heldentaten. Auf euch warten prachtvolle Langschiffe und weit entfernte Länder. Außerdem ruhmreiche Kämpfe, unvorstellbare Schätze und jede Menge harte Arbeit."
Er donnerte mit seiner gewaltigen Faust so kräftig auf den Tisch, dass es in der ganzen Halle widerhallte. Nun war auch der letzte Trunkenbold erwacht und hob träge den Kopf. Thoralf sprang auf, setzte sich aber sofort wieder hin. Es kam ihm vor, als hätte ihn ein Ochse getreten. Sein Kopf schien geradezu zerspringen zu wollen. Harald bemerkte sein blasses Gesicht, ergriff seinen Arm und zog ihn mit sich hinaus ins Freie.
Thoralf wollte protestieren, doch dazu fehlte ihm die Kraft.
„Atme!", brummte Harald ihm zu.
Thoralf tat, wie ihm geheißen, und die kalte Luft strömte in seine Brust. Nach wenigen tiefen Atemzügen kehrte die Farbe in sein Gesicht zurück. Dankbar wollte er Harald etwas zurufen, doch dieser war längst zu den Schiffen aufgebrochen und fummelte an seiner Seekiste herum. Wenig später waren alle Männer an Deck der drei Langschiffe. Die salzige Luft vertrieb schnell die letzte Müdigkeit.
„Heben!", rief Jarl Olaf. Seine Stimme trug weit in die Bucht hinaus. Die dreißig Ruderblätter des *Sturmreiters* hoben sich aus dem eisigen Wasser.
„Und durchziehen!", befahl er.
Langsam glitt das Drachenboot in Richtung der aufgehenden Sonne davon. Thoralf sah ihnen einen Moment nach. Dann spürte er Haralds erwartungsvollen Blick und den der anderen Männer auf sich ruhen.

„Heben!", wiederholte er Olafs Befehl.
„Und durchziehen!"
Er stand am Bug des Schiffes und spürte das Beben der Planken, als ihr Boot Fahrt aufnahm. In diesem Moment überkam ihn eine Welle der Freude. Er konnte sich keinen besseren Platz vorstellen, als hier auf seinem eigenen Drachenboot. Zu sehen, wie ihr stolzes Schiff durch die grauen Wogen glitt, erfüllte ihn mit Stolz. Er betrachtete den Wolfskopf, der furchteinflößend am Bug in den Himmel ragte. Dieser war aus bestem Eichenholz geschnitzt. Er hatte rote Augen, gelbe Fänge und eine blutrote Zunge. Ein Prachtstück, wie Thoralf immer wieder bewundernd feststellte. Von allen Tiergestalten, die er bisher auf Drachenbooten gesehen hatte, gefiel ihm dieser mit Abstand am besten. Immer wieder sah er zu ihm auf, wenn sie in Wellentäler eintauchten und von Gischt umhüllt wieder daraus hervorkamen. Der kalte Wind erfrischte ihn. Hinter ihm knatterte das Segel im Wind. Unwillkürlich schlich sich ein Lächeln in sein Gesicht.
Er liebte dieses Leben!
Die Tage flogen nur so dahin. Nach all den Wochen des nutzlosen Herumsitzens tat den Männern die schwere Arbeit an den Riemen gut. Niemand schimpfte, wenn sie stundenlang im Takt durch das Meer pflügten. Sobald Wind aufkam, zogen sie das Segel am Mast hoch. An Tagen, an denen sich kein Lüftchen regte, legten sie sich wieder in die Riemen. Doch meist hatten sie Glück. Durch einen strammen Westwind kamen sie gut voran.
Ihre Vorräte gingen beängstigend schnell zur Neige. Also aßen sie nur wenig, was der guten Stimmung nicht förderlich war. Es ruderte sich nun einmal besser mit vollem Bauch. Jeder Mann, der Wache hatte, hielt eine Angel ins Wasser, um ihre karge Kost mit frischem Fisch aufzubessern. Oft wehte ein scharfer Wind, der Regen brachte. Dann kauerten sie sich unter dicken Fellen zusammen.
Thoralf lernte, wie wichtig es war, seine Männer bei Laune zu halten. Einige wurden mürrisch, nachdem sie Wochen auf See verbracht hatten. Das Zusammenleben auf engstem Raum verlangte ihnen viel ab. Sie nutzten jeden Anlass, um einen Streit vom Zaun zu brechen. Andere hingegen waren für das Schiff wertvoll wie Gold, da sie ihre Kameraden auf andere Gedanken brachten und ein ausgleichendes Wesen besaßen. Ulf, ein Mann mit kahlgeschorenem Schädel, war bei seinen Kameraden besonders geschätzt. Wenn er nach seiner Meinung gefragt wurde, nahm er sich Zeit für eine Antwort. Was er sagte, hielten die meisten für klug. Außerdem konnte er hervorragend Geschichten erzählen. Dieses Talent machte ihn außerordentlich beliebt. Ulfs Erzählungen klangen so glaubhaft, dass niemand zu sagen vermochte, ob sie der

Wahrheit entsprachen oder er sie sich soeben ausgedacht hatte. Diese Kunst vertrieb ihnen an langen Tagen auf See die Zeit.

Besonders gern erzählte er von längst untergegangenen Königreichen, die viele Männer nur dem Namen nach kannten. Sie liebten es, wenn er von Heldentaten berichtete, in denen Einzelne mannhaft gegen eine Übermacht kämpften und siegten. Er ließ Welten auferstehen, in denen die Rede war von versteckten Schätzen, die nur darauf warteten, dass ein mutiger Mann nach ihnen griff.

So lenkten sie sich von der Nässe und der Kälte ab, die ihnen bis ins Mark drang. Außerdem sahen sie darüber hinweg, dass das gesalzene Schweinefleisch längst ranzig schmeckte und der Stockfisch zu schimmeln begann. Dass das Brot vor Würmern wimmelte und das Wasser längst verdorben war. Den meisten Männern machte diese Kost nichts aus. Sie waren Seefahrer und die Weite des Meeres forderte ihren Tribut. Darüber sollten Seeleute nicht klagen, befand Torge, ein breitschultriger Mann, der viele Kriegerringe an seinen Händen trug.

Harald wiederum erschien es von den Göttern bestimmt, dass man auf See mit Wohlbehagen Kost zu sich nahm, die man an Land verschmäht hätte. Vielleicht lag es daran, dass keine Frauen an Bord waren, die mit ihrem zänkischen Gekeife die Eintracht der Männer störten.

Eines Nachmittags starrte Harald in den sich auflösenden Nebel an ihrer Steuerbordseite. Kurz darauf erkannte auch Thoralf die Umrisse einer Küste.

„Wo sind wir?“, fragte er Harald, während er lustlos auf einem Stück Brot herumkaute, von dem er bereits ein paar schimmlige Stellen entfernt hatte. Dieser hielt den Blick unverändert auf den Horizont gerichtet, an dem sich schwach ein Streifen Land abzeichnete.

„Die baltische Küste“, brummte er zurück.

Thoralfs Interesse war geweckt.

„Werden wir dort anlegen und die Nacht am Strand verbringen? Dann könnten wir auch unsere Vorräte aufzufüllen.“

Er biss auf einen kleinen Stein und spuckte ihn achtlos zur Seite.

„Wird Zeit, dass wir mal wieder Fleisch finden. Ich mag nicht mehr auf fauligem Brot herumkauen, das älter ist als ich.“

„Das könnte gefährlich werden“, murmelte Harald.

„Lass uns hören, was Jarl Olaf dazu sagt.“

Er steuerte ihr Schiff näher an den *Sturmreiter* heran.

Dann rief Thoralf zum Jarl hinüber.

„Die Männer haben Hunger nach Fleisch. Unser Essen und auch das Trinkwasser gehen langsam zur Neige. Wir könnten der Küste einen Besuch abstatten und sehen, ob wir unsere Vorräte auffüllen können.“

Der Jarl hatte die Hände in die Hüften gestemmt und musterte den

Horizont.
„Die baltischen Völker haben mit uns Nordmännern schlechte Erfahrungen gemacht. In meiner Jugend habe ich mal an Überfällen auf die Litauer teilgenommen. Es waren immer harte Kämpfe. Geschenkt wird einem hier nichts."
Er spuckte über die Bordwand.
„Deshalb werden wir die Nacht lieber auf den Schiffen verbringen. Aber wir könnten kurz anlegen um ein Dorf zu überfallen. Denn auch mich gelüstet es nach gebratenem Fleisch."
Er strich sich über den Bauch und grinste abenteuerlustig in die Gesichter seiner Männer.
„Aber wir müssen schnell sein und uns nach dem Überfall sofort wieder zu den Schiffen begeben. Wegen zwei Hammeln lohnt sich kein Kampf."
Seine Männer nickten grimmig. Also gab Jarl Olaf den Befehl, die Boote weiter auf die offene See hinauszusteuern, um keinen Verdacht zu erregen. Die Männer verbrachten die Nacht bei ruhigem Wetter in ihren dicken Fellsäcken.
Am nächsten Morgen wachte Thoralf auf und schälte sich als einer der Ersten aus den Fellen. Sie waren von Tau benetzt und glitzerten in der aufgehenden Sonne. Die morgendliche Kühle ließ ihn frösteln. Er erhob sich und blickte zu den anderen beiden Schiffen hinüber. Jarl Olaf stand bereits am Bug seines Schiffes und deutete gen Süden, wo irgendwo vor ihnen die baltische Küste im morgendlichen Nebel verborgen lag. Nun wurden auch die restlichen Schläfer geweckt und die Segel gehisst, um Kraft zu sparen. Schwerfällig setzten sich die Schiffe in Bewegung. Thoralf hatte selbst das Steuer übernommen und starrte ungeduldig auf die dunkle Linie am Horizont. Alle Männer waren nun wach und die ersten griffen bereits nach ihren Waffen. Jeder wollte bei dem Überfall dabei sein. Fester Boden unter den Füßen und die Aussicht auf Beute, und sei sie noch so gering, machte die Nordmänner tatendurstig.
Verschwommen konnten sie Sanddünen mit Kiefern und steile Klippen erkennen. Misstrauisch beobachteten sie die Küste. Nun war es Zeit, dass Thoralf die Männer auswählte, die ihn auf diesem Raubzug begleiten sollten. Er musterte seine Krieger und wählte zehn von ihnen aus. Darunter Östen, der von allen die schärfsten Augen besaß und ihm als Kundschafter gute Dienste leisten würde.
Der Rest würde das Schiff bewachen und alles für einen schnellen Aufbruch vorbereiten. Auch wenn sich Enttäuschung auf den Gesichtern der Männer breitmachte, die auf dem Schiff bleiben sollten, widersetzte sich niemand der Entscheidung des Schiffsführers.

Thoralf zog das Kettenhemd hervor, das früher seinem Vater gehört hatte. Mühsam zwängte er seinen muskulösen Oberkörper hinein. Er band einen Ledergürtel um die Hüfte, damit das stattliche Gewicht des Kettenhemds nicht nur auf seinen Schultern lag. Dieses Kettenhemd war sein ganzer Stolz. Normalerweise besaßen nur Anführer und verdiente Krieger eine solch teure Ausrüstung. Die einfachen Kämpfer trugen nur Lederwesten, die zwar einen Schwerthieb abschwächen konnten, gegen einen Axthieb aber nur wenig Schutz boten.
Er bewahrte sein Kettenhemd in ein Schaffell gewickelt in seiner Seekiste auf, da das Fett der Wolle es zuverlässig vor Rost schützte.
Das Jagdfieber hatte sie gepackt. Thoralf trug einen eisernen Helm, der kalt an Ohren und Hals anlag. Das Lederfutter roch nach Schweiß. Sein Kettenhemd fühlte sich klamm an. Ungeduldig wartete er darauf, dass sie endlich das Land erreichten. Auch die ausgewählten Männer waren zum Kampf gerüstet. Sie trugen Helme, Lederwesten, Schwerter, Schilde und einige auch Speere oder Äxte.
Nun war es soweit. Unbeobachtet setzten sie auf dem Strand auf. Der Jarl schnalzte kaum hörbar. Sofort sprangen die ersten Männer von Bord und sanken tief in den nassen Sand ein. Thoralf sprang als Erster. Dann folgten ihm seine Krieger. Es war das erste Mal, dass er so viele Kämpfer hinter sich wusste. Er spürte die Erregung in sich und konnte nicht verhindern, dass sein Schwert mit leisem Klirren an den Schild schlug.
Im Laufschritt brachten sie den Strandabschnitt hinter sich und verschwanden in dem dahinterliegenden Gehölz. Um ungehindert laufen zu können, hatten sie sich die Schilde auf den Rücken gehängt. Ihr leises Keuchen und das Knarren der Ausrüstung waren die einzigen Geräusche. Der Jarl lief an der Spitze und knurrte über seine Schulter hinweg.
„Beim Anlegemanöver hat uns wohl niemand bemerkt. Schnell jetzt!“
Hinter dem Gehölz stießen sie auf einen schmalen Pfad und folgten ihm zwischen den dahinterliegenden Hügeln hindurch. Immer wieder sahen sie sich lauernd um. Hinter der nächsten Biegung tauchte eine armselige Ansammlung von Hütten auf, aus denen dunkler Rauch aufstieg.
„Hier leben arme Fischer“, sagte der Jarl.
„Da wird es für uns kaum etwas zu holen geben.“
„Vielleicht ja doch“, murmelte Thoralf und deutete auf einen kleinen Schuppen an der linken Seite. Dort lag Stroh und der Geruch von Mist hing in der Luft.
Jarl Olaf reckte die Streitaxt in die Höhe und die Männer liefen auf die Hütten zu. Sie traten die Türen ein und verschwanden im Innern der Behausungen. Schreckensschreie erklangen und brachen abrupt ab. Ein

Hund schlug an, wurde jedoch mit einem Axthieb zum Schweigen gebracht. Die überraschten Bewohner starben schnell unter den Schwertern und Äxten der Nordmänner.
Aus einer der hinteren Hütten liefen zwei Heranwachsende davon. Wieselflink verschwanden sie im angrenzenden Wald. Einige Männer wollten ihnen folgen, doch der Jarl rief sie unwillig zurück.
„Sie sind zu schnell und kennen hier jeden Fußbreit Boden. Ihr holt sie doch nicht mehr ein. Seht zu, dass ihr alles mitnehmt, was uns von Nutzen sein könnte, und dann zurück zu den Schiffen!"
In Windeseile durchsuchten sie die Katen, fanden jedoch kaum etwas von Wert. Jubelrufe erklangen, als einige von ihnen zwei Kühe aus einem windschiefen Stall führten. Sie zerrten die Tiere an Stricken hinter sich her in Richtung Strand. Die Kühe schienen zu ahnen, was für ein Schicksal sie erwartete, denn sie muhten protestierend. Thoralf bestimmte vier Männer, die die Feuer entzünden sollten. Andere wiederum holten eiserne Dreifüße von den Schiffen und rammten ihre Krallen tief in den Sand. Hier würden die Bratenspieße aufgelegt werden. Allein die Vorstellung ließ den Männern das Wasser im Mund zusammenlaufen.
Währenddessen hatten vier weitere Männer die beiden Kühe mit ihren Äxten zerlegt. Da sie genau wussten, was zu tun war, ging es schnell. Der Jarl hatte eine erprobte Schlachtermannschaft. Thoralf bewunderte seine Voraussicht. Hier konnte er etwas lernen.
Thoralf bestimmte zwei Wachposten, die die Dünenlandschaft im Auge behalten sollten. Da einige Dorfbewohner flüchten konnten, war es nur eine Frage der Zeit, bis Verfolger ihre Spur aufnehmen würden.
„Lasst uns das Fleisch schnell braten. Das wird ein Festschmaus. Danach geht es sofort wieder aufs Schiff. Hier ist es zu gefährlich!"
Als der Jarl mit den übrigen Männern zurückkam, betrachtete er wohlgefällig das Treiben seiner Gefolgsleute. Die Beute war gering gewesen. Sie hatten etwas Trockenfisch rauben können und einige Messer. Doch allein der Festschmaus war die Mühe wert gewesen. Sie genossen das frisch gebratene Fleisch und Jarl Olaf ließ ein Fass Bier an Land bringen, was die Männer mit lautem Johlen begrüßten. Er wusste, wann seine Krieger eine Aufmunterung brauchten. Freudige Worte flogen zwischen den Männern umher, während ihnen das Fett in die struppigen Bärte sickerte. Das Fass war schnell geleert. Von den Kühen blieb nur ein Haufen Knochen im Sand zurück.
Schon bald drängte der Jarl zum Aufbruch. Willig schoben die Männer die Schiffe vom Strand zurück ins Meer und zwängten sich auf die Ruderbänke, um Abstand zum Land zu gewinnen. Nach wenigen Riemenschlägen blickte Harald sich um und schnaufte laut vor sich hin.

Ein Dutzend Männer ritt auf Pferden bis ans Wasser heran und hob drohend die Fäuste. Einer warf ihnen einen Speer hinterher. Doch er versank kurz vor ihrem letzten Langschiff in den Fluten. Dröhnendes Gelächter war die Antwort der Nordmänner. Nun tauchten in den Dünen weitere Gestalten auf. Schon bald wimmelte es am Strand von Bewaffneten.
Thoralf wandte nachdenklich den Blick ab.
„Hat dieses Volk Schiffe, die es mit den unsrigen aufnehmen könnten?"
Harald lachte dröhnend.
„Niemand baut so gute Schiffe wie wir. Die Balten haben Nussschalen, die nicht viel mehr als Ruderboote mit Segeln sind."
Er machte eine verächtliche Handbewegung.
„Sie sind viel kleiner und plumper als unsere Langschiffe. Ihnen fehlt ein hoher Steven. Deshalb können sie uns kaum gefährlich werden. Wenn sie mit einem Dutzend Boote über ein Langschiff herfallen, wird es allerdings gefährlich. Sie sind gute Kämpfer, aber auf offenem Meer und mit drei Schiffen voller Krieger als Gegner werden sie uns aus dem Weg gehen."
Sie behielten ihren Kurs bei und schon bald blieb die Küste hinter ihnen zurück. Die nächsten Tage verbrachten sie auf See. Nur zum Einbruch der Dunkelheit näherten sie sich dem Festland, um die Nacht im Schutz einer ruhig gelegenen Bucht zu verbringen. Lange bevor die Sonne ihre fahlen Strahlen über den östlichen Horizont schickte, brachen sie wieder auf. Ständig wurden sie von der Gischt bis auf die Haut durchnässt, so dass ihre Kleidung schwer wie Kettenhemden wurde. Sie scheuerte die Haut an Hals und Armen wund, weshalb das Salzwasser wie Feuer auf der Haut brannte.
War die See ruhig, bauten sich die Männer an Deck aus Ersatzsegeln kleine Zelte, um sich vor dem immer wieder einsetzenden Regen zu schützen. Nur die Steuermänner auf den drei Schiffen hatten dann zu tun, während einige wenige Ruderer ausreichten, um die Boote voranzutreiben. Harald hingegen liebte es, seinen kantigen Schädel in den Wind zu halten und seine Ruhe zu haben.
Manchmal stand Thoralf stundenlang neben ihm, ohne dass die beiden ein Wort wechselten.
An diesem Morgen hatte er sich früh aus seinem warmen Fellsack geschält und atmete die salzige Luft ein.
„Müssten wir nicht bald den Fluss Newa erreicht haben, der uns zum Ladogasee führt?", unterbrach er die Stille.
Harald brummte, was so ziemlich alles bedeuten konnte.
Doch so leicht gab Thoralf nicht auf.
„Noch zwei Tage vielleicht?", fragte er weiter.

Harald brummte lauter und jetzt klang es wie Zustimmung. Thoralf gab sich damit zufrieden. Ein alter Recke wie Harald ließ sich kein Wort zu viel entlocken, wenn er nicht in Stimmung war.
Das Meer lag vor ihnen und glänzte noch immer silbrig im Mondlicht. Am langgestreckten Ufer war alles ruhig. Die Strömung brachte ihre Schiffe schnell voran. Die wenigen Riemen hielten die Boote auf Kurs. Langsam wurde der Himmel im Osten licht. Trotz der Dunkelheit türmten sich am Horizont düstere Wolkenberge aufeinander. Die ganze Welt wurde schwertgrau. Graues Meer, grauer Himmel und grauer Nebel, der den Männern die Sicht versperrte. Die Schiffe glitten wie Raubtiere durch dieses Grau.
Der Jarl hatte wieder die Führung übernommen, doch noch immer waren nur wenige Ruderbänke besetzt. Beinahe lautlos hoben und senkten sich die Riemen. Nur ein leises Knarren der Dollen war zu hören und manchmal ein leises Klatschen, wenn ein Riemenblatt ins Wasser eintauchte. Hinter den Schiffen kräuselte sich das Kielwasser, breitete sich zu einem Keil aus und verging. Langsam lichtete sich der Nebel und machte am frühen Nachmittag der Sonne Platz, die die feuchte Kleidung der Männer trocknete.
Die Wärme besserte die Stimmung der Männer augenblicklich. Scherzworte flogen von Schiff zu Schiff und sorgten für einiges Gelächter. Ein paar kleine Fischerboote lagen vor ihnen und ergriffen bei ihrem Anblick die Flucht. Doch die Nordmänner beachteten sie gar nicht.
Harald hatte den Horizont in den letzten Stunden kaum aus den Augen gelassen. Doch nun packte er das Ruder fester und sah zu Thoralf. Er wirkte schwermütig.
„Weißt du, mein Junge, die See kann schlimmer sein, als es eine Frau je zu sein vermag. Sie ist das Reich der Göttin Ran. Sie ist halb Frau und halb Fisch und in ihren Händen hält sie ein Netz, das so dicht geknüpft ist, dass ihr nichts entgeht. Mit diesem riesigen Netz fängt sie die Männer und ihre neun Töchter sind die Wellen, die die Schiffe ins Netz treiben. Alle Ertrunkenen gehen in ihr Totenreich am Grunde des Meeres ein. Dieses Weib hat schon viele gute Männer an ihren eiskalten, lieblosen Busen gezogen."
Er schüttelte sich, als sähe er die Göttin direkt vor sich. Thoralf spuckte über die Bordwand, um das Böse zu verscheuchen. Gleichzeitig strich er immer wieder über seinen Schwertknauf.
„Wie muss ich mir Rans Totenreich eigentlich vorstellen?", fragte er mit belegter Stimme.
Harald runzelte die Stirn.
„Ein alter Fischer hat mir mal erzählt, er wäre bei einem Sturm über

Bord gegangen und wurde von der Göttin auf den Meeresgrund gezogen. Dort sah er mit eigenen Augen, dass die Ertrunkenen in riesigen Korallenhöhlen saßen und von Ran und ihren neun Töchtern mit Met und Essen in Hülle und Fülle verwöhnt wurden. Diese Korallenhöhlen sollen durch funkelndes Gold erleuchtet worden sein, behauptete er steif und fest. Er beschrieb das Totenreich als einen Ort, der nur wenig Schrecken aufwies, doch ich habe ihm nie so recht geglaubt. Ich habe nämlich schon Männer gesehen, die ertrunken sind und irgendwann wieder vom Meer ausgespuckt wurden. Das war kein schöner Anblick. Es muss ein grausiger Tod sein. Ich für meinen Teil ziehe es vor, im Kampf zu fallen, mit dem Schwert in der Hand."

Thoralf hatte die Stirn in Falten gelegt und betrachte die friedlich wirkende See.

Harald war der einzige Mann, der ihn „Junge" nennen durfte. Er hatte ihn schließlich schon als kleinen Jungen auf dem Schoß gehabt.

Kurz darauf ging er zu den Fässern mit ihren Vorräten und gab Essen an die Männer aus. Schon bald kauten alle lustlos auf einem Stück Trockenfisch herum. Dann kehrte er wieder zu Harald zurück, doch dessen Laune hatte sich kein Stück gebessert. Noch immer musterte er den Horizont, als erwartete er jeden Moment ein Zeichen der Götter. Kaum hatten die Männer ihr karges Mahl beendet, spuckte er vernehmlich über die Bordwand.

„Ran wird versuchen, uns in ihr Netz zu ziehen."

Bei diesen Worten deutete er in Fahrtrichtung. Viel zu sehen gab es nicht. Erneut ballten sich einige Wolken zusammen, die in der Abenddämmerung wenig bedrohlich wirkten. Doch Thoralf hatte gelernt, Haralds Warnungen ernst zu nehmen. So ließ er die Segel einholen und alles an Bord festbinden. Auch der Jarl sah prüfend zum Horizont und erteilte seinen Männern dieselben Anweisungen.

Misstrauisch blickten die Nordmänner in die Abenddämmerung. Dunkle Wolken türmten sich zu riesigen Bänken auf. Harald band sich ein starkes Tau um den rechten Arm. Ohne Worte tat Thoralf es ihm gleich. Bald darauf schickte Ran einen gewaltigen Sturm aus Nordost, der das Meer wütend aufheulen ließ. Die Wellen wurden immer höher. Schaumkronen brachen ins Boot hinein und durchnässten die Männer an den Riemen. Es waren bösartige Brecher, die über den Bug herfielen. Der Jarl ließ alle Riemen einsetzen, um die Schiffe immer wieder auf die gewaltigen Wellen auszurichten.

Der Sturm heulte ohrenbetäubend und riss den Männern die Worte von den Lippen. Dunkelheit brach über sie herein. Unsichtbare weißgekrönte Berge rollten auf ihre Schiffe zu. Mitten hinein in diesen Sturm schleuderte Thor Blitze vom Himmel. Der Donner übertönte

selbst das Fauchen des Windes.
„In einer solchen Nacht wurdest du geboren", schrie Harald ihm ins Ohr. „Die Hunde haben die ganze Zeit um die Wette gejault. Sie haben erst Ruhe gegeben, als du laut schreiend die Welt begrüßt hast. Genau in diesem Moment riss der Himmel auf und Thor gab endlich Ruhe."
Thoralf beugte sich ein Stück vor, um in diesem Sturm auch ja kein Wort zu verpassen.
„Darum hat dein Vater dich Thoralf genannt. Thor ist dein Schutzheiliger. Er wacht über dich. Wenn es blitzt und donnert, mögen andere Männer vor Furcht erstarren. Du musst es nicht!"
Thoralf war nicht ganz sicher, ob er Harald glauben sollte. Er fühlte, dass sich der Schiffsrumpf anhob und gleich darauf wieder in ein tiefes Wellental sank. Das Wasser strudelte um die Ruderleute, während die Planken knarrten.
„Schöpft Wasser!", schrie Thoralf und zeigte auf die Eimer. Seine Worte waren in dem Tosen der Gewalten kaum zu verstehen.
„Ran wird unser Schiff nicht in ihre Netze ziehen", murmelte er immer wieder beschwörend vor sich hin.
Der Sturm nahm an Stärke zu. Irgendwo löste sich ein Fass aus den Fesseln und rollte ungebremst über das Deck. Einer der Männer verlor den Halt und wurde über Bord gespült. Thoralf hatte nicht einmal seinen Schrei vernommen. Sie brauchten drei Mann, um das Fass wieder festzubinden, während ihnen die Gischt ins Gesicht peitschte.
In dieser Nacht betete jeder von ihnen zur Göttin Ran. Und mehr als einmal dachte Thoralf, dass die Planken in dem Sturm brechen und sie alle in diesen kalten Fluten versinken würden. Thoralf hatte mehrfach Salzwasser geschluckt. Einmal erbrach er sich sogar, um den Magen freizubekommen. Er fühlte sich elend, doch noch immer stemmte er sich trotzig gegen die Gewalten. Seine Muskeln schrien vor Schmerz und das Salz brannte ihm in den Augen. Doch er brüllte den Männern Befehle zu und rüttelte den einen oder anderen aus seiner Erschöpfung.
Irgendwann kam die Morgendämmerung und enthüllte die Schäden der Nacht. Ihre Gesichter brannten von der Gischt. Ihre Körper schmerzten von den Strapazen der Nacht. Jeder sehnte den Moment herbei, ermattet in den Schlaf sinken zu können. Doch die Götter nahmen keine Rücksicht auf die Wünsche der Sterblichen. Ran schien erzürnt zu sein, denn sie dachte noch immer nicht daran, von ihnen abzulassen. Verzweifelt kämpften die Männer gegen das Meer, das bis zur Raserei aufgepeitscht war. Immer wieder rollten schwere Brecher heran, die ihre Boote zu zerschmettern drohten. In jedem Wellental verstummte der Wind für einige Herzschläge, um gleich danach mit Macht wiedereinzusetzen.

Thoralf beschwor Ran immer wieder aufs Neue, sobald er genug Luft in seine Lungen bekam. Wie oft hatte er mit dem Kübel in den Händen schon Wasser aus dem Langboot geschöpft und immer wieder über die Seiten hinausgekippt. Irgendwann hatte Ran ein Einsehen. Unmerklich erst, dann für alle sichtbar erlahmte der Aufruhr. Noch immer war das Meer zerklüftet, aber die Wellenberge wurden niedriger.
Nur noch wenige Männer schöpften. Die ersten sanken ermattet zu Boden. Thoralf stand noch eine Weile am Ruder. Kurz darauf bedeutete ihm Harald, sich schlafen zu legen. Erst wollte er aufbegehren, doch dann wurde der Drang die Augen zu schließen übermächtig. Er lehnte sich an die Bordwand, noch immer ein starkes Tau um seinen rechten Arm gewickelt. Trotz der durchnässten Kleidung schlief er sofort wie ein Toter.
Am Nachmittag erwachte er, weil er jämmerlich fror. Seine Kleidung war noch immer feucht. Ihn plagte furchtbarer Hunger. Vorsichtig schlängelte er sich zwischen den Schlafenden hindurch bis zu dem Fass mit Brot. Mit Bedauern stellte er fest, dass das Fass mit dem Käse über Bord gegangen war. Während er gierig in das aufgeweichte Brot biss, blickte er sich aufmerksam um. Noch immer heulte der Wind bedrohlich. In einiger Entfernung sah er eine kleine Landspitze und direkt dahinter eine geschützte Bucht.
Aufgeregt machte er Harald und auch die beiden anderen Bootsführer darauf aufmerksam. Schon bald nahmen sie Kurs auf die Bucht. Wenig später liefen sie sanft auf den Sand auf.
Erschöpft kletterten die Männer von ihren Booten. Einige begannen sofort damit Treibholz zu sammeln. Als der Schein einiger Feuer den Strand erhellte, kehrten ihre Lebensgeister langsam zurück. Der Jarl hielt den guten Ausgang des Unwetters für ein Zeichen der Götter. Er war voller Zuversicht und ging von Feuer zu Feuer, um seine Männer aufzumuntern.
„Die Götter haben uns geprüft und für stark genug befunden. Sie wachen über uns. Das steht fest!“, rief er immer wieder.
Als er bei Thoralf und seinen Freunden angelangte, ließ er sich dort auf dem Sand nieder.
„Das wird schon stimmen. Aber unsere guten Schiffe haben auch ihren Teil dazu beigetragen“, brummte Harald zurück.
Der Jarl lachte aus voller Kehle.
„Recht hast du, Harald. Keine Schiffe auf der ganzen Welt hätten es wagen dürfen, sich in einen solchen Sturm zu begeben. Sie wären mit Mann und Maus abgesoffen.“
Er grinste in die Runde.
„Und wisst ihr, warum unsere Schiffe so seetüchtig sind, dass sie selbst

den größten Sturm abreiten können, ohne von der Kraft der Wellen zerschmettert zu werden?“
Er fuhr fort, ohne seinen Männern Zeit für eine Antwort zu geben.
„Ansgar, mein Bootsbauer, hat es mir verraten. Im Frankenreich und beim deutschen Kaiser werden Planken und Spanten zurechtgesägt. Dabei werden die Fasern des Baumes durchtrennt und das Holz unnötig geschwächt. Jeder gute Bootsbauer aus dem Norden weiß hingegen, dass das falsch ist.“
Er sah seine Männer eindringlich an, die seinen Worten aufmerksam lauschten.
„Ansgar spaltet das Holz mit der Axt. Er teilt den Stamm zuerst in zwei Hälften. Dann setzt er in kurzen Abständen Keile an und spaltet Planken von der Rinde zur Mitte hin ab. Seht euch an, wie dünn die Planken unserer Schiffe sind. Nur ein fingerdickes Stück Eichenholz trennt uns auf unseren Fahrten von der rauen, eisigen See.“
Er sah sich im Kreis seiner Männer um und schien den Sturm längst vergessen zu haben. Dann fuhr er fort.
„Ansgar hat mir mal erzählt, dass er sich einen Baumstamm nur ansehen muss, um darin die fertigen Planken, Spanten und Steven zu sehen. Diese muss er dann nur noch geschickt aus dem Baum befreien. Kein Wunder, dass namhafte Jarle von weit herkommen, um sich ihre Langschiffe von ihm bauen zu lassen.“
Harald schmunzelte.
„Ansgar ist aber auch der einzige mir bekannte Bootsbauer, der es vorzieht an Land bei den Frauen zu bleiben.“
Jarl Olaf lachte laut auf. Er sah sich um und bemerkte, dass er mit seiner Erzählung zahlreiche Männer an die Feuer gelockt hatte.
„Ich verrate euch ein Geheimnis“, murmelte er so leise, dass die Männer noch näher zusammenrückten.
„Ansgar mag der beste Bootsbauer des ganzen Nordens sein. Er ist aber auch der einzige Bootsbauer, dem schlecht wird, sobald er auf einem Schiff den Hafen verlässt.“
Eine Weile herrschte Totenstille. Dann brachen die ersten Männer in dröhnendes Gelächter aus.
„Glaubt mir! Bei der ersten richtigen Welle kotzt er sich alles aus dem Leib.“
Der Jarl lachte aus vollem Hals und wischte sich die Tränen aus den Augen. Es dauerte lange, bis sich ihre Heiterkeit gelegt hatte. Schließlich schlug sich der Jarl auf die Oberschenkel und stemmte sich in die Höhe.
„Wie steht es um unsere Ausrüstung?“, wandte er sich wieder der Gegenwart zu.
„Der Großteil ist nass geworden“, antwortete Harald. „Vor allem die

Waffen und Rüstungen haben unter dem Salzwasser gelitten. Unsere Vorräte sind fast aufgebraucht. Selbst schimmliges Brot ist nicht mehr vorhanden."
Jarl Olaf nickte knapp.
„Schleift die Waffen und Rüstungen so lange mit Sand ab, bis ihr auch die kleinsten Roststellen entfernt habt. Einige Männer sollen das Innere des Landes erkunden. Hier muss es Wild geben."
Dabei sah er zu Brondolf hinüber, der als bester Jäger unter ihnen galt. Dieser griff wortlos nach seinem Bogen und dem Pfeilköcher.
Die übrigen Männer brachten Ordnung in das Durcheinander, das nach dem Sturm auf ihren Booten herrschte. Ein Bierfass war im Sturm leckgeschlagen und wanderte direkt in die Flammen.
Einige Zeit später kamen die Jäger mit fünf erlegten Ziegen zurück. Sie wurden mit lautem Jubel am Strand begrüßt. Jedem gelüstete es nach gebratenem Fleisch, um nach diesen Strapazen wieder zu Kräften zu kommen. Ein paar Männer hatten versucht Fische zu fangen. Das Glück war auf ihrer Seite. Schon bald lag der Geruch von gebratenem Fleisch und Fisch in der Luft. Ihnen lief das Wasser im Mund zusammen. Nach der kargen Kost der letzten Tage kam es ihnen wie ein Festmahl vor. Übrig gebliebene Reste schnitten sie in kleine Streifen und räucherten sie über grünem Holz. Der Rauch stieg kerzengerade in den Himmel.
Hinter Thoralf wurde es plötzlich laut. Ein paar Männer waren in Streit geraten. Sie brüllten sich an und ihre Fäuste flogen durch die Luft. Thoralf sah gerade noch, wie Valknut, einer der Männer des Jarls, rasend vor Wut auf einen Kameraden losging. Er hatte auf irgendeine Art sein Missfallen erregt. Wie von Sinnen prügelte er auf ihn ein und schlug ihn mit mächtigen Hieben zu Boden. Um die beiden zu trennen, zerrten ihn zwei besonnene Männer mühsam weg.
Harald hatte den Vorfall ebenfalls beobachtet und brummte missmutig vor sich hin. Es dauerte eine Weile, bis wieder Ruhe einkehrte.
„Valknut ist ein Hitzkopf", murmelte Thoralf seinen Freunden zu.
„Genau wie sein Vater es war", ergänzte Harald. „Allerdings ist er längst nicht so klug wie dieser."
Dabei spuckte er ins Feuer, dass es kurz zischte.
„Auf unserer letzten Fahrt hat Valknut doch diese alte Frau erschlagen. Erinnert ihr euch?"
Sie nickten. Ivar verzog das Gesicht.
„Als wir die Männer des Fürsten getötet hatten, sprang diese alte Vettel ihn wie eine Furie an. Das werde ich nie vergessen. Wir brauchten drei Männer, um sie von seinem Rücken herunterzuziehen. Valknut hat sie dann mit seinem Schwert erstochen. Doch dieses alte Weib soll eine

Hexe gewesen sein. Mit ihrem letzten Atemzug hat sie Valknut verflucht. Seitdem hat ihn das Glück verlassen.“
Ivar wandte sich um.
„Seht ihn euch an. Über den Winter ist er jähzorniger und streitlustiger geworden. Er verliert beim Brettspiel sein letztes Silber und keiner seiner Gefährten sucht mehr seine Nähe, weil sie den Fluch spüren, der auf ihm lastet.“
Valknut saß allein am Feuer, seine Kameraden hatten Abstand zu ihm gehalten. Nun warf er missmutige Blicke nach allen Seiten und stocherte immer wieder im Feuer herum.
Thoralf spürte, wie ein Schaudern über seinen Rücken lief. Er tastete nach seinem Thorshammer, den er an einer Kette um den Hals trug, um das Böse abzuwehren. Bald darauf rief der Jarl die Männer zusammen, um Ausbesserungen an den Schiffen vorzunehmen. Es gab nur wenig Material für Reparaturen, doch es reichte, um einen langen Riss im Segel zu flicken und das Tauwerk zu überprüfen. Die schlimmsten Spuren des Sturms waren schnell beseitigt.
Außer den drei Wachen, die Jarl Olaf zum Schutz vor unliebsamen Überraschungen aufgestellt hatte, saßen schon bald alle Männer satt und zufrieden um die Feuer herum und blickten in die lodernden Flammen. Feuer wirkte immer etwas geheimnisvoll auf Thoralf. Er wusste, dass es weise Männer gab, die in den Flammen die Zukunft lesen konnten. So starrte er mitten hinein in die Tiefe des Feuers, wo es am hellsten brannte. Die zuckenden Flammen huschten wild umher, doch sie überbrachten ihm keine Nachricht. Nachdenklich strich er sich über das bärtige Kinn. Wer konnte schon wissen, was die Spinnerinnen für seine Zukunft vorgesehen hatten? Brondolf zwängte sich neben ihn und hielt seine Handflächen dicht an die Flammen.
„Diese Gegend ist menschenleer. Nicht einmal einen Trampelpfad gibt es hier. Dabei hätte es mir gefallen, einige Bauern als Sklaven mitzunehmen. Auf den Märkten in Kiew zahlt man gute Preise für eine solche Ware.“
Gemeinsam starrten sie ins Feuer, während die Nacht hereinbrach. Thoralf war müde und wickelte sich in seinen Fellsack.
Gegen Morgen gab es erneut Regen. Schon bald prasselte er in dicken Tropfen auf die Männer herab. Auch wenn sie noch mehr Holz ins Feuer legten, konnten die Flammen kaum gegen den Regenguss ankämpfen. Also aßen sie die Reste des Vortags und spülten diese mit verdünntem Bier herunter. Dann setzten sie sich auf ihre Ruderbänke und schoben die Riemen durch die Riemenlöcher. Noch vor dem ersten Zug spürten sie, wie der Regen immer stärker wurde. Er peitschte ohrenbetäubend auf die Wasseroberfläche und schlug tiefe Krater

hinein. Thoralf stand am Steuer und blinzelte immer wieder vergeblich das Wasser aus den Augen, während er versuchte, mit seinem Blick die graue Wand vor sich zu durchdringen.
An diesem Tag bogen sie in die Newa ein. Das schlechte Wetter folgte ihnen wie ein treuer Hund. Es regnete endlos und die Laune der Männer sank. Wenige Tage später erreichten sie den Ladogasee. Hier gab es ruhige Buchten, die von schwarzen Wäldern gesäumt waren. Und endlich hörte auch der Regen auf. Sie angelten jeden Tag und fingen so viele Fische, dass Folke behauptete, sie würden wohl auch ohne Köder direkt ins Boot springen. Die Sonne kämpfte sich durch die Wolken. Schiffe und Männer schienen unter ihren Strahlen zu dampfen. Endlich trocknete ihre Kleidung wieder.
Bald erreichten sie Staraja Ladoga, den großen Handelshafen am Wolchow, der dort in den Ladogasee mündete. Sie kauften frisches Fleisch, Marder- und Hermelinfelle sowie große Mengen an Bienenwachs. Als sie die Vorräte im Boot verstauten, konnte Ivar den Blick nicht vom Bienenwachs wenden, das in Fellen vor der Feuchtigkeit geschützt lagerte.
„Wer braucht denn so viel Bienenwachs?“, fragte er ungläubig.
„Du hättest meinem Onkel ruhig mal zuhören sollen, als er von Konstantinopel erzählt hat“, antwortete Thoralf kopfschüttelnd.
„Dort gibt es viele Klöster und Kirchen und sie alle brauchen Bienenwachs für ihre Kerzen, die Tag und Nacht brennen. Also zahlen sie stolze Preise dafür“, fügte er mit einem zufriedenen Lächeln hinzu.
Ivar kratzte sich nachdenklich den Bart. Es fiel ihm schwer, sich das vorzustellen.
„Und was wollen die Menschen im Süden mit den Fellen anfangen? Dort soll es doch immer warm sein, wie Thorstein uns erzählte.“
Thoralf nickte besänftigt.
„Hast ja doch zugehört“, stellte er fest.
„Sie dir die Hermelinfelle mal an. Sie sind schneeweiß, nur am Schwanz laufen sie schwarz aus. Streich mal darüber“, forderte er ihn auf.
Ivar trat näher und strich mit den Fingerkuppen sanft über den Pelz.
„Das ist die beste Qualität, die es für Gold zu kaufen gibt. Solche Felle tragen Fürsten oder Könige. Sie sind ein Statussymbol. Ganz egal, wie warm es dort im Süden sein mag.“
Ivar nickte bedächtig. Jetzt verstand er, worauf Thoralf hinauswollte.
Sie fuhren den Wolchow hinauf. Jeder Tag glich dem nächsten. An einem nebelverhangenen Tag erreichten sie eine Gegend, die ihnen von ihrer letzten Fahrt vertraut war. Thoralf wurde immer einsilbiger. Seine Freunde konnten sich den Grund dafür denken.
Schon bald passierten sie das Gebiet, in dem sie im vergangenen Jahr

Halt gemacht hatten, um einem Fürsten beim Kampf gegen seinen Widersacher zu helfen. Diese Unternehmung hatte ihnen lohnenswerte Beute eingebracht. Doch Thoralf hatte hier seinen Vater verloren. Die Erinnerung daran machte ihn schwermütig.
Folke und Ivar holten sich das noch verbliebene Bier und stießen immer wieder mit Thoralf an, bis sie diese finstere Gegend hinter sich gelassen hatten.
„Wie heißt dieser Fluss?“, fragte Folke eines Morgens. Nach der wochenlangen Fahrt hatte er den Überblick verloren. Thoralf rief sich die Beschreibungen seines Onkels Thorstein in Erinnerung, der an vielen Winterabenden immer wieder die Reise gen Süden beschrieben hatte, bis Thoralf sie mit eigenen Worten aufsagen konnte.
„Der Ilmensee liegt bereits hinter uns. Dann muss das der Fluss Düna sein. Wenn mein Onkel Recht hat, folgt noch der Dnjepr und von dort geht es über das Schwarze Meer zum Bosporus, wo Konstantinopel liegt.“
Folkes Gesicht hellte sich merklich auf.
„Dann haben wir ja den größten Teil der Strecke hinter uns, oder?“
„Weit gefehlt“, erwiderte Thoralf.
„Wir haben noch nicht mal Kiew erreicht, die größte Stadt der Rus. Von dort sollen es noch einmal sechs Wochen bis nach Konstantinopel sein. Und dieser Abschnitt wird schwerer werden als die ruhige Flussfahrt, die wir bisher kennengelernt haben“, gab er zu bedenken.
Folke sah ihn fragend an.
„Schätze, ich bin doch der Einzige, der Thorstein zugehört hat“, sagte er und zog dabei die Augenbrauen in die Höhe.
„Drei oder vier Tage hinter Kiew kommen Flussabschnitte, bei denen wir die Langboote über Land ziehen müssen, bis wir wieder zu einer Einsetzstelle kommen. Das wird uns mindestens zwei Tage kosten. Dort gibt es Felsen dicht unter der Wasseroberfläche, die zahlreiche Stromschnellen erzeugen. Wenn Thorstein nicht übertrieben hat, soll die furchtbarste Barriere aus zwölf Stufen im nackten Fels bestehen, über die das Wasser mit solcher Wucht hinwegbraust, dass man das Rauschen noch in großer Entfernung hören kann. Wir werden also noch tüchtig zupacken müssen.“
Am nächsten Tag begegneten ihnen zwei Langboote, die flussabwärts fuhren.
Neugierig sahen die Nordmänner zu ihnen herüber.
„Kaufleute“, murmelte Harald. „Sie haben eine große Besatzung zu ihrem Schutz an Bord.“
Brondolf strich über seinen Bogen, während er die Augen zu schmalen Schlitzen zusammengepresst hatte.

„Und sie liegen tief im Wasser. Also sind sie bis oben hin mit wertvollen Handelswaren beladen. Es wäre lohnenswert, darüber nachzudenken, ob wir ihnen diese nicht abjagen wollen."
Sie sahen zum Jarl hinüber, den offenbar ähnliche Gedanken beschäftigten. Er stellte sich breitbeinig an den Bug, neben den leuchtenden Drachenkopf.
„Ich bin Jarl Olaf aus Götaland. Wir wollen bis in die Stadt, die die Griechen Konstantinopel nennen. Und nun sagt uns, wo ihr herkommt!", verlangte er zu wissen.
Ein massiger Mann in einem silbernen Kettenhemd trat an den Bug seines Schiffes.
„Wir sind aus Gotland und mich nennt man Jarl Hakon. Wir haben tief im Süden mit Arabern Handel getrieben und bringen gute Ladung nach Hause. Wir haben auch hübsche Sklavinnen an Bord. Wenn ihr einen guten Preis bezahlt, wollen wir gern mit euch handeln. Ansonsten rate ich euch, unsere Schiffe nicht so gierig anzusehen, denn wir haben eine große Gefolgschaft an Bord und wissen unsere Waffen wohl zu gebrauchen."
Jarl Olaf lächelte säuerlich. Er musterte die tiefgebräunten heimfahrenden Nordmänner nachdenklich. Thoralf konnte sehen, wie schwer er sich tat, eine Entscheidung zu treffen. Natürlich hatte er darüber nachgedacht, diese Männer um ihre kostbare Beute zu bringen. Doch ihre Schiffe waren größer als seine. Sie mochten ebenfalls rund einhundert Männer an Bord ihrer beiden Schiffe haben. Er war sicher, dass sie siegen würden. Doch sie würden auch teuer mit ihrem Blut bezahlen. Wer wusste schon zu sagen, ob dann noch genug Männer übrigblieben, um die Ruderbänke aller drei Schiffe zu besetzen?
Ein sanfter Wind kräuselte die Wasseroberfläche. Jarl Olaf hatte sich zu einem Entschluss durchgerungen.
„Ihr behaltet eure Sklavinnen und wir behalten unser Silber. Wir zahlen nicht für etwas, das wir uns auch umsonst nehmen können."
Dabei ließ er offen, ob er sich selbst Sklaven rauben wollte oder damit andeuten wollte, Hakon die Ladung zu stehlen.
Dieser verstand die Drohung. Aber seine Männer waren gut gerüstet und zum Kampf bereit. Eine Weile sahen sich die beiden unverwandt in die Augen, bis Olaf widerwillig lächelte.
„Ihr wart in der Fremde erfolgreich und steht unter Odins Schutz. Wir wünschen euch eine gute Heimfahrt."
Jarl Hakon hatte befürchtet, dass diese Begegnung Unheil bringen könnte. Erleichtert schickte er ein Gebet an die Götter.
„Einige Tage nach Kiew erreicht ihr mehrere Stromschnellen. Behaltet dann sorgsam die Gegend im Auge. Dort gibt es viele Räuberbanden,

die für eure Waffen und Ausrüstung töten würden."
Jarl Hakon hob zum Abschied grüßend die Hand. Jarl Olaf nickte ihm dankbar zu und erwiderte die Geste. Schon bald gerieten sie außer Sicht.
Die nächsten Stunden vergingen ohne Vorkommnisse. Irgendwann machte der Fluss vor ihnen eine leichte Biegung nach rechts. Am seichteren linken Ufer entdeckten sie eine in dicke Felle gehüllte Gestalt. Jarl Olaf stand am Bug seines Schiffs und musterte den Mann, der nun die Hand zum Gruß erhob.
„Augen auf! Vielleicht ist das eine Falle."
Seine Männer gaben die Warnung weiter und beobachteten den dunklen Waldrand, der sich bis dicht ans Ufer erstreckte. Die Sonne hatte sich durch die Wolken gekämpft und brannte warm auf sie herab. Es war bereits später Nachmittag und ihnen steckten einige Stunden Plackerei auf den Ruderbänken in den Knochen. Eine Abwechslung kam ihnen da gerade recht.
Jarl Olaf war nun bis auf Rufweite herangekommen.
„Verstehst du unsere Sprache?", donnerte seine tiefe Stimme.
Der Mann erwiderte geradezu fröhlich wirkend:
„Ich bin Miroslaw. Viele Nordmänner waren schon meine Gäste. Daher spreche ich eure Zunge gut. Ich bin Händler und kann euch mit allem versorgen, was euch auf eurer langen Reise von Nutzen sein kann."
Der Jarl strich sich über den Bart und sah zum Waldrand hinüber. So ganz traute er dem Frieden nicht. Aber dieser Mann stand schutzlos vor ihnen. Seine untersetzte, kugelige Gestalt war über und über mit feinen Pelzen bedeckt, während er ihnen einladend die Hände entgegenstreckte.
Jarl Olaf sah zu den anderen Booten hinüber. Dann gab er sich einen Ruck. „Wir brauchen Fleisch und frisches Wasser. Und gute Pelze, so wie du sie trägst, würden wir dir auch abkaufen wollen. Dafür bieten wir dir kostbare Walrosszähne an."
Der kugelige Mann deutete eine Verbeugung an.
„Da werden wir uns bestimmt handelseinig. Seid mir willkommen. Nicht weit von hier liegt mein Dorf. Ich kann euch nicht alle beköstigen, aber eine Abordnung von euch will ich gern bewirten und es soll euch an nichts fehlen."
Ein freudiges Raunen ging durch die Reihen der Männer. Die Aussicht auf Fleisch und Bier hob ihre Stimmung. Der Jarl bestimmte zwanzig Männer, die ihn begleiten sollten. Alle Übrigen würden die Schiffe bewachen. Thoralf sah Harald an, doch der schüttelte den Kopf.
„Ich bleibe lieber auf unserem Schiff, als mich den Mückenschwärmen an Land auszusetzen."
Thoralf lachte und nickte dann Torben, Östen und Gunne zu, die sich

freudig von ihren Seekisten erhoben. Folke und Ivar sahen ihm enttäuscht entgegen. Doch Thoralf wollte seine Freunde nicht den anderen Männern vorziehen.
Auch Brondolf hätte sich ihnen gern angeschlossen. Seine Kiefer mahlten vor Enttäuschung. Doch Thoralf beugte sich zu ihm herab, bevor er von Bord ging.
„Sollten wir überfallen werden, brauche ich deinen Bogen hier. Lass mir niemanden aufs Schiff."
Er legte ihm kurz die Hand auf den Arm, woraufhin Brondolf grinste und mit einem Nicken sein Einverständnis andeutete.
„Bring uns frisches Fleisch mit", murmelte er sehnsüchtig.
Sie lenkten die drei Schiffe auf den flachen Uferstreifen. Dann sprangen die zwanzig Männer an Land. Sie gingen vollständig bewaffnet. Sechs von ihnen trugen außerdem einige Walrosszähne auf ihren Schultern. In langer Reihe folgten sie dem dicken Mann, der sich erstaunlich gewandt durch das Unterholz schob. Erst nach einiger Zeit erkannte Thoralf, dass sie einem kaum sichtbaren Trampelpfad folgten. Nur drei Speerwürfe vom Ufer entfernt, trafen sie auf ein gutes Dutzend Holzhütten mitten auf einer Lichtung. Thoralf musterte die Idylle schweigend. Die Sonne brach durch die Baumkronen und tauchte das Dorf in ein warmes Licht. Einige Männer standen vor den Hütten und sahen ihnen entgegen. Sie waren ebenfalls bewaffnet und wirkten dabei so, als wären Äxte und Schwerter tragende Nordmänner kein Anlass zur Sorge. Jarl Olaf sah spielende Kinder zwischen den Hütten herumlaufen und bemerkte auch mehrere Frauen in den einfachen Hütten. Sein Körper entspannte sich. Sie folgten dem verschmitzt grinsenden Miroslaw in die größte Hütte. Dort nahmen auf einigen grobgezimmerten Hockern Platz und blickten sich um. Schätze waren hier nicht zu entdecken. Ihr Gastgeber schien ein schlauer Mann zu sein, der seinen Besitz nicht unnötig einer Gefahr aussetzte.
Miroslaw rief einigen Sklaven Befehle zu. Gleich darauf rollten diese ein Fass heran und stellten Becher bereit.
„Bier!", rief er den Nordmännern zu.
„Lasst uns auf gute Geschäfte anstoßen!"
Der Jarl wartete, bis Miroslaw zuerst von dem Gebräu trank. Er wollte sich und seine Männer nicht unnötig in Gefahr bringen. Erst als dieser seinen Becher geleert hatte und sich mit der Zunge genießerisch über die Lippen fuhr, tat er es ihm nach.
Das Bier war dünn und schmeckte wie Pferdepisse. Thoralf versuchte, sich die Enttäuschung nicht anmerken zu lassen. Torben reckte seine gewaltigen Arme in die Höhe und streckte sich ausgiebig. Als er sah, dass niemand der Einheimischen ihn beobachtete, schüttete er den

Inhalt seines Bechers ins Stroh und zwinkerte Gunne, Östen und Thoralf unauffällig zu. In dieser Einöde konnten sie vielleicht auch nichts anderes erwarten.
Miroslaw schien es nicht zu bemerken. Er forderte einige seiner Haussklavinnen mit Gesten dazu auf, den Männern nachzuschenken.
„Trinkt nur, trinkt", rief er.
„Ich lasse Hammel für euch schlachten. Das wird ein Festschmaus."
Während sie warteten und sich die Zeit mit Erzählungen vertrieben, kamen einige Männer in ihr Blickfeld, die Bärenfelle, aber auch einige Zobelpelze auf einen Stapel legten. Sie rollten Fässer mit frischem Wasser heran und setzten sich dann zu ihnen.
Jarl Olaf begutachtete die Ware sorgfältig und rechnete sich aus, welche Preise er für die Felle weiter im Süden erzielen würde. Schließlich nickte er zufrieden.
„Wir sind einverstanden. Gib uns noch frisches Fleisch dazu, drei Hammel sollten genügen. Dann gehören die Stoßzähne der Walrösser und einige der Walknochen dir."
Miroslaws Augen glitzerten fröhlich. Sie tauschten einen festen Händedruck, um den Handel zu besiegeln. Bald darauf machten sie sich mit großem Appetit über die Hammel her. Heißhungrig schlangen sie das Essen hinunter. Torben riss sein Stück Fleisch auseinander und schlug gierig die Zähne hinein. Er hatte den ersten Bissen kaum heruntergeschluckt, als er Gunne bereits anstieß.
„Schmeckt dieser Hammel nicht widerlich? Noch fast roh, hast du gesehen? Und nicht mal heiß! Ich kann kaltes Essen nicht ausstehen."
Er pulte sich eine Fleischfaser aus den Zähnen und warf sie einem flohverseuchten Dorfköter zu, der sich sofort darauf stürzte. Von diesem Moment an wich der Hund Torben nicht mehr von der Seite.
Mittlerweile war die Dämmerung angebrochen. Miroslaw ließ ein großes Feuer anzünden und winkte eine ganze Reihe von Sklavinnen herbei.
„Ihr seid meine Gäste. Daher erwarte ich von euch, dass ihr meinen Sklavinnen beiwohnt. Ich erhoffe mir viele starke Kinder, die meinen Wohlstand mehren."
Die Nordmänner nickten wohlwollend. Dieser Brauch war auch in ihrer Heimat bekannt. So winkten sie die kichernden Mädchen zu sich und ließen sie von dem Bier trinken.
Anschließend schenkte Miroslaw seinen Gästen eine durchsichtige, scharf riechende Flüssigkeit ein.
„Selbstgebrannt", raunte er den Nordmännern zu, während er selbst einen Schluck davon nahm. Ihm blieb kurz die Luft weg, doch als er wieder atmen konnte, gestikulierte er wild mit den Händen.

„Trinkt endlich. Das ist die beste Medizin, die es gibt. Sie hilft gegen jede Art von Krankheit und hält mich jung. Sogar Zahnschmerzen gehen davon weg."
Thoralf roch vorsichtig daran und kippte den Trunk in einem Zug hinunter. Sein Magen wurde heiß und seine Kehle fühlte sich an, als stünde sie in Flammen. Er versuchte zu sprechen, doch nur ein atemloses Keuchen kam aus seiner Kehle. Doch dann verging der Schmerz und ließ ein warmes Gefühl in ihm zurück.
Erleichtert atmete er tief ein. Plötzlich fühlte er sich richtig wohl. Nach einer kurzen Pause des Nachdenkens ließ er sich seinen Becher erneut füllen, was Miroslaw zu einem keckernden Lachen veranlasste. Damit war der Bann gebrochen und alle Gäste sprachen diesem Getränk freudig zu.
„Was ist da drin?", fragte Thoralf ihren Gastgeber neugierig.
„Ein altes Familienrezept, das wir seit Generationen wie einen Schatz hüten." Er sah Thoralfs enttäuschtes Gesicht und ließ abermals sein keckerndes Lachen ertönen.
„Ach was, wir brauen dieses Teufelszeug selbst aus gegorenen Früchten, Beeren, Honig, Gewürzen und Kräutern. Wen man zu viel davon trinkt, haut es selbst den stärksten Mann um."
Die Stimmung wurde immer ausgelassener. Als sich die letzten Nordmänner schlafen legten, brach bereits die Morgendämmerung an.
Gegen Mittag öffnete Thoralf vorsichtig die Augen. Sein Kopf schmerzte, als wäre er zwischen Hammer und Amboss geraten. Neben ihm rekelte sich eine Sklavin. Er hatte sie nicht einmal nach ihrem Namen gefragt. Sie war nackt, doch Thoralf war das gleichgültig. Er hatte genug mit seinem brummenden Schädel zu tun. Langsam kam er auf die Beine und ging zu einem Fass hinüber, das bis zum Rand mit Wasser gefüllt war. Dann tauchte er seinen Kopf hinein. Die Kälte riss ihn aus seinem Dämmerzustand. Endlich war er wach. Dann begann er seine Kameraden zu wecken.
Der Jarl hatte sich bereits erhoben und tauchte seinen Kopf ebenfalls ins Wasser. Gunne hingegen war einfach nicht wachzubekommen. Ein kurzes Nicken zwischen Thoralf und Torben reichte, und sie packten ihn an Armen und Beinen und versenkten ihn im Wasserfass. Prustend schoss er in die Höhe und sah so verdattert aus, dass seine Kameraden in brüllendes Gelächter ausbrachen.
Schließlich verabschiedeten sie sich von ihrem Gastgeber und trugen ihre eingetauschten Waren zum Fluss hinunter. Einer der Männer führte die drei Hammel an einem Strick hinter sich her. Schon bald sahen sie die Schiffe vor sich liegen und wurden von ihren Kameraden lautstark begrüßt. Am Bug des *Orkanbrechers* stand Hasten. Er hatte die Arme vor

der Brust verschränkt und empfing sie mit einem breiten Grinsen. Dann drehte er sich um und rief zwei Männer mit Äxten herbei. Die beiden sprangen an Land und begannen sofort damit, die Hammel zu zerlegen. Weitere Nordmänner sammelten Holz und entfachten ein großes Feuer, über dem sie das Fleisch brieten. Dann machten sich die zurückgelassenen Nordmänner über das frische Fleisch her. Auch Thoralf verspürte schon wieder Hunger. Diesmal jedoch ließen sie sich Zeit und brieten das Fleisch gut durch. Das einzige, was von ihrem Besuch am Ufer übrigblieb, war ein Haufen Knochen, an dem sich schon bald einige Hunde gütlich taten.

Bereits am Abend erreichten sie unpassierbare Abschnitte, die sie zwangen, die Boote über Land zu ziehen. Überall lagen Baumstämme herum, die grob behauen worden waren. Aus Thorsteins Erzählungen wussten die Männer, was sie zu tun hatten. Sie legten die schmalen Stämme vor den Bug eines Schiffes und zogen es mühsam an Seilen voran. Es war eine elende Schufterei und lautes Fluchen war zu hören. Besonders bergauf hängten sich die Männer stöhnend in die Seile und rissen sich die Hände wund. Sobald ein Stück Weg geschafft war, wurden die Holzstämme von hinten wieder nach vorn geholt und weiter ging es. Die Nordmänner leisteten Schwerstarbeit. Viele sehnten sich nach den ruhigen verregneten Tagen auf dem Fluss. Doch schließlich war auch dieser Abschnitt überwunden.
Ihnen begegneten jetzt häufiger kleine Handelsboote, die ihnen bereitwillig Platz machten. In der Ferne sahen sie die Kirchturmspitzen Kiews in den Himmel ragen. Schon bald wichen die Wälder zurück und gaben den Blick auf einen ausgedehnten Hafen frei. Mehr als ein Dutzend Schiffe lag am Kai vertäut. Direkt vor ihnen hatte ein dickbäuchiges Handelsschiff festgemacht. Die Männer der Besatzung rollten Fässer über den Steg und trugen Kisten davon. Ein Überfall hätte sich auf See bestimmt gelohnt, ging es Thoralf durch den Kopf. Das gefährliche Glitzern in den Augen seiner Männer zeigte ihm, dass diese ähnliche Gedanken hegten.
Der Jarl wandte sich an seine Männer.
„Euch alle wird es nach Bier, Fleisch und Frauen verlangen."
Er ließ den Blick über sie streifen, während er grinsend fortfuhr.
„Vielleicht nicht unbedingt in dieser Reihenfolge."
Die Männer lachten und drängten sich dichter zusammen.
„Auf jedem Schiff darf nur die Hälfte der Besatzung von Bord gehen. Der Rest bewacht das Schiff und die Ladung. Und wenn ihr in die Stadt geht, benehmt euch! In Kiew herrscht der mächtige Großfürst Jaroslaw I. mit eiserner Hand. Ich will keinen Ärger mit seinen Männern. Habt

ihr mich verstanden?"
Ein verhaltenes Brummen erklang, das der Jarl mit viel gutem Willen als Zustimmung gelten ließ.
Sie machten ihre Boote fest und durchquerten hölzerne Tore auf ihrem Weg in die Unterstadt. Hier begegneten ihnen viele einfache Arbeiter, aber auch Händler und Handwerker. Es war lange her, dass sie so viele Menschen auf einem Haufen gesehen hatten. Der Jarl blieb stehen und musterte die Holzhütten, die hier dicht an dicht beisammenstanden. Er legte Thoralf eine Hand auf die Schulter und wies zu den Hütten hinüber.
„Hier wohnen schlaue Leute. Ein Wohnhaus steht immer mit mehreren Wirtschaftsgebäuden zusammen. Dabei ist jedes Gehöft von einer sieben Fuß hohen Holzwand umgeben oder durch angespitzte Palisaden geschützt. Die Eingangstore lassen sich verschließen. Das sind alles kleine Festzungen inmitten der Stadt."
Thoralf verzog anerkennend das Gesicht, während sie ihren Weg fortsetzten. Sie schlenderten über Marktplätze, auf denen sich Kaufleute aller Herren Länder tummelten. Slawische Kaufleute mit Zipfelmützen standen neben arabischen Händlern in Seidengewändern und schwenkten wild gestikulierend die Arme, während sie aufeinander einredeten.
Vor ihnen schob sich eine Gestalt aus der Menge, stemmte die Hände in die Hüften und lachte dröhnend.
„Gnupa!", entfuhr es dem Jarl, der an ihrer Spitze lief. Sie umarmten sich und klopften sich auf den Rücken. Sofort waren sie von den anderen Nordmännern umringt, die wissen wollten, was los war.
„Als wir jung waren, sind Gnupa und ich zusammen auf einem Boot gefahren. Meist waren es Handelsfahrten, manchmal auch mehr, wenn die Lage günstig war. Es muss nun schon mehr als zehn Jahre her sein, dass wir uns das letzte Mal gesehen haben, erklärte er. Dann wandte er sich Gnupa zu.
„Ich dachte, du wärst längst tot."
Gnupa lachte, als wäre er unverhofft auf einen Goldschatz gestoßen. Sein Bart wurde bereits grau, doch noch immer war er von respekteinflößender Gestalt.
„Ich habe nicht erwartet, dich in diesem Leben noch einmal wiederzusehen. Ich dachte, unsere Wege kreuzen sich erst wieder an der Tafel Odins in Walhalla!"
Der Jarl hatte ihn an den Armen gepackt und schüttelte ihn, als traute er diesem Wiedersehen noch immer nicht so recht.
„Und mit dem Tod habe ich schon oft gerungen. Das bleibt nicht aus, wenn man das Leben eines Nordmanns führt. Auf meiner letzten Fahrt

hat sich eine harmlose Verletzung entzündet. Ich wurde immer schwächer und meine Schiffskameraden ließen mich schließlich mitten im Nirgendwo bei einer alten Hexe zurück, der sie eine Handvoll Hacksilber für ihre Dienste gaben. Diese alte Frau murmelte unentwegt vor sich hin. Sie gab mir Mixturen zu trinken, die noch mehr stanken als meine brandige Verletzung. Irgendwann sank das Fieber. Ich lag wochenlang auf dem Krankenbett, ohne die Besinnung zurückzuerlangen. Mein Arm war furchtbar angeschwollen, doch sie wackelte immer nur mit dem Kopf und mixte mir ein weiteres Zaubermittel. Sie musste mit den Göttern in Verbindung stehen, denn hier stehe ich nun gesund vor euch."
„Wie hat es dich nach Kiew verschlagen?", fragte der Jarl.
Gnupa verzog das Gesicht.
„Ein reicher Kaufmann bezahlt mich dafür, dass ich ihn auf seinen Reisen beschütze. Er zahlt gut und ich bin zufrieden."
Dann breitete er die Arme aus. „Seht euch um! Kiew wird immer größer und erwirbt sich einen guten Ruf als wichtiger Handelsplatz. Aus Serkland kommen Karawanen mit Gewürzen, Edelsteinen und Damaszener Stahl, Seidenstoffen und edlen Pferden. Hier gibt es Weinamphoren, Messingbarren und Bienenwachs. Und der Verdienst reicht aus, um ein gutes Leben zu führen. Was will ein Mann mehr?"
Er musterte seinen alten Kameraden.
„Und wie steht es mit euch? Was führt euch so weit nach Süden?"
Der Jarl musterte ihn lange.
„Miklagard", raunte er ihm dann zu.
Gnupa nickte andächtig. „Ihr habt große Pläne. Der Weg ist noch weit, doch ich habe viele Geschichten von Männern gehört, die diese Stadt mit eigenen Augen gesehen haben."
„Schließ dich uns wieder an, Gnupa. Du gehörst zu uns."
Gnupas Augen funkelten, doch er winkte ab.
„Das Schicksal hat mich nach Kiew geführt. Die Nornen haben sich dabei etwas gedacht. Ich bleibe hier."
Der Jarl wirkte enttäuscht, fing sich aber schnell wieder.
„Dann zeige uns wenigstens die Stadt und lass uns was zusammen trinken. Wir haben viel zu erzählen."
Gnupa stimmte lächelnd zu und führte die Nordmänner durch die belebten Straßen. Sie entdeckten große Stände, an denen sich Kochtöpfe aus Speckstein aufeinanderstapelten – groß genug, um eine Mahlzeit für eine ganze Schiffsbesatzung darin zuzubereiten. Es war ein turbulentes Treiben und wildes Sprachengemisch. Gnupa wies immer wieder nach links oder rechts und erklärte ihnen einige Waren und deren Besonderheiten. Er ließ sie an einem Stand halten, an welchem Feigen

und Datteln auslagen. Kurz palaverte er mit dem Händler, den er zu kennen schien.
„Greift zu“, ermunterte er die Nordmänner schließlich.
Ivar und Brondolf ließen sich nicht lange bitten. Ihre verhaltenen Mienen hellten sich schnell auf und schon bald probierten alle anderen ebenfalls von diesen Früchten. Am Nachbarstand erwarb Gnupa Apfelsinen und Melonen und verteilte diese an die wartenden Männer. Anfangs griffen nur wenige von ihnen zögerlich zu, doch schon bald ließen sie sich diese ungewohnten Genüsse schmecken.
„An Obst herrscht hier kein Mangel“, erzählte Gnupa ihnen und wies auf einige Obstbäume. Sie standen nicht weit entfernt von ihnen und neigten sich unter der Last der reifen Früchte fast zu Boden. Thoralf sah Äpfel-, Birnen- und immer wieder Pflaumenbäume in der Umgebung.
Sie liefen durch das Gewirr der Straßen, bis Gnupa ein Einsehen hatte und eine Taverne ansteuerte. Dort bestellten sie sich etwas zu Essen und Bier dazu. Dann streckten sie zufrieden die Beine aus.
Gnupa wurde nicht müde, ihnen von Kiew zu berichten. Die Männer des Jarls lauschten seinen Erzählungen neugierig.
„Am meisten Geld lässt sich hier mit Sklaven verdienen“, fuhr Gnupa fort. „Auf jedem Markt findet man die bedauernswerten Geschöpfe mit Eisenketten aneinandergefesselt.“
Harald nickte zustimmend. Sie waren an einigen Ständen vorbeigelaufen, an denen es Sklaven zu kaufen gab. Die Wikinger hatten sie sich angesehen und auch die Körper einiger gutgewachsener Frauen ausgiebig begutachtet. Harald hatte die Gestalten abwägend gemustert, doch niemand von ihnen hatte vor, sich mit dieser Ware zu belasten.
Gnupa musste plötzlich lachen.
„Weißt du noch, Olaf? Diese verrückten Mönche damals in Haithabu?“
Der Jarl verschluckte sich fast an seinem Bier und verschüttete etwas davon auf dem Tisch. „Das vergesse ich nie im Leben! Na los, erzähl die Geschichte schon, Gnupa.“
Dieser wandte sich an die übrigen Nordmänner.
„Der Jarl und ich waren noch junge Männer, als wir erstmals in Haithabu anlegten. Dort wurden uns zwei Nonnen zum Kauf angeboten, die einige Nordmänner auf einem Raubzug in Irland erbeutet hatten. Die Frauen waren in grobe Wolle gehüllt und machten nicht viel her. Doch sie sangen so inbrünstig ihre heiligen Lieder, dass ein fränkischer Missionar auf sie aufmerksam wurde und sie für einen unglaublich hohen Preis aus der Gefangenschaft erlöste. Der Besitzer hat sich danach den ganzen Tag vor Glück volllaufen lassen.“
Grinsend verzog er das Gesicht.

„Normale Sklaven kosteten vielleicht ein gutes Stück Hacksilber, etwa so schwer wie mein Thorshammer. Damit sind sie doppelt so teuer wie eine Kuh, aber ein Drittel billiger als ein Pferd. Dieser Mann jedoch hat für die beiden Frauen klaglos den zehnfachen Preis bezahlt."
Er schüttelte den Kopf, als könnte er es noch immer nicht fassen.
Jarl Olaf schmunzelte.
„Eigentlich hatten wir damals vor, als nächstes ein Kloster zu überfallen und die Mönche alle in Haithabu an Missionare zu verscherbeln."
Er lachte schallend.
„Das wäre nicht der schlechteste Plan gewesen."
Thoralf blickte Folke und Ivar an, ehe er zu Gnupa hinübersah.
„Wir drei waren noch nie in Haithabu. Es soll die größte Stadt des Nordens sein."
Gnupa nickte zu Thoralfs Worten.
„Das stimmt. Aber das riecht man auch, glaubt es mir. Die Stadt wird noch mal an ihrem eigenen Unrat zugrunde gehen. Das Hafenbecken versandet immer mehr, so dass der Steg jedes Jahr weiter ins Meer hinausragt. Trotzdem kommen Händler aus der ganzen Welt dort zusammen, um ihre Waren zu verkaufen. Doch was das Anwachsen Haithabus erst ermöglicht hat, ist die größte Befestigungsanlage, die ich jemals gesehen habe. Sie liegt gleich südlich des Handelszentrums, im Süden Jütlands. Dort verjüngt sich die Halbinsel zu einer Landenge. Im Westen erstrecken sich sumpfige Flussniederungen, im Osten windet sich ein Fluss, den die Bewohner Schlei nennen. Es ist ein Meeresarm der Ostsee. Ein dänischer König hat vor einigen Generationen damit begonnen, dort mithilfe von Tausenden Arbeitern einen befestigten Wall zu errichten. Sie haben große Feldsteine zusammengetragen, die sie mit Lehm zu einer doppelt mannshohen Mauer zusammengefügt haben. Wer es nicht gesehen hat, wird es sich nicht vorstellen können. Soweit das Auge reicht, schlängelt sich diese Mauer von einer Küste zur anderen."
Er malte mit seinen Armen in der Luft herum, um den Männern die Ausmaße aufzuzeigen.
„Auf dieser Befestigung stehen Bogenschützen und Krieger hinter hölzernen Brustwehren verschanzt. Nur ein kleines Teilstück hatte der König ausgelassen, das Tor nach Norden. Dieser Wall schützt nicht nur Dänemark vor den machtgierigen Händen des sächsischen Kaisers oder auch der beutegierigen Slawen aus dem Osten. Der König kann so die wichtigsten Handelswege überwachen und hat Tribute von Durchreisenden erhoben, die ihn noch reicher und mächtiger gemacht haben. Er war ein schlauer Fuchs. Doch all das ist nichts gegen Kiew."
Thoralf nickte beeindruckt. Ihm wurde immer wieder bewusst, dass er

kaum etwas von den Wundern dieser Welt mit eigenen Augen gesehen hatte.
Hübsche junge Frauen brachten ihnen große Teller mit dampfendem Fleisch an die Tische. Gleich darauf war nur noch das Kauen der Männer zu hören, die das gebratene Ochsenfleisch heißhungrig hinunterschlangen. Das Fett tropfte von ihren Bärten, während sie sich die Finger an ihrer Kleidung abwischten. Dazu tranken sie kräftiges Bier, das würzig schmeckte.
„Jetzt fühle ich wieder Leben durch meinen Körper strömen“, rief Ivar unternehmungslustig.
Während der Jarl mit Gnupa in der Taverne zurückblieb, um über alte Zeiten zu sprechen, durchstreiften die übrigen Männer die Gassen und begutachteten die schmalen Häuser, die sich eng aneinanderschmiegten. Über ihnen wurde ein Fenster geöffnet und ein Nachttopf geleert. Sie konnten gerade noch beiseite springen, um dem Unrat auszuweichen.
Ein Händler pries lautstark seine Huren an. Thoralf warf einen skeptischen Blick auf die Auswahl. Doch als er sah, dass eine glutäugige Schönheit mit dunkler Haut seinen Blick wohlwollend erwiderte, ließ er sich nicht lange bitten. Schnell wurden sie handelseinig. Er folgte ihr in das Zimmer eines nahegelegenen Hauses. Folke und Ivar hatten sich jeweils eine großgewachsene blonde Schönheit gegriffen. Ivar schlug seinem Mädchen klatschend auf den Hintern, woraufhin diese vergnügt zu kichern begann. Folke warf sich ein junges Mädchen über die Schulter und verschwand mit ihr in einem benachbarten Zimmer.
Thoralf hatte seine Kameraden längst vergessen. Es war lange her, dass er einer Frau beigelegen hatte. Seine Augen glitten gierig über ihren wohlgeformten Körper. Als er die Hand nach ihr austreckte, entzog sie sich ihm mit einem Lächeln. Sie stand auf und begann sich tänzelnd vor ihm hin- und herzuwiegen. Dabei ließ sie ihre dunklen Augen auf ihm ruhen und hatte den Mund leicht geöffnet. Ihre Lippen schimmerten feucht und er konnte ihre weißen Zähne leuchten sehen. Sie löste ein Tuch von ihrem Hals und warf es ihm zu. Jetzt verstand er. Er lehnte sich zurück und verfolgte ihre anmutigen Bewegungen. Sie löste eine Schnalle und ließ ihren Rock zu Boden gleiten. Jetzt trug sie nur noch ein halb durchsichtiges Oberteil, das ihn fast verrückt werden ließ. Er zog sich seine Tunika vom Körper und rutschte näher heran. Ihre Augen leuchteten, als sie seinen muskulösen Oberkörper in Augenschein nahm. Sie streckte ihm ihren knackigen Po entgegen und er klatschte fest darauf. Dann wandte sie sich um. In ihren Augen schimmerte die Lust. Geschmeidig zog sie sich das Gewand über den Kopf und stand nackt vor ihm. Ihre Haut war dunkler als alles, was Thoralf bisher gesehen hatte. Ihre festen kleinen Brüste streckten sich

ihm provozierend entgegen und er konnte nicht länger widerstehen. Er umfasste ihren prachtvollen Po und nahm einen Nippel in den Mund. Seine Zunge umspielte ihn und Thoralf spürte wie der Nippel hart wurde. Das Mädchen seufzte und drängte sich ihm entgegen. Plötzlich konnte es ihnen nicht schnell genug gehen. Wie Ertrinkende stürzten sie sich aufeinander. Ihre Hände und Lippen waren überall. Thoralf riss sich die Hose hinunter und hatte dabei noch Zeit nach ihren Brüsten zu greifen. Kurz hob er sie an und warf sie vor sich aufs Bett. Dann drang er tief in sie ein. Das Mädchen stieß Worte aus, die er nicht verstand, und drängte sich wild an ihn. Ihr Becken bewegte sich in kreisenden Bewegungen, die ihm den Atem raubten. Er musste die Augen schließen, um nicht die Beherrschung zu verlieren. Dann hatte er seinen Rhythmus gefunden und stieß mit gleichmäßigen kraftvollen Bewegungen tief in sie hinein. Erst hielt sie den Atem an, aber dann schrie sie ihre Lust heraus. Ihre Schreie wurden immer lauter und schließlich umschlang sie ihn mit Armen und Beinen und presste sich mit aller Kraft an ihn. Ihr Körper zitterte und ihre Finger krallten sich tief in seinen Rücken. Als er sich in ihr ergossen hatte, lagen sie keuchend nebeneinander. Eine Zeitlang blieben sie einfach so liegen.

Irgendwann erklangen Schritte vor ihrem Zimmer. Eine kraftvolle Stimme brüllte durch die Tür. „Komm da raus. Du gehörst mir und ich warte nicht länger!"

Das junge Mädchen lag plötzlich stocksteif und mit weitaufgerissenen Augen neben ihm.

Fäuste trafen wie Hammerschläge auf die dünne Tür. Sie gab ächzend nach und drei hochgewachsene Gestalten drängten hinein.

Thoralf fuhr hoch. Bis eben war er in friedlicher Stimmung gewesen. Noch bevor er sich aufrichten konnte, erwischte ihn ein harter Schlag und warf ihn auf die Pritsche zurück. Er knallte gegen die Wand und wischte sich Blut von der Lippe. Der Schläger setzte nach, doch Thoralf empfing ihn mit einem festen Tritt in den Magen. Stöhnend sackte der grobknochige Kerl zusammen. Thoralf sprang auf und wandte sich zur Seite, bevor einer der Kumpane des Schlägers mit beiden Händen nach ihm greifen konnte. Er schlug dem ungestümen Kerl an die Schläfe, so dass dieser kurz ins Stolpern geriet. Als er nachsetzen wollte, bekam ihn der dritte Eindringling zu fassen. Dieser hielt ihn fest, während der zweite Mann ihn höhnisch angrinste.

„Das wirst du bereuen!", stieß er hasserfüllt hervor und schmetterte seine mächtige Faust an Thoralfs Kopf. Sterne explodieren vor seinen Augen. Er sackte zusammen und versuchte seinen Kopf zu schützen. Doch der Mann hinter ihm hielt ihn eisern fest. Thoralf trat ihm auf den Fuß und bekam gerade genug Platz, um ihm seinen Ellenbogen gegen

die Stirn zu rammen. Mit einem Aufschrei wankte dieser zurück.
Thoralf atmete tief ein und hob die Fäuste. Er hatte es mit drei harten Gegnern in einem viel zu kleinen Raum zu tun. Auch der erste von ihnen rappelte sich mit blutunterlaufenden Augen wieder auf. Im selben Moment schob sich ein riesiger Mann ins Zimmer. Thoralf hatte gehofft, dass vielleicht einer seiner Freunde etwas von der Auseinandersetzung mitbekam, doch sie schienen mit ihrem eigenen Vergnügen beschäftigt zu sein. Der Hüne blickte sich kurz um und fing dann den Arm des dritten Mannes auf, der soeben wieder angreifen wollte. Er schleuderte ihn krachend an die Wand, wo dieser benommen liegen blieb. Dem ersten Angreifer, der sich mit Mühe erhoben hatte, trat er so heftig vor die Brust, dass dieser erneut zu Boden ging. Der zweite Mann sah sich hektisch um. Dann traf ihn Thoralfs Faust.
Dieser schüttelte die schmerzende Hand und blickte die drei bewusstlosen Gestalten prüfend an.
„Ich kenne keinen dieser Männer. Trotzdem haben sie mich feige überfallen."
Der Hüne nickte knapp.
„Der Kerl da ist Borgar und neben ihm liegen zwei seiner Kumpane. Sie sehen richtig friedlich aus, wenn sie nicht bei Besinnung sind."
Er grinste böse.
„Sie hatten es wohl auf dein Mädchen abgesehen. Das wäre nicht sonderlich gut für dich ausgegangen. Sie haben vor einigen Tagen schon mal einen Mann zusammengeschlagen, der es gewagt hatte, sich ein paar schöne Stunden mit ihr zu machen. Ich kann diese Kerle nicht ausstehen. Sie saufen immer zu viel und machen dann Ärger. Es war an der Zeit, ihnen eine Tracht Prügel zu erteilen."
Thoralf trat auf ihn zu.
„Danke für deine Hilfe. Sie kam im rechten Moment. Ich bin Thoralf."
„Hjalmar."
Sie gaben sich die Hand.
„Lass uns nachher etwas trinken gehen. Ich lade dich ein."
Hjalmars Augen blitzten vergnügt.
„Gilt die Einladung auch für meinen Freund? Dann sag ich nicht nein."
Thoralf blinzelte ihm zu.
„Du hast gekämpft für zwei, da ist es nur gerecht, deinen Freund mitzubringen. Meine Gefährten sind hier noch beschäftigt, es wird also ein wenig dauern, bis sie sich zu uns gesellen."
Gegen Abend fanden Thoralf und seine Freunde wieder zusammen. Gutgelaunt betraten sie eine der zahlreichen Schenken, die die Gassen in Hafennähe säumten. Kurz sahen sie sich um. Brondolf winkte sie zu einem Tisch, auf dem bereits eine Menge Krüge herumstanden. Neben

ihm saßen mit Gudmund, Ugge, Finn und Steinar noch weitere Männer des Jarls.
„Warum zieht es euch erst jetzt in eine der besten Schankwirtschaften der Stadt?“, fragte Brondolf, während seine Augen vor Freude leuchteten.
Folke grinste ihn an.
„Diese Stadt hat doch einiges mehr zu bieten als die Gesellschaft von Männern. Aber jetzt sind wir durstig und wollen Bier mit euch trinken.“
Thoralf ließ sich auf einen Stuhl sinken und wies auf seine neuen Begleiter.
„Das sind Hjalmar und Loke. Sie haben mir heute bei einem Streit zur Seite gestanden und genießen deshalb meine Gastfreundschaft.“
Brondolf und die übrigen Männer hießen die Neuankömmlinge lautstark willkommen. Sie bestellten weitere Krüge, die bis zum Rand mit starkem Bier gefüllt waren. Dann tranken sie gierig und wischten sich den Schaum aus den Bärten.
„Zu schade, dass wir heute Nacht wieder auf unsere Schiffe zurückmüssen“, murmelte Ivar, während er seinen Krug leerte.
„Was ist das Ziel eurer Reise?“, fragte Hjalmar.
Ivar sah ihm kurz in die Augen.
„Konstantinopel“, antwortete er und ließ das Wort wie ein Geheimnis in der Luft hängen.
Hjalmar, der sie alle um einen halben Kopf überragte, spielte mit dem Bierkrug. Dieser wirkte in seinen Pranken wie ein Spielzeug.
„Loke und ich sind seit drei Jahren bei den Russ. Eigentlich war es unser Wunsch, diese Stadt einmal mit eigenen Augen zu sehen. Aber dann hat uns Großfürst Jaroslaw angeboten, in seine Dienste zu treten.“
Er verzog kurz die Mundwinkel.
„Was soll ich sagen? Er zahlt anständig. Und jedem von uns gab er ein Haus und eine Frau. Es fehlt uns an nichts. Dafür führen wir seine Kriege gegen die Steppenvölker, die immer wieder sein Land überfallen, und bewachen ihn auf seinen Reisen.“
Brondolf hatte nachdenklich die Lippen gespitzt.
„Ein Nordmann sollte die ganze Welt gesehen haben, damit er als alter Mann am Herdfeuer etwas zu erzählen hat und die Winter nicht gar zu lang werden. Überlegt es euch. Zwei gute Männer würde unser Jarl sofort in seine Dienste nehmen.“
Hjalmar und Loke blickten sich an.
„Wie lange werdet ihr noch hier in Kiew bleiben?“
Thoralf strich sich kurz über den Bart.
„Einige Tage, denn dies ist unsere erste größere Rast. Vor uns liegt noch ein schwieriges Stück Weg.“

Loke nickte knapp. „Ihr hört von uns."

Am Abend bevor der Jarl mit seinen Männern aufbrechen wollte, stießen Hjalmar und Loke zu ihnen.
„Unser Dienstherr weiß von unserem Wunsch, Konstantinopel, die große Stadt, mit eigenen Augen zu sehen. Er entlässt uns nur ungern aus seinen Diensten. Aber auch in ihm fließt das unruhige Blut eines Nordmanns und so will er uns nicht im Wege stehen. Unsere Familien bleiben hier. Das reicht ihm als Sicherheit für unsere Rückkehr."
Jarl Olaf streckte beiden Männern den Arm entgegen, die ihn nacheinander fest umklammerten. Er sah beiden Männern in die Augen. An Hjalmar blieb sein Blick etwas länger hängen. Beide waren erprobte Kämpfer, doch Hjalmar war geradezu riesig. Sein Haar war an den Seiten kurzgeschoren, aber oben so lang, dass er es mit einem Lederriemen zu einem Zopf binden konnte, der zwischen seinen breiten Schultern herabhing.
„Ihr fahrt auf Thoralfs Schiff mit", sagte er, während er auf den *Wellenjäger* deutete, der träge auf dem Wasser dümpelte.
Die beiden nickten und streckten auch Thoralf ihre Arme entgegen.
Der nächste Morgen war neblig und kalt. Die Nordmänner lösten die Taue vom Steg und ruderten die Schiffe wieder hinaus in den Fluss. Einige sahen sich nochmal sehnsüchtig um, doch die Mauern von Kiew blieben schnell hinter ihnen zurück.
Sie ruderten den ganzen Tag. Bei Einbruch der Dunkelheit suchten sie sich eine windgeschützte Bucht und machten sich über ihre Vorräte her. Nach der harten Arbeit stand den meisten Männern nicht der Sinn nach Gesprächen. Also wickelten sie sich in ihre Schlafsäcke und schon bald erklang lautes Schnarchen.
Thoralf ging zwischen den herumliegenden Gestalten hindurch zu Harald und Hjalmar, die am Bug des Drachenschiffes standen. Mittlerweile war es dunkel geworden. Thoralf wusste, dass dies die Zeit war, die Harald am liebsten hatte.
Er stellte sich neben die beiden Männer und starrte gedankenversunken ans Ufer. Leichte Nebelschleier tanzten auf dem Wasser. Sie hatten sich mit Mondlicht vollgesogen und spendeten ein kaltes, unwirkliches Licht, das keine Schatten warf. Hjalmar wies stumm auf einen Punkt an Land. Dort strich ein Wolfsrudel umher. Die Augen der Tiere leuchteten in der Dunkelheit. Wenig später hörten sie einen Hirsch röhren. Kurz darauf war nur noch das wilde Knurren des Rudels zu hören, das sich an seiner Beute satt fraß.
Dann war alles ruhig. Nur ein paar Fledermäuse schwirrten lautlos über ihre Köpfe hinweg. Gleich darauf durchdrang das keckernde Bellen

eines Fuchses die Nacht.
„Obwohl wir weit weg von unserer Heimat sind, klingen die Geräusche der Nacht sehr vertraut“, raunte Thoralf.
Hjalmar lächelte in der Finsternis.
„Eure Reise mag euch lang vorkommen“, merkte er leise an.
„Aber ich habe schon arabische Händler getroffen, die berichtet haben, dass es einige von uns Nordmännern sogar bis in ihre größte Stadt Bagdad geschafft haben. Dafür sind sie sogar auf Kamelen durch die Wüste geritten.“
Die Männer lauschten ungläubig. „Was ist die Wüste?“, fragte Harald.
„Die Wüste ist ein Meer wie die Ostsee, nur aus Sand. Man kann sich in ihr verirren und nie wieder herausfinden. Wer die Orientierung verliert, verdurstet jämmerlich. Ich habe mal zwei Nordmänner getroffen, die sich für gutes Geld haben anheuern lassen, Karawanen durch die Wüste zu begleiten, um sie vor Überfällen zu schützen. In einem tagelangen Sandsturm haben sie den Anschluss an ihre Gruppe verloren. Bald darauf ging ihr Wasser zur Neige. Tagsüber wird es in der Wüste so heiß, als liefe man über Kohlen. Und es gibt keinen Schatten, in den man sich zurückziehen könnte. Nachts wiederum wird es furchtbar kalt.“
Er schüttelte schaudernd den Kopf. „Das ist kein Ort für mich.“
„Was ist aus den beiden Nordmännern geworden?“, erkundigte sich Thoralf.
„Sie haben überlebt, aber nur weil sie ihren Kamelen mit dem Messer eine Wunde zufügten, aus der sie Blut tranken. Sie sind vor Durst fast wahnsinnig geworden. Zum Glück wurden sie von Beduinen gefunden und zur nächsten Oase gebracht. Nach ihrer Rettung haben sie nie wieder einen Fuß in die Wüste gesetzt.“
Harald und Thoralf schwiegen. Die Welt schien noch eine Fülle an Geheimnissen vor ihnen zu verbergen.

In den nächsten Tagen veränderte sich die Landschaft. Nachdem sich viele Wochen lang endlose Wälder an beiden Seiten des Flusses entlanggezogen hatten, wurden die Ufer jetzt hoch und steil. Dahinter erstreckte sich offenes Grasland mit kleinen Waldstücken, die wie Inseln wirkten. Schon bald waren gar keine Bäume mehr zu sehen.
Loke schüttelte finster den Kopf als er die grenzenlose Einöde betrachtete.
„Schaut euch mal die Landschaft an. Sie ist leicht gewellt und sieht aus wie das Meer. Grau und staubig. Selbst das Gras verdorrt unter der glühenden Sonne. Ab hier ist Vorsicht geboten, denn nun beginnt das Land der Petschenegen.“

Er spuckte in den trüben Fluss, um die bösen Geister abzuwenden. Dabei bemerkte er Thoralfs fragenden Blick und fuhr erklärend fort.
„Die Petschenegen sind ein Reitervolk. Sie wohnen in Zelten und ziehen auf der Suche nach gutem Weideland mit ihren Herden umher. Es sind gefürchtete Reiter und sie beherrschen den Umgang mit Pfeil und Bogen perfekt. Im Gegensatz zu uns lassen sie es nur selten auf einen offenen Kampf ankommen. Stattdessen überschütten sie ihre Gegner mit einem Pfeilhagel. Bevor man es schafft in ihre Nähe zu gelangen, sind sie schon wieder weg."
Argwöhnisch beäugte er das Ufer. Mittlerweile waren immer mehr Männer zu ihm herangetreten, um seinen Worten zu lauschen.
„Die Petschenegen haben die hässliche Angewohnheit, die Köpfe ihrer Feinde auf Stangen zu spießen oder ein schauderhaftes gegorenes Getränk aus den Schädeln ihrer Gegner zu trinken."
Dabei sah er Thoralf warnend an obgleich sie keine Menschenseele sahen. Das Land wirkte schier endlos. Einzig der Fluss bot dem Auge Abwechslung. Mal wurde er schmaler und verzweigte sich in einige Seitenarme. Mal dehnte er sich aus, so weit das Auge reichte. Sandbänke, kleinere Inseln, sumpfige Schilfgürtel und ein Gestrüpp aus Erlen und Weiden, das im fußtiefen Dickicht wuchs, wechselten sich ab.
Der Jarl achtete darauf, dass sie nicht auf Untiefen aufliefen, denn manchmal wirkte das Wasser schlammig und roch faulig. Dann und wann sahen sie Rehe am Ufer trinken, doch die Tiere waren scheu und brachten sich schnell mit ein paar Sprüngen vor ihnen in Sicherheit.
Nach einigen Tagen waren ihre Vorräte aufgebraucht. So fingen sie an im Fluss zu fischen. Schnell waren sie sich einig, dass zu viel Fisch sie schwermütig machte. Sie gingen lieber auf die Jagd und kamen häufig mit frisch erlegtem Wild zurück.
Einmal gelang es ihnen, zwei Wildochsen zu überraschen. Brondolf ließ zweimal schnell hintereinander seinen Bogen surren. Den zweiten Schuss brachte er aus einem unmöglichen Winkel ins Ziel, so dass seine Kameraden einmal mehr voll des Lobes ob seiner Schießkünste waren.
„Brondolf könnte auch ein Eichhörnchen im Sprung treffen", rief Hakon und erntete zustimmendes Gelächter seiner Kameraden. Sie schleppten schwer an dem Fleisch, doch der Jubel ihrer Gefährten entschädigte sie für ihre Mühen.
„Wir haben Spuren von Reitern gesehen", teilte Brondolf ihnen mit.
„Bestimmt werden wir schon seit Tagen beobachtet."
Jarl Olaf verzog abschätzend das Gesicht.
„Jeder, der an Land geht, wird ab sofort ein Kettenhemd und seine Waffen tragen. Ich will nicht, dass wir überrascht werden und mit Blut

für unseren Leichtsinn bezahlen."

Das Gelände wurde unwegsamer. Immer wieder mussten sie ihre Boote an Land setzen und über querliegende Hölzer, die sie mit Fett beschmierten, von einem Wasserweg zum nächsten ziehen. Die größte Barriere bildeten zwölf steinerne Stufen im Fels, über die das Wasser mit einer solchen Wucht hinwegbrauste, dass man das Rauschen schon aus weiter Entfernung hörte. Der Jarl fletschte beim Anblick der gewaltigen Stromschnellen die Zähne.
„Wir werden die Boote ausladen und sie ein ordentliches Stück Weg über Land ziehen müssen."
Er zog den Schleim hoch und spie zu Boden.
„Nur gut, dass wir keine Händler sind, sondern Krieger. Sonst hätten wir viel mehr Arbeit vor uns."
Als nächstes wurden die Schiffe ans Ufer gewuchtet und mühsam vorangezogen. Die Männer schwitzten und fluchten. Es war eine gewaltige Anstrengung. Selbst die Arme der stärksten Männer zitterten. Immer wieder legten sie Pausen ein, um zu Atem zu kommen. Dafür stützten sie die Boote auf beiden Seiten ab und kauerten sich in deren Schatten zusammen. Die Sonne brannte unbarmherzig auf sie herab. Jetzt wäre ihnen Regen willkommen gewesen. Dabei waren ihre Gesichter hochrot und ihre Wasserfässer wurden schneller geleert, als sie Nachschub holen konnten.
Thoralf kippte das letzte leere Fass um und nahm einige der leeren Wasserschläuche an sich. Ugge, Sven und Hjalmar erhoben sich schnaufend und taten es ihm gleich. Dann machten sie sich an den Abstieg zum Fluss. Sie mussten ein ganzes Stück gehen, da ihnen Felsformationen den Weg versperrten. Nach einer Weile fanden sie einen zugänglichen Uferabschnitt. Schilfrohre wiegten sich sanft im Wind. Auf der Suche nach Beute flogen einige Vögel dicht über die Wasseroberfläche. Das Gelände war felsig und wurde immer wieder von tiefen Tälern unterbrochen.
„Wir werden noch Tage brauchen, um hier durchzukommen. Dabei könnten in jedem Tal hundert Feinde lauern", knurrte Ugge.
Auch Thoralf ertappte sich dabei, dass er die Umgebung keinen Moment aus den Augen ließ. Er spürte ein Kribbeln zwischen seinen Schulterblättern und zog unwillkürlich den Kopf ein. Plötzlich fühlte er sich verdammt unwohl in seiner Haut. Gerade wollte er seine Kameraden zur Eile antreiben, als etwas an seinem Ohr vorbeisirrte.
Sofort warf er sich herum. Hinter ihnen brachen Reiter aus der Deckung hervor. Sie saßen auf kleinen struppigen Pferden und schienen geradezu mit ihnen verwachsen zu sein. Jeder trug einen langen Bogen und

überschüttete sie mit Pfeilen.
Sven wurde von zwei Geschossen gleichzeitig getroffen und keuchte. Thoralf fasste ihm unter die Arme um ihn zum Fluss hinunterzuziehen. Dann wurde Sven von einem weiteren Pfeil in den Hals getroffen und fiel kraftlos vornüber. An Ugges Kettenhemd prallten kurz hintereinander drei Pfeile gleichzeitig ab. Auch Hjalmar und Thoralf waren bereits getroffen worden, erlitten aber keine größeren Verletzungen. Thoralf blickte in Svens leblose Augen und begann zu laufen.
„Zum Fluss!“, rief er und seine beiden Kameraden folgten ihm, so schnell sie es in ihren schweren Kettenhemden konnten. Weitere Pfeile flogen an ihnen vorbei. Mit schrillen Anfeuerungsrufen kamen ihre Feinde schnell dichter.
Eine Pfeilspitze ritzte Thoralf die Wange auf. Ein weiterer Pfeil zupfte an seinem Ärmel. Sein Sichtfeld wurde eng vor Zorn. Am liebsten wäre er umgedreht um sich auf seine Verfolger zu stürzen. Doch das wäre ein ungleicher Kampf gewesen. So leicht würde er es diesen heimtückischen Gegnern nicht machen. Stattdessen warf er sich voran und drängte durch eine letzte Buschreihe. In seinem Kopf jagten sich die Gedanken. Jeder Fehler konnte sein letzter sein. Ihnen blieb nur das Wasser, schoss es ihm ein. An Land würden die Reiter sie schnell aufstöbern und niedermetzeln.
Hjalmar und Ugge waren zu dem gleichen Entschluss gekommen und wichen kein Stück von seiner Seite. Sie fühlten sich wie hilfloses Wild, das von seinen Jägern jeden Moment zur Strecke gebracht werden konnte. Nachdem sie die Uferböschung durchbrochen hatten, erreichten sie den Schilfgürtel. Vor ihnen glitzerte der Fluss in der Sonne.
Dicht hinter Thoralf schrie Ugge plötzlich wütend auf. Ein Pfeil hatte sich in seine Wade gebohrt und ließ ihn taumeln. Hjalmar und Thoralf waren bereits einige Schritte voraus. Jetzt stoppten sie ihren Lauf, um dem Kameraden beizuspringen. Doch Ugge hatte sein Schwert gezückt und schrie sie zornig an:
„Lauft weiter, verdammt! Ich versuche, die Hunde aufzuhalten!“
Thoralf zögerte kurz, doch Hjalmar zog ihn mit sich fort. Hinter ihnen warf Ugge sich mit einem Kampfschrei auf ihre Verfolger. Pferde wiehern und Männer schreien. Doch viel zu schnell kehrte hinter ihnen wieder Ruhe ein. Hjalmar warf Thoralf einen kurzen Blick zu, während sie durchs Schilf rannten. Er war ein wenig außer Atem, wirkte aber angesichts ihrer Lage erstaunlich gefasst.
„Wir müssen ins Wasser! Streif´ vorher das Kettenhemd ab und hol´ tief Luft! Sonst ersaufen wir jämmerlich.“

Thoralf schnaufte. Für eine Antwort fehlte ihm der Atem. Im hüfthohen Wasser blieben sie stehen, zerrten sich die schweren Kettenhemden vom Körper und ließen ihre kostbare Ausrüstung achtlos ins Wasser sinken. Dann warfen sie sich ins kühle Nass. Sie machten einige schnelle Schwimmzüge. Als Thoralf ein Pfeil über die Schulter fuhr, tauchte er sofort unter. Er hasste es, anderen als Zielscheibe zu dienen. Noch nie hatte er sich so wehrlos gefühlt.
Verzweifelt suchte er nach einem Ausweg. Schon bald würde ihnen die Luft ausgehen und sie müssten an die Oberfläche zurückkehren. Dort würden ihre Verfolger sie mit Pfeilen spicken. Noch immer hielt er sich dicht bei Hjalmar. Obwohl der Fluss schnell tiefer wurde, war die Sicht unter Wasser erstaunlich gut. Sie ließen sich von der Strömung treiben. Doch schon jetzt spürte er Atemnot. Der Drang, den Mund aufzureißen, wurde mit jedem Moment stärker.
Sie befanden sich noch immer in Ufernähe. Beim nächsten vorsichtigen Schwimmzug stießen Thoralfs Arme gegen ein paar Schilfrohre. Gleich darauf durchbrach ein Pfeil die Wasseroberfläche und er verfluchte sich für seine Unvorsichtigkeit.
Verzweifelt wurde ihm klar, dass sie ihren Verfolgern nicht entkommen konnten. Doch Thoralf würde lieber ertrinken, als sich den Pfeilen ihrer Gegner auszusetzen.
Plötzlich zupfte Hjalmar wild am Ärmel seiner Tunika. Vorsichtig brach er zwei Schilfrohrhalme ab, kürzte sie und reichte einen an seinen Kameraden weiter.
Dann hielt er sich an einem großen Stein fest, legte den Halm zwischen seine Lippen und schob ihn vorsichtig nach oben. Gleichzeitig hielt er sich die Nase zu. Endlich verstand Thoralf. Konnte dieser Kniff sie retten? Mühsam versuchte er ruhig zu bleiben und keine hektischen Bewegungen zu machen. Ganz langsam führte er seinen Halm nach oben, bis dieser ein winziges Stück aus dem Wasser herausragte.
Dann legte er seine Lippen darum und drängte das verbliebene Wasser hinaus. Vorsichtig begann er zu atmen. Eine Woge der Erleichterung überkam ihn, als frische Luft seine Lungen weitete. Es war mühsam, auf diese Weise zu atmen. Doch die Alternative war der Tod. Also riss er sich zusammen.
Nach kurzer Zeit verlagerten die Verfolger ihre Suche weiter stromabwärts. Langsam schob Thoralf seinen Kopf im Schutz des Schilfgürtels aus dem Wasser. Neben ihm tauchte Hjalmar auf und grinste verwegen. Da sie niemanden entdeckten, holten sie einige Male tief Luft, bis sich ihr keuchender Atem beruhigt hatte.
„Ich dachte, wir ersaufen da unten", flüsterte Thoralf.
„Diese kleinen, krummbeinigen Männchen auf ihren winzigen Pferden

bringen uns nicht um“, raunte Hjalmar kampfeslustig zurück.
„Wir warten noch ab, bis wir sicher sein können, dass sie uns für tot halten und die Suche einstellen. Dann durchqueren wir den Fluss und schleichen uns auf der anderen Seite zu unseren Männern zurück.“
Thoralf nickte knapp, während er vorsichtig die verletzte Schulter bewegte.
„Das ist nur ein Kratzer“, beruhigte sein Gefährte ihn. Das kalte Wasser hat die Blutung längst gestillt.“
Obwohl noch einige Gestalten am Ufer herumschlichen, wagten sie es und durchquerten den Fluss. Sie ließen sich mit der Strömung ans andere Ufer treiben. Dort bewegten sie sich südwärts und kehrten in einem großen Bogen wieder zum Fluss zurück. In der Dämmerung schwammen sie zum gegenüberliegenden Ufer zurück. Thoralf hatte schnell festgestellt, dass Hjalmar ein ebenso guter Schwimmer war wie er selbst.
Vorsichtig pirschten sie sich durch das unübersichtliche Gelände. Als die Nacht hereinbrach, stießen sie endlich wieder zu ihren Gefährten. Thoralf taumelte mehr, als er ging und hatte gewaltigen Hunger.
„Was ist passiert? Wo sind Gunne und Sven?“, prasselten die Fragen auf sie ein.
Der Jarl hob gebieterisch die Hand. Sofort kehrte wieder Schweigen ein.
„Bringt ihnen Felle und gebt ihnen etwas zu essen. Ihr seht doch, dass die beiden am Ende ihrer Kräfte sind.“
Sie ließen sich wärmende Umhänge, Bier und Reste vom Wildochsen reichen. Gierig biss Thoralf ins lauwarme Fleisch. Selten hatte ihm eine Mahlzeit besser geschmeckt. Als sie vom Überfall und dem Tod ihrer Gefährten berichteten, stießen die Männer Verwünschungen aus.
„Das sollen uns diese Hunde büßen! Sie sollen nur kommen. Wir werden ihnen schon zeigen, wie Nordmänner kämpfen.“
Als Thoralf ihnen erzählte, wie sie dank Hjalmars Idee überlebt hatten, dröhnte lautes Lachen durch das Lager. Der Jarl schlug ihm anerkennend auf den Rücken.
„Alle Achtung, so überlegt zu handeln, während der Tod schon die Hand nach euch ausgestreckt hatte. Das zeichnet einen großen Krieger aus.“
Hjalmar winkte zwar ab, schien sich aber über das Lob aber zu freuen.
„Wir werden ab sofort noch vorsichtiger sein müssen. Ich habe so eine Ahnung, dass dies nicht unser letztes Aufeinandertreffen mit diesem Reitervolk war.“

Am nächsten Morgen machten sie sich wieder an die Arbeit. Der Trupp, der loszog, um frisches Wasser zu holen, bestand diesmal aus mehr als

zwanzig Männern. Hjalmar, Thoralf und auch einige Bogenschützen hatten sich ihnen angeschlossen. Ihre Augen suchten unablässig das Gelände ab. Als sie sich dem Ort des Überfalls näherten, war die Spannung fast mit Händen greifbar. Doch alles blieb ruhig. Verärgert sahen sie, dass die Angreifer ihre beiden toten Gefährten weggeschafft hatten. Sie konnten ihren Kameraden nicht einmal die letzte Ehre erweisen und sie würdig bestatten.
Hjalmar watete ins Wasser und suchte die Stelle, an der sie sich in die Fluten gestürzt hatten. Dann bückte er sich und zog kurz hintereinander die beiden schweren Kettenhemden aus dem Fluss.
„Habe ich es mir doch gedacht. Die Strömung ist so nah am Ufer nicht stark genug, um unsere kostbaren Kettenhemden mit sich zu reißen."
Er reichte Thoralf sein Kettenhemd.
„Wir müssen es mit Sand abreiben, bis es glänzt. Sonst fängt es an zu rosten."
Thoralf griff erleichtert zu. Dieses Hemd war ein Vermögen wert. Ohne das vertraute Gewicht am Körper fühlte er sich schutzlos.
Sie kehrten zurück, ohne einen Hufabdruck im Sand gefunden zu haben. Die Sonne stach auf sie herab. Es würde ein heißer Tag werden.
„Los, Männer! Weiter!", schrie Thoralf herüber.
Er stand bereits am Heck seines Bootes. Ivar erhob sich und dehnte seine Glieder. Vor ihm stand ihr Langschiff mit dem Kiel auf quer gelegten Rollen aus dünnen Baumstämmen. Seitlich hatten sie es mit Stangen abgestützt. Stundenlang schoben sie das Ungetüm durch die Hitze.
Vier Ruderer hielten das Boot waagerecht, während vier weitere mit dem Seil, das um den Vordersteven geschlungen war, nach vorne liefen, um es voranzuziehen. Ivar schloss die Augen und stemmte die Hände und seine rechte Schulter fest gegen die Planken. Dann erklang Thoralfs Befehl. Das Boot bewegte sich eine Handbreit vorwärts, während sein Kiel auf den Rollen knirschte.
Thoralfs Rufe ertönten pausenlos durch die flirrende Hitze. Die Männer warfen sich mit ihrem ganzen Gewicht nach vorn und bissen vor Anstrengung die Zähne aufeinander. Längst lief ihnen der Schweiß in Bächen den Körper herab. Viele von ihnen arbeiteten mit freiem Oberkörper. Ihre Muskeln zeichneten sich deutlich ab.
Der Jarl hatte einige Wachen aufgestellt, die sie zur offenen Steppe hin absicherten. Sie wollten sich nicht überraschen lassen und plötzlich einem Pfeilhagel ausgesetzt sein. Der Tod ihrer beiden Kameraden war ihnen Warnung genug.
Ruck für Ruck ging es vorwärts. Folke griff nach einem schmalen Baumstamm und eilte damit weiter nach vorn. Beim Vorwärtsgleiten

war diese Rolle frei geworden und wurde nun am Bug wieder unter den Kiel gelegt. Ivar schob mit aller Kraft. Vor sich sah er nur Hjalmars schweißbedeckten Nacken. Sein Rücken war so breit, dass Ivar nicht sehen konnte, was weiter vorn geschah.
Schließlich hatte Thoralf ein Einsehen und ließ die Stützhölzer gegen die Bordwände stemmen. Stöhnend reckten sich die Männer. Folke dehnte seinen Rücken. Endlich eine kurze Rast.
„Dort vorn endet die erste Stromschnelle, seht ihr?“
Folke nickte erschöpft.
Vor ihnen klaffte eine enge Schlucht mit Granitwänden, die fast senkrecht abfielen. Das Brausen und Rauschen hatten sie schon von weitem gehört. Gleich darauf schloss sich eine zweite Stromschnelle an. Noch rauer als die erste. Sie endete in einem Wasserfall, der eine doppelte Mannshöhe erreichte. Das Tosen und Zischen der stürzenden Wassermassen dröhnte ihnen noch lange in den Ohren.
„Wie lange noch, Thoralf?“
Dieser kniff abschätzend ein Auge zusammen, während er die vor ihnen liegende Strecke musterte.
„Wir müssen bis zum nächsten Seitental, durch das wir unsere Boote in den Fluss schaffen können. Das ist noch ein gutes Stück Weg zu gehen. Besser, wir warten nicht zu lange. Also auf mit euch und an die Arbeit!“
Wieder knirschte das Boot mit einem Ruck vorwärts. Plötzlich schrien zwei ihrer Wachen aus Leibeskräften.
„Reiter kommen!“
Sie stützten die Bordwände ihrer drei Schiffe an beiden Seiten ab, damit sich keines davon auf die Seite legen konnte. Dann beobachteten sie neugierig die weit entfernten Gestalten.
„Was für ein Anblick! Spitze Hüte und enge Mäntel. Sie sehen aus wie Waldgeister auf viel zu kleinen Pferden“, lachte Folke los.
„Die wollen uns überfallen? Die reichen mir nicht mal bis zur Brust. Mit denen nehme ich es ganz alleine auf.“
Hjalmar hatte die Stirn in Falten gelegt. Er stützte seine gewaltigen Pranken in die Hüften und starrte den Reitern entgegen. Dabei ließ er sich Zeit und besah sich ihre Kleidung genauer. Die Reiter trugen enge Mäntel, die zum Ärmel hin immer weiter wurden und deren unterer Rand fast die Lederstiefel bedeckte. Sowohl ihre Hüte als auch ihre Umhänge und das Zaumzeug glitzerten silbern in der Sonne.
„Das sind Petschenegen“, knurrte er schließlich.
Er zog die Schwertscheide an seinem Gürtel zurecht und schnaubte verächtlich.
„Die fallen gern über Reisende her und metzeln sie nieder, um leichte Beute zu machen. Keine Ahnung, warum die sich gerade uns

aussuchen."
Er spuckte auf einen Granitbrocken.
„Na, die werden sich wundern. Wir haben keine Kaufmannswaren, aber jede Menge guten Stahl. Sollen sie nur kommen!"
Thoralf sah sich aufmerksam um. Einen Reiterangriff hatten sie kaum zu befürchten. Da sie sich dicht am Rand der Schlucht entlangbewegten, gaben ihnen die großen Felsbrocken zusätzlichen Schutz.
Er kniff die Augen vor der Sonne zusammen.
„Ich zähle fünf Reiter. Schätze, das sind Späher. Lasst uns die Zeit nutzen und die Boote so weit wie möglich voranschieben."
Sie arbeiteten ohne Pause bis in den späten Nachmittag hinein und kamen ein beachtliches Stück vorwärts. Thoralf spürte längst jeden Muskel seines Körpers. Er wollte gerade eine Rast ausrufen, als ihre Wachen erneut Alarm schlugen.
Diesmal war die Gefahr leicht zu erkennen. Eine gewaltige Staubwolke ballte sich in der Steppe zusammen und kam immer näher.
„Sie sind noch weit entfernt", rief Östen, einer der Wachposten.
„Einzelheiten kann ich noch nicht erkennen. Aber das werden sicher diese Petschenegen sein, und zwar eine ganze Menge von ihnen."
Thoralf blickte sich erneut um. Das Gelände war günstig. Sie legten die Langschiffe vorsichtig auf die Seite, den Kiel ihren Feinden zugewandt. So boten sie ihnen Schutz vor Pfeilen. Jarl Olaf rieb sich die Hände, als freute er sich auf die kommende Abwechslung.
„Verteilt das Gepäck und die Kisten links und rechts von den Booten, so dass wir uns dahinter verstecken können. Der Platz zwischen Boot und Schlucht muss zugestellt werden, bis auf jeweils einen kleinen Zwischenraum."
Dann stellten sich die Männer hinter die Bordwände, die ihnen trotz der schrägen Decks guten Schutz boten. An Bug und Heck bildeten die Männer mit überlappenden Schilden eine Schlachtreihe zwischen Schiff und Schluchtrand. Sie waren bereit.

Der Anführer der Reiterhorde schwenkte seinen doppeltgeschwungenen Bogen und schrie etwas in einer fremden Sprache. Dann ritt die Horde an und trabte auf die Schiffe zu. Dabei ließ ihr Anführer sie nicht aus den Augen. Schließlich hob er die Hand und ließ seine wilde Truppe anhalten.
„Er scheint sich noch nicht entschieden zu haben, ob er mit uns kämpfen oder verhandeln will", knurrte der Jarl Thoralf zu.
Dieser nickte nachdenklich.
„Mir wäre es lieber, sie würden uns wütend attackieren. Dann könnten wir sie für ihren Überfall bezahlen lassen. Ein vorsichtiger Mann

hingegen macht weniger Fehler. Das könnte uns mehr Blut kosten."
Jarl Olaf warf Thoralf einen forschenden Blick zu.
„Manchmal kommt es mir vor, als stünde dein Vater neben mir. Er fehlt mir als Ratgeber und auch in der Schlacht."
Dabei umspielte ein Lächeln seine Mundwinkel.
„Aber dafür habe ich ja jetzt dich."
Er wandte seine Aufmerksamkeit wieder den Reitern zu. Ihr Anführer schien eine Entscheidung getroffen zu haben. Er winkte zwei seiner Männer heran und ritt langsam auf die Nordmänner zu.
„Jetzt hat er erkannt, dass wir doch keine so leichte Beute sind."
Der Jarl schmunzelte. Ihm schien das bevorstehende Aufeinandertreffen eine willkommene Abwechslung zu sein. Er nickte Hjalmar und Thoralf zu. Zu dritt verließen sie die Deckung der Schiffe und näherten sich gemessenen Schrittes den drei Reitern. Deren Anführer krächzte in einem Singsang, der in ihren Ohren grauenvoll klang. Sie verstanden kein Wort. Doch der Mann neben ihm schien der nordischen Zunge mächtig zu sein, denn er radebrechte mehr schlecht als recht für seinen Anführer.
„Was sucht ihr in unserem Land? Wie viele Männer seid ihr und was bietet ihr uns an, damit wir euer Leben verschonen?"
Der Jarl verschränkte die Arme vor der Brust und kniff die Augen zu schmalen Schlitzen zusammen.
„Wir sind Krieger auf dem Weg ins ferne Konstantinopel. Wir suchen keinen Streit mit euch. Aber wenn ihr den Kampf wollt, sollt ihr ihn haben. Von uns bekommt ihr nichts außer gutem scharfen Stahl. Wir werden so viele von euch töten, dass das Wehklagen eurer Frauen nicht mehr verstummen wird. Kommt also her und wir zeigen euch, wie ernst meine Worte gemeint sind."
Der Übersetzer redete wild auf seinen Anführer ein und gestikulierte dabei umständlich mit den Armen. Ihm schien nicht zu gefallen, was er da hörte. Eine Weile musterten sie einander stumm. Trotz der Hitze trug der Anführer einen pelzbesetzten Helm und einen dunkelbraunen Umhang. Darunter schimmerte matt sein Kettenhemd hervor.
Immer wieder wanderte sein Blick zu Hjalmar, der mit seiner riesenhaften Statur mächtig Eindruck auf ihn zu machen schien. Schließlich wendete er ohne ein weiteres Wort sein Pferd, woraufhin seine Krieger ihm folgten.
„Ich bin gespannt, wofür er sich entschieden hat", murmelte Thoralf.
Der Jarl blickte den drei Männern finster hinterher.
„Sie werden den Kampf wählen. Der Mann will vor seinen Gefolgsleuten nicht schwach wirken. Außerdem hat er gesehen, dass wir nur wenige Bogenschützen haben. Dafür aber erstklassige Waffen

besitzen, die er gern sein Eigen nennen würde."
Noch während sie zu ihren Schiffen zurückkehrten, ertönte hinter ihnen ein dumpfes Dröhnen. Da der Boden unter dem Trommelwirbel vieler Hufe zu beben begann, legten sie die letzten Schritte im Laufschritt zurück.
„Macht euch bereit!", schrie der Jarl seinen Männern zu.
„Bleibt in Deckung! Sie werden uns mit ihren Pfeilen überschütten, um den offenen Kampf so lange wie möglich hinauszuzögern."
In einer gewaltigen Staubwolke näherte sich die Reiter rasch. Die Nordmänner starrten ihnen entgegen. Noch bevor sie die Männer deutlich erkennen konnten, flog ihnen bereits ein ganzer Schwarm Pfeile entgegen. Dazu brüllten die Angreifer pausenlos.
Thoralf runzelte verärgert die Stirn. Da die Angreifer außer Schussweite blieben, blieb ihnen nichts anderes übrig, als in der Deckung auszuharren. Nach dem Angriff rissen die Reiter ihre Pferde herum und verschwanden wieder in der Staubwolke. Für einen Moment wurde es ruhig.
„Gibt es Verletzte?", rief der Jarl.
Zwei Männer meldeten sich. Einer zog sich einen Pfeil aus der Hand, während der andere am Arm getroffen worden war.
„Verbindet die Wunden und bleibt in Deckung", ermahnte er seine Männer.
Dann sah er zu Brondolf hinüber.
„Such dir einen Platz hinter den Felsen und nimm Halfdan und einige andere Bogenschützen mit. Lasst sie bluten, aber seht euch vor. Die Reiter tragen Kettenhemden und Lederzeug unter ihren Umhängen."
Sofort schlichen die Männer im Schutz der Felsen vorwärts und suchten sich geeignete Plätze, die ihnen gleichzeitig gute Deckung boten.
Mittlerweile hatte sich der Staub gelegt. Thoralf sah misstrauisch zu der dunklen Horde der Angreifer hinüber. Vor den gut gezielten Pfeilen dieses Reitervolks hatte er gehörigen Respekt. Er schwitzte unter seiner dicken Kotte und dem schweren Kettenhemd. Alles in ihm schrie nach einem Kampf, doch er musste sich in Geduld üben. Erneut näherten sich die Reiter und verharrten in einer Entfernung von gut achtzig Schritten.
Thoralf spuckte in den Staub. „Die Mistkerle wissen genau, dass unsere Pfeile auf diese Entfernung keine Durchschlagskraft haben."
In aller Ruhe zogen die Reiter ihre Doppelbögen aus dem Bogenköcher, den sie neben dem Pfeilköcher rechts am Gürtel trugen. Dann legten sie den ersten Pfeil ein. Auf ein Kommando spannten sie die Bögen und sandten eine Salve zu ihnen herüber. Einige trafen die Planken, prallten jedoch von ihnen ab. Die meisten Pfeile flogen über den Bordrand

hinweg und verschwanden in der Schlucht hinter ihnen.
„Blöde Hunde. Sollen sie ruhig ihre Pfeile verschießen. Auf diese Weise bekommen sie uns nie.“
Wutgeheul drang zu ihnen herüber. Laute Stimmen ertönten. Offensichtlich waren sich die Angreifer uneins, wie sie weiter vorgehen sollten. Dann galoppierten sie an und näherten sich dem Schiff. Vierzig Schritte vor ihnen hielten sie erneut an und schickten ihnen die nächste Pfeilsalve. Die Nordmänner waren rechtzeitig in Deckung gegangen. Einige Pfeile schlugen in die Bordwände und gruben sich tief in das Holz. Die meisten zischten aber wirkungslos in die Schlucht.
Jetzt sprang ein Dutzend Wikinger auf und schoss seine Pfeile ab. Zwei Reiter stießen Schmerzschreie aus und rutschten von ihren Pferden. Erneut beratschlagten sich die Petschenegen. Als die Nordmänner sich das nächste Mal aus der Deckung wagten, flog ihnen sofort ein Pfeilhagel entgegen. Doch auch sie kamen zum Schuss. Die meisten Pfeile prallten zwar an den Rüstungen der Reiter ab, doch wieder erwischten sie zwei Reiter, die mit durchschossenem Hals zu Boden fielen.
Jetzt drängten alle Angreifer gleichzeitig auf sie zu. Doch der Weg war viel zu eng für so viele Männer. Sie steckten ihre Bögen weg und zogen ihre Schwerter.
Hjalmar blickte grinsend zu seinen Gefährten.
„Jetzt machen sie einen Fehler. Ihre Übermacht wird ihnen auf diesem engen Pfad nicht viel helfen. Schicken wir sie zu ihren Göttern!“
Die Reiter näherten sich eng aneinander gedrängt auf dem schmalen Pfad. Dabei feuerten sie sich gegenseitig mit schrillen Rufen an und stießen ihren Pferden die Fersen in die Flanken. Noch bevor sie zu den Schiffen gelangten, prasselten von den Seiten Steine auf sie herab. Brondolf schoss einem laut schreienden Reiter einen Pfeil in den geöffneten Mund und ließ ihn verstummen. Hinter den Schiffen kamen ihnen ihre Kameraden zur Hilfe. Mit ihren Lanzen attackierten sie die dichte Reiterschar und spießten die ersten ohne Gegenwehr auf.
Vor Folke holte ein Reiter mit wutverzerrtem Gesicht zum Schlag aus. Folke stieß seinen Speer tief in die Brust des Pferdes, riss ihn blitzschnell wieder heraus und sprang zurück. Der Reiter stürzte kopfüber von seinem Pferd, woraufhin Folke den Speer fallen ließ und sein Schwert zog. Mit zwei schnellen Schritten stand er neben ihm und trennte seinem Gegner mit einem einzigen Hieb den Kopf vom Rumpf ab.
Als er aufblickte, raste eine Säbelklinge auf ihn zu. Er machte einen Satz nach rechts und prallte gegen ein Pferd, so dass die Klinge ins Leere zischte. Folke riss sein Schwert hoch und stieß es dem Feind oberhalb des Sattelbogens in den Leib. Ein Pferdemaul tauchte vor ihm auf.

Folke duckte sich und packte den Speer zu seinen Füßen. Dann riss er die Spitze nach oben und stach zu. Das Tier riss wiehernd die Vorderbeine in die Höhe. Sein Reiter hatte alle Hände voll zu tun, sein Pferd zu beruhigen. Mit einem gewaltigen Satz schwang Folke sich hinter ihn und hieb ihm mit aller Kraft seinen Dolch in den Rücken. Doch an dessen Kettenhemd schabte die Klinge erfolglos entlang.
Wutschnaubend versuchte Folke das Gleichgewicht zu halten. Schließlich rammte er dem Pferd seinen Dolch in die Flanke und sprang ab. Das gepeinigte Tier schoss vorwärts, mitten hinein in die angreifenden Petschenegen. Ihre Pferde stürzten zu Boden und rissen die Reiter mit sich. Die Nordmänner nutzen die Gelegenheit, weitere Feinde mit ihren Speeren aus dem Sattel zu stoßen. Einige Reiter rissen ihre Tiere bereits herum und jagten in die Steppe zurück.
Folkes Blick fiel auf Harald, der sich gegen zwei Angreifer zur Wehr setzte. Deren Pferde tänzelten unruhig umher, während ihre Reiter versuchten, den Nordmann mit ihren Lanzen zu treffen. Geduckt, den Speer fest in den Händen, kauerte der alte Haudegen zwischen den Tieren. Plötzlich sprang er nach rechts und rammte einem der Reiter seinen Speer tief in den Leib. Dessen Kamerad wollte den Moment nutzen. Doch Folke warf ihm einen Felsbrocken an den Kopf, so dass der Mann ohnmächtig aus dem Sattel fiel. Sofort war Harald bei ihm und stieß ihm das Schwert tief in die Brust. Dann richtete er sich auf und wischte sich den Schweiß von der Stirn. Thoralf hatte sein Schwert bereits wieder in die Scheide gesteckt. Er nickte Folke anerkennend zu.
„Drei dieser kleinen Männer habe ich erledigt. Das soll ihnen eine Lehre sein."
Folke grinste vergnügt. „Mein Speer hat auch drei Leben genommen."
Sie fuhren herum, als Hjalmar hinter ihnen dröhnend zu lachen begann.
„Ich habe vier dieser Hunde erledigt. Und ich wollte, es wären mehr gewesen."
Sie untersuchten die Toten, doch schnell stand Enttäuschung in ihren Gesichtern.
„Dieses Volk trägt ärmliche Kleidung, dazu merkwürdig gebogene Schwerter und ansonsten kaum etwas Wertvolles bei sich."
Folke zerrte einem der Gefallenen den Hut vom Kopf, der mit Silberdraht umflochten war. Es war besser als nichts. Zwar waren zwei ihrer Kameraden den Pfeilen der Petschenegen zum Opfer gefallen. Doch mehr als zwanzig Feinde lagen tot auf dem staubigen Pfad.

In den nächsten drei Tagen schufteten sie jeweils bis zum Sonnenuntergang. Dann erreichten sie endlich wieder eine Stelle, an der sie die Schiffe zu Wasser lassen konnten. Die Petschenegen hatten sie

nicht mehr zu Gesicht bekommen. Sie hatten ihre Lektion offenbar gelernt und warteten auf leichtere Beute.
Die letzte Nacht an Land verbrachten sie an einer leicht zu verteidigenden Stelle am Ufer. Der Jarl ließ die Männer Treibholz zu Stapeln aufschichten und schon bald saßen sie, bis auf wenige Wachen, an riesigen Feuern zusammen. Sie waren erleichtert, dass sie ab morgen wieder mit ihren stolzen Schiffen auf dem Wasser dahingleiten konnten.
Thoralf saß neben Hjalmar und sah in die tiefroten Flammen, die geheimnisvoll züngelten. Irgendwann zog Hjalmar eine Brosche hervor, die so filigran gearbeitet war, dass Thoralf darauf zwei Tiere erkennen konnte. Der warme Schein des Feuers ließ das Metall funkeln. In Hjalmars riesigen Pranken wirkte die Brosche winzig.
„Ein schönes Stück“, bemerkte Thoralf.
Das war es wirklich. Es war die Arbeit eines Meisters. Eine Zeitlang schwiegen sie und lauschten dem Knacken des Holzes.
„Ich wäre gern Schmied geworden“, offenbarte er Thoralf.
Thoralf schrak aus seinen Gedanken hoch. Er war von der harten Arbeit so erschöpft, dass er beinahe am Feuer eingeschlafen wäre.
„Du? In einer Schmiede stehend und den ganzen Tag lang auf Stahl herumschlagend? Warum?“
Hjalmar starrte in die Flammen.
„Die Schmiede stehen mit den Göttern im Bund. Unsere Alten wissen, dass aus der Glut neue Welten erschaffen werden. Und besitzt nicht auch Thor einen Hammer, wie die Schmiede es tun? Ich habe in Kiew oft Kunstwerke von Schmieden gesehen, die reine Magie ausstrahlten. Aus Feuer erschaffen und zwar so meisterhaft, wie ich es nie zuvor gesehen habe.“
Thoralf runzelte die Stirn. Darüber hatte er noch nie nachgedacht. Er zeigte auf die Brosche.
„Von deiner Frau?“, fragte er.
Hjalmar nickte.
„Eines Tages werde ich ruhmreich und mit einem prall gefüllten Sack voller Gold nach Kiew zurückkehren. Bis dahin soll sie mir Glück bringen.“
Zärtlich strich er über das blank polierte Metall. Dann küsste er die Brosche und ließ sie unter seinem Umhang verschwinden.

Am nächsten Morgen saß Thoralf bereits vor Sonnenaufgang auf einem grauen Felsen, der von den Fluten umspielt wurde. Das Wasser plätscherte leise dahin. Ein blutroter Streifen im Osten kündigte bereits den nächsten Tag an. Thoralf ahnte, dass dieser wieder heiß werden würde. Er zog seine Tunika aus und ließ sich ins Wasser gleiten. Dann

tauchte er den Kopf unter und kam einen Augenblick später prustend wieder hoch. Thoralf liebte diese Momente, in denen er Zeit für sich hatte und sich nicht um seine Pflichten als Schiffsführer kümmern musste.
Er rieb sich mit Flusssand ab und genoss das prickelnde Gefühl auf der Haut. Dann machte er einige kraftvolle Schwimmzüge. Plötzlich zuckte er zusammen. Dicht neben ihm schoss etwas Schwarzes vorbei. Sofort lief ihm eine Gänsehaut über den Rücken. So schnell er konnte, schwamm er zurück zum Felsen und schnellte aus dem Wasser. Dort griff er nach seinem Schwert und wandte sich wieder dem Fluss zu.
Aufmerksam glitten seine Augen über die Wasseroberfläche. Hatte er sich das Ganze nur eingebildet? Spielte ihm ein Flussgeist einen Streich? Dann sah er den großen Schatten erneut. Er beugte sich vor, um ihn besser beobachten zu können. Dann verzog sich sein Gesicht zu einem breiten Grinsen und er legte das Schwert wieder neben sich ab.
Es war ein Otter, der sich mit spielerischer Leichtigkeit bewegte. Luftblasen stiegen auf und markierten seinen Weg. Zwischendurch tauchte der Otter kurz auf, sah ihn an und schnaubte herausfordernd. Es schien ein älteres Tier zu sein. Thoralf glaubte Narben von Kämpfen in seinem Fell zu entdecken. Eine Weile beäugten sie sich. Dann tauchte der Otter unter und seine Blasenspur verlor sich hinter einem umgestürzten Baumstumpf.
Thoralf schüttelte sich wie ein Hund, um die letzten Wassertropfen loszuwerden. Dann schlüpfte er in seine Tunika und ging zum Lager zurück. Folke kam ihm trotz der frühen Stunde bereits entgegen. Er trug sein Schwert über beide Schultern gelegt, als käme er gerade vom Übungsplatz. Er schien ihn bereits eine Weile beobachtet zu haben, denn wie beiläufig fragte er: „Neue Freunde gefunden?“
Thoralf holte tief Luft.
„Mein Herz hat kurz ausgesetzt, als der Otter an mir vorbeischoss. Plötzlich fielen mir alle alten Geschichten über Flussgeister und Ungeheuer wieder ein, die in Flüssen, Höhlen oder zwischen Baumwurzeln leben und nur darauf warten, dass einer so unvorsichtig ist und ihr Reich betritt.“
Er spuckte zu Boden, um das Böse abzuwehren.
Folke klopfte ihm lachend auf den Rücken. „Ja ja, so ein pelziges kleines Tierchen kann einem großen Kerl wie dir schon mächtig Angst einjagen. Bloß gut, dass wir immer in deiner Nähe sind.“

Nach drei weiteren Tagen hatten sie die Flussmündung ins Schwarze Meer erreicht. Vor ihnen breitete sich eine endlos erscheinende Wasserfläche aus. Thoralf schloss vor Erleichterung die Augen. Es

wehte ein leichter Wind, der die kleinen Wellen kräuseln ließ. Endlich würden ihre stolzen Langschiffe wieder über die Wogen der offenen See gleiten. Schon bald segelten sie dicht an der Küste entlang. Gegen Abend gingen sie in einer windgeschützten Bucht vor Anker und ruhten sich aus. Die Nächte waren warm und es hatte schon seit Tagen nicht mehr geregnet.
Sie machten es sich zwischen den Ruderbänken gemütlich und es dauerte nicht lange, bis die ersten Männer lautstark zu schnarchen begannen. Nur einige Wachposten hielten mühsam die Augen offen. Die Ruhe wirkte einschläfernd. Manchmal hörten sie den Ruf eines Kormorans in der Ferne. Sein Kreischen trug in der Stille weit über die spiegelglatte See.
Am nächsten Morgen fuhren zwei riesige, voll bemannte Schiffe an ihrem Ankerplatz vorbei.
„Byzantiner", raunte Hjalmar Thoralf zu.
Jetzt warfen auch die letzten Nordmänner ihre Felle beiseite und beobachteten die merkwürdig geformten Schiffe, die ihre Fahrt verlangsamt hatten und in ihre Richtung schwenkten.
„Was sind denn das für hässliche Schiffe?", rief Ivar und verzog das Gesicht.
Loke rieb sich nachdenklich über den Bart.
„Gesehen habe ich sie auch noch nie. Aber von den Erzählungen der weitgereisten Händler in Kiew weiß ich, dass dies Kriegsschiffe der Byzantiner sind. Sie nennen sie Dromonen."
Er blickte zu den Schiffen hinüber, die nun beide auf sie zuhielten.
„Ich habe versucht, mir so viel wie möglich von dem zu merken, was sie zu berichten wussten. Diese Schiffe sind gut fünfzig Schritte lang und gute sechs Schritte breit. Auf einem solchen Schiff rudern einhundert Männer auf zwei Ebenen, deshalb dieser hohe Aufbau. Außerdem haben sie ein Deckkastell und können eine große Zahl Bewaffneter mit sich führen."
Wie zur Bestätigung seiner Worte sahen sie die Köpfe der Besatzung, die sich auf dem Deckkastell drängelte.
Harald spuckte missbilligend ins Meer.
„Ich kann mir nicht vorstellen, dass solche Schiffe einen echten Sturm überstehen."
Loke hatte seinen Blick fest auf die Schiffe gerichtet.
„Kein anderes Schiff reitet bei einem Sturm so sicher auf den aufgepeitschten Wellen des Meeres wie unsere Drachenboote."
Er hatte beide Hände auf die Bordwand gelegt und sah den byzantinischen Schiffen entgegen. Mittlerweile hatten sie sich ihrem Ankerplatz bis auf Rufweite genähert. Eine Gestalt in einem roten

Umhang brüllte mit herrischer Stimme zu ihnen herüber. Die Nordmänner sahen sich fragend an. Niemand von ihnen verstand dieses Kauderwelsch.
Der Mann im Umhang forderte einen jungen Soldaten neben sich mit einer Handbewegung auf zu übersetzen. Dieser trat vor und rief.
„Wir stehen unter dem Kommando von Lutius, dem Vizeadmiral des hiesigen Strategen. Wer seid ihr und was sucht ihr in unseren Gewässern?"
Der Jarl füllte mit seiner dröhnenden Stimme die ganze Bucht.
„Ich bin Jarl Olaf, der Anführer dieser Nordmänner. Wir kommen in friedlicher Absicht und wollen dem Kaiser von Byzanz unsere Schwerter andienen."
Durch die Gestalt des jungen Mannes fuhr ein Ruck.
„Es wäre nicht das erste Mal, dass Wikinger unsere Meere befahren und ganze Gebiete verheeren."
Er besprach sich mit seinem Offizier und schon bald sah die Haltung der Byzantiner nicht mehr ganz so drohend aus. Sie redeten noch eine Weile miteinander, schienen sich jedoch nicht einig zu sein. Dann wies der Offizier gebieterisch zu den Drachenbooten hinüber. Der junge Soldat ließ die Schultern sinken und nickte schließlich ergeben.
„Ich werde zu euch an Bord kommen und als Übersetzer dienen."
Ein kleines Beiboot wurde zu Wasser gelassen und vier Männer brachten den Übersetzer zum *Sturmreiter* hinüber. Die Männer des Jarls halfen ihm an Deck.
Vor dem Jarl deutete er eine knappe Verbeugung an.
„Ich bin Thanos, Offizier der kaiserlichen Flotte. Der Vizeadmiral befiehlt, dass ihr die Anker lichtet und uns folgt. Wir werden euch direkt in die Häfen Konstantinopels bringen. Dort wird dann der Kaiser über euer Schicksal entscheiden."
Thanos sah, wie die großen, harten Gestalten ihn argwöhnisch musterten. Jarl Olaf trat noch einen Schritt näher und ließ den kleinen Griechen nicht aus den Augen. Er ging hier ein großes Risiko ein und wusste nicht, ob er der byzantinischen Marine trauen konnte. Deshalb beschloss er, auf der Hut zu sein.
„Lass dich vom Beiboot zum *Wellenjäger* übersetzen. Das ist das prächtige Schiff direkt vor uns. Dort wird dein Platz sein. Und denk immer daran: Wenn dein Vizeadmiral ein falsches Spiel spielt, trifft es dich als ersten."
Das Beiboot brachte Thanos zum Schiff und Hjalmar half ihm an Bord. Die großen Dromoden setzten sich in Bewegung und die Nordmänner folgten in ihrem Kielwasser. Sie durchfuhren den Bosporus, eine Meerenge zwischen dem Schwarzen Meer und dem Marmarameer, die

an ihrer engsten Stelle noch immer gute siebenhundert Schritte breit war. An einer Stelle drückte der Nordwind das Boot gefährlich an die Küste. Doch der Jarl rief mit ruhiger Stimme seine Kommandos und die Ruderleute führten das Ruder mit großer Erfahrung. Die Seetüchtigkeit ihrer Drachenboote brachte ihnen neidvolle Blicke der byzantinischen Soldaten ein.
Endlich drehte der Wind und füllte ihre knatternden Segel. Die Männer zogen die Riemen ein und streckten ihre müden Glieder. In ruhigem Tempo glitten sie dahin. Ihre Augen suchten immer wieder neugierig das Ufer ab, doch es gab nur wenig zu sehen. Dann erhob sich vor ihnen eine langgezogene Mauer. Sie war so gewaltig, dass die Männer vor Staunen den Mund nicht mehr zubekamen. Turm reihte sich an Turm. Folke versuchte sie zu zählen, doch bei zwanzig gab er auf.
Hinter ihm schüttelte Ivar den Kopf.
„Hört diese Mauer denn niemals auf?“
Noch immer zog sich die zinnengekrönte, von Befestigungstürmen unterbrochene Mauer endlos dahin.
Ihr Übersetzer wies zum Horizont. „Dort hinten biegt die Seemauer nach Westen ab. Dahinter liegt das Goldene Horn, eine lange, schmale Bucht, die den Hafen von Konstantinopel bildet.“
Er deutete auf die Türme, während sein Gesicht vor Stolz glühte.
„Die Seemauer hat einhundertachtundachtzig Türme. Man braucht zwei Stunden, um zu Fuß bis an ihr Ende zu gelangen.“
Die Nordmänner schwiegen. Sie hatten nur Augen für dieses unvergleichliche Bauwerk.
„Das glaubt uns zu Hause kein Mensch“, stieß Folke hervor.
Je näher sie kamen, desto gewaltiger erschien ihnen die Mauer. Ziegelreihen säumten die Zinnen, zwischen denen jetzt die Köpfe der Soldaten auszumachen waren.
Harald hatte beide Hände aufs Ruderblatt gelegt. „Sie haben starke Mauern und eine große Zahl an Soldaten“, murmelte er.
Thoralf nickte. Er hatte versucht, die Köpfe der Soldaten zwischen den Zinnen zu zählen, doch es waren einfach zu viele.
Sie rollten die Segel ein und legten den Mast um. Nur mittschiffs ruderten noch einige Männer. So glitten ihre Boote langsam an der Seemauer entlang. Plötzlich drehten die Dromonen bei.
Thoralf sah Thanos fragend an.
„Dort vorn ist ein Tor in der Mauer. Dahinter liegt ein Hafen, der für die Dromonen aber viel zu klein ist. Eure Drachenboote hingegen können hindurchfahren und dort anlegen.“
Vor dem Tor standen zwei Wachen und winkten sie hinein. Einige von ihnen verzogen das Gesicht und riefen etwas zu ihnen hinüber.

Thanos beeilte sich, für sie zu übersetzen.
„Sie fragen, was das für ein Gestank ist, der eure Schiffe begleitet."
Folke grinste breit und zeigte auf Thoralf, als wäre das Erklärung genug. Dieser schüttelte den Kopf, hatte aber Mühe, bei dieser Frechheit ein Grinsen zu unterdrücken.
„Das ist das Segel", erklärte er.
„Es ist mit Hammelfett, Wachs und Lebertran eingerieben worden."
Die Wachen lauschten der Übersetzung und schüttelten sich vor Ekel.
„Warum macht ihr sowas? Das stinkt ja fürchterlich."
„Ja, aber man gewöhnt sich daran", gab Thoralf zu.
Folke kam einen Schritt dichter.
„Und es zieht die Fliegen an", ergänzte dieser, während er sich bemühte, nicht in schallendes Gelächter auszubrechen.
„Das Segel hält so den Wind besser und macht uns schneller", erklärte Thoralf.
Die beiden Soldaten blickten misstrauisch, ließen es dann aber gut sein. Die Dromonen blieben hinter ihnen zurück. Hinter dem Tor erstreckte sich ein schmaler Uferstreifen, von dem eine gemauerte Anlegestelle ins Wasser ragte. Nur ein kleines Ruderboot schaukelte an der Mole. Die Nordmänner legten mit ihren Schiffen nacheinander an und sprangen an Land.
Dort sahen sie sich neugierig um. Während ihnen auf dem Meer ein leichter Wind Abkühlung gebracht hatte, stand hier die Luft und sie schwitzten furchtbar. Sie brauchten andere Kleidung, soviel stand fest. Mit großen Schritten eilte ein prunkvoll gekleideter Offizier auf sie zu, der ein Wachkommando anführte. Thanos ging ihm entgegen und sie wechselten einige Worte, von denen die Nordmänner nicht das Geringste verstanden. Gleich darauf wandte Thanos sich zu ihnen um.
„Der Kaiser heißt euch in Konstantinopel willkommen. Ihr seid nicht die ersten Wikinger, die in seinen Dienst treten wollen. Ein Soldat der Wache wird euch gleich in eure Unterkunft bringen, damit ihr euch von eurer langen Reise erholen könnt."
Er deutete eine Verbeugung an.
„Ich selbst werde euch weiterhin als Übersetzer zur Verfügung stehen. Schon bald wird man euch auch zum Kaiser vorlassen."
Die Nordmänner nickten zufrieden.
„Allerdings müsst ihr eure Waffen abgeben. Keinem Nordmann ist es gestattet, innerhalb der Hauptstadt ein Schwert zu tragen."
Die Gesichter der Männer verfinsterten sich. Auch Jarl Olafs Blick wurde stechend.
Thanos hob beruhigend die Hände.
„Ihr braucht innerhalb der Stadt keine Waffen. Es gibt zahlreiche

Wachen, die die Ordnung aufrechterhalten. Und vielleicht gehört ihr ja schon bald zur Warägergarde des Kaisers. Dann tragt ihr all eure Waffen und dazu noch kostbare Uniformen und Mäntel. Aber bis es soweit ist, dürft ihr nur in Gruppen, nicht stärker als fünfzig Mann, durch die Straßen ziehen. Dieser Vertrag wurde zwischen unserem Kaiser und dem Fürst von Kiew geschlossen. Er besagt, dass ihr mit euren Schiffen bis in die Häfen von Konstantinopel fahren dürft und während eures Aufenthaltes hier von allen Abgaben befreit seid. Sollte euch der Kaiser in seinen Dienst nehmen, gelten diese Beschränkungen nicht mehr. Andernfalls dürft ihr euch nur sechs Monate in Konstantinopel aufhalten. Dafür könnt ihr auf den Märkten einkaufen und unsere Bäder benutzen. Wenn ihr eure Rückreise antretet, erhaltet ihr alles nötige Material wie Segel, Tauwerk oder Riemen aus den kaiserlichen Werften."

Der Jarl nickte seinen Männern zu. Diese griffen nach ihren Gürteln, um die Schwerter abzulegen. Kaiserliche Wachen legten die Waffen auf einen Karren, der mit Decken ausgelegt war. Brondolf nahm seinen Bogen in die Hand und packte ihn vorsichtig dazu.

„Wo werden unsere Waffen hingebracht?", fragte er Thanos.

Dieser deutete auf eine große Halle, im hinteren Bereich des Hafens.

„Ihr erhaltet ein Schreiben, das ihr vorlegt, sobald ihr die Hauptstadt verlasst. Dann werden euch die Waffen wieder ausgehändigt."

Die Wachen warteten ungeduldig darauf, dass die Nordmänner ihnen wieder ihre Aufmerksamkeit zuwandten. Dann gingen sie in Richtung der Unterkünfte voran. Die Nordmänner luden sich ihre Seekisten auf die Schulter und folgten ihnen. Einige griffen immer wieder verstohlen zu ihrem Gürtel, an dem das vertraute Gewicht ihres Schwertes fehlte. Sie liefen einige enge Gassen entlang und verharrten kurz, als sich vor ihnen ein Blick auf riesige Fischmärkte und Warenlager bot. Langsam bekamen die Männer eine Vorstellung von den gewaltigen Ausmaßen dieser Stadt. Vor einem großen Tor blieben sie stehen. Thanos führte sie an zwei Wachen vorbei und betrat ein weitläufiges Areal, auf dem sich mehrere Gebäude erhoben. Er deutete auf ein Schuppen am Ende des Platzes.

„Dort bezieht ihr euer Quartier. Jedem Mann wird ein Feldbett zur Verfügung gestellt. Die Unterkunft ist nichts Besonderes, aber wenigstens ist sie sauber. Sollte euch etwas fehlen, sagt es mir und ich kümmere mich darum. Seht euch in Ruhe um. Später werden Bedienstete des Kaisers Speisen und Getränke vorbeibringen. Ihr seht, wir kümmern uns um unsere Gäste."

Jarl Olaf strich sich durch den Bart. „Das lässt sich fürwahr gut an. Was sind das für Gebäude, die dort vorne stehen?"

Thanos winkte ab. „Das waren mal Unterkünfte für Offiziere. Sie werden nun aber nur noch für besondere Gäste genutzt. Ihr findet hier auch Lagerräume, Getreidespeicher, einen Stall und auch einen Truppenübungsplatz."
Der Jarl nickte.
„Wann sehen wir dich wieder?"
Thanos deutete eine Verbeugung an.
„Ich werde bereits morgen Vormittag wieder zu euch stoßen. Vielleicht bringe ich dann schon Neuigkeiten mit, wann ihr mit einer Audienz beim Kaiser oder einem seiner hohen Beamten rechnen könnt. Auf jeden Fall zeige ich euch morgen ein wenig die Stadt und auch einige Vorzüge, die sie zu bieten hat."
Dabei deutete er ein Schmunzeln an.
„Die vielen Kirchen und Priester mögen anfangs ungewohnt auf euch wirken. Aber Konstantinopel hat sehr viel mehr zu bieten als Religion. Ihr wäret nicht die ersten Nordmänner, die nach einiger Zeit Gefahr laufen, ihre Heimat zu vergessen."
Sie verabschiedeten sich und bezogen ihr Quartier. Nachdem sie ihre Seekisten untergestellt hatten, verbrachten sie die nächsten Stunden damit, sich die Umgebung anzusehen. Am besten gefiel ihnen der langgestreckte Garten, der sich hinter ihrer Unterkunft befand.
„Ich könnte etwas zu Essen vertragen", rief Ivar, während er sich über den Bauch strich. Er hatte es sich auf einer Bank unter einem großen Baum bequem gemacht. In der Ferne konnte er das Meer sehen, auf dem sich das Sonnenlicht spiegelte.
Wenig später erblickten sie sechs Bedienstete, die kleine Wägelchen hinter sich herzogen. Darauf standen Töpfe mit Fleisch, Kohl und Brot nebeneinander. Doch die größte Aufmerksamkeit zogen die kleinen Fässer auf sich, die sofort von Östen, Gunne und Folke umlagert wurden.
Ein Diener füllte ihnen Becher mit Wein. Erst roch Folke nur misstrauisch daran, doch dann nahm er einen Schluck und schloss genießerisch die Augen. Er stürzte den Wein in einem Zug hinunter und leckte sich über die Lippen. Während er dem Diener erneut den Becher hinhielt, tauschte er einen Blick mit seinen Kameraden. Von diesem Moment an gab es kein Halten mehr. Ein feuchtfröhliches Gelage begann und die Diener hatten alle Hände voll zu tun, für ausreichend Nachschub zu sorgen.
Der Jarl hielt irgendwann seinen Becher in die Höhe, woraufhin seine Gefolgsleute sich ihm erwartungsvoll zuwandten.
„Es war eine gefahrvolle Reise, doch wir haben es geschafft. Heute gedenken wir den Männern, denen das Schicksal nicht gewogen war.

Niemand kann seinem Wyrd entkommen. Doch schon morgen beginnt für uns die Erfüllung unseres Traums. Mögen die Götter auch weiterhin über uns wachen."
Sie prosteten sich zu und machten sich über die Fleischberge her. Es war ein Festmahl. Der vollmundige Wein und der blutige Saft des Fleisches liefen ihnen abwechselnd durch die Bärte. Immer wieder versicherten die Männer einander, dass sie niemals besseren Wein getrunken hätten. Sie schlugen sich gegenseitig auf die Schultern und umarmten sich. Andere veranstalteten Ringkämpfe und wurden dabei lautstark von ihren Kameraden angefeuert. Nur wenig später lagen sich Sieger und Besiegte in den Armen und schworen einander ewige Treue.
Thoralf hatte großen Spaß an diesem Gelage. In den vergangenen Monaten hatte er schwer an seiner Verantwortung getragen. Als Schiffsführer musste er seinen Männern ein Vorbild sein, egal wie unsicher er in manchen Situationen war. Nun fiel die ganze Anspannung von ihm ab. Er hatte sich bewährt. Und sie alle hatten gemeinsam das beinahe Unmögliche geschafft. Mitten in diese Gedanken glitt Jarl Olaf neben ihm auf die Bank. Er drückte Thoralf einen Becher Wein in die Hand und sie stießen so heftig an, dass ein guter Teil überschwappte und den Tisch benetzte. Dabei lachten sie und leerten ihre Becher.
„Mit Männern wie dir würde ich bis ans Ende der Welt segeln, Thoralf. Wir haben uns allen Gefahren gestellt und Odin wird uns für unseren Mut belohnen."
Thoralf strich sich durchs Gesicht, denn der schwere Wein benebelte langsam seine Sinne. Er wollte etwas erwidern, doch es fiel ihm schwer seine Gedanken in Worte zu fassen. Noch bevor er antworten konnte, baute sich der dritte Schiffsführer, ein alter Recke namens Hasten, schwankend vor ihm auf.
„Thoralf, du bist jung an Jahren, aber du lernst schnell. Lass uns miteinander ringen, dann zeige ich dir einiges, was du noch nicht kannst."
Die letzten Worte klangen undeutlich, aber Thoralf nahm die Herausforderung an. Er knallte den Becher auf den Tisch. Während er sich schwankend erhob, brach Hasten in die Knie und übergab sich lautstark. Dann rollte er sich auf die Seite und fing laut zu schnarchen an. Der Jarl kippte vor Lachen fast von der Bank, während Thoralf den alten Schiffsführer ungläubig betrachtete.
Es wurde ein rauschendes Fest, das bis in den Morgen andauerte.

Gegen Mittag erhoben sich die Nordmänner widerwillig. Der starke Wein hatte ihre Köpfe berauscht und mit einem Nebel belegt, der einfach nicht weichen wollte. Thanos sah sich dieses Schauspiel eine ganze Weile an und amüsierte sich köstlich. Er konnte nicht verstehen, dass sich die Nordmänner so gehen ließen. In seinen Augen war der Abend ein hemmungsloses Besäufnis gewesen, das nur ein Ziel hatte: Schnell betrunken zu werden. Bei dem Gedanken, diesen Barbaren als Verbindungsoffizier und Übersetzer in den Kampf zu folgen, stellten sich ihm die Nackenhaare auf. Doch wenn der Kaiser es befahl, musste er Folge leisten.

Dann blickte er Thoralf an, der mühsam die Augen aufriss.

„Guten Morgen, Thoralf", begrüßte er ihn.

„Nicht so laut, verdammt. Du weckst ja Tote auf."

Thanos hatte Mühe, sich ein boshaftes Grinsen zu verkneifen.

„Teile deinen Kameraden mit, dass sie sich frisch machen sollen. Außerdem haben die Diener neue Kleider für sie bereitgelegt. Wenn wir nachher durch die Straßen von Konstantinopel laufen, sollen sich die Vornehmen dieser Stadt bei eurem Anblick nicht ängstigen."

Thoralf deutete ein Nicken an und steckte seinen Kopf in einen Eimer mit eiskaltem Wasser. Als er prustend wieder auftauchte, war sein Blick merklich klarer geworden. Nun wuschen sich auch die anderen Krieger und zogen die neue Kleidung an. Sofort hellten sich ihre Gesichter auf. Die Stoffe waren leicht und lagen angenehm auf der Haut. Thoralf strich immer wieder über das Tuch, das sich so viel weicher anfühlte als sein grobes wollenes Hemd. Bestimmt war es so einfacher, der ungewohnten Hitze zu trotzen.

„Folgt mir!", rief Thanos. „Jetzt ist ein guter Zeitpunkt, euch mit den Freuden der Zivilisation bekannt zu machen. Wir werden in ein Badehaus einkehren. Ein Genuss, den ihr nie mehr missen wollt, wenn ihr ihn erst einmal erfahren habt."

Die Nordmänner tauschten ratlose Blicke aus. Wofür sollte das gut sein? Trotzdem folgten sie Thanos durch das Gewirr der Straßen. Unzählige Menschen drängten sich durch die Gassen. Doch beim Anblick der hochgewachsenen Nordmänner machten sie ihnen eilig Platz. Es war so, als würde der Bug eines Schiffes das Meer teilen. Der Lärmpegel war ohrenbetäubend. Unzählige Sprachen waren zu hören. Thoralf schmerzte bald der Kopf von dem Geschnatter.

Vor einem Gebäude mit hohen Säulen blieben sie stehen. Thanos führte sie einige Stufen hinauf. Dann betraten sie einen großen Raum. Halbnackte Gestalten kamen ihnen entgegen und verschwanden, ins Gespräch vertieft, in weiter hinten liegenden Räumen.

Thanos führte sie tiefer in das Haus hinein und ließ sie ihre Kleidung ablegen. Erst zögerten sie. Doch dann folgten sie dem Beispiel ihres Jarls. Überall lagen Tücher bereit und jeder wickelte sich eines davon um die Hüften. Bedienstete führten sie zu Duschen, wo ihnen heißes

Wasser in Schüben über den Kopf gekippt wurde. Außerdem wurden ihnen duftende Öle gereicht, an denen sie vorsichtig schnupperten. Dann betraten sie das Innere des Baderaumes, durch den dichte Dampfschwaden zogen. Vorsichtig tastete Thoralf sich mit den Füßen bis zum Rand eines Wasserbeckens vor. Dann glitt er ins Wasser und tauchte den Kopf unter. Die Hitze hüllte ihn ein und streichelte seinen geschundenen Körper.
Prustend tauchte Folke neben ihm auf.
„Denk nur an unsere eiskalten Winter in Götaland. Ich weiß noch, wie erbärmlich wir gefroren haben, als wir auf Wolfsjagd gingen."
Dabei grinste er zufrieden.
„Zu Hause haben wir jede Woche ein Dampfbad genommen, um unsere durchgefrorenen Körper aufzuwärmen. Aber das lässt sich mit diesem Vergnügen hier nicht vergleichen."
Neben ihnen ließ sich Ivar vorsichtig ins heiße Wasser sinken. Ein verklärtes Lächeln lag auf seinem Gesicht, als sich die wohlige Wärme in seinem Körper ausbreitete. Ganz langsam tauchte er immer tiefer hinab, bis ihm das Wasser bis zum Bart reichte.
„Jetzt jage ich meine Läuse nach oben", sagte er grinsend und sank noch ein Stück tiefer.
Tatsächlich konnte Folke zusehen, wie aus Ivars blondem Bart einige Läuse nach oben krabbelten, um dem drohenden Wasser zu entgehen. Dann tauchte Ivar eine ganze Weile unter und fuhr sich rubbelnd durchs Haar. Jetzt sprangen weitere von ihren Gefährten ins Becken. Von allen Seiten spritzte Wasser umher. Die Wärme entspannte ihre Muskeln und ließ sie träge werden.
Endlich tauchte Ivar prustend wieder auf.
„Das werde ich ab sofort jeden Tag machen", verkündete er feierlich, während er seine breiten Schultern kreisen ließ.
„Wirklich?", erwiderte Thoralf lachend. „Sonst badest du im langen Winter höchstens zwei Mal."
Ivar grinste und streckte ertappt die Arme aus. Thanos tauchte aus dem Wasserdampf am Rand des Beckens auf. Er zwinkerte Thoralf zu.
„Ihr kennt noch nicht alle Freuden dieses Hauses."
Dabei zeigte er auffordernd zu einigen kleinen Kammern hinüber, die mit weißen Tüchern vom Badebereich abgetrennt waren.
„Nur Mut, ihr werdet es nicht bereuen."
Thoralf musterte Thanos. Dann riss er ihm mit der rechten Hand ansatzlos die Beine weg. Thanos verzog erschrocken das Gesicht, während er wild rudernd, jedoch ohne einen Laut auszustoßen, ins Becken stürzte. Das Lachen der Nordmänner drang dröhnend durch die ganze Halle. Mit erbostem Gesicht kam er wieder an die Oberfläche

und schnappte nach Luft.
Thoralf lächelte ihn freundlich an.
„An Mut fehlt es uns nicht, kleiner Mann. Wenn es wirklich der Wunsch des Kaisers ist, dass du uns in die Schlacht folgst, müssen wir noch viel über dich erfahren. Denn wir Nordmänner sollen unser Leben für dich geben. Dafür müssen wir dir erst einmal vertrauen. Ansonsten hebt niemand von uns Schild oder Schwert für dich."
Thanos wischte sich Wasser aus dem Gesicht. Allein bei dem Gedanken brach ihm der Schweiß aus. Doch er hatte schon häufiger mit Nordmännern zu tun gehabt und verstand ihre direkte Art.
Ivar ergänzte schmunzelnd.
„Wir wissen jetzt, dass du nicht wie ein Weib schreist, wenn du überrascht wirst. Nachtragend scheinst du auch nicht zu sein. Damit bist du uns in zwei wichtigen Punkten ein besserer Gefährte als Folke es jemals..."
Er hatte den Satz noch nicht beendet, als Folke ihm mit einem lauten Schrei in den Rücken sprang und unter Wasser drückte. Während die beiden miteinander rangen, beschloss Thoralf dem Rat des Griechen zu folgen. Also nickte er Thanos wohlwollend zu und erhob sich aus dem Wasser. Dann ging er zu einer der Kammern hinüber. Ein kräftiger Grieche erwartete ihn und deutete auf eine Liege. Thoralfs erster Impuls war es zurückzuweichen. Der Mann war stark behaart und stand mit freiem Oberkörper vor ihm. Nach Thanos'
Andeutung hatte Thoralf auf eine andere Art der Zerstreuung gehofft. Was würde dieser kräftige Kerl mit ihm anstellen? Er wollte sich aber auch nicht die Blöße geben und einen Rückzieher machen. Sonst riskierte er, dass seine Männer sich über ihn lustig machten. Schließlich war er ihr Schiffsführer und wollte ein Vorbild für sie sein. Also legte er sich auf die Liege und wartete gespannt.
Der Grieche ließ warmes Öl auf seinen Rücken fließen und begann, ihn mit kräftigen Griffen zu massieren. Anfangs erschien es Thoralf merkwürdig, von einem fremden Mann berührt zu werden. Aber schnell stellte er fest, dass dieser sein Handwerk verstand. Und so überließ er sich der wohltuenden Prozedur. Seine verspannten Muskeln lockerten sich langsam. Irgendwann musste er eingeschlafen sein. Ein leichtes Räuspern drang an sein Ohr. Träge hob er den Kopf und blickte in ein Gesicht mit mandelförmigen dunklen Augen, das von schwarzen Locken umrahmt war. Er rappelte sich auf und sah ein hübsches Mädchen, das noch einen weiteren Schritt auf ihn zutrat.
„Bist du Thoralf?"
Er nickte matt.
„Mein Herr hat mich dir zugeteilt. Ich bin Kalomira und werde dir

deinen Aufenthalt versüßen, solange du unser Gast bist."
Sie begann seine Schultern zu massieren.
Thoralf sah sie erstaunt an.
„Kalomira?", fragte er nach.
Sie nickte, erfreut darüber, dass er ihren Namen richtig verstanden hatte. „In deiner Sprache bedeutet mein Name so viel wie *die Schöne*."
„Der Name passt zu dir", murmelte er und sie lächelte.
„Woher sprichst du unsere Sprache so gut?"
Kalomira verstärkte den Druck auf einen Punkt zwischen seinen Schulterblättern und wurde mit einem zufriedenen Brummen belohnt.
„Ich wurde als junges Mädchen aus meinem Dorf in Syrien geraubt und diente dann mehreren Herren. Einer davon war ein Nordmann, der mich drei Jahre lang bei sich behielt. Als er starb, landete ich auf dem größten Sklavenmarkt in Konstantinopel. Mein jetziger Herr kaufte mich und gab mir zu Essen und eine Unterkunft. Seitdem arbeite ich hier."
Thoralf wollte eine weitere Frage stellen, doch Kalomira legte ihm einen Finger auf die Lippen und zog ihm dabei das Handtuch weg.
Einen Moment lang sah er sie reglos an. Dann ließ sie mit einer geschmeidigen Bewegung auch ihr Tuch fallen und genoss es, seinen Blick auf ihrem Körper zu spüren. Sie verteilte etwas von dem warmen Öl auf ihm und setzte sich auf seinen Bauch. Thoralf schloss genießerisch die Augen. So etwas hatte er noch nie erlebt. Es fühlte sich wunderbar an. Kalomira nutze nun ihren gesamten Körper, um ihn zu massieren. Ihre üppigen Brüste fühlten sich weich auf seiner Haut an und es dauerte nicht lange, bis die Massage Wirkung zeigte. Kalomira griff nach seinem Glied und massierte es mit geübten Bewegungen. Thoralf hielt es nicht länger auf Liege. Er richtete sich auf und griff gierig nach ihr.
Sie vergnügten sich miteinander und Thoralf konnte hören, dass es seine Kameraden in den anderen Kammern ähnlich hielten. Später badeten sie gemeinsam, bevor sie sich in den dichten Nebelschwaden erneut dem Liebesspiel hingaben. Die Stunden vergingen wie im Rausch. Kurz fragte er sich, ob ihn nach seinem Tod in Walhall ähnliche Freuden erwarten würden. Erschöpft schlief er ein.
Irgendwann wich der süße Dämmerzustand und Thoralf fand in die Wirklichkeit zurück. Er trat aus der Tür und stieß mit einem weiteren Gast zusammen, der in Begleitung einer Sklavin soeben versuchte, die Kammer zu betreten.
„Scher dich weg, du Tölpel", stieß der drahtige Mann erzürnt hervor. Thoralf verstand die Worte nicht, wohl aber den drohenden Tonfall. Er richtete sich zu seiner vollen Größe auf und sah die Angst in den Augen

seines Gegenübers aufblitzen, der nun registrierte, mit wem er hier Streit suchte. Nervös drehte dieser sich um. Hinter ihm folgte ein Begleiter, der wohl als sein Leibwächter diente. Sofort drängte sich der Gefolgsmann an seinem Herrn vorbei und legte Thoralf eine Hand auf die Schulter, um ihn wegzuschieben.
Thoralf schüttelte die Hand ab und stieß ihm das Knie zwischen die Beine. Der Kerl verdrehte die Augen und ging zu Boden. Dann wandte er sich dem drahtigen Mann zu, der um die vierzig Jahre alt sein mochte. Sein schwarzes, pomadiges Haar fiel ihm bis zu den Augenbrauen. Das scharf geschnittene Gesicht und die hervorstechende Nase verliehen ihm die Anmutung eines Raubvogels. Das Handtuch um seine Hüften begann zu rutschen, und plötzlich hatte er alle Hände voll zu tun, seine Blöße zu bedecken. Dabei hüpfte sein Adamsapfel aufgeregt auf und ab. Er streifte seinen Diener mit einem flüchtigen Blick, erkannte jedoch schnell, dass er von diesem keine Hilfe mehr zu erwarten hatte.
Er hielt Thoralf seinen knochigen Zeigefinger vors Gesicht.
„Dafür wirst du bezahlen. Das schwöre ich dir."
Wieder hatte Thoralf keine Mühe, den Sinn der Worte zu erahnen. Kurz überlegte er, diesen eitlen Pfau für seine hochnäsige Art zu bestrafen und ein wenig durchzuschütteln. Doch dann verzog er spöttisch die Mundwinkel, musterte kurz die hübsche Sklavin und ging einfach weiter. Er hatte nicht vor, sich seine gute Laune verderben zu lassen. Schon bald hatte er den Mann wieder vergessen.
Vor dem Gebäude traf er wieder auf seine Kameraden.
„Allein dieses Erlebnis war die Reise wert", behauptete Folke und nicht einer seiner Gefährten widersprach. Mit Thanos an der Spitze überquerten sie ein paar große Plätze, die mit baumhohen Säulen geschmückt waren. Auf manchen davon standen übermannshohe bronzene Statuen.
Thoralf sah Thanos fragend an.
„Das sind alles römische Kaiser, die hier mal geherrscht haben", verriet dieser ihm. „Bei uns gelten sie als Vorbilder für unsere jetzigen byzantinischen Kaiser und wir hoffen, dass die guten alten Zeiten andauern werden, wenn wir ihr Beispiel in Ehren halten."
Dann zogen weitere kunstvoll gearbeitete Säulen ihre Aufmerksamkeit auf sich. Torge stieß einen verblüfften Laut aus. In eine dieser Säulen waren Kriegerfiguren gemeißelt. Sie trugen einen Rock anstelle einer Hose und einen Helmbusch als Zier, was ihnen ein fremdartiges Aussehen verlieh.
„Römische Legionäre", erklärte ihnen der Grieche. „Diese Säulen sind Siegessäulen, die römische Kaiser in Auftrag gegeben haben. So geraten ihre Erfolge auf dem Schlachtfeld niemals in Vergessenheit."

Die Nordmänner liefen weiter und nahmen die Vielzahl an Eindrücken auf. Ein riesiger Platz öffnete sich vor ihnen.
„Dieses Areal wird „Platz des Stieres" genannt", erklärte Thanos ihnen. „Es ist der Hauptplatz der Stadt und er wird von einem riesigen Triumphbogen geschmückt."
Die Männer hatten die Köpfe in den Nacken gelegt, um sich das von Menschenhand erschaffene Kunstwerk anzusehen. Immer wieder schüttelten sie ungläubig die Köpfe.
Dabei mussten sie aufpassen, denn auf den Straßen herrschte ein unglaubliches Gedränge. Auf den gepflasterten Straßen brüllten die Ochsentreiber, wenn ihre Wagen im Gewühl der schwer bepackten Esel und Maultiere stecken blieben. Dazwischen hallten die Rufe der bunt gekleideten herrschaftlichen Diener, die mit Stöcken den Weg für die Sänfte eines hohen Beamten freiprügelten.
Folke riss Ivar am Ärmel zurück und deutete auf ein Haus, das sich in fünf Stockwerken in den Himmel erhob. Es verfügte nur über winzige Fenster. Ungewaschene Kinder strömten lärmend hinaus, während ein penetranter Gestank aus den Türöffnungen drang.
Thanos raunte ihm zu:
„Es gibt sogar Häuser, die acht Stockwerke hoch sind. Das sind alles Mietshäuser. Hier wohnen die Armen. Je höher die Häuser, umso kleiner sind die Zimmer."
Thoralf zog Folke mit sich fort, der noch immer das Mietshaus anstarrte. „Warum leben Menschen freiwillig in solch riesigen Städten?", fragte Folke verständnislos.
Thanos lächelte matt.
„Es gibt hier jede Menge Arbeit – und natürlich die besten Bordelle."
Jetzt grinsten die Nordmänner.
Thoralf zeigte auf das in der Ferne glitzernde Wasser.
„Wie nennt ihr das Meer, das wir dort sehen?"
„Das ist das Marmara-Meer. Auch dort gibt es Häfen der kaiserlichen Marine. An seinem Ufer endet die Landmauer und geht in die Seemauer über. Allein die Landmauer ist mehrere Meilen lang."
Sie liefen weiter und standen bald auf einem hölzernen Steg, der über einen Wassergraben führte.
Thanos erklärte: „Wenn die Stadt belagert wird, werden zuerst diese Holzstege zerstört. Dann haben die Angreifer den Wassergraben vor sich. Er ist mehr als zwanzig Schritte breit."
Nachdem sie den Steg überschritten hatten, standen sie auf einem breiten Weg, direkt vor einer zinnengekrönten Außenmauer. In kurzen Abständen schoben sich schmale, halbrunde Wehrtürme vor.
„Seht ihr diese Außenmauer? Sie ist so hoch wie fünf ausgewachsene

Männer. Die Innenmauer ist noch eine gute Mannslänge höher. Der Raum dazwischen ist mit Erde gefüllt. Dort oben könnte man mit einem Pferdewagen entlangfahren."
Er sah die ungläubigen Blicke und hob die Hand in die Höhe.
„Doch nur Soldaten dürfen den Wehrgang betreten. Alle anderen landen im Gefängnis. Dies ist das wichtigste Bollwerk der Stadt. Zweimal haben die Araber Konstantinopel bereits belagert. Einmal sogar ein ganzes Jahr lang. Aber diese Mauern sind uneinnehmbar. Die Angreifer mussten abziehen, ohne auch nur den geringsten Erfolg erzielt zu haben."
Er wies auf einen schmalen Weg und sie schwenkten gehorsam ein.
„Gleich sind wir am Goldenen Tor, dem schönsten Stadttor Konstantinopels."
Bald erhob sich vor ihnen ein riesiger, dreiteiliger Triumphbogen mit wuchtigen Ecktürmen. Verblüfft betrachteten sie die vier Figuren aus Bronze, die vor dem Tor aufgestellt waren. Es handelte sich um plumpe Tiere mit gewaltigen, herunterhängenden Ohren und einem Rüssel, der bis zum Boden reichte.
„Elefanten", rief der Grieche.
„Die Römer haben sie aus Afrika mitgebracht und als Transporttiere benutzt. Sie mussten auch in den Arenen gegeneinander kämpfen. Manchmal trampelten sie auch Verbrecher zu Tode. Was für ein Schauspiel! Das waren Kämpfe, von denen die Zuschauer noch lange geschwärmt haben."
Voller Stolz wandte Ivar sich ihm zu.
„Ich habe in Kiew mal ein Bild von einem Löwen gesehen. Es war ein riesiger Körper mit weit aufgerissenem Maul."
Der Berater gähnte gelangweilt.
„Das ist ja faszinierend. Bitte erzähle mir alles darüber."
Thoralf runzelte die Stirn. Er konnte nicht verstehen, dass Menschen diesen Bestien zum Vergnügen der Zuschauer unbewaffnet entgegentreten mussten.
„Aber uns nennt ihr Barbaren?"
Statt einer Antwort zwinkerte Thanos ihm zu und sie setzten ihren Weg fort. Folke zog ihn plötzlich am Gewand und zeigte auf zwei endlose Bogenreihen, die sich durch die ganze Stadt zogen.
„Ist das eine Brücke?", fragte er zweifelnd.
„Nein", der Grieche schüttelte den Kopf.
„Dieses Bauwerk dient dazu, Wasser in die Hauptstadt zu leiten."
Das überstieg Folkes Vorstellungsvermögen.
„Was macht ihr mit so viel Wasser?"
„Es gibt keine Quelle innerhalb der Stadt. Stattdessen kommt es über

solche Aquädukte aus den Hügeln der Umgebung. Hier in der Stadt wird es dann auf vierzehn Zisternen verteilt. Selbst wenn Belagerer die Wasserleitung außerhalb der Stadtmauern zerstört, hat Konstantinopel Wasser für Jahre gespeichert. Einige dieser Zisternen liegen unter der Erde. Es sind unterirdische Säulenhallen, größer als die gewaltige Empfangshalle des Kaisers. Bis zur Decke sind sie mit Wasser gefüllt und speisen die ganze Stadt. Obwohl die Bauten aus der Zeit der Römer stammen, funktionieren sie alle noch."

Folke kratzte sich nachdenklich am Kopf. In ihrer Heimat standen die Brunnen neben den Häusern. Es waren einfache, in den Boden gegrabene Schächte. Die Öffnung war so gut es ging mit Brettern verkleidet, damit keine Erde ins Wasser fiel, wenn Eimer und Seil am Rand scheuerten. Dass die Griechen steinerne Brücken und unterirdische Paläste für ihr Wasser bauten, würde ihm zuhause niemand glauben.

Irgendwann hatte Thanos sie auf Umwegen wieder zu ihrer Unterkunft gebracht. Die Nordmänner waren schweigsam geworden. Es gab viel, worüber es sich nachzudenken lohnte. Was sie heute mit eigenen Augen gesehen hatten, hätten sie gestern noch für eine gut gesponnene Geschichte gehalten.

„Am morgigen Tag bereiten wir euch auf eure baldige Audienz im Palast vor", eröffnete ihnen Thanos zum Abschied.

Die Nordmänner sahen ihn fragend an.

„Was genau bedeuten deine Worte?", fragte Thoralf.

„Sie bedeuten, dass ihr morgen erneut baden werdet. Dann werden euch Diener die Haare schneiden und die Bärte stutzen. Sie werden euch die letzten Läuse aus dem Bart kämmen und darauf achten, dass eure Kleidung vorzeigbar ist."

Hjalmar und Gunne hatten die Augenbrauen in die Höhe gezogen. Auch Folke sah nur mäßig begeistert aus.

„Was gibt es an meinen Haaren auszusetzen? Und warum schon wieder baden? So oft wie hier habe ich in den letzten drei Jahren nicht gebadet. Und da zähle ich einen unfreiwilligen Sturz aus dem Boot in die Wolga schon dazu. Ich fühle mich bereits, als hätte ich Schwimmhäute zwischen den Fingern."

Einige seiner Kameraden brummten zustimmend, doch der Jarl erstickte die Wortmeldungen mit erhobener Hand.

„Wenn das der Wunsch unseres neuen Dienstherrn ist, so werden wir ihm nachkommen."

Er murmelte dem Griechen einige Worte ins Ohr. Noch am selben Abend wurden Kisten gebracht, in denen in Decken gehüllte Übungsschwerter aus Holz sowie Schilde lagen.

Im Dienst des Kaisers

Als Thanos die Nordmänner am nächsten Tag aufsuchte, lag der Klang aufeinandertreffender Holzschwerter in der Luft. Zwischendurch brandeten immer wieder kehlige Anfeuerungsrufe auf. Er lief durch die langen Flure und betrat schließlich den riesigen Garten.
Bedienstete hatten den Männern bereits Haare und Bart gestutzt und ihnen frische Kleidung gebracht. Einige stolzierten daraufhin im Garten umher, als wären sie Könige. Andere fingen vor Langeweile an zu raufen.
Jarl Olaf schüttelte über ihr Gehabe den Kopf und ordnete umgehend Zweikämpfe an. Er wusste, dass seine Männer übellaunig wurden, wenn sie nicht mit straffer Hand geführt wurden.
Doch jeder Nordmann liebte es, sich im Kampf mit seinen Gefährten zu messen. Also traten sie schon bald gegeneinander an. Mit ihren Übungsschwertern droschen sie aufeinander ein und hielten die Schilde aus Lindenholz fest in der Hand, um sich vor den gegnerischen Hieben zu schützen. Folke trat gegen Hjalmar an. Schon nach wenigen Schlägen schmerzte sein Schildarm unter dessen wuchtigen Hieben. Zu Beginn des Kampfes rettete Folke seine Schnelligkeit. Doch Hjalmar schlug mit nie erlahmender Kraft gezielt auf ihn ein. Folke wagte immer wieder Ausfälle und traf Hjalmar mit einem Rückhandschlag an der Schulter. Dieser grinste anerkennend. Doch es hielt ihn nicht davon ab, erneut mit blitzenden Augen zuzuschlagen. Der Hieb war so gewaltig, dass Folkes Schild unter dem Schlag gefährlich knackte.
Er hatte seinen linken Arm durch die beiden Schildschlaufen geschoben und umklammerte den Holzgriff des Schilds. Doch der nächste Schlag zerbrach eine Planke und zerriss die Lederschlaufen. Folke spuckte auf den Rasen und ließ dann vorsichtig seinen Schild sinken. Er spürte seine linke Schulter kaum noch. Aber statt das zuzugeben, nickte er anerkennend.
„Deine Schläge haben die Wucht, als würde ein Esel ausschlagen."
Hjalmar schniefte Rotz ins Gras und ließ seine Klinge ums Handgelenk wirbeln. Er hätte am liebsten sofort weitergemacht. Der Kampf mit Folke machte ihm riesigen Spaß. Dabei war er noch nicht einmal außer Atem, wie Folke ungläubig registrierte.
„Hol dir einen neuen Schild", brummte Hjalmar seinem Übungspartner zu.
„Du kämpfst besser, als ich es so einem kleinen Mann wie dir zugetraut hätte."
Folke richtete sich zu seiner vollen Größe auf und funkelte Hjalmar erbost an.

„Kleiner Mann, sagst du?"
Dabei fiel ihm auf, dass Hjalmar nicht ganz unrecht hatte. Schließlich überragte er jeden seiner Kameraden um fast eine Haupteslänge.
Trotzdem lief er schnaufend zu den Kisten hinüber, um sich einen neuen Schild zu besorgen. Schon bald tauschten sie erneut wilde Schläge aus. Es war nicht schwer, ihnen anzusehen, wie sehr sie dieses Kräftemessen genossen. Nordmänner liebten den Kampf und waren stolz auf ihre Fertigkeiten. Jeder Übungseinheit bereitete sie auf den Ernstfall vor und war ein wichtiger Schritt auf dem Weg zum Schlachtenruhm. Außerdem gab es für sie nichts Schöneres als die Gesellschaft von Kriegern. Deshalb flogen ständig Scherzworte zwischen den Männern hin und her, ohne dass die Kämpfe an Härte verloren. Längst hatten sich jede Menge Zuschauer eingefunden, die sie anfeuerten und jede gelungene Aktion begeistert bejubelten.
Thanos hatte sich an eine Säule gelehnt und ließ das beeindruckende Schauspiel auf sich wirken. Wie mussten sich Feinde fühlen, auf die eine solche Kriegerhorde losgelassen wurde?
Jarl Olaf stellte sich neben ihn.
„Wann lädt man uns endlich in den Palast ein?"
Thanos deutete eine Verbeugung an.
„Deshalb bin ich hergekommen. Ihr habt morgen Nachmittag eine erste Audienz bei einem hohen Berater des Kaisers. Ich schlage vor, ihr verbringt den Abend in euren Unterkünften. Für euer leibliches Wohl ist wie üblich gesorgt. Doch bitte bedenkt, dass ihr morgen einen guten Eindruck machen solltet. Daher rate ich zu weniger Wein als üblich."
Jarl Olaf zog die Augenbrauen in die Höhe und breitete fragend die Arme aus. Selbstverständlich würden sie einen hervorragenden Eindruck hinterlassen. Was denn sonst?

Gegen Mittag des nächsten Tages führte Thanos die Nordmänner durch die Stadt in Richtung Palast. Dabei kamen sie an einem großen Hügel vorbei, auf dem Stufen zu einem imposanten Bau hinaufführten. Es war die Kuppel einer mächtigen Kathedrale, deren Gewölbe in der Luft zu schweben schien. Thoralf ahnte, dass Thanos sie nicht zufällig hier entlanggeführt hatte. Ihr Führer blieb stehen und zeigte auf das beeindruckende Gebäude.
„Folgt mir! Ich will euch etwas zeigen."
Sie stiegen die Marmortreppe empor und bewunderten die Säulengänge, die den Hof von drei Seiten umgaben. Der Platz selbst war fast menschenleer. Nur einige Händler hatten ihre Stände aufgebaut und boten allerlei Leckereien an. Während der Gottesdienste verkauften hier Kuchenbäcker ihre Waren. Dann begaben sie sich ins Innere. Staunend

betrachteten sie die rechteckigen Mamorpfeiler, die Gewölbe unter der Decke und die mächtigen Holztüren zu beiden Seiten. Beim Betreten der Kirche prallten die Wikinger angesichts der Pracht, die sie hier erwartete, zurück. Thanos unterdrückte ein Schmunzeln, als er den Nordmännern eine Erklärung lieferte.

„Das ist die Hagia Sophia, die Kirche der heiligen Weisheit. Kaiser Justinian hat sie vor über vierhundert Jahren erbauen lassen. Es ist die Hauptkirche des byzantinischen Reiches und unser größtes Heiligtum. Und zwar wortwörtlich als auch im übertragenen Sinne. Denn etwas Größeres hat die Welt noch nicht gesehen."

Thoralf blinzelte ungläubig. Wie konnten Menschen ein solches Gebäude erbauen?

Harald gab sich unbeeindruckt.

„Walhalla, die Halle Odins auf den Höhen von Asgard, ist viel größer. Die riesige Anlage hat fünfhundertvierzig Tore. Durch jedes einzelne können gleichzeitig achthundert Männer eintreten, die die Walküren nach ihrem Tod auf dem Schlachtfeld aufgesammelt haben. Warte es nur ab, Thoralf. Wir werden uns an den Tafeln Walhallas wiedertreffen. Dann wirst du mir Recht geben."

Thoralf nickte. Er kannte diese Erzählungen. Und doch ließ ihn diese Pracht hier nicht unberührt.

Hjalmar lief neben ihm und wunderte sich.

„Wie können diese kleinen Menschen so große Gebäude bauen? Allein die Kuppel ist zehnmal so hoch wie der Dachfirst eines unserer schwedischen Langhäuser."

Keiner seiner Kameraden hatte darauf eine Antwort. Sie liefen weiter und betraten schließlich ein Areal, welches aus zahlreichen Innenhöfen und Gärten bestand, die durch Säulengänge und Mauern voneinander getrennt waren. Sie liefen an Fischteichen vorbei und durchquerten weitläufige Parks. Schließlich erhob sich vor ihnen die große Empfangshalle des Kaisers.

„Die kaiserliche Familie bewohnt nur einen kleinen Teil dieses Palastes", erklärte Thanos ihnen.

„In den anderen Gebäuden sind hohe Würdenträger untergebracht. Weitere Räumlichkeiten dienen einzig der Verwaltung. Dort befinden sich Kanzleien verschiedener kaiserlicher Ämter."

Jarl Olaf runzelte die Stirn.

„Darf die Bevölkerung den Palast betreten?"

Thanos nickte.

„Das muss sie manchmal sogar. Es kommt häufig vor, dass Beamte die Bewohner vorladen. Doch nur die höchsten Würdenträger des Reiches dürfen den Teil betreten, in dem die kaiserliche Familie lebt. Dieser

Bereich wird streng bewacht. Jeder Eindringling wird auf der Stelle getötet."
Bedienstete eilten herbei und führten sie durch einige Flure und Hallen. Sie kamen an Springbrunnen vorbei mit Bronzedelfinen, aus deren Mäulern Wasser spritzte. Die Männer glaubten ihren Augen kaum zu trauen. Schließlich gelangten sie in eine riesige Halle. Holzgeschnitzte Sessel luden zum Verweilen ein. Trotz kostbarer Wandvorhänge wirkte der Raum streng. Jetzt traten Diener auf die Nordmänner zu und reichten jedem von ihnen eine weingefüllte Silberschale.
Ein blasser Mann winkte Thanos herbei. Er trug eine schwarze Tunika ohne Verzierungen und einfache schwarze Schuhe. Thanos verbeugte sich tief vor ihm und flüsterte dem Jarl anschließend zu:
„Dies ist der Gesandte des Kaisers."
Jarl Olaf musterte den Mann skeptisch.
„Diese unscheinbare Gestalt? Kennst du ihn? Woher weißt du, dass er für den Kaiser spricht?"
Thanos antwortete, ohne dabei auffällig die Lippen zu bewegen.
„Siehst du die schwarzen Schuhe? Nur hohe Beamte tragen solches Schuhwerk. Außerdem kenne ich den Mann. Er ist sehr einflussreich und man sagt ihm nach, dass er das Ohr des Kaisers besitzt."
Thanos hielt auf den hohen Beamten zu und der Jarl folgte ihm.
„Ich bin Lutius und heiße euch im Namen des Kaisers in Konstantinopel willkommen. Der Kaiser selbst ist mit seinen Regierungsgeschäften beschäftigt."
Dann wandte er sich an Thanos.
„Du bist Offizier im Dienste des Kaisers und sprichst die Sprache der Nordmänner?"
Thanos nickte.
„Es sind nicht die ersten Nordmänner, die dem Kaiser ihre Dienste gegen Gold anbieten. Was meinst du? Sind sie diesen Einsatz wert?"
Thanos deutete eine Verbeugung an.
„Diese Männer mögen grob wirken und unsere Sitten und Gebräuche noch nicht kennen. Aber ich möchte ihnen nicht auf dem Schlachtfeld begegnen. Sie sind für das Kriegshandwerk geboren und lieben es, sich mit ihren Gegnern zu messen. Dabei sind Sie einen Kopf größer als wir Südländer und fürchten weder Tod noch Teufel. Jeder Einzelne von ihnen kann es mit drei unserer besten Soldaten aufnehmen. Das macht sie so gefährlich. Der Kaiser tut gut daran, diese Männer in seine Dienste zu stellen."
Lutius strich sich wohlgefällig durch seinen dünnen Bart. Ihre grobschlächtige, ungezügelte Kraft imponierte ihm. Es war längst üblich, dass Byzanz Söldner mit Gold bezahlte, damit diese die Kriege

des Kaisers ausfochten. Diese Barbaren hatten wenig zu verlieren. Besser sie fanden eine sinnvolle Verwendung für sie, bevor sie in der Hauptstadt Ärger machten. Das es gute Krieger waren, erkannte er sofort. Also deutete er ein Lächeln an und nickte Thanos aufmunternd zu.

„Übersetze ihnen meine Worte. Sie sollen wissen, worauf sie sich einlassen."

Dann wandte er sich dem Jarl zu, den er ohne Mühe als Anführer dieser Männer ausgemacht hatte. Neben diesen war ein halbes Dutzend anderer Männer getreten. Sie musterten Thanos und den Abgesandten des Kaisers aufmerksam.

„Unser Kaiser ist einer der mächtigsten Herrscher auf Gottes Erden", erhob Lutius seine kräftige Stimme. Sie wollte kaum zu seiner schmalen Gestalt passen.

„Sein Reich erstreckt sich von der Südspitze Italiens bis tief nach Kleinasien. Früher gehörte Byzanz die halbe Welt. Doch wir haben viele Feinde, die es auf unser Land abgesehen haben. Deshalb sind wir gezwungen, ständig Krieg zu führen."

Er wartete einen Moment, bis Thanos seine Worte übersetzt hatte.

„Im Norden kämpfen wir gegen die Bulgaren. Ein wilder Volksstamm, der uns seit Jahrhunderten Ärger macht", fuhr er fort.

„Im Westen gegen die Italiener, im Osten gegen die Araber, die gierig ihre Hände nach unserem Land ausstrecken und uns im Laufe der Zeit schon große Gebiete geraubt haben. Deshalb ist es gut, dass ihr den langen Weg auf euch genommen habt, um dem Kaiser zu dienen. Denn er braucht Krieger wie euch, um seine Feinde abzuschrecken."

Lutius holte tief Luft und blickte die Nordmännern an. Diese standen mit breiter Brust vor ihm und hatten die Hände auf ihren Gürteln abgelegt. Dort hing sonst ohne Zweifel ein schweres Schwert.

„Ihr werdet hervorragend bezahlt und es wird euch an nichts mangeln. Im Krieg dient ihr dem Kaiser im byzantinischen Heer, kämpft aber in euren eigenen Einheiten. Wir haben euch mit Thanos einen Offizier an die Seite gestellt, der die Befehle unserer Generäle übermitteln wird."

Dabei nickte er dem jungen Griechen knapp zu.

„Doch der Kaiser hat euch noch mehr anzubieten, wenn ihr euch seines Vertrauens als würdig erweist. In seiner Armee könnt ihr schnell aufsteigen und Ruhm und Einfluss gewinnen. Viele Nordmänner dienen ihm bereits. Nicht wenige stehen im Rang eines Offiziers, weil sie ihren Wert bewiesen haben. Auf die Besten unter euch wartet eine ganz besondere Ehre."

Er legte eine Pause ein und musterte wohlwollend die harten Gesichter der hochgewachsenen Nordmänner.

„Der Kaiser hat ein Regiment seiner persönlichen Leibwache aus euren besten Kämpfern rekrutiert. Wir nennen sie die Waräger-Garde. Wer sich im Kampf bewiesen hat, bekommt die Gelegenheit, in dieser Elite zu dienen. Dafür erhält jeder auserwählte Mann einen Monatslohn von vierzig Goldmünzen. Außerdem gibt es an hohen Feiertagen üppige Geschenke."
Seine schmalen Lippen deuteten ein Lächeln an.
„Und wir haben viele Feiertage! Außerdem werden die Männer nach Feldzügen an der Kriegsbeute beteiligt. Viele Schwurmänner des Kaisers haben ihren Dienst nach einigen Jahren als reiche Männer beendet."
Thoralf warf einen Blick zu seinen Männern. Sie grinsten und schlugen sich gegenseitig auf den Rücken. Sie hatten es geschafft!
Zufrieden ließ Lutius sich auf einem der Holzstühle nieder. Seine Rede hatte ihren Zweck erfüllt. Er klatschte in die Hände und sogleich brachten Diener Karaffen mit Wein und edle Becher, die sie den Nordmännern reichten.
Lutius erhob seinen Kelch.
„Auf euren neuen Dienstherrn, den Kaiser!"
Die Nordmänner reckten die kostbaren Pokale in die Luft und feierten ihr Abkommen.

In den nächsten Tagen machten sie sich mit ihrer neuen Heimat vertraut. In kleinen Gruppen durchstreiften sie die Stadt und fanden sich immer besser in ihr zurecht. Was sie am ersten Tag noch staunen ließ, empfanden sie schon bald als selbstverständlich. Niemand von ihnen blieb noch einmal wegen eines fünfstöckigen Hauses stehen.
Anfangs hatte sie das Gewühl der unzähligen Straßen noch ratlos zurückgelassen. Doch bald vermochten sie sich zu orientieren. Dabei half es ihnen, dass sie die Einheimischen um mindestens einen Kopf überragten und somit immer einen guten Überblick hatten. Thanos hatte ein erstaunlich gutes Gespür für die Interessen der Nordmänner entwickelt. Er führte sie zu einigen Goldschmieden und ließ sie zusehen, wie diese ihre filigranen Meisterwerke erschufen. Alle Nordmänner liebten das Gold. Für sein geheimnisvolles Funkeln konnten sie sich jederzeit erwärmen. Auch in ihrer Heimat gab es geschickte Handwerker, die aus Elchshorn Kämme und Löffel schnitzten und auch Edelmetalle bearbeiteten. Doch mit diesen Meistern konnten sie sich nicht messen. Einer von ihnen fertigte innerhalb kurzer Zeit einen goldenen Raben, der kraftvoll die Schwingen ausbreitete. Der Jarl betrachtete ihn mit glänzenden Augen und ließ Thoralf um den Preis feilschen. Wenig später trug der Jarl den

Raben stolz um den Hals.
An einem benachbarten Stand strich Folke immer wieder behutsam über eine Figur, die kleiner war als sein Daumen und doch zahlreiche Details besaß. Er konnte den Blick einfach nicht von ihr abwenden. Ivar hingegen hatte zwei winzige Kriegerfiguren entdeckt, die es ihm angetan hatten. Es waren zwei Schwertkämpfer, die ihre Waffen zum Schlag erhoben hatten. Sie wirkten so lebendig, dass Ivar sich schwertat, die beiden Figuren wieder an ihren Platz zurückzustellen.
„Wieviel willst du für die beiden Schwertkämpfer?“, fragte er den Händler und zeigte dabei auf die Figuren. Die Nordmänner hatten genug Erfahrung im Handeln, um zu wissen, dass sie nicht griechisch sprechen mussten, um Geschäfte zu tätigen.
Der Händler musterte Ivar mit einem abschätzigen Blick, ohne dabei sein falsches Lächeln zu verlieren.
„Zwei Solidi“, rief er, während er zwei Finger in die Luft reckte und anschließend die Hände ausbreitete, als wäre dies ein vorzügliches Angebot.
„Ihr könnt auch mit Silber zahlen. Selbst Denare aus dem Frankenreich kann ich euch umtauschen.“
Ivar sah, dass der Händler eine lederne Geldbörse am Gürtel trug, die in mehrere Fächer unterteilt war. Für jede der gebräuchlichsten Münzsorten eines. Gleich neben ihm stand sein wichtigstes Arbeitsgerät – eine Klappwaage aus Bronze, kaum größer als eine Handfläche.
Ivar warf ihm ein Stück Hacksilber zu und der Händler machte sich sogleich an der Waage zu schaffen. Er legte so lange kleine, kugelförmige Gewichte in die Waagschale, bis die Schale mit Ivars Silber im Gleichgewicht war. Dann nickte er zufrieden. Probehalber biss er hinein, um die Qualität des Silbers zu prüfen.
„Sie gehören euch“, sagte er, während er erst auf die Figuren und dann auf Ivar zeigte.
„Einen besseren Talisman für einen Kämpfer gibt es nicht.“
Ivar ließ die Figuren in seinem Gürtel verschwinden. Sie verließen den Stand und Ivar war noch immer beeindruckt.
„Woher können diese Männer so etwas?“, fragte er ungläubig.
„Wir kennen grob behauenes Gold und tragen schlichte Armreifen oder Ringe. Doch nach diesen Schätzen hier würde sich jede nordische Frau sehnen.“
„Viele dieser Handwerker sind ehemalige Sklaven“, erklärte Thanos.
„Wer sich als geschickt erweist, wird von einem Meister in diesen Fertigkeiten unterrichtet. Viele werden von ihren Herren freigelassen, damit sie sich in der Nähe des Palastes ein Haus bauen und als Handwerker niederlassen können. Ihr Herr leiht ihnen Geld, schützt sie

vor der Habgier der Beamten und beschafft ihnen Genehmigungen, die in unserer Stadt sonst schwer zu bekommen sind. Dafür verpflichten sie sich, ihm einen Teil des Gewinns zu zahlen. So mehren sie den Reichtum ihres ehemaligen Besitzers."

Die Nordmänner waren beeindruckt von der Geschäftstüchtigkeit der Byzantiner. Mit der Zeit erkannten sie, dass viele ihrer Maßnahmen ungewöhnlich klangen, aber dem Land viel Nutzen brachten.

In den schmalen Gassen drängten sich immer wieder unzählige Menschen an ihnen vorbei und musterten sie ungeniert. Oftmals wanderten verstohlene Blicke von Mädchen und Frauen zu ihnen hinüber. Viele Nordmänner waren blond und von hohem Wuchs. Durch die zahllosen Stunden an den Riemen ihrer Drachenboote hatten sie ein breites Kreuz und kräftige Muskeln. Viele hatten außerdem hellblaue Augen, von denen die samtäugigen Byzantinerinnen kaum den Blick abwenden konnten.

An einer der nächsten Straßenecken deutete Folke auf einen schwarzbärtigen Mann mit Turban und knöchellangem Kaftan.

„Ist das ein Araber?"

Der Grieche nickte.

„Die Araber sind unsere wichtigsten Händler in der Stadt. Sie bringen Waren aus den entlegensten Winkeln der Welt zu uns. Ihre Karawanen ziehen durch die Wüsten und Steppen. Die Händler reiten auf Maultieren und Kamelen durch Kleinasien oder segeln mit Schiffen durchs Mittelmeer. Nur durch sie bekommen wir die begehrtesten Produkte aus allen Teilen der Welt. Darunter kostbare Gewürze, edle Seidenstoffe und wohlriechendes Parfüm, nach dem sich die Frauen fast so sehr sehnen wie nach einem Blick in eure blauen Augen."

Thoralf lachte gutgelaunt.

„Die Blicke sind dir also aufgefallen."

„Natürlich!", empörte sich Thanos.

„Wir Griechen verstehen uns auf die Kunst der Konversation und der Verführung. Wir können für unsere Liebste singen oder auch ein Gedicht vortragen. Aber kaum kommen einige grobe Nordmänner des Weges, hängen sie schmachtend an euch und geraten bei einem Blick in eure hellen Augen in Verzückung."

Er spie kräftig auf den staubbedeckten Boden.

„Das mag verstehen, wer will. Ich nicht."

Thoralf lief weiter neben ihm her. Sein kleiner Gefährte geriet rasch in Wallung, beruhigte sich aber genauso schnell wieder. Da Thanos kurz darauf schon wieder fröhlich eine Melodie pfiff, nutzte er die Gelegenheit für eine weitere Frage.

„Warum überlasst ihr das Geschäft mit solch teuren Gütern eigentlich

den Arabern? Wäre es nicht leichter, sie zu verdrängen und selbst durch den Handel mit diesen Waren reich zu werden?"
Thanos warf ihm einen anerkennenden Blick zu.
„Du bist mit einem Funken Verstand gesegnet, dafür solltest du Gott danken. Es ist richtig, die arabischen Händler werden reicher und reicher. Es ist noch nicht lange her, keine zwei Jahrhunderte, da haben wir Byzantiner das Geschäft noch selbst in der Hand gehabt."
Sein Ton wurde klagend.
„Damals gehörten uns die wertvollen Provinzen Syrien und Ägypten und wir hatten Zugriff auf diese Waren. Jetzt hingegen sind wir auf die Händler angewiesen. Konstantinopel lebt vom Handel und ist noch immer die größte Handelsstadt der Welt. Alle christlichen Länder des Westens müssen diese teuren Güter von uns beziehen. In den letzten Jahren allerdings versucht Venedig uns den Rang abzulaufen und hat uns schon so manch gutes Geschäft verpfuscht. Im letzten Jahr haben diese Schurken vom ägyptischen Kalifen das Recht erkauft ägyptische Häfen anzulaufen. Damit wird es auf den Märkten anderer europäischer Königshäuser in Zukunft keinen Mangel an diesen hochwertigen Gütern geben."
Thoralf nickte. Konkurrenz gehörte nun mal zum Geschäft. Außerdem sahen die Byzantiner nicht so aus, als müssten sie Hunger leiden. Er hielt an und legte die Hand schützend über die Augen.
„Was ist das dort drüben?"
Thanos folgte seinem Blick.
„Du siehst das Goldene Horn, den wichtigsten Hafen von Konstantinopel. Die Einfahrt zum Goldenen Horn lässt sich übrigens mit einer starken Gusseisenkette gegen feindliche Schiffe versperren. Und dort drüben, am nördlichen Ufer, liegt Galata, das sich zu einer großen italienischen Handelskolonie entwickelt hat."
Sie schlenderten die Straße zum Hafen hinunter und blieben immer wieder an kleinen Ständen stehen, wo Bäcker ihre süßen Waren zum Verkauf anboten. Gleich daneben standen Honigverkäufer, die alle Hände voll zu tun hatten, die vielen bettelnden Kinder abzuwehren.
Ein Gewürzhändler stand vor dutzenden Schalen, die mit verschiedenen edlen Gewürzen gefüllt waren. Der Duft betörte ihre Sinne. Thanos trat näher heran und winkte die Nordmänner zu sich. Dann hielt er ihnen eine Prise Muskatnuss hin, die er zwischen den Fingern zerrieb. Zögerlich rochen sie daran. Thanos grinste und leckte an seinem Finger. Dann verzog er genießerisch das Gesicht.
„Probiert davon. Diese Gewürze landen zu einem hohen Preis auf den Tafeln der Adligen im Frankenland oder auch in England. Sie verleihen Gerichten einen aromatischen Geschmack. Muskat ist würzig und

schmeckt leicht bitter. Es hilft sogar bei der Verdauung."
Thoralf roch an Zimt und leckte vorsichtig daran. Doch dann musste er niesen. Er wischte sich die Hand an seiner Tunika sauber.
„Was ist das?", fragte er und deutete auf ein tönernes Gefäß, in dem getrocknete Fäden lagen.
„Das ist Safran", erwiderte Thanos.
„Es ist das teuerste Gewürz der Welt und kommt aus Asien. Sein Gewicht wird in Gold aufgewogen."
Die Nordmänner waren von der Vielfalt der Gerüche beeindruckt.
Vor ihnen buhlten zwei Lederhändler um Kundschaft und priesen lauthals ihre kunstvoll gefertigten Gürtel und Taschen an. Über all dem lag ein unbeschreiblicher Geräuschpegel. Zu jedem Zeitpunkt waren mehrere Sprachen zu hören.
Thoralf erstand schließlich einen kleinen Dolch, der in einer kunstvoll verzierten Scheide steckte. Er feilschte lange mit einem griechischen Händler, der sich immer wieder seinen öligen Bart zauste, als würde ihn Thoralfs Angebot in den Ruin treiben.
„Aasgeier", raunte Folke, während der Händler sich in gespieltem Entsetzen wand. Schlagartig verfinsterte sich das Gesicht des Händlers und seine Stimme grollte drohend zu ihm herüber. Thoralf hob beschwichtigend die Hände.
Thanos trat unauffällig zu ihnen.
„Die griechischen Händler haben mit Kunden aus aller Herren Länder zu tun. Deshalb sprechen sie viele Dialekte und Sprachen. Denkt daran, wenn ihr euch das nächste Mal unbelauscht fühlt."
Folke und Thoralf dankten ihm für seinen Rat. Sie liefen weiter durch ein angrenzendes Viertel, das schäbig und dreckig wirkte. Hier gab es keine Goldhändler mehr. Thanos bemerkte die verstohlenen Blicke der Nordmänner.
„Hier beginnt ein Viertel, in dem Krämer, Schneider, Metzger und Fischverkäufer dicht an dicht leben. Sie wohnen in zweistöckigen Häusern, in deren Mitte sich meist ein Innenhof befindet. Dort verbringen die Bewohner in dem in der warmen Jahreszeit einen Großteil des Tages. Da Fensterglas teuer ist, sind die Zimmer klein und zugig. Meist haben sie nur einen schweren Vorhang, der sie vor Wind und Kälte schützt."
Er deutete eine kleine Gasse hinunter.
„Hier gibt es viele Gemischtwarenhändler, bei denen die einfache Bevölkerung alles kauft, was sie zum Leben benötigt. Man findet sie in fast jeder Straße. Die Händler verkaufen Pökelfisch und Fleisch. Für den, der es sich leisten kann, auch geräucherten Aal, Käse, Butter und Salz. Außerdem Honig, damit süßen wir nämlich unsere Speisen."

Sie liefen weiter und kamen an einigen gutbesuchten Tavernen vorbei. Thoralf sah sich neugierig um. Die Gäste saßen vor Weinbechern und Tellern mit gepökeltem Schwein. Als Folke sich an einem der Tische niederlassen wollte, winkte Thanos ab.
„Das Essen mag hier ja noch genießbar sein. Aber der Wein ist nicht umsonst so spottbillig, dass ihn sich auch die Armen leisten können. Er ist so sauer, dass man ihn mit Wasser mischen muss. Bleibt lieber in eurer Unterkunft. Dort wird euch guter Wein ausgeschenkt, der sich wohl trinken lässt, wie ihr bereits festgestellt habt."
Thanos verzog das Gesicht zu einem Schmunzeln.
„Außerdem enden hier alle Vergnügungen eine Stunde nach Sonnenuntergang. Das ist nichts für euch."
„Was denn, so früh?" Ivar blickte sich überrascht um. „Aber da geht der Spaß doch erst richtig los!"
Der Grieche verzog die Mundwinkel.
„Jedenfalls müssen dann die Lokale schließen. Das soll dem ungezügelten Rausch einen Riegel vorschieben und Raufereien vermeiden."
Die Nordmänner schüttelten verständnislos die Köpfe.
„Aber das ist doch das Schönste daran!"
Sie liefen über einen Platz und folgten Herden von Schafen, Ziegen, Schweinen und Ochsen, die zu den Märkten getrieben wurden.
„Dies ist das Thedosiosforum, der größte Viehmarkt der Welt", erklärte Thanos.
Der ganze Platz war erfüllt vom Summen der Fliegen, die das Vieh umschwärmten. Doch Thoralf ließ sich davon nicht abschrecken. Er tauschte einen Blick mit Folke und Ivar. Ohne Worte strebten sie auf einen Viehhändler zu und kauften drei Ochsen. Sie wollten mal wieder essen, wie sie es in ihrer Heimat gewohnt waren und die Ochsen am Spieß über dem Feuer braten.
Ein Metzger bot ihnen an, das Vieh gleich hier zu schlachten, aber Ivar schüttelte den Kopf.
„Glaubst du, du schwingst die Axt geschickter als ich?"
Er lachte schallend. Sie trieben die Ochsen in Richtung ihrer Unterkunft. Ivar blieb plötzlich stehen.
„Ich komme gleich nach. Fangt nicht ohne mich an."
Als er sie im Laufschritt wieder eingeholt hatte, trug er einen kleinen Leinenbeutel mit sich. Thanos ahnte, um was es sich handelte.
Sobald sie ihre Unterkunft erreicht hatten, ließ Ivar seine Axt kreisen. Er schlachtete die Tiere mit großem Geschick. Schon bald lag der Geruch von Blut schwer in der Luft. Immer mehr Männer versammelten sich im Garten. Die Vorfreude auf ein Festmahl hob bei

allen gewaltig die Stimmung. Thanos wollte sich verabschieden, doch Thoralf überredete ihn zu bleiben.
„Du kannst nicht gehen, Thanos. Iss mit uns! Wir werden die Ochsen grillen, bis das Fett in die Glut tropft. Das Fleisch wird so zart sein, dass es dir auf der Zunge zergeht. Dazu trinken wir den schweren, griechischen Wein, der einem Mann die herrlichsten Träume bescheren kann."
Thanos musste lachen.
„Ich hatte es für einen Scherz gehalten, als du angekündigt hast, die Ochsen grillen zu wollen", rief er.
Thoralf sah ihn verwundert an.
„Das ist unsere Art Fleisch zuzubereiten. Darüber scherzen wir Nordmänner nicht. Was erstaunt dich daran?"
Thanos zeigte auf die bereitstehenden Diener.
„Diese Männer sind dafür da, euch jeden Wunsch von den Augen abzulesen. Ihr könnt jede Köstlichkeit essen, die euch in den Sinn kommt. Und ihr entscheidet euch für Ochsen?"
Thoralf winkte ab.
„Wir sind Nordmänner. Aus all den erlesenen Speisen der Hauptstadt machen wir uns nichts. Alles, was wir brauchen, ist gutes Fleisch und noch mehr von eurem köstlichen Wein."
Langsam brach die Dämmerung herein. Die Diener zündeten Fackeln an, um eine anheimelnde Atmosphäre herbeizuzaubern. Bedienstete mit Amphoren voll griechischem Wein eilten herbei. Währenddessen hatten die Nordmänner in einer Ecke des Gartens eine große Feuerstelle angelegt. Sie stellten ihre eisernen Bratspieße auf und steckten das Ochsenfleisch darauf. Nun kam es nur noch darauf an, die Stücke möglichst gleichmäßig über dem Feuer zu drehen. Währenddessen übten sich einige Männer im Ringkampf und wurden von ihren Kameraden lautstark angefeuert. Krüge gingen reihum und der Rebensaft tropfte aus ihren Bärten.
Thanos und Thoralf setzten sich auf eine der langen Bänke an einfache Holztische und blickten in die Flammen. Jeder von ihnen hatte einen Becher Wein gereicht bekommen und so stießen sie diese aneinander. Thanos bemerkte, wie das Licht der Fackeln auf den Gartenmauern tanzte. Auch Thoralf musterte die Schattenspiele auf den Wänden fasziniert.
„Solche Kunst habe ich noch nie gesehen", murmelte er, während er auf eine Wand zeigte, die mit farbenfrohen Malereien verziert war.
„Die Tiere und die Jagdszenen wirken unglaublich lebendig. So kraftvoll und lebensnah, als wenn sie sich jeden Moment bewegen würden."
Er schüttelte ungläubig den Kopf.

„Euer Volk verfügt über große Künstler."
Thanos zwinkerte ihm zu.
„Als Soldat des Kaisers wäre es mir lieber, unser Volk würde über große Kämpfer verfügen."
Sie lachten und ließen sich die Pokale nachschenken.
Plötzlich blickte Thoralf ihn durchdringend an.
„Ihr seid ein Volk mit einer unvergleichlichen Kultur und einer starken Armee. Ihr herrscht über große Gebiete und eure Mauern sind undurchdringlich. Ich verstehe noch immer nicht, warum euer Kaiser so viel Gold bezahlt, damit Söldner für ihn kämpfen."
Thanos hatte abschätzend den Mund verzogen. Thoralf machte sich offensichtlich viele ernsthafte Gedanken verstand mehr, als er ihm anfangs zugetraut hatte. Er zögerte einen Moment, als müsste er erst überlegen, ob er seine Gedanken mit ihm teilen dürfte. Doch dann gab er sich einen Ruck.
„Die Amtsfülle, die der Kaiser auf sich vereint, ist ein schweres Los. Es gibt im ganzen Reich hunderte einflussreiche Familien, die jede Gelegenheit zum Griff nach der Macht nutzen. Darum vertraut unser Herrscher selbst seinen Höflingen nicht. Denn wie kann er sicher sein, dass diese nicht durch Gold gefügig gemacht wurden, um einem anderen als ihm zu dienen? Im Laufe der Jahrhunderte sind etliche seiner Vorgänger durch Gift gestorben oder von Verschwörern gestürzt worden. Deshalb ist es ihm so wichtig, loyale Kämpfer zu rekrutieren, auf die er sich verlassen kann. Er hat im Laufe der Zeit die Erfahrung gemacht, dass niemand so bedingungslos zu ihm steht, wie es die Waräger in seinen Diensten tun. Deshalb hat er die höchste Meinung von euch und wirbt so viele von euch an, wie es die kaiserliche Schatzkammer hergibt."
Thoralf schwieg und dachte über seine Worte nach. Thanos hatte längst Vertrauen zu diesem Mann gefasst und fühlte sich überraschend wohl unter den Nordmännern. Sie waren zwar roh, ungehobelt und laut. Aber sie waren geradeaus und ehrlich. Man sah ihnen immer an, was sie dachten. Das gefiel ihm. Er spürte, wie er die Gesellschaft dieser Männer genoss.
Mittlerweile hing ein verführerischer Duft nach gebratenem Ochsen in der Luft. Ivar begutachtete das Fleisch und nickte zufrieden. Dann zog er den Leinenbeutel hervor und streute ein bräunliches Pulver über das Fleisch. Fett tropfte ins Feuer und zischte laut. Dann zog er ein kurzes, scharfes Messer aus dem Gürtel, schnitt mit routinierten Bewegungen ein großes Stück ab und legte es auf einen Holzteller.
„Für dich, Thanos", sagte er und stellte ihm den üppig beladenen Teller hin.

Thanos nickte anerkennend.
„So langsam kann ich verstehen, warum euch das wichtig ist."
Er biss vorsichtig ein Stück ab und wischte sich mit dem Ärmel das Fett aus den Mundwinkeln. Thoralf ließ sich ebenfalls ein Stück Fleisch reichen, das kaum kleiner war. Er lachte bei Thanos' Anblick und schlug seinerseits die Zähne hinein wie ein Raubtier in seine Beute. Der blutige Saft lief ihm über den Bart und tropfte auf seine Kleidung. Er nahm einen Geschmack wahr, den er zuletzt auf dem Markt am Gewürzstand gerochen hatte. Zufrieden nickte er Ivar zu, der sich über den Zuspruch freute. Immer mehr Kameraden lobten Ivar für das wohlschmeckende Fleisch.
Thoralf wandte sich wieder Thanos zu.
„Was sagt eigentlich deine Familie dazu, dass du so viel Zeit mit Barbaren wie uns verbringen musst?"
Thanos musterte Thoralf kurz und schluckte den Bissen, an dem er kaute, hinunter.
„Um ehrlich zu sein, was genau ich bei der Armee mache, wissen meine Eltern nicht. Sie wissen nur, dass ihr einziger Sohn Offizier ist, und damit sind sie zufrieden. Aber meiner Schwester habe ich es erzählt", fügte er nach kurzem Zögern hinzu.
Thoralf blickte ihn fragend an.
„Warum gerade ihr?"
Thanos lächelte sanftmütig.
„Sie heißt Delia, ist zwei Jahre jünger als ich und eine kluge Frau. Ihre Zunge ist ziemlich spitz. Ihr zukünftiger Mann wird es nicht leicht haben mit ihrer rebellischen Art. Selbst mich, ihren eigenen Bruder, hält sie inzwischen für einen halben Barbaren, weil ich so viel Umgang mit euch habe."
Er beugte sich noch näher zu Thoralf hinüber.
„Sie hat nicht gerade die höchste Meinung von euch Nordmännern", vertraute er ihm an.
Thoralfs Augen blitzen auf.
„Ist sie genau so hässlich wie ihr Bruder?", grinste er.
Thanos bewarf ihn mit einem abgenagten Knochen und schnaubte vor Wut.
„Was für eine Frechheit, ausgerechnet von einem Mann, der noch vor wenigen Tagen dachte, dass ihn der regelmäßige Besuch einer Therme schwächen würde!"
Er schüttelte den Kopf, doch Thoralf sah, dass er dabei schon wieder mit einem Lachen zu kämpfen hatte.
„Du liegst nicht ganz falsch", murmelte er nach einer Weile.
„Sie ist keine Schönheit und ein wenig beleibt. Aber sie hat ein gutes

Herz und schließlich ist sie meine Schwester."
Thoralf beeilte sich zu nicken. Er wollte den Griechen nicht verletzen.
Thanos' Gesicht verdüsterte sich.
„Ein hoher Beamter der Stadt, er hört auf den Namen Stavros, hat es sich in den Kopf gesetzt, sie zu ehelichen. Seit Monaten hofiert er sie und überhäuft sie mit Geschenken."
Thoralf musterte ihn aufmerksam.
„Wenn es ein Mann mit Einfluss ist, könnte sie es wahrlich schlechter treffen. Und doch klingst du, als braue sich Unheil zusammen."
Thanos zog die Augenbrauen in die Höhe.
„Er könnte sich in der Tat als Problem erweisen. Diesem Kerl obliegt die Verwaltung des Hafens und der angrenzenden Märkte. Das ist ein wichtiger Posten in Byzanz. Wenn man es richtig anstellt, ist es der schnellste Weg reich zu werden. Man sagt Stavros nach, dass er nichts tut, ohne dafür einen Gefallen einzufordern. So bindet er Vertraute an sich und erweitert seine Macht. Außerdem ist er bis auf die Knochen korrupt und presst den Händlern zusätzlich zu den Steuern, die ihnen vom Kaiser auferlegt werden, hohe Gebühren ab, die allein in seine tiefen Taschen wandern."
Er schnaufte verächtlich.
„Sein Vater hat sich damals noch im Hafen als einfacher Arbeiter den Buckel krummgearbeitet. Stavros hingegen wohnt bereits in einem herrschaftlichen Haus auf den Hügeln fernab vom Lärm der Massen. Doch das reicht noch lange nicht, um seinen unstillbaren Ehrgeiz zu befriedigen. Es drängt ihn in den Dunstkreis des Kaisers. Ihn gelüstet es nach mehr Ämtern, mehr Macht und Einfluss."
Thoralf verzog die Mundwinkel zu einem feinen Lächeln.
„Was ist so falsch daran, dass er schnell zu Reichtum kommen will? Wir Nordmänner denken an nichts anderes."
Thanos schüttelte den Kopf und suchte nach Worten.
„In den letzten Monaten hat Stavros Delia und mich zu einigen Festen in seine Villa eingeladen. Er gab sich charmant und leutselig und war ein hervorragender Gastgeber. Er schafft es, viele Würdenträger des Reiches zu hofieren, die sich dann auf seinen Feiern sehen lassen. Dabei ist er ein kalter, nur auf seinen Vorteil bedachter Emporkömmling. Eine Dienerin, die versehentlich ein Tablett fallen ließ, hätte er halb totgeprügelt, wenn nicht die bestürzten Blicke seiner Gäste auf ihn gefallen wären. Er war schon mal verheiratet, musst du wissen. Seine Ehefrau soll einem Unfall zum Opfer gefallen sein. Doch es hält sich hartnäckig das Gerücht, dass er sie in einem Anflug von Raserei totgeschlagen hat. Er neigt zu Jähzorn und hasst es, wenn man ihm widerspricht. Delia hat sein wahres Wesen längst erkannt. Eine Gabe,

die in Konstantinopel Gold wert, aber auch gefährlich ist. Denn wenn dieser Mann sich ein Ziel gesetzt hat, gibt er niemals auf."

Thoralf runzelte die Stirn.

„Du bist ihr Bruder. Warum sagst du ihm nicht einfach, dass Delia keinen Wert auf eine Verbindung mit ihm legt?"

Thanos lachte bitter auf.

„Das habe ich versucht, mein Freund. Bei der Ehre meiner Schwester, ich habe es versucht. Vor zwei Wochen nahm ich all meinen Mut zusammen und erklärte es ihm mit vorsichtigen Worten. Doch ich kam nicht weit mit meinen Ausführungen. Er schnitt mir das Wort ab und gab mir zu verstehen, dass in dieser Stadt nichts ohne seine Zustimmung geschieht. Er drohte unverhohlen, mir gedungene Schläger auf den Hals zu hetzen, die mir jeden Knochen im Leib brechen würden, bis ich endlich einsehen würde, was das Beste für meine Schwester ist."

Thoralf verzog wütend das Gesicht.

„Du gehörst jetzt zu uns! Wir werden niemals zulassen, dass dieser Mann oder seine Gefolgsleute Hand an dich legen."

Thoralf hatte im Brustton der Überzeugung gesprochen. Doch Thanos schüttelte traurig den Kopf.

„Der Kerl hat ein Rudel Halsabschneider um sich versammelt. Keine Soldaten! Wenn man den Gerüchten Glauben schenken darf, hat er sich eine Bande aus verurteilten Verbrechern und zwielichtigen Ganoven aus den finstersten Ecken des Hafens zusammengestellt. Er soll sie aus dem Gefängnis gerettet haben. Als Gegenleistung sind sie ihm bedingungslos ergeben und machen für ihn die Drecksarbeit."

Dann trank er einen Schluck des blutroten Rebensaftes. Doch selbst der köstliche Wein konnte den düsteren Schleier auf seinem Gesicht nicht vertreiben.

„Unterschätze ihn nicht! Er hat sein jetziges Amt nur dadurch errungen, dass er den vorigen Amtsinhaber durch Hinterlist in Verruf gebracht hat."

„Wie das?", fragte Thoralf neugierig.

Thanos verzog das Gesicht.

„Sagen wir es so. Er hatte wohl ein wenig merkwürdig anmutende sexuelle Vorlieben. Einer der Diener soll ihn mal mit einem Pferd in einem der königlichen Ställe erwischt haben."

Thoralf glaubte sich verhört zu haben und starrte ihn mit weitaufgerissenen Augen an, während Thanos mit der Hand in der Luft herumwedelte, als wollte er seine Worte ungeschehen machen.

„Vielleicht hat Stavros das alles auch nur arrangiert. Diesem Mann ist alles zuzutrauen. Jedenfalls hat er ihn einfach kaltgestellt und zum

Rücktritt gezwungen. Dann sorgte er dafür, dass der arme Kerl in die östlichen Provinzen abgeschoben wurde. In irgendeinem Kaff, dessen Name sich auf keiner Karte findet, soll er vordringenden Arabern zum Opfer gefallen sein. Stavros ist gefährlich. Er kennt alle Mittel und Wege, um seine Interessen durchzusetzen.“

„Weiß deine Schwester von deinem Gespräch mit Stavros?“, fragte Thoralf.

Nach einem kurzen Zögern schüttelte Thanos den Kopf. Thoralf sah ihn eine Weile nachdenklich an, als wollte er noch etwas sagen. Doch dann beließ er es dabei. Eine Zeitlang starrten sie schweigend ins Feuer. Thoralf kaute lustlos auf seinem Stück Fleisch herum, doch nach diesem Gespräch wollte es ihm nicht mehr so recht schmecken.

Jarl Olaf setzte sich krachend zu ihnen auf die Bank. Er wies mit einem langen Knochen auf Thanos.

„Wann braucht der Kaiser uns endlich? Wir sitzen hier herum und werden langsam fett. Wir Nordmänner müssen kämpfen, sonst rosten wir ein. Und Beute gibt es nur auf dem Schlachtfeld zu erringen. Also lass ihn wissen, dass es uns nach einem guten Kampf verlangt.“

Thanos nickte knapp.

„Es gibt viele Feinde, die die Grenzen des Reiches bedrängen. Es wird sich schon bald wieder die Gelegenheit zu einem Feldzug ergeben.“

Der Jarl nickte zufrieden.

„Meine Männer üben sich täglich im Kampf. Sie sind mit jeder Waffe in der Hand gefährlich, egal ob Speer, Schwert oder die langstielige Axt. Unter ihnen sind aber auch einige junge Burschen, die noch niemals in einem Schildwall gestanden haben. Sie haben höchstens mal ein kleineres Gefecht erlebt. Trotzdem halten sie sich für die größten Kämpfer unter der Sonne. Doch sie müssen noch Erfahrungen sammeln.“

Er sah Thanos wild an und dieser beeilte sich zu nicken.

Der Jarl fuhr in eindringlichem Tonfall fort.

„Ein Mann kann sich ein Jahr lang im Schwertkampf üben und auch lernen, wie er im Schildwall zu kämpfen hat. Doch nur fünf Minuten in einem Kampf auf Leben und Tod lehren ihn mehr darüber. Erst im Angesicht des Feindes die Waffen zu erheben und siegreich zu sein, bildet den Charakter eines Kriegers aus. Irgendwann stehen ihm vielleicht mit einer Armlänge Abstand Wahnsinnige gegenüber, die Schaum vorm Mund haben und deren größter Wunsch es ist, ihn tot zu sehen. Das ist die größte Prüfung, die ein junger Krieger ablegen kann. Erst wenn er diese Herausforderung besteht, kann er sich einen Namen machen.“

Jarl Olaf verzog kurz die Mundwinkel.

„Wenn er verliert, bleichen seine Knochen irgendwo in der Fremde. Dann war der Mann es nicht wert, dass man sich an seinen Namen erinnert."
Die Männer des Jarls sahen versonnen ins Feuer und lauschten den Worten ihres Anführers. Schlachtenruhm und damit einhergehend Ehre und Reichtum waren alles, wonach sie strebten. In ihren Gedanken hörten sie das Klirren von Stahl und sahen verwegene Gestalten furchtlos aufeinander einschlagen. Sie schienen sich keine Sorgen darum zu machen, dass schon der nächste Kampf ihr letzter sein könnte. Hauptsache, sie starben tapfer und mit dem Schwert in der Hand, auf dass sie auf direktem Wege nach Walhalla einzögen. Thanos hatte eine Gänsehaut bekommen. Diese unnachgiebige Härte ließ ihn einerseits erschaudern, übte andererseits aber auch eine gewisse Faszination auf ihn aus.
Am nächsten Tag liefen sie mal wieder ziellos durch Konstantinopel. Thoralf hatte Spaß daran, mit den Händlern ins Gespräch zu kommen. Mittlerweile verstand er einiges von dem, was sie untereinander sagten. Nur mit der Aussprache tat er sich noch schwer. Thanos half ihm oft dabei und amüsierte sich königlich, wenn Thoralf das richtige Wort vergessen hatte oder völlig falsch aussprach. Doch Thoralf hatte Geduld und einiges Talent. Thanos' Achtung vor ihm stieg mit jedem Tag.
Schon bald bestand Thoralf darauf, dass sie nur noch griechisch miteinander sprachen, wenn sie unter sich waren. Folke und Ivar, die sich ihnen oft anschlossen, ließen sich davon nicht stören. Ihnen kam die Sprache der Byzantiner nur schwer über die Lippen. Doch sie radebrechten mit den Händlern und nutzen dabei Hände und Füße. So kamen auch sie ganz gut zurecht.

Stavros trank bereits den vierten Kelch des blutroten Rebensaftes und schnalzte andächtig mit der Zunge. Er verstand wenig vom Wein. Trotzdem gab er viel Geld dafür aus. Das war er seinen verwöhnten Gästen schuldig. Zuletzt hatte er eine unerhörte Summe für eine große Lieferung von einem erlesenen Weingut auf Kreta bezahlt. Ein adliger Schnösel, der sich auf vielen seiner Feste durchfraß und vor allem durchsoff, hatte behauptet, dass die halbe Weinkammer des Kaisers mit Weinen eben dieses Weinguts bestückt war. Stavros hatte es nicht zu einem gewissen Reichtum gebracht, weil er gutgläubig war. Anfangs verdächtigte er diesen eitlen Pfau sogar, vielleicht selbst Inhaber dieses Weingutes zu sein. Doch sein Verdacht erhärtete sich nicht. Zudem schmeckte der Wein ganz ausgezeichnet und seine Gäste waren voll des Lobes.

Er leerte auch diesen Kelch zur Neige. Auch wenn er längst genug hatte, half ihm die Leichtigkeit des Trunks dabei, über die Abweisung hinwegzukommen, die er erlitten hatte. Obwohl diese bereits Wochen zurücklag, schmerzte sie ihn jeden Tag aufs Neue. Er hatte sich schon immer schwer damit getan, ein Nein zu akzeptieren. Gewöhnlich spornte ihn Widerstand erst richtig an. In Byzanz gelangte niemand zu Macht und Einfluss, wenn er nicht bereit war, mit allen Mitteln darum zu kämpfen. Als er mit der Verwaltung des Hafens betraut wurde, hatten ihn einige der älteren Beamten in seinem Verwaltungsabschnitt belächelt. Schließlich kam er weder aus einer adligen Familie, noch hatte er Verwandte, die am Hof des Kaisers saßen und ihn in seinen Vorhaben unterstützen konnten. Doch er hatte dafür gesorgt, dass diese Männer ganz schnell erkannten, dass es unklug war, sich mit ihm anzulegen. Nachdem er seinen Vorgänger mit fingierten Beweisen aus dem Weg geräumt hatte, knöpfte er sich dessen Stellvertreter vor. Dieser hatte es gewagt, ihm immer wieder aufsässig entgegenzutreten. Eines Nachts ließ er ihn von seiner Bande aus verurteilten Verbrechern und gewaltbereiten Handlangern entführen und mit einem schnellen Messerstich zum Schweigen bringen. Seine Männer machten das nicht zum ersten Mal. Sie entsorgten die Leiche, indem sie sie mit Steinen beschwerten und im Hafenbecken versenkten. Es bereitete Stavros eine tiefe Genugtuung, dass er nun täglich auf das kalte Grab dieses Mannes hinabsehen konnte. Natürlich gab es schnell Gerüchte über den Verbleib seines Widersachers. Nun kam es vor, dass die Gespräche verstummten, wenn er sich einer Gruppe von Beamten näherte. Doch Stavros war mit der Wirkung dieser Aktion sehr zufrieden. Wer herrschen wollte, musste in den Herzen seiner Untergebenen Angst säen. Nur dann konnte er mit ihrer Gefolgschaft rechnen. Außerdem erleichterte es die Zusammenarbeit mit den anderen Beamten seines Bezirks. Viele kooperierten lieber, ehe sie bei ihm in Ungnade fielen. Sie lebten nicht schlecht damit, denn Stavros gab ihnen immer etwas vom Kuchen ab, damit sie ihm gewogen blieben.

Umso mehr erboste ihn, dass diese kleine Hure Delia ihn zurückwies. Sie entstammte einer alten adligen Familie. Doch die Familie hatte zwar noch einen ehrenwerten Namen, aber schon seit einer Generation nicht mehr das nötige Geld, um mit den Großen von Byzanz mitzuhalten.

Er leckte sich den Wein von den Lippen, während er daran dachte, wann er sie zum ersten Mal gesehen hatte. Es war auf einem großen Fest im Palast, bei dem mehrere tausend Gäste anwesend waren. Er hatte einen Höfling mit einer unglaublichen Summe bestochen, damit dieser dafür sorgte, ihn auf die Gästeliste zu setzen. Stavros hatte Delia in der Menge gesehen und von diesem Moment an kaum noch aus den

Augen gelassen. Sie war jung, leidenschaftlich und unbeschwert. Dazu wirkte sie so lebendig, dass er sie sofort haben wollte. Später hatte er sie und ihren Bruder Thanos auf einige Feste in seiner Villa eingeladen.
Zornig schmetterte er die Handfläche auf den Tisch. Allein dafür schuldeten sie ihm was! Um der Demütigung die Krone aufzusetzen, erdreistete sich ihr Bruder, ein unbedeutender Heeresoffizier, ihm mitzuteilen, dass Delia seinem Werben nicht nachgeben würde. Sah sie denn nicht, welche Möglichkeiten er ihr bieten konnte?
Mühsam zwang er sich zur Ruhe. Was war es nur, was seine Gefühle so in Aufruhr versetzt hatte? Eigentlich liebte er es, Intrigen zu spinnen und am Ende über seine Gegner zu triumphieren. Doch der Gedanke daran, Delias makellose Haut zu berühren, ließ ihm alle Ränkespiele unwichtig erscheinen. Er konnte diese Zurückweisung unmöglich auf sich sitzen lassen. Um nichts in der Welt würde er von seiner Beute lassen. Er kniff die Augen zu schmalen Schlitzen zusammen und malte sich aus, sie in seiner Gewalt zu haben. Dann schenkte er sich den edlen Kelch erneut bis zum Rand voll.

Thoralf sah immer wieder zum hoch aufragenden Mauerring mit den dutzenden Wachtürmen hinüber, der die Stadt umfasste.
„Woran denkst du?", fagte Thanos.
Thoralf schreckte aus seinen Gedanken auf.
„Keiner der Einwohner dieser großen Stadt muss jemals misstrauisch aufs Meer sehen, ob sich dort fremde Schiffe am Horizont abzeichnen, die vielleicht einen Überfall planen. Sie leben in der Sicherheit starker Mauern und unter dem Schutz zahlreicher Soldaten. Die Menschen wissen gar nicht, wie gut sie es haben. In meiner Heimat liegen immer Schwerter und Speere griffbereit, um sich bei einem Überfall verteidigen zu können."
Thanos nickte.
„Der Vorteil der Zivilisation. Jeder Bewohner hat ein Anrecht auf Schutz durch die Armee des Kaisers. Dafür zahlt er Steuern, mit denen wiederum die Soldaten bezahlt werden."
Dann fügte Thanos hinzu:
„Komm, lass uns zum Hafen hinuntergehen. Dort gibt es die besten Tavernen mit Blick aufs Wasser."
Folke und Ivar signalisierten sofort ihre Zustimmung und auch Thoralf hatte gegen einen guten Tropfen nichts einzuwenden. Sie gingen über die gepflasterten Straßen, vorbei an zahlreichen Häusern und Lustgärten. Von den Ständen der Händler wehten Gerüche von Parfum und Seife zu ihnen herüber. Thoralf roch den Duft von Feigen und unbekannten Gewürzen, die ihm kurz die Sinne vernebelten. Folke roch

zögernd an einer Creme, die nach Limone duftete und schloss genießerisch die Augen.
„Hier Ivar, halt mal deinen Kolben an diese Creme. Du solltest davon einen Eimer voll kaufen. Dann hält man es neben dir auf der Ruderkiste viel besser aus."
Ivar rollte mit den Augen.
„Du klingst schon wie ein Weib. Lass uns endlich was trinken. Die Sonne brennt so unerbittlich, dass ich den ganzen Tag lang saufen könnte."
Sie fanden eine Taverne, die ihnen zusagte und ließen sich Wein bringen.
„Ich bin gleich wieder da!", rief Thanos und verschwand im Innern des Hauses.
Die Männer ließen sich nicht stören und leerten den ersten Krug. Am Nachbartisch saßen drei Griechen und steckten bei ihrem Anblick die Köpfe zusammen. Da sie davon ausgingen, dass diese fremden Gestalten ihrer Sprache nicht mächtig waren, senkten sie nicht einmal ihre Stimmen.
„Was will der Kaiser nur mit all diesen Fremdlingen? Das ganze Reich wird von ihnen überschwemmt. Diese Barbaren sind eine Gefahr für uns. Wer weiß, ob wir sie jemals wieder loswerden?"
Thoralf wandte sich um und blickte dem Sprecher in die Augen.
„Ihr seid ein Volk, das viele Feinde hat. Nur weil ihr uns fürs Kämpfen bezahlt, könnt ihr den ganzen Tag eure feine Kleidung auf den Prachtstraßen der Hauptstadt zur Schau stellen und eure Zeit in Tavernen verbringen."
Die drei Männer sahen ihn überrascht an, während sich das Gesicht des Wortführers mit einer feinen Röte überzog. Wie auf Kommando standen sie auf und suchten das Weite. Thoralf streckte die Beine aus und trank genießerisch einen Schluck Wein. Dann stellte er den Becher auf den Tisch zurück und hatte das Gespräch schon wieder vergessen. Wein galt in seiner Heimat als Luxusgut. Nur die Reichen tranken zu besonderen Festen davon. Oft war die Qualität lausig. Der Wein war viel zu sauer und schmeckte wie Kuhpisse. Da trank er lieber Bier oder Met. Doch solch köstlichen Wein wie in Konstantinopel gab es in ganz Götaland nicht zu kaufen. Während sich Folke und Ivar sich wegen irgendetwas gegenseitig aufzogen, sah Thoralf dabei zu, wie ein Tropfen vom Rand des Bechers auf den Tisch lief. Seine dunkelrote Farbe glitzerte satt im Sonnenlicht.
Anschließend fiel sein Blick auf die kleine Bucht, die sich malerisch vor ihnen ausbreitete. Ein paar kleine Bootsstege zogen sich am Ufer entlang. Ein Knabe saß gelangweilt auf dem Kai und angelte. Plötzlich

sprang er auf und zog an seiner Rute. Schon bald holte er einen silbrig glänzenden Fisch aus dem Wasser, der wie verrückt zappelte.
Thoralf lächelte versonnen. Dann wanderte sein Blick weiter zu zwei Männern und Frauen, die direkt an ihnen vorbeiliefen. Die beiden Frauen schienen edler Abstammung zu sein, denn sie wurden von einem Diener und einem Sklaven mit stämmiger Figur begleitet. Sie gingen weiter und näherten sich dem Bootssteg.
Träge ließ er den Blick auf den Frauen ruhen. Eine von beiden fiel ihm dabei besonders ins Auge. Sie war jung und trug ein blassblaues Leinengewand, das mit dem Pelz eines Hermelins besetzt war. Sie war von durchschnittlicher Größe, aber so grazil gebaut, dass sie zerbrechlich auf ihn wirkte. Dabei bewegte sie sich geschmeidig und streifte ihn mit einem nachlässigen Blick unter langen Wimpern hindurch.
Für einen Moment setzte sein Herzschlag aus. Das war ihm selbst im wildesten Kampf noch nie passiert. Er setzte sich aufrecht hin und musterte sie genauer. Sie besaß hohe Wangenknochen, eine zarte Haut und volle Lippen. Ihre Augen waren groß und ihr Haar schimmerte in der Sonne wie Seide.
Folke war der Blick, den Thoralf der Frau zuwarf, nicht verborgen geblieben.
„Was ist mit dir? Hast du Schmerzen? Warum glotzt du diesem dürren Weib hinterher? Ich rate dir, dich an eine fette Dunkelhaarige zu halten. Die hat Feuer!“
Thoralf sah ihn an und schüttelte den Kopf. Er blickte der kleinen Gruppe nach, wie sie den Steg betrat und sich einer Nussschale von Ruderboot näherte. Der Diener half den Frauen hinein, während sich der Sklave an die Riemen setzte. Dann begann er, die Ruder gleichmäßig und kraftvoll durchzuziehen. Dieser Mann wusste, was er tat. Die Entfernung nahm zu und langsam verlor Thoralf das Interesse. Er atmete tief durch und blinzelte in die Sonne. Seine helle Haut hatte längst einen Bronzeschimmer, der gut zu seinen blonden Haaren passte. Plötzlich musste er schmunzeln. Wenn ihm Anfang des Jahres jemand erzählt hätte, dass er schon bald mit einem Becher Wein am Hafen im sagenumwobenen Konstantinopel sitzen würde – er hätte ihn schlichtweg für verrückt erklärt.
Sein Blick wanderte ruhelos über den Hafen. Auf dem Schiff musste er die Umgebung immer im Auge behalten, um auf unvorhersehbare Gefahren zu reagieren. Wenn dem Boot etwas passierte, war das Leben aller Kameraden in Gefahr. Aus dem Augenwinkel sah er, wie ein größeres Fischerboot einlief und sich ungebremst dem Steg näherte. Er wollte gerade wieder zum Becher greifen, als seine seemännische

Erfahrung ihm Gefahr signalisierte. Wenn das Boot seinen Kurs beibehielt, würde es dem Ruderboot unweigerlich in die Quere kommen.
Er beugte sich nach vorn, stützte die Ellenbogen auf die Knie und versuchte die Entfernung einzuschätzen. Der Sklave saß mit dem Rücken zum Fischerboot und bemerkte die Gefahr nicht. Die übrigen Personen waren ins Gespräch vertieft. Am Bug des Fischerbootes stand ein Mann, der mit dicken Tauen hantierte und seine Umgebung sträflich vernachlässigte. Er bereitete sich bereits auf das Anlegemanöver vor, ohne zu ahnen, welche Gefahr er heraufbeschwor.
Thoralf kreiste unbewusst mit den Schultern, um die Anspannung zu vertreiben. Mittlerweile war es für das Ruderboot zu spät, um noch auszuweichen. Auch wenn ihn das Ganze nicht das Geringste anging, stieß er einen Schnalzlaut aus und traf eine Entscheidung.
Thanos kam aus der Taverne.
„Soll ich dir schon mal nachschenken lassen? Wie ich dich kenne, hast du deinen Becher…."
Weiter kam er nicht, denn Thoralf war so heftig aufgesprungen, dass sein Stuhl umkippte. Ivar und Folke sahen ihn alarmiert an. Sie hatten von der sich anbahnenden Katastrophe nichts mitbekommen. Thoralf zog sein Leinenhemd über den Kopf und ließ es achtlos fallen. Dann lief er los wie ein Pfeil, der von der Sehne schnellte. Mit langen Sätzen jagte er über den gemauerten Kai. Dabei stieß er einen lauten Warnruf aus. Sowohl der Sklave als auch der Mann auf dem Fischerboot rissen die Köpfe zu ihm herum.
Der Sklave pullte jetzt mit aller Kraft, um die Nussschale aus dem Weg des einlaufenden Fischerbootes zu manövrieren. Für einen Moment sah es so aus, als würde ihm dieses Wunder gelingen. Doch dann fuhr das Fischerboot ungebremst in das Heck und brachte das kleine Boot sofort zum Kentern. Eine der Frauen schrie auf, doch ihr Schrei riss ab, als sie allesamt unter Wasser gedrückt wurden. Das Fischerboot rammte die Nussschale mit ungeheurer Wucht und zerlegte es in seine Einzelteile. Der Diener wurde von einer der Planken am Kopf getroffen und ergriff mit letzter Kraft eines der Wrackteile. Von den Frauen war nichts mehr zu sehen. Nach einem Moment schwammen nur noch einige Trümmer umher, durch die sich das Fischerboot mit schäumender Bugwelle schob.
Thoralf hatte die Pier erreicht und lief polternd über die Holzplanken. Vor ihm tauchte der Sklave prustend aus dem Wasser auf. Er hielt eine der Frauen im Arm. Während er sie hinter sich herzog, achtete er darauf, dass ihr Kopf immer über Wasser blieb. Er blutete aus einer Stirnwunde, doch er war stark. Thoralf war überzeugt, dass er es

zusammen mit der Frau ans rettende Ufer schaffen würde. Der zweite Mann klammerte sich noch immer an eine Holzplanke. Thoralf beachtete ihn nicht länger.
Wo, verdammt noch mal, war die zweite Frau abgeblieben? Er erreichte das Ende der Pier und stieß sich kraftvoll ab. Während er mit einem langen Hechtsprung wie ein Vogel durch die Luft segelte, streckte er die Arme über den Kopf nach vorn. Gleichzeitig atmete er tief ein. Der Aufprall auf der glitzernden Wasserfläche war hart. Er tauchte in das salzige Wasser ein und schwamm mit langen, kräftigen Zügen auf die Unglücksstelle zu. Die Kälte des Wassers weckte seine Lebensgeister. Mittlerweile hatten sich am Ufer zahlreiche Schaulustige eingefunden, die lautstark durcheinanderriefen. Als Thoralf die Trümmerteile erreicht hatte, holte er noch einmal tief Luft und tauchte kopfüber in die Tiefe. Sofort umgab ihn völlige Stille. Thoralf sah sich nach allen Seiten um und tauchte tiefer. Mit jedem Schwimmzug nahm der Druck in seinem Kopf zu. Gleichzeitig wurde die Sicht immer schlechter. Langsam bekam er Atemnot. Gerade als er umkehren und an die Oberfläche zurückschwimmen wollte, sah er etwas glitzern. Sofort vollzog er einige kräftige Beinschläge und näherte sich seiner Entdeckung. Er sah eine goldene Kette hinabsinken. Gleich darauf entdeckte er ein Stück unter sich eine Gestalt, die langsam in die Tiefe schwebte. Alles in ihm schrie mittlerweile danach, endlich wieder an die Wasseroberfläche zurückzukehren. Doch Thoralf versuchte ruhig zu bleiben. Wenn er sie jetzt nicht retten konnte, war sie dem Tod geweiht. Er tauchte tiefer ab und ignorierte das Hämmern in seinen Schläfen. Endlich konnte er ihren Arm packen und zog sie vorsichtig in die Höhe. Langsam näherten sie sich der gleißenden Wasseroberfläche. Mit jedem Schwimmzug wurde es heller um sie herum, doch Thoralf hatte mittlerweile das Gefühl, dass ihm jeden Moment der Kopf zerspringen würde. Nebel tanzte vor seinen Augen und sein Blickfeld wurde immer enger. Plötzlich war er sich nicht mehr sicher, ob er es schaffen würde. Verzweifelt kämpfte er sich nach oben. Endlich brach sein Kopf durch die Wasseroberfläche. Gierig riss er den Mund auf und schnappte röchelnd nach Luft. Dabei versuchte er das Gesicht der jungen Frau über Wasser zu halten. Er hustete mehrfach und sog tief die Luft ein. Er hatte den Körper der Frau mit seinem rechten Arm umschlungen und zog sie zum Steg. Er kam zwar nur langsam voran, doch es war nicht mehr weit. Endlich erreichte er das Ufer. Einige Männer zogen die Frau aus seinem Arm in die Höhe und legten sie auf die Bohlen des Stegs.
Thanos hatte sich einen Weg durch die Menge gebahnt und stand wie versteinert da. Dann stieß er einen entsetzten Schrei aus und warf sich

über die reglose Gestalt.
„Delia!“, rief er mit verzweifelter Stimme.
Thoralf verstand die Welt nicht mehr. Für einen Moment vergaß er zu schwimmen und schluckte einen Schwall Wasser. Dann hustete er kräftig und musste sich am Steg festhalten, um wieder zu Atem zu kommen.
Er hatte Thanos' Schwester gerettet! Mit letzter Kraft zog er sich aus dem Wasser. Um ihn herum bildete sich eine Pfütze, doch er achtete nur auf die junge Frau, die bleich vor ihnen lag. Thanos war wie von Sinnen. Er hockte neben Delia und schüttelte sie.
„Atme!“, schrie er sie an und seine Stimme klang panisch und schrill.
Noch immer zeigte sie keine Regung. Die vielen Menschen um sie herum redeten aufgeregt durcheinander. Thanos hatte vor Hilflosigkeit die Fäuste geballt. Plötzlich zuckte ihr Körper mehrfach und sie erbrach einen ganzen Schwall Salzwasser.
„Sie atmet!“, schrie er und eine unglaubliche Last fiel von ihm ab. Noch immer spuckte sie Meerwasser und holte röchelnd Luft. Endlich schlug sie die Augen auf und sah sich erschöpft um. Thanos nahm sie in die Arme und streichelte hilflos ihr Gesicht.
„Delia, nun wird alles gut“, rief er. Dabei liefen Tränen über seine Wangen.
Delia zitterte. Die Kälte des Wassers und der Schock hatten ihr hart zugesetzt. Thoralf blickte sich um und entdeckte sein Leinenhemd, das Thanos ihm mit auf den Steg gebracht hatte. Er legte es ihr vorsichtig um die Schultern und hob sie auf. Sie war leicht wie eine Feder und legte ihren Kopf an seine Brust.
Ivar und Folke drängten die neugierigen Gaffer zu Seite. Nachdem sie einige Menschen beinahe ins Wasser geschubst hätten, machten die übrigen murrend Platz. Thoralf trug Delia zur Taverne hinüber. Neben ihm lief Thanos , der seine Schwester nicht aus den Augen ließ.
„Besorg ihr etwas Trockenes zum Anziehen, damit sie sich nicht erkältet. Ich hole ihr einen Becher Wein, der wird ihre Lebensgeister wecken.“
Thanos nickte. Gut, dass Thoralf die Initiative an sich riss. Der Gastwirt brachte ihnen einen Umhang seiner Frau und außerdem einen Krug seines besten Rotweins.
„Das ist das wirksamste Mittel gegen den Schrecken“, rief er und winkte energisch ab, als Thoralf dafür zahlen wollte.
Sie flößten Delia mehrere kleine Schlucke ein und langsam wich der Schock. Ihre großen dunklen Augen füllten sich mit Tränen. Thoralf tauschte einen kurzen Blick mit Thanos und zog sich zurück. Kaum hatte er sich einige Schritte entfernt, stürzte Delia hinter ihm her und

zog ihn am Ärmel.
„Danke“, flüsterte sie, während ihr die Tränen über die Wangen liefen. Thoralf nickte. Dann wandte er sich ab. Er hatte sich noch nie so hilflos gefühlt.

Stavros war in den letzten Wochen ständig unterwegs, um einige hochangesehene Persönlichkeiten zu treffen und ihnen hier und da einen Gefallen zu erweisen. Die Zeit würde kommen, dass es an ihm war, eine Gefälligkeit einzufordern. Oft verschlug es ihn auf das weitverzweigte Palastgelände, wo er immer wieder die Gelegenheit für ein Gespräch mit Beamten des Kaisers suchte und gemeinsame Interessen auslotete. Auch für einige niedere Bedienstete, die abseits der Hauptpfade ihren Aufgaben nachgingen, hatte er ein offenes Ohr. Auf diese Weise war es leicht, Zugang zu teils sehr delikaten Informationen zu bekommen.
Mittlerweile verfügte er über ein hervorragendes Netzwerk mit einer Vielzahl von Informanten, die er regelmäßig mit hohen Summen schmierte. Es kam sogar vor, dass er selbst es war, der ein Gerücht in die Welt setzte, um zu sehen, wo es landete und ob es seinen Zwecken dienlich wäre. Manchmal fühlte er sich wie ein Puppenspieler, der zahlreiche Fäden gleichzeitig in der Hand hielt und es trotzdem schaffte, sich nicht in ihnen zu verheddern. Ein Mann wie er war zu Höherem berufen – zum Wohle des Reiches natürlich.
Trotz seiner anderweitigen Verpflichtungen dachte er über Delia und ihren Bruder Thanos nach. Wenn er doch nur direkt an sie herankäme. Dann wüsste er sie schon zu überzeugen. Wenn nötig mit Gewalt. Nachdenklich wog er seine Möglichkeiten ab, diesen Störenfried Thanos loszuwerden. Vielleicht würde er dabei ein wenig Hilfe benötigen. Unauffällig würde er einige Erkundigungen einholen. Bestimmt fand sich eine Lösung für sein Problem.
Bereits am nächsten Tag war er am Abend mit Tiberios, einem verdienten General des byzantinischen Heeres, zum Essen verabredet. Der Umgang mit Tiberios war kein Vergnügen, denn dieser war oft wortkarg, hochnäsig und besserwisserisch. Zudem ließ er Stavros nur zu gern spüren, dass er sich ihm überlegen fühlte. Stavros schluckte seinen Stolz hinunter und ließ sich den Fischeintopf schmecken. Er würde schließlich auch für die Kosten aufkommen. Tiberios hingegen hatte noch nie freiwillig seine Geldbörse geöffnet, um das Essen zu bezahlen. Und doch schröpfte Stavros den General nach Kräften. Tiberios wusste viel über die einflussreichen Personen am Kaiserhof. Er kannte ihre Neigungen und ihre geheimen Laster.
Auf Umwegen erfuhr er so auch von der Schwäche des Generals für

Jungen. Je jünger, desto besser. Mit seinen Kontakten im Hafen war es Stavros ein Leichtes, seine Wünsche zu befriedigen. So war Tiberios schon bald regelmäßig im Hafen zu Gast. Immer wieder gelang es Stavros, ihm eine überraschende Auswahl an Knaben vorzuführen, für die der General ohne zu feilschen zahlte.
„Ich hätte gern deinen Rat, Tiberios", eröffnete Stavros das Gespräch.
Der General hatte in einem Gasthaus am Hafen einen äußerst kurzweiligen Nachmittag in der Gesellschaft zweier Knaben verbracht und war milde gestimmt.
„Worum geht es?", fragte er, während ihnen ein verhärmt aussehendes Mädchen Wein nachschenkte.
Stavros wartete, bis sie sich wieder entfernt hatte, und erzählte ihm von Delia und ihrem Bruder.
„Ich will diesen Thanos aus dem Weg haben. So lange er in der Hauptstadt weilt, sind mir die Hände gebunden. Deshalb habe ich mich gefragt, ob dir vielleicht eine Lösung einfällt."
Tiberios hörte zu und runzelte die Stirn.
„Er ist Offizier, sagst du? Nun, das Reich hat so viele Feinde und ständig ergeben sich neue Gelegenheiten, einen unliebsamen Offizier der byzantinischen Armee loszuwerden. Das sollte nicht allzu schwierig sein."
Er schnalzte mit der Zunge, als ihm ein Gedanke kam.
„Ich kann dir noch nichts versprechen, aber ich kümmere mich darum. Sorge du nur dafür, dass sich auch um meine Belange weiterhin so umsichtig gesorgt wird."
Sie tauschten ein verschwörerisches Lächeln aus.
Stavros sah sich schon am Ziel seiner Träume. Dabei überließ er nichts dem Zufall. Längst hatte er einige Männer auf Delia angesetzt, die jeden ihrer Schritte überwachten. Diese Frau wurde langsam zu seiner Obsession. Doch was machte das schon? Jeder Mensch brauchte etwas, für das er mit aller Leidenschaft brannte. Er hatte sein Objekt der Begierde gefunden.

Die Bulgaren kommen!

Es vergingen einige Tage, bis Thanos sich wieder bei den Nordmännern blicken ließ. Wie immer mischte er sich unauffällig unter sie, wurde jedoch sofort entdeckt und begrüßt. Er schlenderte zu Thoralf hinüber, der sich im Garten einen Wettkampf mit Östen, Gunne und Folke lieferte. Sie versuchten mit ihren Wurfmessern ein acht Schritte entferntes rundes Stück Holz zu treffen, dessen Mitte ein schwarzer Punkt markierte.

Gerade war Thoralf an der Reihe. Er wog das Messer prüfend in der Hand und warf es dann aus dem Handgelenk. Die Klinge traf genau die Mitte der Scheibe. Er wollte schon jubelnd die Hände emporstrecken, als der Griff langsam absackte und das Messer zu Boden fiel. Höhnische Rufe seiner Gefährten begleiteten den ungültigen Versuch. Als nächstes war Östen dran. Er hatte Thoralfs Missgeschick mit angesehen und warf sein Messer mit aller Kraft. Das Geschoss bohrte sich ein Stück weit rechts der Mitte in die Zielscheibe, blieb aber stecken. Damit hatte er gewonnen. Thoralf brummte enttäuscht, während Östen ihm gutmütig auf die Schulter schlug. Dann entdeckte er Thanos und winkte ihn erfreut heran.

„Nun erzähl schon! Wie geht es Delia?“, forschte er nach.

Thanos streckte ihm beide Hände entgegen.

„Lass mich dir als erstes von ganzem Herzen danken. Meine Schwester ist für mich das Wichtigste auf Erden. Du hast sie gerettet und dabei ohne zu zögern dein Leben aufs Spiel gesetzt. Das werde ich dir nie vergessen. Ich stehe tief in deiner Schuld. Solltest du jemals Hilfe brauchen, kannst du auf mich zählen.“

Ein Blick in Thanos' Augen zeigte Thoralf, wie ernst es dem Griechen mit diesem Versprechen war.

„Und jetzt sag schon. Wie geht es ihr?“

„Sie hat die Nacht und fast den ganzen nächsten Tag geschlafen. Der Unfall muss ihr furchtbar zugesetzt haben. Doch so langsam hat sie ihr Lachen wiedergefunden und ist wieder die gutgelaunte Delia, die ich kenne.“

Er strahlte Thoralf mit einer Erleichterung an, die diesem das Herz leicht werden ließ. Trotzdem konnte er sich einen kleinen Seitenhieb nicht verkneifen.

„Keine Schönheit und ein wenig beleibt, richtig?“

Er sah Thanos schmunzelnd an. Dieser senkte verschämt den Kopf.

„Bitte versteh mich nicht falsch. Sie ist meine einzige Schwester und ich liebe sie über alles. Ich möchte sie vor allen Gefahren schützen, so gut ich es eben vermag. Du bist ein Nordmann, den ich noch vor wenigen

Tagen kaum kannte…."
Er suchte nach Worten, doch Thoralf winkte ab.
„In meiner Heimat liegt das letzte Wort bei den Frauen. Wenn es einem Mann nicht gelingt, eine Frau für sich zu gewinnen, muss er ihre Zurückweisung hinnehmen. Dafür ist ihm für lange Zeit der Spott aller übrigen Frauen sicher. Das ist kein Spaß, kann ich dir sagen."
Er grinste und Thanos erwiderte das Lachen ungezwungen.
„So ähnlich klang meine Schwester auch, als sie mich bat, dich für morgen Abend zum Essen einzuladen."
Thoralf war verblüfft. Doch er fing sich schnell und sagte zu. Plötzlich spürte er, wie sein Herz gegen die Rippen hämmerte. Dabei hatte er Delias Gesicht vor Augen. Er freute sich sehr, sie unter angenehmeren Umständen wiederzusehen.
Thanos hatte noch mehr auf dem Herzen.
„Ich war heute im Palast. Der Kaiser stellt eine Gesandtschaft zusammen, die den bulgarischen König besuchen soll. Irgendein Schlaukopf von General hat in seiner Weisheit wohl beschlossen, dass ich der Delegation angehören soll."
Er verzog das Gesicht.
„Ein solcher Besuch ist nicht ohne Risiko. Den letzten Gesandten ließ der bulgarische König erschlagen, weil ihn dessen Botschaft erzürnt hat. Nur den Kopf des armen Mannes schickte er an den Kaiser zurück."
Jarl Olaf drängte sich zu ihnen hindurch.
„Was ist der Zweck dieser Gesandtschaft? Sollen die Bulgaren besänftigt werden? Wird es vielleicht Krieg geben?"
Thanos hob die Schultern.
„Ich weiß es wirklich nicht. Die Bulgaren sind ein unberechenbares und kriegslüsternes Volk. In der Vergangenheit haben sie uns immer wieder überfallen. Seit Jahrzehnten schon überschreiten sie unsere Grenzen und plündern ganze Landstriche aus. Ihr König träumte lange von einem bulgarischen Großreich. Natürlich auf Kosten von Byzanz. Am liebsten wollte er sich wohl bis an die Gestaden des Mittelmeers ausbreiten, den Balkan und ganz Griechenland erobern und sich zum Großkönig ausrufen lassen. Der Kaiser war gezwungen, immer wieder neue Kriege gegen die Bulgaren zu führen, um ihrem Vorwärtsdrang Einhalt zu gebieten. Dabei musste er einige schmerzliche Niederlagen einstecken. Die Bulgaren entrissen uns große Landstriche und drangen sogar bis vor die Tore Konstantinopels vor. Erst im letzten Augenblick konnte die Gefahr abgewehrt werden. Zur gleichen Zeit wurden unsere Grenzen im Osten von Arabern und slawischen Völkern berannt. Die Situation wurde so brenzlich, dass der damalige Kaiser gezwungen war, sich Ruhe zu erkaufen und den Bulgaren Tributzahlungen versprach,

auf dass sie ihre Kriegszüge auf byzantinisches Gebiet unterließen."
Er sah bedeutungsschwer reihum und die Gesichter der Nordmänner wurden hart. Der Jarl schnaufte missbilligend. Sein Gesicht drückte Verachtung aus.
„Eine solche Schwäche wird die Bulgaren nicht lange von weiteren Angriffen abgehalten haben, oder?", fragte Jarl Olaf mit düsterer Stimme. „Schließlich muss ein Mann verteidigen können, was ihm gehört. Oder seine Feinde werden sich nehmen, was immer ihnen zusagt. Land, Frauen und Gold."
Thanos nickte.
„Natürlich besänftigte das Gold die Bulgaren nicht lange. Schon bald fielen sie erneut in großer Zahl in unser Land ein. Das war im Jahre 1014, also vor über fünfundzwanzig Jahren. Doch diesmal gelang es den Generälen des Kaisers, die Bulgaren zur Schlacht zu stellen und vernichtend zu schlagen. Unsere Truppen nahmen tausende Gefangene. Um die Bulgaren in ihre Schranken zu weisen, wurden sie in Hundertschaften aufgestellt. Dann befahl der Kaiser, neunundneunzig von ihnen zu blenden. Jeweils einem Mann ließ er ein Auge, damit dieser die Gruppe nach Hause führen konnte."
Die Nordmänner tauschten erstaunte Blicke aus und murmelten leise miteinander. Sie waren harte, kompromisslose Kämpfer, die ohne zu zögern Blut vergossen. Doch von einer solch grausamen Bestrafung hatten sie noch nicht gehört. Doch sie wussten, wie gnadenlos der Krieg war. Viele waren sogar erleichtert darüber, dass der damalige Kaiser zu solch harten Entscheidungen in der Lage war. Das gab ihnen Vertrauen in die Fähigkeiten ihres jetzigen Dienstherrn. Sie wollten nicht das Gold eines Mannes nehmen, der zu schwach war, um Kriege zu führen.
„Wie ging es weiter?", fragte Hjalmar mit rauer Stimme.
„Als der bulgarische König das Ausmaß seiner Niederlage erkannte und immer mehr Männer heimkamen, denen man das Augenlicht genommen hatte, soll er dem Wahnsinn verfallen und bald darauf verstorben sein."
Thanos' Stimme war immer leiser geworden und hatte einen bitteren Ton angenommen. Er machte kein Geheimnis daraus, dass er solche Gräueltaten aus tiefstem Herzen verabscheute. Zögernd fuhr er fort.
„Nachdem es an der Grenze zu den Bulgaren eine Weile ruhig geblieben war, sind sie in den letzten Jahren wieder mutiger geworden. Seit einiger Zeit verheeren sie erneut die Grenzgebiete und schrecken sogar vor Überfällen auf kleinere Städte nicht zurück. Ich vermute, dass der Kaiser die Bulgaren auf die Gefahr eines Krieges hinweisen will. Vielleicht bringt sie das zur Vernunft."
Thoralf stand mit verschränkten Armen neben ihm und sah ihn

aufmerksam an.
„Es ist nicht klug, zu ihnen zu reisen."
Thanos nickte düster.
„Bei dem Gedanken daran habe ich auch Bauchschmerzen. Doch ich bin nur ein kleiner Offizier, der seinen Befehlen zu gehorchen hat. Sobald ich mehr weiß, erzähle ich es euch."
An diesem Abend drehten sich die Gespräche der Nordmänner um den drohenden Krieg. Viele hofften darauf, dass der Kaiser sie auf einen Feldzug schicken würde, auf dem sie sich auszeichnen konnten.

Am nächsten Morgen war Thoralf früh auf den Beinen. Die meisten seiner Kameraden hatten dem Wein lange zugesprochen und sich erst schlafen gelegt, als es im Osten bereits hell wurde. Schon jetzt verspürte er Vorfreude auf den heutigen Abend. Er setzte sich auf eine Mauer im Garten und blinzelte in die ersten Sonnenstrahlen. Kurz überlegte er, ins Badehaus zu gehen. Das warme Wasser war eine Wohltat, die er einfach nicht mehr missen mochte. Noch ehe er eine Entscheidung getroffen hatte, lief Hjalmar an ihm vorbei. Er fuhr sich mit beiden Händen über das Gesicht und gähnte herzhaft. Dann strich er sich durchs ungebändigte Haar und musterte Thoralf mit einem kurzen Blick.
Irgendetwas schien ihn zu stören. Er zog den Rotz hoch und spuckte ihn ins Gras. Dann ging er zu einer Holzkiste hinüber, in der Übungsschwerter und Schilde bereitlagen. Er suchte zwei Schwerter heraus und drückte Thoralf eines davon an die Brust.
„Komm mal mit", murmelte er, während er ihm bereits den Rücken zuwandte. Thoralf blinzelte irritiert. Er war noch nicht richtig wach und in ausnehmend friedlicher Stimmung.
„Dir steht der Sinn nach einem Übungskampf? Zu so früher Stunde? Einige von uns haben sich gerade erst hingelegt. Warum?"
Hjalmar ließ das Übungsschwert probehalber durch die Luft sausen.
„Dein Grinsen verhöhnt die Götter", raunte er.
„Wollen doch mal sehen, ob ich dir deine gute Laune austreiben kann."
Brondolf tauchte auf der Veranda auf und lehnte sich an eine Säule. Er hatte gerade von einem Apfel abgebissen und die letzten Worte mitangehört. Er gab sich keine Mühe, ein breites Grinsen zu verstecken. Während er an Thoralf vorbeiging, hieb er ihm kräftig auf den Rücken.
„Viel Glück! Du wirst es brauchen."
Thoralf spürte die Unruhe in sich aufsteigen und lockerte instinktiv die Schultern. Er war noch nie einem Kampf ausgewichen. Doch Hjalmar war ihm an Körperkraft überlegen und ein gefährlicher Gegner. Er musste hellwach sein, anderenfalls würde er sich ganz schnell mit

schmerzenden Gliedern auf dem Boden wiederfinden.
Schon bald erklang im Garten das unverwechselbare Geräusch dumpfer Schläge, die in höllischem Tempo auf Schilde prasselten. Das scharfe Keuchen der Kämpfer sorgte schon bald dafür, dass sich eine immer größere Anzahl Kameraden um sie versammelte.
Anfangs sah alles nach einem schnellen Ende aus. Hjalmars Schlägen wohnte eine Kraft inne, mit der er mühelos einen Ochsen zur Strecke bringen konnte. Doch Thoralf blieb ihm nichts schuldig. Seine Hiebe hatten nicht die gleiche Wucht, doch sie waren gut gezielt. Seine Bewegungen waren fließend und seine Vorstöße erfolgten blitzschnell wie der Angriff einer Schlange, die auf ihr Opfer zuschoss. Anfangs hatte Hjalmar den Schild gesenkt. Doch schon bald erkannte er, dass dies ein schmerzhafter Fehler war. Die Anfeuerungsrufe ihrer Kameraden wurden immer lauter. Längst lief beiden Kämpfern der Schweiß übers Gesicht. Doch trotz fortschreitender Kampfdauer wurden sie kaum langsamer. Hjalmar schlug zweimal mit unglaublicher Wucht zu und drängte Thoralf zurück. Dann setzte er zu einem Rundschlag an, der zwei Planken von Thoralfs Schild zerschmetterte. Ein Raunen lief durch die Reihen der Männer. Ivar hatte das Gesicht verzogen. Er konnte den Schmerz, der durch Thoralfs Schulter laufen musste, förmlich spüren.
„Sie kämpfen mit Übungsschwertern. Was macht Hjalmar erst, wenn er eine gute stählerne Klinge in der Hand hält?“, raunte Östen Brondolf zu. Beide ließen die Kämpfer nicht einen Moment aus den Augen.
Thoralf warf die Reste seines Schildes zu Boden. Hjalmar sah ihn prüfend an.
„Hast du schon genug?“, fragte er, während er sich den Schweiß von der Stirn wischte.
Thoralf schenkte ihm ein atemloses Grinsen. Dann bückte er sich, um ein zweites Übungsschwert aufzuheben. Er ließ beide Klingen um die Handgelenke wirbeln und wandte sich wieder Hjalmar zu.
„Ist dir das Antwort genug?“
Dieser nickte anerkennend und schlug voller Vorfreude mit dem Schwert auf seinen Schild.
„Bei allen Göttern! Du trägst den Namen Thors zu Recht. Und jetzt komm her, ich bin noch nicht fertig mit dir.“
Sie begannen sich zu umkreisen.
Brondolf tippte Östen mit dem Ellenbogen an.
„Ob Thoralf sich das gut überlegt hat?“, murmelte er.
„Ohne Schild gegen Hjalmar anzutreten, könnte ein großer Fehler sein. Jeder Hieb dieses Riesen kann den Kampf entscheiden.“
Folke hatte sich zu ihnen gesellt und pulte sich den Schlaf aus den

Augen.
„Andererseits kann an seinem Gesicht auch nur wenig kaputt gemacht werden“, erwiderte er trocken.
Brondolf schmunzelte.
„Da ist natürlich was Wahres dran.“
Sie konzentrierten sich wieder auf den Kampf, der nun schnell Geschwindigkeit aufnahm. Hjalmars Schlagkraft war zerstörerisch, doch Thoralf blieb nie lange genug an einem Platz. Er umkreiste seinen Gegner und schlug beidhändig zu, so dass seine Hiebe wie Donnerschläge auf Hjalmars Deckung krachten. Hjalmar stieß ihm den Schild vor die Brust, um ihn auf Abstand zu halten. Sofort hatte Thoralf die Entfernung wieder verkürzt und drang unerbittlich auf ihn ein. Dabei tänzelte er leichtfüßig um seinen Gegner herum, täuschte Schläge gegen seinen Kopf an, nur um gleich darauf Hjalmars Hüfte zu attackieren. Seine Hiebe schienen noch schneller zu kommen als zu Beginn des Kampfes. Staunend nahmen die Nordmänner wahr, dass Hjalmar langsam aber sicher in Bedrängnis geriet.
Erneut stieß Thoralf vor, doch plötzlich wich Hjalmar zur Seite aus. Während er mit seinem Schild Thoralfs Schwerter zur Seite schlug, ging er in die Knie und schlug nach seinen Beinen. Es war ein winziger Moment, den Thoralf zu spät reagierte, doch dieser entschied den Kampf. Der Schlag holte ihn von den Beinen und ließ ihn krachend zu Boden gehen. Noch ehe er die Kontrolle über seinen Körper zurückgewonnen hatte, setzte Hjalmar ihm den schweren Schild auf die Brust. Beide Männer keuchten. Schließlich sah Thoralf die Niederlage ein und ließ die Schwerter aus seinen Händen gleiten. Hjalmar half ihm unter dem Jubel der Männer auf.
„Du bist gefährlich wie eine vorstoßende Giftschlange und zweimal so gerissen. Aber zum Schluss hast du dich vom Schlachtenwahn hinreißen lassen und wurdest leichtsinnig.“
Thoralf schüttelte den Kopf.
„Gerissen? Ich? Eher nicht. Es war eine Torheit. Wie kann ich einen Krieger wie dich unterschätzen?“
Er blickte auf die beiden Schwerter zu seinen Füßen.
„Allerdings gefällt es mir, mit zwei Klingen zu kämpfen. Das ist keine Kampfweise für den Schildwall, aber in einem Zweikampf mag dies eine gute Taktik sein. Es ist für jeden Gegner ungewohnt und der Kampf gewinnt an Tempo. Außerdem wird er nicht nur durch pure Kraft entschieden. Das liegt mir.“
Hjalmar nickte.
„Du hast mich damit an den Rand einer Niederlage gebracht. Das können nicht viele Männer von sich behaupten.“

Er kratzte sich grübelnd am Hinterkopf.
„Eigentlich fällt mir niemand ein, der das von sich behaupten kann."
Sie lachten sich an.
„Lass uns einen Krug zusammen leeren. Das haben wir uns verdient."
Sie setzten sich in den Schatten und sahen den anderen Männern bei ihren Übungen zu. Der schwere Rotwein funkelte wie Blut in ihren Bechern. Thoralf glaubte beim ersten Schluck noch das Gewicht von Hjalmars Schild auf seiner Brust zu spüren. Doch langsam entwich die Anspannung aus seinem Körper.
„Für heute habe ich genug vom Kampf. Wollen wir den Nachmittag im römischen Bad verbringen?"
Hjalmar schmunzelte.
„Kann dein Hang zum Baden mit deiner Verabredung heute Abend zusammenhängen?"
Thoralf fühlte sich ertappt.
„Ja. Außerdem spüre ich nach unserem Kampf jeden Knochen im Körper. Einzig warmes Wasser kann mir jetzt Linderung verschaffen. Du schlägst nämlich zu wie ein Ochse."
Hjalmar winkte ab.
„Das wollte ich dir auch gerade vorschlagen."
Er nickte zu den Kameraden hinüber, wo sich Folke und Brondolf sowie Ivar und Östen im Übungskampf gegenüberstanden.
„Lass uns diese Anfänger mitnehmen, sonst verletzten sie sich noch an ihren stumpfen Waffen. Ich kann diesem hilflosen Herumgefuchtel kaum zusehen."
Sie lachten und erhoben sich von der Bank.

Als die Sonne blutrot am Horizont versank, traf Thoralf an der vereinbarten Taverne am Hafen ein. Er war etwas früher dort als verabredet und suchte einen Tisch mit Blick auf das Hafenbecken aus. Kurz darauf sah er Thanos um die Ecke biegen und verzog enttäuscht das Gesicht.
Thanos trug eine weiße Tunika und hatte einen sorgfältig gestutzten Bart. Er gab sich keine Mühe, ein boshaftes Grinsen zu verbergen. Doch schließlich hob er beruhigend die Arme.
„Nun zieh nicht gleich so ein Gesicht. Ich freu mich auch dich zu sehen. Keine Sorge. Delia wird sich bald zu uns gesellen."
Er sah Thoralf in die Augen und sein Grinsen verschwand so schnell, wie es gekommen war.
„Ich muss etwas mit dir besprechen und möchte Delia nicht beunruhigen."
Thoralfs Interesse war geweckt. Sie bestellten eine Karaffe Wein und

steckten verschwörerisch die Köpfe zusammen.
„Ich habe dir doch von der geplanten Delegation zu den Bulgaren erzählt."
Thoralf nickte bestätigend, während Thanos fortfuhr.
„Ich weiß jetzt, warum ausgerechnet ich bei dieser Delegation dabei sein soll. Aus gemeinsamen Kindertagen bin ich noch mit einem Schreiber am kaiserlichen Hof befreundet. Er verfasst die Befehle und sorgt dafür, dass diese weitergeleitet werden. Eigentlich sind solche Bediensteten zu absoluter Geheimhaltung verpflichtet, aber du würdest staunen, wie viele aufstrebende Männer die abenteuerlichsten Summen bezahlen, um noch an die belanglosesten Informationen zu gelangen. Jedenfalls war dieser junge Schreiber früher mal in Delia verliebt und ist ihr immer noch von Herzen zugetan. Natürlich hört er in seiner Position vieles, was nicht für seine Ohren bestimmt ist. Er hat mir gestern verraten, dass die Zusammenstellung der Delegation eigentlich bereits beschlossene Sache war. Dann hat sich aber ein General eingemischt und darauf gedrungen, dass ich der Gesandtschaft ebenfalls zugeteilt werde. Anfangs dachte ich mir nichts dabei. Wer vermag schon zu sagen, was für Gründe die Befehlshaber dazu erwogen haben mögen. Doch mein Freund wurde sofort misstrauisch. Er fragte mich dann, wer von meinem Weggang profitieren würde. Und erst da fiel mir Stavros ein. Dazu passen auch die Gerüchte, die meinem Freund immer wieder zu Ohren kommen: Der General verbringt auffällig viel Zeit in Tavernen am Hafen, die schlecht beleumundet sind."
Thanos blies die Backen auf.
„Dieser miese Hund Stavros hat seinen Einfluss geltend gemacht. Er will mich aus der Hauptstadt haben, um sich ungehindert Delia nähern zu können. Ich kann gegen den Befehl nichts unternehmen, sonst lässt mich der General in Ketten legen und im Verließ verschwinden. Bestimmt hofft Stavros, dass ich von dieser Reise nicht lebend zurückkehre."
Thoralf kratzte sich beunruhigt über den Bart.
„Sei bloß vorsichtig. Ich will deiner Schwester nicht sagen müssen, dass ihr Bruder von irgendwelchen felltragenden Barbaren erschlagen wurde."
Er unterbrach sich, als er das Grinsen in Thanos' Augen sah.
„Thoralf, ihr Nordmänner seid in den Augen der Griechen auch allesamt Barbaren. Nur dass ihr mittlerweile besser gekleidet seid."
Thoralf winkte ab.
„Weißt du schon, was in der Botschaft stehen wird, die ihr dem bulgarischen König überbringen sollt?"
Thanos sah ihn entrüstet an.

„Man hat mir ein Schreiben überbracht, das mit dem Siegel des Kaisers versehen ist. Es kommt direkt vom Kaiser und darf nur dem König der Bulgaren übergeben werden."
Thoralf verzog abfällig die Mundwinkel.
„Aber es ist dein Leben, das hier auf dem Spiel steht. Was ist, wenn dem König die Botschaft nicht gefällt?"
Er reckte sein kantiges Kinn vor und blickte ihm direkt in die Augen.
„Und was steht jetzt in diesem Schreiben?"
Thanos schüttelte über so viel Hartnäckigkeit den Kopf. Doch dann beugte er sich ein Stück weit vor und atmete tief durch.
„Nichts Gutes. Soviel ist mal sicher. Mein Freund berichtete mir, dass der Kaiser ankündigt hat, weitere Überfälle der Bulgaren mit Krieg zu beantworten. Er schwört dem bulgarischen König, dass er mit einem mächtigen Heer direkt ins Herz Bulgariens marschieren. Er wird nicht eher ruhen, bis er die Ländereien der Bulgaren ins byzantinische Reich eingegliedert hat, sollten diese es wagen, noch ein einziges Mal die Grenzen zu überschreiten."
Er sah Thoralf zweifelnd an.
„Das wird den Bulgaren nicht gefallen. Sie lieben alles, was glänzt, und werden gern hofiert ob ihrer Stärke. Der bulgarische König braucht die reiche Beute, die er bei seinen Überfällen macht. Nur auf diese Weise kann er seine Krieger bezahlen und sie ruhig halten."
„Dann wird es also Krieg geben", fasste Thoralf zusammen.
Thanos nickte düster.
„Es sieht danach aus."
Thoralf richtete seinen Oberkörper auf.
„Auch auf die Gefahr hin, mich zu wiederholen: Sei vorsichtig!"
Thanos versprach es, doch Thoralf bemerkte ein kurzes Flackern in seinen Augen.
„Das bringt mich zu meinem eigentlichen Anliegen", fuhr Thanos fort. „Ich werde einige Wochen unterwegs sein. In der Zeit hat Delia niemanden, der sie beschützen kann. Versprich mir, dass sie sich an dich wenden kann, sollte Gefahr im Verzug sein. Dieser Stavros darf sie nicht in die Finger bekommen. Ich vertraue dir."
Thoralf biss voll unterdrückter Wut die Zähne zusammen. Dann nickte er.
„Sollte sie in Gefahr sein, soll sie mir einen Boten schicken. Ich werde helfen, so gut ich kann."
Thanos war die Erleichterung anzusehen.
„Danke, mein Freund, mehr kann ich nicht von dir erwarten. Du kennst sie ja kaum."
Thoralf wollte etwas erwidern, doch er hatte kaum den Mund geöffnet,

als er ihn bereits wieder schloss, denn Delia steuerte auf ihren Tisch zu. Sie trug ein enges Kleid, das ihre zierliche Gestalt betonte. Ihren Hals schmückte eine goldene Kette aus feinen Gliedern, an der ein funkelnder Smaragd hing. Als sie direkt vor ihm stand, erkannte Thoralf, dass sich die Farbe des Smaragds in ihren Augen wiederfand. An ihren Handgelenken klimperten Armreifen in schillernden Farben. Er war nicht der einzige Mann, der sie nicht aus den Augen ließ. Doch sie war sich ihrer Schönheit nicht bewusst und nahm die Aufmerksamkeit kaum wahr. Thanos erhob sich und umarmte seine Schwester.
„Delia! Wie schön, dich zu sehen. Bitte setz dich zu uns."
Sie sah Thoralf kurz in die Augen und reichte ihm die Hand. Sie fühlte sich in seiner Pranke klein und kühl an.
„Du hast mich vor dem Ertrinken gerettet. Ich weiß nicht, wie ich dir dafür danken kann. Nicht viele Männer hätten ihr Leben aufs Spiel gesetzt, um eine unbekannte Frau zu retten."
Thoralf fiel schon wieder nichts ein, was er darauf hätte sagen können. Delia bemerkte seine Hilflosigkeit und beließ es dabei. Doch bevor die Stille unangenehm werden konnte, orderte Thanos mehr Wein und unterhielt sie mit Geschichten vom Kaiserhof. Er hatte eine unbeschwerte Art und gab seinen Erzählungen immer wieder eine unerwartete Wendung, mit der er sie zum Lachen brachte. Thoralf spürte, wie Delia anfing, den Abend zu genießen. Immer wieder glitt sein Blick über ihre zarten Hände, die keine Spuren von Feldarbeit aufwiesen. Als Thanos ihm erzählte, dass die vornehmen Frauen in Konstantinopel keinerlei Tätigkeiten zu verrichten hatten und nur ihren Vergnügungen nachgingen, hatte er dies kaum glauben können. In seiner Heimat war es Sitte, dass bereits die kleinen Mädchen ihrer Mutter zur Hand gingen. Den ganzen Tag lang gab es für sie Unmengen an Arbeit. Sie mussten den Hof bewirtschaften, Vieh füttern, den Haushalt führen und sich um das Essen für die Männer kümmern. Abends strickten die Frauen oft beim trüben Licht einiger Öllampen, um warme Kleider für den Winter herzustellen. Diese Arbeiten unter oft rauen Bedingungen hinterließen unweigerlich Spuren.
Thoralf bemerkte, dass er sich in seinen Gedanken verloren hatte. Erst jetzt bemerkte er, dass Delia ihm eine Frage gestellt hatte und ihn erwartungsvoll anblickte.
„Entschuldige! Ich war mit meinen Gedanken in der Heimat."
Neugierig musterte sie ihn.
„Mein Bruder behauptet, Nordmänner hält es nicht am heimischen Feuer?"
Thoralf sah sie an und nickte.

„Uns Nordmänner zieht es raus aufs Meer. Wir wollen Abenteuer erleben sowie Ruhm und Reichtum erringen. Jeder Nordmann möchte in seinem Leben die Wunder dieser Welt mit eigenen Augen gesehen haben, auf dass er als alter Mann am Lagerfeuer in der Heimat viel zu erzählen hat."

Er musterte die Gesichter der Geschwister, ob sie mit dieser Schilderung etwas anfangen konnten.

„Doch noch höher angesehen sind bei unserem Volk die Männer, die Schlachtenruhm errungen haben und mit dem Schwert in der Hand gefallen sind. Sie werden niemals die Leiden alter Männer erdulden und den Tod im Bett erwarten müssen. Stattdessen werden sie von den Walküren vom Schlachtfeld und direkt nach Walhalla getragen, wo sie jeden Tag mit den Göttern speisen und sich im Schwertkampf messen dürfen. Solange, bis die Welt eines Tages endgültig untergeht."

Delia beobachtete ihn fasziniert. Sie kannte bisher nur die Gepflogenheiten im byzantinischen Reich.

„Kämpfe, Schlachtruhm, Reichtum. Ist das alles, was euch Männer interessiert? Wie leben die Frauen in eurem Land. Müssen sie tun, was der Mann ihnen befiehlt, und sich ihm unterordnen?"

Thoralf schüttelte den Kopf.

„Frauen haben bei uns viel zu sagen. Sie führen den Hof und tragen eine große Verantwortung. Kein Mann wird glücklich leben, wenn er den Willen seiner Frau außer Acht lässt."

Thanos wusste bereits eine Menge über die Kultur der Nordmänner. Er hatte Spaß dabei, zuzusehen, wie seine Schwester mit ihr in Berührung kam. Schmunzelnd schenkte er ihnen Wein nach, als sein Blick zu einem Tisch in der Ecke wanderte. Dort saßen zwei Männer, die ihm irgendwie bekannt vorkamen. Er brauchte einen Augenblick, bis ihm dämmerte, wo er sie das letzte Mal gesehen hatte. Sofort verfinsterte sich sein Gesicht.

Thoralf fiel die angespannte Haltung seines Freundes sofort auf. Er folgte seinem Blick und legte instinktiv die Hand auf seinen Gürtel. Nur um missmutig festzustellen, dass er keine Waffe bei sich trug.

„Was sind das für Kerle?", fragte er Thanos.

„Männer von Stavros. Sie machen die Drecksarbeit für ihn. Die beiden sehe ich heute schon zum dritten Mal. Das kann kein Zufall sein. Sie haben bestimmt den Auftrag, uns zu beschatten und Delia nicht aus den Augen zu lassen."

Thoralf knurrte gefährlich und stemmte sich in die Höhe. Doch die beiden Männer drängten bereits in Richtung Ausgang.

Thanos warf ihm einen ruhelosen Blick zu.

„Verstehst du nun, warum ich in Sorge um Delia bin?"

Thoralf nickte knapp, doch sein Blick hatte sich verdüstert. Wie konnte man wehrlose Frauen bedrohen.
Thanos dachte angestrengt nach und wandte sich an Delia.
„In unserem Haus bist du sicher. Dort wohnen noch einige Nichten, zwei Tanten und unsere Diener. Bis ich zurück bin, darfst du nicht in die Stadt."
Der Anflug eines Lächelns umspielte seine Mundwinkel.
„Außer natürlich, Thoralf begleitet dich. Dann würde ich mir keine Sorgen machen."
Thoralf hob den Blick und sah abwechselnd von Delia zu Thanos, sagte aber nichts.
Thanos beruhigte seine Schwester.
„Mach dir keine Sorgen, Delia. Ich bin höchstens drei Wochen im Dienst des Kaisers unterwegs. Du musst mir versprechen, dass du kein unnötiges Risiko eingehst, einverstanden? Sollte dir etwas merkwürdig vorkommen, schickst du Thoralf einen Boten."
Delia nickte und bedachte Thoralf mit einem hilflosen Blick.
„Warum hilfst du uns?", flüsterte sie ihm zu, da sie ihrer Stimme nicht traute.
Thoralf musste über seine Antwort nicht lange nachdenken.
„Weil dein Bruder mein Freund geworden ist. Außerdem habe ich dich nicht aus dem Wasser gerettet, um dich anschließend an einen Kerl wie Stavros zu verlieren."
Er grinste sie verschmitzt an und der Anflug eines Lächelns erhellte ihr Gesicht. Kleine Grübchen zeichneten sich auf ihren Wangen ab, als sie ihn erneut ansah.
„Vielleicht kannst du es einrichten, nächste Woche bei uns vorbeizuschauen? Dann würde ich dir gern etwas zeigen, was es in deiner Heimat bestimmt nicht gibt."
Thoralf musterte sie neugierig.
„Einverstanden", antwortete er kurzentschlossen und Thanos hatte Mühe ein Grinsen zu unterdrücken.
„Jetzt fällt es mir schon leichter, die Stadt zu verlassen. Leider werde ich gleich aufbrechen müssen. Es sind noch einige Reisevorbereitungen zu treffen. Außerdem muss ich mir noch letzte Instruktionen von den Beamten des Kaisers abholen."
Delia blickte ihren Bruder traurig an.
„Komm so schnell wie möglich zurück", rief sie ihm eindringlich zu. „Und nimm dich vor den Bulgaren in Acht! In der Stadt erzählt man sich Schauergeschichten von der Wildheit und Grausamkeit dieser Männer."
Thanos beeilte sich, ihr dieses Versprechen zu geben. Schon bald

verabschiedeten sie sich voneinander. Thoralf drückte dem Freund fest die Hand.
„Gute Reise. Und keine Sorge. Wir werden uns schon bald gesund wiedersehen."
Am liebsten hätte er ihn begleitet. Die Erzählungen über die Bulgaren hatten ihn neugierig gemacht. Mittlerweile saß er seit einigen Wochen ohne Auftrag oder Ziel herum. Natürlich gefiel es ihm, die Vorzüge dieser Stadt zu entdecken. Er ahnte, dass er noch nicht einmal die Hälfte der Geheimnisse Konstantinopels mit eigenen Augen gesehen hatte. Trotzdem vermisste er den Kampf und die Aussicht auf Beute.

Die Zeit verging schnell und Thoralf freute sich auf das Treffen mit Delia. Zur vereinbarten Zeit stand er vor dem herrschaftlichen Anwesen und klopfte an die wuchtige Tür. Ein Diener öffnete ihm und gleich darauf kam Delias leuchtendes Gesicht hinter der Tür hervor.
„Lass uns gleich aufbrechen. Ich bin sehr gespannt, was du zu meiner Überraschung sagen wirst."
Sie liefen nebeneinander her und Delia machte ihn immer wieder auf Gebäude oder Säulen aufmerksam, die ihn staunen ließen. Dabei mussten sie zahlreichen Menschen ausweichen, die die Straßen bevölkerten.
„Falls du dich fragst, warum so viele Leute unterwegs sind – heute ist einer von über fünfzig Feiertagen im Jahr. Dann ruht für alle Menschen die Arbeit und jeder gibt sich den zahllosen Vergnügungen hin, die angeboten werden."
„Feiertage", brummte Thoralf ungläubig. Er hatte immer noch Mühe, dieses Wort richtig einzuordnen. Zwar hatte er verstanden, was genau es bedeutete, doch in seiner Heimat gab es so etwas nicht. Die Tiere mussten trotzdem gefüttert werden und die Arbeit machte sich nicht von allein.
Delia zeigte auf einen riesigen Klotz, der sich wie ein gewaltiger Riegel an der Westseite des Kaiserpalastes in den Himmel erstreckte.
„Sieh mal zum Banner hinüber, das ein Wächter am Torturm der Arena dort vorn gehisst hat. Das Banner besagt, dass heute ein Pferderennen im Hippodrom stattfindet. So nennen wir diesen gewaltigen Bau. Mehr als fünfzigtausend Menschen sehen zu und feuern ihre Mannschaft an. Es ist spektakulär und betört die Sinne. Für viele ist dieses Ereignis der Höhepunkt des Tages."
Thoralf glaubte sich verhört zu haben. Das konnte unmöglich stimmen. Eine solch gewaltige Zahl Menschen konnte er sich nicht einmal vorstellen. Er blieb mit offenem Mund stehen, doch Delia zog ihn lachend mit sich fort.

„Der Eintritt ist für alle Bürger frei. Der Kaiser lässt es sich etwas kosten, seine Bevölkerung zu unterhalten. Vergnügte Untertanen rebellieren nicht, pflegt er zu sagen. Mir scheint dies eine kluge Maßnahme zu sein."
Also zogen sie gemeinsam mit tausenden Menschen ins Stadion und Thoralf sah sich immer wieder neugierig um. Er hatte noch nie so viele Leute auf einem Haufen gesehen. Der stetig ansteigende Lärmpegel ließ ihn den Kopf schütteln. Dank seiner Statur überragte er die meisten Einwohner mindestens um eine Haupteslänge, so dass er selbst noch einen guten Überblick hatte. Viele trugen Kissen und Körbe voller Leckereien und Weinflaschen. Einige schleppten sogar Sonnenschirme mit sich herum.
Delia zog ihn die steil ansteigenden Sitzreihen empor und suchte ihnen einen Platz in den sich schnell füllenden Reihen. Beim Anblick der anderen Besucher sah sie plötzlich betrübt aus.
„Ich habe vergessen, uns Kissen mitzubringen. Ich hoffe, es stört dich nicht. Denn die Bänke sind aus hartem Marmor."
Thoralf lachte so sehr, dass sein Oberkörper bebte. Als er wieder Luft bekam, erklärte er Delia den Grund für seine Heiterkeit.
„Wir haben viele Monate auf unseren Drachenbooten verbracht. Dort saßen wir auf harten Holzkisten und haben tagelang gerudert."
Seine Augen blitzten sie an.
„Wir Nordmänner sind ganz andere Herausforderungen gewöhnt."
Er wischte sich eine Lachträne aus dem Auge und blickte sich um.
„Warum tragen die meisten Menschen nur blaue oder grüne Gewänder?"
„Das sind die Farben der beiden großen Vereine, die das Rennen ausrichten und die Teams zusammenstellen. Zwischen den beiden Parteien herrscht eine große Rivalität. Das blaue Team steht für die gehobenen Schichten der Stadt – meist sind es Adlige, hohe Beamte und reiche Bürger. Die Grünen wiederum sind der Verein der Handwerker und vor allem der Arbeiter."
Delia wollte noch mehr erklären, doch plötzlich ertönten laute Sprechchöre von den Rängen.
„Herr, schütze Kaiser Michael IV.. Herr, schütze ihn", riefen etliche Zuschauer und immer mehr fielen in die Segenswünsche ein.
Thoralf zog die Augenbrauen hoch. Delia zeigte auf eine Loge direkt neben der Rennbahn.
„Dort sitzt unser Kaiser mit seinen Gästen. Es kann nun nicht mehr lange dauern, bis er die Spiele eröffnet."
Thoralf musterte den Kaiser. Eine schmale, bärtige Gestalt, die sich tief in den Schatten zurückgezogen hatte und nun kraftlos den Arm hob,

um den Zuschauern zuzuwinken. Es war eine müde Geste. Gleich darauf sank er wieder auf seiner Liege zusammen.
„Das ist der mächtigste Mann im byzantinischen Reich?“, fragte er erstaunt.
Delia zupfte an ihrer Tunika herum.
„Er verdankt seinen Aufstieg der Kaiserin Zoe, einer Tochter des vorherigen Kaisers Konstantin VIII. Dieser konnte keine Nachkommen zeugen und wurde schließlich vergiftet. Kurz darauf heiratete sie ihren Kammerherrn – unseren heutigen Kaiser Michael IV.“
Sie schürzte die Lippen.
„Politik ist ein schmutziges Geschäft, das sich vorwiegend im Dunkeln abspielt. Allerdings hat unser Kaiser kaum ein Interesse an seinem Amt. Er ist oft krank und verbringt viel Zeit damit, an heiße Quellen zu reisen, die seiner Genesung förderlich sein sollen. Das Regieren überlässt er weitestgehend seinem Bruder, einem Eunuchen mit Namen Johannes. Er ist der eigentliche Herrscher, ohne den keine wichtige Entscheidung im Reich getroffen wird.“
Gemeinsam beobachteten sie, wie sich die dürre Gestalt des Kaisers in die Höhe stemmte. Er trat an den Rand der Loge und ließ seinen Blick umherschweifen. Mittlerweile waren alle Ränge bis auf den letzten Platz gefüllt und sofort setzten auch die Segenswünsche wieder ein. Kaiser Michael IV. wartete, bis es ruhiger wurde. Dann hob er den Arm und schlug drei Mal das Kreuzzeichen über die Menge der Zuschauer.
„Was tut er da?“, fragte Thoralf und runzelte die Stirn.
„Er segnet die Menge. Das ist ein Zeichen unseres christlichen Glaubens. Du musst wissen, dass solche Pferderennen für unser Volk mehr sind als irgendwelche beliebigen Sportveranstaltungen. Es sind vielmehr rituelle Inszenierungen, bei denen das Volk den Kaiser als Bewahrer des Friedens und Förderer der Wettkämpfe feiert.“
Noch während sie sprach, liefen Bedienstete durch den Sand und begannen damit, die Tore der Stallboxen an der Stirnseite der Arena zu öffnen. Zweirädrige Gespanne rollen heraus, und wurden jeweils von vier feurigen Rössern gezogen, die voller Energie auf den Boden stampften. Die Wagenlenker waren sehnige Gestalten, die Tuniken in den Farben
ihres Vereins trugen. Sie grüßten erst den Kaiser und dann das Publikum, das ihnen entweder begeistert zujubelte oder sie aus Leibeskräften ausbuhte. Dann fuhren sie eine langsame Runde und fanden sich an der Startlinie ein.
Die Spannung stieg, da sich die einzelnen Gespanne bereits jetzt um die besten Plätze rangelten. Jeder belauerte jeden und ließ dabei auch den

Kaiser nicht aus den Augen. Dieser wiederum sah auf die Kontrahenten herab und ließ dann ein weißes Tuch fallen. Das Signal, dass die Spiele beginnen konnten. Sofort preschten die Wagenlenker mit ihren Gespannen los. Die Wagen ruckten und wackelten und mehr als einmal glaubte Thoralf, dass sie jeden Moment umkippen würden. Sie ließen den Sand aufspritzen und bogen mit so hohem Tempo in die erste Kurve, dass sie nur auf einer Achse fuhren.
Der Lärm schwoll zu einem ohrenbetäubenden Geheul an. Viele riefen aus Leibeskräften, um ihre Mannschaft anzufeuern. „Nika!", brüllten sie wie im Wahn – sei siegreich! Etliche Zuschauer hielt es nicht länger auf ihren Sitzen. Sie sprangen auf und ballten vor Erregung die Fäuste. Ein wildes Stampfen und Triumphgeheul durchdrang die Arena, wenn es einem Wagen gelang, einen Konkurrenten abzudrängen.
Delia zuckte zusammen, als sich ein Gefährt in vollem Lauf überschlug. Das Holz splitterte und ein Mensch wurde durch die Luft geschleudert. Ein dumpfes Ächzen aus tausenden Kehlen ertönte und brach erst ab, als sich der Wagenlenker mühsam aus dem Sand erhob und in Sicherheit brachte. Ordner eilten herbei, sammelten die Überreste des Gespanns auf und strichen den Sand wieder glatt.
Längst brüllte auch Thoralf aus voller Kehle. Ihm war völlig gleich, wer den Wettbewerb gewinnen würde. Das Blut peitschte durch seinen Körper. Er war wie im Rausch. Ein solches Ereignis hatte er noch nie gesehen und ließ sich von der Menge mitreißen. Dabei hatte das Spektakel gerade erst begonnen. Noch sieben weitere Runden rasten die Gespanne durch die Arena. Schließlich gelang es einem Wagenlenker der blauen Partei, sich immer weiter nach vorn zu schieben. Er setzte sich vom Hauptfeld ab und schoss als Erster durchs Ziel. Die Menge raste vor Begeisterung. Anhänger der grünen Partei verfluchten den Sieger und trauerten ihrem verschenkten Sieg hinterher. Nur langsam kühlten sich die Emotionen ab.
Der Sieger machte sich mit stolzgeschwellter Brust an den Aufstieg zur kaiserlichen Loge. Er trat vor das Angesicht des Herrschers und ließ sich vom Monarchen einen Palmenzweig und einen Ehrenkranz überreichen, während das Publikum Jubelparolen rief.
Im Anschluss begannen die nächsten Spiele und ließen keine Zeit für weitere Gedanken. Viel zu schnell verging der Nachmittag. Als sich die Menge aufzulösen begann, brach bereits die Abenddämmerung an.
Delia stellte zufrieden fest, dass sie Thoralf mit dieser Überraschung eine große Freude bereitet hatte. Auch sie selbst fühlte sich beschwingt und sicher. Es zog sie noch nicht Hause.
„Lass uns eine Taverne in der Nähe des Kaiserpalastes aufsuchen", schlug sie vor und Thoralf ließ sich willig mitziehen. Sie hakte sich bei

ihm ein und er genoss ihre federleichte Berührung. Es tat gut, sie an seiner Seite zu wissen.
„Delia!“, hörten sie plötzlich eine durchdringende Stimme hinter sich.
Sie fuhren herum und im selben Moment spürte Thoralf, wie sich Delia versteifte.
„Stavros“, erwiderte sie kühl. Sofort bemerkte Thoralf die beiden Gestalten, die links und rechts von ihm Aufstellung genommen hatten. Stavros ging lächelnd darüber hinweg.
„Wie schön, dich hier zu treffen. Ich sehe, du hast den Feiertag gut genutzt.“
Er musterte den hochgewachsenen Nordmann neben ihr.
„Du hast da einen ungewöhnlichen Begleiter an deiner Seite. Willst du uns nicht einander vorstellen?“
Delia seufzte leise.
„Thoralf steht mit seinen Gefährten im Dienst des Kaisers. Mein Bruder dient ihnen als Übersetzer.“
„Thoralf, das ist Stavros, ein hoher Beamter hier in der Hauptstadt.“
Die beiden Männer musterten einander schweigend. Stavros hatte ein falsches Lächeln aufgesetzt, als er langsam näherkam. Doch mit jedem Schritt wich das Grinsen aus seinem Gesicht. Seine Stimme klirrte vor Kälte.
„Sag mal, Thoralf. Haben sich unsere Pfade schon einmal gekreuzt? Du kommst mir bekannt vor und ich vergesse nie ein Gesicht.“
Thoralf schwieg, während er die Begleiter von Stavros abwägend musterte.
„Jetzt erinnere ich mich. Wir sind uns schon mal in der Badestube begegnet. Delia, ich bin besorgt um dich. Du befindest dich in schlechter Gesellschaft.“
„Das fühlt sich für mich nicht so an, Stavros“, erwiderte sie. Ihre Stimme klang gepresst. Bestimmt hörte er ihr die Anspannung an.
Stavros wippte auf den Fersen vor und zurück, während er Thoralf nicht aus den Augen ließ.
„Wir sehen uns hoffentlich bald wieder, Delia“, schloss er mit einer Stimme, die ihr eine Gänsehaut über den Rücken jagte.
„Und wir uns auch, Nordmann. Das verspreche ich dir.“
Noch immer schwieg Thoralf. Er zog Delia mit sich in eine Seitengasse und schon bald blieben die Männer hinter ihnen zurück. Sie liefen noch einige Straßen weiter. Als sie sicher waren, Stavros und seine Männer abgeschüttelt zu haben, betraten sie eine gutbesuchte Taverne, in der ihnen sogleich ein Tisch im hinteren Bereich angeboten wurde. Nachdem der Wirt ihnen Wein eingeschenkt hatte, herrschte einen Moment lang Schweigen zwischen ihnen. Dann griff Thoralf nach

Delias Hand und räusperte sich.
„Jetzt weiß ich endlich, wer der Kerl ist, von dem Thanos mir erzählt hat. Es ist immer gut, seine Feinde zu kennen."
Delias Hand fühlte sich kalt an und so versuchte er, sie auf andere Gedanken zu bringen.
„Lass uns nicht mehr daran denken. Heute habe ich mit eigenen Augen wahre Wunder gesehen, die mir in meiner Heimat niemand glauben wird."
Sie nickte tapfer.
„Ich war auf unseren langen Fahrten schon in einigen großen Städten. Aber noch nie habe ich Vergleichbares gesehen. Danke, dass du mir dieses Hipp…", er sah sie hilfesuchend an.
„Hippodrom", sprang sie ihm lächelnd bei.
„…dieses Hippodrom gezeigt hast. Da werde ich meine Gefährten beim nächsten Mal mitnehmen. Das müssen sie selbst gesehen haben."
Sie reden viel in dieser Nacht und Delia stellte fest, dass sie diesen Nordmann zu Unrecht als plumpen Barbaren abgestempelt hatte. Während Delia ihm die Eigenheiten der griechischen Kultur näherbrachte, beschrieb Thoralf, wie er erstmals vor einem mehrstöckigen Haus gestanden oder die Zisternen der Stadt bewundert hatte. Über seine lebendige Darstellung musste sie immer wieder herzhaft lachen.
„Erzähle mir von deinen Göttern", bat sie ihn schließlich. Thoralf sah sie schweigend an und nahm einen tiefen Schluck aus seinem Becher.
Dann begann er zu erzählen. Zuerst schilderte er ihr seine Heimat. Vor Delias Augen breiteten sich endlose dunkle Wälder und große, kalte Seen aus. Es waren menschenleere Gebiete, in denen es Kobolde und Zauberer gab. Er berichtete ihr von Odin und seiner Suche nach Weisheit, die ihn ein Auge kostete. Von Lokis tückischen Streichen, vom immergrünen Weltenbaum, an dessen Wurzeln der Drache nagte. Von dem Land der Riesen, die nur Thor mit seinem Hammer in Schach halten konnte. Mit jeder Erzählung wurden Delias Augen größer. Als nächstes beschrieb er Freya, die Schönste aller Göttinnen, und ihre Magie, derer sich weise Frauen bedienten, wenn Fruchtbarkeit oder ein Liebestrank benötigt wurden. Auch die Nornen beschrieb er, die die Schicksalsfäden der Menschen sponnen. Er ließ Walhalla und die Unterwelt Hel auferstehen, in der sich die Krieger wiederfanden, die nicht tapfer genug waren, um von den Walküren direkt in Odins Halle gebracht zu werden.
Delia bekam einfach nicht genug von seinen Erzählungen. Sie konnte sich nicht erinnern, wann sie das letzte Mal einen solch unbeschwerten Abend genossen hatte. Allmählich leerte sich die Taverne. Plötzlich

kniff Thoralf die Augen zusammen. Immer wieder hatte er zwischendurch den Blick zur Tür schweifen lassen, um die anderen Gäste in Augenschein zu nehmen. Er ließ sich nicht gern überraschen. Delia sah ihn verwundert an und folgte dann seinem Blick. Schlagartig verflog die harmonische Stimmung.

Vier Männer drängten sich ungestüm ins Lokal. Ihre Gesichter waren unter Kapuzen verborgen. Sie trugen lange Umhänge und schon an der Art, wie sie verstohlen die letzten Gäste musterten, erkannte Thoralf, dass diese Gestalten Ärger bedeuteten. Auch wenn sie ihre Hände unter den Mänteln verborgen hatten, sah er für einen Moment blanken Stahl darin aufblitzen. Reflexartig griff er nach seinem Gürtel. Doch seine Hände fassten ins Leere, da er innerhalb der Stadt kein Schwert tragen durfte. Er zerbiss einen Fluch zwischen den Zähnen.

Die Männer sahen sich um. Dann nickte einer in ihre Richtung, woraufhin alle vier auf ihren Tisch zusteuerten. Ohne sie aus den Augen zu lassen, zog er Delia in die Höhe.

„Stavros' Männer haben uns gefunden. Sie wollen dich in ihre Finger bekommen und mir eine Lektion erteilen."

Er überdachte kurz ihre Möglichkeiten.

„Lauf durch den Hintereingang und halte nicht eher an, bis du zu Hause bist. Nur dort bist du sicher."

Seine Stimme klang hart.

„Und was wird mit dir? Ich will bei dir bleiben", begehrte sie auf.

Thoralfs Augen hatten sich zu schmalen Schlitzen zusammengezogen. Sie blitzten gefährlich auf, als er sie kurz ansah.

„Kannst du gut töten?"

Sie schüttelte stumm den Kopf, während sich ihre Augen mit Tränen füllten.

„Dann lauf!", knurrte er, während er sie in Richtung Hinterausgang drängte. Endlich folgte sie seiner Anweisung und lief schluchzend davon.

Thoralf atmete erleichtert auf und konzentrierte sich auf die vier Männer. Zwei von ihnen hatten die Hände unter ihren Lederwesten versteckt. Ihr Anführer war ein untersetzter Kerl mit einer mehrfach gebrochenen Nase. Er nickte den beiden Kumpanen rechts von sich zu. Sofort stürmten diese auf Thoralf los. Einer der beiden zog ein Messer mit langer Klinge hervor. Es sah billig aus. Der Griff war genagelt und abgesplittert. Die Klinge voller Rostflecken. Thoralf verzog angewidert das Gesicht. Kein Nordmann würde mit solch einer Waffe in den Kampf ziehen.

Er riss seinen Stuhl empor und wehrte den ersten Hieb ab. Das Messer verfing sich im Holz und der Angreifer hatte Mühe sie wieder freizubekommen. Thoralf glitt zur Seite, so dass sich die beiden Angreifer gegenseitig den Weg versperrten. Dann schlug er dem Mann mit dem Messer die Faust auf den Kopf und schmetterte dessen Schädel gegen eine Säule. Mit einem klagenden Laut sackte die Gestalt zusammen. Thoralf zertrat den Stuhl neben sich, hob zwei Stuhlbeine auf und wandte sich dem zweiten Mann zu, der plötzlich zauderte. Bis eben hatte er sich alles so einfach vorgestellt. Thoralf verzog verächtlich das Gesicht. Es fühlte sich gut an, seinen Gegnern bewaffnet entgegenzutreten. Auch wenn er lieber zwei Schwerter in den Händen gehalten hätte. Nun griffen die übrigen drei gleichzeitig an. Thoralf warf dem Anführer ein Stuhlbein mitten ins Gesicht. Ein lautes Knacken, gefolgt von einem dumpfen Schrei, zeigte ihm, dass er einen Treffer gelandet hatte. Der Anführer taumelte umher, während ihm Tränen die Sicht nahmen. Thoralf wich nicht zurück. Stattdessen empfing er die übrigen zwei mit erhobenem Knüppel. Er ließ das zweite Stuhlbein durch die Luft wirbeln und teilte kräftige Schläge aus. Schnell hatten die Angreifer genug und flohen aus dem Lokal.

Thoralf rannte ihnen hinterher und trat dem letzten Mann noch einmal kräftig in den Hintern. Seine Gegner waren Straßenkämpfer gewesen. Sie kannten schmutzige Tricks und zögerten nicht, einen unbewaffneten Mann zu überfallen. Doch der wilden Rohheit eines Nordmanns waren sie nicht gewachsen.

„Schickt das nächste Mal mehr Männer!“ rief er ihnen nach. Dann spuckte er wild auf die Straße, ließ das Stuhlbein achtlos zu Boden fallen und bewegte vorsichtig seine Schulter, die einen kräftigen Hieb abgefangen hatte. Doch sonst war er unverletzt und spürte, wie seine Wut verrauchte. Immerhin wusste er jetzt, dass dieser Stavros vor nichts zurückschreckte.

Die nächsten Tage waren angefüllt mit regelmäßigen Waffenübungen. Die Nordmänner widmeten sich dem harten Training mit einer Leidenschaft, als hinge jeden Tag ihr Leben davon ab. Die Bediensteten hatten sich anfangs kaum in den Hof hinausgetraut, wenn diese großgewachsenen Männer wie Wahnsinnige aufeinander einhieben. Doch schon bald gewöhnten sie sich an das ständige Geschrei und die dröhnenden Stimmen der Nordmänner.

Jarl Olaf hatte zudem eine Truppe zusammengestellt, die sich in den nächsten Tagen darum kümmern sollte, ihre Schiffe zu überholen. Die kaiserlichen Beamten hatten die drei Drachenboote innerhalb eines riesigen Hafenareals geschützt vor Wind und Wetter untergebracht.

Die lange Fahrt hatte Spuren an ihren schlanken Schiffen hinterlassen. Harald verteilte die Aufgaben und hatte seine Augen überall gleichzeitig.

Die Nordmänner ersetzten Segel, tauschten Riemen aus und befreiten die Rümpfe von Muscheln. Dann kochten sie Teer und dichteten die Fugen ab. Es war eine schwere Arbeit, doch niemand von ihnen murrte. Sie wussten, dass sie diesen Schiffen jederzeit ihr Leben anvertrauen würden.
Nach zwei Wochen brummte Harald zufrieden, als er sich ihr Werk ansah. Die Schiffe sahen aus wie neu, bereit, in fremde Gewässer zu segeln. Auch den Drachenkopf und den Wolfskopf hatten sie frisch bemalt. Sie sahen so furchterregend aus, dass sie zum ersten Mal wieder die Sehnsucht nach dem Meer verspürten. An diesem Abend feierten sie mit Fleisch, Wein und Sklavinnen, die ihnen vom Kaiser zur Verfügung gestellt worden waren. Es war ein rauschendes Fest, das bis in den Morgen andauerte.

Die Dämmerung hatte sich bereits über Konstantinopel gesenkt, als die Gesandtschaft des Kaisers auf müden Pferden in die Stadt zurückkehrte. Immer wieder hatten die drei Männer ihre Gäule zum Galopp angetrieben. Kurz vor dem Palast sprangen sie aus dem Sattel und ließen die Tiere mit zitternden Flanken und Schaum vor dem Maul bei Bediensteten zurück.
Eine Wache brachte sie sofort in einen kleinen Saal. Dort warteten sie kurz und schon bald wurden sie direkt zum Kaiser gerufen, der von einigen engen Beratern und seiner Warägergarde umgeben war.
„Was bringt ihr für Nachrichten aus dem Norden?“, empfing sie ein General.
Die drei Männer verständigten sich mit einem kurzen Blick. Dann trat Thanos einen Schritt vor.
„Unsere kleine Gesandtschaft wurde zwar vom bulgarischen König empfangen, doch für die Botschaft des Kaisers, zukünftige Überfälle auf unser Reich mit Krieg zu beantworten, hatte er nur Hohn und Spott übrig. Er hat viele Krieger, die nach Krieg verlangen und sich in der Schlacht einen Namen machen wollen. Sie sind dazu geboren, andere Länder zu überfallen und werden ihre Gewohnheiten nicht ablegen. Der Kaiser soll kommen, wenn er Krieg haben will, trug uns ihr König als Botschaft auf.“
Er strich sich übers Gesicht, als müsste er die Erinnerung an diesen Moment verscheuchen.
„Um uns herum standen mit Blut bemalte Krieger, die lautstark unseren Tod forderten. In diesem Augenblick hatte ich keine Hoffnung mehr auf eine unversehrte Rückkehr, doch wie ihr seht…“
Er grinste knapp, aber das Lächeln erreichte seine Augen nicht.
„Wir reisten nach dieser Botschaft umgehend ab, froh darüber, noch

am Leben zu sein. Doch die Bulgaren warteten nicht länger und zogen bereits zu ersten Überfällen über die Grenzen. Eine lange Zeit begleiteten uns die dunklen Rauchwolken brennender Dörfer am Horizont. Wir trafen sogar auf eine unserer Nachschubkolonnen, die auf dem Weg zur Grenze war. Die Bulgaren sind über diesen Tross hergefallen und haben gewütet wie die Tiere. Über einhundert Tote sind zu beklagen. Der Nachschub ist zerstört oder ihnen als Beute in die Hände gefallen."

Er zögerte kurz.

„Die Bulgaren verstehen nur eine Sprache."

Dabei klopfte er auf die Axt eines der neben ihm stehenden Waräger.

Die kaiserlichen Berater tuschelten eine Weile miteinander. Einer von ihnen schürzte nachdenklich die Lippen.

„Der Krieg ist unvermeidlich. Wir müssen mit aller Härte zurückschlagen. Allerdings sind die Bulgaren wie Schakale. Sie wittern jede Schwäche. Schicken wir doch die Nordmänner auf die Jagd. Die sind wie Wölfe. Sollen doch Wölfe Schakale jagen!"

Einer der Berater beugte sich zum Ohr des Kaisers hinab und flüsterte ihm leise etwas zu. Nach einer Weile nickte dieser bedächtig.

„Veranlasst alles Nötige."

Er sah zu seinen Warägern hinüber, die stoisch geradeaus blickten. Er könnte schwören, dass sie genug verstanden hatten, um zu wissen, worum es sich bei dem Gespräch gehandelt hatte. Zwei dieser hochgewachsenen Nordmänner hatten Mühe, ein Grinsen zu unterdrücken. Er ahnte, dass sich in ihnen bereits eine wilde Vorfreude auf die Schlacht breitmachte. Es war eine Chance, sich würdig zu erweisen und Beute zu machen. Diese Männer würde er nie verstehen. Aber sie waren ihm treu ergeben und das schätzte er sehr.

Als Thoralf sich gegen Mittag des nächsten Tages als einer der ersten von seinem Lager erhob, steckte er den Kopf in ein Wasserfass und zählte langsam bis zehn. Dann tauchte er prustend auf und schob sich die nassen Haare aus dem Gesicht. Es war nicht die leichteste Art, einen klaren Kopf zu bekommen. Doch er hatte festgestellt, dass ihm diese Methode am schnellsten auf die Beine half.

Einer der Bediensteten näherte sich zögerlich. Thoralf forderte ihn mit einem Wink auf, näher zu kommen.

„Ein Abgesandter aus dem Palast war heute Morgen hier. Er traf euch schlafend an und gab deshalb mir den Befehl, euch auszurichten, dass ihr euch heute Abend bei Lutius, dem Gesandten des Kaisers, einfinden sollt."

Er deutete eine Verbeugung an und zog sich wieder in den Schatten

zurück.
Thoralf griff sich eine kleine Wurfaxt und strich gedankenverloren über das scharfe Blatt. Hinter ihm war Harald ins Freie getreten und blieb neben ihm stehen. Er hatte die Worte des Dieners gehört und kratzte sich ausgiebig am Hals.
„Wir bekommen endlich Arbeit."
„Wird auch Zeit", erwiderte Thoralf.
„Ich habe das Herumlungern satt."
Er drehte sich herum und warf die Axt mit einer blitzschnellen Bewegung in Richtung einer mächtigen Zeder, die ihnen Schatten spendete. Die Waffe grub sich mit einem satten Geräusch tief in das Holz.
Harald brummte anerkennend.
„Wenigstens einer, der zu gebrauchen ist. Und nun lass uns die Männer wecken. Wir sollten versuchen, einen guten Eindruck bei Lutius zu machen. Endlich können wir zeigen, dass wir die regelmäßigen Goldzahlungen auch wert sind."

Gegen Abend trat eine Abordnung von fünf Nordmännern vor den kaiserlichen Gesandten. Neben dem Jarl waren Thoralf, Hjalmar, Harald und Brondolf dabei. Die Männer hatten sich neue Tuniken übergestreift. Sie waren vorher in einem der zahlreichen Bäder gewesen und hatten sich Haare und Bärte kämmen lassen. Hjalmar hatte seinen Bart am Kinn zu zwei Spitzen geflochten. An den Enden hing jeweils ein kleiner Thorshammer, der auf und ab hüpfte, wenn er sich bewegte. Sie sahen durchaus vorzeigbar aus, wie Thoralf fand. Auch Jarl Olaf blickte mit Stolz auf seine Männer.
Lärmend näherten sie sich der Villa des Gesandten. So war es nicht verwunderlich, dass sich bei ihrer Ankunft bereits die Tür öffnete, noch bevor sie anklopfen konnten. Ein Bediensteter bat sie, ihm ins Innere des Hauses zu folgen. Er führte sie in einen Raum, der im Vergleich zu der riesigen Halle, in der sie Lutius beim ersten Mal empfangen hatte, beinahe winzig wirkte.
„Bitte wartet hier einen Moment. Der Herr wird euch gleich in seine Gemächer rufen lassen."
Jarl Olaf ließ den Blick umherschweifen. Unmengen an Kerzen erhellten den Raum mit ihrem flackernden Licht. Goldene Krummschwerter hingen an den Wänden und weckten die Neugier der Nordmänner. Noch bevor sie die Waffen näher betrachten konnten, öffnete sich eine schmale Tür. Ein weiterer Diener bat sie einzutreten.
Dieses Gemach war wesentlich größer als der kleine Raum, in dem sie gewartet hatten. Auch hier brannten zahllose Kerzen. Doch was die

Nordmänner innehalten ließ, war die Decke, die über und über mit Mosaiken verziert war. So etwas Kunstvolles hatten die Krieger aus dem Norden noch nie gesehen. Sie erblickten sterbende Krieger, die sich am Boden wanden, während sich über ihnen die Hufe aufbäumender Pferde abzeichneten. Deren Reiter stießen mit langen Lanzen nach den Kämpfern. Das Bild verschmolz beinahe mit dem nächsten, worin ein Hirsch, eingekreist von einem Rudel kläffender Jagdhunde, um sein Leben kämpfte, während eine nackte Frau einen Speer nach ihm schleuderte. Dies alles wirkte im flackernden Kerzenlicht so echt, dass sich ungläubiges Raunen erhob. Erst jetzt sahen die Männer den Hausherrn an einem Schreibtisch in der Ecke sitzen. Er bemerkte ihre Verblüffung und schien das Erstaunen still zu genießen. Vor ihm saßen drei bärtige Hünen und Thoralf registrierte sofort, dass es sich bei ihnen ebenfalls um Nordmänner handeln musste.
„Jarl Olaf! Seid uns mit euren Männern willkommen", erhob Lutius seine wohlklingende Stimme. Thoralf erinnerte sich, dass er schon bei ihrer ersten Begegnung darüber nachgedacht hatte, wie ein solch schmaler Mann über eine derart weittragende Stimme verfügen konnte. Ein Bediensteter trat aus dem Schatten und übersetzte die Worte seines Herrn. Doch Thoralf verstand die Sprache der Byzantiner mittlerweile so gut, dass er die Dienste eines Übersetzers nicht mehr benötigte.
„Danke, dass ihr meinem Wunsch so eilig gefolgt seid. Bitte nehmt euch einen Pokal. Der Wein stammt von meinem eigenen Weingut. Dieser edle Tropfen ist es wert, mit Bedacht genossen zu werden."
Die Männer folgten der Aufforderung und kosteten den Wein. Gleich darauf herrschte andächtige Stille. Sie leerten die Pokale und leckten sich gierig über die Lippen.
„Ein Trank der Götter! Nie habe ich einen besseren Wein getrunken", rief der Jarl anerkennend. Lutius freute sich über das Lob.
„Ihr fragt euch sicher, warum ich euch zu mir gebeten habe. Als erstes möchte ich euch diese drei Männer vorstellen. Es sind Tryn, Thorkel und Finn. Stolze Männer aus Norwegen, die sich ebenfalls auf den langen Weg gen Süden gemacht haben, um dem Kaiser ihre Dienste anzubieten."
Die Nordmänner begrüßten einander und wandten sich dann wieder Lutius zu.
„Ihr werdet zu einer Einheit von fünfhundert Kriegern zusammengefasst, die unser Heer auf dem nächsten Feldzug unterstützen wird. Ihr führt eure Männer natürlich selbst an und bekommt von uns einen Verbindungsoffizier zum byzantinischen Heer an die Seite gestellt. Einige von euch kennen ihn bereits, es ist Thanos, der bis vor kurzem auf kaiserlicher Mission beim bulgarischen König

war.“
In diesem Augenblick betrat Thanos den Raum, als hätte er nur auf diese Ankündigung gewartet. Er nickte den Nordmännern knapp zu und sah Thoralf einen Moment länger in die Augen.
Lutius nickte Thanos auffordernd zu.
„Erzähle den Männern, was du gestern Abend bereits dem Kaiser geschildert hast.“
Thanos holte tief Luft und ordnete kurz seine Gedanken.
„Es wird Krieg geben. Die Bulgaren haben alle Warnungen in den Wind geschlagen und mit großen Heerscharen die Grenze überschritten. Mit eigenen Augen habe ich die brennenden Dörfer in der Ferne gesehen. Unsere Bevölkerung leidet schwer unter diesen Attacken. Wir wissen aus der Vergangenheit, dass die Bulgaren nur junge Menschen am Leben lassen, die ihnen als Sklaven dienen können. Diese armen Seelen verschleppen sie in ihr Reich. Alle anderen überlassen sie dem Schwert. Aber so oder so – ihnen allen droht ein furchtbares Schicksal.“
Lutius hatte schweigend zugehört und fuhr nun fort.
„Eure Abteilung von fünfhundert Nordmännern wird zusammen mit weiteren nordischen Einheiten, zusammen gut zweitausend Mann, bereits gegen Ende der Woche in Marsch gesetzt. Ihr seid am schnellsten zu mobilisieren. Dazu kommt noch eine Truppe aus der Waräger-Garde, dem persönlichen Regiment des Kaisers. Ihr trefft euch vor der Stadt und marschiert zusammen los. Doch seid sicher: Auch die byzantinische Armee rückt mit einem großen Heer aus, um die Bulgaren wieder hinter die Grenze zu jagen. Aber diesmal ist es damit allein nicht getan. Wir werden nicht eher ruhen, bis diese Hunde kapituliert haben und auf Knien um Frieden betteln. Wir schreiben das Jahr 1040. Die Bulgaren müssen endlich begreifen, dass sie sich dem Kaiser nicht länger ungestraft widersetzen dürfen.“
Für einen Moment richtete er seinen Blick zur Decke und ließ ihn auf den sterbenden Kriegern ruhen. Dann fand er zurück in die Wirklichkeit.
„Bereitet eure Männer auf den Kriegszug vor. Was immer ihr benötigt, egal ob Waffen, Proviant, Pferde oder Zelte, wird für euch bereitgestellt werden. Euch erwarten wilde Kämpfe, Schlachtenruhm und das Gold der Bulgaren.“
Die Nordmänner hatten sich zu ihrer vollen Größe aufgerichtet und einige ballten unternehmungslustig die Fäuste. In ihren Augen glühte das Feuer. Sie verabschiedeten sich von Lutius, während Thanos den anderen drei Nordmännern den Treffpunkt vor der Stadt beschrieb, an welchem sie alle Kräfte zusammenführen wollten. Tryn, Thorkel und Finn nickten ihren Waffenbrüdern noch einmal zu und brachen dann

auf. Ab jetzt gab es zahlreiche Vorbereitungen zu treffen, die ihre volle Aufmerksamkeit erforderten.

Der Jarl ging mit der ihm eigenen Tatkraft zu Werke. Er informierte seine Männer und wurde immer wieder von tosendem Jubel unterbrochen. Hektische Betriebsamkeit bestimmte die nächsten Tage. Soldaten des Kaisers brachten eine ganze Wagenladung an Waffen und Ausrüstung in ihr Quartier. Die Männer jubelten laut, als sie erkannten, dass ihre eigenen Waffen darunter waren. Ab diesem Moment liefen die Männer endlich wieder mit ihren gegürteten Schwertern umher. Dieser Umstand und die Aussicht auf einen Kampf erhellten ihre Gemüter. Die Vorfreude auf den Kampf schwang in allen Gesprächen mit. Jeder Nordmann war mit seiner Ausrüstung beschäftigt. Schilde wurden repariert und die bereits messerscharfen Spitzen der Speere aufs Neue geschliffen.

Thoralf strich in gleichmäßigem Rhythmus mit einem Stein über seine Schwertklinge. Allmählich war sie so scharf, dass er sich damit auch hätte rasieren können. Die vertraute Bewegung beruhigte ihn.

„Was wissen wir eigentlich über die Bulgaren?", fragte er Thanos am Tag ihres Aufbruchs neugierig.

Thanos zog die Stirn kraus.

„Sie haben viele Krieger."

Er legte ein Messer zur Seite, dessen Klinge in der Sonne funkelte.

„Ihr Anführer ist Peter II. Deljan. Er soll der Sohn des 1015 ermordeten bulgarischen Königs sein. Jedenfalls gibt er sich als dieser aus. Außerdem war er mal als Gefangener in Konstantinopel. Er kennt also unsere Sitten und Gebräuche. Später soll er über Ungarn nach Bulgarien zurückgekehrt sein. Jetzt führt er die Rebellion gegen uns an und hat sich selbst zum Zaren ernannt. Er kündigte alle Abkommen auf, in die die Bulgaren nach ihrer Niederlage im Jahre 1014 eingewilligt hatten. Er ist machthungrig und will sich die verlorenen Gebiete zurückholen, die wir ihm abgenommen haben."

Thoralf steckte sein Schwert zurück in die Scheide und sah Thanos fragend an.

„Wir haben etwas von einem Bulgarenschatz gehört. Ist an diesem Gerücht etwas dran?"

Thanos unterdrückte ein Grinsen.

„So erzählt man es sich, ja. Die bulgarischen Könige sollen auf ihren Raubzügen Unmengen an Gold erbeutet haben. Der größte Teil davon ist nie wieder aufgetaucht. Wer weiß schon, was davon wahr ist und was sich Männer am Lagerfeuer ausgedacht haben, um die Gier ihrer Gefolgsleute zu beflügeln?"

Thoralf schwieg und starrte vor sich hin. Doch Thanos wusste, dass ihn der Gedanke an das Gold noch beschäftigte.
Die Stimme des Jarls fegte über das weitläufige Gelände.
„Wir brechen auf!“
Thanos stemmte sich von der Wand ab und auch Thoralf federte hoch, als könnte er es kaum erwarten. Es war noch früh am Morgen und die Vögel sangen, als sich ihre kleine Kolonne mit dem Jarl und Thanos an der Spitze in Bewegung setzte. Kaum hatten sie die Mauern der Stadt hinter sich gelassen, sahen sie bereits die übrigen Nordmänner ihrer neu zusammengestellten Einheit. Sie hatten es sich im Gras bequem gemacht.
„Ich dachte schon, wir müssen die Bulgaren ganz allein zurückjagen“, knurrte Tryn, ein breit gebauter, untersetzter Nordmann, dem eine blutrote Narbe über die linke Gesichtshälfte lief. Jetzt grinste er und Thanos hatte Mühe, nicht vor seinem furchterregenden Anblick zurückzuweichen.
Jarl Olaf erwiderte das Grinsen.
„Wir hatten Sorge, dass ihr euch beim ganzen Gold, das es bei den Bulgaren zu holen geben soll, den Rücken verhebt. Da packen wir lieber mal mit an.“
Nun traten auch Thorkel und Finn zu ihnen heran. Anerkennend musterten sie die gut ausgerüsteten Krieger. Thorkel, gut einen Kopf größer als Tryn, doch beinahe genau so breit, stemmte die Arme in die Hüften.
„Wenn wir hier bald viermal so viele Nordmänner wie jetzt versammelt haben, können die Byzantiner ruhig zu Hause bleiben in ihren gemauerten Häusern, Kirchen und Marmorbädern und den Krieg den wahren Männern überlassen.“
Noch während sie in Gelächter ausbrachen, schoben sich weitere Kolonnen aus der Stadt. Nur wenig später waren vier Abteilungen in einer Stärke von jeweils fünfhundert Mann abmarschbereit. Die Nordmänner nahmen auf dem Weg Aufstellung und sahen dabei zu, wie sich eine weitere Truppe näherte.
An ihrer Spitze ritt ein hünenhafter Mann, dem der Bart bis auf die Brust hing. Er hatte sich eine riesige Doppelaxt über den Rücken gehängt.
„Das sind Waräger aus der Kaisergarde“, murmelte Thanos. Thoralf beobachtete die Neuankömmlinge mit wachem Interesse.
„Dem Kaiser muss der Erfolg dieses Feldzugs sehr am Herzen liegen, wenn er seine besten Männer schickt.“
Die Waräger ritten näher, als wären sie sich ihrer Sonderstellung sehr wohl bewusst. Jeder einzelne von ihnen trug ein auf Hochglanz poliertes

Kettenhemd und darüber einen weißen Umhang, der sie als Teil der kaiserlichen Garde kenntlich machte. Sie nickten den wartenden Männern zu und setzten sich an die Spitze des Heeres. Zahlreiche Pferdegespanne begleiteten sie auf ihrem Zug. Zwar mussten sie ihr Tempo an das der Karren anpassen. Doch da all ihre Ausrüstung und Verpflegung auf den Wagen untergebracht war, würden sie unterwegs keine Zeit mit der Suche nach Nahrung verlieren. Bis zum Abend war die Silhouette der Hauptstadt weit hinter ihnen zurückgeblieben.
Die Männer schlugen abseits des Weges ein Nachtlager auf. Einige trugen Holz zusammen und schon bald bildeten sich dichte Trauben von Nordmännern um die Feuer. Sie aßen Fleisch und reichten einen schier unerschöpflichen Vorrat an Weinschläuchen herum. Dazu erzählten sie sich derbe Geschichten, die von grölendem Gelächter begleitet wurden.
Sie nutzten die Gelegenheit, um ihre Waffenbrüder kennenzulernen. Schließlich würden sie schon bald gemeinsam den Bulgaren auf dem Schlachtfeld entgegentreten. Da war es gut zu wissen, wen man an seiner Seite hatte. Die Mehrheit der Männer kam aus Götaland. Doch es waren auch Dänen, Norweger und Isländer darunter. Sie alle hatten ihre Heimat verlassen, um in der Fremde ihr Glück zu versuchen. Thoralf fühlte sich fast wie zu Hause. „Da sitzen wir hier am anderen Ende der Welt und sind von mehr Landsleuten umgeben, als ich sie in der Heimat jemals auf einem Haufen gesehen habe. Wir Nordmänner sind schon ein abenteuerlustiges Volk."
Dabei schüttelte er ungläubig den Kopf. Die Männer des Jarls sahen zu den Warägern hinüber. Schon auf den ersten Blick war zu erkennen, dass dies allesamt kampferprobte Krieger waren, die keinen Gegner fürchten mussten. Selbst beim Feiern achteten sie darauf, dass ihre Äxte in Griffweite bereitlagen.
Jarl Olaf und seine Krieger setzten sich mit einer großen Portion Hammelfleisch zu den Warägern ans Feuer und lauschten deren Erzählungen. Diese verdienten Kämpfer hatten viel erlebt, was sich zu berichten lohnte.
Ein stiernackiger, baumlanger Däne streckte sich, bis seine Schultern laut knackten. Er trug einen wilden Bart, der fast sein ganzes Gesicht bedeckte und aus dem nur seine Augen funkelnd hervorstachen.
„Wer von euch, meine Brüder, war schon in der Leibgarde des Kaisers, als wir den Bulgaren zum ersten Mal aufs Haupt geschlagen haben?"
Zwei graubärtige Recken hoben die Köpfe. Einer der alten Kämpen verzog das vernarbte Gesicht zu einem Grinsen, dessen Anblick einem zartbesaiteten Griechen schlaflose Nächte bereitet hätte. Seine Stimme klang rau, als er zu erzählen begann:

„Es war im Frühjahr 1014, als der damalige Kaiser Basileios II. uns befahl, gegen die einfallenden Horden der Bulgaren anzutreten. Wir rückten langsam vor und mussten immer wieder Flüsse überqueren, die durch Schmelzwasser angeschwollen waren. In einem Tal nördlich des Belasiza-Gebirges hatten wir die vordringenden Bulgaren zusammengedrängt und fielen wie der Blitz über sie her. Es flossen Ströme von Blut. Nach der Schlacht ließ Basileios II. 14.000 Bulgaren blenden. Daraufhin erhielt er den Beinamen *Bulgarenschlächter*."
Er lachte dröhnend und seine Kameraden fielen mit ein.
Hjalmar sah ihn prüfend an.
„Waren die Bulgaren die gefährlichsten Gegner, gegen die der Kaiser euch ausgeschickt hat?", wollte er wissen.
Der riesige Däne hob den Kopf und sah ihm nachdenklich in die Augen. Er trug mehrere silberne Armreifen, eine Tradition der Nordmänner, die er auch in der Fremde beibehalten hatte. Sie wiesen ihn als siegreichen Krieger aus.
„Ich bin Sigvald und habe schon viele Feinde meines Dienstherrn getötet. Doch ob die Bulgaren schwieriger zu töten sind, weiß ich nicht."
Er sah zu ihrem Anführer hinüber.
„Was sagst du, Leif?"
Sofort wurde es ruhig am Feuer. Leif hatte sich mit großem Ernst dem Weinschlauch gewidmet. Immer wieder trank er einen großen Schluck, während der Wein aus seinem Bart tropfte. Auch jetzt ließ er sich nicht stören und setzte den Schlauch erneut an die Lippen. Dann rülpste er laut.
„Ich weiß nur Eines: Sie sterben schnell, wenn sie unter unsere Äxte geraten. Denn vor unseren Schlägen können sie weder ihre Schilde noch ihre Felle schützen."
Seine Stimme klang rau und hart. Die Männer raunten zustimmend zu seinen Worten. Das war eine Antwort nach ihrem Geschmack.
Leif ließ seinen Blick umherschweifen und richtete seine fast schwarzen Augen auf Thoralf. Er schien abzuwägen, ob er sich an der Unterhaltung beteiligen sollte. Dann beschloss er, dass der Wein warten konnte, und richtete seinen Oberkörper auf.
„Der Kaiser hat überall Feinde. Vielen sind wir bereits auf dem Schlachtfeld begegnet. Ich erinnere mich an Kämpfe gegen slawische Stämme, die aus der Weite der Steppen kamen. Sie waren zahlreich, wild, doch ohne Disziplin. Sie alle glaubten, dass sie die Byzantiner nur einmal in offener Feldschlacht besiegen müssten und das Land würde für immer ihnen gehören."
Er machte eine verächtliche Handbewegung.

„Kommt näher und lernt!“, forderte er sie auf und sofort rückten die Nordmänner näher heran.
„Sie unterschätzten immer wieder die Fähigkeiten der Byzantiner. Diese mögen dem eindringenden Feind an Stärke unterlegen sein. Doch Byzanz hat schlaue Köpfe an der Spitze der Armee. Sie sind sich ihrer Nachteile bewusst und wenden Taktiken und Strategien an, um sich auf andere Weise Vorteile zu verschaffen.“
Auch Thanos lauschte Leifs Worten. Er war erstaunt, wie detailliert dieser Mann die Vorgehensweise der Byzantiner wiedergeben konnte. Leif besaß strategisches Geschick und war nicht umsonst seit langen Jahren der Anführer der kaiserlichen Leibgarde.
„Was für Vorteile?“, rief ein Nordmann dazwischen.
Leif sah ihn mit hochgezogener Augenbraue an. Dabei wirkte er vollkommen nüchtern.
„Wo fange ich da an? Die Byzantiner haben ein gut ausgebautes Straßennetz, was ihnen Truppenbewegungen erleichtert. So können sie auf Einfälle in ihr Reich zügig reagieren und dem Feind Kräfte entgegensenden. Nur darum sind wir in den letzten Tagen so gut vorangekommen. Euch ist doch bestimmt aufgefallen, dass der Vormarsch unserer Truppen nach einem festgelegten Ablauf erfolgte, oder?“
Die Männer nickten zögerlich.
„Nichts davon geschieht zufällig. Wir sind zuerst aufgebrochen und haben damit den Weg für die größeren Verbände des byzantinischen Heeres freigemacht. Sobald wir uns der Grenze nähern, werden wir befestigte Lagerplätze anlegen, um uns vor Überraschungen zu schützen. Fragt mal meine Männer, wie viele Feinde wir bei einem Überraschungsangriff schlafend in ihren Zelten niedergemacht haben.“
Er schmunzelte bei der Erinnerung und einige seiner Krieger lachten schallend.
„Die Byzantiner haben im ganzen Land Verpflegungsdepots errichtet. Sollte uns die Nahrung ausgehen, können wir jederzeit darauf zugreifen. Überall gibt es befestigte Orte, die über eigene Waffenkammern verfügen. Aber am wichtigsten sind die gute Ausbildung, die eiserne Disziplin und die Strategie der Armee im Ernstfall. Sollte uns der Gegner an Zahl deutlich überlegen sein, werdet ihr vielleicht erleben, dass die byzantinischen Generäle sich auf eine defensive Kriegsführung verlegen. Sie nutzen Verzögerungstaktiken, planen Hinterhalte und verwickeln den Feind in einen Kleinkrieg, um ihn nach und nach aufzureiben.“
Die Nordmänner, die noch nicht lange im Dienst des Kaisers standen, ließen ein unwilliges Gemurmel ertönen. Doch die Waräger grinsten

beifällig.
„Das gefällt euch nicht, weil ihr es gewohnt seid, den Kampf mit einer wuchtigen Attacke zu beginnen, egal was euch erwartet. Aber wer nicht dazulernt, wird hier nicht alt. Die Byzantiner gehen viel gerissener vor. Sie schneiden den Feind von seinen Nachschublinien ab und zermürben ihn durch ständige Überfälle und Nadelstiche. Irgendwann sehen die Gegner keinen anderen Ausweg, als den Rückzug einzuleiten. Ich habe auch schon erlebt, wie byzantinische Generäle einem feindlichen Heer immer wieder auswichen. Sie ließen schlechtes Wetter die Arbeit machen und warteten geduldig, bis ausbrechende Seuchen die feindlichen Soldaten geschwächt hatten. Erst dann versammelten sie ihre Truppen zu voller Stärke und schlugen zu."
Ivar schüttelte den Kopf.
„Das ist nicht die Kampfesweise der Nordmänner", brummte er missmutig.
„Haben die Byzantiner Angst vor einer Entscheidungsschlacht?"
Leif beobachtete ihn aus zusammengekniffenen Augen. Thanos drängte sich nach vorn und ergriff das Wort.
„Diese Frage kann ich vielleicht am besten beantworten. Unsere byzantinischen Heerführer riskieren große Schlachten nur dann, wenn sie vorher alles getan haben, um ihre Chancen zu verbessern. Wir vermeiden ein unnötiges Risiko und den Verlust von Soldaten und Material. Ihr Nordmänner brüstet euch gern mit eurer Tapferkeit. Ihr geht ohne Angst in den Tod, denn euch erwartet Walhalla. Doch unser Kaiser und seine Generäle sehen den Krieg als letztes Mittel an. In ihren Augen ist Krieg das Versagen der Diplomatie, weshalb er wann immer möglich vermieden wird. Nur darum zahlen wir manchmal Tribute und lösen unsere Probleme auch gern auf diplomatischem Wege, ohne gleich unsere Streitkräfte zu mobilisieren. Wir haben erkannt, dass dies die bessere Art ist, um zu überleben. Schließlich sind wir von Feinden umzingelt."
Eine Weile herrschte nachdenkliches Schweigen. Leif bot Thanos einen Weinschlauch an. Dieser wusste die Geste des Respekts zu schätzen und griff gern zu.
„Über wie viele Soldaten verfügt der Kaiser eigentlich?", durchbrach Thoralfs Stimme das Knistern der Lagerfeuer.
Thanos fuhr sich grübelnd durchs Haar. „Mal sehen", murmelte er.
„Byzanz verfügt über ein stehendes Heer, gegliedert in Brigaden. Die meisten Brigaden stehen in und um Konstantinopel. Etliche Einheiten wachen aber auch in grenznahen Gebieten, um das Reich vor Überfällen zu schützen. Insgesamt sollten es gut 120.000 Mann sein. Allerdings kann der Kaiser niemals die volle Kraft seiner Armee zusammenziehen,

da sonst die Grenzen des Reiches unbewacht wären und auch überall im Reich Aufstände ausbrechen könnten."
Er grinste plötzlich und blickte schelmisch in die Runde.
„In Konstantinopel haben hohe Adlige darauf gedrungen, dass eine Brigade aus ihren Reihen aufgestellt wurde. Die hohen Herren lieben es, sich im Glanz ihrer Wichtigkeit zu sonnen. Damit lässt sich auf Feiern trefflich angeben. Natürlich wurde dieser Einheit niemals ein Kampfauftrag erteilt. Im letzten Jahr hat sich der Kaiser einen Spaß erlaubt und die besagte Brigade auf die Liste der aktiven Einheiten gesetzt. Im Ernstfall hätten sie sofort zur Grenze ausrücken müssen. Doch es sind alles Männer, die kein Verlangen nach einem Feldzug verspüren. Sie würden niemals die Sicherheit Konstantinopels aufgeben, um sich in Gefahr zu bringen."
Thanos brach ab. Er hatte plötzlich Mühe, ein Lachen zu unterdrücken.
„Im Anschluss brach unter den Angehörigen der Oberschicht Panik aus. Viele versteckten sich oder suchten Zuflucht auf ihren Landgütern. Der Kaiser soll schallend gelacht haben. Seit Monaten zieht er diese Männer damit auf."
Gelächter erhob sich. Die Nordmänner verachteten Feigheit. Diese verweichlichten Adligen so vorzuführen, schien ihnen eine gute Maßnahme zu sein. Sigvald lachte so schallend, dass er sich an einem Bissen Fleisch verschluckte und wild zu husten begann. Sein Nebenmann schlug ihm krachend auf den Rücken und ein Stück Fleisch flog in die Flammen. Sigvald lachte einfach weiter, während ihm bereits Tränen über die Wangen liefen.
Leif sorgte dafür, dass kein Holz mehr nachgelegt wurde. Obwohl er trank wie ein Fass, achtete er darauf, dass schließlich Ruhe einkehrte und die Männer einige Stunden Schlaf fanden.
Als der Morgen anbrach, begannen bereits die Vorbereitungen für den baldigen Aufbruch. Das Gebrüll der Männer vermischte sich mit dem Schnauben der Pferde und dem Knarren der Wagen. In den nächsten Tagen zogen sie immer weiter in Richtung Westen. Dabei kamen sie gut voran und Thoralf registrierte, wie sich die Gegend langsam veränderte. Anfangs säumten Felder ihren Weg. Bauern gingen mit Spitzhacken ihrer Arbeit nach. Sie ritten durch verschlafene Weiler und kleine Wäldchen, vorbei an sonnenbeschienenen Bächen. Manchmal kamen ihnen Händler mit ihren Karren oder vereinzelte Bauern entgegen, die ihnen aber sofort Platz machten und sie respektvoll grüßten.
Allmählich wurde die Gegend schroffer und bergiger. Die Nächte im Bergland waren ziemlich eisig. Doch die Nordmänner waren Kälte gewohnt. In der Ferne erhoben sich graue und zerklüftete Bergzüge. Sie überquerten rauschende Flüsse und trafen immer seltener auf andere

Menschen.
Am frühen Nachmittag kam ihnen auf einem staubigen Pfad ein Reiter entgegen. Als er die Nordmänner sah, zügelte er erschreckt sein Pferd. Doch dann sah er genauer hin und gab dem Tier die Sporen. Vor Leif stoppte er sein Pferd. Er sah müde und mitgenommen aus. Sein Pferd war staubbedeckt, hatte blutige Flanken und Schaum vorm Maul, der in Klumpen zu Boden fiel. Er starrte die Nordmänner aus entzündeten Augen an.
„Die Waräger-Garde des Kaisers, endlich! Ich hatte schon Angst, dass ich auf diesem halbtoten Klepper bis nach Konstantinopel reiten muss."
Leif richtete sich im Sattel auf.
„Wir sind dem Hauptheer vorausgeschickt worden. Der Großteil der Truppen wird schon bald hier eintreffen. Nun berichte uns, wo stehen die Bulgaren?"
Der Reiter sammelte sich und wischte sich erschöpft den Schweiß von der Stirn.
„Die Bulgaren sind in großen Scharen tief ins Land vorgedrungen. Unsere Stützpunkte Skopje und Durres sind gefallen. Eine kleine Streitmacht, die sich ihnen entgegengestellt hat, wurde bis auf den letzten Mann vernichtet. Mittlerweile wird ihnen ganz Thessalien in die Hände gefallen sein."
Kurz brach seine Stimme, doch dann riss er sich zusammen.
„Ich habe keine Ahnung, was ihr eigentliches Ziel ist. Aber sie rücken immer weiter nach Süden vor. Vielleicht wollen sie nach Thessaloniki. Dort gibt es große Vorräte an Essen, Waffen und reiche Beute. Die Stadt ist zwar befestigt worden, doch ob die Besatzung ausreicht, diese Massen abzuweisen, weiß zurzeit niemand. Unsere Befehlshaber schätzen die Anzahl der Bulgaren auf vierzigtausend Mann."
Sein Blick flackerte, als er dem riesigen Anführer der Waräger in die Augen sah.
Leif nahm diese Meldung regungslos zur Kenntnis. Dann wandte er sich zu seinen Kriegern um.
„Wir schlagen hier unser befestigtes Lager auf. Ich will einen Graben haben und dahinter einen mannshohen Wall. Die Karren und Vorräte lassen wir zurück. Noch heute brechen fünf Späher auf. Wir müssen wissen, wie weit der Feind bereits vorgerückt ist und auf welchen Pfaden er sich bewegt. Ich will nicht, dass wir dieser Übermacht in die Arme laufen. Das Hauptheer ist nicht weit hinter uns. Die Zeit, bis die Byzantiner eintreffen, müssen wir nutzen."
Er winkte dem Reiter zu.
„Du bleibst bei uns. Nimm dir Brot und Wein. Wir haben reichlich davon."

Dann streifte sein Blick nacheinander fünf Männer, die sich sofort in den Sattel schwangen und in Richtung Westen davonpreschten. Alle anderen Waräger holten sich Hacken und Schaufeln und machte sich an die Arbeit. Die übrigen Nordmänner folgten ihrem Beispiel, murrten jedoch ob dieser ungewohnten Tätigkeit. Thoralf konnte sich nicht erinnern, jemals einen Graben ausgehoben zu haben, um sich vor Feinden zu schützen. Er sah ein, dass dies Vorteile mit sich brachte, doch irgendwie widersprach es seinem Stolz, sich nachts hinter einem Wall zu verstecken. Wenn ein anderer Mann als Leif dies von ihnen verlangt hätte, würden sie ihn der Feigheit bezichtigen. Doch so verrückt war niemand. So fluchten einige der Nordmänner leise vor sich hin, während sie schnell mit dem Anlegen des Grabens und dem dahinter verlaufenden Wall vorankamen.
Noch vor Einbruch der Dunkelheit war die gröbste Arbeit erledigt. Der Wall war nicht besonders hoch, würde sie aber vor einem Überraschungsangriff schützen. Die Wagen stellten sie in der Mitte ihres Lagers ab.
In dieser Nacht ließ Leif erstmals Wachen aufstellen. Vier Mann sicherten das Lager und wurden jede Stunde abgelöst. Thoralf registrierte, dass die Stimmung am Feuer längst nicht so ausgelassen war wie gestern. Ein Nordmann hatte keine Angst vor einer Schlacht. Doch nun konnten sie die Gefahr regelrecht wittern und wollten bereit sein, wenn es losging. An diesem Abend tranken sie maßvoll und niemand verfiel dem verführerischen Rausch des Weines.
An einem der Feuer fiel Thoralf ein breitschultriger Nordmann auf, der lange blonde Haare hatte, die ihm bis weit über die Schulter reichten. Er sprach leise, doch die Männer, die um ihn herumsaßen, achteten auf jedes seiner Worte. Einmal erhob er sich kurz. Er musste fast sieben Fuß groß sein.
Harald folgte Thoralfs Blick.
„Das ist Harald, genannt der Harte. Eigentlich heißt er Harald Sigurdsen.“
Ein Grinsen umspielte Thoralfs Mundwinkel.
„Hat er sich den Namen selbst gegeben?“
Harald unterdrückte ein Lachen.
„Das glaube ich kaum. Er ist ein norwegischer Prinz und führt eine Einheit von fünfhundert Männern an. Das sollen alles seine Eidmänner sein, die bereits zusammen mit ihm in Norwegen aufgebrochen sind.“
Thoralf pfiff leise vor sich hin.
„Warum sagt mir der Name dann nichts?“
Harald kratzte sich am Kopf.
„Bist halt ein Grünschnabel und noch nicht weit herumgekommen in

der Welt."
Thoralf winkte schmunzelnd ab.
„Kennst du diesen Mann?", fragte er Thanos.
Thanos nickte.
„Er soll der Halbbruder des norwegischen Königs Olaf II. sein. So erzählte er es in einer persönlichen Audienz unserem Kaiser Michael IV., als er ihm sein Schwert anbot. Als die Dänen versuchten, Norwegen zu erobern, musste er ins Exil fliehen. Ihn begleitete eine kleine Gruppe ergebener Kämpfer und sein Name lockte immer weitere an. So verfügte er schnell über eine Truppe treuer Gefolgsleute. Dann soll er nach Kiew gesegelt sein, um für einige Jahre in den Dienst des Fürsten Jaroslaw zu treten. Seit nunmehr einem halben Jahr ist er in Konstantinopel."
Harald und Thoralf beobachteten den Anführer der Norweger nachdenklich.
„Er soll ein guter Kämpfer sein", murmelte Thanos.
„Das sind wir Nordmänner alle", knurrte Harald zurück.
Thanos beeilte sich, zustimmend zu nicken. Als die ersten Sterne am Himmel zu leuchten begannen, wickelten sich die Männer in ihre Fellsäcke. Schon bald war nur noch ein lautes Schnarchen zu hören.

Im Laufe des Vormittags kehrten die Späher zurück. Die Wachen riefen sie frühzeitig an und ihre Rufe trieben die Männer von ihrem Nachtlager. Thoralf erhob sich und stellte fest, dass sich Raureif gebildet hatte. Es war zwar schon Mai, doch die milden Temperaturen der Tiefebene lagen bereits hinter ihnen.
Leif winkte die Späher zu sich heran. Sie umringten ihn und begannen sofort mit ihrem Bericht.
„Wir sind drei Stunden lang geritten, ohne etwas vom Feind zu sehen. Wir trafen auf flüchtige Bauern, die behaupteten, dass die am weitesten vorgedrungenen Horden der Bulgaren weiter im Süden bereits Thessaloniki belagern sollen. Feuerschein und Rauchschwaden sollen über der Stadt liegen. Doch noch halten die Mauern den Angriffen stand. Wie lange, wissen allein die Götter."
Ein weiterer Späher berichtete:
„Ich bin durch drei Dörfer geritten in Richtung Norden. In den Dörfern lebt kein Mensch mehr. Männer, Kinder und Alte haben sie erschlagen. Selbst die Hunde haben sie nicht verschont. Die jungen Frauen haben die Bulgaren als Beute mit sich genommen. Ich habe mich noch weiter vorgewagt, bis ich einige Trupps in der Ferne plündern sah. Sie überfallen das Land wie Heuschrecken auf der Suche nach Beute."
Leif nickte düster.

„Vielleicht ist tatsächlich Thessaloniki ihr Ziel. Aber noch sind ihre Horden weitflächig verteilt und undiszipliniert. Das verschafft uns einen Vorteil."
Er grübelte kurz, dann erteilte er bellend seine Befehle.
„Wir versuchen, den Belagerungsring um die Stadt zu durchbrechen. Vielleicht können wir die Bulgaren überraschen. Zwei Mann reiten zusammen mit dem Griechen unserem Hauptheer entgegen. Sagt den Generälen, dass sie auf Thessaloniki vorstoßen sollen. Wir müssen dem Feind dort einen Schlag versetzen und ihn entscheidend treffen."
Er strich sich über den weißen Umhang, den er über seinem Kettenhemd trug. Dann sah er Jarl Olaf in die Augen.
„Während ich unsere Kräfte nach Osten führe, habe ich für eure knapp einhundert Männer einen anderen Auftrag. Ihr brecht gen Norden auf und verbreitet Unruhe unter den Eindringlingen. Vernichtet so viele Plündertrupps der Bulgaren wie möglich."
Er legte den Kopf schräg und seine Stimme wurde eindringlich.
„Ihr müsst blitzschnell über sie herfallen und dürft sie nicht zur Besinnung kommen lassen. Eure hundert Krieger sollen so tun, als wären sie tausend. Sobald die Bulgaren wissen, dass ihr sie jagt, werden sie sich auf eure Fährte setzen. Versetzt ihnen harte Schläge, lenkt sie ab und macht ihnen Angst. Sie dürfen sich nirgends sicher fühlen. Und vor allem: Lockt den Feind von Thessaloniki weg. Damit bindet ihr starke Kräfte und tragt zum Gelingen unseres Vorhabens bei. Viel Glück", murmelte Leif.
Die Männer nickten einander zu. Dann lief der Jarl zu seinen Gefährten.
„Macht euch bereit! Wir reiten los, bevor die Sonne am höchsten steht."
Eine gespannte Erwartungshaltung lag in der Luft. Die Männer fühlten, dass es nun nicht mehr lange dauern konnte, bis sie endlich auf den Feind trafen.
„Lasst sie bluten", gab ihnen Leif bei ihrem Aufbruch mit auf den Weg. Jarl Olaf versprach es ihm mit einem Kopfnicken. Während Hjalmar und Thoralf ihn angrinsten und anstelle einer Antwort auf das Heft ihres Schwertes klopften.
Schnell blieb das Lager hinter ihnen zurück. Während sie im Sattel saßen, kauten die Männer auf dem Fleisch herum, das vom Vorabend übriggeblieben war. Niemand hatte Lust, Zeit für eine Rast zu verschwenden. Sie hatten ihre Klingen in den Scheiden gelockert. Viele hatten sich mit Speeren ausgerüstet, deren Spitzen gefährlich im Sonnenlicht funkelten. Der Jarl hatte drei Späher vorausgeschickt, die die Gegend erkunden und sie rechtzeitig warnen sollten. Doch noch blieb alles ruhig. Sie durchquerten einige Dörfer, über denen die Stille des Todes lag. Ausgebranntes Gebälk erzählte von der Zerstörungswut

der Bulgaren. Thoralf erblickte einen älteren Mann, der an das Tor einer Scheune genagelt worden war. Daneben lagen die Köpfe von drei Männern, die sich wohl zur Wehr gesetzt hatten. Langsam packte ihn eine furchtbare Wut auf die fremden Eindringlinge.
Die Wege waren felsig, trotzdem fiel es ihnen nicht schwer, den Spuren der Bulgaren zu folgen. Weggeworfene Gegenstände markierten den Weg, den die Horden eingeschlagen hatten. Immer wieder fanden sie Leichen am Wegesrand. Das Gesicht des Jarls war hart geworden. Lachten die Männer anfangs noch miteinander und tauschten Späße aus, lag nun eine angespannte Stimmung in der Luft. Aufmerksam beobachteten sie die Umgebung. Die drei Späher ritten nie weit voraus und behielten einander immer im Auge. Schließlich kehrten zwei von ihnen zu ihren Kameraden zurück.
„Vor uns liegt ein kleines Waldstück. Gleich dahinter lagert ein Trupp Bulgaren. Wir müssen sehr vorsichtig sein, denn das sind längst nicht die einzigen hier. Die ganze Gegend wimmelt von ihnen."
„Wir werden ihnen hier einen ersten Schlag versetzen."
Die Stimme des Jarls hatte beinahe zufrieden geklungen. Seine Augen glühten voller Vorfreude. Er spürte das Blut durch seinen Körper rauschen. Noch nie hatte er sich so sehr danach gesehnt, einen Auftrag zu erfüllen. Kurz sah er zum Himmel hinauf. Die Sonne war von dicken Wolken verdeckt. Doch er konnte erkennen, dass sie schon tief am Horizont stand.
„Wir warten, bis die Dämmerung einsetzt. Dann schleichen wir uns an ihr Lager heran. Wenn diese Hunde sich zur Ruhe betten, schicken wir sie in einen Schlaf, der nie mehr endet."
Sie saßen ab und versuchten sich abzulenken. Viel zu langsam verstrich die Zeit. Irgendwann setzte unmerklich die Abenddämmerung ein und Thoralf schnaufte erleichtert. Folke und Ivar erging es ähnlich. Kaum war der Jarl aufgestanden, erhoben auch sie sich und blickten ihm erwartungsvoll entgegen. Ein gefährliches Grinsen lag auf dem Gesicht ihres Anführers, als er die Kampfeswut seiner Männer registrierte. Er bestimmte fünf von ihnen dazu, bei den Pferden zu bleiben. Natürlich grub sich eine tiefe Enttäuschung in die Gesichter der ausgewählten Krieger. Doch die Pferde waren ihr kostbarster Besitz und durften dem Feind keinesfalls in die Hände fallen.
„Vorwärts!", rief er den übrigen Kriegern zu. Ohne weitere Worte führte er die Kolonne in die einbrechende Nacht hinein. Die beiden Späher liefen an seiner Seite und führten sie sicher zum Wäldchen. Sie hatten die Klingen noch in den Scheiden stecken, um sich nicht durch metallische Geräusche zu verraten. Ihre Schilde trugen sie umgedreht auf dem Rücken.

Plötzlich wuchs vor Thoralf ein Schatten empor. Doch es war nur der dritte Späher, der den Kontakt zum Feind aufrechterhalten hatte.
„Sie lagern kaum dreihundert Schritte entfernt. Aber hier ins Dickicht wird sich keiner von ihnen verirren. Sie haben zwei Wachen aufgestellt, die im Halbkreis um das Lager laufen."
Der Jarl versuchte seine dröhnende Stimme zu senken.
„Konntest du sie zählen?"
Der Späher nickte, auch wenn das in der Dunkelheit kaum noch zu erkennen war. „Mehr als wir. Ich schätze den Kriegerhaufen auf gut dreihundert Mann."
„So wenige? Dann los! Lasst uns Bulgaren töten!"
Sie folgten dem Späher in einer langen Reihe. Nur das Keuchen der Männer drang leise durch die Nacht. Thoralf hörte, wie Folke hinter ihm verhalten fluchte, als er über eine Wurzel stolperte und ins Straucheln geriet. Bald sahen sie den Schein einiger Lagerfeuer zwischen den Bäumen.
Vorsichtig setzten sie ihre Schritte. Als der Späher plötzlich stoppte, kam die ganze Kolonne ruckelnd zum Stillstand. Jarl Olaf wartete, bis die Männer aufgerückt waren. Dann raunte er ihnen leise zu:
„Hjalmar, Thoralf – der Wachposten links am Waldrand gehört euch." Sein Blick glitt suchend über die Männer.
„Brondolf, Torben – die Wache dort hinten, ganz rechts, verschwindet gerade hinter zwei Bäumen. Sorgt dafür, dass sie nicht wiederauftaucht."
Die aufgerufenen Männer tauchten in die Schwärze der Nacht ein. Alle übrigen Krieger hockten sich im Schutz der Bäume nieder und warteten voller Ungeduld auf den Beginn des Kampfes. Die Zeit verstrich zäh, ohne dass sich etwas tat.
Thoralf setzte vorsichtig einen Fuß vor den anderen. Immer wieder vergewisserte er sich, dass er nicht auf abgebrochene Äste trat, die ihn mit ihrem Knacken verraten hätten. Hjalmar folgte dicht hinter ihm. Sie mussten die Wache lautlos ausschalten, sonst liefen sie Gefahr, das ganze Lager rebellisch zu machen. Thoralf ließ den Mann nicht aus den Augen. Dieser schien müde zu sein und ließ immer wieder den Kopf hängen. Er lief einen Halbkreis auf und ab, den er gerade wieder beendet hatte. Doch noch machte er keine Anstalten, diesen erneut abzuschreiten. Thoralf und Hjalmar verständigten sich mit einer einzigen Geste. Sie würden den Wachposten von beiden Seiten zugleich angreifen. Thoralf zog sein Messer hervor, das er sich in Konstantinopel gekauft hatte. Es lag beruhigend fest in seiner Hand. Das Lager befand sich nun direkt vor ihnen. Überall lagen die Bulgaren verstreut unter ihren Fellen. In der Mitte hatten sie zwei Karren zusammengeschoben,

auf denen hochaufgeschichtet ihre Beute lag. Neben einem der Karren konnte er Dutzende zusammengekauerte Gestalten erspähen. Als sich für einen Moment der Mond durch die Wolken schob, sah er, dass dort junge Frauen saßen, die an den Wagen festgebunden waren. Sie ließen hilflos die Köpfe hängen. Leises Schluchzen drang zu ihm hinüber.
Thoralf blickte wieder zur Wache herüber, die jetzt kaum sechs Schritte vor ihnen stand. Noch immer bewegte der Mann sich nicht. Also schoben sie sich noch näher heran. Als sich eine Wolke vor den Mond schob, sprangen sie gleichzeitig in die Höhe. Hjalmar presste seine gewaltigen Hände auf den Mund der Wache und bog seinen Kopf nach hinten, während Thoralf ihm die Klinge über die Kehle zog. Blut ergoss sich über seine Hände. Das kehlige Röcheln des Mannes war kaum zu hören und erstarb. Schnell legten sie die leblose Gestalt im tiefen Schatten eines Baumes ab. Alles blieb ruhig und so schlichen sie zu ihren Kameraden zurück. Kurz nach ihnen trafen Brondolf und Torben ein, die ihren Auftrag ebenfalls lautlos erledigt hatten.
Jarl Olaf winkte seine beiden Schiffsführer Hasten und Thoralf zu sich. „Nehmt die Hälfte der Männer und postiert euch links vom Lager. Der Rest folgt mir auf die andere Seite. Auf mein Zeichen rückt ihr lautlos vor und beginnt mit dem Töten. Wir nehmen sie in die Zange und treiben sie uns gegenseitig zu. Sagt den Männern, dass sie in Formation bleiben sollen. Nicht, dass wir uns in der Dunkelheit gegenseitig umbringen."
Wenig später folgten die Nordmänner in langen Reihen ihren Anführern. Der Weg kam Thoralf endlos vor. Jeden Moment rechnete er damit, einen schrillen Warnruf zu hören. Doch noch immer blieb im Lager der Bulgaren alles ruhig. Endlich hatten sie ihre Position erreicht und die Krieger verteilten sich wie lautlose Schatten im Schutz der Bäume.
Irgendwo in der Ferne keckerte ein Fuchs. Hasten deutete zum Nachthimmel empor. Thoralf blickte verständnislos hinauf. Er sah Fledermäuse herumhuschen und berührte seinen Schwertknauf, um das Böse abzuwenden. Doch dann erkannte er, was Hasten ihm hatte mitteilen wollen. Eine dunkle Wolke hatte sich vor den Mond geschoben und ließ nur noch Umrisse erahnen. Als sie vorüberzog, stand der Mond fahl am Himmel und tauchte das Lager in kaltes Licht. Am gegenüberliegenden Waldrand trat eine große Gestalt hervor und schwenkte ein silbrig schimmerndes Schwert. Sofort gab Thoralf den Befehl zum Angriff. Anfangs töteten sie lautlos. Sie erschlugen die ersten Bulgaren in ihren Fellsäcken, ohne dass diese wussten, wie ihnen geschah. Einige Nordmänner hielten Speere in den Fäusten, mit denen sie von Schlafplatz zu Schlafplatz eilten, die Felle mit einer Hand

beiseite schlugen und dann mit aller Kraft zustießen. Das alles geschah noch immer in völliger Stille. Es war ein gespenstischer Anblick und Thoralf fröstelte plötzlich.
Folke hob über einem Bulgaren das Schwert an, das im Mondlicht funkelte. In diesem Moment riss der Kerl die Augen auf und starrte ihn ungläubig an. Folke stieß ihm die Klinge tief in die Brust und der Bulgare stöhnte gepeinigt auf. Dann erklangen die ersten Warnschreie. Überall sprangen Männer in die Höhe. Nun gab es keinen Grund mehr leise zu sein. Die Nordmänner stießen wilde Kampfschreie aus, die die Herzen ihrer Feinde in Furcht und Schrecken versetzten. Wie rasend schlugen sie mit ihren Klingen zu und suchten sich ihre Opfer. Einige Männer traten ihnen mit dem Schwert in der Hand entgegen. Doch die Nordmänner waren zum Kampf gerüstet, während die Bulgaren ihnen oftmals mit nacktem Oberkörper entgegentraten. Häufig trafen sie auf zwei Nordmänner gleichzeitig. Diese machten kurzen Prozess mit ihnen.
Doch dann versteifte sich der Widerstand. Harte Kommandos ertönten, als einer ihrer Anführer versuchte, Ordnung in das Chaos zu bringen. Er befahl seine Kämpfer mit befehlsgewohnter Stimme zu sich. Schnell hatten sich etwa fünfzig Bulgaren um ihn versammelt. Doch sie wurden von mehr als sechzig Nordmännern angegriffen, die von zwei Seiten über sie herfielen. Die Männer des Jarls hatten sich auf jeder Seite zu einem kleinen Schildwall zusammengeschlossen. Dabei rückten sie unablässig vor und drängten die Bulgaren dicht zusammen. Deren Schläge landeten wirkungslos auf ihrer Deckung, während ihre eigenen Klingen aufblitzten und blutende Wunden hinterließen. Der bulgarische Anführer trat Hasten den Schild aus der Hand, wehrte einen Schwertstoß eines Kameraden ab und schlitzte Hasten mit einem wuchtigen Hieb die Brust auf. Doch gleich darauf fiel er unter einem Schwertstich, der ihm tief in die Seite fuhr. Schnell brach die Abwehrlinie der Bulgaren zusammen. Wer nicht von den Nordmännern getötet wurde, ergriff die Flucht. Plötzlich war das Töten vorbei.
Thoralf stützte sich schwer auf sein Schwert und keuchte angestrengt. Der Kampf hatte nicht lange gedauert und ihm dennoch alles abverlangt. Sie hatten dem Feind schwer zugesetzt. Zufrieden ließ er seinen Blick über das Schlachtfeld schweifen, auf dem zahlreiche Opfer herumlagen. Anschließend liefen sie durchs Lager und prüften, ob auch wirklich alle Feinde tot waren. Erst dann drangen sie zu den Wagen vor, wo ihnen die Frauen mit angsterfüllten Augen entgegensahen. Thanos sprach beruhigend auf sie ein. Obwohl einige von ihnen zu weinen begannen, beruhigten sie sich allmählich.
Der Jarl sah zu Harald hinüber, doch der zählte noch immer die Toten.

Schließlich war er zu einem Ergebnis gekommen.
„Wir haben fast einhundert Bulgaren erschlagen. Mehr als die Hälfte von ihnen sind einfach in der Nacht verschwunden. Wir haben bei dem Überfall nur drei Männer verloren. Aber drei weitere haben schwere Wunden davongetragen. Sie werden uns bei dem, was jetzt kommt, keine Hilfe sein."
Der Jarl blickte zu den Frauen hinüber. Als Brondolf sich ihm näherte, brummte er unwillig.
„Schick die Frauen in Richtung Osten. Wir können uns nicht mit ihnen belasten."
Thanos widersprach heftig.
„Das sind hilflose Frauen und die Nacht ist voller Bulgaren. Ihr schickt sie in den Tod!"
Jarl Olaf schnaubte erbost.
„Wir verbinden unsere Verwundeten. Dann setzten wir sie auf Pferde und geben ihnen ein Dutzend Männer zu ihrem Schutz mit. Die Frauen sollen sich diesem Trupp anschließen. Pferde haben wir schließlich genug. Wenn sie Glück haben, stoßen sie schon morgen auf die byzantinische Armee. Dann sind sie in Sicherheit und unsere Verwundeten werden von einem Medicus versorgt."
Das schien allen eine gute Lösung zu sein.
„Brecht schnell auf, ehe die Bulgaren in größerer Zahl zurückkommen. Und nehmt euch Proviant und frisches Wasser mit."
Sie zogen sich tiefer ins Wäldchen zurück und schliefen einige Stunden, um wenigstens ein wenig Kraft zu schöpfen. Nachdem Thoralfs Kampfeswut erloschen war, fielen ihm sofort die Augen zu und er schlief wie ein Toter.
Noch ehe es im Osten fahl wurde, setzte sich der Trupp in Bewegung. Broder übernahm das Kommando über die zwölf Krieger, die den kleinen Zug bewachten. Seine Augen leuchteten so hell, dass sie in seinem dunklen Gesicht geradezu unnatürlich wirkten. Er hatte nur eine kleine Fleischwunde am Arm hinnehmen müssen, die ihn kaum behinderte. Schon bald waren sie außer Sicht.
Am Morgen begann es zu regnen. Thoralf schlug die Augen auf und sah, dass der feine Sprühregen kleine Perlen auf dem Griff seines Schwertes bildete. Er zog sich das dicke Fell über den Kopf und versuchte wieder einzuschlafen. Als er erneut erwachte, war der Regen in Schnee übergegangen. Ungläubig blickte er sich um. Der Frost hatte das Holz mit Raureif überzogen und er begann zu zittern. Dann rappelte er sich auf und legte sich einen Umhang über die Schultern. Gleich ihm richteten sich nun weitere Männer auf. Wortlos ergriff er das verrostete Schwert eines toten Bulgaren und versuchte, damit ein

Loch in den Boden zu graben. Schon bald halfen ihm seine Kameraden. Die Arbeit half gegen die Kälte und ihr Atem hing in dicken Wolken in der Luft. Es war mühsam, doch irgendwann hatten sie flache Mulden ausgegraben, in denen sie ihre Kameraden begraben konnten. Sie sollten nicht den Raben zum Fraß vorgeworfen werden, die bereits auf den Leichnamen der Bulgaren hockten und gierig nach deren toten Augen pickten.
Als sie ihre Arbeit beendet hatten, drängte der Jarl zum Aufbruch.
„Wir dürfen nicht zu lange an einem Ort bleiben. Unser bester Schutz ist es, immer wieder woanders aufzutauchen und überraschend zuzuschlagen."
Sie saßen auf und ritten in langer Reihe gen Norden. Gegen Mittag legten sie in einer Talmulde eine kurze Rast ein.
„Was werden die Bulgaren wohl als Nächstes tun?", fragte Thoralf, der neben Harald saß. „Sie wissen doch jetzt, dass wir hier sind."
Harald hob die schweren Schultern.
„Uns jagen natürlich. Aber das ist nicht so leicht. Wir sind wenige und damit schwer aufzuspüren. Außerdem sind wir beritten und können uns somit schneller bewegen als die Bulgaren, die oft zu Fuß unterwegs sind."
Nach einer Weile setzten sie ihren Weg fort und folgten einem kaum sichtbaren Pfad. Der Jarl hatte erneut Späher losgeschickt, um sie vor unliebsamen Überraschungen zu schützen. Das Schneetreiben wurde immer dichter und stellenweise sahen sie kaum die Hand vor Augen. Sie kamen nur langsam voran und ließen die Pferde ihr eigenes Tempo finden. Als plötzlich die Späher wie aus dem Nichts vor ihnen auftauchten, zügelten die Nordmänner erschreckt ihre Pferde.
„Vor uns liegt ein kleines Dorf. Nicht mehr als zwanzig Hütten. Wir haben vielleicht dreißig Bulgaren gezählt, die sich in den Häusern zu schaffen machen. Bei der Sicht können es aber auch deutlich mehr sein", gab der zweite Späher zu bedenken.
Jarl Olaf nickte grimmig.
„Das sehen wir uns an."
Sie ritten mit den Spähern an der Spitze vorsichtig weiter. Schon bald stiegen sie auf Anraten ihrer Kundschafter ab und gingen zu Fuß weiter. Irgendwann tauchten die Umrisse einiger Hütten vor ihnen auf. Hinter einer Bodenwelle versteckt, beobachteten sie das Treiben im Dorf. Der Flockenwirbel wurde schwächer und so verfolgten sie, wie die Bulgaren auf der Suche nach Beute zwischen den windschiefen Hütten umherliefen. Der Jarl hatte genug gesehen.
„Ich habe siebenundzwanzig von diesen Fellträgern gezählt. Sie sind tot, sie wissen es nur noch nicht."

Er tauschte ein Grinsen mit seinen Männern.
„Zwei Mann bleiben bei den Pferden. Brondolf, nimm Halfdan und vier weitere Männer, die mit dem Bogen umgehen können, und postiere dich an unserer Flanke. Wenn sich Widerstand regt, schaltet ihr ihn aus.“
Brondolf nickte Halfdan zu und bestimmte zusätzlich vier Mann ihm zu folgen.
„Vorwärts Männer! Bieten wir unserem Kriegsgott Thor eine Schar toter Bulgaren als Opfer dar.“
Er fletschte die Zähne. Die Männer zogen die Schwerter und machten sich bereit. Dann liefen sie los. Geduckt wie Raubtiere vor dem Sprung. Dabei hielten sie sich immer in Deckung der Hütten. Sie sickerten ins Dorf ein und noch immer ertönten keine Warnrufe. Thoralf liebte diese Anspannung kurz vor einem Kampf. Die Bulgaren waren durch ihre schnellen Erfolge leichtsinnig geworden. Sie hatten ihre reichen Nachbarn überfallen und ganze Ortschaften ausgeplündert. Niemand hatte sie aufgehalten. Viele von ihnen wurden durch diesen Feldzug reich und träumten schon von einem sorglosen Leben. Die Gier ließ sie unvorsichtig werden. Sie hatten keine Wachen aufgestellt. Das sollten sie gleich bereuen.
Als einer der Bulgaren aus einer Hütte trat, sprang Thoralf hinter einer Bretterwand hervor und schwang sein Schwert. Noch ehe seine Klinge ihr Ziel traf, war es für eine Gegenwehr längst zu spät. Der Bulgare trug einige Kleidungsstücke auf den Armen und blinzelte, als könnte er damit die bösen Geister vor sich verscheuchen. Thoralfs Klinge drang tief in seinen Hals und ließ ihn blutend niedersinken. Dann eilte er weiter und suchte sein nächstes Opfer. Drei Bulgaren traten lachend aus einer windschiefen Hütte. Der letzte von ihnen zog ein dunkelhaariges Mädchen an den Haaren hinter sich her. Sie schrie vor Schmerz, doch das ließ die Männer nur noch lauter lachen. Die ersten beiden starben lautlos unter den schnellen Streichen von Folke und Ivar. Der dritte Bulgare schrie vor Zorn, stieß das Mädchen weg und wollte sich auf Folke stürzen. Doch noch ehe er sich ihm genähert hatte, drang ein Speer in seine Brust und nagelte ihn mit einem dumpfen Laut an die Wand. Kurz kämpfte er gegen den Stahl in seiner Brust an, dann fiel sein Kopf vornüber und Blut sickerte in einem dünnen Rinnsal zu Boden. Torben, der den Speer mit aller Kraft geworfen hatte, rief mit heiserer Stimme:
„Weiter, nicht aufhalten lassen!“
Sie drangen tiefer ins Dorf vor. Plötzlich stürmte aus dem Schatten einer Hütte ein ganzer Pulk Bulgaren wie tollwütige Hunde auf sie los. Sie stießen laute Kampfschreie hervor und wollten ihre toten

Kameraden rächen. Bevor sie die vordersten Nordmänner erreicht hatten, fielen drei von ihnen zu Boden. Ein vierter Mann begann zu torkeln. Erst jetzt erkannte Thoralf, dass ihm ein gefiederter Pfeil im Hals steckte. Jarl Olafs Umsicht hatte ihnen schon wieder dabei geholfen, ihr Blut zu sparen.

Immer mehr Bulgaren schlossen sich den Angreifern an. Der Jarl sah, dass die feindliche Übermacht erdrückend wurde.

„Zieht euch zurück! Achtet darauf, dass die Bogenschützen freies Schussfeld haben."

Noch immer forderten die gefährlich zischenden Pfeile einige Opfer. Doch die Bulgaren ließen sich von den wenigen Pfeilen nicht länger aufhalten. Einige Männer schwangen große Äxte und liefen einfach drauflos. Thoralf, Harald und Folke warfen sich ihnen entgegen. Ihre Schilde krachten unter dem gewaltigen Aufprall des Stahls. Thoralfs Schild war den Hieben nicht gewachsen. Einige Bretter brachen. Also schlug er mit dem Schwert zu und traf seinen Gegner an der Schulter. Dieser ließ den rechten Arm kraftlos sinken, so dass Thoralf sich nach vorn werfen und ihm seine Klinge in den Leib rammen konnte. Nun suchten immer mehr Gegner den Zweikampf und drängten die Nordmänner langsam zurück.

Plötzlich ertönte Hufschlag. Ivar und Loke ritten dicht an ihnen vorbei. Ivar saß schief im Sattel. Als Nordmann war er das Reiten nicht gewöhnt. Niemals würde er die geschmeidige Leichtigkeit der griechischen Kavallerie erreichen. Doch der Sattel gab ihm Halt und so drängte er ungestüm vorwärts. Noch ehe sich die Bulgaren auf die neue Gefahr einstellen konnten, hieben die Klingen der Nordmänner von oben herab auf sie ein. Die Brust eines Pferdes stieß einen der Angreifer zu Boden. Dann trampelte das Tier über ihn hinweg. Plötzlich bekamen die Männer des Jarls wieder Luft.

„Zurück, bevor sie uns überrennen!", schrie Jarl Olaf. Also hetzten sie unter dem Schutz der Reiter zurück. Die Reiter hielten besonders wagemutige Bulgaren auf Abstand, die den Kampf noch nicht verloren geben wollten.

Ein großer Mann mit einem schweren Fellumhang stach Thoralf ins Auge. Dieser redete eindringlich auf seine Männer ein und wies dann zu ihnen hinüber. Es musste sich um einen der Anführer der Bulgaren handeln. Der Mann hatte harte, selbstbewusste Züge. Er strahlte eine Gelassenheit aus, die Thoralf Sorgenfalten auf die Stirn trieb.

Wenn das Chaos der Schlacht ausbrach, wirkte es durchaus furchteinflößend, wenn man beim Feind eine solche Ruhe feststellte, die von großer Selbstsicherheit zeugte. Solche Männer waren stets gefährlich.

Der Khan der Bulgaren brachte mit wenigen Worten Ordnung ins heillose Durcheinander seiner Männer. Hinter ihm strömten immer weitere Krieger herbei. Schon bald zählten sie weit über dreihundert gut bewaffnete Kämpfer. Thoralf blickte sich noch einmal um. Der Khan war stehengeblieben und sah ihnen nach. Er schien fest davon überzeugt zu sein, dass es für sie kein Entkommen mehr geben würde, denn er zeigte keinerlei Eile.
Thoralf konzentrierte sich auf den schmalen Pfad vor sich. Endlich hatten es auch ihre wenigen Reiter geschafft, sich vom Feind zu lösen. Rasch brachten sie Abstand zwischen sich und die Bulgaren. Gerade wollte er erleichtert verschnaufen, als Valknut und Gunne auftauchten, die sie bei den Pferden zurückgelassen hatten.
„Hinter uns kommt der Feind!", riefen sie. „Den Bulgaren sind unser Proviant und die meisten der Pferde in die Hände gefallen. Wir haben offensichtlich in ein Wespennest gestochen und konnten noch im letzten Moment fliehen", ergänzte Valknut.
Jarl Olaf zerbiss einen Fluch zwischen den Lippen. Dass ausgerechnet Valknut, der noch immer unter dem Fluch dieser alten Hexe zu stehen schien, ihnen diese schlechte Nachricht überbrachte, mochte purer Zufall sein. Doch der Jarl hätte schwören können, dass alle übrigen Männern in diesem Moment den gleichen dunklen Gedanken hatten. Dieser Mann wurde noch immer vom Schicksal bestraft und jeder in seiner Nähe litt unter dieser dunklen Magie. Nun konnte die Falle jeden Moment zuschnappen und sie saßen mittendrin.
Der Jarl beäugte einen Wildpfad, der kaum sichtbar rechts vom Weg wegführte.
„Dort entlang! Dieser Pfad führt tiefer ins Gebirge. Sollen sie uns doch verfolgen. Wir tun damit genau das, was uns aufgetragen wurde. Wir binden starke Kräfte, die den Bulgaren in der Schlacht gegen die Byzantiner fehlen werden."
Er spuckte zu Boden und begann dem Wildpfad zu folgen.
Hjalmar folgte ihm auf dem Fuße, während er rief:
„In diesem bergigen Gelände wird ihnen ihre Überlegenheit nicht viel helfen. Vielleicht verlieren sie schon bald unsere Spur."
Mit großen Schritten pflügten sie durch die bewaldete Gegend. Schon bald zogen die wenigen Männer, die noch über Pferde verfügten, ihre Tiere am Zügel hinter sich her. Im Sattel saßen ihre Verletzten, für die der Marsch zu anstrengend war. Denn eine Pause gab es nicht. Sie marschierten den ganzen Nachmittag hindurch. Als die Dämmerung hereinbrach, suchten sie sich eine geschützte Stelle, wo der Wind nicht ganz so eisig pfiff.
„Ruht euch aus, Männer!", rief der Jarl ihnen zu.

„Thoralf, Ivar! Greift euch jeder ein Pferd und seht nach, wo unsere Verfolger abgeblieben sind. Wir sollten einige Stunden Vorsprung haben. Vielleicht haben sie es aber auch aufgegeben, eine so kleine Gruppe von Feinden durchs Gebirge zu jagen."
Ivar und Thoralf tauschten einen Blick. Dann schwangen sie sich in den Sattel. Sie waren hundemüde und beneideten ihre Kameraden, die es sich jetzt in ihren warmen Fellsäcken gemütlich machen konnten. Wie auf Kommando hatte leichtes Schneetreiben eingesetzt und wehte ihnen schräg von vorn in die Augen.
Ihre Gäule stolperten müde dahin. Nach einer knappen Stunde hielten sie an einem rauschenden Fluss an. Er war kaum knietief und stellte somit kein ernsthaftes Hindernis dar. Da das Gelände hier weithin einsehbar war, würden sie etwaige Verfolger schon von weitem sehen.
„Leg dich schlafen. In zwei Stunden wecke ich dich", brüllte Ivar ihm zu. Der Wind hatte aufgefrischt und riss ihm die Worte von den Lippen.
Thoralf nickte und kauerte sich in kleine Mulde, die ihn vor dem Wind schützte. Dann zog er sich seinen Fellsack über den Kopf. Schon bald versank er in einen tiefen, traumlosen Schlaf.
Als Ivar ihn weckte, kam es ihm vor, als hätte er sich eben erst hingelegt. Mühsam rappelte er sich auf. Dabei spürte er jeden einzelnen Knochen im Körper.
„Die Stille hier ist geradezu unheimlich", raunte Ivar ihm zu, als er mit zufriedenem Grinsen in seinen Fellsack schlüpfte.
Thoralf setzte sich zwischen zwei kleine Felsen, die ihm Deckung boten. Von hier hatte er eine gute Sicht auf den Fluss und das dahinter liegende Tal. Das Schneetreiben hatte nachgelassen und der Wind war eingeschlafen. Die Stille lag wie eine Decke auf ihm. Er nahm eine Handvoll Schnee und rieb sich das Gesicht damit ab. Endlich verschwand die Müdigkeit. Gerade wollte er sich ein Stück Trockenfleisch holen, als sein Blick noch einmal zum Tal hinüberwanderte. Da glitzerte doch etwas! Erst vermutete er, dass sich der Mond auf dem Wasser spiegelte. Doch dann erkannte er, dass es sich um Stahl handelte, der das Licht zurückwarf. Er knurrte heiser und beugte sich ein Stück vor. In großer Entfernung entdeckte er zahlreiche Gestalten, die aussahen, als wären es Ameisen. Er kniff die Augen zusammen. Außerdem erspähte er Hunde, die schnüffelnd hin- und hersprangen. Jetzt hielt es ihn nicht mehr auf seinem Platz.
„Ivar!", rief er.
Sein Freund stand so schnell auf den Beinen, als hätte er jeden Augenblick mit einem Alarmruf gerechnet.
„Ich bin nicht sicher, ob ich das wirklich hören will, Thoralf."
Statt einer Antwort zeigte dieser hinunter zum Tal.

„In zwei Stunden werden sie hier sein“, murmelte Ivar nach einer Weile. Er versuchte sie zu zählen, brach dann aber mittendrin ab.
„Verdammt, sind das viele! Das sind mindestens tausend Krieger auf unserer Fährte.“
„Und sie haben Hunde dabei“, murmelte Thoralf. „Das bedeutet, dass sie unsere Spur kaum verlieren werden. Egal, was für Wege wir einschlagen. Der Jarl wird sich etwas anderes einfallen lassen müssen.“
Ivar nickte düster. „Lass uns zurückreiten und sie warnen.“
Noch bevor sie das Lager erreichten, wurden sie von einer Wache angerufen.
„Weck Jarl Olaf! Unsere Nachricht kann nicht warten.“
Der Mann führte sie im fahlen Mondlicht zielsicher zum Schlafplatz ihres Anführers. Dieser musste die knirschenden Schritte auf dem Schnee schon gehört haben, denn er setzte sich auf, als sie direkt vor seiner Schlafstatt verhallten.
„Wieviel Zeit bleibt uns?“, fragte er, nachdem er ihrem Bericht regungslos gelauscht hatte. Er schien nicht im Geringsten überrascht zu sein.
Thoralf verzog abschätzend das Gesicht.
„Sie kommen zu Fuß. Wir haben gute vier bis fünf Stunden Vorsprung. Aber sie haben Hunde dabei. Riesige Köter, die auf die Jagd abgerichtet sind. Mit deren Hilfe werden sie uns überall finden.“
Jarl Olaf grübelte eine Weile.
„Legt euch hin. Wir sollten ausgeschlafen sein für das, was auf uns zukommt. In zwei Stunden wecken wir die Männer und bereiten uns vor.“
Sie gingen auseinander und versuchten Ruhe zu finden. Thoralf war überrascht, dass es ihm gelang, sofort einzuschlafen. Als ihn ein Tritt von Ivar aus dem Schlaf riss, fühlte er sich bereit, seinem Schicksal entgegenzutreten.
Überall erhoben sich seine Kameraden. Sie bliesen in ihre Hände, um sie zu wärmen.
„Macht ein großes Feuer!“, rief der Jarl. „Dann schlachtet zwei Pferde. Wir werden gebratenes Fleisch essen, bevor wir unseren Feinden gegenübertreten.“
Sofort machten sich die Nordmänner an die Arbeit. Ivar schlug den Pferden mit einer gewaltigen Axt den Kopf ab. Dann zerlegten sie die Tiere und brieten die besten Stücke über dem Feuer. Köstlicher Duft waberte durch die Schlucht. Den Männern lief das Wasser im Mund zusammen. Schon bald schlugen sie sich die Bäuche voll und tranken das letzte Bier. Erwartungsvoll sahen sie ihren Anführer an.
„Ihr habt es alle gehört. Diese Dreckskerle denken nicht daran, uns

entkommen zu lassen. Immer wenn wir dachten, wir hätten sie abgeschüttelt, tauchten sie wieder aus dem Dunst auf und folgten beharrlich unserer Fährte. Sie haben Hunde dabei. Und zählen mehr als tausend Mann. Besiegen können wir diese Übermacht nicht. Damit bleiben uns zwei Möglichkeiten."
Er sah die dichtgedrängten Reihen seiner Krieger entlang.
„Wir könnten versuchen wegzulaufen. Aber dabei riskieren wir, von ihnen aufgespürt und an einem ungünstigen Ort zum Kampf gezwungen zu werden."
Hjalmar ließ ein missmutiges Schnalzen hören.
„Weglaufen liegt mir nicht", grollte er, während seine Kameraden lautstark ihre Zustimmung bekundeten. Er zog sein Schwert und rammte es in den steinigen Boden.
„Ich will kämpfen! Ich kann nichts anderes."
Dabei grinste er.
„Und ich will auch nichts anderes."
Jarl Olaf verzog das Gesicht zu einem Lächeln. Mit nichts anderem hatte er gerechnet.
„Also kämpfen wir und bestimmen selbst den Ort der Schlacht. Seht euch mal genau um", forderte er seine Krieger auf.
„Dieser Pfad ist so eng, dass höchstens zehn Männer nebeneinander vorrücken können. Rechts schützt uns die Felswand, links geht es in eine tiefe Schlucht hinab. An dieser Stelle können sie uns nicht umgehen. Ihre Übermacht nützt ihnen gar nichts. Und wir haben mehr als genug Männer, um ihnen einen festgefügten Schildwall, sieben Reihen tief, entgegenzustellen. Dann liefern wir ihnen einen Kampf, den sie nie vergessen werden."
Thanos sah ihn ungläubig an.
„Ist das euer Ernst? In dieser aussichtslosen Lage sucht ihr den Kampf? Wir können immer noch verhandeln."
Die Nordmänner brachen in schallendes Gelächter aus. Thoralf ließ beinahe das Stück Fleisch fallen, von dem er eben noch mit großem Appetit abgebissen hatte.
„Thanos, du behauptest doch, uns Nordmänner gut zu kennen. Hast du wirklich geglaubt, wir strecken die Waffen, wenn der Kampf aussichtslos erscheint?"
Er musste innehalten und schüttelte sich vor Lachen. Dann wurde er wieder ernst.
„Unsere Götter beobachten uns in diesem Kampf. Wer hier fällt, den geleiten die Arsen direkt vom Schlachtfeld nach Walhalla, wo unsere Ahnen nur darauf warten, uns zu diesem Ringen zu beglückwünschen."
Thanos nickte matt. Er hatte schon vermutet, dass den Nordmännern

ein Kampf unter derartigen Bedingungen einen ganz besonderen Anreiz bot. Die Männer lachten noch immer und schlugen ihm gutmütig auf den Rücken. Dann machten sie sich daran, sich auf die nunmehr unausweichliche Schlacht vorzubereiten.
Sie legten Schilde, Speere und Äxte bereit. Jarl Olaf und Hjalmar liefen den Pfad ab, um die beste Stelle für den Kampfplatz festzulegen. Sie rückten nur einige Schritte vor und tauschten ein kurzes Nicken. Hier sollte es sein! Links ging es ansatzlos steil hinab. Der Jarl trat näher an den Abgrund heran.
„Die Männer in den hinteren Reihen des Schildwalls sollen Speere bereithalten. Wenn sich der Feind hier am Rand an uns vorbeischieben will, stoßen wir ihn einfach in die Tiefe."
Er besah sich die Stelle, die er für den Kampf ausgewählt hatte, noch einmal genau. Einige Felsbrocken hatten sich aus der Wand gelöst und zwangen den Gegner, sich bei seinem Vormarsch zwischen ihnen hindurchzuzwängen.
Der Jarl zeigte auf diese Stelle.
„Gleich dahinter will ich unsere vorderste Reihe stehen sehen! Das hilft uns, die Vorstöße abzuwehren. Dann werden wir uns bis an diese Stelle dort zurückziehen."
Er zeigte auf die engste Stelle des Pfades.
„Dort müssen wir ihrem Druck standhalten. Koste es, was es wolle. Dahinter verbreitert sich der Pfad wieder. Allerdings nicht sehr viel", schränkte er nachdenklich ein.
„Es könnte aber ausreichen, um uns in Bedrängnis zu bringen."
Hjalmar zog die Augenbrauen in die Höhe. Ihm imponierte die Weitsicht ihres Anführers.
„Was mir Sorgen macht, sind die Hunde. Das sind Bestien, die auf die Menschenjagd abgerichtet sind. Was unternehmen wir gegen diese verfluchten Viecher?", fragte er den Jarl.
Dieser zupfte sich nachdenklich am Bart.
„Sie können nur direkt auf uns losstürmen und stoßen dann auf eine Front aus Eisen. Wir werden versuchen sie aufzuspießen, bevor sie in unseren Schildwall einbrechen können. Unsere Linie muss geschlossen bleiben, sonst ist es unser Blut, das den Boden tränkt."
Hjalmar nickte stumm. Wenig später erhob sich ihr Kundschafter und winkte ihnen zu.
„Die Männer sollen sich bereitmachen", murmelte der Jarl und Hjalmar trommelte sie zusammen. Der Jarl gab seinen letzten Weinschlauch an die Männer weiter. Einige tranken gierig, andere wie Thoralf reichten ihn nur weiter. Ohne Wein war es zwar schwieriger, in den Wahn einer Schlacht einzutauchen. Doch Thoralf bevorzugte es, einen klaren Kopf

zu behalten. Er versuchte, sich in die vorderste Reihe durchzudrängen. Doch viele Männer hatten das gleiche Ziel. Sie wollten sich unbedingt im Kampf beweisen. Jarl Olaf beobachtete die Aufstellung und knurrte dabei ein paar Anweisungen. Thoralf fand sich schließlich in der zweiten Reihe wieder. Rechts und links von ihm standen Hjalmar und Folke, die ihn angrinsten. Direkt vor ihm befand sich Ivar, der spöttisch die Mundwinkel verzog, als er seine Freunde hinter sich Aufstellung nehmen sah.

„Bleibt schön hinter mir, dann passiert euch nichts!", rief er über seine Schulter hinweg.

Thoralf ließ sein Schwert einmal leicht gegen Ivars Helm schwingen. Von da an herrschte Ruhe und Ivar musterte lieber den heranrückenden Gegner. Thoralf sah Speere, Schwerter, Äxte und Schildbuckel aufblitzen. Eine große Schar Krieger war gekommen, um sie zur Strecke zu bringen. Die meisten waren in Leder und Felle gehüllt. Dies konnte vielleicht einen Schwerthieb bremsen, vor einem Speerstoß oder Axthieb schützte es jedoch nicht. Dazwischen blitzten immer wieder einige Kettenhemden auf. Hierbei handelte es sich wohl um ihre besten Kämpfer, die sich bereits in der Schlacht einen Namen gemacht und überlebt hatten. Vor diesen Männern musste er sich in Acht nehmen. Er legte seine Hand um den Schwertgriff und seine Zuversicht kehrte zurück. Diese Bulgaren hatten wahllos Männer, Frauen und Kinder abgeschlachtet oder in die Sklaverei verschleppt. Thoralf fühlte Hass in sich aufsteigen. Sie würden es ihnen nicht leichtmachen!

Valknut, der ganz rechts in der ersten Reihe stand, hob probehalber den rechten Arm und täuschte einen Stoß an. Dann brummte er zufrieden. Die Felswand würde ihn kaum behindern. Vielleicht bot sie ihm sogar Schutz. Endlich bekam er die Gelegenheit, sich bei seinen Gefährten als nützlich zu erweisen. Viel zu lange schon lastete der Fluch dieser alten Frau auf ihm. Obwohl er die alte Vettel auf ihrer letzten Fahrt sofort aufgespießt hatte, hatte sie noch die Zeit gefunden, auf ihn zu zeigen und ihn in ihrer Sprache zu verfluchen. Noch heute hatte er das Bild vor Augen, wie sie da stand mit ihren zur Klaue gekrümmten Fingern und ihm Worte entgegenspie, die ihm beim bloßen Gedanken daran eine Gänsehaut über den Körper jagten. Manchmal kam es ihm vor, als läge ein großer Stein auf seiner Brust, der ihm das Atmen schwer machte. Noch immer erzählten sich seine Kameraden am Lagerfeuer diese alte Geschichte über ihn. Sie mieden seine Nähe und wagten es nicht mal, ihm in die Augen zu sehen. An diesem längst vergangenen Tag hatte er sein Glück verloren. Aber vielleicht war heute der Augenblick gekommen, der ihm einen Neuanfang ermöglichte! Er nahm einen großen Schluck und ließ den Rotwein durch seine Kehle

rinnen.
Währenddessen rückten die Bulgaren unaufhörlich näher heran. Links und rechts schritten jeweils vier Männer vorweg. Jeder von ihnen führte einen riesigen Bluthund an der Leine. Die massigen Tiere drängten gierig voran und die Hundeführer hatten alle Hände voll zu tun, diese Bestien zurückzuhalten.
Beim Anblick der Hunde war es in den Reihen der Nordmänner still geworden.
„Ich hasse Hunde“, knurrte Hjalmar kaum vernehmbar vor sich hin.
Folke hatte ihn trotzdem gehört.
„Schlechte Erfahrungen gemacht? Sieh dir mal das Riesenvieh ganz links an! Das geht glatt als Pferd durch. Da gehört doch ein Sattel drauf, oder?“
Statt einer Antwort knirschte Hjalmar mit den Zähnen.
„Die sehen aus, als würden sie einfach durch unsere Reihen hindurchmarschieren wollen“, setzte Folke nach.
„Das werden sie auch müssen“, bemerkte Thoralf.
„Wir sperren hier nämlich einen wichtigen Pfad, der direkt zum Pass hinaufführt. Um mit ihrer Beute in die Heimat zurückzukehren, müssten sie sonst einen tagelangen Umweg auf sich nehmen.“
Ivar fuhr sich durch seinen dichten Bart.
„Das heißt also, sie werden so lange angreifen, bis unser Schildwall bricht.“
Harald stand dicht neben ihnen und schüttelte nachdrücklich den Kopf.
„Das heißt, dass wir hier nur aushalten müssen, bis die byzantinische Armee kommt. Dann bleibt den Bulgaren nur noch die Gefangenschaft oder der Tod.“
Folke wiegte skeptisch den Kopf.
„Die Byzantiner werden in Thessaloniki alle Hände voll zu tun haben. Wer kann schon sagen, wann sie in den Norden aufbrechen, um auch die letzten Bulgaren über die Grenze zu jagen?“
Niemand hatte Lust, darauf etwas zu erwidern. Stattdessen richteten sie ihre Aufmerksamkeit wieder auf den endlosen Strom der sich nähernden Bulgaren. Thanos stand in einer der hinteren Reihen und lugte nach links, wo der Pfad plötzlich abbrach und es steil hinabging.
„Ein ziemlich trostloser Ort, um zu sterben“, murmelte er gedankenverloren.
Ivar hatte ihn gehört und funkelte ihn an.
„Aber sie sind doch selbst schuld, wenn sie uns angreifen.“
Dabei blinzelte er Thanos zu und plötzlich mussten sie beide lachen.
Das Rasseln von Stahl wurde lauter, während der Feind immer dichter kam. Als die Horden der Bulgaren die kleine Streitmacht sahen, die

ihnen hier Widerstand zu leisten gedachte, brachen sie in dröhnendes Gelächter aus. Schon bald war der Abstand zwischen ihnen so zusammengeschmolzen, dass sich einige von ihnen bückten und Steine aufhoben, mit denen sie die Nordmänner bewarfen. Die Wurfgeschosse prallten allesamt an ihren erhobenen Schilden ab. Nun begannen die Bulgaren zu schreien, stießen kehlige Verwünschungen aus und spuckten vor ihnen auf den Boden, um ihre Verachtung zu zeigen. Harald machte keinen Hehl daraus, wie sehr ihn dieses Vorgehen langweilte.
„Diese räudigen Hunde müssen doch wissen, dass wir kein Wort von dem verstehen, was sie da in ihrer kratzigen und furchtbar hässlichen Sprache herumschreien."
Auch Folke verzog angewidert das Gesicht.
„Klingt für mich, als würde eine Ziege auf Blech pinkeln. Das Geräusch schmerzt mir in den Ohren. Hoffentlich finden sie bald den Mut und greifen an."
Die Männer grinsten, ließen ihre Gegner dabei aber nie aus den Augen. Ein großer Mann drängte sich bis nach vorn durch und nahm sie mit verschränkten Armen in Augenschein. Thoralf erkannte den großgewachsenen Bulgaren sofort wieder. Es war der Anführer, der ihn im Dorf mit seiner kaltblütigen Ruhe beeindruckt hatte. Noch immer trug er einen schweren Fellumhang, der über einer Lederkluft mit einer Brosche zusammengehalten wurde. Seine harten Züge wirkten neugierig, als er das Häuflein Nordmänner betrachtete. Nachdem er sich einen Eindruck verschafft hatte, gab er den Hundeführern einen kaum wahrnehmbaren Wink. Sofort ließen diese die wild zerrenden Hunde von den Leinen und traten einen Schritt zurück.
„Bei allen Göttern, jetzt geht's los", knurrte Ivar und stemmte sich gegen seinen Schild. Die Hunde sprinteten aus dem Stand los. Sie stießen ein heiseres Knurren aus, das den Nordmännern durch Mark und Bein ging. Ihre Pfoten kratzten über den felsigen Boden. Dann machte sich das Rudel zum entscheidenden Sprung bereit.
„Schilde hoch!", peitschte die Stimme des Jarls durch die Luft.
„Hintere Reihen, haltet die Speere bereit!"
Ihre Schilde schlossen sich krachend zusammen und lagen nun festgefügt aneinander. Die Männer der zweiten Reihe deckten mit ihren Schilden die Köpfe ihrer Vorderleute. Ivars Gesicht hatte beim Anblick dieser Bestien die Farbe verloren. Er umklammerte den Griff seines Schwertes so fest, dass sich die Fingerknöchel weiß abzeichneten. Vier Hunde warfen sich mit ihrem ganzen Gewicht gegen die Schildwand der ersten Reihe. Der Schildwall bebte, hielt aber stand. Die Tiere fletschten ihre gewaltigen Zähne. Ihr weißschäumender Geifer flog den

Kriegern entgegen. Doch diese wankten nicht. Entschlossen stießen die Schwerter der Nordmänner vor und trafen die Hunde tief ins Fleisch. Die Tiere starben winselnd. Die übrigen Hunde sprangen in weiten Sätzen über die Köpfe der Nordmänner hinweg. Thoralf streckte sein Schwert in die Höhe und stieß die scharfe Klinge in den ungeschützten Leib eines Hundes. Er schlitzte ihm der Länge nach den Bauch auf. Blut und Gedärme regneten auf die dichtgedrängten Männer hinab. Thoralf wischte sich das Blut aus dem Gesicht.

Der Hund stürzte zu Boden und riss zwei Männer aus den hinteren Reihen beinahe von den Beinen. Jetzt übersprangen zwei weitere Hunde die ersten Reihen und landeten mitten unter ihnen. Sofort bissen sie wild um sich. Die Nordmänner standen so dicht, dass sie ihre langen Schwerter nicht benutzen konnten. Einige von ihnen schlugen deshalb mit dem Schwertknauf oder auch den bloßen Fäusten auf die Tiere ein. Dabei knurrten sie so wild, dass sie selbst wie Hunde klangen. Andere zückten ihre Messer und rammten die Klingen in die Flanken der blutgierigen Bestien. Die Hunde schnappten wie toll nach allem, was in ihre Reichweite kam. Einer, schwarz wie die Nacht, hatte sich in den Arm eines Nordmanns verbissen und zerrte wie verrückt daran. Mehrere Dolche fuhren gleichzeitig tief in seinen Körper, doch dieses Tier schien einfach nicht sterben zu wollen. Noch immer biss es krampfhaft die Zähne zusammen und rollte mit den blutunterlaufenen Augen. Dann endlich streckte sich sein mächtiger Körper zitternd. Folke und Harald brachen mit Hilfe ihrer Klingen sein gewaltiges Maul auf. Der Nordmann, dem von diesem wuchtigen Tier beinahe der Arm abgebissen worden war, war bleich wie der Tod und sah ungläubig auf seine Verletzung hinab. Sein Arm hing schlaff herunter und blutete stark. Endlich war auch der letzte Hund ihrem Stahl zum Opfer gefallen. Die Nordmänner atmeten erleichtert auf. Drei von ihnen waren verwundet worden. Zwei davon so schwer, dass sie ihren Kameraden in dem anstehenden Ringen keine Hilfe sein würden.

„Verbindet die Verletzten und schafft sie hinter uns in Deckung!“, rief der Jarl, während er die Gegner nicht aus den Augen ließ.

Der Anführer der Bulgaren trat ihnen zwei Schritte entgegen. Er hatte das Blutbad genossen. Gleichzeitig schien er enttäuscht zu sein, dass die Nordmänner die Attacke seiner Hunde so erfolgreich abgewehrt hatten. Doch dann lächelte er ihnen zu und klatschte in die Hände. Das Geräusch trug weit in der angespannten Stille.

Hjalmar spuckte zu Boden. Er sah Thoralf an, dem es endlich gelungen war, das Blut des Hundes aus seinen Augen zu reiben.

„Mit deinem blutverschmierten Gesicht kannst du jedem Kind den Schlaf rauben“, stellte er nüchtern fest.

Thoralf verzog die Mundwinkel, was ihn noch furchterregender aussehen ließ. Jarl Olaf war neben sie getreten und grinste verwegen.
„Was auch immer sie gegen uns aufbieten – wir werden nicht zurückweichen!"
Einer der Männer rief aus der hinteren Reihe.
„Was machen wir, wenn die Byzantiner nicht rechtzeitig kommen?"
Der Jarl sah ihn an und verzog das Gesicht.
„Dann töten wir so lange Bulgaren, bis sie in ihrem Blut ertrinken. Wenn jeder von uns drei oder vier Gegner tötet, gibt es an diesem schmalen Pass kein Durchkommen mehr für sie."
Einige seiner Krieger hatten sorgenvolle Gesichter. Sie vertrauten ihrem Stahl und ihren kampferprobten Gefährten. Doch es war eine große Übermacht, die sich da vor ihnen versammelt hatte, um sie alle zu ihren Ahnen zu schicken.
Auch Thoralf hatte ein flaues Gefühl im Magen und lockerte immer wieder seine Schultern. Er trank einen Schluck Wasser, denn vor einem Kampf fühlte er sich immer wie ausgetrocknet. Dann schob sich die vielköpfige Menge näher heran. Mit der rechten Hand umfasste er sein Schwert. Die Klinge glänzte blutrot im Sonnenlicht.
Folke grinste Thoralf unter seinem Helm zu.
„Die machen reichlich Lärm, oder?"
Dann hob er sein Schwert in die Höhe und küsste die blutbefleckte Klinge.
„Erinnerst du dich an das dralle Mädchen, das wir in Kiew getroffen haben?" Bei der Erinnerung schnalzte er vergnügt mit der Zunge.
„Wir hätten sie mitnehmen sollen. Sie hatte Feuer und hat mehr Krach gemacht mehr als diese Kerle dort vorn."
Thoralf erwiderte nichts darauf. Es war schon seltsam, woran Männer dachten, wenn ihnen eine Schlacht bevorstand. Er verdrängte den Gedanken an das Mädchen und atmete tief durch. Ihm war kalt in seinem Kettenhemd. Dann drang die Stimme ihres Anführers wieder zu ihm durch.
„Wer diesen Kampf überlebt, wird viel zu erzählen haben!", rief er seinen Gefährten lauthals zu. „Es sind viele Gegner und sie sind gut bewaffnet. Aber sie werden heute erleben, was es heißt, Nordmännern auf dem Schlachtfeld entgegenzutreten."
Wieder ließ er den Blick über seine Krieger wandern. Doch nun lag ein stolzes Lächeln auf seinem Gesicht.
„Lasst uns Thor ein Blutopfer darbieten und unsere Ahnen stolz machen!"
Er streckte die blanke Faust in die Luft und seine Männer jubelten ihm zu.

„Seid ihr bereit für die Schlacht?“, brüllte der Jarl, woraufhin seine Krieger laut ihre Zustimmung herausschrien und mit ihren Schwertern dröhnend auf die Schilde schlugen. Andere reckten ihre Speere in die Luft und schüttelten sie wild. Der Lärm war ohrenbetäubend.
Irgendwo hinter Thoralf fing ein Mann an zu singen. Es war ein Lied aus der alten Zeit, welches er mit trotziger Stimme vortrug. Es handelte von großen Kriegern, die ihre Feinde zerschmetterten. Nach und nach fielen immer mehr Nordmänner mit ein. Plötzlich geschah genau das, was Thoralf herbeigesehnt hatte. Eine grenzenlose Begeisterung kam wie eine Welle über sie. Sie ließen alle Zurückhaltung fahren und machten einer jubelnden Freude Platz, bis nur noch ungezügelte Kampfeslust in den Männern aufschäumte. Auf einmal wollte er nirgendwo sonst sein, als genau hier im Schildwall mit seinen Kameraden. Ganz egal, wie viele Gegner ihnen entgegentreten mochten. Sie hatten diese Bestien getötet. Nun wollten sie das Blut der Bulgaren vergießen.
Der bulgarische Anführer runzelte bei diesem Anblick die Stirn. Eine solche Wildheit schien auch ihn zu beeindrucken. Doch dann gab er seinen Horden den Befehl zum Angriff. Die Bulgaren rückten näher zusammen und marschierten vorwärts, drohend und unaufhaltsam. Sie wollten mit aller Wucht auf den dünnen Schildwall treffen und ihn einfach hinwegfegen. Dabei brüllten sie aus Leibeskräften und versuchten, sich gegenseitig Mut zu machen. Nur wenig später krachten die Schilde dröhnend aufeinander. Es klang wie ein Donnergrollen. Die Gegner versuchten einander wegzuschieben. Dabei stießen sie Flüche aus, brüllten und spien ihre Feinde über den Schildrand hinweg an.
Selbst in der zweiten Reihe konnte Thoralf den fauligen Gestank ihrer Zähne und das Bier in ihrem Atem riechen. Doch die Nordmänner stemmten sich verbissen in ihre Schilde und hielten dem ungeheuren Druck stand. Das Klappern der Speerschäfte und das Klirren der Schwerter waren ohrenbetäubend. Thoralf wehrte einen Schlag ab, der Ivars Kopf gegolten hatte. Sein neuer Schild erzitterte unter dem Hieb. Dann stieß er sein Schwert in den Hals des Angreifers, der röchelnd zu Boden ging. Langsam spürte er, wie ihn die Raserei der Schlacht überkam. Er achtete nicht mehr auf die tiefgestaffelten Reihen der Bulgaren. Nur die wenigen bärtigen Gesichter direkt vor ihm waren noch wichtig. Unaufhaltsam stieg eine brennende Wut in ihm auf. Wie er diese Männer hasste, die gekommen waren, um ihn zu töten!
Die ersten Bulgaren hatten wie im Wahn auf ihre Schilde eingeschlagen. Doch einige gutgezielte Speerstöße aus den hinteren Reihen hatten diese unvorsichtigen Gegner schnell aus dem Weg geräumt. Ihr eigener Schildwall mochte gefährlich dünn sein. Doch er bestand aus Männern,

die das Handwerk eines Kriegers auf dem Schlachtfeld gelernt hatten. Außerdem fürchteten sie den Tod nicht.
Neben Thoralf stach auch Hjalmar seinen dicken Speer immer wieder wuchtig nach vorn. Dabei verschafften seine langen Arme ihm eine große Reichweite. Mindestens drei Bulgaren lagen bereits tödlich getroffen am Boden. Zufrieden stellte er fest, dass ihre Lederpanzer gegen einen Speer kaum Schutz boten.
Ivar ließ sich auf die Knie hinabsinken und stieß sein Schwert unter dem Schild hindurch. Damit überraschte er seinen Gegner, der Hjalmar keinen Moment aus den Augen gelassen hatte. Erst traf seine Klinge auf Eisen. Dann auf Leder und schließlich auf etwas Weiches. Mit aller Kraft stieß er zu und wurde mit einem lauten Schmerzensschrei belohnt. Sofort zog er sich wieder zurück und legte seinen Schild an den Rändern der anderen Schilde an. Sein Gegner lag am Boden und wurde von einem seiner Kameraden getötet.
Mit der Zeit bildete sich ein Wall aus toten und verwundeten Kriegern vor ihnen, der es den Bulgaren immer schwerer machte, näher an sie heranzukommen. Zwei riesige Angreifer überwanden mit einem Sprung den Hügel ihrer Gefallenen. Einer von ihnen trat mit dem Fuß Ivars Schild zurück. Der Zweite nutzte die Lücke und schwang seine gewaltige Axt zu einem brutalen Schlag. Damit riss er Ivars Nebenmann das Kettenhemd und den Brustkorb auf. Mit einem klagenden Laut sank der Nordmann zu Boden. Der erste Bulgare ließ einen Schlaghagel auf sie los und traf Thoralf am Kopf. Nur sein Helm rettete ihm das Leben. Für einen Moment war er wie benebelt und völlig wehrlos. Weitere Bulgaren drangen vor, begierig darauf, die entstandene Lücke für einen Angriff zu nutzen.
Hjalmar ließ seinen dicken Speer vorschnellen. Er hatte sich weit nach vorn gebeugt, um dem Stoß noch mehr Wucht zu verleihen. Sein Speer durchdrang den Hals des Bulgaren, der mit seiner Axt gerade erneut zuschlagen wollte. Plötzlich stand dieser mit weit aufgerissenen Augen da und ersoff an seinem eigenen Blut. Der Riese, der Thoralf am Kopf getroffen hatte, hämmerte noch immer brüllend vor Wut auf Ivars Schild ein. Schließlich zertrümmerte er diesen und traf Ivar am Oberkörper. Doch dessen Kettenhemd hielt dem Schlag stand. Folke schlug nach dem Arm des Bulgaren und fügte ihm eine blutende Wunde zu. Mitten in seinen Aufschrei stieß Hjalmar ihm den Speer durch den geöffneten Mund. Blut quoll hervor, während er zusammensank.
Schnell richteten die Nordmänner ihren Schildwall neu aus. Frische Krieger aus den hinteren Reihen drängten nach vorn und ersetzten ihre verwundeten Kameraden. Die Bulgaren erkannten, dass die Gelegenheit vorbei war. Langsam zogen sie sich zurück.

„Verbindet unsere Verwundeten!", rief der Jarl.
Thoralf zog sich den Helm vom verschwitzten Kopf. Langsam wurde sein Blick wieder klar. Doch noch immer klingelte es ihm in den Ohren.
„Setzt dich hin und trink einen Schluck", rief Harald und drückte ihm einen Wasserschlauch in die Hand.
Dann wandte er sich an seine Kameraden.
„Spart eure Kräfte. Lasst euch nicht in lange Kämpfe verwickeln. Dafür sind es einfach zu viele von ihnen. Schnellt vor und stecht diese Hunde ab, wie wir es jeden Tag geübt haben. Gebt euch gegenseitig Deckung und bleibt hellwach. Und wenn sich euch die Gelegenheit bietet, dann hackt ihnen die Füße ab. Sie sollen Angst kriegen, auf uns zu treffen. Das hier ist unsere Art Krieg zu führen!"
Thoralf ließ sich ermattet zu Boden sinken. Noch immer dröhnte sein Schädel. Er versuchte, ihn vorsichtig zu bewegen, und wurde mit furchtbaren Kopfschmerzen belohnt.
„Ist euch aufgefallen, dass sie uns ganz links am Abhang kaum attackiert haben?", rief Torben.
Der Jarl nickte.
„Sie haben Angst, dort den Halt zu verlieren und in die Tiefe zu stürzen. Das schützt unsere Flanke besser als jede Befestigung."
Brondolf trat auf ihn zu.
„Wir haben zwei Tote und sieben Verwundete. Der Feind wird mehr als zwanzig Männer verloren haben. Aber im Gegensatz zu uns kann er sich die Verluste leisten."
Misstrauisch musterte er die Front der Bulgaren.
„Macht es euch nicht zu gemütlich, der Feind rückt gleich wieder an."
Der Atem der Nordmänner ging keuchend. Doch sie waren des Kampfes noch lange nicht müde. Einige riefen die Götter zur Hilfe und schworen einander, bis zum letzten Blutstropfen zu kämpfen.
Zögerlich formierten sich die Bulgaren zu einem Stoßkeil. Doch ihr Kampfgeist hatte einen ersten Dämpfer erlitten. Ihr Anführer rief ihnen aufmunternde Worte zu und zeigte dabei immer wieder auf das kleine Häuflein ihrer Gegner. Die Nordmänner ließen sie nicht aus den Augen, doch es war Thanos, der zuerst zurück in die Kampflinie trat.
„Kannst es wohl nicht abwarten, kleiner Mann?", rief Folke, war aber durchaus beeindruckt vom Mut des jungen Griechen.
„Ich heiße Thanos", entgegnete er Folke mit einem wissenden Lächeln. „Das bedeutet *unsterblich* in eurer Sprache. Und genau das werde ich diesen Bulgaren jetzt zeigen. Ganz gleich, wie viele Männer sie gegen uns aufbieten."
Hjalmar und Harald grinsten träge. Sie trugen rotverschmierte Speere, von denen das Blut in dicken Tropfen zu Boden fiel. Ihre Umhänge

waren ebenfalls davon durchtränkt. Auch ihre Gesichter waren kaum noch zu erkennen. Trotzdem waren sie bisher unverletzt geblieben. Nun traten sie neben den Griechen und zollten ihm damit Respekt.
„Unsterblich?", schmunzelte Harald, während er ihm anerkennend zunickte.
Auch die anderen Männer folgten nun nach.
Der Keil der Bulgaren näherte sich nur langsam. Sie hatten ihre härtesten Krieger an die Spitze gestellt. Viele Männer hatten bisher noch nicht einmal ins Geschehen eingegriffen, weil sie zu weit hinten gestanden hatten. Vorsichtig kletterten sie über die Leichen ihrer Kameraden und standen jetzt dicht vor dem Schildwall der Nordmänner. Nun nahmen sie Schwung auf und krachten donnernd auf ihre Gegner. Unter dem gewaltigen Aufprall bog sich der Schildwall der Nordmänner ein Stück nach hinten, brach aber nicht.
Ein Bulgare mit einem langen buschigen Bart, in dem Eisenringe klimperten, stürzte sich mit seiner Axt auf Thoralf und zerschlug dessen Schild mit einem einzigen Hieb. Den nächsten Schlag konnte Thoralf mit seinem Schwert ablenken. Von allen Seiten blitzten jetzt Klingen auf und hämmerten auf ihre Schilde und Helme herab. Thoralf sah aus dem Augenwinkel, wie Folke neben ihm zurücktaumelte, als ihn ein Speerstoß an der Brust traf. Rechts von ihm wurden Sven und Sigurd unter einem Hagel von Schlägen begraben. Sie hatten bisher zuverlässig ihre rechte Flanke gedeckt, die sich an die Felswand lehnte. Dort drangen die Bulgaren johlend einige Schritte vor und hieben jeden Widerstand zusammen. Einzig Valknut hielt dem Druck stand und machte bereits den dritten Bulgaren zum Opfer seiner blitzschnell vorzuckenden Klinge. Doch die Übermacht war zu groß. Sie drängten den Schildwall Schritt für Schritt zurück.
Valknut stand eingekreist von vier Gegnern mit dem Rücken an die Felswand gelehnt. Mit schier übermenschlicher Kraft hieb er um sich, steckte aber auch selbst schwere Treffer ein. Noch einmal bäumte er sich auf und schlug von oben herab mit einer solchen Stärke zu, dass er gleichzeitig Helm und Kopf eines Bulgaren zerschlug. Doch dann landete ein furchtbarer Schlag auf seiner Schulter. Sein linker Arm sank kraftlos herab. Blut lief seinen Körper hinunter. Während ein Bulgare seine Klinge abdrängte, stieß ihm ein weiterer Gegner mit einem Aufschrei das Schwert in den Leib. Die Klinge fuhr durch seinen Lederkoller und jagte einen furchtbaren Schmerz durch seinen Körper. Valknut schluckte schwer und sackte ein Stück in sich zusammen. Er wusste, dass dies sein Ende war. Dann warf er Thoralf einen letzten Blick zu und nickte langsam. Thoralfs Blick war wie versteinert. Er stand zehn Schritte entfernt und wurde immer weiter zurückgedrängt.

Valknuts Gegner stießen Jubelschreie aus und wollten gerade von ihm ablassen. Sie brannten darauf, sich wieder in den Kampf zu stürzen. Doch Valknut ließ das Schwert fallen und stemmte seinen Körper ein letztes Mal in die Höhe. Er hatte das Gefühl in Flammen zu stehen, so stark wütete der Schmerz in ihm. Dann machte er drei schnelle Schritte auf die Bulgaren zu und drängte sie mit seinem ganzen Gewicht in Richtung Abgrund. Einer von ihnen stieß noch einen entsetzten Schrei aus. Aber es war zu spät. Valknut drängte sie über den Rand und stürzte sich mit ihnen in die Tiefe.
Thoralf hatte das Geschehen mit ungläubigem Blick verfolgt. Er sah, dass Valknut stumm blieb, während seine Opfer ihr Entsetzen schrill herausschrien.
Eine Gänsehaut kroch Thoralf über den Rücken. Kurz vergaß er sogar die hämmernden Schmerzen in seinem Schädel. Er nahm sich fest vor, Valknut in Walhalla als Bruder zu begrüßen. Mit diesem Tod hatte er sich einen Platz an der Seite der Götter verdient und den Fluch der alten Frau endgültig vergessen gemacht. Das Beispiel seines Kameraden erfüllte ihn mit unbändigem Kampfeswillen. Also ignorierte er seine Schmerzen und stürzte sich bebend vor Zorn auf ihre Gegner. Er traf einen Bulgaren am Kopf, der in einer Wolke aus Blut zu Boden fiel. Harald sprang einem Mann entgegen, der einen blutbemalten Stierschädel trug – ein Feldzeichen der Bulgaren. Er schlug den Schädel mit dem Schild hinunter und köpfte dann den Mann mit einem einzigen Hieb.
Valknuts wahnwitzige Aktion hatte ihnen Zeit verschafft, sie neu zu formieren. Nun griffen die Nordmänner unter lautem Geschrei an. Die Augen ihrer Gegner begannen zu flackern. Hjalmar stieß ein irres Lachen aus, so sehr hatte ihn die Lust am Töten gepackt. Neben ihm drängten sich Östen, Gunne und Hemmo nach vorn durch. In ihren Händen lagen schwere Streitäxte, deren halbmondförmige Klingen jedem den Tod versprachen, der es wagen sollte, sich ihnen zu nähern. Die Klingen zischten vor und zurück und blieben immer in Bewegung. Es sah leicht aus, doch Thoralf wusste, wieviel Kraft und Übung diese Waffe erforderte. Gunne traf auf einen Bulgaren, der ebenfalls eine Streitaxt führte. Gleichzeitig schlugen sie zu. Die Wucht des Aufpralls prellte ihnen die Waffen aus den Händen. Ungläubig schauten sie auf ihre Streitäxte hinab, die am Boden lagen. Dann griff sich Gunne einen Dolch und rammte seinem Gegner die Klinge in den Hals. Ein weiterer Bulgare wollte ihn attackieren, doch Hjalmar schleuderte seinen Speer und nagelte den Feind zu Boden.
Thoralf und Folke tauschten einen Blick und ließen Schild und Schwert fallen. Dann zogen sie ihre Faustäxte aus dem Gürtel und sprangen

mitten in das dichte Knäuel ihrer Feinde. Sie duckten sich unter Klingen hindurch und drehten sich blitzschnell um die eigene Achse. Ihre Axtblätter trafen Leder und Fleisch und hinterließen klaffende Wunden. Da die Bulgaren in dieser Enge ihre Schwerter nicht einsetzen konnten, wichen sie angsterfüllt zurück.
Ihr Anführer hatte dem Kampf mit versteinertem Gesicht zugesehen. Nun winkte er sechs riesige, in schwarzes Leder gekleidete Krieger zu sich und stürmte voran. Dabei kreuzte er Gunnes Weg, dem noch das Blut vom Bart tropfte. Blitzschnell zog der bulgarische Anführer seine Klinge durch die Kehle des Nordmanns und ließ ihn sterbend zurück. Er wusste, dass dies der Moment der Entscheidung war.
Hjalmar sah die Gefahr. Er bückte sich und ließ seine Waffen zu Boden fallen. Dann versuchte er, einen riesigen Felsbrocken aufzuheben. Seine Knochen und Gelenke knackten vor Anstrengung. Doch er wuchtete den Brocken in die Höhe, sprang vor und warf ihn dem Anführer und seinen besten Kriegern entgegen. Sie sahen ihn mit weitaufgerissenen Augen an. Doch hinter ihnen drängten weitere Krieger heran und machten ein Ausweichen unmöglich. Der Felsbrocken fiel mitten zwischen sie und begrub fünf Angreifer unter sich. Dann überschlug sich der Stein noch einmal und zerquetschte weiteren Männern die Glieder. Der Verlust ihres Anführers raubte den Bulgaren den Glauben an den Sieg. Sie zauderten, weil sie überleben wollten. Doch Männer, die zauderten, waren keine Gegner für Nordmänner.
Jarl Olaf lachte laut und schrie:
„Vorwärts jetzt!“
Wie Wölfe, die Blut witterten, drängten sie nach. Noch immer standen sie sich dicht ineinander verkrallt gegenüber und rochen den Atem ihrer Feinde. Östen und Hemmo waren nicht mehr zu stoppen. Sie hatten Gunnes Tod mitansehen müssen und gierten nach Blut. Sie blickten ihren Gegnern in die Augen. Von den Gesichtern der beiden Nordmänner war wegen ihrer Kriegshelme nur wenig zu sehen. Auf für die Bulgaren wirkten sie wie Masken des Todes. Jetzt spielten Östen und Hemmo ihre jahrelange Erfahrung als Krieger aus. Sie erahnten die Bewegungen ihrer Feinde, noch ehe diese sie ausführen konnten. Die endlosen Kämpfe hatten sie eisenhart werden lassen und auf Momente wie diesen vorbereitet. Jeder Schritt musste mit Bedacht gesetzt werden, denn längst war der felsige Boden glitschig von Blut. Ein Bulgare mit einer Axt in den Händen rutschte aus. Hemmo schnellte vor und tötete ihn mit einem einzigen schnellen Hieb. Das war ihre Art zu kämpfen. Sie waren gnadenlos und tödlich. Nun schwang Östen die Axt mit einem wilden Schrei. Das breite Blatt grub sich krachend in den Körper eines Bulgaren. Er riss die Axt heraus und alle hörten, wie die Knochen

des Mannes brachen. Dann ließ er die Waffe herumwirbeln und trat einen Schritt vor. Das waren die Augenblicke, für die er lebte! Nie hatte er sich den Göttern näher gefühlt. Ihm war, als würde Thor höchstselbst über ihnen schweben und sie mit einem gefälligen Grinsen anfeuern. Fast war er enttäuscht, als die Bulgaren zurückwichen. Niemand von ihnen hatte Lust, mit diesen nordischen Teufeln erneut die Klingen zu kreuzen. Diese Männer waren nicht zu besiegen. Als wäre ein Damm gebrochen, flohen die Bulgaren jetzt den schmalen Gebirgspfad hinab, auf dem sie so siegessicher vorgerückt waren.
Thoralf war über und über mit Blut bedeckt, als endlich alles vorbei war. Es tropfte aus seinen Haaren und tränkte seine Kleidung, doch nichts davon stammte von ihm. Er konnte es noch immer nicht glauben, aber er hatte die Schlacht ohne sichtbare Verletzungen überstanden. Dafür schmerzten seine Rippen und machten ihm das Atmen schwer. Außerdem schien sein Kopf zerspringen zu wollen. Folke half ihm, sein Kettenhemd und die Kotte auszuziehen. Dabei musterte er ihn prüfend.
„Du hast ziemlich was abbekommen. Tut es hier weh?“
Er drückte an seinem Freund herum, woraufhin Thoralf sofort seine Hand wegschlug. Gepresst atmete er ein, um vor Schmerz nicht laut zu schreien.
„Die Stelle wird morgen in aller Farbenpracht schillern“, sagte Folke und grinste.
Thoralf winkte ab.
„Wie steht es um die anderen?“, fragte er keuchend.
„Neun Männer sind tot. Knapp zwanzig verletzt. Ich habe keine Ahnung, wie wir das überlebt haben.“
Er strich sich durch das verschwitzte Haar und schüttelte ungläubig den Kopf. Der Jarl ging umher und sprach einige Worte mit den Überlebenden. Als er bei Thoralf ankam, drückte er ihm einen fast leeren Weinschlauch in die Hand.
„Du hast gut gekämpft, Thoralf. Ich bin sicher, dein Vater hat dir zugesehen und ist stolz auf dich.“
Thoralf blinzelte überrascht.
„Wir hatten Glück“, erwiderte er einsilbig.
Der Jarl grinste matt, beließ es aber dabei. Nachdem sie ihre Verwundeten verbunden hatten, durchsuchten sie die gefallenen Bulgaren und behielten, was ihnen wertvoll erschien. Ivar entwendete einem Toten dessen mit Edelsteinen besetzte Brosche.
„Dafür bekomme ich in Konstantinopel bestimmt dreißig Solidi“, rief er erfreut aus.
Überall lagen Leichen herum. Einige Verwundete krochen stöhnend umher und bettelten die Nordmänner um Gnade an. Doch diese

kannten kein Mitleid. Unbarmherzig töteten sie jeden Einzelnen oder stießen ihn einfach den Abhang hinunter. Waffen lagen umher. Der Geruch von Blut lag schwer in der Luft.
Folke ließ sich müde neben Thoralf auf den Boden sinken. Seine Hand strich über sein schartiges Schwert.
„Diese tiefe Kerbe verdankte ich einem bulgarischen Schwert. Zum Glück ist es unter meinem Hieb zerbrochen. Entweder sie haben keine kunstfertigen Schmiede, die dieses Handwerk beherrschen, oder sie verwenden schlechtes Eisen."
Er spuckte einen blutigen Klumpen Schleim zu Boden.
„So oder so, mir ist beides recht."
Thoralf erwiderte nichts darauf. Er war zu müde, um die Augen länger offenzuhalten. Also kauerte er sich an die Felswand und schlief sofort ein.
Jarl Olaf selbst hatte die erste Wache übernommen. Zwar war er sich sicher, dass die Bulgaren keine Lust auf einen weiteren Waffengang verspürten. Aber er wollte nicht sein Leben darauf verwetten. Ob er seine erschöpften Männer mit einem Alarmruf noch einmal hochgejagt hätte, wagte er allerdings zu bezweifeln. Doch die Götter waren gnädig gestimmt. Die Nacht verlief ruhig.
Gegen Morgen rüsteten sich die Männer zum Aufbruch. Die Verwundeten saßen auf den wenigen Pferden, die ihnen noch verblieben waren. Sie kamen nur langsam voran. Erneut liefen zwei Späher voraus. Denn eine weitere Begegnung mit den Truppen der Bulgaren wollte der Jarl unbedingt vermeiden. Sie hatten ihren Auftrag erfüllt und starke Kräfte des Feindes vom Schlachtfeld um Thessaloniki weggelockt. Jetzt wollten sie nur noch den Schutz der eigenen Armee erreichen.
Zwei Tage später trafen die Späher auf eine Vorhut der Byzantiner. Diese berichteten ihnen, dass sie auf wenige Überlebende der Bulgaren gestoßen waren und diese in alle Winde zerstreut hätten.
Sie warteten bis die arg dezimierte Truppe der Nordmänner aufgerückt war und marschierten gemeinsam zum Hauptheer der Byzantiner, das das Schlachtfeld um Thessaloniki bereits gen Norden verlassen hatte. Ihr Marsch dauerte noch einmal zwei Tage, da sie immer wieder Pausen einlegen mussten. Dann stießen sie auf eine Reiterpatrouille, die sie ins Heerlager führte.
Thoralf schnaufte erleichtert, als die Umrisse des riesigen Feldlagers endlich am Horizont auftauchten. Es stand mitten im Nirgendwo und war von einem Erdwall und behelfsmäßigen Palisaden umgeben.
Endlich klangen die Schmerzen in seinem Schädel ab. Sie hatten ihm mehr zugesetzt, als er zuzugeben bereit war. Wachposten marschierten

auf und ab und vermittelten ein Gefühl von Sicherheit. Anerkennend nickte er. Die Byzantiner nahmen Disziplin sehr ernst. Wer in ihrer Armee gegen Befehle verstieß, hatte harte Strafen zu befürchten. Vielleicht war dies einer der Gründe, warum dieses Volk seit Jahrhunderten die Vorherrschaft über riesige Landstriche ausübte. Abgekämpft stolperte er weiter voran. Sein ganzer Körper schrie nach Ruhe.

Als sie das Lager betraten, führten Bedienstete sie in große Zelte und versorgten sie mit Obst, Fleisch und Wein. Fachkundige Männer nahmen sich ihrer Verwundeten an und lösten die verdreckten, blutverkrusteten Verbände. Sie gingen geschickt zu Werke, säuberten die Wunden, streuten Heilkräuter darauf und legten neue Verbände an. Einige Priester liefen zwischen ihnen umher und segneten sie, während sie unablässig Sprüche vor sich hinmurmelten.

Jarl Olaf hatte bis zuletzt neben seinen Männern ausgeharrt. Erst als er sie gut versorgt wusste, sank er erschöpft auf sein Lager und fiel in einen traumlosen Schlaf. Auch Thoralf wurde müde vom eintönigen Gemurmel. Er entledigte sich der blutverkrusteten Kleidung und wusch sich den Dreck vom Körper. Dann sank er auf eine Liege nieder und schlief ein. Doch sein Körper hatte Mühe, sich zu entspannen. Immer wieder zuckte er. Einmal hob er sogar den Arm, als wollte er einen Schlag abwehren. Schließlich stieß er einen Schrei aus und fuhr verschwitzt in die Höhe. Gehetzt riss er die Augen auf und sah sich um. Es dauerte eine Weile, bis er erkannte, dass er selbst es war, der den Schrei ausgestoßen hatte. Verwundert wischte er sich über die klatschnasse Stirn. Folke und Hjalmar waren durch ihn geweckt worden. Folke sah ihn argwöhnisch an, drehte sich dann aber auf die andere Seite, um weiterzuschlafen. Hjalmar legte ihm kurz die Hand auf den Arm.

„Hinter uns liegen harte Kämpfe. Erst jetzt erkennst du, wie nah du dem Tode warst und wie knapp du einigen Schwertstößen entronnen bist."

Hjalmar erhob sich und trat nach draußen. Thoralf sank stöhnend wieder auf sein Lager zurück. Erneut schlief er ein. Diesmal wurde er nicht von den Erinnerungen an die Schlacht gepeinigt.

Am nächsten Morgen legte die Sonne einen goldfarbenen Schleier über das Grau des Feldlagers. Thoralf fühlte sich erholt. Sein Körper hatte die Anstrengungen der vergangenen Tage erstaunlich schnell weggesteckt. Noch immer schmerzten seine Rippen, doch mittlerweile fiel ihm das Atmen wieder leichter. Er griff nach seinem Schwert und setzte sich in die Sonne. Immer mehr Nordmänner kamen dazu und reinigten ihre Ausrüstung und die Waffen von den Spuren des Kampfes.

Thoralf wog die Klinge andächtig in der Hand. Sie war blutverkrustet und voller Schlieren. Deshalb nahm er sich Zeit, sie gründlich zu reinigen. Er wusch das Blut von der Klinge, das zusammen mit dem Wasser zu Boden tropfte. Dann drehte er sie gedankenversunken und bewunderte den matten Glanz der Sonne, die sich auf dem Stahl spiegelte. Wenn er genau hinsah, erkannte er die schimmernden Muster im Stahl, die zeigten, dass die Klinge aus verschiedenen Stangen geschmiedet worden war. Er hatte dem Schmied dabei zugesehen, wie er den Stahl unermüdlich bearbeitet hatte. Mit endloser Geduld hatte dieser die Stangen immer wieder erhitzt und darauf eingehämmert. Diesen Vorgang hatte er so lange wiederholt, bis er mit dem Ergebnis zufrieden war. Jetzt lag der Griff wie angegossen in seiner Hand und die Klinge war perfekt ausbalanciert.

Folke und Brondolf traten aus dem Schatten des Zeltes und setzten sich zu ihm. Gemeinsam blickten sie Thorkel und Finn entgegen, die sich gemächlichen Schrittes näherten.

„Von euch hört man ja wahre Heldengeschichten. Stimmt es, dass ihr einer riesigen Übermacht die Stirn geboten und sie geschlagen habt? Bei Thor, da wäre ich gern dabei gewesen!", rief Finn aus.

Folke verzog das Gesicht, nickte aber.

„Sie waren zehnmal so viele wie wir. Aber es braucht mehr, um zu siegen. Das haben sie schmerzhaft erfahren müssen."

Finn schlug ihm kraftvoll auf den Rücken, während seine Augen aufleuchteten.

„Wir sind aber auch nicht untätig geblieben. Als wir die Ebene von Thessaloniki erreichten, sahen wir, dass die Stadt von den bulgarischen Horden eingeschlossen war. Sie berannten die Mauern immer wieder, doch die Garnison hielt tapfer dagegen."

Finns Augen leuchteten.

„Was soll ich groß erzählen. Wir haben uns in Eberkopf-Formation aufgestellt und unsere größten und schwersten Kämpfer mit Streitäxten bewaffnet an die Spitze gestellt. Dann sind wir losgestürmt. Dabei haben wir Kriegsschreie ausgestoßen, als wären wir Götter. So haben wir ihren Belagerungsring mit Leichtigkeit durchbrochen und hunderte Bulgaren niedergemacht. Die Einwohner der Stadt öffneten uns die Tore. Als wir die Besatzungen auf den Wällen mit unseren Männern verstärkt hatten, wagten die Bulgaren keinen weiteren Angriff mehr."

Er lachte, als sähe er die Szenerie noch genau vor sich.

„Einen ganzen Tag haben sie gebraucht, um sich Mut anzutrinken und von ihren Anführern zu einem weiteren Angriff überreden zu lassen. Als sie endlich so weit waren, sich unseren Klingen zu stellen, tauchten hinter ihnen in den Hügeln die Banner der byzantinischen Armee auf.

Einige Bulgaren verloren bei diesem Anblick die Zuversicht und flohen vom Schlachtfeld. Ihre Kommandeure brüllten sie an, doch ihre Reihen wankten bereits wie Korn im Wind. Als die Marschkolonnen der Byzantiner das Schlachtfeld erreichten, öffneten wir die Stadttore und drängten hinaus. Wir verhakten unsere Schilde zu einer festen, undurchdringlichen Front aus Holz und Stahl. Dann rückten wir brüllend Schritt für Schritt vor. Die Waräger streckten ihre riesigen Äxte gen Himmel. Allein dieser Anblick säte Furcht in den Reihen unserer Feinde."

Seine Stimme nahm einen enttäuschten Klang an.

„Ich würde euch gern von einer großen Schlacht erzählen. Wie wir den Feind zwischen unseren Linien zermalmt haben und im blutigen Kampf niederrangen. Doch es gab nur wenig Ruhm zu erringen in diesem Aufeinandertreffen. Die Bulgaren kämpften halbherzig und mutlos. Ihre Reihen zerfielen bei der ersten Berührung. Viele von ihnen versuchten zu fliehen, doch wir nahmen sie von zwei Seiten in die Zange und metzelten sie nieder. Es war keine Schlacht, es war ein Blutbad. Irgendwann waren wir zu müde zum Töten und ließen von ihnen ab. Unsere Verluste waren gering und wir haben tausende Gefangene eingebracht. Damit hat sich die Bulgarengefahr fürs Erste erledigt. Sie werden es sich dreimal überlegen, ob sie sich noch einmal über die Grenze wagen."

Als zwei Priester an ihm vorbeihasteten, verfinsterte sich seine Miene.

„Die Priester haben bereits erklärt, dass dieser Sieg allein Gottes Werk gewesen wäre. Allerdings habe ich keinen Gott auf dem Schlachtfeld gesehen. Dafür aber Waräger mit riesigen Äxten."

Nachdenklich starrte er zu Boden und so war es Thorkel, der das Wort ergriff.

„Schon morgen wird sich das byzantinische Heer von mehr als zwanzigtausend Mann gen Norden in Bewegung setzen und die Verfolgung der Bulgaren aufnehmen. Der Kaiser hat befohlen, die Rebellion endgültig niederzuschlagen und ihren Kaiser Deljan gefangen zu nehmen. Er will ihn für die hinterhältigen Angriffe auf sein Reich bestrafen. Einzig Harald der Harte und seine fünfhundert Waräger nehmen an dem Feldzug teil. Wir anderen Nordmänner werden in die Hauptstadt zurückkehren und dort eine Belohnung für unseren Einsatz entgegennehmen."

Er zwinkerte ihnen zu. Dann verabschiedeten sie sich voneinander.

„Morgen marschieren wir gemeinsam zurück in die Hauptstadt."

Kaum waren Thorkel und Finn weg, rief Folke seinen Kameraden zu.

„Finn hatte Recht, mit dem was er anfangs sagte. Wir haben wie die Götter gekämpft! Diese Schlacht wäre es wert, an die Nachwelt

überliefert zu werden."
Brondolf sah ihn nachdenklich an.
„Wir wissen doch beide, wie das ausgeht, oder? Du wirst einen Skalden bezahlen müssen, auf dass er ein Heldenlied über uns schreibt. Aber hier gibt es nur Priester. Sie werden unseren Sieg allein ihrem Gott zuschreiben und ihre endlosen Chöre singen."
Am nächsten Tag marschierte das große Heer in Richtung Norden. Die zurückgebliebenen Nordmänner wünschten ihren Kameraden unter dem Kommando von Harald dem Harten Schlachtenglück und reiche Beute. Sie selbst ließen sich Zeit mit dem Aufbruch. Die Sonne hatte ihren Zenit bereits überschritten, als die Männer sich langsam in Bewegung setzten. Ihre Verwundeten hatten sie auf Karren gebettet, die von Ochsen gezogen wurden. Außerdem waren ihnen zwei Priester zugeteilt worden, die der Heilkunde mächtig waren. Thoralf ging es einen Tag lang so schlecht, dass er sich ständig übergeben musste. Die Priester erklärten ihm, dass dies die Nachwirkungen vom Schlag auf den Kopf wären. Sie gaben nicht eher Ruhe, bis auch er sich auf einem der Ochsenkarren niederließ. Als sie Konstantinopel in der untergehenden Sonne des vierten Tages erreichten, fühlte er sich merklich besser.

In den nächsten Wochen verbrachten sie ihre Zeit mit gutem Essen und reichlich Wein. Immer wieder erzählten sie sich gegenseitig ihre Erlebnisse, als wären sie nicht selbst dabei gewesen. Ihre Verwundeten waren unter der strengen Aufsicht der griechischen Ärzte schon bald auf dem Weg der Genesung. Innerhalb der nächsten Tage stießen immer mehr von ihnen zu ihren Kameraden. Sie wurden jedes Mal so lautstark empfangen, dass Thoralf darauf wettete, man könnte sie noch unten an den Häfen hören.
Schon bald nahmen sie wieder ihr Waffentraining auf. Doch nach den blutigen Schlachten der vergangenen Wochen ließen sie es ruhig angehen, denn viele Krieger hatten noch mit ihren Blessuren zu kämpfen.
Thanos hatte sich bereits am zweiten Tag abgemeldet, um seine Schwester aufzusuchen und ihr von seiner gesunden Heimkehr zu berichten. Sie war sehr erleichtert, versäumte aber auch nicht, sich nach Thoralf zu erkundigen. Als Thanos ihr versicherte, dass dieser nur ein paar unbedeutende Kratzer erlitten hatte, wich die Sorge endgültig aus ihrem Gesicht.
„Lass uns Thoralf zum Essen einladen. Ich vermisse diesen ungehobelten Kerl", schlug sie Thanos vor. Er nickte ergeben. Zwar ließ er seine Schwester noch eine Zeit lang warten, aber schließlich tat er ihr diesen Gefallen.

„Nichts Großes", erwähnte er beiläufig.
„Nur einige Freunde und Familie. Dazu Musik, Wein und gutes Essen."
„Kannst aufhören, auf mich einzureden, als wäre ich ein lahmer Gaul. Ich bin dabei", erwiderte Thoralf und konnte die Vorfreude auf ein Wiedersehen mit Delia kaum verbergen.
Am nächsten Abend begab sich Thoralf in die Hände eines Barbiers, der nicht nur seine wilde Haarpracht bändigte, sondern auch seinen üppigen Bart schnitt und mit Öl pflegte, bis dieser glänzte. Das brachte ihm zwar einige ungehobelte Kommentare seiner Gefährten ein, doch diese nahm er grinsend hin.
Zur vereinbarten Zeit klopfte er an die Tür der Stadtvilla, in der das Geschwisterpaar wohnte. Schon von draußen konnte er Harfenmusik und leise Gesänge wahrnehmen. Ein Diener öffnete die Tür und bat ihn herein. Erstaunt zog Thoralf die Brauen in die Höhe. Hier sah alles so geschmackvoll und erlesen aus, dass er keinen Moment daran zweifelte, hier allein Delias Werk zu sehen. Im gleichen Augenblick kam sie um die Ecke und drückte ihn sanft an sich. Dabei lächelte sie so warmherzig, dass er sich mit einem Schlag sehr viel wohler fühlte. Er folgte ihr ins Haus, wo sie ihm einen funkelnden Kelch mit Wein in die Hand drückte.
„Auf eure glückliche Heimkehr", prostete sie ihm zu.
„Es schickt sich vielleicht nicht, wenn eine Frau euch nach diesem Feldzug fragt", begann Delia zögernd.
„Aber auf den Straßen Konstantinopels erzählt man sich so viele Schauergeschichten über diese furchtbaren Bulgaren, dass ich gern aus erster Hand hören möchte, wie schlimm es wirklich war."
Sie zögerte kurz und sah ihren Bruder und Thoralf nacheinander an.
Dieser tauschte einen schnellen Blick mit Thanos aus, um herauszufinden, was er seiner Schwester bislang erzählt hatte. Während Thanos einen Schluck aus seinem Pokal nahm, schüttelte er unmerklich den Kopf.
„Kaum der Rede wert", antwortete Thoralf dann.
„Die Bulgaren drangen in wilden Horden ins Land vor. Sie wollten nicht erobern, sondern rauben und brandschatzen."
Er schmunzelte leicht.
„Aber sie hatten noch nie Nordmännern in der Schlacht gegenübergestanden. Jedenfalls haben sie schon bald das Weite gesucht und sich wieder hinter die Grenze zurückgezogen."
Thanos nickte bestätigend. „Ich war gestern im Palast. Unsere Armee hat die Bulgaren bis in ihr Kernland verfolgt und in einer letzten Schlacht vernichtend geschlagen."
Er setzte ein triumphierendes Lächeln auf.

„Unsere Truppen haben Deljan, den Anführer der Bulgaren, der sich sogar zum Kaiser ausgerufen haben soll, gefangenen genommen und in Ketten gelegt."
„Was erwartet ihn für ein Schicksal?", fragte Delia, während sie atemlos die Hand auf den Mund presste.
Thanos' Stimme wurde hart.
„Mitleid kann er nicht erwarten. Sie werden ihn blenden, dann im Hippodrom den Massen vorführen und anschließend vermutlich hinrichten."
Er wies ihnen den Weg tiefer ins Haus hinein, wo sie sich ein lauschiges Plätzchen suchten. Thanos und Delia ließen sich auf Liegen nieder, während Thoralf auf einem safrangelben Diwan Platz nahm. Er sank tief in die Polster, saß aber überraschend bequem.
Plötzlich runzelte Thanos die Stirn.
„Wo ist eigentlich Wetius, unser Torwächter, abgeblieben? Ich habe ihn seit meiner Rückkehr nicht mehr gesehen."
Delia senkte den Blick zu Boden.
„Ich musste ihn entlassen. Es hat sich herausgestellt, dass Stavros ihn bestochen hatte. Er zahlte Wetius eine erschreckend hohe Summe dafür, dass dieser ihn über jeden meiner Schritte unterrichtete."
Thanos fuhr hoch.
„Diese Natter", entrüstete er sich. „Eigentlich sollte ich ihn vor Gericht bringen." Doch sofort verzog er das Gesicht, als hätte er Zahnschmerzen. „Dann kann ich mich allerdings auch gleich selbst im Gefängnis vorladen. Und wer weiß, ob ich dann jemals wieder rauskomme."
Er schüttelte den Kopf. „Mit Stavros legt man sich nicht an, wenn man am Leben bleiben möchte."
Thoralf knirschte vernehmlich mit den Zähnen.
„Diesen Kerl würde ich gern mal in die Finger bekommen. Vielleicht sollte ich mal mit ihm sprechen?"
Thanos wirkte plötzlich besorgt, doch Delia schüttelte den Kopf.
„Ich glaube, das ist keine gute Idee, Thoralf. So sehr ich es auch schätze, dass du uns helfen willst", erklärte sie.
„Stavros ist glitschig wie ein Aal, du würdest ihn nicht zu fassen bekommen. Du hingegen sprichst immer direkt aus, was dir gerade in den Sinn kommt."
Thoralf sah sie mit hochgezogener Augenbraue an.
„War etwas falsch an meinen Worten? Ich habe es so gemeint, wie ich es gesagt habe."
Sie lächelte und Thoralfs Herz wurde leicht.
„Genau das meinte ich mit meinen Worten. Du bist wie ein offenes

Buch für mich. Wenn du verärgert bist, verfinstert sich dein Gesicht. Wenn du neugierig oder fröhlich bist, sehe ich das sofort. Hier in der Hauptstadt aber spielt jeder bloß eine Rolle. Man gibt vor, eine Person zu sein, die man nicht ist. Man täuscht Freundschaften vor, um die eigene Karriere voranzutreiben. Du hingegen bist ein miserabler Lügner", erklärte sie ihm. „Deshalb wärst du niemals ein guter Höfling. Denn dort gilt es, seine Karten nicht zu früh aufzudecken. Und seine Gegner über die eigenen Absichten im Unklaren zu lassen. Bei uns muss ein Höfling mit einem Lächeln auf den Lippen lügen können. Anderenfalls sind seine Tage gezählt."
Sie suchte seinen Blick.
„Wir sind alle Byzantiner. Aber wir sind keine Gemeinschaft, so wie du es von deinen Gefährten kennst. Bei uns kocht jeder sein eigenes Süppchen. Jeder strebt nach noch mehr Macht, will seinen Einfluss ausbauen und seine Kontrahenten durch List und Tücke aus dem Feld räumen."
Ihre Stimme hatte eindringlich geklungen. Langsam verstand Thoralf, was sie ihm sagen wollte. Er blickte sie entwaffnend an.
„Ein Mann sollte meinen, was er sagt. Und für seine Worte einstehen."
Sie erwiderte seinen Blick und ließ seine Worte nachhallen, ohne dass die Pause unangenehm wurde.
Schon bald sprachen sie über leichtere Themen und Thoralf genoss die Gastfreundschaft seiner Freunde und einen unbeschwerten Abend.
In dieser Nacht träumte er von Delia. Es war ein kruder Traum. Sie schlenderten über einen Basar und gerade als sie ihm etwas zuflüstern wollte, schob sich ein riesiger Bulgare zwischen sie und schlug mit einer Breitaxt nach ihm. Er fuhr hoch und spürte, wie sein Herz wild klopfte. Dabei keuchte er, als hätte er eine Übungseinheit im Schwertkampf gegen Hjalmar hinter sich. Stöhnend fuhr er sich durch das verschwitzte Haar und sah, dass es bereits hell wurde.

Stavros gab ein Fest, um den ruhmreichen Ausgang des Feldzugs zu feiern und die byzantinische Armee zu ehren. Zu seinem Fest kamen viele angesehene Bürger der Stadt. Auch etliche niedere Beamte waren unter den Gästen. Sie taten ebenfalls in der aufgeblähten Verwaltung des Kaiserreiches ihren Dienst und ließen sich das Fest nicht entgehen. Sogar zwei Beamte des Kaiserhofes und eine Handvoll Offiziere der Armee ließen sich blicken. Natürlich hatte er auch hochgestellte adlige Familien, hohe Generäle und weitere wichtige Entscheidungsträger des Reiches samt ihrer Gemahlinnen eingeladen. Aber die meisten hatten für seine Einladung nur ein Naserümpfen übrig. Das zeigte ihm einmal mehr, dass er noch lange nicht am ehrgeizigen Ziel seiner Wünsche war.

Heute Abend fiel es ihm besonders schwer, den zuvorkommenden Gastgeber zu mimen. Gerade erst hatten seine Männer ihn informiert, dass der Torwächter von Delias Anwesen, den er sich mit Gewalt gefügig gemacht hatte, aufgeflogen war. Er hatte ihn eines Abends von seinen Leuten abfangen lassen. Sie hatten ihm ordentlich Angst eingejagt und mit einem dauerhaften Aufenthalt im kaiserlichen Verlies gedroht, wenn er auch nur ein Sterbenswörtchen über dieses Gespräch verlauten ließ. Der dürre Kerl hatte gezittert wie Espenlaub und versprochen, alles zu tun, was man von ihm verlangte. Leider war er nicht sehr geschickt im Übermitteln der Botschaften. So flog ihr Handel bald auf. Das war ärgerlich, aber nicht zu ändern. Er fragte sich sowieso allmählich, warum er sich mit solchen Kleinigkeiten aufhielt. Doch Delia und Thanos entstammten einem alten Adelsgeschlecht. Zwar hatten sie keinen politischen Einfluss und über die Jahrhunderte hatte ihre Familie auch das einstige Vermögen verloren. Doch noch immer erschien es ihm gewagt, sie einfach verschwinden zu lassen. Das konnte Fragen aufwerfen und ihn schlecht aussehen lassen. Außerdem musste er diese verdammten Nordmänner im Auge behalten. Sie waren Thanos sehr zugetan und zudem gefährliche Gegner. Er könnte platzen vor Wut, wenn er an diesen Thoralf dachte, den er mit Delia in der Stadt gesehen hatte. Stavros schnaubte abfällig. Der hatte ihm gerade noch gefehlt.

Doch andererseits liebte er Herausforderungen. Er würde schon Mittel und Wege finden, um seine Pläne zu verwirklichen. Neue Kraft durchströmte ihn und machte sein Herz leicht. Plötzlich verspürte er große Lust, sich wieder um seine Gäste zu kümmern.

Am nächsten Tag teilte ein Gesandter des Kaisers den Nordmännern mit, dass sie sich mit einer Abordnung zur Mittagsstunde des darauffolgenden Tages im Palast einzufinden hätten. Ihnen würde eine Audienz im Thronsaal gewährt. Selbstverständlich nicht mit dem Kaiser persönlich, aber doch zumindest mit einem hohen Beamten, der im Auftrag des Kaisers handelte. Und wer weiß? Vielleicht nahm sich auch der Kaiser etwas von seiner kostbaren Zeit, um die verdienten Krieger zu begrüßen. Es folgten noch etliche Instruktionen, wie sie sich im Palast zu verhalten hätten, doch die meisten hatte Thoralf sofort wieder vergessen. Er merkte sich nur, dass sie warten sollten, bis sie angesprochen wurden. Und dass sie den Blick zu Boden richten sollten, um dem hohen Beamten Respekt zu zollen. Der Jarl unterbrach den endlosen Vortrag des Gesandten schließlich und versprach, dass sie sich rechtzeitig im Palast einfinden würden.

Am nächsten Morgen schlenderten die Nordmänner als erstes in eines

der Bäder. Sie waren verwundert, dass zu dieser frühen Stunde schon so viel Betrieb herrschte. Schließlich waren sie es gewohnt, die Nächte durchzufeiern und die Vormittage meist zu verschlafen.
Die Bewohner der Hauptstadt, die zu dieser frühen Stunde das weitläufige Bad aufgesucht hatten, blickten irritiert auf die hochgewachsenen Männer, die ihnen unbekleidet entgegenkamen. Sie registrierten die vor Kraft strotzenden Leiber, aber auch die zahlreichen Narben, die die Geschichten blutiger Kämpfe erzählten. Eingeschüchtert von diesen Anzeichen roher Gewalt machten sie den wilden Gestalten Platz.
Die Männer streckten sich wohlig im warmen Wasser aus. Folke hatte sich unter einen kleinen Wasserfall gestellt und ließ sich das warme Nass auf den Kopf prasseln. Dabei schnaubte er vergnügt. Als Thoralf neben ihm auftauchte, konnte Folke ein Lachen nicht unterdrücken. Thoralfs linke Seite hatte die Farbe eines Regenbogens angenommen. Er sah aus, als wäre eine Herde wilder Ochsen über ihn hinweggefegt. Auch seine Bewegungen wirkten noch ein wenig vorsichtig.
„Wie war das Abendessen bei Thanos?“, fragte Folke, während er den Mund voll Wasser nahm und ihm grinsend auf die Rippen spuckte.
Thoralf musste über diese Dreistigkeit lachen.
„Das Essen war toll und die Gesellschaft noch besser.“
Er legte eine Pause ein, um Folke Gelegenheit für einen weiteren Kommentar zu geben. Doch dieser schwieg.
Thoralf zog die linke Augenbraue in die Höhe und fuhr dann mit seinem Bericht fort.
„Es gab Lamm, Wachteln, jede Menge an Süßspeisen und dazu Wein von ihrem eigenen Gut. Ein edler Tropfen, kann ich dir sagen. Delia haben wir nur wenig von den Kämpfen erzählt. Doch ob sie unserer Darstellung Glauben geschenkt hat, vermag ich nicht zu sagen. Sie ist eine kluge Frau. Einiges hat sie sich bestimmt zusammenreimen können.“
Noch immer schwieg Folke und Thoralf sah ihn zweifelnd an.
„Ist alles in Ordnung mit dir? Hast du vielleicht doch einen Hieb auf den Kopf bekommen? Du bist doch sonst nicht so still.“
Folke ließ die Schultern kreisen und blickte ihn an.
„Natürlich ist alles in Ordnung, warum fragst du?“
„Nun“, erwiderte Thoralf schmunzelnd, „Delia hat mir gestern von einem griechischen Sprichwort erzählt: Der Narr redet, der Feigling schweigt, der weise Mann hört zu. Doch für einen weisen Mann habe ich dich nie gehalten“, fügte er nach einer Weile grinsend hinzu.
Folke schoss mit seinem muskulösen Oberkörper aus dem Wasser empor.

„Sag mal, hast du mich gerade einen Feigling genannt?"
Die nächsten Minuten balgten sie so heftig im Wasser, dass die übrigen Gäste erschreckt aus ihrer Reichweite flohen. Endlich ließen sie lachend voneinander ab. Thoralf nutzte den Moment, um unterzutauchen. Eine Zeitlang hörte er nichts außer seinem eigenen Herzschlag. Dann durchbrach er langsam die Wasseroberfläche. Als er die Augen aufschlug, stand der Jarl vor ihm.
„Thoralf, Hjalmar, Brondolf, Ivar und Thanos! Ihr werdet mich in den Palast begleiten. Wir müssen jetzt aufbrechen. Die anderen können sich gern noch ein wenig verwöhnen lassen."
Die genannten Krieger erhoben sich aus dem Wasser und folgten ihrem Anführer. Die Bediensteten hatten ihnen saubere Kleidung bereitgelegt. Gespannt näherten sie sich dem kaiserlichen Palast. Eine Gruppe Einheimischer kam ihnen entgegen, wechselte jedoch bei ihrem Anblick die Straßenseite. Die meisten Männer beachteten dies kaum. Nur Thoralf runzelte die Stirn. „Sag mal, Thanos, haben die Einwohner Konstantinopels Angst vor uns?"
Thanos lachte spöttisch.
„Meine Landsleute sehen nur riesige bärtige Männer vor sich. Muskelbepackt, laut, mit weittragenden grölenden Stimmen. Ihr scheint nichts so sehr zu lieben wie den Kampf und eure Festgelage, bei denen ihr euch bis zur Besinnungslosigkeit betrinkt. Das ist ihnen nicht geheuer. Sie halten euch für plumpe Barbaren, die kaum einen Satz hervorbringen können. Oft liegen sie damit nicht falsch. Aber sie geben sich auch keine Mühe, euch kennenzulernen. Wir sind sehr unterschiedlich, wenn du mir die Bemerkung gestattest."
Er blinzelte Thoralf zu.
„Ich hingegen mag euch rohen Kerle! Euer Verhalten kann ich gut einschätzen und finde es viel leichter, mit euch zu verhandeln als mit meinem eigenen Volk. Denn ihr steht immer zu eurem Wort. Ein Byzantiner versucht immer nachzuverhandeln, um das Beste für sich herauszuschlagen. Selbst ein eindeutiges Ja ist bei ihm nie mehr als ein schwammiges Vielleicht."
Thoralf verfiel in Schweigen und dachte über diese Worte nach. Erst die Stimmen seiner Kameraden rissen ihn wieder aus seinen Gedanken. Vor ihnen standen Finn, Tryn und Thorkel auf der Straße, die sie lärmend begrüßten.
„Lasst uns hineingehen", rief Thorkel schließlich, während er mit einem Blick den Stand der Sonne prüfte. „Wir sollten den Kaiser nicht warten lassen."
Also stiegen sie die weißen Marmorstufen zum Palast empor. Am Eingang standen vier Wachen und sahen stur in die Ferne. Sie waren in

weiße Mäntel gehüllt. In ihren Händen hielten sie Speere, deren Spitzen in der Sonne glänzten. Thorkel stapfte an ihnen vorbei, ohne sie zu beachten. Kaum hatten sie die Eingangshalle betreten, sah er sich grinsend um.
„Sehen sie nicht hübsch aus, in ihrer sauberen Aufmachung? Ich bin sicher, sie könnten einen Hundewelpen zu Tode erschrecken. Aber für den Kampf taugen sie nicht“, vertraute er ihnen an.
Sie gingen weiter, bis ein Höfling in weißer Toga mit weitausholenden Schritten auf sie zukam.
„Seid uns willkommen, Nordmänner!“, begrüßte er sie.
„Bitte folgt mir, ihr werdet bereits erwartet.“
Er führte die neun Krieger durch einige Räume, von denen einer prachtvoller als der andere war. Sie waren allesamt verschwenderisch ausgestattet. Ein Raum war strahlend weiß gestrichen und voller Blumengestecke. Thoralf hob eine Augenbraue an und ging weiter. Der anschließende Raum glitzerte wie eine Schatzkammer. Von der Decke hingen schwere Kronleuchter, die aus unzähligen Edelsteinen bestanden und das Tageslicht hundertfach zurückwarfen. Die Nordmänner mussten die Augen zusammenkneifen, so sehr blendete sie der Schein. Verwundert blickten sie einander an. Alle diese Räume hatten sie bei ihrem ersten Besuch nicht gesehen. Dieses Mal schien der Kaiser es darauf anzulegen, seine Kämpfer zu beeindrucken.
Als sie den nächsten Raum betraten, stoppte der Jarl an ihrer Spitze und sah sich staunend um. Der ganze Raum war mit Spiegeln ausgekleidet, die ihr eigenes Bild vielfach zurückwarfen.
Brondolf schüttelte andächtig den Kopf.
„Vor zwei Jahren habe ich einem kleinen stupsnäsigen Mädchen von einer Fahrt einen Handspiegel mitgebracht. Sie hat vor Freude geschrien und mich anschließend zwei Tage lang nicht von ihrem Bettlager aufstehen lassen. Was würde sie wohl alles mit mir anstellen, wenn ich ihr solch einen mannshohen Spiegel mitbringen würde?“
Versonnen lächelte er seine Kameraden an.
Ivar drängte sich an ihm vorbei.
„Ich glaube, das würdest du nicht überleben.“
Die Männer brachen in Gelächter aus und folgten dem Höfling, der bereits weitergeeilt war. Sie durchquerten einen langen Flur, in dem links und rechts Musiker standen und ihren Instrumenten klangvolle Töne entlockten. Doch für diese Kunst hatten die Nordmänner kaum einen Blick übrig. Direkt vor ihnen öffnete sich nun eine schwere Doppeltür, in die kunstvolle Verzierungen eingearbeitet waren. Zwei Bedienstete waren nötig, um sie aufzustemmen. Vor ihnen lag eine prunkvolle Halle, ausgestattet mit erlesenen Schätzen und

Möbelstücken.
Die Nordmänner gingen langsam weiter und sahen sich aufmerksam um. Marmorsäulen säumten ihren Weg, der direkt auf einen Thron zuführte.
Jarl Olaf stutzte kurz und raunte ihnen zu.
„Es sieht so aus, als wenn der Kaiser selbst uns eine Audienz gewährt. Reißt euch zusammen, Männer!"
Weiße Vorhänge hingen an den glattverputzten Wänden. Von farbenfrohen Bildern starrten Gottheiten auf sie herab. Überall standen Bronzeschalen voller Öl, in denen brennende Dochte schwammen. Sie warfen ein warmes Licht auf ihre Umgebung, das durch zahlreiche dicke Bienenwachskerzen auf den Tischen am Rand der Halle noch verstärkt wurde. Als sie näher herantraten, sahen sie viele Bedienstete, die sich in den Schatten der prunkvollen Säulen zurückgezogen hatten.
Der Höfling bedeutete ihnen anzuhalten. Im gleichen Augenblick trat links und rechts je ein Dutzend Waräger hervor, um dieser Geste Nachdruck zu verleihen.
Thoralf blickte den Warägern in die Gesichter und glaubte, einige von ihnen wiederzuerkennen. Einer nickte ihm kurz zu und er war überrascht, in ihm Leif wiederzuerkennen, den Anführer der Waräger.
Dichtgedrängt stellten sich die Nordmänner auf und warteten mit gesenktem Kopf darauf, dass der Kaiser das Wort an sie richtete. Dieser beobachtete die Männer interessiert. Er war von schwächlicher Gestalt. Umso mehr faszinierten ihn diese kraftstrotzenden Krieger aus dem Norden. Dann gab er einem Mann in schlichter schwarzer Tunika einen kurzen Wink. Dieser knipste ein strahlendes Lächeln an und breitete seine Arme aus.
„Seid uns willkommen, Nordmänner! Wir haben von eurem heldenhaften Kampf gegen die Bulgaren gehört. Ihr habt einen wichtigen Beitrag geleistet, diese Gefahr ein für alle Mal zu bannen."
Während der Begrüßung durch den Beamten widmete sich der Kaiser versonnen seinen Fingernägeln, warf seinen Blick zwischendurch aber immer wieder auf die Nordmänner.
„Ihr habt für euren Kaiser geblutet und tapfer standgehalten", fuhr der Beamte fort.
„Eure Treue schätzen wir hoch und es ist uns ein wichtiges Anliegen, euch für eure Dienste zu belohnen. Habt ihr einen Wunsch?"
Während der kurzen Ansprache malte der Beamte mit seinen Händen gestenreich Bilder in die Luft und verzog lächelnd das Gesicht. Doch Thoralf fiel auf, dass das Lächeln nicht seine Augen erreichte. Der Jarl wartete, bis Thanos ihm die Worte des Beamten übersetzt hatte, während Thoralf fast alles verstanden hatte.

„Wir Nordmänner stehen unerschütterlich zu unserem Eid, den wir dem Kaiser auf unser Leben geschworen haben. Eure Feinde, Herr, sind auch unsere Feinde. Alles, wonach wir streben, sind Gold und Ruhm, um unsere Vorfahren stolz zu machen. Vielleicht erweist Ihr eines Tages einigen von uns die Ehre, in Eurer ruhmreichen Leibgarde zu dienen. Denn wir sind wohl in der Lage, uns mit den besten Warägern im Kampf zu messen."

Der Beamte schürzte missbilligend die Lippen, da der Jarl es gewagt hatte, den Kaiser direkt anzusprechen. Doch der Kaiser schmunzelte amüsiert. Diese Nordmänner versanken nicht in Ehrfurcht, wenn sie mit ihm sprachen, wie so viele Höflinge es taten. Sie umschmeichelten ihn nicht, sondern sprachen frei heraus. Eine Eigenschaft, die ihm Respekt abnötigte. Er nickte wohlwollend und gab dem Beamten erneut ein Zeichen. Dieser lief mit auf dem Rücken verschränkten Händen vor ihnen auf und ab, während er erneut zu sprechen begann.

„In eurer Unterkunft warten Schätze auf euch, die einen Eindruck davon vermitteln sollen, wie sehr der Kaiser eure Dienste zu schätzen weiß. Ihr sollt wissen, dass unsere Offiziere euch beobachten. Wenn ihr weiter so tapfer für uns streitet, wird euch die nächste Belohnung gewiss sein. Und nun geht und lasst euch den Wein schmecken, den euch der Kaiser aus seinem Weinkeller hat schicken lassen."

Die Männer verbeugten sich in Richtung des Kaisers, der lächelnd die Hand hob. Dann verließen sie die Halle.

Ivar rieb seine Hände aneinander, als sie die Marmorstufen hinabliefen.

„Hörte ich die Worte Belohnung und Wein? Das lasse ich mir gern gefallen."

Doch der Jarl wirkte nicht recht zufrieden.

„Was hast du an den Worten des Beamten auszusetzen?", fragte Thorkel ihn.

„Eigentlich nichts. Ganz im Gegenteil. Uns wurde große Ehre zuteil. Aber ich bin ein ehrgeiziger Mann. Wirklich zufrieden bin ich erst, wenn wir in der Kaisergarde dienen und dort zu Amt und Würden gekommen sind."

Thorkel nickte.

„Der Tag wird kommen, mein Freund. Der Tag wird kommen."

Der Jarl schob seine Gedanken zur Seite.

„Kommt mit und seid heute Abend unsere Gäste", schlug er Thorkel, Tryn und Finn vor, die er auf dem Feldzug als mutige Kameraden zu schätzen gelernt hatte. Die drei Nordmänner sagten sofort zu. Als sie gemeinsam in ihre Unterkünfte zurückkehrten, hörten sie bereits die ausgelassenen Gesänge ihrer Gefährten.

„Da geht es ja hoch her", rief Brondolf vergnügt, während er sich

durstig über die Lippen leckte. Als sie eintraten, wurden sie mit lauten Jubelschreien empfangen. Folke führte sie in den Garten, wo auf einem kostbaren Teppich drei verzierte Kisten standen.
„Soldaten des Kaisers haben diese Geschenke vorbeigebracht, kaum dass ihr fort wart“, berichtete er mit strahlendem Gesicht.
Die Kisten standen nicht weit entfernt von einem hochaufgeschichteten Lagerfeuer. Doch dieses Feuerscheins hätte es kaum bedurft. Als sie die Deckel öffneten, schien es plötzlich heller zu werden. Während zwei Kisten bis oben hin mit Goldmünzen gefüllt waren, enthielt die dritte Kiste Geschmeide, Ringe, Perlen und funkelnde Edelsteine. Einen Augenblick herrschte sprachlose Stille. Der Jarl kniff geblendet die Augen zusammen und trat näher heran. Er ließ eine Handvoll Münzen durch seine Finger gleiten und wandte sich zu seinen Kriegern um.
„Goldsolidi, die Goldmünzen der Byzantiner. Sie sind ein begehrtes Zahlungsmittel auf der ganzen Welt. Allein diese Handvoll reicht aus, um zwei Sklaven oder gleich ein ganzes Ochsengespann zu kaufen.“
Er verzog das Gesicht zu einem breiten Grinsen.
„Wir haben unsere Heimat verlassen, um uns einen Namen zu machen und in der Fremde Reichtum zu erwerben. Nun seht, wie weit wir auf diesem Weg bereits gekommen sind.“
Er hatte die Arme ausgestreckt und den Blick in den Abendhimmel gerichtet. Eine Weile ließen sie den Triumph auf sich wirken.
„Jeder Mann bekommt seinen gerechten Anteil. Auch unsere Toten werden wir dabei berücksichtigen. Wir werden ihren Anteil Händlern mitgeben oder sogar selbst mit uns führen, wenn wir eines fernen Tages in die Heimat zurückkehren. Ihre Angehörigen sollen sehen, was für ruhmreiche Taten ihre Väter und Söhne vollbracht haben und ihrer stets in Ehren gedenken.“
Alle Männer murmelten ihre Zustimmung. Niemand vermochte zu sagen, wann sie das Schlachtenglück verließ. Dann war es beruhigend zu wissen, dass die Familie versorgt war.
Der Jarl wandte sich an Thorkel. „Ich vermute, der Kaiser war zu euch und euren Männern ähnlich großzügig?“
Thorkel schmunzelte.
„Der Kaiser mag von schwächlicher Statur sein, doch für seine Gefolgsleute sorgt er gut. Wir sind sehr zufrieden.“
Der Jarl sah sich mit einem wölfischen Grinsen um.
„Bringt mehr Wein!“, rief er den Bediensteten zu, die sofort mit großen Krügen herbeieilten. Schon bald lagen sich die Waffenbrüder in den Armen und gaben ausgelassene Gesänge zum Besten, die noch in weiter Ferne zu hören waren.

Kampf gegen die Piraten

In den nächsten Wochen legten die unterschiedlichen Gruppen der Nordmänner ihr tägliches Training zusammen. Thorkel, Tryn und Finn führten gut einhundertfünfzig Männer an, und auch Harald der Harte brachte Gruppen seiner Männer mit, die auf einen guten Kampf aus waren. Jarl Olaf begrüßte dieses Kräftemessen. So bekamen seine Gefolgsleute die Gelegenheit, sich mit den besten Kriegern anderer Einheiten zu messen und dabei den einen oder anderen Trick zu lernen. Bei Kämpfern wie Hjalmar und Brondolf, denen man nichts mehr beibringen konnte, war sichergestellt, dass sie nicht einrosteten. Selbst Harald der Harte ließ es sich nicht nehmen, an diesen Übungen teilzunehmen. Mehr als einmal lieferte er sich waghalsige Kämpfe mit Hjalmar, der ihn immer wieder an den Rand einer Niederlage brachte.
Die Kämpfe knüpften ein festes Band zwischen den Gruppen der Nordmänner. Anschließend zogen sie in kleinen Gruppen durch die Stadt und versackten in Tavernen und Freudenhäusern.
Thoralf zog es gemeinsam mit Hjalmar und manchmal Harald dem Harten sowie Thorkel und Tryn hinunter zum Hafen. Dort starrten sie aufs Meer, tranken Wein und atmeten gierig die salzige Luft ein.
„Mir fehlen die Tage auf See“, brummte Thorkel eines Tages.
„Wir haben hier alles, was ein Mann braucht, und noch Einiges mehr.“ Dabei schwenkte er seinen Becher, der mit einem edlen Wein gefüllt war.
„Dieser Wein hat die Farbe von Blut, fließt aber die Kehle hinab, als wäre es ein Nektar der Götter. Und doch gäbe ich viel dafür, mal wieder die knarrenden Planken eines guten Schiffes unter meinen Füßen zu spüren.“
Sie sahen einigen Booten dabei zu, wie sie in den Hafen einliefen und an einem der Stege festmachten. Thorkel zog ein Stück Walrossknochen unter seinem Gewand hervor und ließ mit einer fließenden Bewegung seinen Dolch aufblitzen. Er schnitzte an dem Knochen herum. Staunend zog Thoralf die Augenbrauen in die Höhe. Thorkel arbeitete mit viel Geschick an einer Frauenfigur, die mit ihren üppigen Formen fast natürlich wirkte. Selbst das Gesicht der Frau schien zu leben.
„Du bist ein wahrer Künstler, Thorkel. Ist das deine Frau?“, fragte er anerkennend.
Thorkel sah ihn schmunzelnd an. „Zumindest Nase und Mund stimmen. Beim Rest habe ich nachgeholfen.“
Sie lachten beide herzlich. Hjalmar sah mit blitzenden Augen aufs Meer hinaus.
„Diese Stadt ist der größte Handelsplatz der Welt. Früher dachte ich, es

wäre Haithabu, aber da kannte ich die Welt noch nicht."
Plötzlich richtete er sich auf seinem Platz auf und starrte in die Ferne.
„Seht mal! Da hat es Ärger gegeben", sagte er und zeigte auf eine Galeere, die in den Hafen einlief. Ihre Blicke folgten seinem ausgestreckten Arm und erkannten ein Schiff, das sich mit letzter Kraft in den Hafen schleppte. Es hatte Schlagseite und musste bereits viel Wasser aufgenommen haben. Die Segel hingen zerfetzt herab.
„Ein Händler", murmelte Thoralf. „Wenn der uns in der Ostsee begegnet wäre, hätte es uns auch in den Fingern gejuckt."
Sie grinsten verhalten.
Die Galeere brauchte lange, bis sie durch das Geschick des Steuermanns doch noch am Kai festmachte. Die Schiffsbesatzung trug tote und verwundete Kameraden von Bord. Schon bald sprach sich das Schicksal des Kauffahrers im Hafen herum.
„Piraten!", raunten sich die Einheimischen zu.
„Sie haben drei Galeeren überfallen und zwei erobert. Die Besatzung haben sie über die Klinge springen lassen. Der Kapitän des dritten Schiffs muss Gott auf seiner Seite gehabt haben, dass er diesen Teufeln entkommen konnte."
Weitere Menschen drängten näher heran und beteiligten sich an den Gesprächen.
„Seit Wochen geht das schon so. Immer wieder hören wir von Überfällen arabischer Piraten. Ganze Küstenabschnitte werden von ihnen verheert. Man ist seines Lebens nicht mehr sicher. Der Kaiser muss endlich etwas unternehmen. Sonst bricht bald der ganze Handel zusammen."
Die Nordmänner sahen sich bedeutungsschwer an. Hier braute sich ein Sturm zusammen.

An einem brütend heißen Sommertag lag Kaiser Michael IV. ausgestreckt auf einem Diwan und war in ein Gespräch mit einem Höfling vertieft. Der geschminkte junge Mann flüsterte dem Kaiser vertraut etwas zu und dieser lachte schallend. Als ein Diener auf ihn zutrat, stöhnte er übertrieben.
„Können die Amtsgeschäfte nicht warten? Was gibt es denn wieder Dringliches, was meine Aufmerksamkeit erfordert?"
Der Diener verbeugte sich tief.
„Der Abgesandte des kroatischen Königs ist eingetroffen."
Der Kaiser warf sich eine Weintraube in den Mund.
„Frag meinen Bruder, ob er Zeit hat, sich um diesen unbedeutenden Mann zu kümmern. Ich bin praktisch schon auf dem Weg zu einer der heißen Quellen im Norden meines Reiches."

Der Diener senkte demütig den Kopf.
„Ich werde ihn sofort informieren.“
Der Kaiser schnaufte erleichtert. Mit einer unwirschen Handbewegung scheuchte er den Störenfried fort.
Als Johannes, der Bruder des Kaisers, vom Eintreffen des Gesandten hörte, erhob er sich tatendurstig.
„Lasst den Boten noch eine halbe Stunde warten, dann führt ihr ihn zu uns. Die Waräger-Garde soll links und rechts vom Thron Aufstellung nehmen. Es kann nicht schaden, unsere kroatischen Freunde zu beeindrucken.“
Der kroatische Gesandte tuschelte mit seinen beiden Begleitern und zupfte immer wieder nervös an seinem Hemd herum. Ungeduldig harrten sie in einem schattigen Innenhof des riesigen Palastareals aus. Sie standen kurz davor, bei einem der glanzvollsten Herrscher der Welt zu Gast zu sein. Ihre Anspannung stieg.
Sie hatten längst den Überblick über das Areal verloren. Hier standen zwei Dutzend Einzelpaläste, Empfangshallen und Kirchen nebeneinander. Dazwischen fanden sie Lustgärten, Innenhöfe und endlose Gänge, in denen man sich jederzeit verlaufen konnte.
Endlich gab ihnen ein Höfling mit wichtiger Miene einen Wink. Mit klopfenden Herzen betraten sie die Audienzhalle des Kaisers. Ein süßlicher, betäubender Geruch schlug ihnen entgegen.
„Was ist das?“, fragte der Gesandte einen seiner Berater, doch dieser schüttelte ratlos den Kopf.
Der dritte Mann hingegen wusste die Antwort. Er deutete auf zwei Diener, die den Raum mit Rosenwasser besprenkelten. Die drei Männer sahen sich mit offenem Mund an. So etwas kannten sie aus ihrer Heimat nicht.
Zwei Eunuchen näherten sich ihnen erhaben und flüsterten ihnen letzte Anweisungen zu, wie sie sich im Angesicht des Herrschers zu verhalten hatten. Dann führte man sie durch eine Vielzahl von Gängen und ließ sie ein großes Gebäude mit etlichen Zimmern durchqueren. Sie kamen durch einen Saal, in dem Fontänen aus Wein in einem Springbrunnen sprudelten. Der Gesandte hatte plötzlich Mühe, seinen Augen zu trauen. Vor ihnen öffnete sich eine Tür, die aus blankem Silber bestand. Sie glänzte grell und warf das Sonnenlicht zurück. Nun durchschritten sie einen langen kirchenähnlichen Bau, vorbei an hohen Marmorsäulen. Erst jetzt sahen sie die hünenhaften Gestalten furchteinflößender Krieger, die an den Wänden Aufstellung genommen hatten. Diese Krieger mussten Götter sein. Sie waren in weiße Tuniken gekleidet und hielten riesige doppelschneidige Äxte in ihren Händen.
Leif, der Anführer der Waräger, stand nah am Thron und ließ die drei

Gestalten keinen Moment aus den Augen. Er hatte dieses Schauspiel schon so oft erlebt, dass er sich sicher war, was als Nächstes passieren würde. Gerade hatten die drei Gesandten den prächtigen Anblick verarbeitet, da fauchte ihnen lautes Löwengebrüll entgegen. Erschrocken zuckten alle drei zusammen. Ein breites Lächeln umspielte Leifs Mund. Er hatte mit Sigvald auf genau diese Reaktion gewettet. Nun war er um fünf Goldmünzen reicher und zwinkerte seinem Kameraden vergnügt zu.

Sigvald schüttelte leicht den Kopf und hob den Blick wie anklagend zur Decke empor. Leif konzentrierte sich wieder auf die Abgesandten. Diese erkannten nun vor sich zwei Löwen, die ihnen mit weitaufgerissenen Mäulern entgegenstarrten. Beklommen schluckten sie und verlangsamten ihre Schritte. Dann sahen sie, dass es sich um vergoldete Statuen handelte. Mit ihren weitaufgerissenen metallenen Mäulern und den sich hin und her bewegenden Zungen sahen sie verblüffend lebendig aus. Verunsichert schritten sie weiter voran, den Blick misstrauisch auf die Löwen gerichtet. Sie schienen Angst zu haben, jeden Augenblick von diesen Bestien angefallen und gefressen zu werden.

Johannes schmunzelte beim Anblick der Gesandten. Eine solche Vorführung verfehlte niemals ihre Wirkung. Er liebte es, diese zurückgebliebenen Kulturen zu beeindrucken. Noch einmal brüllten die Löwen, dann brach sich ihr Gebrüll an den Wänden und verstummte langsam. Zwischen dem Gebrüll ertönte das Zwitschern einiger Vögel. Auf einem mit Gold überzogenen Eisenbaum direkt vor dem Thron saßen vergoldete Vögel und trällerten um die Wette.

Die drei Gesandten tauschen einen ratlosen Blick. Was geschah hier? In was für eine Welt waren sie geraten? Es stürzten so viele unterschiedliche Eindrücke auf sie ein, dass sie ihren Sinnen kaum noch trauten. Auch ihr König schmückte sich mit Gold und Schätzen, die er seinen Feinden auf Kriegszügen geraubt hatte. Doch nichts davon ließ sich mit diesen kunstvollen Apparaten vergleichen.

Leif stützte sich auf seine schwere Doppelaxt und unterdrückte ein Schmunzeln. Es kam ihm vor, als wäre es gestern gewesen, dass er dieses Schauspiel zum ersten Mal erlebt hatte. Dabei lag es bereits fünfzehn Jahre zurück, wie er sich stirnrunzelnd eingestand. Kurz nachdem er genauso staunend dagestanden hatte wie die Gesandten jetzt, hatte ihm einer der redseligen Palastbeamten verraten, wie ein solches Wunder entstehen konnte. Genau verstand er es immer noch nicht. Doch er hatte behalten, dass es sich hierbei um einen komplizierten hydraulischen Mechanismus handeln sollte. Ein Behälter in einer angrenzenden Kammer wurde mit Wasser befüllt. Die

ansteigende Flüssigkeit presste Luft aus dem Gefäß, die mit hohem Druck in die Tiere strömte und damit ihre Stimmen und Bewegungen in Gang setzte.
Es war ihm ein Rätsel, warum dieses Volk solch komplizierte Apparate bauen konnte. Er wüsste niemanden in seiner Heimat, der solche Wunder erschaffen könnte. Aus dem Augenwinkel sah er zu Johannes, dem Bruder des Kaisers, hinüber. Dieser trug eine prachtvolle Seidentunika und darüber einen prunkvollen Fellmantel. Seine Füße steckten in purpurnen Stiefeln, der Farbe, die eigentlich allein dem Kaiser vorbehalten war. Doch er sah sich als Vertreter seines Bruders und trug auch ohne Gewissensbisse dessen Krone. Sie war aus reinem Gold gefertigt und verschwenderisch mit Diamanten besetzt.
Die kleine Gesandtschaft ließ sich nun auf die Knie nieder und senkte demütig die Häupter. Damit hielten sie sich genau an das strenge Hofprotokoll, das ihnen die Eunuchen vorgeschrieben hatten. Johannes nahm es mit unbewegter Miene zur Kenntnis. Nun verbeugte sich der Gesandte dreimal so tief vor dem Thron des Kaisers, dass er mit der Stirn den Boden berührte.
Hinter einer der Säulen trat ein hoher Beamter auf die kleine Gruppe zu und sprach sie mit raumgreifender Stimme an:
„Seid uns willkommen, Abgesandter aus dem kroatischen Königreich. Wir hoffen, Eure Reise verlief angenehm. Zuletzt hörten wir, dass der Sohn Eures Königs, Stjepan I., auf dem Krankenbett liegt. Wir hoffen, er ist bereits wieder auf dem Weg der Genesung?“
Der Abgesandte sah rasch zu seinen beiden Beratern. Es war ihm ein Rätsel, wie der Kaiser von solchen Dingen wissen konnte, die sich weitab in einem kleinen Königreich zutrugen. Er wusste nicht, dass das byzantinische Reich in der ganzen Welt seine Informanten hatte und der kaiserliche Palast gut für Informationen zahlte. Viele Kaufleute kamen auf ihren Reisen weit herum und taten nichts lieber, als sich ihr Salär durch die Weitergabe von Neuigkeiten aufzubessern, die sie in vertraulichen Gesprächen mit ihren Geschäftsfreunden aufgeschnappt hatten.
„Er war bereits auf dem Weg der Besserung, als wir aufbrachen“, entgegnete er schließlich.
Der Beamte trat einen Schritt näher. „Ist es wahr, dass Ihr Euch der Einfälle der Ungarn und einiger slawischer Balkanvölker erwehren musstet? Wie steht es um Euer Königreich?“
Der Gesandte wählte seine Worte sorgfältig.
„Unser König Stjepan erweist sich immer mehr als Glücksfall für das kroatische Königreich. Wir durchlitten schlimme Jahre und mussten uns immer wieder neuen Feinden zuwenden, die es auf unser Land

abgesehen hatten. Doch wir haben sie alle geschlagen und über die Grenzen zurückgeworfen."
Er streifte den Beamten mit einem knappen Blick, um zu sehen, ob seine Bemerkung Eindruck gemacht hatte.
„Seit einigen Monaten herrscht Frieden im Reich. Handel und Handwerk blühen auf. Unbeirrt lässt unser König nunmehr seine Macht an der östlichen Adria ausbauen. Wie Ihr wisst, haben wir die byzantinische Flotte mit all unseren Schiffen im Kampf gegen die Araber auf Sizilien unterstützt und gedenken dies auch weiterhin zu tun."
Der hohe Beamte fuhr sich durch seinen langen weißen Bart. Ihm war bekannt, dass die Kroaten sich dadurch Hilfe gegen die Republik Venedig erhofften, die immer wieder die kroatische Küste angriff. Hier galt es, besonnen vorzugehen und keine Versprechungen zu machen.
Während dieser Unterredung sagte Johannes auf seinem Thron kein einziges Wort. Er vermied jede Geste, die ihn wie einen gewöhnlichen Menschen erscheinen lassen könnte. Der Zweck dieser Audienz war nicht der Austausch von Worten. Das mochten bei späteren Treffen die in der Kunst der Diplomatie erfahrenen Beamten erledigen. Vielmehr trachtete der Kaiser danach, dem Rest der Welt die Überlegenheit seines Reiches vorzuführen und aufzuzeigen, wie wohlhabend und fortschrittlich das Imperium war.
Dies schien mal wieder gelungen zu sein.
„Genießt die Vorzüge von Konstantinopel", schloss der Beamte schließlich die Audienz.
„Wir werden Euch einen Beamten zur Seite stellen, der Euch die Sehenswürdigkeiten der Stadt zeigt und Euch auch auf allen sonstigen Ausflügen begleitet. Es soll Euch an nichts mangeln. In Kürze werden wir uns zu weiteren Treffen verabreden. So lange wünschen wir Euch einen angenehmen Aufenthalt in der größten Stadt der Welt."
Erneut verbeugten sich die Männer der kleinen Delegation und verließen dann den Palast.
Johannes klatschte unternehmungslustig in die Hände.
„Es ist mir immer wieder eine Freude, solche rückständischen Völker vorzuführen. Hat mein Bruder die Stadt bereits verlassen?", erkundigte er sich bei einem Beamten.
Dieser verbeugte sich tief. „Ja, Herr. Er lässt ausrichten, dass er frühestens in vier Wochen zurückkehren wird."
„Ausgezeichnet", murmelte Johannes.
Die Staatsgeschäfte waren in seinen Händen sowieso viel besser aufgehoben. Gerade wollte er sich einige Köstlichkeiten reichen lassen, als ihm der Beamte einen weiteren Gast ankündigte.

„Ein muslimischer Kaufmann", raunte er ihm zu.
„Mit Verbindungen bis ins direkte Umfeld des Kalifen von Kairo. Seine beiden Schiffe, beladen mit edlen Gütern aus dem Orient, wurden von Piraten überfallen und aufgebracht. Er hat sein ganzes Vermögen verloren und kann sich noch glücklich schätzen, mit dem Leben davongekommen zu sein."
Johannes verzog das Gesicht. Er ahnte, dass ihm nicht gefallen würde, was er gleich mitanhören müsste. Also zog er sich auf seinen Thron zurück und dachte nach.
Seit Monaten schon trugen ihm seine Spione immer wieder Meldungen von Piratenüberfällen in byzantinischen Gewässern zu. Diese Banden schienen jedes Mal zahlreicher und dreister zu werden. Doch Konstantinopel hatte einen Ruf als größte und sicherste Handelsstadt der Welt zu verteidigen. Gerade die Hauptroute entlang der kleinasiatischen Küste war eine wichtige Seeverbindung. Von hier aus waren nach kurzer Überfahrt Zypern und auch die Häfen an der Levantinischen Küste zu erreichen. Und natürlich die wichtigen Häfen Ägyptens, vor allem Alexandria.
Johannes wusste, wie entscheidend diese Lebensadern für das Überleben des Reiches waren. Jedes Jahr kamen allein hunderte Schiffsladungen mit Lebensmitteln in Konstantinopel an. Ohne diese Lieferungen würden schon bald Aufstände ausbrechen und jede Ordnung zerstören.
Doch noch mehr Sorge bereitete ihm das Ausbleiben der hochwertigen Waren aus den islamischen Ländern. Der Handel mit Zimt, Muskat, Pfeffer und Nelken war ein einträgliches Geschäft. Konstantinopel lebte gut von den Steuern, die darauf erhoben wurden. Auch Weihrauch, Elfenbein, exotische Hölzer und selbst Edelsteine würde es dann schon bald nicht mehr zu kaufen geben.
Er mochte sich lieber nicht ausmalen, was es bedeuten würde, wenn die Warenströme aus dem nahen und fernen Osten an Byzanz vorbeiflossen und arabische Händler stattdessen direkt die Märkte in Italien und Frankreich ins Visier nahmen. Der Wohlstand des ganzen Reiches hing von diesem Handel ab.
Er richtete sich auf und atmete tief ein. Dann tauschte er einen kurzen Blick mit Leif, dem Anführer der Waräger-Garde, der wie immer in seiner Nähe stand. Dieser Koloss von einem Mann musterte ihn mit wissendem Blick und schien zu ahnen, was für Sorgen ihn plagten.
Seufzend gab Johannes dem hohen Beamten einen Wink. Ein Übersetzer trat hinzu und dolmetschte für den Beamten, der sich vor dem Thron in Stellung gebracht hatte.
Der Kaufmann wirkte erhaben, doch durch die letzten Ereignisse schien

seine Konstitution gelitten zu haben. Fahrig fuhr er sich immer wieder durchs Haar und suchte nach Worten.

„Wir haben gehört, was für ein schweres Schicksal Euch zuteilwurde", empfing ihn der Beamte.

„Bitte nehmt unser tiefes Bedauern zur Kenntnis. Wir werden diese Banden verfolgen und allesamt auf das Schärfste bestrafen, das versichern wir Euch."

Die Lippen des Muslims zitterten leicht.

„Ich komme aus Ägypten und gehe am Hofe des Kalifen ein und aus. Der Kalif selbst weiß von der kostbaren Fracht, die meine zwei Schiffe geladen hatten, darunter Perlen und Seide, die ich für ihn verkaufen sollte."

Er machte eine verzweifelte Geste.

„Schon einmal, im Frühjahr, sind wir von Piraten entlang der Küste Kleinasiens angegriffen worden. Damals konnten wir sie abwehren. Doch diesmal fielen sie mit großer Übermacht über uns her. Sie hatten ein Dutzend Schiffe bemannt mit Männern, die nur Raub und Mord im Sinn hatten. Die Schätze sind verloren. Die Besatzungen meiner Schiffe sind tot und bereits dem Meer übergeben. Nur mich haben sie in ein kleines Ruderboot gesetzt, auf dass ich den rettenden Hafen vielleicht doch noch erreiche. Sie wollen, dass ich Gold beschaffe, um die Waren auszulösen."

Er schüttelte den Kopf und erhob anklagend die Hände.

„Wir Kaufleute vertrauen darauf, dass die Seewege in Eurem Reich sicher sind. So ein Überfall spricht sich schnell herum. Viele Händler werden es sich zweimal überlegen, ob sie das Risiko einer Fahrt auf sich nehmen wollen."

Der Beamte sah zu Johannes hinauf, der ihm unmerklich zunickte. Dann hob er beruhigend die Hand.

„Wir kommen selbstverständlich für den Schaden auf, der Euch entstanden ist. Seid gewiss, dass wir solche Schandtaten nicht länger dulden werden. Jeder Mann, der sich an Überfällen beteiligt hat, wird seiner gerechten Strafe nicht entgehen."

Der Kaufmann beruhigte sich ein wenig. Ergeben verbeugte er sich vor dem Thron.

„Lasst uns die Einzelheiten zur Begleichung Eurer Schäden noch heute besprechen", forderte der Beamte ihn auf, während er ihn am Arm hinausgeleitete.

Johannes hatte sich tief in den Thron sinken lassen und umklammerte die massiven Armlehnen, bis die Knöchel seiner feisten Hände hervortraten. Fieberhaft dachte er nach. Dann winkte er zwei seiner Berater zu sich. Beide flüsterten eine Weile auf ihn ein. Wie zufällig

streifte sein Blick dabei immer wieder die Männer der Waräger-Garde, die stoisch geradeaus blickten. Im Saal herrschte Stille. Plötzlich schlug Johannes klatschend auf die Armlehnen des Throns.
„Leif!", donnerte seine Stimme los.
„Ich schätze, da kommt Arbeit auf euch Waräger zu. Meine Berater und ich sind uns einig, dass wir auf die Speerspitze unserer Armee zurückgreifen müssen, um dieses Problem ein für alle Mal aus der Welt zu schaffen."
Leif bleckte die Zähne und grinste wölfisch. Dann strich er behutsam über die blitzende Klinge seiner Breitaxt.
„Schafft meine Generäle herbei!", rief Johannes den wartenden Beamten zu.
Gleich darauf näherten sich eilige Schritte. Schon bald standen zwei Generäle mit durchgedrücktem Rücken vor Johannes. Sie salutierten und warteten auf weitere Befehle.
Johannes hatte die schmalen Lippen zusammengepresst. Je mehr er über diese Piratenüberfälle nachdachte, desto wütender wurde er. Doch er gehörte nicht zu den Männern, die bei Zorn in Rage gerieten und rot anliefen, während sie losschrien. Stattdessen senkte er seine Stimme, so dass sein Gesprächspartner sich auf ihn konzentrieren musste. Dabei sah er seinen Untergebenen mit stechendem Blick in die Augen. Es war allgemein bekannt, dass man ihm in dieser Lage besser sofort eine Lösung anzubieten wusste. Anderenfalls war es nur noch ein kurzer Weg bis zu einem langen Aufenthalt im kaiserlichen Verlies.
Johannes' Augen blitzten auf.
„Wie kann es sein, dass sich hergelaufene Vagabunden zu Piratenflotten zusammenschließen und es darauf anlegen, die Weltmacht Byzanz herauszufordern?"
Er hatte sich von seinem Thron erhoben und trat nun dichter an die Generäle heran.
„Ich will, dass diese Überfälle enden! Und zwar jetzt! Diese Piraten wollen dem mächtigen Byzanz die Stirn bieten und denken, sie kommen damit durch? Diese gottlosen Banden sollen in ihrem eigenen Blut ersaufen, bis auch der letzte von ihnen erkannt hat, wer hier das Sagen hat."
Er machte eine lange Pause, in der er sich Zeit nahm, die Gesichter seiner Generäle zu mustern. Beide erwiderten seinen Blick, ohne mit der Wimper zu zucken. Sie waren Veteranen zahlreicher Kriege und warteten nur auf den Befehl, ihre Männer gegen den Feind zu führen.
Nun richtete Johannes seinen Blick auf Leif und verzog spöttisch das Gesicht.
„Ich schätze, du kannst dich ziemlich gut in die Denkweise dieser

Piraten hineinversetzen. Was schlägst du vor, wie wir vorgehen sollten?"
Leifs kantige Gesichtszüge waren wie aus Stein gemeißelt.
„Das sind Banden, die sich aus Bauern, entlaufenen Sklaven und desertierten Soldaten zusammensetzen. Sie eint allein die Sehnsucht nach Freiheit und die Aussicht auf schnelle Beute. Dabei handelt es sich nicht um eine disziplinierte Armee. Deshalb würden sie es auch niemals wagen, Kriegsschiffe anzugreifen. Sie lauern nur Kauffahrern auf, die sich allein oder mit wenigen Schiffen aufs Meer wagen."
Leif streifte die Generäle mit einem prüfenden Blick.
„Wenn wir sie offen angreifen, weichen sie aus und verstecken sich im schwer zugänglichen Hinterland, wo wir sie niemals finden werden. Das ist ihre Heimat, dort haben sie alle Trümpfe in der Hand. Sie kennen jede Bucht, jede Höhle und die Bergdörfer an der anatolischen Küste gewähren ihnen jederzeit Unterschlupf. Außerdem haben sie Rückhalt bei der Bevölkerung und können dort neue Kämpfer rekrutieren."
Johannes sah ihn lauernd an.
„Wehe, es kommt nicht gleich ein *Aber*", murmelte er gefährlich leise.
Leifs hartes Gesicht verzog sich zu einem schmalen Lächeln. Er wusste genau, dass Johannes ihm niemals drohen würde.
„Das wird keine einzeln angelegte Aktion, sondern ein gut geplanter Feldzug. Wir müssen diese Gefahr ein für alle Mal beseitigen wie ein Geschwür. Ordnet an, dass sich die byzantinischen Kriegsschiffe in den Häfen der Hauptstadt versammeln. Sie sollen die Söldnertruppen der Nordmänner und meine Waräger an Bord nehmen. Gemeinsam stechen wir dann in Richtung der anatolischen Küste in See. Gleichzeitig bricht das byzantinische Heer auf dem Landweg auf. Es stößt schnell in Richtung Küste vor und riegelt das gesamte Hinterland ab. Kein Pirat soll entkommen und sich auf Schmuggelpfaden absetzen können. Unsere Schiffe versperren dann jede Bucht und verhindern, dass sich die Flotten der Piraten aufs offene Meer retten können."
Johannes strich sich nachdenklich übers Kinn.
„Was sagen meine Generäle dazu?"
Die beiden Männer signalisierten sofort ihre Zustimmung.
„Ein koordinierter Angriff ist auch in unseren Augen die beste Vorgehensweise. Doch die Küste ist hunderte Meilen lang. Wir können unmöglich die gesamte Gegend kontrollieren. Woher wissen wir, wo wir zuschlagen sollen?"
Leif nickte ungeduldig.
„In eurem Heer dienen zahlreiche Männer aus diesen Gegenden. Befragt einige von ihnen, die euch vertrauenswürdig erscheinen. Schickt außerdem Späher aus, die ortskundig sind. Sie sollen sich in den Dörfern

dort herumtreiben und erzählen, dass sie auf der Flucht vor dem Gesetz sind. Vielleicht konnten sie ihre Steuern nicht mehr zahlen oder haben gar einen Beamten des Kaisers angegriffen? Jedenfalls haben sie nun drakonische Strafen zu erwarten und müssen auf andere Weise überleben. Das wirkt glaubwürdig, denn so wird es vielen ergangen sein. Auf diese Weise erregen sie keinen Verdacht und können sich ungehindert umsehen. Die Nachrichten dieser Männer sammelt ihr und macht euch ein Bild von der Lage. Dann fertigt ihr eine Karte an, in der alle wichtigen Zufluchtsorte der Piraten eingezeichnet sind. Unser Angriff beginnt bei ihrer wichtigsten Rückzugsstätte, denn mit dem ersten Schlag müssen wir ihnen das Rückgrat brechen und ihre Anführer ausschalten. Dann rollen wir die ganze Küste auf. Bis es dort kein Schiff und keinen Mann mehr gibt, der die Seewege des Reiches bedrohen kann."

Johannes schürzte die Lippen.

Er stand vor diesem Riesen und musste seinen Kopf in den feisten Nacken legen, um ihn ansehen zu können. Johannes war zusammen mit seinem Bruder, dem eigentlichen Kaiser des byzantinischen Reiches, an der Macht, weil er ein gesundes Misstrauen gegen jedermann hegte. Er hatte gelernt, dass jeder nur seinen eigenen Vorteil im Auge hatte und nach noch mehr Macht strebte. Er selbst hatte es schließlich nie anders gehandhabt.

Das machte den Umgang mit seinen Warägern so erfrischend einfach. Diese Männer hatten es nicht nötig, Intrigen zu spinnen, wie es in der Hauptstadt an der Tagesordnung war. Sie wollten kämpfen, Ruhm ernten und für ihren Einsatz großzügig entlohnt werden. Johannes hatte noch nie loyalere Männer kennengelernt, als diese großgewachsenen, kämpferischen Nordmänner.

„Tut, was Leif gesagt hat", wies er die beiden Generäle an, während er Leif noch immer musterte.

„Erregt kein Aufsehen und schickt nur die erfahrensten Männer auf diese Mission."

Die Generäle verbeugten sich und verließen den Saal.

„Wo möchtest du mit deinen Warägern und den übrigen Nordmännern kämpfen, Leif? Ich lasse dir die Wahl."

Leif konnte seine Vorfreude auf diesen Einsatz nur schwer zügeln.

„Wenn Ihr einverstanden seid, stelle ich aus allen Nordmännern eine Truppe von fünftausend Mann zusammen. Sobald der Feldzug beginnt, werden wir uns auf die Schiffe begeben und dabei helfen, einige Buchten abzuriegeln. Meine Krieger kämpfen besser, wenn sie die salzige Meeresluft einatmen, bevor sie töten. Irgendwo werden wir dann im Morgengrauen an Land gehen und uns den Feinden des Kaisers zur

Schlacht stellen. Wir werden sie alle in ihrem Blut ersäufen, das verspreche ich Euch."
Johannes' Augen leuchteten auf.
„Daran zweifle ich nicht."
Gemächlich ging er zu seinem Thron zurück. Dann fiel ihm noch etwas ein.
„Leif, die Piraten werden in den letzten Jahren unvorstellbare Schätze angehäuft haben. Bring sie mir und ich werde dich und deine Männer reich machen."
Leif fühlte die Blicke seiner Kameraden auf sich ruhen und deutete mit seinem markanten Kinn ein Nicken an. Er blickte zu seinen Männern hinüber. Sigvald, der riesige Däne, strich versonnen über einen schweren Anhänger aus blankem Gold, der an seinem dicken Hals baumelte. Ihre Blicke trafen sich und beide Männer sahen ihren Lebenstraum in Erfüllung gehen. Alles, was es dafür brauchte, war eine weitere Schlacht.

Bereits am nächsten Tag begannen die Vorbereitungen. Als erstes entsandte der Kaiser Spione mit dem Auftrag, Informationen aus erster Hand zu gewinnen. Außerdem befragten die Generäle unauffällig ihre Soldaten, die aus den anatolischen Küstenregionen stammten. Der Sommer neigte sich bereits dem Ende und mit der Zeit ergab sich aus den gesammelten Meldungen ein klares Bild der Lage. Immer wieder standen die Generäle um große Karten versammelt und trugen die neuesten Erkenntnisse zusammen.
„Da wartet ein schweres Stück Arbeit auf uns", brummte der Flottenkommandeur, als er die zahlreichen Stützpunkte der Seeräuber auf der Karte begutachtete. In beinahe jeder Bucht war eine Stelle mit einem Kreuz markiert worden.
Einer seiner Offiziere beugte sich vor.
„Wenn wir diese riesige Bucht an ihrer engsten Stelle sperren, sitzen die Piraten in der Falle. Sie wissen es nur noch nicht."
Der Flottenkommandeur runzelte die Stirn.
„Wir müssen an dieser Stelle starke Kräfte bündeln, damit den Flotten der Piraten kein Durchbruch ins offene Meer gelingt. Wenn die Berichte unserer Kundschafter stimmen, und ich habe keinen Grund diese anzuzweifeln, dann verfügen diese Piraten über Hunderte von Schiffen und zählen wohl bis zu zwanzigtausend Mann."
Er blickte sich um und sah die erstaunten Mienen einiger Offiziere.
„Deshalb muss der Angriff aus dem Landesinneren zeitgleich mit unserem Angriff von der Seeseite vorgetragen werden. Nur so kann es uns gelingen, die zahlenmäßig überlegenen Banden zu zerschlagen."

Ein Offizier räusperte sich.
„Wie stark werden unsere Kräfte sein?"
„Von der Landseite rückt eine Armee von zehntausend Soldaten vor. Und unsere Flotte wird ein Kontingent von fünftausend Nordmännern am Ufer absetzen. Darunter befindet sich auch die Waräger-Garde des Kaisers."
Der Anflug eines Lächelns schlich sich in das wettergegerbte Gesicht des Flottenkommandeurs.
„Im Palast erzählt man sich, dass gerade die Waräger den Kampf kaum noch erwarten können. Die Piraten können einem fast leidtun."
Er straffte seine Gestalt und sah sich um.
„Was ich jetzt sage, unterliegt der absoluten Geheimhaltung. Das kaiserliche Heer hat sich bereits vor zwei Tagen in Bewegung gesetzt. Befehle des Kaisers werden ab sofort nur noch per Kurier übermittelt. Unsere Flotte liegt einsatzbereit in den Häfen Konstantinopels. Seit gestern Mittag liegen allen für diesen Feldzug vorgesehenen Söldnereinheiten ihre Befehle vor. Sie werden sich morgen zur Mittagsstunde in den Häfen versammeln und dort den Schiffen zugeteilt. Noch im Laufe des Nachmittags wird die Flotte die Anker lichten und Kurs aufs offene Meer nehmen. Wir werden nach Südwesten segeln und drehen erst weit draußen auf dem Meer gen Osten bei. Falls euch neugierige Bürger der Stadt fragen, was unser Ziel ist: Wir segeln nach Sizilien, um mit den Seestreitkräften aus Pisa ein gemeinsames Manöver abzuhalten. Wenn das gute Wetter anhält, wissen wir in wenigen Tagen, ob Gott in diesem Ringen auf unserer Seite steht."
Die Offiziere nickten konzentriert. Ihre Generäle schienen an alles gedacht zu haben.

Seit Leif ihnen die Botschaft über ihren baldigen Einsatz gegen die Piratenarmada übermittelt hatte, lag eine gespannte Erwartung über die Männer des Jarls. Doch sie waren allesamt erfahrene Krieger, die nichts dem Zufall überließen. Ihre Äxte, Schwerter und Speere waren auf Hochglanz poliert und sorgfältig eingefettet. Sie alle wussten, wie schnell die salzhaltige Seeluft dem Eisen zusetzte. Der Stahl war so scharf, dass jede unbedachte Berührung Verletzungen nach sich ziehen konnte. Jeder Nordmann hatte seinen Fellschlafsack und einige weitere Ausrüstungsgegenstände dabei. Die wenigen Bogenschützen legten ihre Köcher mit einigen Pfeilbündeln neben ihre Bögen. Sie alle hatten trotz der Hitze ihre Kettenhemden griffbereit. Beim Aufbruch würden sie sich hineinzwängen, auch wenn viele von ihnen das Gefühl hatten, darin lebendig gebraten zu werden. Mehr Vorbereitung war nicht nötig.

Das war der Vorteil, wenn man im Dienst des Kaisers stand, dachte der Jarl. Ihnen standen kurze Nachschubwege und eine straffe, perfekt organisierte Verwaltung zur Verfügung, die sich um alles kümmerte. Verpflegung, Ärzte, die sich um ihre Verwundeten kümmern würden, Nachschub an Waffen – es war alles vorhanden. So konnten sie sich ausschließlich auf den Kampf konzentrieren.
Thanos rümpfte die Nase, als sich einige Nordmänner am Abend vor ihrem Aufbruch im Garten betranken. Die Diener konnten die Weinschläuche gar nicht so schnell herbeischaffen, wie die grölenden Nordmänner diese leerten.
Thoralf saß neben ihm und obwohl er in den wolkenlosen Nachthimmel starrte, bemerkte er Thanos' Missfallen.
„Nordmänner kämpfen besser, wenn sie getrunken haben“, fühlte er sich zu einer Erklärung genötigt. „Das lässt sie noch schneller in den Kampfesrausch verfallen.“
Thanos sah ihn missbilligend an.
„Und warum trinkst du dann nichts?“
Thoralf fühlte sich ertappt und musste kurz schmunzeln.
„Ich habe beides versucht. Aber im Kampf muss ich hellwach sein, um auf jede Gefahr schnell reagieren zu können. Der Wahn der Schlacht überkommt auch mich irgendwann. Doch ohne Alkohol fällt es mir leichter, meine Instinkte wach zu halten. Außerdem glaube ich, dass nüchterne Männer eine Schlacht eher überleben.“
Thanos sah ihn erstaunt an.
„Interessante Beobachtung! Und ich glaube, damit liegst du nicht ganz falsch.“
Er schmunzelte.
„Weißt du eigentlich, dass die Bürger Konstantinopels der Waräger-Garde einen Spitznamen gegeben haben? Sie nennen sie die *Weinschläuche des Kaisers*. Ziemlich passend, wie ich finde.“
Thoralf winkte ab.
„Ihr Griechen vertragt einfach nichts. Wir Nordmänner hingegen lieben Fleisch und Bier. Hinzu kommt noch, dass es in Byzanz immer warm ist. Selbst eure Winter sind mild. Das lädt zum Trinken ein. Zumal euer Wein der Beste ist, den ich jemals getrunken habe.“
Thanos beobachtete ihn nachdenklich.
„Irgendwann musst du mir mal von euren früheren Fahrten berichten“, schlug er vor. „Ihr müsst doch viel erlebt haben, was sich zu erzählen lohnt.“
Thoralf verzog das Gesicht.
„Das wird schwierig. Ich war die meiste Zeit betrunken.“
Sie lachten und stießen ihre Becher aneinander. Anschließend sah

Thoralf den Griechen forschend an.
„Was muss geschehen, damit uns die Ehre zuteilwird, in die Waräger-Garde des Kaisers aufgenommen zu werden?“
Thanos sah ihn listig an.
„Euch Nordmänner interessieren auch nur Beute und Ruhm, oder?“
Dann streckte er sich und richtete den Blick in die Ferne.
„Söldner gibt es viele. Der Kaiser bedient sich ihrer gern, wenn mal wieder ein Krieg droht. Doch um es in seine persönliche Leibgarde zu schaffen, muss ein Kämpfer mehr vorzuweisen haben als Körpergröße, Kraft und Waffengewandtheit. Denn über diese Eigenschaften verfügt ihr ja allesamt. Nur wer sich auf den Feldzügen ausgezeichnet hat, kann berücksichtigt werden. Und selbst dann braucht er einen Fürsprecher aus den Reihen der Waräger, der an ihn glaubt. Nicht zu vergessen: Er muss sich zu einem hohen Preis in die Garde einkaufen. Nur wer dazu in der Lage ist, wird aufgenommen.“
„Warum soll ich Geld bezahlen, um dem Kaiser dienen zu dürfen?“, stieß Thoralf verwundert hervor.
Thanos hielt zwei Finger in die Höhe.
„Damit soll ein Nordmann zweierlei signalisieren: Dass er bereits große Beute gemacht hat und ein verdienter Krieger ist. Er kann es sich somit leisten, in die Garde einzutreten. Außerdem zeigt er damit, dass er es zu einem gewissen Wohlstand gebracht hat. So besteht kaum die Gefahr, dass er den Eintritt in diese Elitetruppe nur aus Habgier anstrebt. Wenn er in die Garde berufen wird, ist die absolute Treue gegenüber dem Kaiser das Wichtigste. Egal, was dieser befiehlt. Wer sich Waräger nennen darf, hat es geschafft. Die Bezahlung ist hervorragend. Zudem besitzen diese Auserwählten die höchsten Vorrechte in Konstantinopel. Alle Mitglieder der Garde tragen elegante weiße Waffenröcke, dazu goldene Gürtel und auch Armreifen. Der Kaiser schmückt sich regelrecht mit diesen Männern. Ich habe es nur als Gerücht gehört, aber einmal im Jahr soll es den Offizieren der Waräger gestattet sein, durch das kaiserliche Gemach zu gehen und so viele kostbare Gegenstände mitzunehmen, wie sie tragen können.“
Er sah Thoralf an und hob vielsagend die Augenbrauen.
Dieser murmelte: „Irgendwann will ich dazugehören.“
Thanos grinste.
„Du wärst dann immer in der Nähe des Kaisers. Er setzt auf euch Nordmänner, weil ihr euch aus den Intrigen bei Hofe heraushaltet. Treue hat für euch einen hohen Stellenwert. Das ist selten in Konstantinopel. Und vielleicht ist es auch nicht gänzlich unvorstellbar, dass ein Waräger noch weitere Einnahmequellen hat. Denn er hört und sieht viel. Diese Informationen werden vielen Menschen hohe Summen

wert sein, um sie für ihren persönlichen Vorteil zu nutzen."
Thoralf legte die Stirn in Falten. Diese Griechen würde er nie so richtig verstehen.

Argos, ein breitschultriger Mann mit sonnenverbrannter Haut und nichts als einer speckigen Lederweste am nackten Oberkörper, saß im warmen Sand. Er hatte den Blick aufs Meer gerichtet. In seiner Hand hielt er einen Becher mit einer selbstgebrannten Flüssigkeit. Er entschloss sich, einen Schluck von diesem Teufelszeug zu nehmen. Das Gesöff rann seine Kehle hinab und raubte ihm für einen Moment den Atem. Doch dann entfaltete sich eine herrliche Wärme in seinem Bauch. Obwohl ihm die Augen tränten, setzte er den Becher todesmutig erneut an.
Hinter ihm stieg ein riesiges Feuer in den Nachthimmel. Seine Männer, allesamt Piraten wie er, hatten Treibholz zu einem großen Stapel aufgeschichtet und feierten ihr Jagdglück. Am Vormittag war es ihnen gelungen, mit drei Schiffen einen schnellen Segler in die Zange zu nehmen. Er war so unvernünftig, diese gefährlichen Gewässer allein zu befahren.
„Dummkopf", brummte Argos vor sich hin, während er sich über den blank polierten Schädel rieb.
Der Segler hatte seine nutzlosen Bemühungen schon bald eingesehen und die Segel eingeholt. Als Argos mit seinen Männern an Bord ging, töteten sie als erstes die kleine Besatzung. Ein Mann bettelte händeringend um sein kümmerliches Leben.
Bei seinem Anblick hatte Argos sich verächtlich abgewandt.
„Ich hasse Feiglinge", hatte er einem seiner Unterführer zugeraunt.
„Wie sie kriechen und ihren Stolz vergessen, nur um ihr erbärmliches Leben zu retten."
Er hatte verständnislos den Kopf geschüttelt und angewidert auf die Planken gespuckt, während seine Männer den Mann abschlachteten.
Beim Durchsuchen des Seglers gingen ihnen die Augen über. Das Schiff hatte Elfenbein aus den Tiefen Afrikas sowie Gewürze aus Persien an Bord. Sie wussten genau, dass diese Waren auf den Märkten Konstantinopels ein Vermögen wert waren. Als sie dann noch in der Kajüte des Kapitäns auf eine kleine Truhe voller Silbermünzen sowie zwei verschüchterte junge Frauen stießen, kannte ihr Jubel keine Grenzen mehr.
„Lasst die Finger von den Mädchen", rief der Kapitän ihnen entgegen.
„Sie gehören zur Familie des Emirs von Mossul."
Doch Argos' Männer hatten schon vor Jahren jeden Respekt vor der Obrigkeit verloren. Sie schnitten dem Kapitän die Kehle durch und

machten sich johlend über die bedauernswerten Mädchen her. Noch stundenlang ertönte deren Wehklagen. Dann ließ die Meute endlich von ihnen ab. Später würden sie sie für gutes Geld auf dem Sklavenmarkt verkaufen.
Gemeinsam mit seinen Kameraden war es Argos in den letzten drei Monaten gelungen, sieben Schiffe aufzubringen. Er hatte gehört, dass die Piraten an anderen Küstenabschnitten nicht weniger umtriebig gewesen waren. Sich als Kauffahrer in diesen Zeiten allein auf seine Schnelligkeit zu verlassen, war ein Glücksspiel mit dem Leben. Denn die Piraten kannten diese Gewässer besser als jeder andere Seemann. Jede Untiefe, jede Strömung war ihnen vertraut. Oft schlugen sie überfallartig zu. Manchmal lauerten sie ihren ahnungslosen Opfern auch aus dem Hinterhalt auf. Wenn sie es erst einmal geschafft hatten, sich ihrer Beute zu nähern, war das Schiff verloren. Im Enterkampf konnte es keine Besatzung von Handelsfahrern mit seinen Männern aufnehmen. Seine Leute waren grausam und unerbittlich. Und sie hatten nichts zu verlieren.
Am liebsten sah er es allerdings, wenn die Seeleute eines Kauffahrers durch die markerschütternden Schreie seiner Männer und den Anblick der blitzenden Entermesser zu verängstigt waren, um Widerstand zu leisten. Stattdessen bettelten sie um Gnade. Doch auf die Güte von Männern zu vertrauen, die seit Jahren außerhalb des Gesetzes standen, war eine verdammt dumme Idee. Gewöhnlich ließ Argos nach einem Überfall die ganze Besatzung über die Klinge springen. Dann gab es weniger Mäuler zu stopfen und sie mussten niemanden mühsam bewachen. Außerdem konnte so auch kein Gefangener fliehen und ihr Versteck verraten.
Sie selbst waren noch nie in Bedrängnis geraten. Denn sie wagten einen Angriff nur, wenn sie überlegen waren und alle Vorteile auf ihrer Seite wussten. Mittlerweile gebot Argos über eine Flotte von mehr als dreißig Schiffen mit fast zweitausend Männern. Und es gab an dieser Küste einige Piratenanführer, die eine ähnlich hohe Zahl an Kämpfern aufbieten konnten.
Am liebsten hatte Argos es auf reiche Kaufleute abgesehen. Nur die Handelsfahrer transportierten Waren, die ihren Einsatz lohnten. In der Vergangenheit waren sie erst einmal auf Kriegsschiffe des byzantinischen Reiches gestoßen. Sie hatten den Handelsfahrer, den sie vorher bereits stundenlang verfolgt hatten, zähneknirschend ziehen lassen müssen und sich in eine der zahllosen Buchten an der anatolischen Küste zurückgezogen. Noch nie hatte es ein Kriegsschiff gewagt, ihnen bis in ihre Schlupfwinkel zu folgen. Dafür waren sie schlichtweg zu groß und lagen zu tief im Wasser.

Allerdings hatte er mit der Zeit immer größere Pläne verfolgt. Seine Macht wuchs mit jedem Tag und das ließ ihn träumen. Es gab entlang der Küste mehr als ein Dutzend namhafter Piratenkapitäne, die immer mehr Männer um sich versammelten. Ihr Erfolg zog andere Männer an, wie das Licht die Motten. Vor zwei Wochen hatte er Boten zu den wichtigsten Anführern geschickt und um ein Treffen gebeten. Vier Tage später trafen zehn von ihnen mit ihren Abordnungen in seinem Unterschlupf ein und waren zwei Tage lang seine Gäste. Sie grillten Ochsen am Spieß, soffen den gestohlenen Wein der Kaufleute und lebten wie Könige. Er sprach mit jedem Einzelnen und versuchte sich ein Bild von ihm zu machen. Menschen einzuschätzen war eine seiner großen Stärken. Jeder Mann strebte nach etwas. Mann musste nur herausfinden, was es war.
Manchmal war es ganz einfach. Einige der Anführer waren Bauern. Derbe, kräftige Gestalten, die durch schlechte Ernten, zu hohe Steuern oder eigenes Verschulden ins Elend abgerutscht waren und ihre Familie nicht länger ernähren konnten. Sie fingen mit kleineren Überfällen an und erkannten, dass es neben ihrer Tätigkeit als Bauer noch etwas anderes gab, in dem sie gut waren. Sie hatten Erfolg und führten ihre Männer mit gnadenloser Härte. Ihre Herrschaft beruhte auf Angst und Schrecken. Solche Männer hatten oft erstaunlich wenige Visionen. Wenn er das Gespräch auf die Zukunft lenkte und sie nach ihren weiteren Plänen fragte, sahen sie ihn mit ausdruckslosen Augen an und wussten nicht, worauf er hinauswollte. Andere Anführer hatten mehr Verstand. Sie hatten zumindest eine vage Vorstellung davon, dass dieses Leben nicht endlos so weitergehen konnte. Deshalb waren sie seinen Worten gegenüber offener.
Argos hatte sich bei dem Treffen viel Zeit gelassen. Er wusste, dass diese Männer sich nicht drängen ließen. Sie würden sich niemals einem anderen Mann unterordnen. Dazu waren sie zu mächtig und liebten ihre Unabhängigkeit. Doch Argos wollte herausfinden, ob diese Männer dazu taugten, einer größeren Sache zu dienen. Denn sie waren die Könige dieser Gewässer. Warum sollten sie sich mit dem begnügen, was sie jetzt hatten? Wer sollte sie aufhalten?
Seine Eröffnungsrede hatte er sich genau überlegt. Mit einfachen Worten hatte er die Anführer der anderen Piratenflotten begrüßt und ihre Gemeinsamkeiten betont.
„Es gab im letzten Monat mehrmals Streit zwischen einigen Besatzungen unserer Schiffe. Das kostete unnötig Blut und belastete unser Verhältnis. Dabei eint uns das gleiche Ziel."
Er wies mit seinem starken Arm aufs Meer hinaus.
„Dort draußen ist unser Feind. Nicht hier. Wir sind allesamt Brüder,

Ausgestoßene, die gegen die Welt zusammenstehen sollten."
Zustimmendes Gemurmel begleitete seine Worte.
„Wir schwimmen auf einer Welle des Erfolgs. Jeder von uns hat in diesem Jahr große Beute eingefahren. Wir haben zahlreiche Schiffe aufgebracht und sind dabei reich geworden."
Er sah sich aufmerksam um.
„Viele von uns glauben, dass es ewig so weitergehen wird. Doch wir dürfen die Augen nicht vor der Wirklichkeit verschließen. Unser Erfolg wird in Konstantinopel nicht verborgen geblieben sein. Bisher waren es nur einzelne Kriegsschiffe, die sich in diese Gewässer trauten. Es war leicht ihnen zu entkommen. Sie hatten zu große Angst, sich in unsere Buchten zu wagen. Doch wer sagt uns, dass es immer so bleibt? Unsere Überfälle werden vielleicht eines Tages den Kaiser von Byzanz dazu zwingen, sich dieser lästigen Plage anzunehmen."
Einige Anführer glaubten ihm nicht und schüttelten missbilligend den Kopf. Andere fanden ihre eigenen Sorgen bestätigt.
„Hast du Angst vor den Byzantinern?", rief ein untersetzter Syrer feixend in die Runde.
Argos blickte finster zurück und sofort hob der Mann beschwichtigend die Hände.
„Was willst du gegen eine solche Gefahr unternehmen?", rief ihm ein weiterer Piratenanführer zu.
Argos ließ die Fragen in der Luft hängen, bis er sich der Aufmerksamkeit aller Anführer sicher war.
„Bisher haben wir Schiffe überfallen, um am Leben zu bleiben. Jeder von uns gebietet über eine Flotte mit tausenden Piraten. Doch jeder kämpft für sich allein. Wer sagt uns, dass nicht eines Tages eine Kriegsflotte der Byzantiner vor unseren Küsten kreuzt? Wir sollten Wege und Möglichkeiten finden, wie wir mit einer solchen Gefahr umgehen."
Einige Männer winkten verächtlich ab.
Ein arabischer Piratenführer ergriff das Wort.
„Ich gebiete über fünftausend Männer. Ich fürchte niemanden. Sollen sie nur kommen!"
Ein anderer warf lachend ein.
„Selbst wenn sie kommen, müssen sie uns erst einmal finden. Die Buchten sind das reinste Labyrinth, in dem nur wir uns auskennen."
Viele Männer nickten zu diesen Worten. Doch einige sahen Argos mit wachen Augen an und waren offen für weitere Vorschläge. Diese Gesichter merkte er sich. Dann wagte er einen erneuten Vorstoß.
„Wir haben die Macht über einen riesigen Küstenabschnitt errungen. Irgendwann fragte ich mich, warum wir unsere Flotten nicht vereinigen,

um unsere Macht zu vergrößern. Wer sollte uns daran hindern, Städte im Landesinneren einzunehmen und uns ein eigenes Reich zu schaffen? Alles, was wir dazu brauchen, sind Mut und eine Idee von der Zukunft."
Erneut schüttelten einige Anführer den Kopf. Dieser Vorschlag ging weit über ihre Vorstellungskraft hinaus. Doch Argos entdeckte auch einige Männer, die ihn mit neu erwachtem Interesse musterten und über seine Worte nachdachten. Zwei Anführer flüsterten daraufhin miteinander und nickten zustimmend.
Argos lächelte zufrieden. Er würde ihnen Zeit geben müssen. Doch die Saat war ausgebracht.
Bevor die Zusammenkunft am nächsten Tag mit einem weiteren Festessen endete, führte er noch Gespräche mit einigen Anführern und lotete das Potenzial für Bündnisse aus.
Mit seiner überlegten Art hatte er bei vielen Männern Eindruck hinterlassen. Drei von ihnen stimmten seinem Vorschlag zu, sich im Ernstfall gegenseitig Waffenhilfe zu leisten. Da ihre Buchten nicht weit auseinander lagen, beschlossen sie Maßnahmen, wie sie im Falle eines Angriffs reagieren wollten. Gleichzeitig verbündeten sie sich, um ihre Schlagkraft zu erhöhen und mit vereinten Flotten auch Angriffe auf größere Schiffsverbände wagen zu können.
Argos war mit den erreichten Absprachen zufrieden. Auch wenn er gedanklich schon viele Schritte weiter war, der Anfang war gemacht.
Er hörte, wie einer seiner Männer ihn über den Strand hinweg rief. Nur mit Mühe kehrte er aus seinen Erinnerungen an das Treffen in die Wirklichkeit zurück.
„Bogtan und seine beiden Brüder sind eingetroffen!"
Argos hob die Hand, zum Zeichen, dass er verstanden hatte.
Die drei Brüder verfügten über hervorragende Kontakte zu Hehlern im ganzen Land. Sie verstanden es, jede Art von Gütern loszuwerden und noch dazu einen guten Preis dafür zu erzielen. Es war nur eine Frage der Zeit, bis diese hochwertigen Waren auf einem der Märkte Konstantinopels zum Kauf angeboten wurden. Argos wusste, dass die Waren bis dahin noch mehrfach den Besitzer wechseln würden und alle an diesen Geschäften verdienten. Doch ihm war auch klar, dass er sehr genau hinsehen musste, um sich von diesen gewieften Händlern nicht über den Tisch ziehen zu lassen.
Er streckte sich und trank noch einen Schluck. Seit fast zehn Jahren übte er dieses Handwerk nun schon aus. Zuvor war er selbst Händler gewesen. Doch zu Reichtum hatte er es nie gebracht. Irgendwann hatte er genug gehabt von der Schufterei. Ständig gab es Marktaufseher, die die Hand aufhielten und ihm nicht genug zum Leben ließen.
Also hatte er sich bewusst für die Seeräuberei entschieden. Sie

vermittelte ihm ein Gefühl von Macht und Freiheit. Ein ungebundenes, selbstbestimmtes Leben war ihm schon immer wichtig gewesen. Deshalb hatte er seine Wahl nie bereut.
Viele Männer hatten versucht, in diesem harten Geschäft Fuß zu fassen. Doch nur die wenigsten überlebten die ersten Jahre. Viele erlagen harmlosen Verletzungen, die sich entzündet hatten. Einige waren dumm und gierig genug, sich mit kostbaren Beutestücken in großen Städten sehen zu lassen, und endeten am Galgen. Nicht wenige unterschätzten das Risiko und wurden nachlässig. Von diesem Tag an war es nur noch eine Frage der Zeit, bis ein vermeintlich leichter Überfall tödlich endete. Einige Seeräuberschiffe kreuzten den Kurs eines Kriegsschiffs. Sie endeten dann entweder auf dem Meeresgrund oder bekamen einen festen Strick um den Hals gelegt. Argos gefiel keine dieser Möglichkeiten.
Etliche verfielen dem Alkohol, fingen Streit an und endeten mit einem Messer im Bauch. Zudem hatten die Männer keinerlei Geschick im Umgang mit Geld. Sie schafften es, selbst eine gute Beute innerhalb weniger Wochen vollständig durchzubringen. Schon bald nannten sie nur noch das fadenscheinige Hemd, das sie am Leib trugen, ihr Eigen.
Er sah noch einmal aufs Meer hinaus und stemmte sich dann in die Höhe. Langsam ging er zu seinem Zelt hinüber, wo die Schätze des heutigen Beutezugs deponiert worden waren.
Seine Unterführer erwarteten ihn bereits und waren mit den drei Brüdern ins Gespräch vertieft. Die Stimmung war angesichts der teuren Güter gehoben. Allen war bewusst, dass sich hier ein lohnendes Geschäft abwickeln ließ.
Argos begrüßte Bogtan und seine Brüder mit einem knappen Nicken. Sie erwiderten den Gruß. Doch als Bogtan zum Sprechen ansetzte, hob Argos die Hand und ließ ihn verstummen.
Er wandte sich den Schätzen zu und ging in die Knie, um seine Hände über das Elfenbein wandern zu lassen. Die Stoßzähne der Elefanten waren länger als sein Arm und hatten eine helle, sanft schimmernde Färbung. Er schloss die Augen und nahm die spröde Beschaffenheit der Oberfläche wahr. Er wusste, dass diesem Material heilende Kräfte nachgesagt wurden. Die besten Handwerker von Konstantinopel schnitzten daraus Figuren und Statuen, die sehr begehrt waren.
Er öffnete die Augen und blickte Bogtan direkt ins Gesicht. Dann verzog er den Mund zu einem leichten Grinsen. Spätestens jetzt war Bogtan klar, dass Argos den Wert der Beute sehr genau einschätzen konnte.
Als nächstes nahm Argos die einzelnen Beutel in die Hand, in denen Gewürze und Kräuter verschnürt waren. Er roch Pfeffer, Zimt, Muskat

und noch einige andere Düfte, deren Ursprung ihm unbekannt war. Doch bei allen Gewürzen handelte es sich um rare Handelsgüter, die an den Königshöfen des Abendlandes hohe Preise erzielen würden. Er selbst hatte früher auf Märkten gesehen, zu welch unverschämt hohen Preisen diese Güter ihren Besitzer gewechselt hatten.
„Ihr könnt die ganze Ladung haben!“, rief er Bogtan zu und fügte nach einer kurzen Pause hinzu:
„Wenn der Preis stimmt. Und ich rede hier von den byzantinischen Goldmünzen, den Solidi. Denn bei diesen stimmt der Goldgehalt noch. Keine Kupfer- und auch keine Silbermünzen. Diesen wertlosen Kram könnt ihr anderen andrehen.“
Bogtan und seine Brüder steckten die Köpfe zusammen und beratschlagten sich. Dann nannten sie ihm eine Zahl, die Argos keiner Antwort würdigte. Die nächste Zahl ließ ihn dröhnend lachen. Anschließend feilschten sie noch eine halbe Stunde, bis sie sich endlich handelseinig wurden und den Kauf mit einem Becher Wein besiegelten. Zwei unscheinbare Kisten mit Goldtalern wurden in Argos' Zelt getragen. Dieser vergrub seine Hände tief in den Münzen. Er schaufelte eine Ladung heraus und ließ sie langsam zurück in die Kiste gleiten. Der goldene Glanz zog ihn für einen Augenblick ganz in seinen Bann.
„Da wir zu einem guten Abschluss gelangt sind, habe ich noch ein hübsches Extra für euch.“
Er nickte zwei Männern zu, die zwei mit Stricken gefesselte Mädchen aus einer windschiefen Hütte führten. Jeder ihrer Schritte wurde von den umstehenden Männern lauernd beobachtet.
Bogtan sah erstaunt auf.
„Das sind zwei Schönheiten. Wir danken dir für dieses edle Geschenk. Es ist uns immer eine Freude, mit dir Geschäfte zu machen.“
Sie leerten noch einen weiteren Becher mit dem Piratenanführer. Dann wiesen sie ihre Knechte an, die Waren und die Mädchen auf zwei Fuhrwagen unterzubringen. Bald darauf verließ ihre kleine Karawane rumpelnd das Lager.

Pünktlich zur Mittagsstunde begann die Einschiffung der fünftausend Nordmänner auf den Schiffen der kaiserlichen Flotte. Es war ein erhabener Anblick, die kaiserlichen Dromonen mit ihren hohen Aufbauten vor Anker liegen zu sehen. Die Nordmänner konnten kaum erwarten, dass es endlich losging. Unentwegt flogen Scherzworte zwischen ihnen umher, gefolgt von brüllendem Gelächter.
„Unser Drachenboot wäre mir lieber gewesen“, knurrte Harald, der sich am liebsten ans Steuer einer Dromone gestellt hätte.
Thoralf nickte knapp. Er ließ seinen Blick über die Flotte wandern.

Jedes der hoch aufragenden Kriegsschiffe verfügte über ein Deckkastell. Ein Schanzkleid umlief das ganze Deck und gewährte der Besatzung Schutz. Die größeren Schiffe hatten sogar Wehrtürme zwischen den Masten.
Thanos folgte seinem Blick und richtete sich stolz auf.
„Das sind höhere Kampfplattformen. Damit verschaffen wir uns im Gefecht einen Vorteil, denn dort oben haben unsere Bogenschützen eine ausgezeichnete Schussposition."
„Und was ragt dort unter dem Vorderkastell in die Höhe?"
Thanos hielt sich die Hand über die Augen, zum Schutz vor der stechenden Sonne.
„Dort steht rechts und links jeweils ein Siphon."
Er sah den fragenden Blick seines Freundes.
„Ein Siphon ist eine Druckpumpe, mit der unsere Soldaten eine brennbare Flüssigkeit gegen den Feind spritzen. Sie hat besondere Eigenschaften, die sie zu einer sehr gefährlichen Waffe machen. Der Feind kann das Feuer nicht mit Wasser löschen. Diese Mixtur brennt selbst auf der Meeresoberfläche einfach weiter. Wir nennen es *Seefeuer*."
Thoralf, Hjalmar und Brondolf traten staunend dichter, um kein Wort zu verpassen. Brondolf runzelte dabei misstrauisch die Stirn. Seine Stimme klang drohend.
„Ich schätze dich sehr, kleiner Mann. Aber wenn du uns hier einen Bären aufbindest, dann gehst du schwimmen. Das schwöre ich dir."
Thanos gefiel sich langsam in seiner Rolle als Erklärer der byzantinischen Ingenieurskunst.
„Jedes meiner Worte ist wahr. Das *Seefeuer* ist ebenso gefährlich für das Schiff, das es abfeuert, wie für das Ziel. Zehn Mann sind nötig, um diese Höllenmaschine zu bedienen. Die Männer wurden lange an den Gerätschaften ausgebildet und tragen in der Regel Lederanzüge, die mit Essig und Aluminium feuerfest gemacht wurden. Man erkennt diese Männer leicht. Die meisten von ihnen haben Brandnarben im Gesicht. Ihre Arbeit erfordert großen Mut, denn es kann passieren, dass der Druckbehälter explodiert und alles um sie herum in Flammen aufgeht. Deshalb werden diese Soldaten auch gut bezahlt."
„Kann man das Feuer überhaupt löschen?", fragte Hjalmar ungläubig.
Thanos nickte.
„Ja, mit Sand. Was auf dem Meer natürlich nicht so einfach ist. Allerdings soll es auch mit starkem Essig oder altem Urin klappen. Auf jeden Fall hat uns diese Erfindung schon gute Dienste geleistet. Einige große Siege gegen die Araber hat unsere Flotte allein dem *Seefeuer* zu verdanken. Es ist unsere Geheimwaffe, die das Bollwerk zwischen Byzanz und seinen Feinden bildet."

Sie reihten sich ein in den langen Strom ihrer Kameraden, die von den Seeoffizieren auf die einzelnen Schiffe verteilt wurden. Einige ihrer Einheiten wurden den großen Dromoden zugeteilt, doch der größte Teil der Männer verteilte sich auf die zahlreichen kleineren Frachtschiffe, die die Dromoden begleiten würden.
Vor ihnen lag ein ganzer Wald von Schiffsmasten. Eine klobige Masse aus Holz, Tauen und Eisen. Nichts davon war auch nur ansatzweise mit der Schönheit eines Drachenbootes vergleichbar, wie sie sich gegenseitig versicherten. Die Seiten einiger großer Kriegsschiffe ragten wie mächtige Klippen vor ihnen auf. Mit jedem ihrer Schritte nahm ein durchdringender Gestank nach Teer, Körperausdünstungen und Unrat zu.
Als sie den Kai betraten, wies man sie zusammen mit vielen ihrer Kameraden nach links hinüber. Jarl Olaf beachtete erst jetzt die ganze Flottille kleinerer Frachtschiffe, die die großen Dromoden umgaben.
„Ich hatte gehofft, wir kämen an Bord eines großen Kriegsschiffs. Das wäre ein Erlebnis, das es wert wäre zu erzählen. Diese kleinen Versorgungsschiffe sind ja kaum größer als unsere Drachenboote."
Er wandte sich an einen Seeoffizier, doch dieser blickte nur kurz auf seine Liste und winkte sie ungeduldig weiter. Jarl Olaf sah ihn mit finsterer Miene an. Dann brummte er missmutig vor sich hin und folgte einem der Soldaten zu ihrem Schiff. Die Nordmänner waren auf dem Wasser zu Hause. Deshalb fiel ihnen sofort auf, dass diese kleinen Transportschiffe nur gesegelt wurden und nicht gerudert. Sie gingen an Bord und hatten ihren Groll beim vertrauten Knarren der Planken unter ihren Füßen schon bald vergessen. Thoralf stieg der Geruch von Schafen in die Nase. Die letzte Transportfahrt dieses Schiffes schien noch nicht lange zurückzuliegen. Ein Kommando Seesoldaten begleitete sie. Die Nordmänner ließen sich an Deck nieder und verfolgten die letzten Vorbereitungen der Seemannschaften.
Noch immer ergoss sich ein endloser Strom von Fässern, Kisten und Netzen mit Versorgungsgütern in die gefräßigen Bäuche der Schiffe. Neben Wasserfässern standen Kisten mit doppelt gebackenem Brot, das in Segeltuch eingeschlagen war. Frisch geschlachtetes und mit Salz haltbar gemachtes Rindfleisch stand in Fässern daneben.
Endlich legten die ersten Kriegsschiffe ab. Doch das Ablegemanöver der ganzen Flotte dauerte schier endlos. Es war bereits später Nachmittag, bis sich auch die letzten Schiffe von der Kaimauer gelöst hatten und Fahrt aufs offene Meer aufnahmen.
Thoralf blickte neugierig zu den Kriegsschiffen hinüber, auf denen sich die Riemen rhythmisch hoben und senkten.
„Sind das Sklaven?", fragte er Thanos.

Dieser schüttelte den Kopf.
„Es sind freie Männer, die sich zum Militärdienst verpflichtet haben. Sie sind zuverlässiger als Sklaven. Das kann in der Schlacht den entscheidenden Vorteil bringen. Wenn es zum Kampf kommt und der Feind das Schiff zu entern versucht, bewaffnen sich auch die Ruderer und unterstützen die Seesoldaten bei der Abwehr des Feindes."
Folke und Ivar saßen träge neben ihnen. Sie schienen froh über ihr Los zu sein, nicht selbst auf den Ruderbänken sitzen zu müssen.
Hjalmar hatte seine riesige Axt sowie Schild und Schwert in einer kleinen, zur Waffenkammer umfunktionierten Kajüte, abgegeben. Zuvor hatte er noch einmal liebevoll über das silbrige Blatt gestrichen. Dabei hatte ihn ein Seesoldat argwöhnisch gemustert. „Wenn einer meine Axt anfasst, töte ich dich zuerst."
Erschrocken riss der Soldat die Augen auf, obgleich Hjalmar Brondolf, der neben ihm stand, gutmütig zublinzelte. Diese hochgewachsenen, vor Kraft strotzenden Barbaren waren den Seesoldaten einfach unheimlich.
Irgendwann drehte das gesamte Geschwader in Richtung anatolische Küste ab. Feuerrot versank der Sonnenball hinter ihnen im Meer. Es war ein Anblick, der die Männer immer wieder aufs Neue fesselte. Das leichte Rollen des Schiffes auf den Wellen war ein vertrautes Gefühl. Etliche von ihnen waren gedanklich in der Heimat. Sie malten sich aus, wie es jetzt wohl auf ihren Höfen zuging. Doch die meisten fieberten ihrem Ziel entgegen und hofften auf reiche Beute. Einige Kameraden lenkten sich mit Würfelspielen ab, bei denen hohe Summen die Besitzer wechselten. Schließlich rollten sie sich in ihren Schlafsäcken zusammen. Schon bald durchdrang gleichmäßiges Schnarchen die laue Nacht.

Drei Tage später sahen sie endlich die anatolische Küste als fernen Strich am Horizont. Die Schiffe vor ihnen drehten bereits bei, um auf Nachzügler zu warten.
Es dauerte bis zum Abend, ehe die Flotte sich versammelt hatte. Noch vor Einbruch der Dämmerung eilten Ruderboote zwischen den großen Kriegsschiffen hin und her. Doch da ihr kleines Schiff keine Befehle erhielt, legten sich die Seesoldaten und die Männer des Jarls früh schlafen.
Irgendwann am nächsten Morgen zeigte sich im Osten das erste Licht. Es war ein wolfsgraues Licht, zunächst kaum mehr als eine schwache Ausdünnung der Dunkelheit, doch es genügte, um Thoralf zu wecken. Er liebte diese Zeit und stellte sich vor, wie die Wachposten der Piraten aus müden Augen aufs Meer starrten und ihre schlafenden Kameraden unter ihren dünnen Decken beneideten. Jetzt wäre der richtige

Augenblick, um über ihre Feinde herzufallen.
Doch die nächsten beiden Stunden vergingen ereignislos. Schließlich wurden auf der Dromode des Admirals Flaggen gehisst, woraufhin auf den übrigen Schiffen der Flotte hektische Betriebsamkeit ausbrach. Alle setzten die Segel und näherten sich der Küste. Die meisten Männer standen am Bug ihres Schiffes und ließen die raue Landschaft auf sich wirken. Zerklüftete Gebirge erhoben sich im Hinterland. Die Küste war felsig und beherbergte eine Menge versteckter Buchten. Erneut legten von den Dromoden Ruderboote ab, die einzelnen Schiffen Befehle überbrachten. Direkt neben ihnen holten zwei Schiffe den Anker ein und nahmen Kurs auf die Küste. Auch bei ihnen machte nun ein Ruderboot fest und zwei grauhaarige Offiziere kamen an Bord. Sie wurden vom Seeoffizier empfangen und direkt in eine kleine Kammer geleitet. Die Besprechung dauerte nicht lange. Schon bald bestiegen sie wieder ihr Ruderboot und ließen sich zu einem Nachbarschiff bringen. Gleich darauf rief der Seeoffizier seine Soldaten und auch die Nordmänner zu sich.
„Unser Schiff hat neue Befehle erhalten“, eröffnete er ihnen.
„Wir dringen bis an die Küste vor und werden eine bestimmte Bucht auskundschaften, die den Piraten als Rückzugsort dienen könnte. Uns wurde ein Abschnitt ein Stück rechts der dortigen Bergkuppe zugeteilt.“ Er wies auf einen Gebirgsabschnitt, der sich bis weit ins Landesinnere erstreckte.
„Seht ihr den dunklen Küstenstreifen? Das sind Felsen, die sich bis ans Ufer ziehen. Sobald wir auf Anzeichen von Piraten stoßen, ist es unsere Aufgabe, umgehend Meldung zu machen. Außerdem sollen wir herausfinden, ob diese Abschnitte für unsere großen Kriegsschiffe befahrbar sind. Hier kann es überall Riffe und Untiefen geben, die diesen stolzen Schiffen den Bug aufreißen könnten.“
Er sah zu einigen kleineren Schiffen hinüber, die die großen Dromoden umringten wie Hunde eine Schafherde. Sie hatten ähnliche Befehle erhalten, denn auch sie steuerten auf die Küste zu. Dann gab er Befehl die Segel zu setzen. Sofort erwachte die Besatzung zum Leben. Schon bald flatterten die Segel im Wind und schoben ihr Schiff näher an die Küste heran. Dort kam ihnen bereits ein Schiff der byzantinischen Flotte entgegen. Die Besatzung hatte einen Strandabschnitt weiter westlich erkundet und war dabei auf keine Spuren von Piraten gestoßen. Thanos sah die Erleichterung in den Mienen der Besatzung. Die Offiziere am Kartentisch des Admirals konnten einen weiteren Küstenabschnitt als feindfrei markieren. Doch dieser Gedanke beruhigte ihn nicht. Hinter ihnen schrumpfte die mächtige Kriegsflotte des Kaisers zu einem Punkt am Horizont zusammen. Thanos schluckte

und rieb sich nervös die Hände. Irgendwie konnte er sich des Gefühls nicht erwehren, dass man sie einem Rudel Wölfe zum Fraß vorwarf.
Je näher sie der Küstenlinie kamen, desto langsamer wurden sie. Ihr Seeoffizier ging bedacht vor. Misstrauisch blickte er immer wieder auf die vor ihnen aufragenden Felsen. Es sah so aus, als würden sie ihnen den Zugang zur Bucht verwehren. Doch dann entdeckten sie eine Lücke zwischen zwei Felsen, die immer breiter wurde, je näher sie sich heranschoben. Er tauschte einen Blick mit seinem Stellvertreter, einem graubärtigen, etwas krummbeinigen Mann, der abschätzend die Farbe des Wassers beobachtete. Es war türkisblau und dabei kristallklar. Man konnte fast bis auf den Grund sehen und keine Anzeichen für vorgelagerte Felsen oder heimtückische Riffe erkennen, die sie schneller auf den Meeresgrund schicken konnten als ihnen lieb war. Zufrieden schnalzte er mit der Zunge und nickte dem Offizier zu.
Ivar hatte keinen Blick für das Wasser. Nachdenklich sah er in die Bucht, die sich vor ihren Augen zu einem natürlichen Hafen erweiterte. „Wenn diese Dreckskerle irgendwo auf uns lauern, dann hier. Man könnte eine ganze Flotte verstecken, ohne dass vom Meer auch nur eine Mastspitze zu sehen wäre."
Thoralfs Blick wanderte unruhig umher. Dann blinzelte er und nahm einen Felsabschnitt ins Visier. Gleich darauf wies er wortlos zu den Gebirgskämmen hinüber. Jetzt sahen auch seine Kameraden, dass es dort immer wieder aufblitzte, wenn die Sonne auf Stahl traf.
„Macht euch bereit!"

Ein stämmiger Mann saß auf einem vorgelagerten Felsen und spähte aufs glitzernde Meer hinaus. Er hatte langes schwarzes Haar, das an den Seiten kurz geschoren war. Seine Haare waren zu einem dicken Zopf gebunden. Das breite Kinn wurde fast völlig von einem langen Bart verdeckt, der in vier einzelne Zöpfe geflochten war, die mit einer Goldspange zusammengehalten wurden. Er trug eine weitgeschnittene Hose, die früher einmal rot gewesen sein musste, nun aber von Sonne und Salzwasser völlig ausgeblichen war. Dafür fiel sein Gürtel sofort ins Auge. Er war aus Leder, mit einer breiten Schnalle und dicht mit Silberplättchen besetzt. Bei einem Überfall hatte er ihn einem Kaufmann abgenommen und diesen zum Dank ins Meer gestoßen. Der Gürtel war sein ganzer Stolz. Er polierte die Schnalle so oft er konnte. Sein Oberkörper war unbekleidet und tief gebräunt. Dicke Muskelstränge zeichneten sich unter der Haut ab.
Seit zwei Stunden saß er bereits hier wie ein Raubtier kurz vor dem Sprung. Alles, was ihm jetzt noch fehlte, war eine Beute, die seine Mühe belohnte. Seine Augen schmerzten längst vor Anstrengung. Am liebsten

hätte er es sich zwischen den Steinen bequem gemacht. Doch er wusste, dass Argos ihn seine mächtigen Fäuste spüren lassen würde, wenn er ihn dabei erwischte, wie er seine Pflichten vernachlässigte. Darauf konnte er getrost verzichten.
Er spuckte auf den Boden. Dieses Wacheschieben war mühsam und eintönig. Er hatte sich den Piraten angeschlossen, um endlich frei zu sein. Doch nun musste er wieder tun, was ein anderer Mann ihm befahl. Wenn er doch nur mal bei einem Überfall dabei wäre, bei dem es echte Schätze zu gewinnen gab. Dann würde er sich seinen Anteil nehmen und ein neues Leben beginnen. Kurz verlor er sich in diesem Traum und sah sich schon in edler Kleidung durch Konstantinopel wandeln. Nur mit Mühe gelang es ihm, sich wieder auf seine Aufgabe zu konzentrieren. Immer wieder spielten seine Augen ihm einen Streich, wenn er auf die glitzernde See hinausblickte. Mal war es Treibholz, das ihn aufspringen ließ. Manchmal kreuzten auch andere Piratenschiffe vor ihrer Küste. Schließlich war die ganze Gegend ein einziges Piratennest. Doch er kannte die meisten ihrer Aufbauten und hütete sich davor, unnötig Alarm zu schlagen.
Doch dann tauchten am Horizont so viele Masten gleichzeitig auf, dass es ihm für einen Moment die Sprache verschlug. Er zögerte nicht länger, nahm einen kleinen Spiegel in die Hand und ließ das Sonnenlicht darin aufblenden. Nach diesem vereinbarten Signal brach im Lager hektische Betriebsamkeit aus.
Argos eilte bereits mit großen Schritten heran.
„Wie viele Schiffe sind es?“, grollte seine Stimme schon von weitem.
„Ich zähle bis jetzt siebzig, aber etliche werden noch hinterm Horizont liegen“, erwiderte der Pirat, während er nachdenklich an den Zöpfen seines Bartes zog.
Argos stellte sich neben ihn und spähte mit zusammengekniffenen Augen angestrengt in die angegebene Richtung.
„Du hast verdammt scharfe Augen“, brummte er schließlich.
„Das ist eine riesige Flotte. Die großen Kästen müssen Dromoden sein. Diesmal wollen es die Byzantiner wissen.“
Er wandte sich ab und rief ihm noch über die Schulter hinweg zu:
„Halte weiter die Augen offen! Ich will über jede ihrer Bewegungen informiert werden.“
Dann eilte er ins Lager zurück, wo ihn seine Männer angespannt erwarteten. Er bleckte die Zähne, als er seine kampfbereiten Gefolgsleute betrachtete. Viele von ihnen waren ihm vertraut wie Brüder. Für einen Moment ruhte sein Blick auf vier Männern, die knallbunte Hosen trugen und immer mit freiem Oberkörper kämpften. Es waren Sudanesen, die er vor der Sklaverei gerettet hatte. Bei dem

Überfall auf einen arabischen Händler hatte er die Fußeisen der Ruderer aufgebrochen und den armen Kreaturen die Freiheit geschenkt. Der arabische Händler hatte wild mit den Augen gerollt und wollte immer wieder zu seiner neunschwänzigen Peitsche greifen, die er den armen Kerlen wohl bei jeder sich bietenden Gelegenheit zu schmecken gegeben hatte. Gerade auf die vier schwarzen Gestalten schien er es abgesehen zu haben, denn ihre Rücken waren mit Wunden übersät. Man konnte kaum noch erkennen, wo alte Narben in neue übergingen. Als er sie befreit hatte, umringten sie ihren Peiniger. Er erinnerte sich noch gut daran, wie sie auf die Messer in seinem Gürtel gedeutet hatten. Argos hatte ihnen ihre Bitte mit einer Geste gewährt. Dann hatten sie dem Händler Wunde um Wunde zugefügt, während seine Klagerufe übers Meer hallten. Seine kümmerlichen Überreste hatten sie über Bord geworfen – sollten sich die Fische daran sattfressen.
Diese vier waren die ersten der zwölf Rudersklaven gewesen, die anfragten, ob sie sich den Piraten anschließen durften. Argos hatte zugestimmt und diese Entscheidung nie bereut. Sie erwiesen sich als gute Kameraden, die nie klagten, keinen Ärger machten. Was noch wichtiger war: Im Kampf wirkten ihre mächtige Gestalt, ihre Wildheit und ihre tiefschwarze Haut, als wären sie direkt der Hölle entsprungen. Mehr als einmal hatte er mitangesehen, wie die Besatzung eines überfallenen Schiffs beim Anblick dieser Männer ihre Waffen wegwarf. Sie glaubte nicht daran, gegen diese Teufel mit weiß blitzenden Zähnen und weit aufgerissenen rollenden Augen bestehen zu können.
Auch sonst waren sie eine bunt gemischte Gesellschaft. Dazu zählten Araber, stolze Männer, denen ihre Freiheit alles bedeutete. Sogar zwei Chinesen gehörten dazu, die sich ihm irgendwann angeschlossen hatten. Hier zählte nicht, welcher Nationalität man angehörte oder was man vorher gemacht hatte. Der Wert eines jeden Mannes bemaß sich allein an seinem praktischen Nutzen für ihre eingeschworene Gemeinschaft. Einige Männer kannte er noch aus ihrer gemeinsamen Anfangszeit, als sie nur über ein kümmerliches Küstenwachschiff verfügten, kaum mehr als ein Seelenverkäufer, mit dem sie sich nie weit aufs Meer hinausgewagt hatten. Ihre erste Trophäe war ein kleines Kaufmannsschiff gewesen, das genauso heruntergekommen aussah wie ihr eigenes. Die Beute war lächerlich gering gewesen. Doch da sie selbst nichts besaßen, hatten sie sich wie Könige gefühlt. Kurz glitt ein Schmunzeln über sein Gesicht. Er dachte gern an diese Zeiten zurück. Sie hatten mehr als einmal um ihr Überleben kämpfen müssen. Aber er war nie wieder so glücklich und sorglos gewesen wie in diesen Tagen, die nun schon zehn Jahre zurücklagen.
„Ich habe immer wieder davor gewarnt, dass die Byzantiner eines Tages

zurückschlagen werden!“ donnerte seine Stimme.
„Dieser Tag ist jetzt gekommen. Sie sind mit einer großen Flotte am Horizont aufgetaucht und wollen die Küste wieder in Besitz nehmen und uns das Handwerk legen.“
Er sah sich um und seine Augen glitzerten boshaft.
„Nun, da werden wir ein Wörtchen mitzureden haben. Noch heute schicken wir Boten zu den Piraten in den anderen Buchten, denn wir müssen Stärke zeigen und uns zusammenschließen. Niemand kann es allein mit einer ganzen Flotte aufnehmen. Aber zusammen sind wir ihnen deutlich überlegen!“
Er musterte seine Gefolgsleute, die seine Weitsicht mit einem Kopfnicken begrüßten. Er wusste, dass bereits in den nächsten Stunden die ersten Piratentrupps aus den angrenzenden Buchten zu ihnen stoßen würden. Dann nickte er zwei Kapitänen seiner Flotte zu.
„Linos und Armandos! Die Griechen schicken kleine Boote aus, die die Küstenabschnitte ausspähen und uns aufstöbern sollen. Die Nussschale, die sich gerade in unsere Bucht hineinwagt, gehört euch. Macht zwei Schiffe zum Auslaufen bereit. Zeigt ihnen, dass es tödlich ist, sich in unseren Gewässern herumzutreiben.“
Die Gesichter der beiden Hauptleute leuchteten auf. Sie liefen sofort los, gefolgt von ihren Männern. Für solche Fälle lagen immer einige Schiffe bereit zum Ablegen vor Anker.
Die beiden Kapitäne brannten darauf, sich Argos’ Vertrauen würdig zu erweisen. Außerdem gehörte ihnen und ihren Männern die Hälfte der Beute. Mehr Ansporn brauchten sie nicht.
Auf dem schmalen sandigen Uferstreifen schien für einen Moment ein heilloses Durcheinander auszubrechen. Doch der Eindruck täuschte. Jeder Pirat wusste genau, was er zu tun hatte. Auf den Schiffen lag ihre Ausrüstung bereit und so kletterten sie behände an Bord. Sie hatten schon zahlreiche Überfälle hinter sich, doch auch jetzt hing wieder eine Spannung in der Luft, die beinahe greifbar wirkte. Linos und Armados gaben mit befehlsgewohnter Stimme ihre Befehle. Gleich darauf legten die beiden Schiffe ab und wurden von kräftigen Männern durch die windgeschützte Bucht gerudert. Sie hielten im Schatten der Felsen unweit der Stelle, die Zugang zum Meer gewährte. Hier waren sie von dem nahenden Boot nicht auszumachen und würden die Falle hinter den Eindringlingen zuschnappen lassen.
Dann legten sie ihre Waffen griffbereit neben sich. Ein Dutzend von ihnen hatte sich lange Leinen gegriffen, an deren Enden Enterhaken befestigt waren. Ihre Aufgabe war es, das feindliche Schiff zu sich heranzuziehen, damit ihre Kameraden hinüberspringen konnten. Linos und Armados nickten sich grimmig zu. Sie waren bereit Blut zu

vergießen.

Jarl Olaf stand breitbeinig am Bug ihres kleinen Schiffes. Der klobige Kahn segelte nicht schlecht, wie er zugeben musste. Vor ihnen lag die Einfahrt in die Bucht und das Jagdfieber packte ihn. Obwohl es noch früher Vormittag war, brannte die Sonne bereits unbarmherzig auf sie hinab. Er wischte sich den Schweiß von der Stirn. Der leichte Wind brachte kaum Abkühlung. Vor ihnen schien das Land unter der Sonne zu flimmern. Sie knallte erbarmungslos vom Himmel und saugte der kargen Landschaft das Mark aus. Auch Thoralf lief der Schweiß den Rücken hinunter.
„Wie halten die Menschen es hier nur aus? Ich komme fast um vor Hitze. Was würde ich dafür geben, jetzt durch tiefen Schnee stapfen zu können."
Thanos grinste verhalten.
„Ihr gewöhnt euch schon noch daran."
Er starrte angespannt zur Lücke zwischen den Felsen hinüber.
Folke trat neben ihn. Kurz geriet er aus dem Gleichgewicht, als der Bug unverhofft in eine überraschend große Welle geriet. Er biss gierig auf einem kalten Fleischstreifen herum. Thanos verzog das Gesicht.
„Wie kannst du jetzt etwas essen?"
Folke sah ihn verständnislos an.
„Wer weiß, wie lange wir noch Gelegenheit dazu haben."
Jarl Olaf rief mit gesenkter Stimme:
„Alle Nordmänner verschwinden mit ihren Waffen hinter der Reling und halten die Köpfe unten. Falls wir in dieser Bucht auf Piraten stoßen, will ich sie so lange wie möglich im Unklaren lassen, mit wie vielen Gegnern sie es zu tun haben."
Seinem Befehl wurde sofort Folge geleistet und auch Hjalmar holte seine Waffen aus der Waffenkammer. Der griechische Soldat, der die Waffen ausgab, schien froh zu sein, dass er Hjalmar die Axt endlich wieder aushändigen konnte.
Schon bald liefen nur noch die sechzehn Seesoldaten offen an Deck herum. Die übrigen Nordmänner legten sich im Schutz der Reling auf die Planken und dösten vor sich hin. Die Seesoldaten blickten ungläubig auf sie hinab. Sie waren von der Aussicht auf eine mögliche Konfrontation beunruhigt und konnten kaum verstehen, wie die Nordmänner diese Gefahr ausblenden konnten. Hjalmar war sofort in einen tiefen Schlaf gefallen. Sein mächtiger Brustkorb hob und senkte sich gleichmäßig, während er lautstark vor sich hin schnarchte.
Sie durchfuhren die schmale Durchfahrt und liefen in eine weitläufige Bucht ein. Noch immer sahen sie nichts als Felsen um sich herum. Die

Nordmänner hatten sich mittlerweile aufgesetzt und beobachteten die Seesoldaten argwöhnisch. Wenn sie auf den Feind stießen, würden diese sie zuerst sehen. Sie wagten sich weiter vor und umrundeten eine steil aufragende Felswand. Dahinter öffnete sich ihnen der Blick in die Bucht und sofort fuhren die Seesoldaten erschrocken zusammen. Vor ihnen lagen dutzende Schiffe zum Auslaufen bereit. Ein langer schmaler Sandstrand erstreckte sich vor ihnen, an dem es vor Piraten nur so wimmelte.
Mit sich überschlagender Stimme erteilte der Seeoffizier die Befehle zum Rückzug.
„Ruder hart Steuerbord! Sofort raus aus dieser Todesfalle! Das müssen Tausende sein, die sich dort zusammengeballt haben."
Er sah sich fahrig um und plötzlich wurde sein Gesicht aschfahl. Er wollte noch etwas sagen, doch seine Stimme versagte kurzzeitig. Dann hatte er sich wieder in der Gewalt.
„Zwei Schiffe schneiden uns den Fluchtweg ab. Wir sitzen in der Falle!"
Der Jarl sprang auf und stellte sich neben ihn. Zwischen den Felsen hatten sich zwei Schiffe versteckt gehalten, die jetzt an Fahrt gewannen und schräg auf sie zuhielten.
„Sie werden uns in die Zange nehmen. Kampflos kommen wir hier nicht raus. Haltet euch bereit. Wir schlagen ihren Angriff ab und fahren dann einfach zwischen ihnen hindurch aufs Meer hinaus."
Der Offizier schluckte und sah ihn mit großen Augen an. Er hätte alles dafür gegeben, so zuversichtlich zu sein wie der Anführer der Nordmänner.
Thoralf rüttelte Hjalmar an der Schulter, der sofort die Augen aufschlug.
„Geht's endlich los?"
Thoralfs Nicken war ihm Antwort genug. Hjalmar griff nach seinen Waffen und war bereit. Folke leckte sich aufgeregt über die Lippen. Er konnte den Beginn des Kampfes kaum erwarten.
„Wie viele mögen es sein, was schätzt du?", raunte er Ivar zu.
Ivar sah durch eine kleine Ritze in der Verschanzung zu den nahenden Schiffen hinüber. „Sie sind größer als unsere Nussschale. Ich schätze, auf jedem Schiff sind vielleicht einhundert Mann."
Folke grinste voller Vorfreude.
„Gut so, dann kommen drei Gegner auf einen von uns."
„Vergiss die Seesoldaten nicht", erwiderte Ivar.
Doch Folke winkte verächtlich ab.
„Das ist eine Arbeit für uns Nordmänner! Die kleinen Griechen sollen einfach nur versuchen, am Leben zu bleiben."
Thanos schob sich aufgeregt neben sie.
„Hast du schon mal gegen Piraten gekämpft?", fragte Thoralf ihn leise.

Thanos schob sich zur Ritze vor und riskierte einen kurzen Blick auf die wilde Schar der Piraten, die in ihrer bunten Kleidung bereits gut zu erkennen war.
„Noch nie. Sie sollen gefährliche Kämpfer sein, erzählt man sich“, warnte er leise.
Ivar lachte lautlos. „Sie halten Schwerter mit gebogenen Klingen in den Händen. Einige auch nur längere Messer.“
Er schüttelte den Kopf und hatte sein Urteil gefällt.
„Sie sind kümmerlich bewaffnet und haben keine Disziplin. Sie sterben schnell“, legte er sich fest. Niemand widersprach ihm und so warteten sie schweigend auf den Feind.
Thoralf fühlte eine wilde Freude auf den bevorstehenden Kampf in sich aufsteigen. Ihm kam ein Ausspruch seines Vaters in den Sinn:
‚Jeder Mann sollte den Frieden lieben, doch wenn er nicht mit ganzem Herzen kämpfen kann, wird er nie Frieden haben. Deshalb merke dir: Zögere niemals in der Schlacht. Niemand wünscht sich Krieg. Aber wenn der Krieg unausweichlich ist, dann lass deine Feinde erzittern.‘
Thoralf hatte vor, genau das zu tun.
Er hörte bereits das laute Lachen und Johlen der Piraten, die sich ihrer Beute sicher waren. Sie hatten den Abstand zu ihrem Schiff schnell überbrückt und schrien ihre Kampfeslust heraus. Jeder wollte der erste sein, der auf das feindliche Schiff hinübersprang. Von zwei Seiten näherten sie sich längsseits. Gleich darauf flogen die ersten Enterhaken herüber. Mit hartem Poltern schlugen die eisernen Haken auf dem Deck auf und wurden sofort festgezurrt. Die Leinen spannten sich unter dem Zug und langsam näherten sich die Schiffe einander an. An Deck der Piratenschiffe ballten sich jeweils einhundert Männer zusammen, bereit loszuspringen, sobald der Abstand es zuließ.
Der junge Offizier versuchte die Ruhe zu bewahren, doch das war schwer, denn sein Herz hämmerte laut in der Brust. Er nickte den Nordmännern zu, als die ersten Piraten sich mit Kriegsgeschrei über ihre Bordwand schwangen.
Die Angreifer überwanden die Entfernung zwischen den Schiffen und flogen für einen kurzen Moment wie schwerelos durch die Luft. Doch dann waren plötzlich schrille Rufe zu vernehmen. Direkt vor ihnen wuchteten sich Gestalten in die Höhe. Die Piraten sprangen direkt in die aufgerichteten Schwerter und Speere der Nordmänner, die sie grinsend erwarteten. Das erste Dutzend Piraten war tot, noch ehe sie auf den Planken aufschlugen.
Linos und Armandos, die Anführer der Piratenschiffe, tauschten einen überraschten Blick. Doch dann erkannten sie, dass sie trotzdem deutlich in der Überzahl waren. Mit lautem Wutgeheul folgten sie ihren Männern

in den Kampf.
Thoralf hatte einen tief in die Bordwand eingedrungenen Enterhaken herausgerissen und warf ihn einem Piraten entgegen, der gerade auf ihn zusprang. Dieser konnte mitten im Sprung nicht mehr ausweichen und wurde von dem Gewicht in die klaffende Lücke zwischen den Schiffen hinabgerissen. Dem nächsten Angreifer schlug er, noch während dieser zu landen versuchte, sein Schwert in den ungeschützten Leib. Mit einem kalten Lächeln erkannte er, dass ihre Angreifer zwar mutig, aber schlecht gerüstet waren. Kein einziger Pirat trug ein Kettenhemd, um sich vor dem Stahl zu schützen. Viele hielten Entermesser in den Händen, die sie mit großem Geschick zu führen wussten. Doch ihre Klingen konnten ein Kettenhemd nicht durchdringen. Die meisten Piraten griffen zudem mit bloßem Oberkörper an. Das mochte bei verängstigten Verteidigern durchaus Wirkung zeigen. Doch die Nordmänner schüttelten die Köpfe über solch ein leichtsinniges Vorgehen. Sie ließen die Piraten mit Blut für diesen Fehler büßen. In kurzer Zeit fielen zahlreiche Piraten den Waffen der Nordmänner zum Opfer. Hjalmar trieb eine Gruppe der Angreifer mit weitausholenden Rundschlägen seiner Axt vor sich her. Er hatte bereits drei Kämpfer erschlagen. Niemand wollte in die Nähe dieses mit reichlich Blut besprenkelten Riesen geraten. Folke kämpfte laut fluchend, auch wenn ihn keiner seiner Gegner verstehen konnte. Wer vor Hjalmar zurückwich, traf auf Folke, Dieser nutzte die Unordnung in den gegnerischen Reihen gnadenlos aus.
Ivar und Thoralf kämpften Seite an Seite. Sie hatten ihre Schilde fallen lassen und teilten kräftige Hiebe in alle Richtungen aus. Ivar schrie tobend seine Herausforderung in den Himmel, während sie mit jedem Schlaghagel blutige Wunden bei ihren Gegnern hinterließen.
Thanos stieß einen Piraten ins Meer zurück. Dann sah er sich lauernd um. Anfangs hatten sie den Moment der Überraschung auf ihrer Seite gehabt. Doch langsam wurde die Übermacht der Piraten erdrückend. Von den Seesoldaten waren bereits vier gefallen. Doch der Kapitän wehrte sich weiterhin mutig und feuerte seine übrigen Männer mit sich überschlagender Stimme zum Widerstand auf.
Thanos blickte zum Strand hinüber. Dort beobachtete eine unübersehbare Schar ihre Auseinandersetzung. Wilde Schreie ertönten, doch sie waren zu weit entfernt, um sie zu verstehen.
Direkt vor ihm bäumte sich einer der Piratenkapitäne triumphierend über einem erschlagenen Seesoldaten auf.
„Treibt sie am Bug zusammen!“, übertönte seine Stimme den Lärm der Schlacht.
Mit neuem Kampfgeist stürzten sie sich auf die unverhofft starken

Gegner, die einfach nicht aufgeben wollten.
„Hjalmar, Thoralf – alle Männer sammeln sich bei mir!“, schrie der Jarl. Jeder Nordmann versuchte, diesem Befehl Folge zu leisten. Thoralf musste über zwei tote Gefährten steigen und der Zorn drohte ihn zu überwältigen. Blut lief ihm über das Gesicht. In seinem Schädel hämmerte es laut und sein Blickfeld begann sich einzutrüben. Am liebsten hätte er alle Rücksicht fahren lassen und sich brüllend in den Kampf gestürzt. Doch Hjalmar zog ihn einfach mit sich.
Als nächstes hörten sie Jarl Olafs Stimme, diesmal so laut, dass es noch an Land zu hören gewesen sein musste:
„Schildwall!“, donnerte seine Stimme durch ihre Reihen.
Sofort richteten sie sich aus und brachten sich in Stellung. Viele Männer hatten ihre Schilde im dichten Gedränge fallen lassen. Doch noch immer waren genug Lindenholzschilde vorhanden, so dass sich die erste und zweite Reihe krachend schlossen. Plötzlich gab es keine Lücke mehr, in die die Übermacht der Piraten hätte eindringen können.
Für einen Moment war nur das laute Keuchen der beiden Kriegsparteien zu hören. Der Kampf schien eine Pause eingelegt zu haben. Die Piraten schlichen vor der geschlossenen Front der Nordmänner auf und ab, um einen Schwachpunkt in ihrer Deckung zu finden. Doch den gab es nicht. Die Angreifer wirkten ratlos. Einer solchen Formation hatten sie noch nie gegenübergestanden.
Was waren das überhaupt für Kämpfer, auf die sie hier so unverhofft getroffen waren? Sie schienen unbezwingbar zu sein. Erst langsam registrierten die Piraten, dass bereits jeder vierte ihrer Männer tot oder verwundet war. Sie zerrten deren tote Körper beiseite, um näher an den Schildwall heranzukommen. Zwei Piraten stürmten vor und schlugen mit aller Kraft auf die undurchdringliche Wand aus Holz und Eisen ein. Ihre Schläge hallten dröhnend übers Wasser. Doch dann senkten sich blitzartig die Schilde vor ihnen und zwei Schwerter stießen zu. Gleich darauf hoben sich die Schilde wieder und zwei weitere Piraten lagen tot an Deck.
Dieser Kampfstil verunsicherte die Angreifer. Ihre Kapitäne schrien auf sie ein, dieses Häuflein Gegner endlich niederzumachen. Doch ihre Kampfeslust hatte sich merklich abgekühlt. Um sie herum lagen bereits Dutzende tote Kameraden an Deck.
Doch Armandos war nicht bereit aufzugeben. Er wusste, dass Argos sie in diesem Moment beobachtete, und wurde fast wahnsinnig vor Zorn, dass es ihnen nicht gelang, ihren Feind zu überwältigen.
Einige Piraten grunzten erleichtert und nun blickte auch Linos, der zweite Kapitän, zum Strand hinüber. Dort strömten zahllose Piraten zu den Schiffen, um ihnen zu Hilfe zu eilen.

Linos' Gesicht verfinsterte sich, während er vor seine Männer trat. „Wollt ihr den Sieg wirklich denen überlassen?", fragte er, während er auf das Gewirr der Schiffe zeigte.
„Wollt ihr euch monatelang Spottlieder anhören, die sie auf uns singen werden? Lasst uns angreifen und diese Kerle endlich ins Meer werfen!"
Noch während er seine Männer anstachelte und sie mit neuem Kampfgeist erfüllte, trat Hjalmar zwei Schritte vor den Schildwall. Er wusste, dass ihnen nicht mehr viel Zeit blieb, ehe die Verstärkung der Piraten ihren Kampf aussichtslos werden ließ.
Er trug seine riesige Axt in der rechten Hand, die er mit ausgestrecktem Arm weit von sich hielt. Das Axtblatt zeigte auf Linos und brachte ihn für einen Moment zum Schweigen. Allein diese Geste flößte ihm Respekt ein. Die Axt war schwer und niemand traute sich zu, eine solche Waffe so lange am ausgestreckten Arm zu halten. Dann warf Hjalmar die Axt hoch in die Luft. Das silbrige Blatt wirbelte mit einem leisen Sington dreimal herum, bevor er sie auffing, als wäre das ganz leicht. Er ließ sie einmal um sein Handgelenk kreisen und warf sie anschließend mit voller Wucht auf Linos. Das Axtblatt drang tief in die Brust des Piratenanführers ein und zerschmetterte seinen Brustkorb. Das Geräusch klang furchteinflößend. Die Piraten blickten sich erschüttert an und wichen einen Schritt zurück.
Im selben Moment gab der Jarl den Befehl zum Angriff. Sie brüllten ihren Zorn heraus und rückten Schritt für Schritt vor.
Das Selbstvertrauen der Piraten war erschüttert. Die hinteren Männer blickten sich bereits unauffällig nach ihren Schiffen um. Plötzlich ging alles ganz schnell. Innerhalb weniger Minuten räumten die Piraten das Deck. Sie versuchten, ihre beiden Schiffe trotz der mittlerweile deutlich gesunkenen Mannstärke zurück zum Strand zu rudern. Dort legte erst jetzt das erste Boot zu ihrer Verstärkung ab.
Jarl Olaf versuchte nicht, sie daran zu hindern.
„Hisst die Segel und raus aus dieser Bucht, bevor sie uns erneut zum Kampf stellen!"
Mühsam nahmen sie Fahrt auf und segelten durch die Enge hinaus aufs offene Meer. Die Überlebenden an Deck waren am Ende ihrer Kräfte. Erst als sie sich außerhalb der Bucht befanden, konnte der Seeoffizier befreit aufatmen.
„Kümmert euch um die Verwundeten und tragt unsere Toten zusammen", ordnete der Jarl an. Dann eilten ihnen zahlreiche Schiffe der byzantinischen Flotte zur Hilfe und vereitelten einen weiteren Angriff der Piraten schon im Ansatz.
Von einer der Dromonen näherte sich ein Ruderboot. Der Jarl war überrascht, Leif, den Anführer der Waräger, zu sehen. Er wurde von

zwei breitschultrigen Männern begleitet. Der Jarl half ihnen an Deck. Leif ließ sich Zeit, die Stätte des Kampfes zu begutachten. Überall lagen blutige Gestalten, zerschlagene Waffen und zerbrochene Schilde. Die Planken waren so sehr mit Blut getränkt, dass er jeden Schritt mit Sorgfalt setzen musste, um nicht das Gleichgewicht zu verlieren.
„Wie ich sehe, habt ihr die Piraten in ihrem Unterschlupf aufgestöbert. Dieser Kampf gereicht euch zur Ehre. Ich werde ihn in meinem Bericht an den Kaiser würdigen."
Jarl Olaf deutete mit einem knappen Nicken seinen Dank an.
Leif hob eines der am Boden herumliegenden Entermesser auf und besah es sich gründlich. Es war kein Blut an der Klinge, was für einen schnellen Tod des Piraten durch die Hand eines erfahrenen Nordmanns sprach. Der Holzgriff war genagelt und nur schlecht an die Klinge angepasst. Die Klinge selbst war scharf, aber ungepflegt. Er schüttelte den Kopf und warf die Waffe achtlos ins Meer.
„Wann räuchern wir ihren Unterschlupf aus?", fragte der Jarl, während er mit dem Kinn in Richtung Küste zeigte.
Leif sah grübelnd auf die blutverschmierten Decksplanken.
„Morgen schicken wir eine Abordnung in ihr Lager. Ich will, dass sie Zeit finden, sich mit den Piratenführern der anderen Buchten zu besprechen. Am liebsten wäre es mir, diese Halsabschneider würden sich uns zur Schlacht stellen. Dann bräuchten wir sie nicht in ihren Buchten und Verstecken aufzustöbern. Die Botschaft ist für alle Piraten gleich: Legt die Waffen nieder und ergebt euch oder sterbt unter unseren Schwertern."
Er sah Jarl Olaf fest in die Augen.
„Natürlich werden sie kämpfen!"
Er grinste zu seinen Worten, als könnte er es kaum erwarten.
„Sie sind uns an Zahl weit überlegen und ahnen nicht, dass das Unheil sich bereits in ihrem Rücken zusammenbraut. Die byzantinische Armee wird ihre Schlupfwinkel vom Inneren des Landes aus aufrollen. Doch noch halten sie sich in ihren Buchten für unangreifbar. Ihr habt ihnen heute einen ersten Stachel ins Fleisch gejagt, der sie zweifeln lässt. Ihre eigenen Männer werden berichten, auf wen sie heute im Kampf gestoßen sind."
Er sah seine beiden Begleiter an, die ihm an Statur in nichts nachstanden. Sie wirkten so selbstbewusst, dass ihre Gegner schon jetzt zu bedauern waren.
„Ihr habt es selbst erlebt. Diese Piraten sind Abschaum. Sie stehen außerhalb des Gesetzes und haben keine Herren. Sie haben sich um einige Anführer geschart, weil diese ihnen Reichtum, Freiheit und Frauen versprochen haben. Die Männer sind im Vergewaltigen geübt

und im Plündern erfahren. Sie wissen, wie man eine verängstigte Besatzung dem Meer übergibt oder gefahrlos niedermetzelt. Doch sie haben noch nie entschlossenen Kämpfern in einem Schildwall gegenübergestanden. Eine solche Kampfweise kennen sie nicht. Spätestens jetzt fürchten sie uns."
Er zwinkerte den Männern des Jarls zu.
„Macht euch bereit und sammelt eure Kräfte. Wir brauchen solch kampferfahrene Krieger wie euch in unseren Reihen."
Sie verabschiedeten sich herzlich. Dann bestiegen die drei Männer wieder ihre Nussschale und ließen sich zu ihrer Dromone zurückrudern. Der Jarl sah ihnen lange hinterher. Er wusste den Respekt, den Leif ihnen mit seinem Besuch erwies, zu schätzen.
Mittlerweile hatten seine Krieger gemeinsam mit den überlebenden Seesoldaten das Deck gesäubert. Verwundete Piraten wurden durch einen Stich in den Hals getötet. Nach diesem Überfall war niemand in der Stimmung Gnade zu gewähren. Sieben Soldaten der Besatzung waren getötet worden. Außerdem vier Nordmänner. Ein knappes Dutzend Männer hatte zudem Verletzungen davongetragen. Die Piraten hatten für diesen Überfall einen ungleich höheren Blutzoll entrichtet. Sie ließen zweiundfünfzig Tote zurück. Ihre Leichen wurden ohne weitere Umstände über Bord geworfen. Sollten sich die Fische an ihrem Fleisch gütlich tun.

Argos war außer sich vor Zorn. Er musste mit ansehen, wie seine beiden Schiffsbesatzungen plötzlich Kämpfern mit Langschwertern und Äxten gegenübergestanden hatten. Er wollte seinen Brüdern zur Hilfe eilen, kam jedoch zu spät.
Im Laufe des Abends wuchs die Zahl seiner Kämpfer immer weiter an. Langsam verschwand das dumpfe Gefühl in Argos' Bauch, das sich seiner nach dem Auftauchen der Flotte bemächtigt hatte. In dieser Nacht ließ er Treibholz aufschichten und anzünden. Er wollte die gesamte Bucht so gut wie möglich beleuchtet haben, um die Gefahr eines nächtlichen Überraschungsangriffs zu senken. Diesem Feind traute er jede Hinterlist zu. Er verdreifachte die Wachen und verbot seinen Männern den geliebten Wein. Das brachte ihm einiges Protestgeschrei ein. Denn es waren freie Männer, die sich jederzeit einen anderen Anführer wählen konnten, wenn sie unzufrieden waren. Doch niemand stellte seine Autorität ernsthaft in Frage. Argos schlich unter den Männern umher wie ein Raubtier, das jeden Moment zupacken konnte. Viele erinnerten sich noch an einen Piraten, der ihn vor zwei Jahren zum Zweikampf herausgefordert hatte, um seinen Platz einzunehmen. Argos hatte ihm nach hartem Kampf das Genick

gebrochen. Seitdem herrschte er uneingeschränkt an diesem Küstenabschnitt.
Die Nacht verrann ohne besondere Vorkommnisse. Gegen Morgen stand Argos nachdenklich am Ufer und sah zur byzantinischen Flotte hinüber, die fast den ganzen Horizont ausfüllte. Einige Piratenkapitäne hatten sich mittlerweile zu ihm gesellt.
„Was planen diese Teufel wohl als Nächstes?“, fragte Abdul, einer der Anführer. Er war ein untersetzter, dunkelhäutiger Araber, der dicke Goldketten um seinen massigen Hals trug.
Ein Mann mit langen blonden Haaren, die von Sonne und Salz ausgeblichen waren, murmelte kaum hörbar vor sich hin.
„Vielleicht wollen sie ja verhandeln?“
„Sie werden uns angreifen“, erwiderte eine weitere Stimme.
Argos beteiligte sich nicht an den Spekulationen. Ein breitschultriger Pirat erregte seine Aufmerksamkeit. Er wurde von einigen verwegen aussehenden Gefolgsleuten begleitet, von denen einer sieben Gestalten an einer langen Leine hinter sich herzog. Noch ehe sie die Gruppe der Anführer erreicht hatten, breitete Argos die Arme aus.
„Sei mir willkommen, Takut. Es freut mich, dass du meinem Aufruf so schnell gefolgt bist.“
Sie fielen sich in die Arme und schlugen sich krachend auf den Rücken. Dann hielten sie sich an den Armen gepackt und musterten einander.
Takut war ein Mann Anfang fünfzig. Er hatte sich den Schädel kahlgeschoren und trug trotz der Hitze eine mit Pelz besetzte Lederweste, die noch vor kurzem einem reichen Kaufmann gehört hatte. Sein Oberkörper darunter war nackt. Argos erblickte zahlreiche alte Narben, als die Weste aufklaffte. Vor vielen Jahren hatte ihm ein byzantinischer Soldat im Kampf die Nasenspitze abgetrennt. Seitdem bedeckte Takut die Stelle mit einer Lederkappe. Voller Rachedurst hatte er den Mann lebend gefangengenommen und tagelang gefoltert, ehe diesem sein Tod wie eine Erlösung erschien.
„Wir haben gehört, ihr hättet ein wenig Ärger mit diesen aufgeblasenen Griechen.“
Takut lachte schallend. „Ich bringe dir viertausend Mann, die darauf brennen, sich mit den Byzantinern zu messen. Außerdem habe ich noch ein Geschenk für dich, mein Freund.“
Er schnipste mit den Fingern und einer seiner Begleiter zog kräftig an der Leine, an der die sieben erbarmungswürdigen Figuren hingen.
„Ein byzantinisches Schiff hat sich zu weit in unsere Gewässer vorgewagt. Wir haben es im Handstreich erobert. Diese sieben Soldaten des Kaisers sind die einzigen, die den Kampf überlebt haben. Vielleicht sind sie uns noch von Nutzen.“

Argos bedankte sich mit einem wölfischen Grinsen. Die Stimmung im Lager stieg mit der Anzahl der eintreffenden Männer. Der Vormittag ging dahin und schon bald hatte die Sonne ihren Zenit erreicht. Argos spürte, wie sein Selbstbewusstsein zurückkehrte. Diese Byzantiner wussten nicht, worauf sie sich hier einließen. Die Piraten kämpften in Buchten, in denen sie jeden Fußbreit Boden kannten. Sollten sie nur kommen! Er erteilte die Erlaubnis, ab sofort wieder Wein an die Männer auszuschenken. Nun ertönten Hochrufe im riesigen Lager.
Zufrieden wandte er sich wieder dem Meer zu, als plötzlich etwas seine Aufmerksamkeit erregte. Im gleichen Augenblick stießen zwei Posten Warnrufe aus und zeigten auf den glitzernden Horizont.
Ein Schiff der Flotte hatte den Anker gelichtet und näherte sich gemächlich dem Eingang zur Bucht. In einiger Entfernung ließ die Besatzung ein kleines Boot zu Wasser, in dem vier Mann Platz nahmen. Sie hatten Riemen dabei und pullten gegen die Wellen an. Anfangs schien es, als würden sie sich kaum vom Fleck bewegen. Nachdem sie in die Bucht eingelaufen waren, kamen sie schneller voran.
Immer mehr Piraten versammelten sich an der Küste, um sich das Schauspiel anzusehen. Einer der Männer im Ruderboot winkte mit einer weißen Parlamentärflagge.
Argos kniff die Augen zusammen, als sich das Boot dem Strand näherte. „Da habt ihr eure Antwort“, knurrte er seinen Gefährten zu. „Sie wollen verhandeln. Die Frage ist nur, was sie uns anbieten.“
Sie tauschten ratlose Blicke. Dann zogen sie sich in ihre Zelte zurück, um im Schatten auf die Abordnung zu warten. Die vier Männer wurden von den Piraten umringt, die ihnen unentwegt Beleidigungen zuriefen. Doch die vier Soldaten des Kaisers bewahrten Ruhe. Man führte sie zum großen Befehlszelt. Dort starrten sie acht Piratenanführer, die von ihren wichtigsten Kämpfern umgeben waren, hasserfüllt an.
„Ihr habt eine ganze Flotte in ein Gebiet gebracht, das wir als das unsere ansehen. Nun kommt ihr zu uns, um zu verhandeln. Also sprecht! Was habt ihr vorzuschlagen?“
Ein älterer Offizier mit eisgrauem Bart trat einen Schritt vor.
„Wir bringen euch Frieden, wenn ihr die Bedingungen des Kaisers annehmt. Er lässt euch die Wahl: Legt die Waffen nieder und lasst ab von eurem schändlichen Tun. Dann wird euch Gnade zuteil und ihr erhaltet die Gelegenheit, einem ehrbaren Handwerk nachzugehen.“
Einer der Piratenfürsten verzog das Gesicht und spuckte angewidert zu Boden. „Und wenn nicht?“, knurrte er.
Der Offizier musterte ihn ohne Anzeichen von Furcht.
„Dann bringen wir euch den Tod. Ihr habt gesehen, wie die Söldner des Kaisers zu kämpfen verstehen. Sie werden über euch kommen wie die

Strafe Gottes und nicht eher wieder abziehen, bis die ganze Küste von sämtlichen Piraten gesäubert ist."
Einige Piraten brachen in Gelächter aus. Andere starrten nachdenklich vor sich hin.
Abdul schrie die Delegation unbeherrscht an.
„Wisst ihr überhaupt, über wie viele Männer wir gebieten?"
Argos hob die Hand zum Zeichen, dass er sprechen wollte. Sofort verstummte das aufgebrachte Raunen um ihn herum.
„Ihr sagtet, ihr bringt uns Frieden!"
Er spie das Wort hervor wie einen Bissen fauliges Fleisch.
„Das ist kein Frieden. Ihr wollt, dass wir vor euch zu Kreuze kriechen und uns euch ausliefern. Aber wir sind Piraten. Wir stehlen, was uns gefällt, und wir töten jeden, der gegen uns steht. Warum sollten wir eurem beleidigenden Angebot zustimmen?"
Argos zeigte auf seine Männer, die ihn in dem großen Zelt dichtgedrängt umringten.
„Wir sind eine Bruderschaft. Diese Männer erwarten von mir Gold, Sklaven und Frauen. Sag mir, warum ich ihnen nun das Gegenteil erzählen sollte. Sie würden sich einen anderen Anführer suchen. Jemanden, der stark genug ist, ihnen ihre Wünsche zu erfüllen."
Er spuckte dem älteren Offizier verächtlich vor die Füße.
„Wir legen keinen Wert auf euren Frieden. Wir werden auch weiterhin jedes Schiff überfallen, das sorglos genug ist, sich in unsere Nähe zu wagen. Ihr wollt eine Antwort von uns? Da habt ihr sie!"
Er gab seinen Männern einen Wink und diese zerrten die sieben Gefangenen vor die Delegation. Vor den Augen der byzantinischen Offiziere schnitten sie ihnen nacheinander die Kehle durch. Zwei Gefangene winselten um Gnade. Die anderen starben schweigend, den Blick auf ihre Offiziere gerichtet.
Der Offizier mit dem eisgrauen Bart schluckte trocken, versuchte aber, sich unbeeindruckt zu geben.
„Ihr habt eure Entscheidung getroffen. Somit lautet mein Befehl, euch Folgendes zu übermitteln:
Ihr habt Zeit bis Sonnenaufgang. Dann werden wir jeden Mann töten, der sich uns mit einer Waffe in der Hand entgegenstellt. Ihr mögt Piraten sein, aber ihr seid keine Kämpfer. Morgen werdet ihr erfahren, was es heißt, den Warägern des Kaisers auf dem Schlachtfeld zu begegnen. Eure Schätze werden schon morgen uns gehören und das Wehklagen eurer Frauen wird bis nach Konstantinopel zu hören sein."
Er wandte sich ab, um zu zeigen, dass die Zusammenkunft beendet war. Ohne aufgehalten zu werden, bestiegen sie das Ruderboot und überbrachten den kommandierenden Offizieren die Worte der Piraten.

Ihre Blicke verdüsterten sich, als sie von den niedergemetzelten Kameraden hörten.
„Im Morgengrauen greifen wir an."

Als die Nacht hereinbrach, rückte die Kriegsflotte des Kaisers näher ans Festland heran. Die Seesoldaten hatten mit kleinen Booten immer wieder nach Untiefen oder vorgelagerten Riffen gesucht und gefahrlose Routen markiert.
Im Schutze der Dunkelheit umzingelten sie die Bucht weiträumig. Kleine Boote jagten zwischen den großen Dromonen umher wie Hirtenhunde, die ihre Herde bewachen. Am Bug hatten sie Laternen aufgestellt, die geheimnisvoll flackerten. So behielten diese wendigen Boote auch die weitere Umgebung im Blick und schützten die Flotte vor Überraschungsangriffen der Piraten.
In dieser Nacht lag Thanos wach und starrte unruhig in den Sternenhimmel. Er beneidete die Nordmänner um ihren Schlaf. Er selbst bekam vor einer Schlacht kein Auge zu. Ständig dachte er an Delia. Es gelang ihm einfach nicht, seinen düsteren Gedanken zu entkommen.
Gegen Morgen wurde es auf den Decks der Schiffe lebendig. Immer mehr Männer bereiteten sich auf den bevorstehenden Kampf vor und blickten schweigend zur Küste hinüber. Laute Kommandos ertönten, woraufhin ihre Schiffe die Küste ansteuerten.
„Wie viele Gegner erwarten uns am Strand?", fragte Thoralf den Jarl. Dieser versuchte, sich an die Worte der Generäle zu erinnern.
„In der ganzen Bucht? Die Byzantiner schätzen ihre Anzahl mittlerweile auf gut zehntausend Mann."
Thoralf sah regungslos geradeaus. Er hatte sich seine gefütterte Kotte übergestreift und sich dann sein gereinigtes und poliertes Kettenhemd über den Kopf gezogen. Der Gestank des Lederfutters stieg ihm in die Nase. Und doch fühlte sich das vertraute Gewicht gut an. Er schnallte sich den Schwertgurt um und sah nach seinen Kameraden. Trotz der morgendlichen Kühle lief ihm bereits der Schweiß den Rücken hinunter. Seine Kehle war wie ausgedörrt und er musste zweimal schlucken, bis er seiner Stimme wieder traute. So war es immer vor einer Schlacht.
Auch auf den anderen Schiffen warteten gerüstete Krieger ungeduldig darauf, dass sie endlich anlegten. Am Strand wimmelte es von Piraten.
„Sieht nicht danach aus, als wollten sie aufgeben", brummte der Jarl und griff nach seinem Lindenholzschild.
„Macht euch bereit für eine Schlacht. Es gibt Arbeit zu verrichten!", rief er seinen Männern mit gedämpfter Stimme zu.

Hjalmar ergriff seine Kriegsaxt und küsste ihre breite Klinge. Er nickte Ulf zu, der neben ihm so unbeteiligt wirkte, als ginge ihn das Ganze nichts an. Dieser graubärtige Recke hatte schon an zu vielen Kämpfen teilgenommen, um vorher noch aufgeregt zu sein.
„Dieser Tag wird Anlass sein für so manch gute Geschichte, die ich auf unseren Fahrten gehörig ausschmücken werde“, grinste er zufrieden.
Hjalmar musterte ihn schweigend und zwinkerte dann Thoralf zu. Dieser schluckte seine Aufregung hinunter und erwiderte den Gruß mit einem knappen Nicken. Endlich legte sich seine Aufregung und er spürte, wie er von einem Hochgefühl ergriffen wurde. Sie alle waren begierig auf den Kampf. Die Männer drängten sich erwartungsvoll am Bug zusammen. Es dauerte ihnen viel zu lange, bis die ersten Schiffe endlich an den felsigen Küstenabschnitten anlegten. Sofort sprangen zahlreiche Nordmänner an Land. Ihr kleines Schiff aber lief weiter direkt auf den Strand zu. Schon bald hörten sie das Knirschen von Kieseln unter ihrem Bug. Das war das Signal, auf das sie gewartet hatten. Mehr als ein Dutzend Nordmänner in Kettenhemden mit Speeren, Schwertern, Äxten und Schilden sprang gleichzeitig vom Bug ins knietiefe Wasser. Nun war es vorbei mit der auferlegten Ruhe. Sie brüllten herausfordernd, während die restlichen Männer ihnen folgten. Sie waren gekommen, um zu töten.
Die Piraten erwarteten sie bereits. Noch bevor die Nordmänner trockenen Boden unter den Füßen hatten, warfen sich ihnen ganze Scharen wilder Gestalten am Ufer entgegen. Sie wollten verhindern, dass die Angreifer Fuß fassten und eine Schlachtordnung herstellen konnten. Erste Zweikämpfe wurden ausgetragen und schnell standen die Männer knöcheltief im Blut.
Ein großgewachsener Araber, der eine gebogene Klinge schwang, sprang auf Thoralf zu. Dieser wich dem wild geführten Hieb aus und bohrte seinem dunkelhäutigen Gegner das Schwert in die Rippen. Der riesige Kerl grunzte laut und stolperte im flachen Wasser. Thoralf drückte seinen Kopf unter Wasser, bis dieser sich nicht mehr regte. Währenddessen lieferte Folke sich einen Kampf mit einem gedrungenen Kerl, der sich ein rotes Tuch um den Schädel gebunden hatte. Doch Thoralf beendete die Auseinandersetzung, indem er dem Piraten sein Schwert seitlich in den Hals stieß.
Folke grunzte unwillig. Er hätte diesen Brocken gern selbst erledigt.
Jarl Olaf schrie aus voller Kehle:
„Macht, dass ihr aus dem Wasser und den Strand hinaufkommt! Nicht aufhalten lassen. Schlachtet die Bastarde ab!“
Die Nordmänner schafften es, einige Schritte vorzurücken. Doch dann wurde die Übermacht der Piraten zu groß und sie kämpften darum,

nicht ins Meer zurückgedrängt zu werden. Die Zahl ihrer Feinde wuchs mit jedem Augenblick.
Harald der Harte kam ihnen mit seinen Kriegern zu Hilfe und verstärkte ihre Reihen. Sie warfen sich auf die Piraten, als hätten sie ihr ganzes Leben lang auf diesen Moment gewartet. Dieser Schlachtenwahn ließ viele Piraten nur zögerlich angreifen. Es schien, als suchten diese Berserker regelrecht den Tod.
Natürlich hatten sie mit einem Angriff gerechnet. Doch noch nie zuvor waren sie in ihrer Bucht angegriffen worden. Langsam wurde es heller und sie erkannten, dass sie den Angreifern an Zahl weit überlegen waren und diese sich erst einmal zum Kampf formieren mussten.
Anfangs wurden wirre Kämpfe ausgetragen. Männer starben, ohne im Zwielicht ihren Gegner wirklich gesehen zu haben. Dichte Gruppen von Piraten stürzten sich auf die Nordmänner, die versuchten, endlich den Strand hinaufzukommen. Neben Ivar wurde Ulf von einer Klinge am Oberschenkel getroffen und sank fluchend in den Sand.
Ivar warf sich herum, tauchte unter einem gewaltigen Schwertstreich hindurch und hörte die Klinge singen. Er warf sich nach vorn und rammte einem schwarzen Piraten den Griff seines Schwertes ins Gesicht. Der Mann taumelte zurück. Seine Nase war gebrochen und blutete. Ivar rammte ihn mit seinem Schild und trieb ihn noch weiter zurück. Ein Pirat wollte seinem Kameraden helfen und ließ seine Axt vorschnellen, doch sie schrammte nur über den Armschutz, bevor Ivar ihn beinahe köpfte. Erneut stieß er den Schild vor und sein Gegner fiel auf den Rücken. Er trat dessen Schwertarm zur Seite und stieß ihm sein Schwert in den blutenden Mund.
Harald sah weitere Gegner auf sie zuspringen. Er trat schützend vor Ivar und hieb zwei Gestalten zu Boden. Doch aus dem Halbdunkel zischten zwei Speere auf ihn zu und trafen seine Brust. Der Aufprall trieb ihm die Luft aus den Lungen. Er spürte einen scharfen Schmerz. Ein Speer hatte sein gutes Kettenhemd durchdrungen. Kurz wankte er und schlug noch einen weiteren Angreifer nieder. Doch dann fiel er zu Boden. Ungläubig stellte er fest, dass sich sein Blickfeld immer mehr verengte. Mit letzter Kraft verstärkte er den Griff um sein Schwert.
„Wir sehen uns in Walhalla“, flüsterte er Ivar und Thoralf zu. Dann brach sein Blick. Ivar sah zu ihm hinab und ächzte wütend. Thoralf weigerte sich, seinen Augen zu trauen. Harald hatte ihm das Kämpfen beigebracht. Für ihn gehörte Harald untrennbar zu seinem Leben. Wie oft hatte er sie mit seiner Erfahrung vieler Jahre wieder eingefangen, wenn ihnen im Übermut das Blut kochte. Er konnte sich nicht vorstellen, jemals ein Drachenboot zu betreten, auf dem Harald nicht mit ruhiger Hand das Steuer führte. Seine Augen füllten sich mit

Tränen. Doch er blinzelte sie hilflos weg. Jetzt war nicht der richtige Augenblick, um zu trauern.
Wie von Sinnen warf er sich auf ihre zahlreichen Feinde. Ein Speer glitt an seinem Kettenhemd ab und verfing sich an der Unterseite seines Schildes. Er schwang sein Schwert und traf krachend ein bärtiges Gesicht, das von einem Kampfschrei verzerrt war. Der Stahl zerschmetterte Zähne und der Schrei brach abrupt ab.
Thoralf hatte sich längst abgewandt, um einen weiteren Angriff abzuwehren, den ein Pirat, flink wie ein Schatten, gegen ihn ausführte. Er hieb wild nach Thoralfs Kopf, doch instinktiv riss dieser den Arm hoch und lenkte die Klinge kreischend am Ärmel seines Kettenhemdes hinauf. Dann rammte er ihm den Griff seines Schwertes an den Kopf. Doch dieser Gegner gab einfach nicht auf. Er schrie gellend und schlug erneut zu. Sein Schlag streifte Thoralfs Helm und ließ seinen Kopf klingeln. Für einen Moment explodierten Sterne vor seinen Augen. Dann wurde sein Blick wieder klar und er hieb erneut auf das bartlose Gesicht vor ihm ein. Doch sein Schlag war kraftlos und rief nur ein verächtliches Grinsen bei seinem Gegner hervor.
Thoralf wurde so zornig, dass er keinen klaren Gedanken mehr fassen konnte. Doch gegen die harten Hiebe fühlte er sich fast wehrlos. Der nächste Schlag zerfetzte zwei Planken seines Schildes. Er wollte nicht hier im Sand sterben!
Wenn ihn dieser glattgeschorene Kerl besiegte, hätte er den Tod verdient. Doch er würde seinem Gegner einen Kampf liefern, den dieser nicht vergaß! Ein Mann konnte nur dafür sorgen, einen guten Tod zu sterben und sich so den Respekt seiner Feinde zu verdienen.
Kurz sah er Haralds blasses Gesicht mit den starr gewordenen Augen vor sich. Dann machte er einen großen Satz auf seinen Gegner zu. Sofort fuhr das Schwert des Piraten in die Oberkante seines Schildes, das nun kaum noch zuverlässigen Schutz bot. Dieser Bastard war schnell, das musste er ihm lassen.
Splitter flogen umher und raubten Thoralf die Sicht. Instinktiv rammte er die Klinge vor und spürte, wie der Stahl über Knochen glitt. Zornig schlug der Pirat nach Thoralf und traf ihn mit einem wuchtigen Hieb an der Schulter. Das Kettenhemd hielt dem Schlag stand, der ihn dennoch in die Knie zwang.
Sein Gegner war muskelbepackt und trug Lederriemen um seine gewaltigen Oberarme. Er handhabte sein riesiges Schwert mit erschreckender Leichtigkeit. Thoralf schüttelte den Kopf und überließ sich seiner Wut, die längst die Oberhand gewonnen hatte. Er war dem Wahnsinn nahe. Seine Augen sahen nur noch diesen Feind. Wie wild schlugen sie aufeinander ein, dass die Funken stoben.

Der Pirat versuchte, Thoralf die Klinge durchs Gesicht zu ziehen, doch dieser duckte sich weg und schlug nach dessen Hüfte. Die Wucht des Hiebes brachte den Piraten für einen Moment aus dem Gleichgewicht. Dann packte er sein Schwert fester und wollte sich erneut auf Thoralf werfen. Doch plötzlich weiteten sich seine Augen und er stieß ein gurgelndes Geräusch aus. Eine Speerspitze ragte aus seinem Bauch. Ivar trat ihn von hinten mit dem Fuß nieder und spuckte dann auf die riesige Gestalt.

Thoralf stach ihm sein Schwert in die Achselhöhle. Der Schrei seines Gegners brach erst ab, als er die Klinge wieder herauszog. Er nickte Ivar knapp zu. Sagen konnte er nichts. Seine Kehle war wie zugeschnürt. Kurz blickte er sich um und wischte sich den Schweiß von der Stirn.

Nicht weit entfernt von ihm stand Jarl Olaf. Trotz des Durcheinanders behielt ihr Anführer die Übersicht. Immer mehr Piraten drangen auf sie ein und versuchten, sie am Strand festzunageln. Dann richtete er sich zu seiner vollen Größe auf und schrie aus voller Kehle:

„Schildwall!"

Sofort fanden die verstreut kämpfenden Nordmänner zueinander. Schilde schlossen sich mit lautem Donnerhall. Immer mehr Kämpfer eilten zu ihnen und verstärkten ihren kleinen Wall.

Die Piraten zögerten mit weiteren Attacken und beobachteten ihre Gegner lauernd.

Die Schilde der ersten Reihe überlappten sich an den Rändern und die Nordmänner schlugen im Takt ihre Klingen dagegen. Immer wieder krachten einzelne Pfeile auf ihre Deckung, ohne ihnen jedoch gefährlich werden zu können. Erstmals hatten sie Luft zum Atmen. Langsam und wohlgeordnet rückten sie einige Schritte vor. Mittlerweile war es heller geworden und Thoralf erkannte Furcht in den Gesichtern einiger Piraten.

Diese ballten sich zu einem ungeordneten Haufen zusammen. Sie waren zwar in der Überzahl, doch sie standen hier großgewachsenen bärtigen Gestalten gegenüber, in deren Augen sie das Versprechen auf ihren baldigen Tod lasen.

„Tötet sie!", grollte die Stimme des Jarls durch das Stimmengewirr.

Die Nordmänner trafen auf die Piraten und ihre Klingen fuhren nieder. Die Antwort prasselte auf ihre Schilde, ohne Wirkung zu erzielen. Erneut fuhren ihre Schwerter hinab und hinterließen blutige Wunden. Männer schrien ihren Schmerz hinaus oder starben schweigend.

Thoralf hätte am liebsten die Deckung der Schilde verlassen und sich mitten in diesen riesigen Haufen ihrer Feinde geworfen. Er wollte seine Trauer im Blut seiner Feinde ertränken. Doch ein letzter Funken Disziplin hielt ihn zurück. Die Nordmänner rückten weiter vor. Sie

verrichteten die unbarmherzige Arbeit im Schildwall – darin gab es keine besseren Männer als sie.
Folke hackte mit einer Axt auf den Schild eines riesigen Kerls ein. Dann hakte er sich am Schildrand ein und zog ihn ein Stück hinunter. Der riesige Pirat sah ihn überrascht an, während Thoralf die Gelegenheit nutze und ihm sein Schwert in den schutzlosen Hals rammte.
Sofort suchte Folke sich den nächsten Schild, um ihn herunterzuziehen. Sie brachen eine Lücke in den ungeordneten Haufen der Piraten und schoben ihre Gegner immer weiter zusammen. Es war ein Gemetzel. Die Nordmänner kannten nichts anderes. Thoralf übte mit seinen Kameraden jeden einzelnen Tag über viele Stunden hinweg diese Kampfweise.
Die Piraten mussten erkennen, dass sie diesem Kampfstil nichts entgegenzusetzen hatten. Panisch versuchten sie sich vor den gnadenlos vorstoßenden Schwertern und Äxten zurückzuziehen.
Vor ihnen standen riesige Gestalten, die ihre Gesichter unter Kriegshelmen verborgen hatten. Gewappnet in Stahl und unerbittlich ihre Äxte und Schwerter schwingend. Alles, was in ihre Reichweite gelangte, war des Todes. Kurz versteifte sich der Widerstand noch einmal. Ihre Anführer schrien zornig auf sie ein, um sie zum Kämpfen aufzufordern.
Doch dann zerbrach ihr Wille endgültig unter dem Ansturm der Nordmänner. Überall herrschte Tumult, doch die Reihen der Piraten waren aufgebrochen, ihre Übermacht in Einzelkämpfe verstrickt. Langsam trieben die Nordmänner sie nun zurück. Schon bald kehrten die ersten Feinde ihnen den Rücken und zogen sich ins Gebirge zurück. Auf den engen Pfaden kam es zu letzten Kämpfen, als weitere Piratenhorden ihren Kumpanen zur Hilfe eilten. Doch Leifs Waräger setzten sich mit gnadenloser Härte durch. Den Piraten blieb nur die Flucht, um wenigstens ihr Leben zu retten.
Die Nordmänner jagten sie, bis sie zu müde waren, um die Arme zu heben. Viele Männer entkamen, doch zahllose Piraten bedeckten blutend das Schlachtfeld. Viele flohen zu ihren Schiffen, nur um zu erkennen, dass die gesamte Bucht von den Nordmännern abgeriegelt worden war. Als sie die Ausweglosigkeit ihrer Situation erkannten, ergaben sich Hunderte.
Sieben Schiffe, vollgestopft mit flüchtenden Piraten, versuchten die Blockade der kaiserlichen Flotte zu durchbrechen. Sie wurden umzingelt und bis auf den letzten Mann niedergehauen.
Als Letztes fiel die Leibwache des Piratenfürsten Argos. Er hatte nicht vor, sich zu ergeben und so fiel er im Kampf. Er war tapfer, hatte aber keine Aussicht auf Erfolg, denn seine Gegner waren Waräger. Also

dauerte es nicht lange, bis er starb. Thoralf meinte, dass einer von Leifs Warägern, Sigvald, ein hünenhafter Däne, Argos den Kopf von den Schultern trennte.
Plötzlich war es vorbei. Die Ruhe war unnatürlich. Nur einige Verwundete stöhnten vor Schmerzen. Waren es Nordmänner, wurden sie von heilkundigen Priestern versorgt, die die Flotte begleitet hatten. Piraten hatten nicht so viel Glück. Sie wurden mit einem schnellen Schwertstoß von ihren Leiden erlöst.
Den Byzantinern fielen zahlreiche Schiffe in die Hände, die ein Vermögen wert sein mussten. Vierzig kleinere Schiffe, für die sie keine Verwendung hatten, wurden nach der Schlacht verbrannt. Das Flammenmeer, das in den Masten emporstieg, schien bis in den Himmel zu reichen. Es wurde so heiß, dass die Männer vor den Flammen zurückweichen mussten. Schwarzer Rauch wirbelte bis in die Wolken empor.
Mühsam lösten sie sich von diesem Anblick.
„Mit diesem Totenfeuer wissen auch die Götter, dass Harald auf dem Weg zu ihnen ist“, rief Thoralf heiser.
Folke und Ivar nickten stumm.
Jarl Olaf wusste, wie erschöpft seine Krieger waren. Doch noch war ihr Werk nicht getan. Sie drangen tief in die Unterkünfte der Piraten vor. Viele hatten direkt am Meer in Zelten gelebt. Andere hatten sich in Grotten und Höhlen zurückgezogen, um sich so vor den Winterstürmen zu schützen. Die Nordmänner stießen auf einzelne Piraten, die sich dort vor ihnen versteckten. Sie fragten sie nach Schätzen aus. Die meisten schüttelten den Kopf und wurden sofort getötet. Je tiefer sie in die Bucht vordrangen, desto häufiger stießen sie auf Frauen, die ihnen verängstigt entgegensahen. Als sie sie nach Gold fragten, zeigten einige von ihnen auf Höhleneingänge, die im morgendlichen Tageslicht gut zu erkennen waren.
Doch statt auf Schätze stießen sie auf Gefangene, die von den Piraten eingekerkert worden waren. Die armen Gestalten hätten ihre Freiheit nur gegen Zahlung eines riesigen Lösegelds wiedererlangt. Die Nordmänner befreiten die zerlumpten Gestalten und übergaben sie den byzantinischen Seesoldaten.
Dann drangen sie tiefer in die Höhlen vor. Als sie glaubten, sich hoffnungslos verirrt zu haben, stießen sie auf den Schatz der Piraten. Es war ein weitverzweigtes Tunnelsystem, in dem man sich nur schwer orientieren konnte. Doch plötzlich funkelte es vor ihren Augen. Im ersten Augenblick dachten die Nordmänner, es wäre das Sonnenlicht und sie hätten einen weiteren Ausgang erreicht. Dann erkannten sie, dass es das Licht zahlreicher Fackeln war, das sich auf goldenen

Gegenständen vielfältig widerspiegelte.
Andächtig blieben sie stehen. Einen solchen Ort hatten sie nie zuvor gesehen. Vor ihnen standen dutzende kleine Kisten, die mit Münzen, Edelsteinen und Geschmeide gefüllt waren. Goldene Kronleuchter standen neben vergoldeten Spiegeln. Ganze Schiffsladungen an Gold- und Silberbarren waren einträchtig nebeneinander aufgestapelt worden.
Hinter ihnen betrat Leif die weitläufige Höhle. Als er die angehäuften Reichtümer sah, legte er den Kopf in den Nacken und lachte schallend. Sein Lachen klang dumpf und wurde von den Wänden zurückgeworfen.
„Eine einzige Schlacht reicht aus, um solche Schätze zu erringen! Der Kaiser wird uns reich belohnen für den Dienst, den wir ihm heute erwiesen haben."
Er schlug Thoralf krachend auf den Rücken.
„Es fällt mir schwer, das alles hier zu glauben. Bestimmt wird es auch irgendwelche Sänger am Kaiserhof geben, die aus diesem Tag ein Heldenlied dichten. Sie werden von epischen Schlachten singen, in denen tausende Männer starben. Wenn ich sowas höre, frage ich mich immer, wie wir das überleben konnten. Dabei war der heutige Kampf vorbei, noch ehe es richtig hell wurde. Die Seesoldaten haben die Leichen gezählt. Wir haben mehr als achthundert Piraten getötet, die meisten allerdings auf der Flucht, und Tausende gefangengenommen. Wir haben dabei keine siebzig Männer verloren."
Thoralf fiel es schwer, seine Freude zu zeigen. Haralds Tod hatte ihn tief getroffen.
Als weitere Nordmänner zu ihnen vordrangen, rief Leif ihnen Befehle zu.
„Schafft die Sachen zu den Schiffen! Und lasst eure gierigen Hände bei euch, denn das ist die Beute des Kaisers. Ihr werdet nicht zu kurz kommen. Man kann über unseren Dienstherrn vieles sagen, aber geizig ist er nicht."
Sie transportierten die Schätze zu den Schiffen und verstauten sie in den Frachträumen. Erst jetzt wurde vielen das Ausmaß ihres Sieges bewusst. Die Schiffe waren fast zu klein für all die Reichtümer, die sich im Laufe vieler Jahre bei den Piraten angesammelt hatten.
Am Nachmittag vernahmen sie Waffengeklirr aus den Bergen. Harald der Harte schickte zweihundert Krieger, die die Lage aufklären sollten. Sie mussten schließlich damit rechnen, dass die Piraten neuen Mut geschöpft hatten und mit Verstärkung zurückkehrten. Für solche Schätze lohnte es sich zu kämpfen. Mit ihnen rückten auch einige Abteilungen der byzantinischen Seesoldaten vor. Bereits nach einer knappen Stunde Fußmarsch stießen sie auf eigene Truppen, die aus dem Landesinneren zur Küste vorgedrungen waren. Sie hatten die in

Auflösung begriffenen Piraten umfasst, die Reste ihrer Banden zerschlagen und die Überlebenden in alle Himmelsrichtungen zerstreut. Ihre Offiziere beratschlagten sich mit den Befehlshabern der Flotte über ihr weiteres Vorgehen. In den nächsten Tagen und Wochen würden sie ihr Einsatzgebiet auf immer mehr Küstenabschnitte ausweiten. Innerhalb weniger Wochen hätten sie die ganze Küste aufgerollt und würden sämtliche Unterschlüpfe der Piraten in Rauch aufgehen lassen. Damit wäre die Seeherrschaft der Piraten endgültig gebrochen.

Ihre Rückkehr nach Konstantinopel glich einem Triumphzug. Sie hatten die toten Piraten ausgeplündert und es allein durch diese Beute bereits zu einigem Wohlstand gebracht. Außerdem gab es reichlich Verpflegung aus den Vorräten der Piraten. Der Wein floss in Strömen und die Hochstimmung der Männer hielt die ganze Fahrt über an.

Leif ließ eine Übersicht der erworbenen Schätze durch die Beamten des Kaisers anlegen. Sie wurde mit jeder Stunde länger.

Ihre Ruhmestaten waren ihnen bereits vorausgeeilt und so wurden sie bei ihrer Rückkehr von begeistert jubelnden Menschenmassen empfangen. Junge Frauen warfen Rosenblüten auf ihren Weg und drängten sich ungeniert in ihre Arme.

Im Palast wurde Leif mit einer Abordnung seiner Waräger bereits von Johannes, dem Bruder des Kaisers, erwartet. Er zeigte ihm eine Auswahl der prächtigsten Schätze und übergab ihm außerdem den Kopf des Piratenanführers.

„Die Gefahr ist gebannt, Herr. Eure Schiffe werden fortan nicht mehr von Piraten behelligt werden."

Johannes klatschte erfreut die Hände zusammen.

„Ich sehe, du hast dein Versprechen gehalten. Nun, so will auch ich das meinige einlösen."

Er sorgte dafür, dass jeder Waräger mit einem großzügigen Anteil an der Beute bedacht wurde. Auch die Nordmänner, die als Söldner dienten und noch nicht zu den Warägern aufgestiegen waren, wurden für ihre Taten reichlich belohnt. Allein der Verkauf der Schiffe aus dem Besitz der Piraten reichte aus, um die Schatzkammer des Kaisers anschwellen zu lassen.

Die nächsten Wochen vergingen in einem einzigen Rausch. Jetzt, da die Bedrohung durch die Piraten abgewendet war, erblühte der Handel. Handelsflotten aus entlegenen Orten konnten wieder ungehindert ihre Ziele erreichen. Die Dankbarkeit des Kaisers kannte keine Grenzen. Jeden Tag gab es Feste und Veranstaltungen, die seine Machtfülle zeigen sollten, aber auch die ruhmreichen Taten der Nordmänner aufleben ließen.

Am Tag nach einem dieser Bankette, auf denen sich die Männer des Jarls fast bis zur Besinnungslosigkeit betrunken hatten, betrat Leif mit einem kleinen Gefolge ihre Unterkunft.
Er hatte sich schon lange angewöhnt, solchen Festlichkeiten nicht mehr bis zum Ende beizuwohnen. Es gab einfach zu viele davon in der Hauptstadt. Umso mehr erheiterte es ihn zu sehen, dass überall Männer herumlagen und schnarchend ihren Rausch ausschliefen.
Er hatte Geduld mit ihnen. Irgendwann hatten Jarl Olaf, Thoralf und auch Hjalmar die Müdigkeit aus ihren benebelten Schädeln geschüttelt und begrüßten ihre Kameraden. Sie ließen sich auf grob behauenen Holzbänken nieder.
„Wie viele kampffähige Männer unterstehen noch deinem Befehl?“, eröffnete Leif das Gespräch.
Der Jarl legte die Stirn in Falten und ließ sich Zeit mit einer Antwort. Es fiel ihm noch immer schwer, einen klaren Gedanken zu fassen.
„Dreiundsechzig“, erwiderte er schließlich.
Leif sah ihn durch halbgeschlossene Augen träge an. Wenn man ihn so dasitzen sah, konnte man kaum glauben, was für eine tödliche Waffe dieser Mann auf dem Schlachtfeld war.
„Der Kaiser lässt euch durch uns zwei Botschaften übermitteln.“
Er lächelte matt.
„Eine gute und eine verdammt schlechte Nachricht, um genau zu sein.“
Hjalmar, Thoralf und der Jarl sahen ihn neugierig an.
„Jeder von euch erhält aus der Schatulle des Kaisers fünfzig Goldmünzen als Belohnung für seine Tapferkeit in der Schlacht. Ihr habt euch bereits mehrmals durch eure Kampfkraft ausgezeichnet und euch das Vertrauen des Kaisers verdient. Deshalb ist es uns eine Ehre, euch mitzuteilen, dass ihr ab sofort zur Waräger-Garde des Kaisers gehört. Das bringt mich zur schlechten Nachricht. Wie ihr wisst, muss sich jeder Nordmann, der in die Garde berufen wird, seinen Zutritt zu dieser prestigeträchtigen Eliteeinheit erkaufen. Der Preis beträgt fünfzig Goldmünzen pro Mann.“
Seine Lippen kräuselten sich leicht, als er dabei zusah, wie die Männer die Tragweite seiner Worte begriffen. In ihren Gesichtern kämpfte kurz die Enttäuschung mit der Freude darüber, zukünftig in der Garde des Kaisers dienen zu dürfen.
Jarl Olaf sah zu Hjalmar und Thoralf hinüber.
„Für einen kurzen Moment waren wir reich.“
„Das werdet ihr auch schon bald wieder sein“, fiel Leif ein.
„Findet euch morgen Mittag im Palast ein. Man wird euch neue Quartiere zuweisen, die näher am Palast liegen. Dann erhaltet ihr auch eure neue Ausrüstung: weiße Waffenröcke, wie sie nur die Waräger des

Kaisers tragen. Außerdem riesige doppelschneidige Äxte, goldene Gürtel und Armreifen. Ihr müsst angemessen gekleidet sein, denn ab sofort seid ihr direkt dem Kaiser unterstellt."
Thoralf räusperte sich. „Es heißt doch, dass man ohne einen Fürsprecher niemals zum Dienst in der Garde berufen wird. Wem haben wir die Aufnahme zu verdanken?"
Leif und Sigvald tauschten ein Grinsen aus.
„Sei dir sicher, dass es Männer waren, deren Wort beim Kaiser Gewicht hat", erwiderte Sigvald.
Jarl Olaf und seine Männer traten auf Leif und dessen Kameraden zu.
„Danke für eure Hilfe!"
„Niemand hat es mehr verdient als ihr", sagte Leif.
„Ihr werdet auf vertraute Kampfgefährten stoßen. Harald der Harte und seine Gefolgsleute sind mit dem heutigen Tag ebenfalls Waräger."

Am nächsten Tag traten sie in einer feierlichen Zeremonie offiziell in die Garde des Kaisers ein. Die langgedienten Mitglieder bildeten ein Spalier, durch das die neu aufgenommenen Nordmänner mit stolz erhobenem Haupt hindurchliefen. Im Anschluss brachten sie einen Schwur auf den Kaiser aus und erhielten ihre Ausrüstung.
Thoralf hatte Mühe, mit den Veränderungen Schritt zu halten. Es kam ihm vor, als hätten sie mit ihren Drachenbooten gerade erst im Hafen festgemacht, dabei lag der Tag schon viele Monate zurück. Alles, wovon sie bei ihrer Ankunft geträumt hatten, war wahr geworden. Gern hätte er Delia wiedergesehen, um ihr von dieser Entwicklung zu erzählen, doch sein Dienst nahm ihn vollständig in Anspruch.
Jetzt waren sie es, die abwechselnd bei Audienzen des Kaisers präsent waren. Immer wenn der Kaiser oder sein Bruder Johannes ausländische Besucher und Diplomaten im Audienzsaal empfing, nahmen sie für jedermann sichtbar mit ihren riesigen Streitäxten an der Eingangstür und den Wänden der Empfangshalle Aufstellung. Die Waffen ruhten schwer auf ihren Schultern und verfehlten niemals ihre Wirkung.
Anfangs fühlte sich Thoralf von den vielen Eindrücken im Palast wie erschlagen. Er konnte sich noch gut an seinen ersten Besuch im Thronsaal erinnern. Damals hatte der Kaiser erstmals seinen von zwei vergoldeten Löwen flankierten Thron direkt vor seinen Augen durch hydraulische Pressen in die Höhe geschoben. Aus dieser Höhe hatte er dann zu den Besuchern gesprochen und diese noch kleiner wirken lassen. Doch langsam verblassten Thoralfs Erinnerungen an sein altes Leben.

Auf nach Sizilien!

In den nächsten Monaten waren sie ständig in Bewegung. Sie setzten Schiffe instand und bereiteten sie mit Proviant und Ausrüstung auf den nächsten Einsatz vor. Zwar hielten sie sich meistens im Umfeld des Kaisers auf. Doch vor und nach solchen Anlässen warteten weitere Verpflichtungen auf sie. Ständig galt es, neue Rekruten einzuweisen und so gut auszubilden, dass sie mit ihren Kampftaktiken vertraut waren. Nur dann waren sie in der Schlacht eine Hilfe.
Nur selten kamen sie dazu, das Leben in Konstantinopel zu genießen und sich dessen Vergnügungen hinzugeben. Doch der Kaiser gab genug eigene Feste. Einige davon stellten alles, was sie bisher gesehen hatten, in den Schatten. Dem Kaiser und seinen hohen Beamten war es immer ein wichtiges Anliegen, die Besucher anderer Länder nachhaltig zu beeindrucken. Schon oft war ihr Kalkül aufgegangen: Diplomaten, die von diesem Reichtum und Prunk geblendet waren, ließen sich bei den folgenden Verhandlungen oft leichter um den Finger wickeln.
So lud der Kaiser gern zu opulenten Feiern in die „Halle der neunzehn Liegen“, einen Ort, der speziell für solche Vorhaben ausgestattet worden war. Hier überstieg der Prunk jedes erdenkliche Maß. Bedienstete brachten Schüsseln mit erlesenen Genüssen. Kein Gericht und kein orientalisches Gewürz waren für diese Gäste zu teuer. Die Speisen wurden auf goldenem Geschirr serviert. In drei gewaltigen Schalen wurden Früchte zum Dessert von der Decke herabgelassen. Zur Unterhaltung der Gäste traten Akrobaten auf und zeigten ihre Kunststücke. Junge Frauenkörper verbogen sich wie Schlangen, so dass die Waräger Mühe hatten, ihren Augen zu trauen. Halbnackte Harfenspielerinnen sorgten für eine beschwingte Atmosphäre.
Jeweils eine Hundertschaft der Waräger wurde dazu eingeteilt, den Kaiser auch außerhalb des Palastes zu begleiten. Manchmal zog es ihn zum Pferderennen ins Hippodrom. Dann waren die Waräger geradezu versessen darauf, an diesem Tage der ausgewählten Hundertschaft anzugehören. Doch Thoralf fiel auf, dass weder der Kaiser noch sein Bruder Freude bei diesem Schauspiel empfanden. Sie schienen solch lästige Termine nur wahrzunehmen, um sich dem Volk zu zeigen.
Viel wichtiger war es ihnen, regelmäßig zum Gottesdienst in die Hagia Sophia zu gehen. Bei solchen Besuchen ließ Thoralfs Leidenschaft merklich nach. Sicher, die größte Kathedrale der Christenheit bot einen imposanten Anblick. Riesige einundneunzig Fenster fluteten tagsüber die Messe verschwenderisch mit Tageslicht. Der Geruch von Bienenwachs und Weihrauch lag betörend in der Luft.
Doch bei Dunkelheit beeindruckte die Kathedrale ihre Besucher noch

viel mehr. Dann leuchten unzählige Kronleuchter, Öllampen, Fackeln und Kerzen und warfen ihren vielfältigen Schein auf Mosaike aus Goldplättchen, farbigem Glas oder poliertem Marmor.
Das Funkeln der Flammen auf den Goldverzierungen war überwältigend. So war es kein Wunder, dass Thoralf von diesem Schauspiel immer wieder aufs Neue berührt war. Es kam ihm vor, als würden die Gegenstände wie durch Magie zum Leben erwachen. In solchen Augenblicken wirkte die riesige Kuppel wie das Abbild des Himmels. Oft stellte er sich vor, wie er irgendwann in seine Heimat zurückkehren und den Daheimgebliebenen von den Wundern Konstantinopels berichten würde. Es fiel ihm nicht schwer, sich die ungläubigen Blicke seiner Mitmenschen vorzustellen. Manchmal erschien es ihm selbst wie ein Traum.
Wenn nur die zahlreichen Mönche nicht wären! Er sah sie überall. Immer hatte er die Befürchtung, auf einen dieser kleinen, verkniffen wirkenden Männer zu treten, die ihm kaum bis zur Brust reichten, von ihrer Wichtigkeit aber sehr überzeugt waren.
Thoralf schenkte den endlosen Gesängen der Mönche nur selten Beachtung. Dieses monotone Gebrabbel machte ihn müde. Oft wurde er erst wieder wach, wenn die leiernden Predigten ein Ende gefunden hatten und die Waräger sich gegenseitig anstießen. Der Kaiser bemerkte zweifellos, dass seiner Garde der inspirative Glaube fehlte. Doch er schien gewillt zu sein, dies geflissentlich zu ignorieren.
Wenn es dann wieder hinaus ins Freie ging, konnten die Waräger das Ende ihres Dienstes kaum erwarten. Doch häufig gab es Festtage, an denen sie den Kaiser im Anschluss noch zu kirchlichen Prozessionen durch die Straßen Konstantinopels begleiten mussten. An solchen Tagen waren die Straßen mit Matten bedeckt und mit Blättern und Zweigen bestreut. Die Fassaden der Häuser wurden aufwändig mit Seidenbahnen verhängt.
Für diese Feierlichkeiten hatten die Waräger besondere Gewänder erhalten. Sie waren himmelblau und aus wertvoller Seide gefertigt. Zusammen mit ihren vergoldeten Streitäxten sorgte ihr Auftritt für erstaunte Ausrufe.
Meist schritt ihnen eine Prozession von Priestern, Diakonen und weiteren Klerikern voran, die in ihren Händen goldglänzende Bildnisse von Jesus oder der Gottesmutter hielten.
Folkes Augen begannen dann regelmäßig zu glänzen.
„Diese Bilder würden eine lohnende Beute abgeben“, sagte er mehr als einmal.
„Wir sollen diese Stadt schützen, nicht ausplündern“, ermahnte Thoralf seinen Freund dann wiederholt.

Sie waren ständig in der Nähe des Kaisers und konnten bald einschätzen, wie es bei Hofe zuging. Die Familie des Kaisers war immer von Bediensteten umgeben. Viele junge Adlige versuchten, sich in den Dunstkreis der Mächtigen zu begeben. Immer in der Hoffnung, sich einen Vorteil verschaffen zu können. Sie alle waren auf lukrative Ämter aus, die es ihnen ermöglichten, ein Leben ohne wirkliche Arbeit zu führen.
Es war Leif, der dies einmal in treffende Worte packte:
„Um den Kaiser sind so viele Speichellecker, die nur ihr eigenes Wohl im Auge haben. Es erfreut stets mein Herz, wenn ich sehe, dass die Jungen in der Welt zu Ehren kommen!"
Der schneidende Unterton in seiner Stimme war dabei nicht zu überhören.
Irgendwann trat einer dieser Emporkömmlinge auch an Thoralf heran und versuchte, ihn in ein Gespräch zu verwickeln. Beiläufig wollte dieser verzärtelte Jüngling ihm Informationen entlocken. Doch immer wenn es konkret wurde, gab Thoralf vor, nicht zu verstehen, was der schmächtige Adelsspross von ihm wollte. Schließlich gab dieser entnervt auf. Sigvald hatte das Gespräch gelangweilt zur Kenntnis genommen. Nachdem der junge Adlige abgezogen war, raunte er Thoralf zu:
„Du hast einen Eid auf den Kaiser geleistet. Du hast aber nicht geschworen, kein Gold zu nehmen, wenn es dir praktisch aufgedrängt wird. Man wird noch häufiger versuchen, dir Informationen zu entlocken. Sei es von diesen Schmeißfliegen oder von Diplomaten anderer Länder. Lass dich ruhig auf das Spiel ein."
„Verstoße ich damit nicht gegen meinen Eid, den ich dem Kaiser geleistet habe?", fragte Thoralf ungläubig.
Doch Sigvald winkte ab.
„Es ist alles eine Frage der Übung, sie mit Brotkrumen abzuspeisen. Diese Schakale zahlen unvorstellbare Summen für einen Zugang zum Palast. Dabei interessierten sie Dinge wie: Wer spricht mit wem? Wer gewinnt Macht dazu und ist vielleicht der kommende starke Mann? Wer verliert an Einfluss und ist keine Bestechungsgelder mehr wert? Selbst aus den Gewohnheiten wichtiger Amtsträger lässt sich viel Geld machen. Du weißt von so vielen Dingen, die den Menschen dort draußen verborgen bleiben. Einfach nur, weil du die Augen aufhältst und dich im Zentrum der Macht bewegst. Du sollst keine Geheimnisse verraten, die dem Kaiser schaden können. Aber solche nichtssagenden Informationen kannst du dir ruhig gut bezahlen lassen. Das halten viele Waräger so."
Als ein stiernackiger Offizier der byzantinischen Armee an ihnen

vorbeiging, blickte Sigvald sich um.
Als dieser vor ihm stehenblieb und ihn von oben bis unten musterte, verwandelte sich sein grimmiger Gesichtsausdruck in etwas, das man mit viel gutem Willen für ein Lächeln halten konnte.
„Sigvald, du alter Barbar! Wie hast du es geschafft, noch immer unter den Lebenden zu weilen? Solltest du tatsächlich so gut mit der Axt sein, wie du nie müde wirst zu behaupten?“
Dabei entblößte der Offizier eine Reihe bemerkenswert gesunder Zähne.
Die beiden Männer sahen sich an. Dann traten sie aufeinander zu und umarmten sich.
Viele Höflinge zuckten bei dem Anblick erschrocken zusammen. Sie konnten sich nicht erinnern, diesen General jemals in umgänglicher Stimmung erlebt zu haben. Ihm eilte ein furchterregender Ruf voraus. Man sagte ihm nach, dass er von gnadenloser Härte wäre und seinen Zielen alles andere unterordnete. Wenn er in die Schlacht zog, wollte er den Gegner vernichten. Dabei war es ihm gleichgültig, wieviel Blut es ihn kosten würde. Hauptsache, er trug den Sieg davon.
Sigvald knurrte zurück.
„Viele Männer reden ununterbrochen. Aber nur meine Axt spricht die Wahrheit. Daran solltest du denken, wenn dein faltiger Hintern das nächste Mal von Feinden Konstantinopels bedroht wird.“
Sie tauschten ein vertrautes Lachen.
„Gewöhne dich nicht zu sehr an diese langweiligen Tage im Palast, mein Freund“, riet ihm der General. „Ich habe Pläne, die wie geschaffen sind für Männer wie uns.“
Sigvald funkelte ihn neugierig an.
„Du weißt, wo du uns findest. Beginne keinen Krieg ohne uns.“
Der grauhaarige Offizier nickte knapp und ließ seine Augen wohlgefällig über die Waräger gleiten. Das waren Krieger nach seinem Geschmack.
Sie verabschiedeten sich und der Mann setzte seinen Weg fort.
Sigvald und Leifs Augen hatten einen versonnenen Ausdruck angenommen. Beide sahen dem Offizier hinterher.
„Das könnte interessant werden“, murmelte Sigvald leise und blickte Thoralf bedeutungsschwer an.
Thoralf hatte sich die Erscheinung dieses bulligen Mannes genau eingeprägt. Er hatte sein wuchtiges Kinn energisch vorgestreckt und musste bereits fünfzig Jahre alt sein. Obwohl er nur noch einen schmalen Kranz kurz geschorener grauer Haare auf dem Kopf hatte, strahlte seine ganze Erscheinung zupackende Entschlossenheit aus.
„Das war General Maniakes“, erklärte Sigvald. „Wenn er zur Audienz

beim Kaiser gerufen wird, kannst du davon ausgehen, dass es schon bald wieder Arbeit für uns gibt."
Er bleckte die Zähne.
„Und ich rede nicht davon, irgendwelchen Prozessionen beizuwohnen oder alten Mönchen beim Singen zuzuhören. Maniakes ist ein alter Haudegen, der es nicht aushält, wenn er zu lange auf seinem Hintern sitzt. Ich bin sicher, dass er einen Plan hat, für den er den Kaiser begeistern will."
Sie sahen zu, wie der General von einem hohen Beamten empfangen wurde und gleich in einen angrenzenden Raum weitergeleitet wurde. Dort warteten bereits mehrere Generäle darauf, dass sich ihnen auch Johannes anschloss.
Sigvald beugte sich zu Thoralf herüber.
„Dieser Maniakes hat vor einigen Jahren einen Feldzug gegen die Araber angeführt. Auch wir Waräger sind dabei gewesen. Beim Vormarsch auf Aleppo ist das Heer während eines Sandsturms von arabischer Reiterei überfallen worden. Die sonst so disziplinierten byzantinischen Truppen sind in Panik geraten und haben sich in alle Winde zerstreut. Das hat ihm eine schwere Niederlage eingebracht. Doch diesen Kerl sollte man nicht unterschätzen. Widerstand stachelt ihn bloß an. Jeder andere General hätte nach einer solchen Niederlage den Rückzug angetreten. Maniakes hingegen hat gewartet, bis sich der Sandsturm gelegt hatte. Dann hat er seine Truppen gesammelt und ist einfach weitermarschiert. Damit hat er die Araber kalt erwischt. Es ist ihm gelungen, ihnen die wichtige Stadt Edessa zu entreißen und dem Reich anzugliedern. Seit diesem Tag hält Johannes große Stücke auf seinen General."
Sigvald lächelte vielsagend.
Thoralf verzog abschätzend den Mund.
„Und wie kommt es, dass er dich so gut kennt?"
Sigvald ließ kurz seine Zähne aufblitzen.
„Eines Nachts schlichen sich zweihundert Araber in unser Lager. Es gelang ihnen, erneut eine Panik unter den Byzantinern auszulösen. Nur wir Waräger standen unerschütterlich. Trotz der Hitze haben wir in unseren Kettenhemden geschlafen. Daher mussten wir uns nur noch den Helm aufsetzen und nach unseren Äxten greifen. Schon standen wir vor unseren Zelten und waren bereit, den Angriff dieser Turbanträger abzuwehren. Die Araber fielen unter unseren Schlägen wie das Korn unter der Sense. Am nächsten Morgen stellten wir fest, dass wir im Kampfesrausch auch ein Dutzend unserer griechischen Soldaten niedergemacht hatten. Zu unserer Verteidigung muss ich sagen, dass es eine ausgesprochen dumme Idee ist, während eines

Kampfes im Dunkel der Nacht in Panik zu verfallen und vor Angst schreiend und mit vorgehaltenem Schwert auf kampfbereite Waräger zuzulaufen. Jedenfalls rettete ich in dieser Nacht dem General das Leben, denn einige Angreifer hatten es bis zu seinem Zelt geschafft. Er hatte bereits zwei von ihnen getötet, aber wer vermag schon zu sagen, ob er mit den restlichen fünf auch noch fertiggeworden wäre? Also haben wir schweigend Seite an Seite gekämpft und ein Blutbad angerichtet."

Er grinste matt bei der Erinnerung an diesen ruhmreichen Tag.

„Es war ein guter Kampf. Das scheint er niemals vergessen zu haben. Seitdem sorgt er dafür, immer einige Einheiten der Garde auf seinen Feldzügen dabeizuhaben. Er nennt uns seine „Korsettstangen", weil wir es sind, die dafür sorgen, dass dieses Heer jeder Gefahr standhält."

Er blickte zu den Generälen hinüber.

„Johannes und der General wollen das byzantinische Reich zu alter Größe zurückführen. Jetzt, da wir dafür gesorgt haben, dass sowohl die Angriffe der Bulgaren als auch die Piratenüberfälle im Mittelmeer der Vergangenheit angehören, sehnen sie sich bestimmt nach neuen Taten. Sie suchen immer nach Möglichkeiten, ihre Namen mit dem Glanz von Waffenruhm zu verbinden, der weit über die Grenzen des Reiches hinausstrahlt. Das könnte eine weitere Chance für uns sein, reich zu werden."

Thoralf kratzte sich neugierig am Ohr.

„Was glaubst du, gegen wen wir kämpfen sollen? Soweit ich weiß, führt Byzanz doch gerade keine Kriege gegen seinen Nachbarn."

Sigvald blinzelte ihm listig zu.

„Ich bin sicher, dass der Kaiser einen Grund finden wird, um sein Herrschaftsgebiet auszudehnen. Vielleicht nutzt er die Gelegenheit, um verlorengegangene Gebiete zurückzuerobern, die einem seiner Vorgänger in einer Zeit der Schwäche entrissen wurden. Da würden mir einige Landstriche in Syrien oder auch in Italien einfallen. Denn diese Gebiete gehörten allesamt mal zum Byzantinischen Reich."

Sie sahen, wie sich die Generäle aufmerksam über eine Karte beugten.

„Ich würde zu gerne wissen, worüber sie sprechen", raunte Folke ihnen zu.

„Ich hätte nämlich nichts dagegen, meine Klinge mal wieder in einem richtigen Kampf zu führen. Sonst roste ich noch ein. Wir werden schließlich fürs Kämpfen bezahlt und nicht dafür, durch die Stadt zu laufen und Götzenbilder anzustarren."

Die anderen Waräger nickten unternehmungslustig.

Hjalmar wechselte die Streitaxt von der linken auf die rechte Schulter.

„Du kannst dich auch zu den Warägern melden, die das Numera-

Gefängnis bewachen. Ich habe mir sagen lassen, dass einige von uns ihre Berufung darin gefunden haben, verdächtige Personen einzukerkern und nach Herzenslust zu foltern. Dort sollen sie jeden Tag Kastrationen durchführen oder die armen Gestalten mit Säure blenden. Sie haben es dabei zu einiger Fertigkeit gebracht. Aber für mich ist das nichts. Ich will dem Kaiser mit der Waffe in der Hand auf dem Schlachtfeld dienen. Deshalb lasst uns hoffen, dass der General die nötige Überzeugungskraft aufbringt."

Sie ließen ihren Gedanken freien Lauf, während sich das Treffen der Generäle mit Johannes in die Länge zog. Endlich schienen sie zu einem Entschluss gekommen zu sein.

Johannes führte die Generäle in die Mitte der Halle zurück. Er hatte die Arme in den Ärmeln seiner purpurfarbenen Tunika versteckt und sah sehr zufrieden aus, als er seine Kommandeure und deren Offiziere um sich versammelte.

„Meine Soldaten! Wir haben entschieden, die Demütigungen der arabischen Sarazenen in Italien und auf Sizilien nicht länger hinzunehmen. Viele Jahrhunderte waren diese Gebiete Teil unseres Reiches, in denen Zivilisation und Kultur aufblühten. Dann kam eine Zeit, in der sich Gott von uns abgewandt hatte. Von allen Seiten drangen fremde Völker ins Innere unseres Reiches vor und entrissen uns ganze Landstriche. Im Jahre 905, gleich zu Beginn der Amtszeit des unglücklichen Kaisers Konstantin VII., fiel den Sarazenen schließlich der Großteil Italiens und die komplette Insel Sizilien in die Hände. An diesem Verlust wäre unser Reich fast zerbrochen. Doch wir haben zu alter Stärke zurückgefunden. Heute herrschen dort kleinere arabische Fürstentümer. Jedes von ihnen reicht an Einfluss kaum über die jeweiligen Stadtgrenzen hinaus. Noch dazu sind sie untereinander heillos zerstritten. Dies ist der richtige Zeitpunkt, um mit Gottes Hilfe dorthin zurückzukehren und die Sarazenen aus unseren ehemaligen Landen zu vertreiben."

Er blickte in die Runde, während seine Augen vor Begeisterung leuchteten.

„Unser Heer ist aufgerufen, sich dieser neuen Herausforderung zu stellen. Zum Wohle des Reiches! Der Feldzug wird unter dem Oberbefehl von General Maniakes stehen. Er schlug vor, dass ihn starke Einheiten meiner Garde begleiten sollten. Ich bin geneigt, ihm diesen Wunsch zu erfüllen."

Einige Waräger lauschten angestrengt den Worten des Kaisers. Noch immer taten sich viele Männer schwer damit, dem griechischen Zungenschlag zu folgen. Doch Thoralf hatte den Kern der Aussage längst verstanden.

„Es wird Krieg geben“, raunte er Folke zu, der ihm voller Selbstvertrauen entgegensah.

An diesem Abend trat Ulf vor Jarl Olaf. Der Jarl zog nachdenklich die Augenbrauen in die Höhe und musterte den graubärtigen Gefährten, der ihn schon auf unzähligen Fahrten begleitet hatte. Er bemerkte das leichte Humpeln. Die Schwertwunde, die Ulf sich im Kampf gegen die Piraten zugezogen hatte, war nie richtig verheilt und machte ihm noch immer zu schaffen.
Ulf sah seinem Jarl lange in die Augen. Sein eisgrauer Bart zitterte leicht.
„Ich werde in Byzanz bleiben“, eröffnete er dem Jarl schließlich.
Dieser atmete tief ein.
„Ist es wegen deines Beines?“
Ulf verzog das Gesicht.
„Ich kann das rechte Bein nicht mehr richtig belasten. Es knickt manchmal einfach weg. Damit bin ich unseren Kameraden im Schildwall keine große Hilfe.“
Er atmete rasselnd ein und suchte nach Worten.
„Ich will nicht irgendwann auf einen Gegner treffen, der nur halb so alt ist wie ich und mich auf dem Schlachtfeld besiegt, weil ich alt und langsam geworden bin. Du weißt, dass ich mich nie vor einem Kampf gefürchtet habe, Olaf. Doch jetzt habe ich eine Frau kennengelernt, die mit mir leben will. Und dank unserer Feldzüge habe ich so viel Beute gemacht, dass ich davon bis ans Ende meiner Tage leben kann, ohne jemals Not leiden zu müssen.“
Der Jarl umfasste die Unterarme seines Gefolgsmannes.
„Ulf, du hast immer treu deinen Eid erfüllt, den du mir vor so vielen Jahren geleistet hast. Niemand wird es wagen, dich einen Feigling zu nennen. Wenn die Nornen zu dir sprechen und dir diesen Weg vorgeben, will ich deinem Schicksal nicht im Wege stehen. Aber dich zu verlieren, wiegt schwer. Kein Mann kann so fesselnde Geschichten erzählen wie du. Wir werden dich auf unserem Feldzug schmerzlich vermissen, mein Freund.“

Zwölf Wochen später gingen die Waräger an einem viel zu heißen Sommertag an Bord der kaiserlichen Flotte. Es lagen so viele Schiffe in den Häfen der Hauptstadt vor Anker, dass Thoralf kaum noch das Wasser sehen konnte. Mit ihnen wurden auch zehntausend byzantinische Soldaten verschifft, die den Hauptteil des Heeres stellten. Das Meer blieb friedlich und so verlief die Überfahrt ohne Zwischenfälle. Vierzehn Tage später betraten sie in einer abgelegenen Bucht in der Nähe von Messina erstmals sizilianischen Boden. Die

ganze Bucht war voll von byzantinischen Kampfschiffen, von denen Männer in einem niemals enden wollenden Strom ihre Ausrüstung an Land brachten. Vorauskommandos hatten bereits Lagerplätze abgesteckt und damit begonnen Palisaden anzulegen. Hilfskräfte hoben Latrinen aus und schon bald erinnerte das Ufer an einen riesigen Ameisenhaufen.
Thoralf watete durch das knietiefe Wasser. Er trug die Axt über der Schulter und ließ seine restliche Ausrüstung an Bord einer bauchigen Dromone zurück. Bedienstete würden sich um ihr Gepäck und das Aufstellen ihrer Zelte und kümmern. Es hatte schon seine Vorteile, wenn man der Garde angehörte, gestand er sich zufrieden ein. Hinter ihm folgten in einer langen Reihe seine Kameraden. Sie musterten die grünen Hügel und Täler, die sich weit ins Landesinnere erstreckten.
„Diese schöne Insel habt ihr euch von den Sarazenen abnehmen lassen?", rief Thoralf.
„Hier gibt es Berge, deren Gipfel sich in den Wolken verlieren, und Täler voll mit üppigem Grün. Das Meer quillt beinahe über vor Fischreichtum. Hier lässt es sich gut leben."
Ivar bückte sich und vergrub seine Hand in der dunklen Erde.
„Und es ist fruchtbarer Boden", murmelte er. „Das verspricht gute Ernten. Wir sollten unsere Familien nachholen und diesen Flecken für uns selbst in Beschlag nehmen."
Sie tauschten einen Blick untereinander und waren nicht überrascht, dass sie alle einen ähnlichen Gedanken gehegt hatten.
Thanos hob mahnend die Stimme.
„Habt ihr euren Eid etwa schon vergessen? Ihr seid Schwurmänner des Kaisers!"
Hjalmar zwinkerte ihm zu.
„Beruhige dich, kleiner Mann. Wir stehen zu unserem Wort. Außerdem gehört dieses Land noch immer den Sarazenen. Also, was wissen wir über unsere Gegner?"
Thanos hob ratlos die Schultern.
„Ich weiß nicht mehr als ihr. Aber für heute Abend hat General Maniakes die Kommandeure in sein Befehlszelt einberufen. Dann erfahren wir mehr über seine Pläne. Dieser gewiefte Taktiker hat sich sicher längst mit den örtlichen Begebenheiten vertraut gemacht und sein Vorgehen genau geplant."
Thoralf wies mit dem Kinn zu einer Anhöhe hinüber, auf der sich eine stattliche Anzahl Krieger versammelt hatte.
„Das müssen Söldner sein, oder? Woher kommen diese Männer?"
Thanos folgte seinem Blick.
„Das sind Normannen", sagte er.

„Sie sind Zweit- oder Drittgeborene und haben daher in ihrer Heimat keine Aussicht darauf, Land oder Titel zu erben. Also haben sie beschlossen, sich auf eigene Faust zu holen, was ihnen zusteht. Sie sollen furchtbare Krieger sein, in Eisen gekleidet und unerbittlich auf dem Schlachtfeld. Sie zählen fünfhundert Ritter, die nichts anderes wollen als Ruhm und Beute. Eigentlich sind sie euch recht ähnlich. Allerdings kämpfen sie als schwere Reiterei. Ihrem massiven Ansturm hat noch kein Gegner standgehalten. Ihr Ehrgeiz kennt keine Grenzen. Mit ihrer Beute sind sie nie zufrieden. Deshalb gab es schon einigen Streit mit unserem General."
Thoralf strich sich langsam über den Bart.
„Gut, dass sie auf unserer Seite kämpfen. Wir Nordmänner kämpfen nicht gern gegen Reiter. Und gepanzerte Ritter können auf ihren Schlachtrössern selbst einem fest geschlossenen Schildwall schwer zusetzen."
Sie zogen sich vor der Mittagsglut in ihre eilig errichteten Zelte zurück. Am Abend fanden sich die Truppenführer bei General Maniakes ein. Dieser winkte sie näher zu sich heran. Er hatte eine große Karte auf einem Tisch ausgebreitet und die Ecken mit schwarzen Steinen beschwert.
„Unsere Landung ist ohne größere Störungen geglückt. Aber das war nur der erste Schritt von vielen, die nötig sein werden, um diese Insel wieder dem Byzantinischen Reich einzugliedern."
Er vergewisserte sich kurz, dass alle Truppenführer seinen Worten konzentriert lauschten.
„Unsere Feinde sind muslimische Araber. Einer ihrer wichtigsten Anführer ist der Emir Abdallah. Soweit uns bekannt ist, gehört er zum Berberstamm der Ziriden, die eigentlich in Nordafrika ansässig sind. Es ist den Arabern zwar im neunten Jahrhundert gelungen, Sizilien zu erobern. Doch sie verfügen über keine nennenswerte Flotte, was sie anfällig macht für Angriffe von See. Außerdem sind viele der muslimischen Fürsten untereinander zerstritten. Der Zeitpunkt für eine Rückeroberung ist also gut gewählt. Doch täuscht euch nicht. Die meisten Festungen auf dieser Insel sind in einem guten Zustand. Es wird nicht leicht, unsere Feinde zu vertreiben."
Energisch wies er auf einige Punkte auf der Karte.
„Wir befinden uns in dieser weitläufigen Bucht in der Nähe von Messina. Diese Stadt wird auch unser erstes Ziel sein. Wir werden Messina so lange belagern, bis die Araber die Sinnlosigkeit ihres Widerstands einsehen und die Tore für uns öffnen."
Seine wichtigsten Heeresführer nickten zustimmend.
General Maniakes streckte mahnend den rechten Zeigefinger in die

Luft.
„Wir werden die Stadt von ihrer Versorgung abschneiden, um die Bewohner auszuhungern. Zudem werden wir sie pausenlos mit unseren Katapulten beschießen. Der eine oder andere Überraschungsangriff wird dafür sorgen, dass die Verteidiger keine Zeit finden, um sich zu erholen. Unser Heer braucht einen Erfolg, dann fallen die nächsten Unternehmungen gleich viel leichter. Wenn sich die Stadt ergeben sollte, verschonen wir die Bewohner. Wer uns jedoch bekämpft, den trifft unsere gnadenlose Härte. Zum einen sind viele der Einwohner selbst Griechen, die unter der Herrschaft der Sarazenen leben. Schließlich waren wir es, die viele der Städte selbst gegründet haben, bevor uns die Insel entrissen wurde. Außerdem ist es wichtig, ein Zeichen zu setzen."
Zwei Tage später begannen die Mannschaften einiger kleinerer Katapulte mit dem Beschuss der Stadt. Ihre Wurfgeschosse richteten keinen großen Schaden an, doch sie zerrten an den Nerven der Eingeschlossenen. In einer mondlosen Nacht versuchten die byzantinischen Truppen die Mauern zu erstürmen. Doch die Wachen der Sarazenen waren aufmerksam und schon bald gellten Warnrufe durch die Nacht. Die Verteidiger warfen brennende Holzscheite von den Mauern, die die Angreifer erbarmungslos ins flackernde Licht rückten. Dann surrten die ersten Pfeile von den Mauern herab und rissen einige Angreifer in den Tod. So brach der Angriff schnell in sich zusammen.
Zwei Wochen vergingen, ohne dass die Belagerer Fortschritte erzielen konnten. General Maniakes verlor langsam die Geduld. Er befahl einen Angriff mit allen Kräften kurz vor Tagesanbruch.
Einige Trupps schafften es, Leitern an die Mauern anzulegen. Mühsam arbeiteten sich die ersten Männer unter dem einsetzenden Beschuss in die Höhe. Doch dann schafften die Sarazenen riesige Kessel heran, aus denen sie siedendes Öl über ihnen ausschütteten. Die Männer schrien vor Schmerzen, so dass sich ihren Kameraden, die im Lager zurückgeblieben waren, die Nackenhaare aufstellten. Die byzantinischen Angreifer schlugen wild um sich und stürzten in die Tiefe. Sie mussten furchtbare Qualen erleiden. Sofort brach General Maniakes den Angriff ab.
Aus dem Lager beobachteten zahlreiche Soldaten den Vorstoß. Sie hatten sich längst vom Geschehen abgewandt, als erregtes Gemurmel laut wurde. Plötzlich schwangen die schweren Tore Messinas auf und ein Schwall Verteidiger drängte nach draußen.
„Diese Hunde versuchen einen Ausfall!", rief Ivar und schüttelte den Kopf.

„Einen solchen Schneid hätte ich den Sarazenen gar nicht zugetraut."
Alle Nordmänner starrten auf das Chaos, das dieser überraschende Ausfall auslöste. Die Ordnung der Griechen zerbrach. Etliche Gruppen fochten sich den Rückweg frei, während einzelne Soldaten um ihr nacktes Leben liefen. Dieser Rückzug forderte doppelt so viele Opfer wie der zuvor kühn vorgetragene Angriff. Gleichzeitig stärkte er die Moral der eingeschlossenen Sarazenen.
Nach dieser Niederlage schwiegen drei Tage lang die Waffen. Dann setzten die Byzantiner den Beschuss mit den Katapulten wieder fort.
General Maniakes bestellte seine Offiziere sowie die Anführer der Söldner zu sich.
„Der Angriff war erbärmlich", giftete Wilhelm von Hauteville, der Anführer der normannischen Ritter. Sofort sprangen die byzantinischen Offiziere auf und protestierten lautstark. Der Lärm schwoll an, bis General Maniakes genervt die Hand hob. Da diese Geste keine Wirkung zeigte, schlug er mit der geballten Faust auf den Tisch.
„Ruhe, verdammt noch mal! Ja, der Angriff war erfolglos, aber ein wenig Unterstützung durch eure Reiter hätte uns sehr geholfen."
Als Wilhelm von Hauteville zu einer Erwiderung ansetzte, starrte General Maniakes ihn mit hochrotem Kopf an.
„Ich will nichts mehr hören! Was geschehen ist, ist vorbei. Diese Mauern trotzen uns aber noch immer. Ich habe einen Plan, wie wir diese Stadt erobern können. Dafür muss aber dieses kleinliche Gezeter aufhören. Und ich setze dabei auf eure normannischen Ritter!"
Er blickte Wilhelm von Hauteville in die Augen.
„Kann ich auf euch zählen?"
Dieser nickte knapp, während sein Kiefer unentwegt mahlte.
„Ausgezeichnet."
Der General atmete tief durch. „Ich habe mir Folgendes überlegt…"
Seine Anführer rückten dichter heran, um sich kein Wort des Generals entgehen zu lassen.

Am nächsten Morgen traten starke Kräfte des byzantinischen Heeres zum Angriff auf die Stadt an. Bei Sonnenaufgang marschierten sie in geordneten Reihen auf die Mauern zu. Ihre Offiziere sprachen ihnen Mut zu und feuerten sie lautstark an. Schon früh begannen die Sarazenen damit, die Angreifer mit Pfeilen zu überschütten. Doch die meisten prallten wirkungslos von ihren Schilden ab. Als die ersten Trupps die Mauern erreichten, wiederholte sich das vertraute Bild. Diese mutigen Männer zahlten einen hohen Blutzoll dafür, dass sie deckungslos anstürmten und Leitern in Stellung brachten, die den Sturm der Mauern ermöglichen sollten. Sofort begannen die Soldaten des Kaisers unter dem tödlichen Pfeilhagel die Sprossen zu erklimmen. Viele wurden getroffen und stürzten in die Tiefe. Etliche Leitern wurden von den Sarazenen umgestoßen und rissen die Angreifer mit sich hinab. Auch dieser Angriff wurde abgeschlagen.

Als die Truppen in Auflösung begriffen zurückfluteten, dauerte es nicht lange, bis die mächtigen Tore erneut aufschwangen.

Sarazenische Reiter quollen aus der Stadt und schwenkten silbrig glänzende Krummsäbel über ihren Köpfen. In lockerer Schar folgten ihnen ganze Rudel von Verteidigern, die von der Aussicht auf gute Beute gelockt wurden. Die Angreifer liefen nun noch schneller und die ersten warfen bereits ihre Waffen weg.

Brondolf war mit etlichen Kameraden im Lager zurückgeblieben und kniff die Augen zusammen. Dabei hatte er Mühe, ein Grinsen zu unterdrücken.

„Seht mal nach links hinüber. Dort, wo die Anhöhe in ein kleines Tal mündet. Dieser Flecken ist von der Burg aus nicht einsehbar. Und wenn ich es richtig sehe, haben sich dort die Normannen versammelt. Es muss diesen heißblütigen Kerlen schwergefallen sein, sich so lange ruhig zu verhalten."

Aus der Ferne drang der Kampfeslärm zu ihnen herüber. Doch die Sarazenen schienen die Gefahr in ihrer Flanke noch nicht bemerkt zu haben.

Wie aus dem Nichts fiel nun die normannische Reiterei über die leichtgerüsteten Sarazenen her. Eben noch den Sieg vor Augen, blickten ihnen die Sarazenen schreckensstarr entgegen. Einige versuchten, sich zu einer Abwehrlinie zu formieren. Doch diese Bemühungen machten die Normannen zunichte. Ihre schweren Schlachtrösser fuhren durch die ungeordneten Haufen, während die gepanzerten Ritter mit ihren Lanzen zu töten begannen. Schon der erste Angriff forderte zahlreiche Opfer. Die Ritter ließen die Waffen in den Körpern ihrer toten Feinde stecken und zogen sofort ihre Langschwerter. Die ersten Sarazenen wichen zurück, um in den Schutz der Festungsmauer zu gelangen. Doch die Normannen ließen nicht von ihnen ab. Brüllend stürzten sie sich auf die Fliehenden und richteten ein Blutbad an. Sie peitschten auf ihre Pferde ein und trieben sie erbarmungslos voran. So gelang es ihnen, das Tor gemeinsam mit den Verteidigern zu erreichen.

„Alles mir nach! Lauft, ihr faulen Hunde!", brüllte Harald der Harte und mehr als tausend Waräger folgten ihm lauthals schreiend.

Sie mussten eine langgezogene Ebene überqueren. Thoralf konnte sich nicht vorstellen, dass das Tor vor ihnen lange genug offenbleiben würde. Doch die normannischen Reiter verschwanden schon bald im Innern der Festung und ließen Gruppen toter Verteidiger zurück. Auch

wenn die Normannen an Zahl weit unterlegen waren, handelte es sich bei ihnen um hervorragende Kämpfer, die schlachterfahren und waffengewandt waren. Wer von den Verteidigern miterlebte, wie sie vom Pferderücken herab ihre riesigen Schwerter in die Leiber schlecht gerüsteter Sarazenen bohrten, vergaß jeden Gedanken an Widerstand und wich panisch zurück.
Die Nordmänner liefen so schnell sie konnten. Einige ältere Krieger blieben schon bald schnaufend zurück. In voller Ausrüstung zu laufen, war eine Tortur. Doch die meisten von ihnen erreichten schließlich das Tor und stürzten sich hindurch. Sie schnauften angestrengt. Nicht einer von ihnen hatte noch den Atem für einen Kampfschrei. Doch als sie auf einige Verteidiger trafen, fielen diese schnell ihren riesigen Äxten zum Opfer. Andere Sarazenen warfen beim Anblick dieses ungleichen Kampfs ihre Waffen weg und flüchteten tiefer in das Gewirr der Gassen.
Thoralf konnte es kaum glauben. Innerhalb kürzester Zeit war ihnen eine starke Festung in die Hände gefallen.
General Maniakes schickte Truppen zur Unterstützung seiner verbündeten Söldner aus. Als der größte Widerstand niedergekämpft worden war, ließ er die Überlebenden zur Kapitulation auffordern. Er wollte ein Zeichen der Gnade setzen, was in den anderen Burgen Siziliens schnell die Runde machen würde. Nur wenig später wehte die byzantinische Flagge über der Festung. Sie hatten eine strategisch wichtige Burg erobert und auf Sizilien Fuß gefasst.
General Maniakes war kein Mann, der seine Gefühle nach außen trug. Doch auch er schien mit dem Sieg zufrieden zu sein. Er bestimmte einen erfahrenen Offizier zum Kommandanten der Stadt.
„Sorge dafür, dass die Stadt wieder in einen verteidigungsfähigen Zustand versetzt wird. Verstärkt die Tore, füllt die Waffenkammer auf und prüft die Vorratsspeicher. Diese Burg darf niemals wieder in die Hände der Sarazenen fallen!"
Der tatkräftige Offizier machte sich mit leuchtenden Augen ans Werk.
General Maniakes war in seinen Plänen längst viel weiter. Er wusste, dass es ein äußerst mühsames Unterfangen werden würde, den Arabern die Festungen zu entreißen, die sie im Laufe von Jahrzehnten an allen strategisch wichtigen Punkten erbaut hatten.
Seine Männer hatten durchaus Erfahrung in der Belagerung von Festungen. Sie verfügten über Belagerungsmaschinen und würden jedes Mauerwerk über kurz oder lang zum Einsturz bringen. Doch dies würde Jahre des Kampfes erfordern. Die Normannen hatten ihm gerade vor Augen geführt, dass die unbändige Entschlossenheit seiner Söldnereinheiten in ausweglosen Situationen den Ausschlag geben

konnte. Und das Beste daran war, dass er eine genaue Vorstellung davon hatte, wie er solche Männer motivieren konnte.
Kurz darauf berief er Leif und Harald Hardrade, genannt der Harte, als Anführer aller Nordmänner in sein Quartier. Wenig später folgte ihnen der Anführer der Normannen.
Sie alle hatten sich nach der Schlacht notdürftig das Gesicht gereinigt und sahen wieder vorzeigbar aus. Doch noch immer waren sie in Eisen gekleidet und hatten Blutspuren auf ihren Kettenhemden.
Der normannische Anführer, Wilhelm von Hauteville, war ein riesiger Klotz von Mann. Er war noch erhitzt von den Anstrengungen der Schlacht und sein Gesicht glänzte vor Schweiß.
Der General hatte gehört, dass dieser Mann den Beinamen „Eisenarm" trug. Ein treffender Beiname, wie er bei der Eroberung Messinas bewiesen hatte.
„Kommen wir gleich zur Sache", eröffnete er ohne Umschweife das Gespräch und registrierte das zufriedene Brummen der Anführer.
„Ihr habt euch als wertvolle Verbündete erwiesen und unseren Männern viel Blut gespart. Der Kaiser dankt euch für euren schlachtentscheidenden Einsatz und belohnt euch mit einem höheren Anteil an der Beute."
Er strich sich über den Bart und wartete, bis ihn alle drei Männer lauernd ansahen.
„Ihr wisst, dass dem Kaiser die Hälfte aller Beutegüter zusteht. Von der anderen Hälfte erhalte ich ein Drittel. Der Rest geht zu gleichen Teilen an die Soldaten. Heute will ich euch einen anderen Vorschlag machen. Wenn ihr mit euren Männern den Sieg erzwingt, steht euch die Hälfte der gesamten Beute zu, die uns mit der Einnahme einer Burg in die Hände fällt. Als besonderes Zeichen unserer Wertschätzung verzichten sowohl der Kaiser als auch ich auf einen Teil der uns zustehenden Beute. Nehmt dies als Ansporn für die Schlachten, die noch vor uns liegen."
Die beiden Waräger tauschten einen zufriedenen Blick aus. Einzig Wilhelm, der Normanne, hatte die buschigen Augenbrauen in die Höhe gezogen.
„Wo bleibt unsere Flotte? Sie sollte schon längst im Hafen liegen, damit meine Männer ihre Beute auf die Schiffe verladen können."
General Maniakes verzog das Gesicht, als hätte er Zahnschmerzen.
„Der Kaiser hat mich in seiner Weisheit zwar zum Oberbefehlshaber der kaiserlichen Armee ernannt und mir somit die Verantwortung über alle auf Sizilien kämpfenden Truppen gegeben. Doch die Befehlsgewalt über unsere Flotte hat er in die Hände seines Schwagers Stephanos gelegt. Dieser Mann verfügt über keinerlei Erfahrung und neigt dazu,

Entscheidungen auszusitzen. Statt zu tun, was nötig ist, soll er schon am frühen Nachmittag häufig betrunken an Deck seiner Dromone herumtorkeln."
Seine Stimme klang so voller Verachtung, dass er sich selbst zur Mäßigung rief.
„Trotzdem gehe ich davon aus, dass die Flotte in Kürze Kurs auf den Hafen nehmen wird."
Wilhelm straffte die mächtigen Schultern, schien aber mit der Antwort zufrieden zu sein.
Der General atmete durch und senkte seine Stimme.
„Ihr fragt euch sicher, was unsere nächsten Schritte sein werden. Nun, ich bin der Auffassung, dass wir unseren Schwung und die Verzagtheit unserer Feinde ausnutzen sollten. Daher werde ich noch heute Abend die ersten Truppen in Marsch setzen und kleinere Festungen auf dem Weg nach Syrakus angreifen lassen."
Das Glitzern in den Augen der Anführer seiner Söldnertruppen entging ihm nicht.

General Maniakes machte auf diesem Feldzug seinem gnadenlosen Ruf alle Ehre. In den nächsten zwei Jahren zogen seine Truppen durch den Osten der Insel und brachten mit Feuer und Schwert zahlreiche Burgen in ihre Gewalt. Allein dreizehn große Festungen fielen den Byzantinern auf ihrem Feldzug in die Hände.
Für Thoralf und die Waräger war diese Form des Krieges eine neue Erfahrung. Die meisten Nordmänner, die der Garde beigetreten waren, kannten den Kampf auf dem Meer. Sie alle hatten mit ihren Drachenbooten schon waghalsige Angriffe auf Schiffe durchgeführt und in schnellem Handstreich große Handelsschiffe erobert. Doch um Burgen hatten sie bisher immer einen großen Bogen gemacht. Nicht aus Angst, denn die war ihnen fremd. Doch solche Festungen waren erbaut worden, um Angriffen zu trotzen. Wenn sie zudem noch gut geführt wurden, konnten selbst jahrelange Belagerungen erfolglos sein. Ein solches Risiko hatten die meisten Nordmänner niemals auf sich genommen. Sie waren an schneller Beute interessiert, ohne hohe Verluste zu erleiden.
Thoralf hatte als kleiner Junge atemlos Erzählungen gelauscht, die von wagemutigen Vorstößen der Nordmänner handelten. Vor vielen Jahren hatte eine Armee aus Nordmännern die große Stadt Paris belagert. Sie konnten sie nicht erobern, aber sie wurden reich, als ihnen der französische König Gold bot, damit sie endlich abzogen.
Thoralf selbst hatte noch nie an einer Belagerung teilgenommen. Diese Wälle flößten ihm Respekt ein. Er trat dem Feind lieber in offener

Schlacht entgegen, bei der es auf Waffengeschick und Schnelligkeit ankam. Doch wer auf Sizilien Schätze erbeuten wollte, musste sich an die gutverteidigten Burgen heranwagen und den an Zahl meist überlegenen Sarazenen die Stirn bieten.
Thoralf sah zu den Zinnen der mächtigen Burg hinauf, die sich vor ihm in den Himmel erhob. Die Stadt hieß Syrakus und ihre Mauern hatten sich bisher als unüberwindlich erwiesen. Seit sieben Wochen belagerten sie diese große Stadt nun schon. Doch der sarazenische Emir dachte nicht im Traum daran, diese Festung aufzugeben.
General Maniakes hatte ihm vor einer Woche einen Parlamentär geschickt, um die Bedingungen einer Übergabe zu verhandeln. Doch der Emir hatte sich den Bauch gehalten vor Lachen und diesen einfach wieder weggeschickt.
„Richte deinem General aus, dass er nicht der erste Feind ist, der vor meinen Toren steht. Die Mauern meiner Burg sind stark. Euer General wird irgendwann einsehen müssen, dass diese Mauern auch ihn überdauern werden. Es führt kein Weg in diese Festung. Ich werde hier als alter Mann sterben. Aber er kann es gern weiterhin versuchen, sie mir zu entreißen. Es ist schließlich das Blut seiner Männer, das er opfert."
Der General hatte laut geflucht, als er die Meldung bekam, und sogleich den nächsten Angriff befohlen.
Thoralf ließ gedankenverloren seinen Blick über die Ebene schweifen, die sich ohne Deckung zu bieten vor der Burg ausbreitete.
Die Byzantiner und ihre Söldnertruppen hatten seit dem ersten Tag mit an Todesverachtung grenzender Wut angegriffen. Vor jedem Angriff drangen Kriegshörner laut über die Ebene. Trompeten erschallten und Trommeln dröhnten, dass es in der Brust widerhallte. Dieser Lärm sollte dem Feind das Blut in den Adern gefrieren lassen und die eigenen Soldaten mit Zuversicht erfüllen. Doch alle ihre Attacken wurden abgeschlagen. Hunderte von ihnen wurden von den Pfeilen der Verteidiger niedergestreckt. Sie waren von herabgeworfenen Steinen zermalmt oder von kochendem Öl verbrannt worden, das die Verteidiger lachend über sie ausgegossen hatten. Keiner der Angriffe hatte sie der Eroberung auch nur ein Stück nähergebracht.
Ein einziges Mal hatten einige Nordmänner es bis auf die Zinnen geschafft. Doch es kam keine Verstärkung nach und so waren sie schließlich zum Rückzug gezwungen.
Thoralf strich sich über die Stirn, als könnte die Geste seine trüben Gedanken vertreiben. Dann wandte er sich von der Burg ab. Er ertrug ihren Anblick einfach nicht länger. Er zog sich vor der unbarmherzig brennenden Sonne in den Schutz der Zelte zurück, wohin es viele seiner

Kameraden gezogen hatte.
Ivar winkte ihn näher heran.
„Jetzt vergiss doch mal diese hässliche Festung", versuchte er ihn aufzumuntern.
„Erinnere dich lieber an die kleine Stadt, die wir vor sechs Monaten bezwungen haben. Da hieß es vorher auch, dass die Mauern noch nie zuvor überwunden worden wären und wir uns nur blutige Nasen holen würden. Und was haben wir gemacht?"
Er lachte schallend und schlug sich vergnügt auf die Schenkel.
Thoralf fiel in sein Lachen ein, als die Erinnerung daran vor seinem geistigen Auge auftauchte. Es war aber auch wirklich eine verrückte Geschichte gewesen. Sie hatten beschlossen, die Stadt durch eine List zu erobern. Der Jarl hatte drei Männer dazu bestimmt, sich als Bauern zu verkleiden. Das Los war auf Ivar, Folke und Brondolf gefallen. Sie hatten vorher mit griechisch stämmigen Bauernfamilien gesprochen und dabei herausgefunden, dass es einmal im Monat einen Markt in der Stadt gab. An diesem Tag strömten die Bauern der Umgebung herbei, um ihr Obst und Gemüse zu verkaufen.
Also hatten sich die drei Nordmänner in einfache Kittel gehüllt, die blonden Haare mit Schlamm und Schmutz dunkel gefärbt und sich mit den griechischen Bauern zusammen in die Stadt begeben. Da die byzantinischen Truppen das Gebiet weitläufig gemieden hatten, schöpften die Sarazenen keinen Verdacht.
Thoralf schürzte die Lippen, als er an den Anblick seiner Kameraden dachte. Sie gingen gebeugt und mit gesenktem Kopf. Folke ließ sich Speichel aus dem Mundwinkel tropfen, als wäre er verrückt. Dabei hatte er ununterbrochen vor sich hingemurmelt. Brondolf hatte sich die Hände mit frischem Mist eingerieben, damit ihm nur niemand zu nahekam.
„Ist Brondolf eigentlich selbst auf die Idee mit dem Mist gekommen?", wollte Thoralf wissen.
Ivar verzog schmunzelnd das Gesicht.
„Eigentlich wollte ich ihn dazu überreden, sich in die Hosen zu pissen. Aber das ging ihm dann doch zu weit. Als ich die beiden so verkleidet sah, war ich mir ziemlich sicher, dass wir Erfolg haben würden. In diesem Moment erschien es mir, als wachten die Götter über uns. Vielleicht sah Odin uns zu, während wir unser Leben in die Waagschale warfen. Vielleicht aber auch nur Loki, sein Blutsbruder. Dieser gilt doch schließlich als verschlagen und listenreich. Zumindest ihm musste also gefallen, was wir vorhatten. Jedenfalls habe ich mich dann auf den Karren geschwungen und mir ein kleines Lämmchen auf den Schoß gesetzt. Es hatte mich vom ersten Moment an gern und so habe ich es

die ganze Zeit gestreichelt. Die Wachen am Tor haben mich nicht mal beachtet."

Thoralf verzog abschätzend das Gesicht.

„Wenn sie euch am Tor angehalten und Verdacht geschöpft hätten, wärt ihr drei jetzt tot. Denn wir anderen waren viel zu weit entfernt, um euch helfen zu können."

Ivar winkte ab.

„Es gab nicht das kleinste Problem. Und ich weiß auch, warum! Mir hat schon mein Vater früher oft gesagt: Immer, wenn die Götter sich gut unterhalten fühlen, stehen sie dir auch bei. Selbst der verrückteste Plan kann gelingen. Du darfst alles tun, aber langweile niemals die Götter!"

Er lachte und zeigte für einen Moment seine kräftigen Zähne.

„Nachdem sie uns in die Stadt gelassen hatten, haben wir uns unauffällig umgesehen und uns ein Bild von ihrer Verteidigungsfähigkeit gemacht. Irgendwann sind wir auf ein Kellergewölbe gestoßen, in das wir uns zurückzogen. Dort warteten wir, bis der Markttag vorüber war. Das Warten war das Schlimmste. Mit den Händen im Schoß dazusitzen, sich nicht rühren zu können und immer damit rechnen zu müssen, dass uns irgendein Sarazene in unserem Versteck aufstöbert, hat unsere Geduld ziemlich auf die Probe gestellt. Du darfst nicht vergessen, dass Brondolf stank wie ein Misthaufen. Ich war das Warten irgendwann leid und wollte sogar wieder auf den Markt gehen, um Bier zu kaufen."

Er sah Thoralf an und schüttelte den Kopf, um zu zeigen, wie nah sie einer Entdeckung gewesen waren.

„Dann brach endlich die Nacht herein. Als der Mond aufging und uns den Weg leuchtete, schlichen wir vorsichtig aus unserem Versteck. Dann tasteten wir uns zum Tor vor. Dort standen zwei arglose Wachen, die sich der tödlichen Gefahr nicht bewusst waren und mit dem Schlaf kämpften. Brondolf und ich schnitten ihnen lautlos die Kehle durch und zogen ihre Körper in den tiefen Schatten des Tores. Und ich schwöre dir, einer der beiden hat sich, alarmiert durch den Gestank, fast noch rechtzeitig umgedreht und hätte beinahe alles verdorben. Dann entriegelten wir das Tor und öffneten es einen Spalt breit."

Er sah Thoralf an und rollte mit den Augen.

„Du kannst dir nicht vorstellen, wie erleichtert wir waren, als ihr von außen das Tor aufzogt und in langer Reihe in die Stadt eingesickert seid. Dann ging alles ganz schnell und der Feind kam nicht einmal mehr dazu, Widerstand zu leisten. Im Nachhinein hat das Ganze großen Spaß gemacht! Und die Beute ist das Risiko wert gewesen."

Er lachte schallend und klopfte vergnügt auf seine prall gefüllte Geldbörse, die schwer an seinem Gürtel hing.

Folke erschien zusammen mit Thanos im Zelteingang, angelockt durch

den Lärm. Er hatte die letzten Worte noch mitangehört.
„Na, erzählt ihr von meinen Heldentaten? Das war ein Spaß! Ich glaube, wir werden irgendwann als alte Männer am Feuer sitzen und unseren Kindern den ganzen Winter lang von unseren Abenteuern erzählen."
Er seufzte übertrieben laut und setzte sich neben sie.
„Ich komme gerade von unseren Männern. Hemmo und Broder hatten Ärger mit den Normannen."
Thoralf und Ivar tauschten einen überraschten Blick.
„Die Normannen können nicht sehr an ihrem Leben hängen, wenn sie mit den beiden Streit anfangen", murmelte Ivar ungläubig.
„Worum ging es denn?", fragte Thoralf.
„Sie behaupten, es wäre mehr Beute in unsere Taschen gewandert, als uns zusteht. Außerdem hat Broder einem Normannen das Weib abspenstig gemacht."
Ivar grinste.
„Broder mit seinen hellen blauen Augen kriegt aber auch alles fertig. Nicht einmal vor den Normannen macht er Halt. Teufelskerl! Wie ist es ausgegangen?"
Folke winkte ab.
„Sie sind mit den Fäusten aufeinander los. Vier Normannen gegen Hemmo und Broder. Es war ein munterer Tanz, aber die beiden haben kräftig dagegengehalten. Als einer der Normannen nach seinem Messer griff, wurden um ihn herum sofort einige Schwerter gezückt. Das brachte den Streit schnell zum Erliegen. Die Normannen sind wutschnaubend abgezogen und haben den beiden blutige Rache geschworen. Sie haben genauso ein hitziges Blut wie wir Nordmänner. Aber sie beruhigen sich schon wieder."
Eine Weile hingen sie ihren Gedanken nach, bis Folke den Faden wieder aufnahm.
„Wisst ihr, an welche Sache ich noch immer denke, auch wenn sie schon fast ein Jahr zurückliegt und wir seitdem wirklich viel erlebt haben?"
Thoralf wusste genau, worauf er anspielte. Zu sehr hatten sich diese Bilder auch in seinem Kopf festgesetzt.
Ivar sprang auf.
„Ihr wisst doch, dass ich in dieser Zeit mit einigen anderen Warägern Nachschubtransporte von unseren Schiffen begleitet habe. Daher weiß ich von diesem Ereignis nur das, was ihr mir erzählt habt. Und Thoralf war bei seinen Beschreibungen immer recht wortkarg", beschwerte er sich bei Folke.
Folke nickte verständnisvoll. Er hatte den Blick auf den Ausgang gerichtet und schien in Erinnerungen zu versinken. Von Ivars Ungeduld ließ er sich nicht drängen, als er zu erzählen begann.

„Harald, den sie den Harten nennen, habe ich schon immer für einen guten Anführer gehalten. Aber dass er eine solch verrückte Idee hervorgezaubert hat, das hat mich fast umgehauen. Ich sehe sie noch vor mir, die kleine Festung, die sich an einen Berg schmiegte und zudem von einer Seite von einem Fluss geschützt war. Das Gelände begünstigte nur die Verteidiger. Jeder Angreifer hingegen musste ohne Deckung angreifen. Diese Burg schien alle Angriffe überdauern zu können."

Thoralf hatte beide Daumen hinter seinen Gürtel gesteckt. Sein Blick wirkte abwesend, als er in Folkes Worte einfiel.

„Harald saß lange am Feuer und beschloss, sich mit seinen Kriegern nicht länger an diesen erfolglosen Angriffen zu beteiligen. Mir dämmerte, dass dieser Mann ein beeindruckendes Gespür für Gelegenheiten besaß. Wenn Harald keine Chance für einen Sieg sah, verweigerte er jegliche Teilnahme, um das Blut seiner Männer zu schützen. Ein Wesenszug, der ihn bei seinen Gefolgsleuten noch beliebter gemacht hat. Sie vertrauen ihm blind und ich verstehe mit jedem Tag mehr, warum."

Ivar fieberte dem Fortgang der Geschichte entgegen. Wie jeder Nordmann liebte er gute Erzählungen. Vor allem, wenn sie wahr und es wert waren, in die Geschichte einzugehen. Mit einer ungeduldigen Bewegung forderte er die beiden auf fortzufahren.

Folke erbarmte sich.

„Tagelang hat Harald einfach nur dagesessen und die Festung beobachtet. Ich habe diesen kraftstrotzenden Kerl bisher nur voller Tatendrang erlebt. Ich wusste nicht, dass er so lange stillsitzen kann. In dieser Zeit hat er kaum gesprochen und niemand durfte ihn stören. Viele Häuser innerhalb der Festung hatten mit Stroh gedeckte Dächer. Die Festung war von Kornfeldern umgeben. Jeden Morgen stiegen Vogelschwärme über der Festung auf, die dort unter den Dachvorsprüngen nisteten. Dabei zeigte sich immer das gleiche Bild. Die Vogelschwärme fielen über das Korn her, pickten so lange herum, bis sie satt waren, und flogen dann für die Nacht wieder in die Sicherheit ihrer Nistplätze in die Festung zurück. Irgendwann gab Harald den Befehl, so viele Vögel wie nur möglich einzufangen. Ich dachte erst, das wäre ein Scherz. Doch er meinte es todernst."

Folkes Stimme war immer leiser geworden. Noch heute war er fasziniert von dem Ereignis, dessen Zeuge er geworden war.

Thoralf verzog das Gesicht.

„Kannst du dich noch an die Gesichter der Soldaten erinnern, die statt den Feind anzugreifen nun beauftragt wurden, Vögel einzufangen? Viele haben über diesen Befehl den Kopf geschüttelt und Harald für verrückt erklärt. So lebensmüde, es ihm direkt ins Gesicht zu sagen, waren sie allerdings nicht. Viele der byzantinischen Soldaten spotteten bereits über diesen merkwürdigen Waräger, der anscheinend den Verstand verloren hatte. Selbst General Maniakes wurde es irgendwann zu viel. Er stürmte wutschnaubend in Haralds Zelt und verlangte von ihm, sofort mit diesem Unsinn aufzuhören und sich endlich wieder an der Erstürmung der Festung zu beteiligen. Schließlich erhielt er dafür seinen Sold. Doch Harald ließ sich nicht aus der Ruhe bringen. Offenbar hatte er den General in seinen Plan eingeweiht, denn nur wenig später drang statt Wutgeschrei langanhaltendes Gelächter aus seinem Zelt. Das hat die Männer im Lager noch mehr verwirrt. Einige fragten sich schon, ob nun alle Heerführer verrückt geworden waren. Umgehend verpflichtete der General eintausend seiner Männer, uns Warägern beim Einfangen der Vögel zu helfen. In den nächsten Tagen fingen wir mehrere hundert Vögel ein und hielten sie in großen selbstgebauten Volieren gefangen. Ich kam mir manchmal vor wie auf einem Basar in Konstantinopel. Das Vogelgezwitscher war mitunter ohrenbetäubend."

„Und was machte Harald dann?", warf Ivar neugierig ein.

Folke sah ihn listig an.

„Harald? Der schwieg noch immer! An einem brütend heißen Tag war er mit der Anzahl der gefangenen Vögel endlich zufrieden. Er rief uns Waräger zusammen und blinzelte Leif zu, der außer dem General als einziger eingeweiht war. Schon als Leif schmunzelte, wusste ich, dass sie etwas Großes ausgeheckt hatten. Ich schwöre euch, ich hatte eine Gänsehaut, noch bevor Harald das erste Wort gesprochen hatte. Als er dann endlich redete, war es im ganzen Lager totenstill."

„Ihr fragt euch bestimmt, was ich mit den Vögeln vorhabe. Jetzt werde ich es euch verraten", rief er uns zu.

„Ihr alle seid meine Brüder", fuhr er fort.

„Daher will ich euer Leben nicht bei sinnlosen Angriffen aufs Spiel setzen. Warum gute Männer opfern, wenn man die Burg auch anders erobern kann?"

Er genoss unsere neugierigen Blicke.

„Also saß ich da und beobachtete jeden Morgen das gleiche Bild. Tausende Vögel, die ihre Nistplätze in der Festung verließen, um sich auf den verlassenen Feldern dick und rund zu fressen. Was machen die Vögel, wenn sie sich sattgefressen haben?", rief er in die Runde.

„Sie fliegen zurück in ihre Nester!", brüllten wir ihm entgegen.

Harald nickte und breitete die Arme aus.

„Und was geschieht, wenn wir den gefangenen Vögeln kleine Päckchen mit brennendem Zunder ans Bein binden und sie alle gleichzeitig

freilassen?“
Folke sah Ivar augenzwinkernd an.
„Schlagartig war es ruhig geworden und wir tauschten ungläubige Blicke aus. Doch die Ruhe hielt nur kurz an. Dann redeten alle aufgeregt aufeinander ein. Wie plappernde Weiber, die am Fluss Wäsche waschen. Harald hingegen stand einfach da und wartete, bis auch die letzten begriffen hatten, was er im Schilde führte. Dann trat er einen Schritt näher an uns heran, die Hände angriffslustig in die Hüften gestemmt.“
„Morgen früh, meine Brüder, wird diese Festung brennen! Sie wird uns gehören, ohne dass wir das Leben auch nur eines weiteren Nordmannes betrauern müssen.“
Folkes Augen schienen Feuer zu sprühen, als er fortfuhr.
„Nun brach Jubel los. Einige Männer hoben Harald auf ihre Schultern und ließen ihn hochleben. Noch am selben Abend setzte im Lager hektische Betriebsamkeit ein. Wir arbeiteten die ganze Nacht hindurch. Am frühen Morgen des nächsten Tages trauten die Wachen auf den Burgwällen ihren Augen nicht. Obwohl es im Osten erst langsam hell wurde, erhoben sich plötzlich ganze Schwärme von Vögeln in die Luft. Sie flatterten aufgeregt umher. An ihren Füßen hingen unförmige Päckchen, die in Brand gesetzt worden waren. Diesen Anblick werde ich niemals vergessen. Während sich etliche Wachen gegenseitig auf dieses Schauspiel aufmerksam machten, dämmerte den ersten Männern, welche Gefahr über sie hereinbrach. Auch wenn sie lauthals Alarm schlugen, war es längst zu spät! Die Vögel flatterten hektisch umher und versuchten, sich in ihren Nestern in Sicherheit zu bringen. Kurz darauf schlugen erste Flammen aus einigen Gebäuden. Schon bald war die gesamte Stadt ein einziges Flammenmeer.
Wir hatten uns vor unseren Zelten versammelt und staunten über diese Feuerbrunst, die schnell bis in den Himmel reichte. Trotz der Entfernung spürten wir die Hitze auf unserer Haut. Je höher die Flammen stiegen, desto weiter mussten wir zurückweichen. Mittlerweile stiegen schwarze Rauchwolken in den Himmel. Das Feuer schien immer neue Nahrung zu finden. Es fauchte und zischte, als wären die Flammen ein wildes Tier, das plötzlich zum Leben erweckt worden war.“
Ivar starrte Folke wie gebannt an. Es ärgerte ihn heute noch, dass er diese Eroberung verpasst hatte. Thoralf hatte bei der Erzählung einen langen Blick mit Thanos gewechselt. Dieser hatte zu Folkes Worten bisher geschwiegen.
Thoralf erinnerte sich gut daran, wie sehr das Leid der Menschen in der Festung ihn erschüttert hatte. Natürlich waren es seine Feinde, doch kein Mensch hatte ein solch grausames Ende verdient. Irgendwann

hatte er sein heißes Gesicht von dem Inferno abgewandt. Aber die Schreie der verbrennenden Sarazenen hatte er nicht ausblenden können. Diese markerschütternden Laute hatten ihn wie ein Axthieb getroffen.

Folke hatte sich mittlerweile erhoben und malte mit beiden Händen Bilder in die Luft. Jetzt wurde seine Stimme leiser, als wäre die Kraft aus ihm gewichen.

„Es dauerte nicht mehr lange und die Verteidiger öffneten die Tore. Sie versuchten, sich ins Freie zu retten, um der Feuerhölle zu entkommen. Doch für viele Menschen wurde die Festung zur Todesfalle."

Er brach ab und wirkte für einen Moment nachdenklich. Die Euphorie, die ihn zu Beginn erfasst hatte, verflog so schnell, wie sie gekommen war.

Ivar wartete darauf, dass Folke fortfuhr. Doch Thoralf übernahm für ihn. In seiner Stimme lag eine Spur Bitterkeit, die er sich selbst nicht recht erklären konnte.

„Die wenigen Überlebenden strömten durch die geöffneten Tore ins Freie und warfen sich vor uns auf die Knie. Ihre Haare waren versengt und ihre Kleider wiesen Brandlöcher auf. Sie hatten nichts retten können als ihr nacktes Leben. Wir stürmten sofort in Richtung der Festung, um uns unseren Anteil an der Beute zu sichern. Doch mit jedem Schritt, den wir uns den Stadttoren näherten, stieg die Hitze weiter an. Es half alles nichts. Wir mussten uns gedulden, bis sich die Flammen ausgetobt hatten. Aber das dauerte. Die Feuer wüteten bis weit nach Mittag und hinterließen einen Haufen Asche. Eine riesige schwarze Rauchsäule stieg in den Himmel und verkündete weithin das Ende einer ganzen Stadt. Da es beinahe windstill war, war die Rauchwolke den ganzen Tag sichtbar. Wie ein Fanal stand sie am Himmel. Ich habe so etwas nie zuvor gesehen."

Folke zupfte sich am Bart. Er sah vor sich auf den Boden, als würde es ihn Mühe kosten, den Blick zu erheben. Dann fuhr er fort.

„Irgendwann wagten wir uns doch hinein und liefen über die heiße Asche. Die Stadt war nur noch von einem Festungswall umgeben, in denen einige rauchgeschwärzte Gebäude überlebt hatten, die aus Stein errichtet worden waren. Alle anderen Gebäude waren verbrannt. Mittendrin stießen wir immer wieder auf Leichen, die grotesk zusammengeschrumpft waren. Sie sahen aus wie Puppen. Wir haben die wenigen Gebäude durchsucht, die die Feuerbrunst überstanden hatten. Es waren die Häuser der Adligen, die es sich leisten konnten, ein Steinhaus zu bauen. Einige davon verfügten über große Kellergewölbe, die in den nackten Fels gehauen worden waren. Selbst dort hatte das Feuer gewütet. Da die Reichen ihre Schätze jedoch in

eisenbeschlagenen Truhen gelagert hatten, hatten diese das Inferno ziemlich gut überstanden."
Er zeigte ein schiefes Grinsen.
„Natürlich wussten wir, dass General Maniakes die Anweisung erteilt hatte, alle Schätze zuerst vom byzantinischen Schatzmeister registrieren zu lassen. Trotzdem verschwand schon vorher eine ganze Menge an kostbar verarbeitetem Geschmeide in unseren Mänteln."
Ivar leckte sich gierig über die Lippen. Da hatte er eine gute Gelegenheit versäumt, reich zu werden.
Thanos räusperte sich.
„General Maniakes hatte bei dem ganzen Schauspiel keine Miene verzogen. Später soll sich ein Offizier beschwert haben, dass es keine zivilisierte Art sei, Krieg gegen seine Feinde zu führen, indem man sie einfach verbrannte, und die ganze Stadt gleich dazu. Doch Maniakes hatte ihn nur verspottet und aus seinem Zelt geworfen. Er hatte sich längst von den Fesseln des Anstands und der Menschlichkeit verabschiedet. Solche Dinge waren für einen Krieger wie ihn nur Hindernisse auf dem Weg zum Ruhm. Alles, worauf es ihm ankam, war, dass er seinem Kaiser eine weitere Festung zu Füßen legen konnte."
Er starrte nachdenklich zu Boden.
Ivar hatte die Stirn in Falten gelegt.
„Krieg ist ein hartes Geschäft. Schade um die einfache Bevölkerung, die unter dem Feuersturm am meisten zu leiden hatte."
Er sah Thoralf an, als ahnte er, dass dieser die Bilder einfach nicht loswurde.
„Aber was lernen wir daraus für Syrakus? Es muss doch einen anderen Weg geben, in diese hässliche Festung zu kommen!"
Die vier sahen sich an, doch ihnen wollte einfach nichts Gescheites einfallen. Sie würden wohl weiterhin die Wälle berennen müssen, bis eine Seite nachgab.
Auch die nächsten Wochen folgten dem immer gleichen Rhythmus aus wütenden Angriffen auf einzelne Mauerabschnitte.

Stavros saß in seiner Villa und ließ seinen Blick über eine lange Reihe von Zahlen gleiten. Nachdenklich pochte er mit dem Zeigefinger auf eine größere Summe und wandte sich zu seinem Schreiber um.
„Haben diese einfältigen Tuchhändler endlich begriffen, dass es für alle Seiten lukrativer ist, mich mit einem Anteil zu bedenken, als ihre Waren erneut in Rauch aufgelöst zu sehen. Hervorragend!"
Doch dann stockte sein Finger.
„Vom Viehmarkt kommt noch immer nichts?"
Die Stimme des Schreiberlings kippte fast.

„Der größte Viehhändler ist Marcus. Und obwohl Eure Männer schon mehrfach bei ihm vorstellig wurden, weigert er sich nach wie vor, für den Schutz durch Eure Männer zu zahlen."
Stavros wischte das Pergament zur Seite.
„Schick mir den Syrer!"
Der Schreiber verneigte sich und leistete dem Befehl umgehend Folge. Gleich darauf näherten sich schwere Schritte.
Eine gedrungene Gestalt baute sich vor Stavros auf.
„Was befehlt Ihr, Herr?"
Stavros sah nicht auf.
„Harun, du hattest doch Männer zu Marcus, dem Viehhändler, geschickt, richtig?"
Der Syrer streckte sein kantiges Kinn vor. Eine Narbe lief über seine Stirn, die in seinem dunklen Gesicht fast weiß wirkte.
„Wir waren bereits drei Mal bei ihm und haben ihm aufgezeigt, wie wichtig unser Schutz für ihn ist. Doch er wies unsere Männer immer wieder ab und behauptete, er hätte eigene Gefolgsleute, denen er vertraute."
Stavros schüttelte den Kopf.
„Vielleicht wart ihr nicht deutlich genug und habt ihm nicht vermittelt, wie groß die Gefahr ist, in der er tatsächlich schwebt. Das lässt sich nachholen."
Er sprang auf und starrte ihn an.
„Ich will, dass ihr ihn entführt. Nimm dir drei Männer und schaff ihn in das Kellergewölbe am Hafen. Wir wollen doch mal sehen, ob wir seine Meinung ändern können."
Er hatte sich schon fast abgewandt, als er sich noch einmal umdrehte.
„Und Harun, tu es gleich!"

Thoralf konnte nicht mehr sagen, wie oft er mit seinen Gefährten bereits zum Angriff angetreten war. Sie hatten geblutet, getötet und viele Kameraden verloren. Doch sie waren der Eroberung der Festung nicht einen Schritt nähergekommen.
Die Versorgungslage verschlechterte sich immer weiter. Schon bald musste das Essen rationiert werden. Sie aßen übelriechendes Fleisch, sandigen Brei und fauliges Gemüse. Krankheiten breiteten sich aus und schon bald litten die Männer an furchtbaren Bauchkrämpfen und schissen sich die Seele aus dem Leib. Nach etlichen Todesfällen fragte Thoralf sich, ob Syrakus diese Opfer wert war.
Seit einigen Tagen schaffte er es kaum noch von der Latrine herunterzukommen. Manchmal gelang es ihm erst im letzten Moment, sich rechtzeitig die Hose herunterzuziehen. Viele Männer im Heer litten

unter dieser Krankheit, die immer dann auftrat, wenn zu viele Menschen dichtgedrängt an einem Ort hockten. Die Belagerung dauerte einfach schon viel zu lange.

Erneut begehrten seine Eingeweide auf. Er erhob sich zitternd und wankte zu den Latrinen hinüber. Der Weg kam ihm jedes Mal länger vor. Seine Bauchkrämpfe ließen ihn immer wieder zusammenzucken, doch er schaffte es gerade noch rechtzeitig. Wenige Schritte neben ihm kauerte eine Gestalt. Erst auf den zweiten Blick erkannte er, dass es sich dabei um Broder handelte. Er hob den Kopf, als würde ihn die Anstrengung viel Kraft kosten, und wandte den Blick dann wieder ab.

Sie hockten eine ganze Weile da. Doch irgendwann hatten sie sich berappelt, so dass sie sich erheben und mit zittrigen Händen die Hosen zuschnüren konnten.

Trotz der Hitze stand Thoralf der kalte Schweiß auf der Stirn. Er fühlte sich so kraftlos, dass er gar nicht an den Weg zurück zu seinem Zelt denken mochte. Seine Sinne waren längst abgestumpft und doch ließ ihn irgendetwas herumfahren. Das letzte, was er sah, war die flache Seite einer Klinge, die mit großem Schwung auf seinen Kopf donnerte. Seine Knie knickten ein und er schlug schwer zu Boden. Er kämpfte darum, nicht die Besinnung zu verlieren. Vor seinen Augen blitzten Sterne auf und dann floss Blut über sein Gesicht und nahm ihm die Sicht.

Wie von weit her drangen Stimmen zu ihm durch.

„Der eine von den beiden ist der Mistkerl, der sich mit Ronald angelegt hat. Er hat ihm nicht nur die Frau weggenommen, sondern ihm auch noch die Nase gebrochen. Es wird Zeit, dass wir ihm eine Lektion erteilen, die er nicht vergisst."

Thoralf vernahm klatschende Geräusche und hörte ein schmerzhaftes Stöhnen.

„Sie sehen wahrlich nicht zum Fürchten aus, diese dahergelaufenen Nordmänner", höhnte eine tiefe Stimme.

Thoralf versuchte die Augen zu öffnen, doch sein Blut verklebte ihm die Lider. Benommen wischte er sich mit dem Ärmel seiner Tunika über die Augen. Schon diese kleine Bewegung sorgte dafür, dass sein Kopf dröhnte wie eine Kirchenglocke. Stöhnend ließ er den Arm wieder sinken.

Endlich gelang es ihm, die Augen einen Spalt breit zu öffnen. Vier Normannen standen um Broder herum. Eine Schwertklinge lag an seinem Hals.

„Bettelt um euer Leben, ihr Hunde", zischte einer der Normannen.

Broder sah zu Thoralf hinüber und verzog das blutverschmierte Gesicht zu einem höhnischen Grinsen.

Der Mann mit dem Schwert fluchte laut und stieß ihm die Klinge tief in

den Hals.
„Broder!“, schrie Thoralf und wollte aufspringen, doch einer der Männer trat ihm so fest in die Rippen, dass er wieder in sich zusammensank. Er hatte gespürt, wie sich seine Rippen unter dem Tritt bewegt hatten. Angestrengt holte er Luft. Auch wenn der Schmerz in ihm aufloderte, kehrte sein Kampfgeist zurück.
Trotzig spuckte er ihnen blutigen Schleim vor die Füße.
Die Männer lachten laut.
„Du bist genauso stolz wie dein Kamerad. Und jetzt sieh dir an, was es ihm gebracht hat.“
Zwei der Normannen fassten Broder an Armen und Beinen und warfen ihn schwungvoll in die Grube hinab. Laut klatschend schlug sein Körper auf und versank sofort in der dunklen Brühe.
„Was machen wir mit dem zweiten Kerl?“, fragte einer der Normannen.
„Werfen wir ihn doch lebend in die Grube. Ich will gern zusehen, wie er um sich schlägt und in der Scheiße versinkt.“
Boshaft grinste er Thoralf an.
„Selbst wenn du schwimmen könntest, würde dich das nicht retten.“
Nackte Angst griff nach Thoralfs Herz. Wenn sie ihn hier entsorgten, würde ihn niemand finden. Mit letzter Kraft wischte er sich das Blut aus dem Gesicht. Langsam wurden die Umrisse vor seinen Augen deutlicher und er warf einen verschwommenen Blick auf seine Peiniger. Der größere der vier Männer gab den anderen einen Wink. Sofort machten sie einen Schritt auf Thoralf zu. Sie packten ihn und zerrten ihn in die Höhe.
Thoralf versuchte sich zu wehren, doch ein mächtiger Schlag in den Bauch ließ ihn kraftlos zusammensacken. Noch nie hatte er sich so elend und schwach gefühlt.
Sie rissen ihn erneut hoch und stießen ihn in Richtung der Grube, die fast halbvoll war mit den Exkrementen der Soldaten. Thoralf zwang sich, seine Übelkeit zu unterdrücken. Noch immer war sein Blick getrübt, doch er würde hier nicht kampflos sterben.
Einer der Männer trat erneut nach ihm, um ihn in die Grube hinabzustoßen. Doch Thoralf griff nach seinem Fuß und umklammerte ihn mit aller Kraft. Er zog den Körper des Mannes näher zu sich heran und versuchte, nach dessen Hals zu greifen. Der Kerl stieß ein überraschtes Grunzen aus und schlug wie von Sinnen auf Thoralf ein. Doch dieser blendete den Schmerz aus. Mit der rechten Hand bekam er ihn am Hals zu fassen und drückte so fest zu, wie er nur konnte.
„Jetzt versenkt diesen Kerl endlich in der Scheiße!“, rief der Anführer genervt.
„Der ist doch schon halbtot. Das kann doch nicht so schwer….“

Ein gefährliches Pfeifen durchschnitt die Luft und brach mit einem satten Geräusch ab.
Die drei Normannen sahen alarmiert hoch.
Ihr Anführer blickte fragend zu ihnen herüber. Seine Hand irrte halb erhoben durch die Luft und gab den Blick auf eine kleine Handaxt frei, die sich tief in sein Genick gebohrt hatte. Er stürzte wie ein Baum zu Boden.
Für einen Moment hatten seine Komplizen Thoralf vergessen und sahen sich hektisch um.
Thoralf nutzte den Augenblick und beförderte einen von ihnen mit einem kräftigen Tritt in die Grube. Dieser schrie auf, doch der Schrei brach abrupt ab, als die stinkende Brühe über ihm zusammenschlug. Die beiden anderen liefen wie auf Kommando los. Doch bereits nach wenigen Schritten erwischte Folke den linken mit seinem Messer, während Ivar den rechten Mann mit einem Pfeil zu Boden schickte. Beide starben ohne einen Laut.
„Diese Hunde haben Broder abgestochen und in der Grube entsorgt. Mich wollten sie darin elendig ersaufen lassen. Noch nie war ich so froh, euch zu sehen! Danke!"
Seine beiden Freunde winkten ab.
„Broder hätte besser darauf geachtet, mit wem er sich anlegt. Mit den Normannen hatte er sich mächtige Feinde geschaffen. Aber diese vier hier hat es ja nun erwischt. Sei froh, dass unsere Eingeweide diese Drecksnahrung auch nicht vertragen. Sonst hätte das auch für dich böse geendet."
Sie traten an den Rand der Latrine, doch von dem Normannen war nichts mehr zu sehen.
„Was für ein scheußlicher Tod", brummte Folke schaudernd.
Thoralf wollte bekräftigend nicken. Doch gleich darauf fuhr er zusammen, weil seine Rippen schmerzhaft protestierten.

Stavros schritt neben Harun durch finstere Gänge. Hier gab es Kellergewölbe, die auf keiner Karte verzeichnet waren und in denen sich schon seit Jahren niemand mehr hatte blicken lassen. Sie öffneten eine halbverrottete Holztür, die erbärmlich in den Angeln quietschte. Sie mussten sich bücken, um diese zu durchschreiten. Dann betraten sie einen trostlosen Raum, in dem es so muffig roch, dass Stavros sich seinen Ärmel auf den Mund presste.
„Was für ein Gestank", murmelte er angewidert.
Er sah sich um. Die Wände glänzten feucht. Die Nähe zum Hafen war unverkennbar. Fleckiges Stroh bedeckt den feuchten Boden. In den Ecken raschelte es, als Ratten aus dem Lichtfeld der Fackel huschten.

Vor sich sahen sie eine zusammengesunkene Gestalt, die nur deshalb noch nicht zu Boden gefallen war, weil sie mit eisernen Ketten an die Decke gefesselt worden war.
Als sie näherkamen, stöhnte der Gefangene gequält auf.
„Wasser“, flüsterte er.
Stavros lächelte grimmig.
„Marco! Bei allen Göttern, du sieht übel aus.“
Er lachte keckernd.
„Ich hoffe, du bist mit meiner Gastfreundschaft zufrieden?“
Marco hing an den eisernen Ketten und wand sich hilflos.
„Wasser“, flehte er erneut, doch auch dieses Mal ignorierte Stavros ihn. Stattdessen weidete er sich am Anblick seines Opfers. Marcus sah furchtbar aus. Seit drei Tagen und Nächten litt er hier unten Höllenqualen. Stavros‘ Männer hatten ganze Arbeit geleistet. Sein Rücken wies Brandmale auf. An den Fingern seiner rechten Hand fehlten zwei Nägel. Trotzdem hatte er noch nicht kleinbeigegeben.
Stavros hatte die Hände auf dem Rücken verschränkt und wanderte vor Marcus auf und ab.
„Die meisten Händler hier am Hafen haben längst eingesehen, dass es für alle das Beste ist, wenn sie mir ein Zehntel ihrer Gewinne abtreten. Sie sehen es einfach als weitere Zollabgabe an. Warum kannst du nicht so sein wie sie? Du bist mittlerweile der Einzige, der sich noch gegen mich stellt. Wir beide wissen doch, dass ich dir das nicht durchgehen lassen kann. Es ist nichts Persönliches. Aber es würde mir als Schwäche ausgelegt werden, wenn ich nachgebe. Wer würde dann noch an mich zahlen, he?“
Marco rang mühsam nach Luft.
„Der Kaiser wird von deinen Taten hören“, flüsterte er.
Stavros schüttelte traurig den Kopf.
„Noch immer uneinsichtig, Marco. Es betrübt mich, das zu hören. Wie würde es dir gefallen, wenn ich meine Männer erneut losschicke. Aber diesmal kommen sie mit deiner Familie zurück. Es wäre doch schade, wenn ihnen ein Unglück zustoßen würde.“
Marco bäumte sich verzweifelt auf.
„Wenn du meine Frau anrührst, dann schwöre ich dir…“
Stavros lachte schallend, so dass seine Stimme von den Wänden widerhallte.
„Wer redet denn von deiner Frau, dieser alten Schachtel? Ich denke da eher an deine hübsche Tochter.“
Für einen Moment verschlug es Marco die Stimme.
„Aber sie ist fast noch ein Kind!“ warf er schließlich verzweifelt ein.
„Na und? Viele Männer zahlen Höchstpreise für blutjunges Fleisch. Mit

ihr verdiene ich mehr als mit deinem Gewinnanteil vom Markt. Mir ist es gleich, auf welche Weise das Geld in meine Taschen fließt."
Nach einer Weile war nur noch das erstickte Schluchzen des Gefangenen zu hören.
„Also Marco, es liegt in deiner Hand. Wie entscheidest du dich?"
Marco deutete ein kraftloses Nicken an.
„Du hast gewonnen. Ich zahle dir deinen Anteil, ich verspreche es."
Stavros verzog das Gesicht zu einem triumphierenden Lächeln.

In der Dämmerung des nächsten Tages griffen die Waräger zusammen mit ausgewählten byzantinischen Truppen erneut an. Während der Angriff der Waräger direkt auf das massive Tor zielte, trugen die Byzantiner Leitern, um die Festungswälle neben dem Tor zu stürmen.
Thoralf war noch immer zu schwach, um an diesem Angriff teilzunehmen. Er saß mit mehr als zwanzig anderen Nordmännern auf einem Hügel und verfolgte die Bemühungen seiner Kameraden aus der Ferne.
Sie vernahmen die rauen Kommandos, mit denen die Anführer die Attacke koordinierten. Ausrüstung knarrte und Hunderte von Stiefeln scharrten auf dem sandigen Grund. Trotzdem ging der Angriff einer solch großen Truppe an schwerbewaffneten Kriegern erstaunlich leise vor sich.
Thoralf spähte zur Festung hinüber, die sich vor dem Himmel abzeichnete. Sie wirkte mit ihren hohen Mauern erhaben und unbezwingbar. Viel zu viele Verteidiger drängelten sich auf den Kampfplattformen und warteten nur darauf, die Angreifer mit ihren Pfeilen zu überschütten.
Dann ging es los. Pausenlos schlugen Pfeile und Gesteinsbrocken in die Reihen der Angreifer und rissen wahllos Männer in den Tod.
Harald und Jarl Olaf, die den Angriff der Nordmänner anführten, sahen zu den byzantinischen Truppen hinüber, die Seite an Seite mit ihnen kämpften. Diese wurden von einem jungen Offizier befehligt, der mit großem Mut vorwärtsdrängte. Er näherte sich der Festung, als könnte ihm Eisen nichts anhaben. Er musste seinen Männern ein Vorbild sein. Wenn er inmitten der Gefahr ruhig und gelassen blieb, ließen sich die byzantinischen Soldaten von seinem Kampfgeist anstecken und hielten durch. Jarl Olaf und Harald tauschten einen Blick. Sie wussten den Mut des jungen Offiziers hoch einzuschätzen. Allerdings wären sie selbst niemals auf die Idee gekommen, sich aus der Deckung ihrer Schilde zu wagen. Da ihre eigenen Krieger erprobte Kämpfer waren, würde kein einziger von ihnen unter dem Beschuss die Nerven verlieren.
Der junge Offizier fühlte Panik in sich aufsteigen. Hunderte seiner

Soldaten beobachteten ihn und folgten zögerlich. Sein Herz klopfte so schnell wie noch nie. Er hatte ein flaues Gefühl im Magen, seine Kehle war trocken, als wäre er tagelang durch die Wüste geirrt. Seine Knie wurden weich und ein Muskel in seinem linken Oberschenkel zuckte wie verrückt. Längst lief ihm der Schweiß übers Gesicht und brannte in seinen Augen.
Weiter! Immer einen Schritt vor den anderen setzen, befahl er sich selbst. Er wusste, dass General Maniakes diesen Angriff genau beobachtete. Es war seine Gelegenheit, zu zeigen, aus welchem Holz er geschnitzt war. Um ihn herum fielen Soldaten getroffen zu Boden. Einige stolperten und standen wieder auf. Andere blieben tot oder verwundet liegen. Ihm selbst war noch kein Haar gekrümmt worden.
Jarl Olaf behielt den Mann so gut es ging im Auge. Er war tapfer, das musste er ihm lassen. Er konnte es weit bringen, doch dafür musste er überleben. Und danach sah es nicht aus. Der Jarl war gezwungen, seine Aufmerksamkeit wieder auf die Verteidiger zu richten. Mit großer Wucht donnerten drei Pfeile auf einmal auf seinen schweren Schild und ließen diesen erzittern. Ein weiterer knallte gegen seinen Helm und für einen Moment verschwamm sein Blick. Direkt neben ihm ertönte ein Gurgeln, als ein Mann von einem der gefiederten Todesboten am Hals erwischt wurde und an seinem eigenen Blut ertrank. Mühsam machte Jarl Olaf zwei Schritte nach vorn und sah dann wieder zu dem jungen byzantinischen Offizier hinüber. Es dauerte eine Weile, bis er ihn von einem Felsbrocken erschlagen zwischen den Toten entdeckte. Seine Soldaten hatten den Tod ihres Anführers entsetzt verfolgt. Der Jarl knirschte wütend mit den Zähnen. Er wusste genau, was nun folgen würde. Ohne ihn als kämpferisches Vorbild brach der Angriff in sich zusammen.
Doch die Nordmänner ließen sich nicht so einfach zurückschlagen. Sie versuchten, sich mit ihren Schilden vor Pfeilen und Steinen zu schützen, während ein Dutzend riesiger Gestalten auf das Tor zusprang und mit Langäxten wie wahnsinnig auf die hölzernen Flügel einhieb.
Thoralf konnte vor Anspannung kaum noch stillsitzen. Seine bohrenden Bauchschmerzen waren vergessen. Erneut mussten sie mitansehen, wie der Angriff ihrer Kameraden im starken Abwehrfeuer der Sarazenen an Schwung verlor. Das Krachen der Axthiebe drang bis zu ihnen herüber. Doch es dauerte viel zu lange, das massive Tor mit den Streitäxten entscheidend zu beschädigen. Immer mehr Krieger wurden von Pfeilen und Steinen getroffen und bezahlten ihren Wagemut mit Blut.
Schon bald hallte der Jubelschrei der Verteidiger bis zu ihnen herüber. Thoralfs Augen funkelten vor Wut.

„So ein erbärmlicher Angriff. Schade um die guten Männer! Mit Äxten ist da nichts zu machen. Wir sollten Holz vor dem Tor aufstapeln und uns den Weg ins Innere der Burg durch Feuer erzwingen."
Thorkel und Finn saßen direkt neben ihm. Während sich Finn gedankenverloren den Bauch rieb, schüttelte Thorkel düster den Kopf.
„Das dauert viel zu lange. Bis wir dort einen großen Stapel aufgeschichtet haben, ist jeder dritte von uns ihren Bogenschützen zum Opfer gefallen oder von Felsbrocken erschlagen worden. Es muss einen anderen Weg geben, in die Burg zu kommen."
Missmutig starrten sie vor sich hin.
Bald darauf kamen die überlebenden Waräger ins Lager zurück. Sie trugen knapp zwanzig Tote auf ihren Schultern. Zudem hatten zahlreiche Männer Verletzungen erlitten.
Leif lief Blut übers Gesicht, was ihn noch gefährlicher aussehen ließ.
„Wir stellen diese sinnlosen Angriffe ein!", schrie er voller Zorn. „Sollen die Griechen vor den Mauern verbluten. Ich lasse nicht zu, dass meine Männer sinnlos geopfert werden."

In den nächsten Wochen griffen die byzantinischen Truppen allein an. Doch ohne sichtbaren Erfolg. Im Lager breiteten sich die Krankheiten immer weiter aus. Thoralf sah jeden Tag mit an, wie die Leichen schnell bestattet wurden, um ein Übergreifen auf ihre Kameraden zu verhindern.
Doch General Maniakes hielt stur an der Belagerung fest. Er musste diese Stadt haben! Und wenn es ihn das halbe Heer kosten würde.
Auch seine Berater bestärkten ihn.
„Schickt doch die Weinschläuche des Kaisers! Sollen die Waräger versuchen, die Stadt einzunehmen. Sie haben sich lange genug ausgeruht und unsere Truppen die Arbeit machen lassen."
General Maniakes war einverstanden und bestellte den Anführer der Waräger zu sich.
„Wir kommen allein nicht weiter. Ihr müsst wieder ins Geschehen eingreifen. Ich will, dass ihr mir die Festung vor die Füße legt."
Leif hatte die Arme verschränkt und stand vor ihm wie ein Berg. Schweigend musterte er die Toten, die in Reichweite der feindlichen Bogenschützen herumlagen und deshalb nicht geborgen werden konnten. Die Stille hing lange zwischen ihnen.
„Warum zögerst du?", fuhr Maniakes ihn aufgebracht an.
Leif sah ihn an, als würde er einen Käfer beobachten, bevor er beschloss ihn zu zerquetschen.
„Meine Männer haben immer tapfer gekämpft und einen hohen Blutzoll entrichtet. Aber ich werde sie nicht in einem sinnlosen Kampf opfern,

nur weil du es befiehlst."
Der General richtete sich empört auf.
„Du verweigerst meinen Befehl, die Stadt anzugreifen?"
Seine Stimme klang gefährlich leise. Doch sein hochroter Kopf verriet Leif, dass der General vor Wut zu bersten drohte.
Leif zog den Rotz hoch und spuckte geräuschvoll auf den sandigen Boden.
„Wir werden angreifen, wenn der richtige Zeitpunkt gekommen ist. Dafür brauchen wir eine bessere Taktik. Wenn wir weiterhin stumpf gegen ihre dicken Mauern anrennen, hilft das nur dem Feind."
Der General musste sich zusammenreißen, um nicht nach seinem Schwert zu greifen.
„Du und deine Männer werdet tun, was ich euch befehle, oder ich lasse euch das Fleisch vom Rücken peitschen!"
Leif trat einen Schritt auf ihn zu. Sein Gesicht ließ keine Regung erkennen, aber seine Stimme klang, als käme sie direkt aus einer Gruft.
„Drohst du mir und meinen Männern noch ein einziges Mal, dann ramme ich dir meine Streitaxt bis zum Anschlag in deinen dürren Arsch. Wir werden angreifen. Aber den Zeitpunkt und unser Vorgehen bestimmen allein wir."
Maniakes hatte es die Sprache verschlagen. Doch Leif wartete nicht, bis er sich gesammelt hatte, und verließ das Zelt. Niemand hielt ihn auf.

In den nächsten beiden Wochen kamen die Kampfhandlungen zum Erliegen. Thoralf, Finn, Thorkel und die anderen Waräger, die ebenfalls von Krankheiten geschwächt waren, nutzen die Zeit, um langsam wieder zu Kräften zu kommen.
Jeden Tag beobachtete Thoralf die Stadt. Neben einigen großen Moscheen, die die Stadtmauern überragten, waren auch einige kleinere christliche Kirchen zu erkennen. In Konstantinopel hatte er diese Kirchturmspitzen zu Hunderten gesehen. Der Anblick brachte ihn ins Grübeln.
Thanos riss ihn aus seinen Gedanken.
„Geht es dir wieder besser? Wir werden euch alle brauchen, um den Widerstand der Sarazenen zu brechen."
Thoralf nickte knapp. Er war noch immer vom Anblick der Kirchen gefesselt. In seinem Kopf waberte eine Idee umher, die er aber noch nicht so recht greifen konnte.
„Thanos, in der Stadt gibt es doch neben den Gebetshäusern der Muslime auch Kirchen und Priester, richtig?"
Thanos sah ihn skeptisch an.
„Geht es dir wirklich besser? Oder hast du neben der Scheißerei auch

noch einen Schlag auf den Kopf bekommen? Seit wann kümmern dich die Kirchen?“
Er brummte launig. Doch dann beschloss er, die Frage zu beantworten.
„In der Stadt gibt es Kirchen und auch eine ganze Menge Priester, soviel ist mal sicher. Die Araber sind dafür bekannt, dass sie religiöse Toleranz vorleben. Ihnen ist völlig egal, welchem Glauben die Bevölkerung anhängt, so lange sie pünktlich ihre Steuern zahlt. Genau das macht sie beim einfachen Volk so beliebt. Deshalb leben die Menschen verschiedenster Glaubensrichtungen in den arabischen Städten auch ziemlich einträchtig nebeneinander her.“
Thoralf blickte ihn aufmerksam an, was Thanos noch mehr verwirrte.
„Worauf willst du eigentlich hinaus?“
Thoralf rückte näher an ihn heran.
„Wenn Harald, der Prinz aus Norwegen, stirbt, wäre es doch nur standesgemäß, wenn wir ihn in einer Kirche bestatten, so wie er es sich kurz vor seinem Tod gewünscht hat, richtig?“
Er sah Thanos an und hatte große Freude an dessen verwirrter Miene.
„Aber Harald ist kein Christ. Er würde nicht im Traum daran…“
Thanos brach mitten im Satz ab. Es dauerte noch einen Augenblick, dann pfiff er anerkennend.
„Du verschlagener Kerl! Das ist so abwegig, dass es glatt funktionieren könnte. Lass uns zu Harald gehen. Ich möchte zu gern sein Gesicht sehen, wenn du ihm erzählst, dass er zum Christentum konvertieren und sich auf seinen Tod vorbereiten soll.“

Harald saß mit drei Getreuen in seinem Zelt und löffelte lustlos eine wässrige Hafersuppe. Selbst im Sitzen überragte er seine Männer um einen Kopf. Es fiel ihm sichtlich schwer, seine Rastlosigkeit zu unterdrücken. Sein langes gelbblondes Haar fiel ihm über die breiten Schultern. Sein Bart hatte dieselbe Farbe und wucherte ihm üppig im Gesicht. Thoralf bemerkte, dass eine Augenbraue ein Stück höher saß als die andere. Aber vielleicht bildete er sich das auch bloß ein. Jetzt allerdings hatte Harald beide Brauen in die Höhe gezogen, so dass sie eine fast durchgängige Linie bildeten.
Thoralf rief sich in Erinnerung, was er von diesem weithin geachteten Krieger wusste. Seine Männer hatten immer wieder Abenteuer aus seinem Leben am Lagerfeuer erzählt. Wenn sie von ihrem Anführer sprachen, ging ihnen der Gesprächsstoff niemals aus. Dieser Mann war schon jetzt eine Legende. Seine Feinde fürchteten ihn, denn er galt als unbarmherziger Krieger. Sein richtiger Name war Harald Sigurdsson. Er war als Sohn eines Unterkönigs geboren und hatte die gleiche Mutter wie König Olav II., der Norwegen regierte. Somit war er dessen

Halbbruder. Bereits im Alter von fünfzehn Jahren hatte er Norwegen verlassen müssen. Er hatte sich an der Schlacht von Stiklestad beteiligt, in der Olav II. fiel. Ihre Gegner waren Bauern einiger aufrührerischer Landstriche gewesen, die die Oberhand behalten hatten. Doch auch wenn er seine Heimat verlassen musste, hatte Harald niemals vergessen, dass er einen rechtmäßigen Thronanspruch besaß und er machte keinen Hehl daraus, dass er nicht im Traum daran dachte, darauf zu verzichten. Seine Zeit würde kommen, davon war er fest überzeugt. Die darauffolgenden Jahre wurden zu einer abenteuerlichen Reise und führten ihn durch die Länder des Ostens über Kiew bis nach Konstantinopel. Im Dienst des byzantinischen Kaisers hatte er in zahlreichen Schlachten gekämpft. Schon vorher hatte es ihn bis nach Bagdad und Jerusalem verschlagen. Er stand in dem Ruf, äußerst beutegierig zu sein. Doch welcher Nordmann war das nicht? Hinzu kam, dass Harald sein wichtigstes Ziel, den Anspruch auf Norwegens Krone, niemals aus den Augen verloren hatte. Er hielt sein Gold, das er auf seinen Raubzügen erbeutet hatte, eisern zusammen. Denn irgendwann einmal würde er mit Hilfe dieses Schatzes eine Armee aufstellen, um seinen Herrschaftsanspruch geltend zu machen. Schon jetzt hielten sich hartnäckig die Gerüchte, dass es die Kraft von zwölf Männern bedurfte, um seinen Hort zu tragen. Harald würde diesen auch dringend benötigen, denn Männer folgten einem Befehlshaber nur dann, wenn dieser ihren Einsatz mit klingender Münze entlohnen konnte.

Thoralf riss sich aus seinen Gedanken, als Harald ihm missmutig zunickte und auf einen Platz in ihrem Kreis deutete.

„Thoralf, was führt dich zu mir? Ich würde dir gern etwas Vernünftiges anbieten, aber ich habe nur Wein, der wie Ziegenpisse schmeckt und diese übelriechende Hafergrütze, die mit unreifem Korn und jeder Menge Sand gekocht wurde. Ich wäre geneigt, dies als Anschlag auf meine Person zu sehen, wenn wir nicht alle den gleichen Dreck essen müssten."

Thoralf ließ sich nieder und strich sich über den Bauch, der wie verrückt grummelte.

„Ich war die letzten Tage nicht bei Kräften und habe kaum etwas gegessen. War vielleicht besser so, denn langsam geht es mir besser."

Harald nickte.

„Dieser Fraß bringt den stärksten Mann um. Einige meiner härtesten Krieger sitzen nur noch da und scheißen sich die Seele aus dem Leib. Es ist ein Trauerspiel. Und alles nur, weil dieser überforderte Admiral der Seestreitkräfte nicht in der Lage ist, uns anständig zu verpflegen. Es hat Monate gedauert, bis er auf unseren Vormarsch auf Syrakus reagiert

hat. Und was passiert, als ich endlich von Meldern höre, dass eine Transportkolonne zu uns unterwegs ist? Sie soll nach wenigen Meilen von Arabern überfallen und aufgebracht worden sein. Ich könnte wahnsinnig werden, wenn ich daran denke. So kann man doch keinen Krieg führen! Wie sollen wir da ein ganzes Land erobern? Aber was können wir schon machen? Schließlich ist es der unfähige Bruder des Kaisers, der die Flotte befehligt. Ich bin sicher, er kann nicht mal Bug und Heck eines Schiffes auseinanderhalten. Auch wird er Mühe haben, seinen eigenen Arsch zu finden. Bestimmt wäre er auch aufgeschmissen, wenn er am Himmel den Nordstern finden sollte."
Er hatte sich in Rage geredet und schmiss nun die noch halbvolle Schale mit Haferbrei zur Seite.
„Also, was gibt es, Thoralf? Ich hoffe, du hast gute Nachrichten für mich, denn glaub mir, die habe ich nötig."
Thoralf legte den Kopf schräg und lächelte nervös. Plötzlich war er längst nicht mehr so selbstsicher wie zuvor. Was, wenn Harald ihn auslachen würde? Er riss sich zusammen.
„Ich will dir eine Idee vorschlagen, mit der wir diese elendige Belagerung beenden könnten."
Harald atmete tief durch.
„Immer raus damit, Thoralf. Ich bin gespannt, sie zu hören. Alles ist besser, als uns von den Mauern herab mit Pfeilen spicken zu lassen. Ich will keinen Mann mehr bei diesen sinnlosen Angriffen verlieren! Was glaubst du, wie sehr ich mir schon den Kopf zerbrochen habe. Aber mir will einfach nichts einfallen."
Er nickte Thoralf auffordernd zu. Auch die anderen drei Männer sahen ihn mit neu erwachtem Interesse an.
„Es ist ganz einfach, Harald. Du wirst sterben", begann Thoralf mit belegter Stimme. Die vier blickten ihn an, als zweifelten sie an seinem Verstand. Einer von ihnen spuckte verächtlich auf den Boden und zischte bedrohlich. Doch Harald hob die Hand, was diesen sofort verstummen ließ.
„Erkläre es mir!", rief er Thoralf zu.
Dieser ließ sich nicht lange bitten. Harald hörte aufmerksam zu. Dann ging er tief in Gedanken versunken zum Zelteingang und sah zu den wehrhaften Mauern der Stadt hinüber. Anschließend kam er wieder zurück zu Thoralf.
„Ich dachte schon, meine Ideen wären manchmal verrückt. Aber dein Vorschlag ist so abwegig, dass er sogar funktionieren könnte."
Seine Mundwinkel deuteten ein Lächeln an.
„Wirklich schade, dass es mich an so einem schönen Sommertag erwischen muss."

Er zwinkerte Thoralf zu und sie machten sich an die Arbeit.
Am nächsten Morgen stand ein Sarg mitten im Lager, der den Blicken der Verteidiger durch Zeltplanen verborgen blieb. Harald legte sich hinein und kreuzte die Arme vor der Brust.
„Legt mein Schwert neben mich“, befahl er. Erst dann war er bereit die Augen zu schließen.
Folke und Thoralf hatten sich gemeinsam mit zehn weiteren Nordmännern freiwillig gemeldet. Sie standen in der morgendlichen Kühle und strichen sich über ihre kahlgeschorenen Köpfe.
„Fühlt sich ungewohnt an“, meinte Thoralf.
„Sehe ich wie ein Christ aus, Thoralf?“, fragte Folke neugierig, nachdem er die Haare auf der vorderen Hälfte seines Schädels geopfert hatte.
Thoralf grinste spöttisch.
„Das vielleicht nicht“, gab er zurück. „Wie dein Vater siehst du aus. Kahlköpfig und hässlich.“
Folke lachte und rieb sich voller Vorfreude die Hände.
Doch gleich darauf verzog Thoralf das Gesicht.
„Hört auf zu grinsen. Wir müssen aussehen, als wäre unsere Welt eingestürzt“, gab er den Männern zu bedenken.
Er zog eine Zwiebel unter seinem Gewand hervor und zerschnitt sie mit seinem Dolch in mehrere Teile.
„Hier“, hielt er seinen Gefährten die einzelnen Stücke hin.
„Schmiert euch den Saft unter die Augen. Das brennt wie Feuer und ihr weint schlimmer als jedes Weib. Aber wir müssen verzweifelt und aufgelöst wirken. Sonst weisen sie uns ab und der Plan scheitert.“
Folke rieb sich widerwillig etwas Saft unter die Augen und schon bald brannten dicke Tränen auf seinen Wangen. Die anderen Männer taten es ihm nach und schnieften, als würde die Trauer sie zu Boden drücken.
„Viel besser“, murmelte Thoralf.
Wenig später drangen laute Klagerufe aus ihrem Lager bis zu den Stadtmauern herüber. Ein paar Männer rannten bestürzt umher und schienen völlig verzweifelt zu sein. Ihr Schauspiel lockte noch mehr Verteidiger auf die Wehrgänge der Stadtmauer, die mitansehen wollten, was sich im Lager ihrer Feinde abspielte.
„Los jetzt“, raunte Thoralf seinen Kameraden zu und die zwölf Nordmänner gingen gramgebeugt auf das gut bewachte Stadttor zu. Sie trugen den schweren Sarg auf ihren Schultern und jammerten laut über den harten Schicksalsschlag, der sie so unverhofft getroffen hatte. Die Schwerter hatten sie unter ihren Umhängen versteckt. Außerdem stützten sie sich auf die Schäfte von Speeren, denen sie vorher die Spitzen abgetrennt hatten. Die Stangen mochten ihnen als zusätzliche Waffen dienen.

Schon bald wurden sie von einer Wache angerufen.
„Das ist dicht genug. Bleibt stehen oder wir spicken euch mit unseren Pfeilen!“, befahl ihnen eine herrische Stimme.
„Was wollt ihr von uns?“
Thoralf hatte den Blick zu Boden gerichtet, als er antwortete.
„Im Feldlager der Waräger, der Elitetruppe des Kaisers, ist der Anführer an einer alten Wunde gestorben. Der Mann hatte seinem Götzenglauben abgeschworen und sich zum Glauben Christi bekannt. Auf seinem Totenbett hat er den Wunsch geäußert, auf einem christlichen Friedhof bestattet zu werden. Dazu hat er sich immer einen Gottesdienst gewünscht. In Syrakus gibt es jede Menge christlicher Kirchen. Bestimmt kann ein Priester ihn auf seinem Weg ins Himmelreich mit den nötigen Gebeten begleiten.“
Die Wache hatte sich über die Mauer gebeugt und starrte die Männer misstrauisch an.
„Was geht uns das an? Schert euch gefälligst weg!“
Thoralf blickte hoch und hielt die offene linke Hand in die Luft.
„Wenn ihr den Wunsch ihres verstorbenen Anführers abschlagt, werden diese Männer in Raserei verfallen. Bei den Warägern handelt es sich um gefürchtete Kämpfer. Es ist nicht klug, sie mit eurer Weigerung anzustacheln. Anderenfalls werden sie diese Stadt dem Erdboden gleichmachen und jeden Bewohner dem Tod übergeben.“
Er machte eine Pause und ließ seine unverhüllte Drohung wirken.
„Alles, was diese Männer wollen, ist, ihren Anführer in geweihter Erde zu begraben. Dann werden sie abrücken und euer Leben verschonen. Diese Männer sind auch bereit, gut für diesen Dienst zu zahlen!“
Thoralf senkte bußfertig den Kopf, wie er es bei den Priestern gesehen hatte, die in Konstantinopel so zahlreich den Kaiser umkreisten wie Motten das Licht.
Folke wisperte ihm zu.
„Was meinst du, werden diese Kerle unsere List durchschauen?“
Statt einer Antwort hob Thoralf kaum merklich die Schultern. Seine Nerven waren zum Zerreißen gespannt. Das Herz hämmerte wild in seiner Brust. Wie gut, dass er sein Kettenhemd trug. Doch der raue Stoff der Kutte, die er darüber trug, fühlte sich ungewohnt an und kratzte am Hals.
Trotz der frühen Morgenstunde war es bereits brütend heiß. Der Schweiß rann ihm in die Augen, doch er rührte sich nicht. Dies hier war der entscheidende Moment für seinen Plan. Wenn die Muslime sie wegschickten, war er kläglich gescheitert. Er zwang sich, den Gedanken beiseite zu schieben.
Dann murmelte er Ivar leise zu:

„Jetzt wollen wir mal dafür sorgen, dass sich die Götter nicht langweilen."
Statt einer Antwort grinste Ivar ihn an und blinzelte einen Schweißtropfen weg.
Oben auf dem Wall redeten mehrere Männer durcheinander. Schließlich setzte sich eine befehlsgewohnte Stimme durch und das Tor wurde geöffnet. Die gewaltigen Flügel schwangen langsam auf. Thoralf überkam eine Woge der Erleichterung.
„Hoffentlich haben unsere Götter Sinn für Humor", raunte Hjalmar ihm zu, während sie sich bemühten, den schweren Sarg gerade zu halten.
„Ich schätze, das werden wir heute gemeinsam herausfinden", murmelte Thoralf.
Die zwölf in Kutten gekleideten Gestalten setzten sich ächzend in Bewegung. Thoralf musste zugeben, dass sie ihre Rolle gut spielten. Auf ihren Mienen spiegelte sich die Trauer wider, die sie bei diesem schweren Verlust peinigte. Tiefer Ernst lag auf ihren Zügen. Unauffällig musterten sie die gepanzerten Soldaten, die ihren Weg säumten. Vier Wachen traten vor und musterten sie misstrauisch. Sie bellten Befehle und ein Mann, der als Dolmetscher diente, näherte sich.
„Stellt den Sarg ab und zeigt uns den toten Anführer der Waräger."
Thoralf machte noch drei weitere Schritte, bevor die Männer die schwere Last von ihren Schultern hievten. Jetzt stand der wuchtige Sarg so weit im Tor, dass sich die Türen nicht wieder schließen ließen.
Bis zu diesem Augenblick hatte er Mühe gehabt, sich seine Anspannung nicht anmerken zu lassen. Auch wenn die Idee für diese tollkühne Aktion von ihm war, gab es immer wieder Momente, in denen er sich nicht vorstellen konnte, dass dieser Plan tatsächlich umsetzbar war. Es war etwas anderes, ob man sich in der Sicherheit des eigenen Zeltes mit einer waghalsigen Idee beschäftigte, oder ob man mit wenigen Kameraden kurz davorstand, eine Übermacht anzugreifen.
Vielleicht war ihr Schicksal aber auch längst vorherbestimmt. Hatte ihm nicht Hedda, die alte Dienerin seiner Mutter, immer von den drei Schicksalsgöttinnen erzählt, die am Fuße Yggdrasils an der Quelle der Urd ihren Sitz hatten und dort die Schicksalsfäden der Menschen sponnen?
Hjalmar spürte, dass seine Kameraden dem erlösenden Befehl zum Angriff entgegenfieberten. Doch noch war der richtige Zeitpunkt nicht gekommen. Als hätte er ihre Gedanken gelesen, raunte er:
„Bleibt ruhig. Niemand kann seinem Wyrd entkommen. Es gibt keinen Grund, warum wir den Nornen die Arbeit erleichtern sollten. Sollen sie ruhig noch eine Weile unsere Schicksalsfäden spinnen."

Plötzlich wusste Thoralf, dass ihr Weg hier nicht enden würde. Eine tiefe Ruhe überkam ihn. Voller Vorfreude musste er auf einmal grinsen. Zwei Wachen näherten sich dem abgestellten Sarg und die Mönche machten ihnen ehrfürchtig Platz. Die Soldaten blickten auf einen Koloss von Mann, der sie zu Lebzeiten weit überragt haben musste. Ihnen war die Erleichterung anzusehen, dass diese ehrfurchtgebietende Gestalt tot war. Die Hände des Anführers waren um den Griff eines Langschwerts gekrallt, als wollte er selbst im Tod nicht von seiner Lieblingswaffe lassen.

Einer der Muslime trat noch einen Schritt näher heran. Seine Augen funkelten gierig. Er hatte die dicke Goldkette um den Hals des Toten bemerkt, die ihn unwiderstehlich anzog. Kurz zögerte er. Doch dann gewann die Gier die Oberhand und er griff nach der Kette. Thoralf bemerkte es und verzog den Mund zu einem Lächeln.

Plötzlich bewegte sich wie von Zauberhand die lange Klinge, die bis eben noch auf dem toten Anführer geruht hatte. Die Schwertspitze schoss auf einen der Torwächter zu und durchbohrte seinen Hals. Blut schoss hervor, während er gurgelnd umkippte.

Sein Nebenmann wollte beiseite springen, doch Thoralf stand direkt hinter ihm und bohrte ihm den Speerschaft durch den mageren Hals. Der Muslim sackte sofort zusammen. Währenddessen streiften seine Kameraden ihre Umhänge ab und stürzten sich mit blitzenden Schwertern auf die übrigen Wachen. Noch bevor sie sich verteidigen konnten, hieben die Nordmänner sie nieder.

Nun brach die Hölle los. Die Waräger stießen Kampfschreie aus und stürzten in die Festung. Ihre Kameraden draußen im Lager hatten nur auf ein Signal zum Losschlagen gewartet und griffen ebenfalls an. Einer der Verteidiger stieß in ein Horn und das Signal trug weit. Doch das Tor war bereits gefallen. Unter Haralds Führung stürzten sich die Nordmänner auf die Verteidiger, die noch immer Mühe hatten, sich auf die Situation einzustellen. Die ersten Nordmänner stürmten bereits die Wehrmauer hinauf und schlachteten die wenigen Muslime ab, die ihren Weg kreuzten. Aus den Baracken der Wachen stolperten Soldaten hervor, die sich eilig ihre Gürtel und Schwerter umbanden. Doch bevor sie das Tor erreichten, fluteten die Heerscharen der Waräger die Festung. In diesem Moment war das Schicksal der Stadt besiegelt. Der Kampf ging in ein wildes Gemetzel über. Die Nordmänner hatten viele ihrer Kameraden vor den Stadtmauern sterben sehen. Jetzt ließen sie ihrem Hass freien Lauf und verfielen geradezu in einen Blutrausch.

Selbst Verteidiger, die flehend die Hände hoben, um sich zu ergeben, wurden niedergemacht. In den letzten Wochen hatte sich so viel Wut angestaut, dass Leif und Harald ihre Männer gewähren ließen. Es

flossen Ströme von Blut.
Irgendwann hatte sich der Schlachtenwahn der Waräger gelegt. Noch immer waren sie allein in der Festung. Da sie die byzantinischen Soldaten nicht in ihre Pläne eingeweiht hatten, waren diese von den Geschehnissen völlig überrascht worden. Noch immer standen sie staunend im Lager und versuchten zu verstehen, was sich vor ihren Augen abspielte. Selbst als ihnen aufging, dass die Festung völlig unerwartet vor dem Fall stand, verharrten sie dort und warteten ab. Sie wussten, wie es war, wenn die Nordmänner in Raserei verfielen. Deshalb konnten sie sich lebhaft ausmalen, was innerhalb der Mauern geschah. In solchen Momenten waren diese Barbaren nicht zu stoppen. Sie würden ihrem Drang zu töten und zu zerstören nachgeben und dabei nur schwer zwischen Freund und Feind unterscheiden. Keiner der Griechen verspürte Lust, ihren Verbündeten in dieser Situation zu begegnen.
Die Nordmänner scherten sich nicht darum. Sie jagten durch die Straßen und drangen wahllos in Häuser ein. Sie hatten eine unüberwindlich geglaubte Festung gestürmt. Sie hatten gekämpft, geblutet und getötet. Nun wollten sie sich für ihren Erfolg belohnen und streiften auf der Suche nach Beute umher wie ein ausgehungertes Rudel Wölfe. Leif und Harald hatten mit lauerndem Blick registriert, dass die Griechen es vorzogen abzuwarten, bis wieder Ruhe eingekehrt war.
„Jetzt oder nie“, brummte Leif und Harald deutete ein Nicken an. Gleich darauf erstürmten sie die Villa des Emirs. Zwei verängstigte Wachen starrten ihnen ungläubig entgegen. Einer hob das Schwert, während der andere auf die Knie sank. Die Nordmänner stürmten auf sie zu und hieben sie nieder. Dann durchsuchten sie die Gemächer.
Überall hingen prachtvolle Wandleuchter, Vorhänge aus Seide und aufwendig verzierte Wandteppiche. Doch für all diese schönen Dinge hatten die Waräger keinen Blick. Sie suchten Schätze, die sich leichter transportieren ließen. Bevor die Griechen die Stadt betraten, wollten sie möglichst viel Beute auf eigene Rechnung beiseiteschaffen.
Auf mehreren Tischen waren silberne Kerzenhalter aufgereiht. Im angrenzenden Raum sahen sie sich selbst in einem riesigen Spiegel, der mit einem breiten goldenen Rahmen verziert war. Einige Männer sprangen gierig darauf zu, doch Harald schüttelte unwillig den Kopf.
„Viel zu unhandlich, Männer! Sucht nach Münzen. Die lassen sich leichter verstecken und transportieren. Hier muss es doch Geld oder Gold geben!“
Hinter den nächsten beiden Räumen stießen sie endlich auf die zum Bersten gefüllte Schatzkammer des Emirs. Pralle Säcke mit

Goldmünzen lagen darin, als würden sie nur darauf warten, abgeholt zu werden. Auf den Gesichtern der Männer breitete sich ein freudiges Grinsen aus. Eine derart große Menge an Gold- und Silbermünzen hatten sie das letzte Mal gesehen, als sie die Piraten das Fürchten gelehrt hatten.
Thoralf besah sich die Geldstücke genauer. Es waren sorgfältig geprägte Münzen, die merkwürdige Schriftzeichen aufwiesen. Ähnliche Taler hatte er schon einmal in Konstantinopel gesehen. Dort hatte ihm ein Händler erklärt, dass die arabische Goldmünze Dinar genannt wurde. Er konnte sich gut erinnern, wie erstaunt er gewesen war, als ihm der Händler sagte, dass es die islamische Religion nicht gestattete, Gesichter darauf abzubilden. Probehalber biss er auf eine Münze. Sie schien von hoher Qualität zu sein. Hier musste ein wahres Vermögen herumliegen.
Nach ihm betrat Harald die große Kammer und klopfte ihm schwer auf die Schulter. Dann breitete er die Arme aus.
„Thoralf, das alles hier haben wir deiner Idee zu verdanken. Es wäre eine Schande, wenn du dafür nicht einen gerechten Anteil erhalten würdest."
Er zeigte auf eine Kiste, die beinahe überquoll. Daraufhin warfen zwei seiner Krieger eine Decke darüber und trugen sie hinaus. Nun griffen auch Thoralf und seine Gefährten zu. Schließlich hatten sie ihr Leben aufs Spiel gesetzt, um diesen Schatz zu erringen. Ganze Hände voller Geschmeide und Goldmünzen ließen sie in ihren Umhängen verschwinden. Einige Nordmänner rissen die Vorhänge von den Wänden und schaufelten Goldmünzen hinein. Dann wickelten sie sie zu handlichen Päckchen zusammen und verließen mit wachsamem Blick die Villa. Niemand sah, wieviel Beute unter ihren weiten Umhängen versteckt war. So blieb ihr eigenmächtiges Vorgehen unentdeckt. Doch Leif und Harald machten sich nichts vor. Sie hatten in der Villa ein Schlachtfeld hinterlassen. Auch wenn sie einige Kisten in der Schatzkammer zurückgelassen hatten, würde Maniakes eins und eins zusammenzählen können. Vielleicht war er wegen der listreichen Eroberung der Festung in großzügiger Stimmung und sah über ihr Plündern hinweg. Außerdem müsste er den Warägern ihren Raub erst einmal nachweisen. Schließlich konnten auch Männer des Emirs einige der Schätze beiseitegeschafft haben.
Also ließen die Waräger ihr Gold in den Beuteln und Kisten verschwinden, in denen sich im Laufe der vergangenen Monate wahre Reichtümer angesammelt hatten. Da ihnen außerdem große Nahrungsmittelvorräte in die Hände gefallen waren, gab es ab sofort auch keine Versorgungsschwierigkeiten mehr.
In den nächsten Wochen hatten sie kaum Verpflichtungen. Gemeinsam

mit seinen Kameraden erkundete Thoralf die Gegend. Sie durchstreiften die grünen Hügel und Täler der Insel, auf der sich der mächtige Vulkan Ätna bis weit in den Himmel erhob. Der Krater leuchtete weiß in der Ferne. Thanos schwor bei allen Göttern, dass dort oben Schnee lag. Er war es auch, der ihnen halbzerfallene Tempelanlagen zeigte, die viele hundert Jahre alt sein sollten. Aber noch mehr Freude bereitete es ihm, seinen Gefährten ein altes Amphitheater zu zeigen. Er führte seine Freunde durch die Trümmer und ließ sie schließlich auf den Überresten einer Tribüne Platz nehmen. Viele Steine waren zerbrochen und mit Moos bewachsen. Von ihrem erhöhten Sitz deutete Thanos auf eine kreisrunde Fläche, die sich zu ihren Füßen ausbreitete.

„Dies hier ist ein Amphitheater. Es stammt aus der Zeit der Römer und ist bestimmt tausend Jahre alt."

Thoralf hatte große Zweifel daran. Wie sollte es möglich sein, dass die Menschen in dieser Region bereits vor so langer Zeit solche Bauten zustande gebracht hatten, während in seiner Heimat die Menschen heute noch in einfachen Holzhütten lebten? Auch Thanos' weitere Erzählungen klangen in seinen Ohren wie Geschichten, die sich Männer am Lagerfeuer erzählten.

Zwischenzeitlich war dieser aufgesprungen und malte mit seinen Armen Figuren in die Luft.

„Stellt euch das mal vor: Da wurden verurteilte Mörder monatelang im Verlies eingekerkert, bis wieder Spiele zu Ehren eines Gottes abgehalten wurden. Zu diesem Anlass trieb man sie durch ein Tor waffenlos in die Arena, ohne dass diese Männer ahnten, welch Grauen sie erwartete. Als sich das Tor das nächste Mal öffnete, liefen hungrige Löwen mit wehender Mähne auf sie zu. Die Verurteilten schrien vor Verzweiflung, doch es gab kein Entkommen für sie."

Die Nordmänner wollten ihm nicht glauben.

„Wilde Löwen? Bist du sicher?"

Thanos nickte nachdrücklich.

„Wenn ich es doch sage! Sie haben diese ausgehungerten Bestien mit Lanzen gereizt und auf die Verbrecher gehetzt. Das Publikum saß jubelnd da und hat die Darbietung in vollen Zügen genossen. Manchmal wurden auch Elefanten und Nashörner hineingetrieben. Solche Tierkämpfe waren ungeheuer beliebt. Aber der Höhepunkt eines jeden Feiertages waren die Gladiatorenkämpfe. Dabei handelte es sich um Kriegsgefangene oder ehemalige Soldaten, die sich freiwillig gemeldet hatten. Sie wurden vorzüglich trainiert und kämpften wie die Götter. Der Kampf war erst vorbei, wenn einer der Kontrahenten blutend am Boden lag. Dann entschied das Volk, ob es dem Besiegten Gnade

gewährte oder seinen Tod forderte."
Hjalmar sah ihn misstrauisch an.
„Warum sollten sich Männer freiwillig melden, um in einer solchen Arena auf Leben und Tod zu kämpfen?"
„Weil sie sie das Gold lockte, das sie bei solchen Kämpfen verdienen konnten", erwiderte Thanos leidenschaftlich.
„Ihr dürft nicht vergessen, dass einem sehr guten Kämpfer die beste Behandlung zuteilwurde. Er wurde hervorragend verpflegt und zudem regelmäßig massiert, damit seine Muskeln geschmeidig blieben. Einige Gladiatoren errangen in der Arena derart großen Ruhm, dass sich hochgestellte Bürgerinnen in ihre Unterkünfte schlichen und viel Geld dafür bezahlten, wenn sie ihnen nachts beiliegen konnten. Wenn es freiwillige Gladiatoren waren, haben sie sich zudem nur für eine bestimmte Zeit verpflichtet und konnten nach zwei Jahren ihr Gold und den Ruhm genießen. Wenn sie denn überlebten!"
Thoralf sah ihn fragend an.
„Und was für eine Wahl hatten die Kriegsgefangenen?"
Thanos verzog den Mund zu einem feinen Lächeln.
„Mehr als du denkst! Sie hatten zumindest das Glück, nicht wie ihre Kameraden auf dem Schlachtfeld niedergemetzelt zu werden. Denn die römische Armee war ein brandgefährlicher Gegner, der oft siegreich war. Die Gladiatoren stellten für ihre Herren einen wertvollen Besitz dar und wurden hervorragend versorgt. Außerdem konnte es passieren, dass der Besitzer einem Kämpfer die Freiheit schenkte, wenn dieser sich als würdig erwiesen hatte und die Menge ihn liebte."
„Klingt für mich immer noch verrückt", murmelte Ivar.
„Mich wundert es schon, dass ihr Griechen das römische Reich als großes Vorbild der Zivilisation verehrt. Wir hetzen in unserer Heimat keine wilden Tiere auf Verbrecher und belustigen die Menschen damit."
Auch Thoralf schüttelte nachdenklich den Kopf. Er war immer wieder erstaunt, wie unterschiedlich die Völker waren. Er konnte sich nur schwer vorstellen, von all diesen Begebenheiten zu erzählen, wenn er eines Tages aus dem Dienst des Kaisers scheiden und die Heimreise antreten würde.
Manchmal malte er sich aus, wie es wohl wäre, wenn er seinen Fuß wieder auf heimischen Boden setzte. Sah er seine Heimat dann noch auf die gleiche Weise wie vor seinem Aufbruch? Würde er über die Märkte von Haithabu und Birka laufen und mit den Händlern über teure Waren aus anderen Ländern plaudern? Er stellte sich die achtungsvollen Blicke der Schiffsführer vor, während er von seinen Erlebnissen und Fahrten berichtete. Mit dem Gold, das er sich in der Fremde verdient hatte, wäre er auf einen Schlag der reichste Mann in seiner Gegend. Bis auf den Jarl

natürlich, wie er sich umgehend eingestand. Er würde Feste geben können und bestimmt auch eine gute Frau finden, die wohlwollend auf seine standesgemäße Kleidung und sein gepflegtes Äußeres sehen würde. Dann würde er seinen Nachbarn Anekdoten von seinen Kämpfen und Abenteuern erzählen. Er sah sie förmlich vor sich sitzen, wie sie sein Bier tranken und ihm an den Lippen hingen. Die meisten von ihnen waren schließlich einfache Bauern, die nie den Mut gefunden hatten, ihre Heimat zu verlassen. Wenn er ihnen von Kiew oder Konstantinopel berichtete, würden sie ungläubig den Kopf schütteln. Für sie waren die Länder, die er bereist hatte, nichts als Namen aus einem Märchen. Er könnte ihnen auch von Ungeheuern und feuerspeienden Drachen erzählen. Auch dann würden sie ihn bestimmt nur staunend ansehen.

In den nächsten Monaten verschärfte sich der Streit zwischen Maniakes, dem Oberbefehlshaber der Landstreitkräfte in Sizilien, und Stephanos, dem Oberbefehlshaber der kaiserlichen Flotte, immer weiter. Unabhängig voneinander schickten sie Depeschen an den Kaiser, in welchen sie den jeweils anderen in übelster Art und Weise beschimpften und ihn zahlloser Verbrechen beschuldigten. Der Streit vergiftete die Stimmung im ganzen Heer. Schließlich wurde General Maniakes nach Konstantinopel zurückbeordert. Mit ihm kehrten auch die Truppen der Waräger in die Hauptstadt zurück. Da nun ein Großteil Siziliens wieder zum kaiserlichen Reich gehörte, sahen sie ihre Aufgabe als erledigt an.

Die Rache

Thoralf saß tief in Gedanken versunken an Deck einer Dromone. Wieder einmal waren die Schlachten geschlagen und ein Krieg beendet. Erinnerungsfetzen an ihre letzten Einsätze stiegen in ihm auf. Er sah Gesichter von Kameraden, die gemeinsam mit ihm in der Heimat aufgebrochen waren und schon lange in fremder Erde lagen. Kurz musste er an Harald denken und verzog bei der Erinnerung an diesen alten Recken schwermütig lächelnd das Gesicht. Wie ihm dieser vertraute Freund fehlte! Überhaupt war ihre Gruppe über die Jahre stark zusammengeschrumpft. Thoralf strich sich über das Gesicht, um die dunklen Gedanken zu verscheuchen. Sie alle hatten ein Leben geführt, das sie sich selbst ausgesucht hatten. Es war ein stolzes und freies Leben und er hatte seine Entscheidung noch nie bereut.

Die Gischt des Salzwassers benetzte sein Gesicht und er atmete tief den vertrauten Geruch ein. Nie hatte er sich lebendiger gefühlt als auf dem Meer. Er blickte umher und sah seine Gefährten neben sich lang ausgestreckt in der Sonne dösen. Dann tat er es ihnen gleich und genoss das süße Nichtstun.

Nach zwei Tagen erreichten sie die Häfen Konstantinopels. Dort wurden sie von einer Formation herausgeputzter Soldaten empfangen und durch blumengeschmückte Straßen zum Palast geleitet. Die Waräger wurden mit Ehren überhäuft und vom Kaiser mit wertvollen Geschenken bedacht. Anschließend traten sie wieder ihren vertrauten Dienst an. Das Leben meinte es gut mit Thoralf. So hätte es immer weitergehen können.

Doch als er eines Abends gemeinsam mit Folke, Ivar, Hjalmar, Brondolf, Östen und Hemmo nach seinem Dienst den Palast verließ, stellte sich ihnen eine Abteilung Soldaten in den Weg.

„Ihr seid verhaftet!“ herrschte der Offizier sie an.

Die Nordmänner sahen sich ungläubig an. Wussten diese Kerle nicht, mit wem sie sich hier anlegten?

Thoralf hob beruhigend die Hände.

„Hier muss eine Verwechslung vorliegen. Wir sind Waräger und kommen gerade aus dem Palast. Fragt dort nach, man wird euch meine Worte bestätigen. Und nun lasst uns unseres Weges ziehen.“

Der Offizier gab sich unbeeindruckt.

„Wir wissen sehr genau, wer ihr seid. Wir haben eindeutige Befehle. Folgt uns. Wir wollen kein Aufsehen erregen“, befahl er ihnen in einem Tonfall, der keinen Widerspruch duldete.

Thoralf tauschte einen kurzen Blick mit seinen Gefährten aus. Sie dienten zu lange am Hofe des Kaisers, als dass sie bei einer solchen

Begegnung an einen Zufall glauben mochten. Doch es waren bestimmt vierzig Soldaten, die vor ihnen Aufstellung bezogen hatten. Alle waren mit langen Speeren bewaffnet, deren Spitzen in der Abendsonne glitzerten. Sie würden sich jede Menge Ärger einhandeln, wenn sie den kaiserlichen Soldaten Widerstand leisteten.

Thoralf kräuselte die Lippen. Einen Augenblick lang überlegte er ernsthaft sich zur Wehr zu setzen, obwohl sie unbewaffnet und an Zahl hoffnungslos unterlegen waren. Hjalmar schien ähnliche Gedanken zu hegen, denn er sah sich bereits suchend um, wo sie eine Mauer finden konnten, die ihnen gegen diese Übermacht den Rücken freihielt. Doch Thoralf schätzte die Situation realistischer ein und brummte missmutig.

„Sie sind unzweifelhaft Soldaten des Kaisers und handeln auf ausdrücklichen Befehl. Lasst uns erst einmal hören, was sie gegen uns vorzubringen haben."

Auch Folke, Ivar und Hemmo waren dafür und so ließen sie die Soldaten gewähren.

„Wir haben den Befehl, euch Fesseln anzulegen", sagte der Offizier.

Erneut zögerte Thoralf, doch nun war es zu spät für eine Flucht. Widerwillig streckten sie den Soldaten ihre Hände entgegen. Kurz darauf wurden sie abgeführt. Die Blicke der Nordmänner hatten sich verfinstert. Sie sprachen kein Wort und behielten ihre Umgebung misstrauisch im Auge. Ihr Weg führte sie nur wenige Querstraßen weiter. Plötzlich wusste Thoralf, wohin sie gebracht wurden. Sein Schritt stockte, doch die Wachen hinter ihm hatten ihre Speere auf ihn gerichtet. Sie schienen nur darauf zu warten, dass er versuchte Widerstand zu leisten.

Als sie in die nächste Straße einbogen, erhob sich vor ihnen das berüchtigte Numera-Gefängnis. Hier saßen Verbrecher ein, die Verrat am Kaiser verübt hatten. Den Warägern war dieses Gefängnis vertraut. Eine ihrer Einheiten hatte zusammen mit byzantinischen Aufsehern jahrelang die Oberaufsicht geführt und verurteilte Verbrecher dem Verhör unterzogen. In diesen Verhören war es nie zimperlich zugegangen. Einige Waräger hatten über die Jahre spezielle Fertigkeiten entwickelt, die Gefangenen so zu foltern, dass sie die gewünschten Informationen schnell preisgaben. Oft wurden die Gefangenen grausam behandelt. Man schnitt ihnen Ohren und Nase ab. Viele wurden geblendet, damit sie, sollten sie je wieder in Freiheit gelangen, keine Gefahr mehr für den Kaiser darstellten.

Thoralf riss sich zusammen. Keinesfalls wollte er sich seine Besorgnis anmerken lassen. Er hatte dieses Gefängnis schon immer gehasst und sich so gut es ging von diesem finsteren Ort ferngehalten. Schon aus der Ferne spürte er die finstere Ausstrahlung dieses Gebäudes und zog

fröstelnd die Schultern zusammen. Er blickte noch einmal in den Abendhimmel. Wer wusste schon, wann er ihn das nächste Mal sehen würde.
Vor ihnen wurde knarrend ein großes Tor aufgestoßen. Ein Dutzend Wärter erwartete sie bereits. Man führte sie in einen schmucklosen Raum, in dem sie vor einem schmalen Tisch Aufstellung nahmen. Sechs weitere Beschuldigte verließen gerade wehklagend den Raum. Sie waren zu langen Haftstrafen verurteilt worden und hoben flehend die Hände in die Höhe. Doch die bewaffneten Wärter trieben sie tiefer ins Gebäude hinein. Schon bald fiel eine schwere Eisentür hinter ihnen ins Schloss.
Thoralf besah sich die beiden Amtspersonen genauer. Der ältere von ihnen schien ein Richter zu sein. Er räusperte sich laut und blätterte nachlässig in einem Stapel Pergament. Seine Gesichtsfarbe war so grau wie die Wand hinter ihm. Offensichtlich hatte er in letzter Zeit nur wenig Tageslicht gesehen. Neben ihm saß ein junger Mann, der versuchte, seine Wichtigkeit durch eine straffe Haltung zu unterstreichen. Doch seine Hand zitterte, als er dem Richter ein Pergament überreichte.
„Ihr werdet beschuldigt, euch auf Kosten des Kaisers schamlos bereichert zu haben."
Der Richter hatte seine dunklen, stechenden Augen auf die Angeklagten gerichtet.
„Streitet ihr dieses schwere Vergehen ab?"
Hjalmar und Thoralf nickten gleichzeitig.
„Wir haben nichts dergleichen getan", erwiderte Hjalmar.
„Im Gegenteil. Wir haben dem Kaiser immer treu gedient und unser Blut für ihn gegeben. Durch unseren Einsatz in den Kriegen des Kaisers ist uns unermessliche Beute in die Hände gefallen. Das bestreiten wir nicht. Aber diese Beute liegt jetzt sicher verwahrt in der Schatzkammer des Kaisers. Er selbst hat uns daraus einen Anteil gegeben, als Belohnung für unsere Verdienste."
Der Richter hatte skeptisch die Augenbrauen in die Höhe gezogen.
„Ihr glaubt nicht, wie oft am Tag ich irgendwelche Ausflüchte von Leuten wie euch höre, die versuchen, ihre frevelhaften Taten schönzureden."
Er schnalzte abfällig mit der Zunge.
„Wir haben bereits Männer ausgeschickt, die eure Unterkunft durchsuchen werden. Dann werden wir ja sehen, wie es um eure Schätze steht. Ihr kommt ins Verlies, bis wir Klarheit haben. Ein Urteil wird in den nächsten Tagen gesprochen. Abführen!", brüllte er den Wärtern zu, die sich beeilten, dem Befehl nachzukommen.

Die Nordmänner verzogen bei diesen Worten keine Miene. Schon bevor sie zu dem Kriegszug nach Sizilien aufgebrochen waren, hatten sie ihre Schätze auf Anraten von Thanos hinter seiner Villa im weitläufigen Garten vergraben. In ihren eigenen Unterkünften konnten die Häscher lange danach suchen.

Sie wurden in eine Zelle geworfen, die kaum genug Platz bot für sieben großgewachsene Männer. Wortlos ließen sie sich auf dem Boden nieder. Als ein Wärter die vergitterte Zellentür verschloss, rief Hjalmar ihm zu:

„Können wir unseren Kameraden eine Botschaft zukommen lassen?“

Statt einer Antwort schlug ein weiterer Wärter mit einem Knüppel gegen das Gitter.

„Ihr redet nur, wenn ihr gefragt werdet! Also haltet das Maul oder wir zeigen euch, wer hier das Sagen hat.“

Es fehlte nicht viel und Hjalmar wäre aufgesprungen. Seine Augen funkelten und seine großen Hände hielten die Gitterstäbe fest umklammert. Das Eisen ächzte unter seinem stählernen Griff. Doch Thoralf legte ihm beruhigend die Hand auf die Schulter und so schwieg er, auch wenn Thoralf hörte, wie er vor Zorn mit den Zähnen knirschte.

Ivar hatte sich ihre Wärter genau angesehen. Als sie allein waren, raunte er an seine Kameraden gewandt.

„Ist euch aufgefallen, dass unter den Wärtern kein einziger Nordmann ist? Ich wette, hier hat jemand viel Geld bezahlt, um uns in dieses Loch zu stecken.“

Folkes und Thoralfs blickten ihn an.

„Stavros!“, stießen sie verbittert hervor.

Ivar nickte bestätigend.

„Wer sonst? Stavros wird alle Hebel in Bewegung setzen, damit wir hier drinnen verfaulen. Ganz gleich, ob sich die Anschuldigungen gegen uns bewahrheiten oder nicht.“

Hemmo spie anklagend zu Boden.

„Dieser Hundsfott! Wir hätten ihn töten sollen, bevor wir nach Sizilien aufgebrochen sind. Egal wie viele Halunken zu seinem Schutz ständig um ihn herumwuseln.“

Die Nacht brach an und so legten sie sich in der engen Zelle dicht aneinander, um etwas Schlaf zu finden. Aus den anderen Zellen drang neben röchelnden Schlafgeräuschen auch ein furchtbarer Gestank zu ihnen. Der Geruch von Blut, Fäulnis, Schmerzen und Tod hing schwer in der Luft.

Thoralf versuchte, die Wirklichkeit auszublenden. Er stellte sich vor, wie er an Bord des *Wellenjägers* am Ruder stand und die frische Salzluft einatmete. Schon bald war er in einen traumlosen Schlaf versunken.

Als einige Aufseher schreiend die Gänge entlangliefen, wachte er auf.

Da ihre Zelle sich im dunklen Keller befand, hatte er jegliches Zeitgefühl verloren. Ein kahlköpfiger Mann teilte gelangweilt Holzschalen mit einer Suppe aus. Thoralf griff danach, doch als er seine Nase näher an das Gefäß hielt, schlug ihm ein übler Geruch entgegen. Beinahe hätte er die Schale vor Abscheu fallen lassen. Seinen Gefährten erging es ähnlich. Niemand von ihnen machte Anstalten, diese stinkende Brühe zu trinken.
Aus der Nachbarzelle hörte Thoralf ein listiges Keckern. Ein dürrer Mann in einem fadenscheinigen ehemals weißen, nun aber gräulich-schmutzigen Gewand lachte ihm zahnlos entgegen.
„Waräger, hä?", fragte er und ließ erneut ein keckerndes Lachen ertönen.
„Ich an eurer Stelle würde das Zeug lieber trinken. Etwas anderes gibt es hier nicht. Es sei denn, man hat Geld und zahlt den Wärtern einen Wucherpreis fürs Essen."
Kurz stieg Hoffnung in Thoralf auf.
„Dann wird es schon nicht so schlimm werden."
Doch der andere Gefangene winkte ab.
„Macht euch lieber nichts vor. Wie es aussieht, bekommt ihr eine Extrabehandlung. Eure Zelle wurde erst gestern freigeräumt. Und die Wärter scheinen kein großes Interesse zu haben, mit euch ins Geschäft zu kommen. Das bedeutet hier drinnen nur eines: Ihr habt euch da draußen mächtige Feinde gemacht. Glaubt mir, ich bin seit acht Monaten hier drin. Viel länger hält es im Numera-Gefängnis niemand aus. Auch meine Tage sind gezählt."
Er stieß wieder sein merkwürdiges Lachen aus und fing dann an, mit sich selbst zu sprechen. Thoralf wandte sich ab. Ihm war, als hätte er einen großen Schneeball dort, wo sich sonst sein Magen befand.
Die Tage gingen nahtlos ineinander über. In den nächsten Wochen wurden sie von Hunger gepeinigt. Was immer die Wachen ihnen hämisch grinsend vorsetzten, war völlig verdorben. Selbst das Wasser stank und war eine schmutzige Plörre, die sich nur schlucken ließ, wenn man sich die Nase zuhielt.
Den Nordmännern fiel auf, dass die Aufseher ihre Nähe mieden. Als ihnen der Kahlkopf wieder mal die stinkende Brühe brachte, raunte Thoralf ihm verschwörerisch zu:
„Wir wissen, dass wir unsere Einkerkerung Stavros verdanken und er euch bezahlt, um uns hier festzuhalten."
Dabei sah er ihm fest in die Augen und erkannte ein verräterisches Blinzeln.
„Was würdest du sagen, wenn wir dir das Doppelte anbieten würden, damit du uns mit anständigem Essen versorgst. Wir sind Waräger und

haben auf vielen Schlachtfeldern reiche Beute gemacht. Wir teilen unser Gold mit dir. Wenn du für uns eine Nachricht aus dem Gefängnis schmuggelst, geben wir dir dafür zwanzig Solidi. Das ist mehr, als du hier in fünf Jahren verdienen kannst!"
Der Glatzkopf sah sich misstrauisch um, doch es war keiner der anderen Aufseher in der Nähe. Aufgeregt leckte er sich über die Lippen.
„Ich würde gern auf dein Angebot eingehen. Aber wenn ich das täte, wird Stavros dafür sorgen, dass ich die Zelle mit euch teile. Wenn nicht Schlimmeres! Sein Arm reicht weit. Er zählt einige der höchsten Generäle zu seinen Freunden."
Hastig schüttelte er den Kopf.
„Eine Nachricht kann ich für euch nicht überbringen. Aber ich will versuchen, euch hin und wieder etwas Genießbares in die Zelle zu schmuggeln, wenn ihr meine Mühen mit Gold belohnt."
Thoralf nickte ihm zu.
„Abgemacht."
Für die Nachricht würden sie einen anderen Weg finden müssen.
Kurz darauf erschienen sechs Wärter und führten Brondolf aus der Zelle. Als sie ihn Stunden später zurückbrachten, war sein Gesicht von Schlägen geschwollen und Blut tropfte durch seinen dichten Bart zu Boden.
Auf die fragenden Blicke seiner Kameraden winkte er ab.
„Hab schon Schlimmeres durchgemacht. Die Kerle schlagen zu wie Mädchen. Kraftloses Gesindel! Wenn das alles ist, was sie draufhaben, werden wir hier als alte Männer sterben."
Er spuckte blutigen Schleim auf den steinigen Boden und seufzte verhalten, als er sich langsam zu Boden sinken ließ.
Hjalmar hatte das Gesicht zu einer Maske aus blankem Zorn verzogen.
„Wenn wir hier rauskommen, knöpfen wir uns diesen Stavros vor. Er soll auf Knien um sein Leben betteln, bevor mein Schwert ihn fällt."
Thoralf schüttelte bedächtig den Kopf.
„Er ist hinter mir her. Ihr hockt nur hier drinnen, weil ihr meine Freunde seid. Deshalb wird er durch meine Hand sterben."

In den nächsten Wochen wurde ihr Überlebenswille auf eine harte Probe gestellt. Täglich wurden sie verprügelt und gefoltert. Eines Morgens baute sich ein Wärter mit vernarbtem Gesicht vor ihrer Zelle auf. Er grinste dreckig und ging dann langsam vor ihnen auf und ab, während sein Knüppel ratternd über die Gitterstäbe fuhr. Die Nordmänner wussten genau, was das bedeutete. Dieser Kerl war der schlimmste von allen. Er empfand eine grausame Freude daran, sein Opfer leiden zu sehen. Erst in der letzten Woche hatte er Ivar so hart

zugesetzt, dass dieser noch lange bewusstlos in der Zelle lag. Jetzt blieb er vor Hemmo stehen und sah ihn neugierig an. Hemmo hob den Kopf und spuckte ihm trotzig vor die Füße. Der Wärter verzog das Gesicht zu einem höhnischen Lächeln. Er liebte es, wenn seine Opfer Widerstand leisteten.
Kurz darauf nickte er zwei weiteren Wärtern zu, die die Zellentür aufschlossen.
Hemmo erhob sich und blickte seinen Kameraden in die Augen. Er deutete ein Nicken in Thoralfs Richtung an. In nordischer Zunge sprach er in beinahe fröhlichem Tonfall:
„Das ist für dich, Ivar!“
Dann ließ er sich aus der Zelle führen. Kaum war er draußen, fielen die Wärter wie ein Rudel bissiger Hunde über ihn her. Der bullige Nordmann steckte die Schläge, die unablässig auf ihn einprasselten, mit einem verächtlichen Grunzen weg. Dann wandte er sich dem Wärter zu, der sich seit Wochen durch besondere Grausamkeiten hervorgetan hatte. Er drängte sich zu dem Narbengesicht durch, auch wenn er auf dem kurzen Weg zu ihm erneut heftige Schläge einstecken musste. Doch Hemmo wich keinen Zoll von seinem Vorhaben ab. Als er den Mann erreicht hatte, wehrte er einen weiteren Schlag mit seinem Unterarm ab und legte ihm die schweren Hände um den dicken Hals. Sofort lief der Mann rot an. Die anderen Wärter prügelten noch heftiger auf Hemmo ein, doch dieser begann zu lachen und drückte noch stärker zu. So zerquetschte er dem Aufseher den Hals. Trotz der Entfernung war das Brechen seiner Knochen bis zu ihrer Zelle zu hören. Längst waren weitere Wärter hinzugesprungen, die wie von Sinnen auf Hemmo einprügelten. Sie ließen erst von ihm ab, als sie sicher waren, dass kein Leben mehr in ihm steckte. Ab diesem Tag endete die Folter gegenüber den Nordmännern. Der Vorfall war den Aufsehern Warnung genug gewesen. Niemand von ihnen mochte sich mit diesen kampferprobten Gestalten anzulegen, die den Tod nicht fürchteten. Einzig der Kahlkopf kam einmal am Tag zu ihnen und brachte Brot, das noch nicht völlig verschimmelt war.
Thoralf hatte längst jegliches Zeitgefühl verloren. Wie gern hätte er die Sonne noch einmal am blauen Himmel leuchten sehen, bevor er in dieser ewigen Dunkelheit starb. Zusammengesunken saß er am Boden und konnte den Oberkörper nur mit Mühe aufrecht halten. Noch immer trugen sie die Kleidung, mit der sie vor Monaten eingeliefert worden waren. Der Geruch, den sie verströmten, war furchtbar. Gelangweilt sah er einer Maus dabei zu, wie sie mit kleinen Trippelschritten durch den finsteren Gang lief. Sie schnupperte mal hier und mal dort. Als sie fast bei ihrer Zelle angelangt war, wurde es

plötzlich unruhig in dem weitläufigen Kellergewölbe.
Eine Tür schwang krachend auf und der ganze Zellentrakt verwandelte sich in einen aufgeregt summenden Bienenstock. Jede Ablenkung vom Alltag weckte Hoffnung in Thoralf und so stemmte er sich kraftlos in die Höhe. Ungläubig hörte er, das am anderen Ende der Zellenreihe mehrere Türen aufgeschlossen wurden und die Häftlinge jubelnd hinausdrängten.
„Was geschieht da?“, rief er dem dürren Häftling in der gegenüberliegenden Zelle zu, der einen besseren Blick auf das Geschehen hatte. Er bestand nur noch aus Haut und Knochen, ließ aber immer noch sein irres Lachen hören.
Er antwortete nicht. Stattdessen rüttelte er mit flackerndem Blick am Gitter. Aus der Dunkelheit eilte ein Schatten herbei und versuchte, an einem großen Schlüsselbund den passenden Schlüssel für das Zellenschloss zu finden. Dann öffnete sich knarrend die Tür und auch er lief gemeinsam mit weiteren Gefangenen auf den Ausgang zu.
Die sechs Nordmänner hatten sich erhoben und starrten hoffnungsvoll in die Dunkelheit. Endlich lief der Schatten auch auf ihre Zelle zu.
„Was ist da draußen los?“, riefen sie ihm entgegen.
Doch die dunkle Gestalt zuckte mit den Schultern und hantierte so lange mit dem schweren Schlüsselbund, bis auch ihre Zellentür geöffnet war. Sie bedankten sich und liefen mit den anderen Häftlingen zum Ausgang.
„Folgt mir!“, rief Östen, der schon häufiger hier gewesen war. Sie bogen in einen schmalen Gang ab und ließen die lärmenden Massen hinter sich. Irgendwo schien es Kämpfe mit einigen Aufsehern zu geben. Doch die meisten Wärter hatten sich wohl rechtzeitig abgesetzt.
Östen führte sie durch den langen Gang auf eine Treppe zu. Plötzlich wurde es hell vor ihren Augen und nach Monaten im düsteren Verlies sahen sie endlich wieder Tageslicht.
„Wartet!“, rief Hjalmar. „Wir müssen uns langsam an die Helligkeit gewöhnen. Sonst laufen wir Gefahr zu erblinden.“
Sie kauerten sich in einer Ecke zusammen und horchten auf die tumultartigen Geräusche, die von überall zu ihnen drangen.
„Die ganze Stadt scheint verrückt geworden zu sein“, brummte Östen missmutig.
„Umso besser für uns“, entgegnete Brondolf.
„Was machen wir als Nächstes?“
Hjalmar hob die schweren Schultern. Sein Gesicht wirkte ausgemergelt. Doch noch immer zeichneten sich die kräftigen Muskeln an seinem Körper ab.
„Wir müssen von der Straße runter. Ich will nicht irgendwelchen

Wachen in die Arme laufen und gleich wieder im Gefängnis landen."
Thoralf schnippte mit den Fingern.
„Am besten verstecken wir uns in Thanos' Haus. Dort sollten wir sicher sein."
Er hob warnend die Hand, als er in einem angrenzenden Gang Schritte vernahm, die sich schnell näherten. Die Nordmänner lauschten gespannt. Als zwei Gestalten um die Ecke hasteten, rissen sie diese zu Boden. Überrascht bemerkten sie, dass ihnen zwei Aufpasser in die Arme gelaufen waren.
Der Kahlkopf, der ihnen ein wenig Essen hatte zukommen lassen, und ein Mann, dem es immer eine riesige Freude bereitet hatte, auf seine wehrlosen Opfer einzuprügeln. Östen brach dem Grobian grinsend das Genick. Voller Genugtuung sahen sie zu, wie seine zappelnden Beine zur Ruhe kamen.
„Und du siehst besser zu, dass du dich in Sicherheit bringst", riefen sie dem Kahlkopf zu. Das ließ er sich nicht zweimal sagen und verschwand so schnell, wie er gekommen war. Nun warteten sie nicht länger. Vorsichtig schoben sie sich durch eine unbewachte Tür ins Freie. Die Nachmittagssonne schien warm auf sie herab und liebkoste ihre fahle Haut mit ihren warmen Strahlen.
Anfangs hatten sie Mühe, die Augen offenzuhalten. Das grelle Licht blendete sie. Doch dann liefen sie los und suchten Schutz in den Schatten der Häuser und Baumreihen. Auf den Straßen liefen wahre Menschenmengen umher. Die Bewohner Konstantinopels waren nervös und riefen sich gegenseitig Neuigkeiten zu. Viele Gruppen strebten in Richtung des kaiserlichen Palastes. Zufrieden nahm Thoralf zur Kenntnis, dass ihnen niemand Beachtung schenkte. Sie schlugen einen entgegengesetzten Weg ein und näherten sich der Villa, die sich seit Jahrhunderten im Besitz von Thanos' Familie befand. Vorsichtig blickten sie sich um, ob sie verfolgt oder beobachtet wurden. Doch es war niemand zu sehen.
Auf ihr Klopfen öffnete ihnen eine junge Dienerin und sah die verwahrlosten Gestalten mit weit aufgerissenen Augen an. Gerade wollte Thoralf nach dem Hausherrn fragen, als Thanos die junge Frau beiseiteschob und sie hereinwinkte.
„Nun macht schon!", drängte er sie zur Eile. „Es muss ja nicht jeder in der Stadt wissen, dass ich verurteilten Verbrechern in meinem Haus Unterschlupf gewähre."
Mit einem erleichterten Grinsen drängte Thoralf sich an ihm vorbei.
„Danke, Thanos. Wir wussten nicht, wo wir sonst hingehen sollten."
Dieser winkte ab.
„Kommt erst mal mit in mein Besprechungszimmer, dort sind wir

ungestört.“
Sie liefen einen hellen Flur entlang, von dem rechts und links Gemächer abgingen. Ganz am Ende bog Thanos in ein kleines, aber gemütlich eingerichtetes Zimmer. Dort setzte er sich an einen Schreibtisch und wies ihnen Plätze auf einer Reihe von Sesseln zu.
„Es tut gut, euch in Freiheit zu sehen. Als ihr wie vom Erdboden verschwunden wart, haben wir uns furchtbare Sorgen gemacht. Aber jeder Versuch herauszufinden, wo ihr abgeblieben wart, stieß auf eine Mauer des Schweigens. Jarl Olaf wollte die ganze Stadt nach euch absuchen, aber er und seine restlichen Männer wurden zu Arbeiten im Hafen herangezogen. Sie sollten die Beladung der Dromonen mit Verpflegung und Ausrüstung überwachen und dafür sorgen, dass die großen Kriegsschiffe jederzeit zum Auslaufen bereit waren.“
Er rümpfte die Nase und war sicher, dass Stavros hinter dem Befehl steckte, um sie aus dem Weg zu schaffen.
Thoralf sah ihn irritiert an.
„Was ist überhaupt los in Konstantinopel? Überall gibt es Unruhen. Die Straßen sind voller Menschen, die auch nicht zu wissen scheinen, was hier eigentlich vor sich geht.“
Thanos nickte mit verärgertem Gesicht.
„Wie sollen sie auch! Selbst im Palast geht es drunter und drüber. Ihr wisst doch noch, dass der ehemalige Kaiser Michael IV. sich in ein Kloster zurückgezogen hatte, oder?“, fragte er die Nordmänner.
Diese nickten bestätigend.
„Was ja nicht weiter von Bedeutung war, weil die Regierungsgeschäfte sowieso fast vollständig in den Händen seines Bruders Johannes lagen“, fasste Thoralf seinen Kenntnisstand zusammen.
„Auch der gehört bereits der Vergangenheit an“, erwiderte Thanos trocken.
„Die Kaiserin Zoe hat nach dem Rücktritt Michael IV. dessen Neffen und gleichzeitigen Adoptivsohn zum Kaiser ausrufen lassen. Im Anschluss haben sie Johannes in ein Kloster weit außerhalb der Hauptstadt abgeschoben. Anfangs schien die Beziehung des neuen Kaisers zu seiner Adoptivmutter zum Wohle des Reiches zu sein. Doch schon bald soll er ihr ihren großen Einfluss geneidet haben. Wenige Wochen nach seiner Ernennung verbannte er sie mit fadenscheinigen Begründungen in ein abgelegenes Kloster. Vor zwei Tagen hat er diese Entscheidung öffentlich gemacht. Anfangs sah es so aus, als nehme die Bevölkerung diesen Umsturz einfach so hin. Doch nun ist die Stimmung gekippt. Überall in der Stadt sind Aufstände ausgebrochen. Die Bevölkerung ist nicht gewillt, diesem Kerl einen Anspruch auf den Thron zuzugestehen.“

Hjalmar nickte zufrieden.
„Darum gelang uns die Flucht."
Thanos sah die sechs hochgewachsenen Männer neugierig an.
„Bitte entschuldigt! Ich schwatze hier und frage euch aus, dabei habt ihr bestimmt seit Monaten nichts Anständiges gegessen. Meine Diener werden euch neue Kleidung bringen. Ich hoffe, sie finden etwas in eurer Größe. Wascht euch, während ich etwas zu essen für euch vorbereiten lasse. Aber Vorsicht! Ihr dürft nur wenig zu euch nehmen. Sonst rebelliert euer Magen. Ihr müsst euch erst wieder langsam an ordentliche Mahlzeiten gewöhnen. Und jetzt fühlt euch wie zu Hause. Hier seid ihr in Sicherheit."
Sie dankten Thanos, doch dieser wollte nichts dergleichen hören.
Zwei Stunden später fühlten sie sich wie neugeboren. Sie hatten sich den Dreck von den Körpern geschrubbt, bis ihre Haut rot war. Dann hatten sie die Tuniken übergestreift, die sich herrlich weich anfühlten. Eine Dienerin hatte ihre zotteligen Haare und Bärte gekürzt, so dass sie sich selbst kaum wiedererkannten. Thoralf spürte bereits, wie seine Tatkraft zurückkehrte.
Beim Essen hielten sie sich zurück, auch wenn ihnen das in Anbetracht der erlesenen Speisen schwer fiel. Thoralf hatte nur wenig von dem schweren Rotwein getrunken, doch er spürte bereits seine Wirkung. Dann nahm er sich Zeit, seinen Freund in aller Ruhe zu mustern. Thanos' Gesicht wirkte härter, als er es in Erinnerung hatte. Er sah zwei scharfe Falten um dessen Mundwinkel, die ihm vorher nicht aufgefallen waren. Unter seinen Augen lagen tiefe Schatten. Thanos fühlte sich sichtlich unwohl unter seinem prüfenden Blick. Unvermittelt sprang er auf und verließ den Raum.
Thoralf war überzeugt, dass hinter dieser Flucht mehr steckte. Siedend heiß fiel ihm Delia ein, an die er lange nicht mehr gedacht hatte, wie er sich unvermittelt eingestand. Er sprang auf und lief dem Freund hinterher. Thanos war noch nicht weit gekommen, als Thoralf ihm fest die Hand auf die Schulter legte.
„Wie geht es Delia?", fragte er drängend.
Thanos zuckte zusammen. Obwohl Thoralf sich oft schwer damit tat, die Miene eines Gesprächspartners zu lesen, wusste er, dass er mit seiner Frage ins Schwarze getroffen hatte. Laut sog er die Luft ein.
„Rede, Thanos! Es kommt ja doch heraus."
Hilflos zog dieser die Schultern in die Höhe und wirkte plötzlich sehr verloren. Seine Stimme klang gefährlich dünn, als er zu einer Antwort ansetzte.
„Stavros war vorgestern hier. Er war noch nie so dreist gewesen, hier persönlich aufzuschlagen. Ohne Ankündigung stand er vor uns,

während fünf seiner Halunken wie Raubtiere um ihn herumliefen und uns böse Blicke zuwarfen."
Thanos atmete tief durch und strich sich hilflos über den Kopf.
„Ich habe ihn natürlich nicht hereingebeten, aber das schien ihn nicht zu stören. Er hat Delia ein Ultimatum gestellt. Wenn sie nicht einwilligt, ihn innerhalb der nächsten zwei Wochen zu heiraten, wird er dafür sorgen, dass ich spurlos verschwinde und niemals wieder auftauche."
Er sah Thoralf fest in die Augen und dieser erkannte die Hilflosigkeit, die seinen Freund ergriffen hatte.
„Mit dieser Drohung will er nur ihren Widerstand brechen!", stieß Thoralf heftig hervor.
Thanos lachte bitter.
„Natürlich. Aber ich wäre nicht der erste Gegner, den Stavros lautlos aus dem Weg räumt. Für genau diesen Zweck beschäftigt er ja diese Bande von Halsabschneidern."
Thoralf schüttelte den Kopf. Welcher Mann tat so etwas?
Nun war es an Thanos, seinen Freund nachdenklich zu mustern.
„Du hast ganz sicher genug eigene Probleme. Trotzdem werde ich das Gefühl nicht los, dass du drauf und dran bist, dich erneut in Gefahr zu begeben. Du hast genug für uns getan. Bitte denke jetzt an dich!"
Thoralf zeigte ein wölfisches Grinsen, würdigte diesen Vortrag aber mit keinem Wort.
Thanos war beeindruckt.
„Du hast fast fünf Monate im Kerker gesessen. Wahrscheinlich musstet ihr furchtbare Torturen überstehen, die ich mir nicht einmal vorstellen will. Doch noch immer scheinst du ungebrochen. Was hat dich da drin durchhalten lassen?"
Seine Stimme war immer leiser geworden.
Thoralf sah ihn verwundert an. Darüber hatte er noch nie nachgedacht. Aufgeben kam für ihn schlicht nicht infrage. Er war ein Nordmann, noch dazu ein Waräger, und lebte für den Kampf. Da musste schon mehr passieren, um ihn von seinem Weg abzubringen.
„Ich schätze, mein Schicksalsfaden ist noch nicht an seinem Ende angelangt. Sollen die Nornen ruhig noch etwas spinnen. Ich wusste immer, dass ich nicht hinter Mauern sterben werde."
Einen Augenblick lang musterten sie sich schweigend.
Thanos räusperte sich, bevor er fortfuhr.
„Du solltest auch an deine Kameraden denken. Konstantinopel ist gefährlich geworden. Jetzt werden alte Rechnungen beglichen. Es wird Zeit, dass ihr das Land verlasst und euch in Sicherheit bringt. "
Thoralf schüttelte unmerklich den Kopf.
„Thoralf, deine Wut wird dich dazu verleiten, Dinge zu tun, die du

hinterher bereust!"
Thoralf sah ihn mit wachem Blick an. Sein Gesicht, das während der Gefangenschaft deutlich an Farbe verloren hatte, färbte sich rot. Er hatte große Mühe, seiner Stimme einen normalen Klang zu verleihen.
„Nicht meine Wut. Deine Angst wird dich dazu bringen, bedauerliche Dinge zu tun. Ich für meinen Teil ziehe die Wut vor. Und die Wut eines Nordmanns kann verheerend sein. Es wird Zeit, dass Stavros sie kennenlernt!"
Bevor er sich abwendete, setzte er nach einem kurzen Zögern zu einer Erklärung an.
„Ich tue das nicht nur für euch. Stavros hat auch versucht, meine Kameraden und mich aus dem Weg zu räumen. Hemmo ist seinetwegen im Gefängnis gestorben. In unserer Heimat hätte ich diesen Kerl längst im Zweikampf getötet. Aber hier komme ich kaum an ihn heran. Ich werde nicht einfach in der Nacht verschwinden. Er soll erfahren, dass es vor der Rache eines Nordmanns kein Entkommen gibt, ganz egal, wo er sich auch verstecken mag. Wenn es mir gelingt, diesen Hund zu töten, lösen sich auch deine Probleme in Luft auf. Also versuche nicht länger mich davon abzubringen. Hilf mir lieber, damit mein Plan aufgeht."
Thanos dachte fieberhaft nach und Thoralf spürte, dass er gewonnen hatte.
„Wo wohnt er? Wie komme ich am besten dorthin? Und wie viele von diesen Verbrechern erwarten mich da eigentlich?"
Thanos zog ihn zurück ins Arbeitszimmer, in dem ihnen die übrigen Nordmänner bereits erwartungsvoll entgegenblickten. Thoralf erklärte ihnen sein Vorhaben und schon bald leuchteten ihre Augen auf.
„Er hat uns alle angegriffen. Nun tragen wir alle zu seinem Untergang bei", fasste Hjalmar zusammen. Thoralf grinste erleichtert. Seine Chancen waren gerade erheblich gestiegen.
Thanos sah sie an und blies die Backen auf.
„Euer Plan grenzt an Wahnsinn. Ihr könnt doch keinen Privatkrieg mitten in Konstantinopel anfangen. Ihr müsst verrückt sein, daran auch nur zu denken."
„Kommen wir endlich zur Sache!", brummte Östen ungehalten.
Thanos blickte die Waräger der Reihe nach an. Dann sammelte er sich und straffte die Schultern.
„Also gut. Wenn ihr unbedingt auf dem direkten Wege nach Walhalla wollt, nur zu! Stavros wohnt im Stadtteil Göztepe. In dieses Wohnviertel haben sich die reichen Einwohner Konstantinopels zurückgezogen. Viele verbringen dort den Sommer. Der Stadtteil grenzt direkt ans Marmarameer im Süden. Sein Haus ist eine große, alte Villa

am Rande der Siedlung. Hier, ich zeichne euch den Weg dorthin auf ein Stück Pergament."

Er zückte einen Federkiel und griff nach einem Tintenfass. Dann begann er konzentriert zu zeichnen.

„Das große schmiedeeiserne Tor ist mit dem Abbild eines Löwen versehen. Doch ihr klettert besser an der Nordseite über die Mauer und schleicht euch von hinten an das Haus heran. Ich war noch nie dort. Aber ich kenne höfische Beamte, die von seinem großen Garten geschwärmt haben. Diesen müsst ihr unauffällig durchqueren. Ich bin sicher, dass er Tag und Nacht von einigen Wachen beschützt wird. Wie viele vor Ort sind und wo diese ihren Posten bezogen haben, müsst ihr selbst herausfinden. Das Risiko, entdeckt und vor Ort getötet zu werden, ist auf jeden Fall gewaltig."

Thoralf studierte die Skizze und prägte sich den Weg genau ein.

„Was für Waffen hast du hier?", wandte er sich dann ihrem dringlichsten Problem zu.

Thanos sah ihn entsetzt an.

„Ihr wollt jetzt gleich los?"

Die Blicke der Nordmänner waren ihm Antwort genug. Thanos runzelte die Stirn und schnaufte angestrengt.

„Mein Schwert liegt gleich nebenan. Sonst habe ich nur einige Dolche hier herumliegen."

Entschuldigend zuckte er mit den Schultern.

„Auf einen Krieg war ich nicht vorbereitet."

Brondolf verzog das Gesicht.

„Gib uns die Dolche mit, dann fühlen wir uns nicht mehr ganz so nackt."

Er überlegte kurz.

„Wir sehen doch wieder ganz vorzeigbar aus, oder? Warum holen wir uns nicht unsere eigenen Waffen zurück? Ich bin sicher, die Stadtwachen haben jetzt anderes zu tun, als irgendwelche öffentlichen Häuser zu beschützen. Ich für meinen Teil würde mich viel wohler fühlen, wenn ich Pfeil und Bogen in der Hand hätte."

Thanos fuhr über die Karte.

„Die Waffenabgabestelle der Stadt liegt praktisch auf dem Weg."

Sie tauschten einen kurzen Blick.

„Dann los!", brummte Hjalmar unternehmungslustig.

Thanos war mit jeder Minute bleicher geworden.

„Wenn ihr mitten in der Stadt einen wichtigen Würdenträger der Regierung ermordet, könnt ihr niemals zurückkommen. Euch wird nichts anderes übrigbleiben, als Konstantinopel im Anschluss so schnell wie möglich zu verlassen."

Die Nordmänner nickten zu seinen Worten.
Östen grinste hart.
„Wir haben die Gastfreundschaft der Stadt lange genug genossen. Sollten wir Erfolg haben, kommen wir zurück und graben unsere Schätze aus. Wenn du nichts mehr von uns hörst, gehören sie dir."
Thanos riss die Augen auf.
Doch Thoralf senkte die Stimme.
„Kannst du einen Boten zu unserem Jarl schicken, ohne dass etwaige Spione etwas davon mitbekommen? Wenn er und seine Männer sowieso unten am Hafen eingesetzt sind, könnte er, ohne Aufsehen zu erregen, eines der Drachenboote zum Auslaufen bereit machen. Dann stoßen wir zu ihm, sobald wir können."
Thanos nickte knapp.
„Ich bereite alles vor. Ohne Erlaubnis des Kaisers dürft ihr die Stadt eigentlich nicht verlassen. Aber ich werde dem Boten ein Schreiben mitgeben, das euer Auslaufen legitimiert. Das sollte genügen, um die Wachen zu täuschen. Es wird sowieso alles drunter und drüber gehen. Viel Glück!", raunte er ihnen mit rauer Stimme zu.
Dann verschwanden die Nordmänner in der einsetzenden Dämmerung. Lautlos bewegten sie sich voran und behielten die Umgebung misstrauisch im Auge. Unterwegs hörten sie Schreie auf den Straßen, sahen aber nur wenige Menschen. Nachdem sie zwei Wohnviertel durchquert hatten, gelangten sie zu der großen Lagerhalle, in der die Stadt die Waffen ihrer Besucher aufbewahrte. Sie beschleunigten ihre Schritte, bogen um eine letzte Ecke und standen direkt vor einem flachen Gebäude. Auch hier war niemand zu sehen. Auf der anderen Straßenseite brannte ein Feuer, dessen Rauch zu ihnen herüberwaberte.
„Hier muss der Mob gerade durchgezogen sein. Beeilen wir uns lieber", raunte Hjalmar und steuerte auf eine wuchtige Holztür zu. Er versuchte sie zu öffnen, doch sie war fest verschlossen. Kurz bevor er sich mit seinem ganzen Gewicht dagegen werfen konnte, stieß Brondolf einen leisen Pfiff aus und stellte sich an die Mauer.
„Das macht zu viel Krach."
Er deutete nach oben.
„Hilf mir mal."
Hjalmar faltete die Hände, damit Brondolf einen Fuß hineinsetzen konnte. Schwungvoll beförderte Hjalmar ihn aufs Dach, wo er sich an einem Vorsprung festhalten konnte und dann kraftvoll hinaufzog. Schnell entfernten sich seine Schritte. Dann blieb alles still.
Hjalmar knirschte vernehmlich mit den Zähnen.
„Ich hätte diese Tür längst eingetreten. Was macht er da oben so lange?"
Wenig später ertönte ein lautes Poltern und Thoralf sog scharf die Luft

ein. Doch ihre Geduld zahlte sich aus. Erneut hörten sie Schritte, dann zeichnete sich Brondolfs Gestalt gegen den dunklen Nachthimmel ab.
„Rauf mit euch! Hier oben gibt es eine kleine Luke, durch die wir Zugang zur Lagerhalle haben."
„Warum hast du da oben so einen Lärm veranstaltet?", wollte Hjalmar wissen, während er schnell hintereinander Thoralf und Ivar in die Höhe wuchtete.
Brondolf winkte ab.
„Die Dachluke war verschlossen. Ich musste sie aufbrechen und hab dabei den Dolch, den Thanos mir gegeben hat, abgebrochen. Es wird Zeit, dass wir richtigen Stahl in die Hände bekommen. Los! Jetzt macht schon!"
Zuletzt beugten sich Thoralf und Östen vom Dach hinab und zogen Hjalmar in die Höhe. Dabei schnauften sie angestrengt. Der Kerl musste fast so schwer sein wie ein Ochse!
Dann ließen sie sich vorsichtig in die Halle hinab. Ivar schaffte es, dabei gegen eine Kiste zu stoßen und einen Heidenkrach zu veranstalten. Folke schüttelte anklagend den Kopf.
Endlich standen sie alle in einer großen Halle, die mit Regalen und Kisten zugestellt war.
Thoralf schnaubte zornig.
„Hier finden wir unsere Waffen nie. Lasst uns nehmen, was uns Brauchbares in die Hände fällt. Und dann nichts wie raus hier!"
Jeder sah sich suchend in der Dunkelheit um. Sie konnten nur einige Konturen erahnen. Manchmal blitzte Stahl vor ihnen auf. Thoralfs Hände tasteten über Klingen, Messer, Äxte, Keulen und Lanzen. Einige Gegenstände konnte er beim besten Willen nicht zuordnen. Zu gern hätte er sich hier noch einmal in Ruhe bei Tageslicht umgesehen. Aber die Zeit hatten sie nicht. Endlich entdeckte er Schwerter und nahm nacheinander mehrere prüfend in die Hände. Endlich lag eines wie angegossen in seiner Hand. Er steckte sich einen Dolch und gleich darauf noch eine Handaxt in seinen breiten Gürtel. Dann machte er sich wieder auf den Weg zur Dachluke.
Am längsten brauchte Brondolf.
„Ich finde keinen Bogen", zischte er durch die Halle.
Vom anderen Ende rief Hjalmar herüber.
„Ich habe hier ganze Bündel voll. Keine Ahnung, welcher davon was taugt."
Brondolfs schnelle Schritte hallten durch die Dunkelheit.
„Na, endlich", knurrte er zufrieden.
Nachdem er sich einen Bogen ausgesucht hatte, hängte er sich einen prall gefüllten Köcher mit Pfeilen um.

„Macht, dass ihr hier endlich rauskommt“, rief Östen ihnen zu, der gemeinsam mit Thoralf bereits auf ein Regal geklettert war und sich durch die Luke nach draußen hangelte. Immer wieder warfen sie lauernde Blicke in die Nacht. Doch wie durch ein Wunder blieb alles ruhig.

Hjalmar keuchte angestrengt und richtete sich auf dem Dach auf. Dann schwang er probehalber ein mächtiges Schwert.

„Schade um mein Schwert *Knochenbrecher*, aber dieses hier wird es auch tun.“

Sie ließen sich an der Mauer herunter und liefen los. Immer wieder mussten sie kurz stehenbleiben, um sich am Plan zu orientieren. Unterwegs begegneten ihnen immer wieder größere Menschenmengen, die ziellos umherstreiften. Einmal trafen sie auf Soldaten, die im Laufschritt durch die Finsternis eilten. Doch niemand schenkte ihrer kleinen Gruppe Beachtung. Irgendwann stoppte Thoralf mit einem Blick auf die Karte ihren eiligen Marsch.

„Hinter dieser Kreuzung beginnt das Villenviertel, das sich bis zum Meer zieht. Stavros' Villa befindet sich gleich da drüben rechts. Ich kann das riesige Haus bereits sehen. Aber wir müssen zur Nordseite, damit wir nicht entdeckt werden.“

Langsam schlichen sie in einer Reihe weiter. Die ganze Gegend lag wie ausgestorben vor ihnen. Zwischendurch konnten sie Blicke durch vergitterte Tore werfen und sahen Zypressen und knotige Maulbeerbäume aufragen. Doch meist waren die Grundstücke durch hohe Mauern voneinander abgegrenzt. Sie wirkten wie eine Burg inmitten der Stadt.

„Ich habe schon Festungen gesehen, die leichter einzunehmen waren“, brummte Ivar beeindruckt.

Dann erreichten sie die Nordmauer. Brondolf trug den Bogen geschultert, um die Hände freizuhaben. Er baute sich vor Hjalmar auf und deutete nach oben.

„Diesmal bitte mit mehr Schwung“, zog er ihn mit einem leisen Lachen auf. Leise knurrend verschränkte dieser die Hände. Dann stieß Brondolf sich ab und erreichte mit festem Griff den oberen Rand der Mauer. Gewandt zog er sich nach oben und warf einen Blick ins Innere der Anlage. Was er sah, schien ihn zu beruhigen, denn er zog sich ganz nach oben und saß gleich darauf rittlings auf der Mauer.

„Was siehst du?“, raunte Hjalmar ihm zu.

„Nicht viel“, erwiderte Brondolf. „Die Villa ist weiß getüncht und über die Länge des Haupthauses verläuft eine mit Ranken bewachsene Loggia. Überall stehen Bäume, die uns Schutz bieten werden.“

„Siehst du Wachen?“

Brondolf schnaubte protestierend.
„Was weiß denn ich?", flüsterte er zurück. „Da drin ist es finster wie im Arsch eines Bären. Ich sehe zwar niemanden, würde aber nicht mein Leben darauf verwetten."
Ivar unterdrückte ein Lachen.
„Keine Ahnung, woher er das mit dem Bären weiß. Und ich will es auch lieber nicht wissen."
Er folgte Brondolf auf die Mauer. Vorsichtig ließen sie sich auf der anderen Seite hinabgleiten. Ungeduldig warteten sie, bis auch Östen, Thoralf, Folke und Hjalmar zu ihnen gestoßen waren.
Thoralf kniff die Augen zusammen und verschaffte sich einen Überblick über das langgestreckte Gelände. Brondolf hatte seinen Bogen zur Hand genommen und einen Pfeil aus dem Köcher gezogen. Er nockte den Pfeil ein und zog spielerisch die Sehne auf. Diese tausendfach geübten Handgriffe waren ihm in Fleisch und Blut übergegangen. Er fühlte sich wie auf der Jagd, nur dass es Menschen waren, denen sie nachstellten.
„Lasst uns im Schutz der Bäume bleiben", flüsterte er unternehmungslustig und begann sich in einem langen Halbkreis der Villa zu nähern.
Der Schrei einer Eule durchdrang die Dunkelheit. Thoralf neigte lauschend den Kopf zur Seite, ob noch ein zweiter Schrei folgte. Doch alles blieb still. Er beschloss, dass dies ein gutes Zeichen war, und beschleunigte seine Schritte. Vor ihnen zeichneten sich die Umrisse der Villa in der Dunkelheit ab.
Brondolf wollte gerade den Schutz der Bäume verlassen, als er in der Nähe ein verzerrtes Fluchen hörte. Sofort blieb er stehen und hob warnend die Hand.
Gemeinsam horchten sie in die Dunkelheit.
Zwei Männer tuschelten aufgeregt miteinander. Doch Brondolf stand zu weit entfernt, um zu hören, was sie sagten. Hjalmar gab Östen und Thoralf einen knappen Wink. Mit vorsichtigen Schritten näherten sich die beiden den nichtsahnenden Gestalten. Sie schoben sich so nah heran, bis Thoralf einen von ihnen in Griffweite vor sich hatte. Sein ganzer Körper vibrierte vor Anspannung. Mühsam riss er sich zusammen und atmete tief durch den Mund ein. Vorsichtig hatte er den Dolch aus seinem Gürtel gezogen und achtete darauf, dass das Glitzern der stählernen Klinge im Mondlicht ihn nicht verriet. Als auch Östen seine Position hinter dem zweiten Mann erreicht hatte, schnellte er hoch. Die Gestalt vor ihm versteifte sich. Doch es war längst zu spät, um den Angriff abzuwehren. Thoralf hatte sein Opfer mit der linken Hand am Kopf gepackt und zog ihm das Messer durch die Kehle. Er

vernahm ein leises Gurgeln, während ihm Unmengen von Blut über die Arme liefen. Er legte den Körper lautlos im Gras ab und schnellte herum, um seinem Kameraden beistehen zu können. Doch Östen hatte seinen Gegner bereits ausgeschaltet und sah ihm entgegen.
„Was machst du da so lange?“, raunte er ihm zu.
Thoralf wusste, dass Östen dabei grinste. Doch er war zu angespannt, um auf die Frotzelei einzugehen. Der Geruch von Blut hing schwer in der Luft und mahnte ihn, wachsam zu sein.
Brondolf schob sich an ihnen vorbei, den Bogen schussbereit in der Hand. Thoralf strich mehrfach durchs Gras, um sich das Blut von den Händen zu wischen. Dann ergriff er seine Handaxt und wog sie abschätzend in der Hand.
Gemeinsam schlichen sie weiter. Plötzlich schlug vor ihnen krachend eine Tür auf. Ein Mann trat ins Freie, steckte die Hände in die Hüften und versuchte, mit seinen Augen die Dunkelheit zu durchdringen.
Thoralf brach der kalte Schweiß aus. Lautlos zerbiss er einen Fluch zwischen den Zähnen, als der Mann losbrüllte.
„Orestis! Minon! Wo steckt ihr wieder?“
Hjalmar sah sich kurz um. Sie hatten die beiden Leichen in die Deckung der Büsche gezogen. Doch er wusste, dass sie nicht länger zögern durften. Anderenfalls liefen sie Gefahr, dass der Kerl die ganze Gegend rebellisch machte.
„Traust du dir die Entfernung zu?“, raunte Hjalmar Brondolf zu.
Er war ein hervorragender Schütze. Aber zwischen ihm und seinem Ziel lagen knapp fünfzig Schritte und es war verdammt finster.
Doch Brondolf kannte keine Selbstzweifel. Er richtete sich zu seiner vollen Größe auf und kniff die Augen zu schmalen Schlitzen zusammen.
„Er gehört mir“, knurrte er seinen Kameraden zu.
Gleich darauf löste er den Schuss. Der Pfeil schnellte von der Sehne und verschwand leise sirrend in der Dunkelheit. Der Leibwächter stockte kurz, als würden seine Instinkte ihn warnen. Doch es war zu spät. Der Pfeil traf ihn mitten in die Brust und er taumelte zurück. Unter Einsatz aller Kräfte versuchte er sich auf den Beinen zu halten. Doch dann brach er zusammen.
Thoralf stieß die Luft aus. Dann liefen sie los und hatten die Entfernung zu der niedergestreckten Gestalt schnell überbrückt. Ivar bückte sich und schnitt dem Mann zur Sicherheit die Kehle durch. Die anderen hasteten weiter und standen nur wenig später vor einer schmalen Tür.
Hjalmar atmete tief ein und sah sich noch einmal aufmerksam um. Dabei hatte er die Augen weit aufgerissen. Thoralf spürte, wie sie alle vom Kampfesrausch erfasst wurden. Endlich war die Zeit der Rache

gekommen. Hjalmar riss die Tür auf. Dicht hintereinander schlichen sie sich ins Haus.
Als erstes durchquerten sie ein Gemach, in dem einige Sessel herumstanden. Dann betraten sie einen Flur, von dem weitere Räume abgingen. So leise wie möglich arbeiteten sie sich weiter voran. Direkt vor ihnen trat ein Mann aus einem der Räume und sah sie staunend an. Er hielt eine Hähnchenkeule in der Hand, von der er gerade noch ein großes Stück abgebissen hatte.
Dieser Kerl musste über eine gehörige Portion Kampferfahrung verfügen, denn er machte fast alles richtig. Trotz der Überraschung wurden seine Augen stechend und er brauchte nur einen winzigen Moment, um zu reagieren. Noch während er Thoralf die Reste seiner Hähnchenkeule entgegenschleuderte, versuchte er sich zurück in den Raum zu retten. Er wollte sich Zeit verschaffen, um nach seinem Messer zu greifen und vor allem seine Kumpane zu warnen. Doch diese Zeit gab ihm Thoralf nicht. Er warf seine Handaxt nach ihm. Auf diese kurze Entfernung war ein Ausweichen unmöglich. Das Blatt der Klinge fuhr tief in seine Brust und ließ den stämmigen Griechen taumelnd zu Boden gehen. Thoralf setzte nach und glitt um die Ecke in den Raum, aus dem der Grieche soeben gekommen war.
Sechs Augenpaare starrten ihn verblüfft an. Dann sprangen sie allesamt gleichzeitig auf. Thoralf zog seinen Dolch und stürzte sich mit wutverzerrtem Gesicht auf den ersten Mann in seiner Reichweite. Er hätte am liebsten einen Kampfschrei ausgestoßen. Doch er wusste nicht, wie viele Gegner sich noch im Haus aufhielten, deshalb griff er schweigend an.
Er riss sein Opfer von den Beinen und stach wie im Rausch auf ihn ein. Ein zweiter Mann wollte ihn am Fuß packen und wegziehen, doch da waren bereits Hjalmar und die anderen Nordmänner heran. Plötzlich wurde es in dem Raum ziemlich eng. In diesem Gedränge halfen keine Langwaffen. Sowohl die Nordmänner als auch die Männer von Stavros hielten schon bald blitzende Dolche in ihren Fäusten und lieferten sich einen Kampf auf Leben und Tod. Einzig Brondolf war an der Tür stehengeblieben und hatte einen neuen Pfeil auf die Sehne gelegt.
Hjalmar schlug einen Gegner nieder und schleuderte den nächsten mit dem Kopf gegen die Wand. Ein untersetzter Grieche stach nach ihm und erwischte ihn an der Schulter. Doch Östen fing dessen Hand ab, noch ehe die Klinge tiefer eindringen konnte. Dann stach er selbst zwei-, dreimal hintereinander zu, bis sein Gegner nur noch ein Röcheln von sich gab. Hjalmar nickte Östen dankbar zu.
Zwei Gegner standen noch auf den Beinen. Einer versuchte sich in Richtung Fenster zurückzuziehen, doch Folke setzte ihm nach und

schaltete ihn aus. Der andere, ein Syrer mit blitzenden Augen, lieferte sich einen Messerkampf mit Ivar. Beide stachen voller Hass aufeinander ein und versuchten eine Lücke in der Deckung ihres Gegners zu finden. Der Syrer war flink wie ein Wiesel. Kaum hatte Ivar seinen Angriff pariert, kam schon der nächste. Zwischendurch wechselte der dunkelhäutige Mann das Messer von der rechten in die linke Hand, um seinen Feind vollends zu verwirren. Ivar spürte, dass er diesem Mann unterlegen war. Einen ungestümen Angriff konnte er erst im letzten Moment abwehren, indem er die linke Hand hochriss und zusah, wie die Klinge seines Gegners mitten hindurchfuhr. Ivar stieß seinen Kopf vor und traf ihn hart. Mit einem lauten Knacken brach er dem Syrer die Nase. Doch er wusste, dass er in diesem Kampf nicht mehr lange würde bestehen können. Doch noch ehe der Syrer seinen Vorteil ausnutzen konnte, hatte Brondolf freies Schussfeld. Er schoss seinen Pfeil ab und nagelte den gefährlichen Gegner an die Wand. Dieser sah fassungslos auf das gefiederte Pfeilende herab. Dann fiel ihm das Kinn auf die Brust. Eine trügerische Ruhe kehrte ein. Einzig das angestrengte Keuchen der Nordmänner durchdrang die Stille. Thoralf wischte sich Blut von der Lippe und besah sich dann Hjalmars Schulterwunde.
„Ist nur ein Kratzer“, brummte er ihm zu und schlug ihm kräftig auf den Rücken.
Ivar hielt seine bluttriefende Hand in die Höhe und sah durch die klaffende Wunde hindurch auf Thoralfs Gesicht.
„Das hier auch?“, fragte er mit einer Stimme, die verriet, wie viel Kraft ihn dieser Kampf gekostet hatte.
Thoralf riss sich ein Stück von seinem Ärmel ab und begann die Wunde zu verbinden.
„Lasst uns nachsehen, wie viele Aufpasser dieser Dreckskerl noch hat!“, rief Brondolf, der längst den nächsten Pfeil eingelegt hatte.
Vor ihnen huschte ein Schatten vorbei und versuchte durch eine Tür zu verschwinden. Folke setzte ihm sofort nach und riss ihn zu Boden. Sie überschlugen sich und kugelten wild umher. Dabei warfen sie einen kleinen Tisch um und rissen einen Spiegel herunter, der mit lautem Klirren zu Bruch ging. Folke gewann in dem Handgemenge schnell die Oberhand und wollte zum tödlichen Stoß ansetzen. Doch Thoralf musterte das Gesicht des Griechen genauer.
„Warte!“, rief er dann. „Das ist Stavros.“
Folke ließ von ihm ab. Thoralf kam näher und legte ihm die blutbefleckte Klinge seines Dolchs an die Kehle.
„Durchsucht das Haus, damit wir keine weiteren Überraschungen mehr erleben. Und zündet einige Kerzen an. Ich will ihm in die Augen sehen können.“

Schon bald waren die Männer zurück.
„Wir haben alle erwischt. Nur er ist noch am Leben", rief Folke mit Genugtuung in der Stimme.
„Nicht mehr lange", knurrte Thoralf mit hasserfüllter Stimme. Für einen Moment schob sich das Bild von Delia vor seine Augen, die in Tränen aufgelöst um ihr Leben zitterte. Er schob es beiseite und konzentrierte sich auf Stavros, der ihnen schon so viel Ärger bereitet hatte.
„Wegen dir saßen wir im Gefängnis, wo du uns vermodern lassen wolltest. Du bist auch für Hemmos Tod verantwortlich. Aber deine Pläne hatten keinen Erfolg! Und auch Delia und Thanos wirst du nun nicht länger bedrohen. Es endet heute Nacht. Sieh mir in die Augen!"
Stavros zögerte kurz. Er konnte nicht glauben, dass ihm die Situation so entglitt. Er wollte aufbegehren, sich wehren, doch seine Sinne waren wie betäubt.
Ich werde in meinem eigenen Haus sterben. Ermordet von Barbaren, hämmerte es durch seinen Kopf, der noch von dem heftigen Aufprall brummte. In ihm kämpften Wut und Angst miteinander. Doch die Wut setzte sich durch. Er wandte sich an Thoralf.
„Ihr wisst nicht, wie groß meine Macht wirklich ist. Ich werde euch hinrichten und eure Reste ans Kreuz nageln lassen. Die Hunde sollen euer Fleisch..."
Er brach ab und seine Augen wurden groß. Thoralf hatte ihm die Klinge tief in die Kehle gerammt. Stavros röchelte hilflos, während er versuchte, noch etwas zu sagen. Doch dann ertrank er an seinem Blut. Mitleidlos verfolgten die Nordmänner seinen Tod. Als sich unter Stavros eine Blutlache ausbreitete, holte Hjalmar sie in die Wirklichkeit zurück.
„Er ist tot. Lasst uns von hier verschwinden!"
Plötzlich fühlten sie sich wie von einer Last befreit. Ivar und Folke wollten am liebsten das ganze Haus durchsuchen. Doch die anderen Nordmänner winkten ab.
„Sicher liegen hier Schätze versteckt. Aber wenn der Morgen anbricht, sollten wir weit weg von hier sein. Denn wenn man uns hier sieht, landen wir erneut im Gefängnis. Diesmal aber für immer. Außerdem sind wir schon reich. Lasst uns unsere Schätze von Thanos holen und zusehen, dass wir zum Jarl stoßen."
Ivar und Folke brummten unwillig, folgten ihren Kameraden aber, um den Rückweg über die Nordmauer einzuschlagen. Noch vor Tagesanbruch klopften sie erneut an Thanos' Tür. Dieser öffnete selbst. Seine Kleidung war mit Flecken übersät, während Erde von seiner Tunika bröckelte. Ein hoffnungsvolles Leuchten lag auf seinem

Gesicht, das sofort erstarb, als er Hjalmars blutdurchtränkten Verband um die Schulter bemerkte. Dann fiel sein Blick auf Thoralf, der noch immer aussah, als hätte er in Blut gebadet. Delia tauchte hinter ihm auf und schlug bei ihrem Anblick die Hände vor dem Mund zusammen.
„Es ist nicht mein Blut", eröffnete Thoralf ihnen sofort.
„Und ich werde den Kratzer überleben", brummte Hjalmar beruhigend, während Ivar unauffällig seine verletzte Hand hinter dem Rücken verbarg.
Thanos zögerte kurz.
„Lebt Stavros noch?", fragte er mit belegter Stimme.
„Er und seine Verbrecherbande werden euch nie wieder bedrohen, das versichern wir euch."
Thanos und Delia sahen sie an, als trauten sie Thoralfs Worten nicht. Doch dann fielen sich die beiden erleichtert in die Arme. Delia weinte ungehemmt und schämte sich ihrer Tränen nicht. Sie war so erleichtert, dass sie gleichzeitig lachte und nicht wusste, wohin mit ihren Gefühlen. Nacheinander nahm sie die Nordmänner in den Arm, egal wie blutbefleckt diese auch sein mochten. Die Nordmänner drückten die zarte Person vorsichtig.
Thanos musste sich räuspern, um seine Stimme wiederzufinden.
„Meine Bediensteten und ich haben eure drei Kisten ausgegraben. Ihr könnt sie sofort mitnehmen. Natürlich stelle ich euch einen Karren zur Verfügung, damit ihr die schwere Last problemlos transportieren könnt."
Die Männer nickten dankbar. Thanos gab seinen Dienern einen Wink und diese begannen damit, die schweren Kisten aufzuladen. Es brauchte drei Mann, um die einzelnen Kisten anzuheben, die bis zum Rand mit Goldmünzen, Geschmeide und Edelsteinen gefüllt waren. Thoralf öffnete eine der Kisten und nahm einen prall gefüllten Lederbeutel heraus. Er warf ihn Thanos zu, der sich weigern wollte, ihn anzunehmen. Doch Thoralf ließ keine Widerworte zu und legte ihm beide Hände auf die Schultern.
„Du warst uns in den drei Jahren ein guter Freund. Wir haben zusammen im Schildwall gestanden und alle Entbehrungen geteilt. Dafür steht dir ein Anteil an der Beute zu. Wir werden dich vermissen, mein Freund."
Sie blickten einander schweigend in die Augen und kämpften mit ihren Gefühlen. Thanos wollte etwas erwidern, doch seine Kehle war wie zugeschnürt. Stattdessen schüttelten sie sich lange die Hände. Thoralf musste tief durchatmen. Plötzlich traute er seiner Stimme nicht mehr und so wandte er sich schweigend Delia zu, die unter seinem intensiven Blick errötete. Er legte ihr ein prachtvolles Schmuckstück um den Hals.

Darauf leuchteten blaue Saphire und schimmernde Perlen. Seine Finger hatten Mühe mit dem filigranen Verschluss. Doch schließlich gelang es ihm, die Kette zu schließen.
Ihre Augen strahlten ihn an. Sie hauchte ihm einen Kuss auf die Wange und flüsterte ihm ins Ohr.
„Danke, Thoralf. Ich kann niemals wiedergutmachen, was du alles für mich getan hast. Mögen deine Götter immer gut über dich wachen."
Thoralf sah sie lange an und wandte sich dann abrupt ab. Seine Gefährten folgten ihm. Ivar und Folke zogen den Wagen in Richtung Hafen hinter sich her. Trotz der schweren Last klagten sie nicht.
Die Nacht wich langsam einem schmutzigen Grau, das sich im Osten abzuzeichnen begann. Noch bevor die Sonne aufging, erreichten sie ihr Ziel. Jarl Olaf sah ihnen bereits entgegen und ein breites Grinsen zog sich über sein Gesicht. Ihre Kameraden hatten die ganze Nacht kein Auge zugetan und stattdessen alle Vorkehrungen für ihren Aufbruch getroffen. Nun begrüßten sie einander herzlich und schlugen sich schwer auf die Schultern.
„Thanos' Bote hat uns gestern Abend erreicht. Wir haben uns aus dem Hafen rüber zu unseren Drachenbooten geschlichen. Nach all der Zeit war es wie ein Nachhausekommen. Gut, dass wir die Boote regelmäßig überholt haben. Wir sind noch knapp vierzig Mann, gerade die richtige Anzahl für unser bestes Drachenboot, den *Wellenjäger*. Es ist in einem tadellosen Zustand. Wir haben nur einige Taue ausgetauscht und das Segel ausgebessert. Einige Männer tragen schon seit Stunden Vorräte zusammen. Wir können sofort aufbrechen."
„Das sollten wir auch", rief Hjalmar ungeduldig. „Es kann sein, dass schon bald Soldaten nach uns suchen. Bis es so weit ist, sollten wir auf dem Wasser sein. Ich für meinen Teil will nie wieder irgendwo hinter Gittern sitzen."
Thoralf zögerte kurz.
„Der Eid, der uns an Kaiser Michael IV. gebunden hat, ist mit seinem Rückzug in ein Kloster hinfällig geworden. Uns hält hier nichts mehr. Im Gegenteil. Man trachtet uns sogar nach dem Leben. Es ist an der Zeit, Konstantinopel zu verlassen."
Der Jarl bedachte ihn mit einem entschlossenen Blick.
„Die Götter haben entschieden. Ich muss schon länger an die Worte denken, die Tormod uns damals bei unserer Abfahrt mit auf den Weg gegeben hat. Vielleicht ist es einfach an der Zeit, nach Hause zurückzukehren."
Sie nickten einander knapp zu und verstauten ihre kostbaren Schätze in ihren Ruderkisten. Sie hatten in den letzten Jahren so viele Reichtümer angehäuft, dass sie es selbst kaum glauben konnten. Der Jarl hatte

darauf bestanden, die kostbare Beute an einer gut versteckten Stelle zu vergraben. Nur so konnten sie sicher sein, dass ihre Schätze nicht gestohlen wurden, wenn sie sich auf einem der zahlreichen Feldzüge des Kaisers befanden. Viele Nordmänner neigten dazu, ihren Sold schneller auszugeben, als er ihnen ausgezahlt wurde. Das Gold rann ihnen förmlich durch die Finger. Sie waren Krieger, die das Leben in vollen Zügen auskosten wollten. Wer konnte schon sagen, ob er in einer Woche noch am Leben war? Jetzt freuten sich alle überlebenden Nordmänner über die Weitsicht ihres Jarls. Nur ihm war es zu verdanken, dass wirklich jeder seiner Gefolgsleute über prall gefüllte Lederbeutel voller klirrender Goldmünzen verfügte. Selbst Folke, der bekannt dafür war, dass ihm das Gold beim Würfelspiel schneller verlor, als er es verdienen konnte, verfügte nun über ansehnliche Reichtümer.
Es dauerte Stunden, all die Schätze in ihren Ruderkisten unterzubringen. Selbst Hjalmar ächzte unter dem Gewicht seiner Kiste, die schwer auf seinen breiten Schultern ruhte, als er sie an Bord hievte. Grinsend wischte er sich den Schweiß von der Stirn und packte auch kräftig bei seinen Kameraden mit an. Sie alle waren von einer fieberhaften Hochstimmung ergriffen worden. Plötzlich konnten sie es kaum noch abwarten, dieser Stadt den Rücken zu kehren.
Sie hoben ihr schlankes Drachenboot aus der Halterung und setzten es auf rotierende, eisenbeschlagene Holzstämme, die das Schiff neben einem schmalen Kai fast von allein ins Wasser gleiten ließen. Es gab viele Dinge, die sie von den einfallsreichen Byzantinern lernen konnten.
Drei Wachsoldaten kamen ihnen aufgeregt entgegen. Sie riefen schon von weitem, doch Thoralf trat ihnen mit beruhigend erhobenen Händen entgegen.
„Haltet Speere bereit, falls sie nicht mit sich reden lassen und Alarm schlagen wollen“, knurrte der Jarl Ivar und Brondolf zu. Dann trat er an Thoralfs Seite und zückte das Pergament, das Thanos’ Bote ihm ausgehändigt hatte. Dann sahen sie den drei Wachen mit unbewegten Gesichtern entgegen.
„Wir haben Befehl, keine Schiffe aus den Häfen Konstantinopels herausfahren zu lassen!“, riefen sie ihnen zu.
Jarl Olaf nickte verständnisvoll.
„Das wissen wir natürlich. Doch der Stratege des Kaisers will, dass wir eine Erkundungsfahrt entlang der Küste Anatoliens unternehmen. Wie ihr wohl gehört habt, haben die Waräger des Kaisers vor einiger Zeit dort die größten Piratennester ausgeräuchert. Nun will er wissen, ob sich dort neue Hochburgen entwickeln, damit er zuschlagen kann, bevor eine Gefahr für Konstantinopel droht.“
Er hielt ihnen mit größtem Selbstbewusstsein den Befehl hin, auf dem

Thanos die Unterschrift des Strategen gefälscht hatte. Die drei Wachen warfen nacheinander einen misstrauischen Blick auf das Pergament.
„Wenn das so ist, dürft ihr auslaufen. Wir geben den beiden Dromonen am Horizont ein Zeichen, auf dass sie euch passieren lassen sollen."
Schnell liefen sie zu ihrem Wachgebäude zurück und setzten die entsprechenden Signale ab, die von den großen Kriegsschiffen erwidert wurden.
Jarl Olaf strich sich grinsend durch den dichten Bart.
„Ich schätze, wir sind Thanos schon wieder zu Dank verpflichtet."
Thoralf schmunzelte matt.
„Lasst uns ablegen, bevor sich Stavros' Tod herumspricht."
Sie setzten sich auf ihre Seekisten und schoben die Riemen durch die Riemenlöcher. Dann zogen sie langsam mit einem ersten Zug die Riemen durchs Wasser. Das Boot schien zu vibrieren, ließ sich dann aber willig vorantreiben. Schon nach wenigen Ruderschlägen hatten die Nordmänner zu ihrem altvertrauten Rhythmus zurückgefunden. Es war windstill und sie wussten, dass nun stundenlange schwere Arbeit vor ihnen lag. Doch trotz dieser Aussicht flogen Scherzworte zwischen ihnen umher. Ivar war aufgrund seiner Handverletzung zur Untätigkeit gezwungen, doch er hielt die Nase in den Wind und sah sehr zufrieden aus. Möwen flogen kreischend über sie hinweg. Jeder Mann spürte, wie die tiefe Sehnsucht nach dem Meer ihn überwältigte.
Thoralf blickte sich noch einmal um und ließ den Anblick der riesigen Stadt auf sich wirken. Er versuchte, sich so viele Kleinigkeiten wie möglich einzuprägen, damit er sie vor seinem inneren Auge immer wieder abrufen konnte. Dann wandte er sich um, sah aufs offene Meer hinaus und begutachtete den Himmel. Einige weiße Wolken segelten am Horizont entlang. Das Meer hatte nie friedlicher auf ihn gewirkt.
Erinnerungen an die letzten ereignisreichen Jahre zogen wie eine Bilderflut durch seinen Kopf. So lange er denken konnte, hatte sein unruhiges Blut ihn immer mit dem endlosen Meer in die Ferne gezogen. Nun spürte er erstmals, dass dieser innere Drang befriedigt war. Mit einem Mal freute er sich darauf, seine Heimat wiederzusehen.

***

Im Jahre des Herrn, 1191: Der junge englische Ritter Duncan ist dem Aufruf von Richard Löwenherz zum 3. Kreuzzug gefolgt. Sein Ziel ist es, den Ungläubigen die Heilige Stadt Jerusalem zu entreißen und in der Grabeskirche zu beten. Doch der blutige Alltag der Belagerung Akkons hat nur wenig gemein mit Duncans ehrenhaften Vorstellungen vom Krieg. Gemeinsam mit den besten Rittern des Abendlandes tritt er den Heerscharen Saladins in furchtbaren Schlachten entgegen und sieht dem Tod immer wieder ins Auge. Bei Verhandlungen im Lager der Sarazenen bekommt er Einblicke in die Kultur seiner Feinde, die großen Reiz auf ihn ausübt. Dabei kreuzt auch eine arabische Spionin immer wieder seinen Weg, die ihm Rätsel aufgibt. Als er mit Verrat in den eigenen Reihen konfrontiert wird und sein Leben in Gefahr gerät, entdeckt er, dass es auch unter seinen Gegnern Menschen gibt, denen Ehre wichtiger ist als Gold. Sein einstiges Feindbild bekommt Risse. Doch wird ihn diese Erkenntnis von seinem Ziel abbringen?

Martin Ostheim
Unter Gottes Kriegern
ISBN 978-1521169469

Paul ist Bauer in Niederösterreich. In jungen Jahren musste er sich in blutigen Auseinandersetzungen gegen die einfallenden Türken behaupten. Für den Rest des Lebens hat er nur noch einen Wunsch für sich und seine Familie: Frieden. Doch das Schicksal ist launisch. Im Jahre 1683 überflutet erneut eine riesige osmanische Armee den Süden Österreichs und dringt unaufhaltsam auf Wien vor. Der österreichische Kaiser setzt bei diesem Ringen um Leben und Tod auf Gottes Hilfe. Paul vertraut lieber seinen kriegerischen Fähigkeiten, seiner Muskete und dem guten Stahl seines Messers. Eine waghalsige Flucht führt ihn und seine Familie bis in die schützenden Mauern Wiens. Unter dem Oberbefehl von Graf Starhemberg stemmen sich die Verteidiger mit Fintenreichtum und kameradschaftlichem Zusammenhalt gegen die feindliche Übermacht. Als Pauls einzige Tochter entführt wird, fängt der Kampf für ihn erst richtig an. Ihre verschworene Gemeinschaft hat ab sofort nur noch ein Ziel:
Anna retten!

Martin Ostheim
Bis zum letzten Mann
ISBN 978-1980567059